AF197462

EVIE DUNMORE
Die Rebellinnen von Oxford
Unerschrocken

EVIE DUNMORE

Die
Rebellinnen
von Oxford

Unerschrocken

Roman

*Ins Deutsche übertragen
von Corinna Wieja*

LYX

LYX in der Bastei Lübbe AG
Dieser Titel ist auch als E-Book und als Hörbuch erschienen.

Die Originalausgabe erschien 2020 unter dem Titel
»A Rogue of One's Own« bei Berkley, an imprint
of Penguin Random House LLC, New York.
Copyright © 2020 by Evie Dunmore
All rights reserved, including the right of reproduction
in whole or in part in any form.
This edition published by arrangement with Berkley,
an imprint of Penguin Publishing Group,
a division of Penguin Random House LLC.

Für die deutschsprachige Ausgabe:
Copyright © 2021 by Bastei Lübbe AG, Köln
Textredaktion: Susanne Kregeloh
Abdruck der deutschen Fassung des Gedichts »When you are old«
von W. B. Yeats mit freundlicher Genehmigung von Wolfgang Schlüter,
Übersetzer; aus »My Second Self / When I Am Gone«, Urs Engeler Editor
Umschlaggestaltung: © BüroSüd, München, unter Verwendung
von Motiven von © Ozz Design / Shutterstock &
© Rekha Garton / Trevillion Images
Satz: Greiner & Reichel, Köln
Gesetzt aus der Adobe Caslon
Druck und Verarbeitung: GGP Media GmbH, Pößneck
Printed in Germany
ISBN 978-3-7363-1543-3

1 3 5 7 6 4 2

Sie finden uns im Internet unter lyx-verlag.de
Bitte beachten Sie auch: luebbe.de und lesejury.de

Für Brad und Judy,
Eure Herzensgüte inspiriert mich,
stets mein Bestes zu geben.

I. KAPITEL

Buckinghamshire, Sommer 1865

Eine wohlerzogene junge Dame sollte nicht auf dem Teppich hinter dem Sofa liegen und gegen sich selbst Schach spielen. Sie stopfte sich auch nicht schon vor dem Frühstück den Mund mit Zitronenbonbons voll. Lucie wusste das. Aber die Sommerferien waren ausgesprochen langweilig. So langweilig wie noch nie zuvor. Tommy war als Schnösel von Eton nach Hause zurückgekehrt und sich plötzlich viel zu fein, um mit Mädchen zu spielen. Und ihre kürzlich eingetroffene Cousine Cecily gehörte zu der Sorte Kinder, die bei jeder Kleinigkeit in Tränen ausbrachen. Mit knapp dreizehn Jahren hielt sich Lucie allerdings für viel zu jung, um in schicklicher Manier vor Langeweile zu sterben. Ihre Mutter hingegen würde dieses Schicksal wohl als noblen Tod erachten, der ihrer Ansicht nach in den meisten Fällen jeglichem ungebührlichen Verhalten vorzuziehen war.

In der Bibliothek herrschte eine einlullende Stille, und der Geruch nach Leder und Staub stieg Lucie in die Nase. Die Strahlen der Morgensonne bündelten sich auf dem Schachbrett und tauchten die weiße Königin in einen hellen Schein. Sie war in Gefahr, denn ein verwegener Springer hatte ihr eine Falle gestellt, und Ihre Majestät konnte sich nun entweder selbst opfern, um den König zu schützen, oder zulassen, dass er zu Fall gebracht wurde. Unschlüssig verharrten Lucies Finger über der polierten Elfenbeinkrone.

Das Geräusch schneller Schritte drang aus dem Flur an ihre Ohren.

Etwa Mutters klackernde Absätze? Allerdings rannte ihre Mutter niemals.

Gleich darauf flog die Tür auf.

»Wie konntest du nur? Wie konntest du mir das antun?«

Lucie erstarrte. Die Stimme ihrer Mutter bebte vor Wut. Die Tür flog knallend ins Schloss, die Dielen erzitterten förmlich von der Wucht.

»Vor aller Augen, der ganze Ballsaal …«

»Oh, bitte, musst du so ein Drama daraus machen?«

Lucies Magen zog sich zusammen. Das war die Stimme ihres Vaters, kühl und gelangweilt.

»Alle wussten davon, nur ich habe in seliger Unwissenheit zu Hause das Bett gehütet!«

»Grundgütiger! Warum sich Rochesters Frau als deine Freundin bezeichnet, ist mir unbegreiflich. Sie trägt dir irgendein Gerücht zu, und nun schau dich an, du gebärdest dich wie eine Furie. Ich hätte sie gleich gestern Abend wieder wegschicken sollen. Typisch, dass sie sich selbst einlädt und unangekündigt und obendrein zu solch später Stunde hier auftaucht, so launenhaft, wie sie ist …«

»Sie bleibt«, erwiderte Mama bissig. »Sie muss bleiben, damit mir wenigstens ein aufrichtiger Mensch in dieser Schlangengrube zur Seite steht.«

Lucies Vater lachte. »Lady Rochester und aufrichtig? Hast du dir ihren Sohn mal angesehen? Was für ein seltsamer karottenköpfiger Bursche. Ich wette eintausend Pfund, dass er nicht Rochesters Sprössling ist …«

»Was ist mit dir, Wycliffe? Wie viele Bälger hast du mit deinen Mätressen schon in die Welt gesetzt?«

»Eine solche Bemerkung ist unter deinem Niveau, Frau.«

Bleiernes Schweigen füllte den Raum.

Lucies Herz trommelte so heftig und laut gegen ihren Brustkorb, dass sie befürchtete, ihre Eltern könnten es hören.

Ein Schluchzen durchbrach die Stille und traf sie wie ein Schlag in die Magengrube. Ihre Mutter weinte.

»Ich flehe dich an, Thomas. Was habe ich nur falsch gemacht, dass du mich derart bloßstellst und mir nicht einmal Diskretion gewährst?«

»Diskretion! Madam, dein Gekeife ist meilenweit zu hören.«

»Ich habe dir Tommy geschenkt«, schluchzte ihre Mutter. »Dabei wäre ich fast gestorben, und dennoch schäkerst du mit dieser … dieser Person – in aller Öffentlichkeit.«

»Herr, schenke mir Geduld. Was habe ich getan, dass du mir ein solch theatralisches Frauenzimmer aufbürdest?«

»Ich liebe dich, Thomas. Warum nur kannst du meine Liebe nicht erwidern?«

Ein missbilligendes Stöhnen. »Ich liebe dich durchaus, obwohl du es mir mit deinen hysterischen Anfällen nicht leicht machst.«

»Warum muss es so sein?«, jammerte ihre Mutter. »Warum nur bin ich dir nicht genug?«

»Weil ich ein Mann bin, meine Liebe. Und jetzt möchte ich bitte meine Ruhe haben. In meiner Bibliothek. Allein.«

Ein Zögern, dann ein Seufzen, das wie Resignation klang.

Das erneute Zuschlagen der massiven Tür drang wie aus weiter Ferne zu Lucie. Ihr Puls rauschte ihr in den Ohren. Die sauren Bonbons verklebten ihr die Kehle, und sie musste durch den Mund atmen. Leise. Bloß nicht husten, das würde er hören.

Sie hielt den Atem an.

Das Klicken eines Feuerzeugs. Ihr Vater hatte sich eine Zigarette angezündet. Die Dielen knarrten, Leder ächzte. Er hatte sich in seinen Sessel gesetzt.

Lucies Lungen brannten, und ihre Fingerknöchel traten weiß hervor. Das Muster des Teppichs schwamm vor ihren Augen.

Dennoch verharrte sie reglos; selbst König und Königin auf dem Schachbrett nahm sie nicht mehr wahr.

Sie musste durchhalten.

Schwärze füllte ihr Sichtfeld, kroch allmählich von außen heran, und es kam ihr so vor, als würde sie nie wieder atmen können.

Papier raschelte. Der Graf las die Morgenzeitung.

Zur selben Zeit, ungefähr eine Meile von der Bibliothek entfernt in den kühlen grünen Wäldern von Wycliffe Park, beschloss Tristan Ballentine, der zweite Sohn des Grafen Rochester, sämtliche zukünftigen Sommer in Wycliffe Hall zu verbringen. Womöglich musste er sich dazu mit Tommy, dem größten Schnösel in Eton, anfreunden, aber allein die Morgenspaziergänge wären die Sache wert. Im Gegensatz zum Stammsitz seiner Familie, wo jeder Busch sorgfältig gestutzt war, überließ man in Wycliffe Park das Anwesen der Natur. Die Blätter der knorrigen Bäume raschelten, Sträucher wucherten, und in der Luft lag der süße Duft von Waldblumen. Soeben hatte er einen höchst angemessenen Platz gefunden, um Wordsworth zu lesen: eine kreisrunde Lichtung am Ende eines Hohlweges. Ein großer Stein ragte aufrecht in der Mitte auf.

Tau nässte seine Hosenbeine, als er den Monolithen umkreiste. Er sah verdächtig nach einem Feenstein aus, verwittert und konisch, schon seit Hunderten von Jahren hier. Natürlich war Tristan mit zwölf Jahren schon zu alt, um an Feen und andere Märchenwesen zu glauben. Das hatte sein Vater ihm klipp und klar eingetrichtert. Auch Poesie war in Ashdown Castle verboten. Romantik widersprach dem Familienmotto der Ballentines – *Vigor et Valor*. Tatkraft und Ritterlichkeit. Aber wer würde ihn hier schon sehen? Wer würde Zeuge dessen werden, dass er Gedichte las? Die Balladen von Wordsworth und Coleridge lagen schon bereit.

Er schlüpfte aus dem Mantel und breitete ihn auf dem Gras aus, dann legte er sich bäuchlings darauf nieder. Der feine Stoff seiner Hose rieb dabei unangenehm wie ein Kettenhemd über die geschundene Haut seiner Kehrseite, und er stieß ein Stöhnen aus. Sein Vater untermauerte seine Lektionen gern mit dem Stock. Gestern war der Graf mal wieder übereifrig gewesen. Aus diesem Grund hatte seine Mutter Tristan geschnappt und er sich seine Bücher, und sie beide hatten ihre Koffer gepackt, um kurzentschlossen den Sommer bei Mutters Freundin, Lady Wycliffe, zu verbringen.

Tristan versuchte, eine bequemere Position zu finden, drehte sich von links nach rechts und gab schließlich auf. Ohne viel Federlesens schob er die Hosenträger von den Schultern und knöpfte die lästige Hose auf. Im nächsten Moment erbebte der Boden unter ihm.

Einen Herzschlag lang erstarrte er.

Rasch griff er sich seinen Mantel und versteckte sich hinter dem Stein. Im selben Moment galoppierte ein schwarzes Pferd den Hohlweg hinunter. Ein schönes Tier, das Fell glänzend von Schweiß. Die Art von Hengst, die Könige und Helden ritten. Es kam so abrupt auf der Lichtung zum Stehen, dass Erdbrocken unter den Hufen hochflogen.

Verblüfft schnappte Tristan nach Luft.

Der Reiter war kein König. Kein Held. Nicht einmal ein Mann.

Es war ein Mädchen.

Sie trug Stiefel und eine Hose wie ein Junge, und sie ritt auch nicht im Damensattel. Aber es war zweifellos ein Mädchen. Eisblondes Haar ergoss sich wie ein Wasserfall über ihren Rücken und umgab sie wie ein seidener Schleier.

Starr vor Ehrfurcht verharrte er. War sie real? Ihr Gesicht war makellos. Elfenhaft und herzförmig, mit fein geschwungenen Augenbrauen und einem spitzen Kinn, das ihr eine rebellische Ausstrahlung verlieh. *Eine Fee.*

Ihre Wangen waren jedoch wutrot und ihre Lippen zu einer schmalen Linie zusammengepresst. Sie sah aus, als wolle sie auf dem mächtigen schwarzen Pferd in den Krieg ziehen …

Das Mädchen ließ sich aus dem Sattel gleiten, und er duckte sich rasch hinter den Felsen. Er sollte sich zeigen. Sein Mund war strohtrocken. Was sollte er sagen? Was sagte man zu jemandem, der so erschreckend bezaubernd war?

Mit dumpfem Geräusch kamen ihre Stiefel auf dem Boden auf. Sie murmelte dem Hengst etwas zu, dann herrschte Stille.

Er verrenkte sich den Hals. Das Mädchen war fort. Vorsichtig stahl er sich hinter dem Stein hervor. Dort im Gras lag sie, die schlanken Arme weit ausgebreitet.

Womöglich war er noch ein Stück näher gekrochen … und noch ein Stück. Er richtete sich auf und betrachtete sie.

Ihre Augen waren geschlossen, die Wimpern berührten, dunklen Fächern gleich, ihre bleichen Wangen. Die glänzende Haarmähne umgab sie wie ein Strahlenkranz.

Sein Herz raste. Eine heftige Sehnsucht stieg in ihm auf, ein innerer Drang, eine dunkle Ahnung … Das war eine sehr seltene, kostbare Gelegenheit, und er war bedauerlicherweise nicht darauf vorbereitet, sie zu ergreifen. Er hatte nicht geahnt, dass Mädchen wie sie existierten, außerhalb der Bücher über Feen und Prinzessinnen in den nordischen Sagen, die er heimlich gelesen hatte …

Ein gereiztes Schnauben durchschnitt die Stille. Der Hengst näherte sich, mit angelegten Ohren und gefletschten Zähnen.

»Zum Teufel«, fluchte Tristan.

Das Mädchen öffnete die Augen. Sie starrten sich an, sie auf dem Rücken liegend und er über ihr aufragend.

Blitzschnell sprang sie auf. »Du! Du hast hier nichts verloren. Das ist privat!«

Sie hatte so zierlich und klein gewirkt, aber sie waren fast gleich groß und auf Augenhöhe.

Er grinste dämlich. »Nein, ich …«

Sturmgraue Augen fixierten ihn. »Ich weiß, wer du bist. Du bist Lady Rochesters Sohn.«

Gerade noch rechtzeitig erinnerte er sich daran, sich zu verbeugen. Und das noch dazu sehr formvollendet. »Tristan Ballentine. Zu Ihren Diensten.«

»Du hast mir hinterher spioniert!«

»Nein. Ja. Nun ja, ein wenig«, gab er zu, denn es stimmte wohl.

Ausgerechnet in diesem Moment fiel ihm ein, dass sein Hosenlatz noch zur Hälfte offenstand. Instinktiv griff er nach den Knöpfen; der Blick des Mädchens folgte seinen Bewegungen.

Sie schnappte nach Luft.

Im nächsten Moment flog ihre Hand nach oben, kurz darauf schmerzte seine linke Wange. Erschrocken stolperte er zurück, die Hand ans Gesicht gelegt. Fast erwartete er, Blut zu sehen, als er die Finger wegnahm.

Sein Blick wanderte von seiner Hand zu ihrem Gesicht. »Nun, das war völlig unangebracht.«

Ein Flackern von Unschlüssigkeit, womöglich auch ein Anflug von Reue, kühlte kurz die Wut in ihren Augen. Dann hob sie ihre Hand mit neuerlicher Entschlossenheit. »Das war noch gar nichts«, sagte sie schroff. »Lass mich allein, du … kleiner Rotschopf.«

Seine Wangen brannten, jedoch nicht von der Ohrfeige. Er wusste, dass er seit seinem Geburtstag kaum einen Zentimeter gewachsen war, und ja, er machte sich Sorgen, dass ihm die berühmte Ballentine-Größe nicht vergönnt sein könnte. »Kleiner Wicht«, so hatte Marcus ihn genannt. Er ballte die Hände zur Faust. Wenn sie ein Junge wäre, dann hätte er ihr längst eine gescheuert. Aber ein Gentleman erhob niemals die Hand gegen ein Mädchen, selbst wenn sie ihn zum Heulen brachte. Marcus, ja der hätte gewusst, wie man eine solch grimmige Fee behandelte; er hätte sich ihr souverän gestellt. Tristan hingegen blieb nur ein schneller Rückzug, mit höllisch schmerzender Wange von der Ohrfeige. Die lyrischen Balladen blieben vergessen im feuchten Gras liegen.

2. KAPITEL

London, 1880

Wäre sie als Mann geboren, wäre nichts von all dem passiert. Man würde sie nicht in einem muffigen Vorraum warten lassen, wo sie die langsam vorbeitickenden Minuten auf einer alten Standuhr zählte. Der Sekretär hätte ihr keine argwöhnischen Blicke hinter seinem sorgfältig aufgeräumten Schreibtisch zugeworfen. Ja, sie wäre nicht einmal hier, denn Mr Barnes, der Herausgeber und Mehrheitsteilhaber von *London Print* hätte den Vertrag schon letzte Woche unterzeichnet. Stattdessen hatten sich nun »Hindernisse aufgetan«, die eine Nachprüfung erforderten. Kein Wunder. Es gab Dinge, die eine Frau tun konnte, nur weil sie eine Frau war – wie über irgendeine belanglose Kleinigkeit in Ohnmacht zu fallen –, und es gab Dinge, die eine Frau nicht tun konnte, eben weil sie eine Frau war. Und wie es schien, kauften Frauen nicht einfach fünfzig Prozent an einem Verlag.

Lucie lehnte den Kopf gegen die dunklen Holzpaneele an der Wand und erinnerte sich erst, dass sie einen Hut trug, als dieser geräuschvoll zerknitterte.

Sie stand so kurz vor ihrem Ziel. Sie hatten sich bereits die Hand darauf gegeben. Barnes wollte den Handel schnell abschließen, um nach Indien überzusiedeln. Wie gewöhnlich bei ihrer Arbeit war auch dies eine Sache des Abwartens. Bedauerlich, dass Geduld nicht gerade zu ihren Tugenden zählte.

Während ihr die Augen zufielen, kreisten ihre Gedanken träge um *London Print*. Von außen wirkte das Verlagsgebäude attraktiv und modern mit seiner grauen, vier Etagen hohen Granitfassade. Das Haus befand sich in einer der zunehmend teuersten Straßen Londons, wie es sich für ein Unternehmen gehörte, dessen zwei bestverkaufte Zeitschriften regelmäßig mehr als achtzigtausend Frauen der Ober- und Mittelschicht im Monat erreichten. Das Innere war jedoch so langweilig wie die Wahl der Artikel des Herausgebers: Die Schreibtische waren zu klein, die Räume zu dämmrig, und der obligatorische Nebeneingang für die einzige weibliche Angestellte, Mr Barnes' Tochter, die als seine Sekretärin fungierte, war eine verstaubte, mit Spinnweben verhangene Dienstbotentreppe. Wenn sie dieses Gebäude behalten würde, dann würde sie den Nebeneingang zuallererst renovieren.

Das leise Geräusch einer Glocke ließ sie die Augen öffnen.

Der Sekretär stand hinter seinem Schreibtisch. »Lady Lucinda, wenn Sie mir bitte folgen würden.«

Mr Barnes eilte gewohnt hastig auf sie zu, als sie sein Büro betrat. Er hängte ihr Tweed-Jackett und ihren Hut auf einen übervollen Garderobenständer, dann bot er ihr eine Tasse Tee an, während sie vor seinem Schreibtisch Platz nahm. Sie lehnte das Angebot ab, weil sie den Zug nach Oxford noch erwischen musste.

Weitere verstohlene Blicke, dieses Mal von Miss Barnes, die an ihrem Schreibtisch in der linken Ecke saß. Unnötig, wirklich, da sie der jungen Frau schon zuvor begegnet war. Sie nickte ihr zu, und Miss Barnes senkte rasch den Blick auf ihre Schreibmaschine. Oh, herrje! Man könnte meinen, sie sei eine entlaufene Kriminelle, keine Frau, die sich für Frauenrechte einsetzte. Obwohl das für die meisten Menschen auf dasselbe herauskam.

Mr Barnes beobachtete sie verhalten. »Es liegt am Vorstandsgremium«, sagte er. »Der Vorstand möchte gern wissen, warum sie Magazine wie das *Home Counties Weekly* und das *Discerning Ladies' Magazine* übernehmen wollen.«

»Ich will sie nicht übernehmen, ich möchte lediglich Anteilseignerin werden«, berichtigte Lucie. »Und meine Gründe sind immer noch dieselben: Die Magazine haben eine breite Leserschaft, und es gibt noch Wachstumspotenzial. Und die Veröffentlichung von *Pocketful of Poems* hat bewiesen, dass *London Print* auch erfolgreich den Buchmarkt erobern kann. Jeder, der in den Publikationsmarkt investieren will, ist interessiert, Mr Barnes.«

Das Wichtigste war jedoch, dass es nur noch zwei weitere Anteilseigner gab. Beide hielten jeweils fünfundzwanzig Prozent, und beide lebten im Ausland. Das hieß, so gut wie niemand würde ihr bei Entscheidungen Steine in den Weg legen.

»Das stimmt natürlich«, sagte Mr Barnes. »Aber der Vorstand hat erst bei unserem letzten Treffen erfahren, dass Sie hinter dem Investorenkonsortium stehen.«

»Ich verstehe nicht, warum dies unseren Handel beeinflussen sollte.«

Mr Barnes zog an seiner Krawatte. Seine Glatze zeigte verräterische Schweißperlen. Sie hatte diese Wirkung auf Menschen, sie machte andere nervös. Weil du so zielstrebig bist, hatte Hattie ihr erklärt. *Vielleicht solltest du öfter lächeln, um dein Gegenüber nicht zu sehr zu ängstigen.*

Probeweise entblößte sie ihre Zähne.

Mr Barnes wirkte jedoch nur noch alarmierter.

Geflissentlich setzte er seine kleine Brille mit den runden Gläsern ab und legte sie ordentlich zur Seite, bevor er sie wieder ansah. »Mylady, darf ich offen sein?«

»Ich bitte darum«, antwortete Lucie erleichtert.

»Sie sind sehr aktiv in der Politik«, wagte sich Mr Barnes vor.

»Ich bin eine Ortsgruppenleiterin in der britischen Frauenbewegung.«

»Ja. Und aus diesen Gründen sind Sie, wie Sie bestimmt wissen, äh … eine sehr kontroverse Person. Tatsächlich hat ein Artikel in der *Times* Sie kürzlich so bezeichnet.«

»Ich glaube, in dem Artikel nannte man mich eine ›ruchlose Nervensäge‹ und ›streitsüchtige Furie‹.«

»Richtig«, erwiderte Mr Barnes peinlich berührt. »Deshalb fragt sich der Vorstand natürlich, warum jemand, dessen Ziel es ist, die momentane gesellschaftliche Ordnung zu überwerfen, ein Interesse daran hat, Mitinhaberin solch erbaulicher Frauenmagazine zu werden, ganz zu schweigen von einer Buchreihe romantischer Lyrik.«

»Mir scheint fast, dass der Vorstand fürchtet, ich hätte versteckte Motive, Mr Barnes«, sagte sie freundlich. »Dass es mir nicht darum geht, eine gute Geschäftsgelegenheit wahrzunehmen, sondern vielmehr eine Revolution unter ehrbaren Frauen anzuzetteln, in dem ich das *Home Counties Weekly* als Sprachrohr nutze.«

»Haha.« Mr Barnes lachte. Genau das waren wohl seine Ängste. »Nun, nein«, sagte er dann. »Damit würden Sie wohl scharenweise Leserinnen verlieren.«

Sie lächelte grimmig. »Exakt. Überlassen wir die revolutionären Bemühungen doch lieber dem *Female Citizen*, nicht wahr?«

Mr Barnes zuckte bei der Erwähnung der radikalen Frauenstreitschrift sichtlich zusammen. Er erholte sich jedoch schnell. »Bei allem Respekt, das Veröffentlichen einer Zeitschrift erfordert eine gewisse Leidenschaft für das betreffende Thema und ein umfassendes Wissen über die Leserschaft. Sowohl das *Discerning Ladies' Magazine* wie auch das *Home Counties*

Weekly behandeln Themen, die kultivierte Damen interessieren.«

»Was kein Problem darstellen sollte«, sagte Lucie, »da ich selbst eine Dame bin.« *Im Gegensatz zu Ihnen, Mr Barnes.*

Der Mann wirkte verwirrt. »Aber diese Magazine thematisieren gesunde weibliche Qualitäten und Interessen, wie Mode … Haushalt, ein glückliches Familienleben.« Er drehte sich zu seiner Tochter um, die schon vor einer Weile das Tippen auf der Schreibmaschine eingestellt hatte. »Nicht wahr, Beatrix?«

»Ja, Vater«, sagte Miss Barnes prompt. Ganz eindeutig hing sie an jedem Wort.

Lucie wandte sich ihr zu. »Miss Barnes, lesen Sie das *Home Counties Weekly* und das *Discerning Ladies' Magazine*?«

»Natürlich, Mylady, jede Ausgabe.«

»Und sind Sie verheiratet?«

Miss Barnes' pausbäckige Wangen erröteten. »Nein, Mylady.«

»Sehr klug.« Lucie wandte sich wieder Mr Barnes zu. »Da Miss Barnes eine eifrige Leserin beider Magazine ist, scheint es naheliegend, dass auch unverheiratete Frauen Interesse an gesunden weiblichen Themen hegen.«

Das schien Mr Barnes tatsächlich völlig zu verblüffen. »Aber, Mylady … Der Unterschied liegt darin, dass meine Tochter sich natürlich für diese Themen interessiert, weil ihr in Aussicht steht, all diese Dinge in naher Zukunft zu haben.«

Ah.

Während sie, Lucie, keinerlei solche Aussichten hatte. Auf ein Zuhause. Ein glückliches Familienleben. Kurz gerieten ihre Gedanken auf Abwege. Wie seltsam, denn das sollte ihr nicht passieren. Barnes hatte völlig recht. Sie verfügte über keine Eigenschaften, die einen Mann verlockten, wie beispielsweise eine sich weich rundende Figur und sanfte Augen wie Miss Barnes, die all den heimeligen Komfort versprachen, auf die ein Ehemann hoffen würde. Nein, sie war eine politische Aktivistin, und sie näherte sich mit raschen Schritten dem Alter von dreißig Jahren. Sie war nicht nur ein Ladenhüter, sie war das Regal. Kein einziger Gentleman in England wäre daran interessiert, was sie zu bieten hatte. Zugegeben, das war auch nicht viel. In ihrem Empfangszimmer stand eine Druckerpresse, ihr Leben kreiste um die Frauenrechtsbewegung und um eine anspruchsvolle Katze. Es gab keinen Platz für einen aufmerksamkeitshungrigen Mann. Außerdem war ihr wichtigstes Anliegen die Reform des Eigentumsgesetzes für verheiratete Frauen. Das war auch der Grund, warum sie hier saß und mit Mr Barnes verhandelte. Solange dieses Gesetz nicht gerechter gestaltet wurde, würde sie ihren kleinen Treuhandfonds bei einer Ehe an ihren zukünftigen Mann verlieren, ebenso wie ihren Namen und ihre Eigenständigkeit. Sie würde buchstäblich zum Besitz werden. Und damit würde auch das Wahlrecht für sie auf ewig in weite Ferne rücken. Eine wirklich verlockende Aussicht. Nein, was sie wollte, war ein Mitspracherecht bei *London Print*. Doch wie es schien, wollte man ihr das verwehren.

Sie verabscheute, was sie nun sagen musste. Allerdings hatte sie nicht persönlich ein gutes Dutzend begüterte Frauen davon überzeugt, in dieses Unternehmen zu investieren, nur um ihnen sagen zu müssen, dass sie kurz vor der Ziellinie versagt hatte. War sich Barnes überhaupt bewusst, wie verteufelt schwierig es war, auch nur zehn Frauen zu finden, die über ihr Geld frei verfügen konnten?

Mit frostiger Stimme sagte sie: »Die Herzogin von Montgomery ist eine Investorin des Konsortiums, wie Sie sicher wissen.«

Mr Barnes zuckte leicht zusammen. »Fürwahr.«

Sie starrte ihn finster an. »Ich werde sie bald aufsuchen, um ihr über unsere Fortschritte zu berichten. Ich fürchte, sie wird … bekümmert sein, dass ihre Investition als nicht gut genug erachtet wird.«

Und eine bekümmerte Herzogin bedeutete einen verärgerten Herzog. Einen sehr mächtigen, verärgerten Herzog, dessen Einfluss sogar bis Indien reichte.

Mr Barnes zog ein großes weißes Taschentuch aus seinem Jackett und betupfte sich damit die Stirn. »Ich werde dem Vorstand Ihre, äh, Argumente vortragen«, sagte er. »Ich nehme an, das wird alle Fragen ausreichend beantworten.«

»Bitte tun Sie das.«

»Ich schlage vor, wir treffen uns nächste Woche wieder.«

»Ich werde Ihnen am Dienstag meine Aufwartung machen, Mr Barnes.«

Oxfords Türme und Dächer verschwammen vor dem verblassenden Himmel, als Lucie den Bahnhof verließ. Gewöhnlich beruhigte sie der Anblick der alten Stadt, die sie als ihr Zuhause auserkoren hatte. Die goldgelben Sandsteinbauten der Universität strahlten im Licht der untergehenden Sonne. Die akademischen Mauern und Colleges hatten sich seit dem letzten Kreuzzug kaum verändert und wanden sich so unerschütterlich durch die Stadtmitte wie die reiche Anzahl hirnrissiger Traditionen, die fest im gesellschaftlichen Netz von Oxford verwebt waren. Diese Standhaftigkeit hatte auch etwas Tröstliches und war der Grund, warum sie vor zehn Jahren hierhergezogen war. Natürlich gab es auch noch andere Gründe, welche die Stadt zu ihrer ersten Wahl gemacht hatten. Die Lebenshaltungskosten waren beträchtlich erschwinglicher als in London, und obwohl man glückseligerweise hier von den skeptischen, neugierigen Blicken der feinen Gesellschaft weitestgehend verschont blieb, lag Westminster trotzdem nahe genug, um es bequem mit der Bahn zu erreichen. Manchmal empfand sie Bedauern, dass es erst seit dem vergangenen Jahr auch Frauencolleges gab und sie inzwischen zu alt und sicher auch zu berüchtigt war, um sich dort einzuschreiben. Aber in der Blüte ihrer Jugend war es ihr immerhin gelungen, gestandene Universitätsdozenten für einige Privatstunden in Algebra und Latein zu bezahlen. Vor allem aber hatte sie sich für Oxford entschieden, weil es unberührt von der Zeit geblieben war. Ein kleiner Spaziergang durch die Stadt hatte die Dinge in die richtige Perspektive gerückt, ganz ähnlich wie beim Anblick der Weite des Meeres: Im Angesicht der Tatsache, dass die Collegemauern siebenhundert Jahre menschliches Wissen bargen, was machte es da schon, dass sie als junge Frau von ihren Eltern verstoßen worden war? Weniger als eine Meile von ihrem Haus in Norham Gardens entfernt hatten Größen wie Newton, Locke und Bentham gearbeitet. In wehmütigen Augenblicken stellte sie sich vor, wie diese brillanten Genies sie wie großväterliche Geister umringten und ihr Ermutigungen zuflüsterten, weil auch sie sich einst Missionen verschrieben hatten, die von anderen als wahnwitzig abgetan worden waren.

An diesem Abend jedoch hob die Stadt ihre Stimmung nicht. Das mulmige Gefühl, das ihr unter die Haut gekrochen war, verlor sich auch nicht, als sie die Schwelle ihres Hauses erreichte. Ihre Beine waren rastlos, verlangten nach völliger Erschöpfung. Zu dieser späten Stunde konnte sie ihren Freundinnen jedoch keinen Besuch mehr abstatten, obwohl Catriona in der Wohnung ihres Vaters im St. Johns College sicher noch über irgendeiner antiken Schrift brütete. Sie schloss die Haustür auf. Über den rückgratlosen Mr Barnes zu lamentieren würde ihr die Rastlosigkeit auch nicht nehmen. Ein langer Ausritt könnte ihre nervösen Glieder sicher beruhigen. Aber sie hatte ihr Pferd, seit sie Wycliffe Hall vor zehn Jahren verlassen hatte, nicht mehr gesehen, und sicherlich war es inzwischen auch tot. Auf dem Weg durch den dunklen Flur fragte sie sich, ob sie ihren Titel ablegen sollte. Schon seit einer Weile war sie nurmehr dem Namen nach eine Lady.

Sie nickte dem Porträt von Tante Honoria im Empfangszimmer zu und blieb in der Tür zum Salon stehen. Bei dem Anblick musste sie lächeln. Nein, das erinnerte bestimmt nicht an die Räume einer Adeligen. Der große Tisch in der Mitte des Zimmers war von zusammengewürfelten Stühlen umrahmt und verschwand fast ganz unter leeren Teetassen, strategischen Landkarten und halb fertigen Flugblättern. Die Nähmaschine links an der Wand wurde zur Anfertigung von Bannern und Schärpen genutzt. In der linken Ecke stand eine verdorrte Topfpflanze von der Größe eines Mannes. Nicht eine einzige Einladungskarte einer respektablen Familie fand sich auf dem Kaminsims, stattdessen wurde die Wand daneben von vergilbenden Zeitungsausschnitten und einem gestickten Bild mit ihrem Lieblingszitat von Mary Wollstonecraft bedeckt: *Ich wünsche für die Frauen keine Macht über die Männer, aber die Macht über sich selbst.*

Am Despektierlichsten war jedoch, dass in diesem Zimmer gelegentlich auch Prostituierte aus dem Bordell in Oxford Unterschlupf fanden, die von ihr gehört und bei ihr Hilfe gesucht hatten. Manchmal kamen auch unverheiratete Frauen zu ihr und stellten verlegen Fragen zu Verhütungsmethoden. Sie hatte eine Schachtel mit Verhütungsmitteln in dem Kirschholzschrank versteckt. Nicht einmal ihre Freundinnen wussten davon oder von diesen Besuchen, denn obwohl die Rettung gefallener Frauen unter Gladstones Regierung im Moment sehr *en vogue* war, rettete Lucie eigentlich niemanden. Sie half ihren Besucherinnen auf die Weise, die sie wünschten, und das war skandalös. Jawohl, jede durch und durch feine Dame würde sich schnellstens von ihr verabschieden.

Samtige Pfoten trommelten über die Dielen, und ein schwarzes Fellbündel schoss auf sie zu. Boudicca kletterte an Lucies Rock hoch und setzte sich auf ihre linke Schulter.

Lucie vergrub das Gesicht in dem weichen Fell. »Hallo, Kätzchen.«

Boudicca stieß mit der Nase gegen ihre Stirn.

»Hattest du einen schönen Tag?«

Noch ein Stupser. Lucie kraulte die Katze von den Ohren bis zum Schwanz. Nachdem sie sich ihre Streicheleinheiten abgeholt hatte, sprang Boudicca zufrieden auf den Boden und stolzierte zu ihrer Ecke am Kamin. Ihr Schwanz mit der weißen Spitze ragte in die Höhe und erinnerte an ein umgedrehtes Ausrufezeichen.

Aufseufzend setzte Lucie ihre Tasche ab. Sie musste noch arbeiten, und etwas essen, denn ihr Magen machte sie laut knurrend darauf aufmerksam, dass sie weder Tee noch ein Mittagessen zu sich genommen hatte.

Mrs Heath, ihre Haushälterin, war an ihre unregelmäßigen Essenszeiten gewöhnt und hatte ihr einen kalten Eintopf auf den Herd gestellt. Die Tageszeitung lag neben dem Teller auf dem Tisch.

Sie las, während sie aß, und schüttelte dabei über die politischen Schlagzeilen den Kopf. In den Heiratsanzeigen suchte ein Bauer mit zweihundert Pfund Einkommen im Jahr eine Ehefrau, die sich um seine Schweine und fünf Kinder kümmerte. In genau dieser Reihenfolge. Darüber schüttelte sie besonders heftig den Kopf. Als sie schließlich an ihren Schreibtisch im Salon zurückkehrte, mit vollem Magen und gut informiert, war die Nacht hereingebrochen, und sie zog die Vorhänge vor dem Erkerfenster zu.

An diesem Abend wartete der größte Stapel Korrespondenz in der Schreibtischecke mit den Frauenbildungsthemen auf sie. Gerade hatte sie den Füllfederhalter aufs Papier gesetzt, als Gelächter von draußen zu ihr drang. Sie runzelte die Stirn. Dieses schrille Kichern gehörte Mabel Lady Henley. Sie war Witwe, Suffragistin wie sie, und hatte die andere Hälfte des Hauses gemietet. Dieses Arrangement kam beiden gelegen, da es sich nicht schickte, wenn unverheiratete junge Frauen allein lebten. Wie es sich anhörte, befand sich Lady Henley direkt vor ihrem Fenster, und es gab nur einen Grund, warum die Witwe wie ein kleines Mädchen kichern würde. Bald darauf folgte, wie erwartet, das verführerische Brummen einer tiefen Baritonstimme.

Lucie wandte sich wieder ihrem Brief zu, die Spitze der Feder kratzte über das Papier. Weiteres Gelächter. Aber was Lady Henley tat, ging sie nichts an. Wenn sie es wagte, konnte eine reiche Witwe sich durchaus Freiheiten mit Männern herausnehmen, die eine unverheiratete Frau sich nicht erlauben durfte, und was Lucie so durch die gemeinsame Wand wahrnahm, wagte Lady Henley sich durchaus des Öfteren. Was riskant war. Und dumm. Denn dieses Verhalten konnte auch negativ auf Lucie zurückfallen. Andererseits hielten sich die meisten Männer ihre Mätressen in schicken Wohnungen und gönnten sich ihr Vergnügen, wann immer ihnen der Sinn danach stand. Und alle Welt stellte sich blind und tat so, als wüsste sie nichts davon.

Ein fröhliches Quietschen drang durch die Vorhänge.

Lucie legte den Füller zur Seite. Ob Witwe oder nicht, jede Frau konnte Mittelpunkt eines Skandals werden. Und auch wenn Lady Henley nicht in Oxford studierte, so pflegte sie doch Umgang mit den Studentinnen durch die Ortsgruppe der Suffragistinnen. Daher würde alles, was ihren Ruf befleckte, auch dem aller Studentinnen schaden, die jedoch über aller Urteil erhaben bleiben mussten.

Lucie stand auf und zog die Vorhänge zurück. Zwei Köpfe drehten sich ihr erschrocken zu. Finster starrte sie die beiden an.

Oh, beim Hades. Nein!

Das Licht aus ihrem Zimmer enthüllte, wenig überraschend, eine rotwangige Lady Henley. Aber der Mann … Es gab nur einen Mann in England mit solch hohen ausgeprägten Wangenknochen.

Ohne nachzudenken, öffnete sie das Fenster.

»Du!«, stieß sie hervor.

3. KAPITEL

Tristan Viscount Ballentine. Halunke, Verführer, Plage ihrer Jugend. Seine Krawatte war gelockert und sein Haar zerzaust, als ob liebevolle Finger es zerwühlt hätten. Er sah mit jeder Faser wie der Casanova aus, der er war. Ihr Herz schlug schneller. Was hatte er auf ihrer Schwelle zu suchen?

Seine Emotionen, falls er überhaupt welche verspürte, spiegelten sich nicht in seiner Miene. Er betrachtete sie mit der gewohnt gelangweilten Gleichgültigkeit, bevor er schief lächelte und leicht den Kopf neigte. »Lady Lucinda. Welch angenehme Überraschung.«

»Was tun Sie hier?«, fragte sie schneidend.

»Ich habe mich fröhlich unterhalten, bis ein Sauertopf das Fenster geöffnet und mich gestört hat.«

Seit einem Jahr hatte sie ihn nicht gesehen. Vor sechs Monaten war er aus dem Krieg in Afghanistan zurückgekehrt. Die Zeitungen hatten ausführlich darüber berichtet, dass man ihm für seinen außerordentlichen Mut auf dem Schlachtfeld das Victoriakreuz verliehen hatte. Interessanter war jedoch, dass er für einen Sitz im Oberhaus ernannt worden war.

Dennoch blieb er ein Schürzenjäger. Sie wusste, dass er Annabelle auf Montgomerys Silvesterball belästigt hatte. Und nun stellte er seine Verführungskünste direkt vor ihrem Fenster zur Schau.

»Dem entnehme ich, dass Sie miteinander bekannt sind?«
Lady Henley unterbrach Lucies Blickduell mit Lord Ballentine.

Verwirrt wandte sich Lucie ihr zu. Sie hatte ihre Nachbarin völlig vergessen. »Lord Ballentine ist ein alter Freund meines Bruders«, erklärte sie.

»Oh, wie reizend.«

Lady Henley schmachtete den Mann völlig unverfroren an. Natürlich war Ballentine das sicher gewohnt. Von der Debütantin bis zur Matrone machten sich die Frauen einen Sport daraus, zumindest ein wenig für Lord Ballentine zu schwärmen. Die eine Hälfte bewunderte ihn wegen seiner seltenen maskulinen Schönheit, seines seidigen rotbraunen Haars, des perfekt geformten markanten Kinns und des unanständig sinnlichen Mundes. Die andere fühlte sich von der Verwegenheit angezogen, die unter seinen ebenmäßigen Zügen lauerte: dem anrüchigen Lächeln auf den weichen Lippen und dem wissenden Funkeln in den Augen, das raunte: *Verrate mir deine Wünsche, dein dunkelstes Begehren, nichts davon könnte mich schockieren.* Schwarze Magie umgab einen schönen Mann, der leicht zu faszinieren und unmöglich zu erschüttern war. Lady Henley schien wie berauscht von seinem dunklen, enigmatischen Charisma und schwirrte soeben auf Tristans Fangnetz zu wie eine Fliege in die Fänge einer fleischfressenden Pflanze.

Lucie schaute sie vielsagend an. »Verzeihen Sie mir, wenn ich so direkt bin, aber es wäre nicht ratsam, die Bekanntschaft zu vertiefen.«

»Bekanntschaft«, sagte Lady Henley bedächtig.

»Mit Seiner Lordschaft.« Lucie wies mit einer ausholenden Geste auf den lässig abwartenden Adligen.

Lady Henleys Miene wurde frostig. »Wie freundlich, dass Sie es für nötig befinden, mir Ratschläge zu erteilen.«

»Ich fürchte, Sie riskieren es, auf sich aufmerksam zu machen.«

»Niemand kann uns sehen. Da ist ein Gebüsch.« Lady Henley deutete zu einem Rhododendron, der die beiden verbarg, wobei sie sich bereits erneut dem Viscount vertraulich entgegenlehnte.

Lucie verspürte ein unangenehmes Prickeln. »Dennoch geziemt sich ein solches Verhalten für eine Suffragistin nicht.«

Lady Henley, dieses sture Wesen, rümpfte die Nase. »Ach tatsächlich? Sagen Sie, haben Sie uns nicht geraten, dass wir Frauen danach streben sollten, unsere Ziele und Begehren zu verwirklichen? Ja, ich bin mir sicher, genau das haben Sie gesagt.«

»Hat sie das?«, meinte Ballentine in gedehntem, neugierigem Tonfall.

Mit einiger Mühe zwang sich Lucie zu Gelassenheit. »Der Kontext war leicht, aber dennoch bedeutsam anders. Hatten wir denn in diesem Jahr nicht schon genug Skandale, die den Fortbestand des Frauenkollegs gefährden könnten?«

Lady Henley zog einen Schmollmund. »Nun gut. Es ist ja auch bereits ziemlich spät.« Sie betrachtete Ballentine unter flatternden Lidern.

»Jedenfalls habe ich Sie gewarnt«, sagte Lucie und schloss das Fenster. Zumindest versuchte sie es. Aber es bewegte sich nicht. Sie zog fester. Verflixt, immer noch tat sich nichts. Lady Henley neigte den Kopf. Lord Ballentine beobachtete ihre Bemühungen mit wachsendem Interesse.

Hitze stieg ihr ins Gesicht. Warum bewegte sich dieses verflixte Fenster nicht? Sie knirschte mit den Zähnen. Beim Hades, es klemmte und wollte sich nicht rühren.

»Darf ich?« Lord Ballentine trat näher.

»Ich brauche keine …«

Er spreizte die langen Finger und legte sie auf den Holzrahmen. Langsam und stetig glitt das Fenster herunter, bis es schließlich auf dem Sims ruhte.

Ihr Antlitz spiegelte sich in der Scheibe, verzerrt, mit gerunzelter Stirn, einige Haarsträhnen waren ihrem Chignon entkommen.

Auf der anderen Seite der Scheibe schillerte Ballentines Selbstgefälligkeit wie ein Leuchtfeuer in der Nacht.

Mit einem kräftigen Ruck zog sie den Vorhang vor.

»Achten Sie nicht auf sie«, drang Lady Henleys Stimme gedämpft an ihr Ohr. »Sie ist eine alte Jungfer.«

Lucie wirbelte herum; ihr Herz trommelte so heftig, als wäre sie eine Meile gerannt. Was für eine übertriebene, dumme körperliche Reaktion. Es gab keinen Grund, emotional zu werden. Sie musste jedoch das Haus verlassen, wenn sie nicht durch die Wand Zeuge davon werden wollte, wie Ballentine seine Verführungskünste bei Lady Henley anwandte. Das wollte sie nun wirklich nicht.

Boudicca hatte ein feines Gespür für ihre Stimmungen und kam nun aus ihrer Ecke zu ihr herüber. Im Gaslicht schimmerten ihre Augen gelblich. Sie strich um Lucies Röcke, und sie bückte sich, um die Katze zu streicheln. Als sie das weiche Fell unter ihren Fingern spürte, beruhigte sich ihr Herzschlag wieder.

Sie musste nicht befürchten, dass sich Lady Henley aus Liebeskummer wegen Ballentine in den Isis stürzte, wie es andere Damen schon angedroht hatten. Die Witwe war schließlich kein unerfahrener Backfisch. Und Ballentines Ruf als Frauenheld eilte ihm voraus. Tatsächlich war er der Letzte, der sich die Mühe machte, seine Absichten zu verbergen. Aus Berechnung, vermutete sie, denn das ermutigte Scharen von Frauen zu dem Versuch, mit heilender weiblicher Liebe einen besseren

Mann aus ihm zu machen. Dabei schaufelten sich viele dieser Frauen durch ihren Ehrgeiz ihr eigenes Grab.

Sie schnappte sich Tintenfass, Löschwiege, Füllfederhalter und ihre Notizen. Auf dem Weg zur Tür legte sie sich ein Schultertuch um, da es in der Bibliothek von Lady Margaret Hall immer sehr zugig war.

Sie stürmte förmlich aus dem Haus und die Stufen hinunter. Auf dem Bürgersteig verharrte sie, um tief durchzuatmen. Die kühle Nachtluft war wie Balsam für ihre heißen Wangen.

»Ein Spaziergang, Mylady?«, erklang die seidige Stimme hinter ihr.

Langsam drehte sie sich um, die Hände zu Fäusten geballt.

Ballentine lehnte am Fenstersims, eine angezündete Zigarette zwischen den Fingern. Neben ihm an der Wand stand sein Spazierstock, dessen übergroßer Bernsteinknauf im Lampenlicht wie ein böses Auge glühte.

»Nun, das ging schnell.« Lady Henley war nirgendwo zu sehen.

»Ja, irgendetwas hat ganz plötzlich die Stimmung verdorben«, sagte er und atmete Rauch durch die Nase aus.

»Wie schade.«

»Überhaupt nicht. Es war recht unterhaltsam.«

Er stieß sich vom Fenstersims ab und kam zu ihr herüber. Seine große Gestalt warf einen langen Schatten. Ein Flattern breitete sich in ihrer Magengrube aus, wie hunderte weicher, wild schlagender Schmetterlingsflügel. Verflixt. Während seiner Abwesenheit vergaß sie stets, welch stattliche Erscheinung er war. Wann immer sich ihre Wege kreuzten, wurde sie sich dessen erneut stark bewusst.

Das erste Mal hatte sie dieses Flattern vor Jahren verspürt, als sie Parlamentsmitglieder in einem Flur in Westminster für ihre Mission zu gewinnen versuchte. Tristan stand damals kurz vor seinem ersten Einsatz, vermutlich auf Befehl seines Vaters, denn er besaß keinerlei militärische Disziplin. Aber als er dann so unerwartet vor ihr stand, hatte eine Hitzewelle sie durchflutet, und sie war wie angewurzelt stehen geblieben. Bis zu dem Tag hatte sie ihn stets durch die alte Brille betrachtet, die stets einen nervtötenden Karottenkopf zeigte. An dem Morgen hatte sie plötzlich gesehen, was alle anderen sahen: ein wie gemeißelt erscheinendes hübsches Gesicht. Breite Schultern. Schlanke Hüften. Die berühmte Ballentine-Statur in eng geschnittener Uniform. Wie aus heiterem Himmel hatte sie den ungewohnten Drang verspürt, sich die Haare zu richten. Demütigend. Es lag ihr nicht fern, das ästhetische Äußere eines stattlichen Mannes zu bewundern. Aber ihn? Sechs Sommer lang hatte Tristan sie als Junge in ihrem eigenen Zuhause mit aufreibenden Blicken und Streichen geplagt. Dabei hasste sie Streiche. Schlimmer noch, er hatte sich bei ihrem Bruder eingeschmeichelt, ihren Cousins und ihrer Mutter, bis sie sich am Dinnertisch noch ausgeschlossener fühlte als sonst. Nach den empörenden Schlagzeilen zu urteilen, die er machte, sobald er den Fuß zwischen seinen Einsätzen auf britischen Boden setzte, hatte er sich bisher nicht gebessert.

Er blieb nun vor ihr stehen, zu nah, und sie reckte das Kinn. Eine Ironie des Schicksals wollte es, dass sie seit ihrer ersten Begegnung im Garten von Wycliffe Hall kaum zwei Zentimeter gewachsen war.

»Du solltest nicht auf unserer Türschwelle herumlungern«, sagte sie.

»Und du solltest nicht allein in der Nacht herumspazieren.« An seinem rechten Ohr glitzerte kalt wie ein Stern ein Diamantohrring.

Sie schürzte die Lippen. »Mach dir meinetwegen bloß keine Umstände.«

Sie lief weiter.

»Das wäre mir ehrlich gesagt auch lieber.« Er schloss sich ihr an und brauchte nur einen Schritt, wenn sie zwei machte. »Wie dem auch sei, bin ich verpflichtet, dich zu begleiten, fürchte ich.«

»Wirklich, es besteht kein Grund für kavalierhafte Avancen.«

»Ein Kavalier würde darauf bestehen, deine Tasche zu tragen. Du läufst ganz schief.«

Er bestand bemerkenswerterweise nicht darauf, ihr die Tasche abzunehmen.

Und sie lief in die falsche Richtung. Verflixt. Auf keinen Fall konnte sie jetzt noch umdrehen. Das würde so aussehen, als sei sie kopflos vor ihm davongerannt.

»Der Ruf einer Dame ist stärker gefährdet, wenn sie von dir begleitet wird, als wenn sie bei Dunkelheit allein unterwegs ist«, meinte sie.

»Deine Zuversicht in meine Ruchlosigkeit überwältigt mich.«

»Lady Henley hast du damit ganz sicher betört.«

»Wen?«

Sie schniefte verächtlich. »Schon gut.« Und da es sie ärgerte, dass er den Ruf ihres Haushalts nur für ein billiges Vergnügen aufs Spiel setzen würde, fügte sie hinzu: »Ich nehme an, wenn die Jagd das Ziel ist, dann sind Namen nur unnützes Beiwerk.«

»Das kann ich nicht beurteilen.« Er klang nachdenklich. »Ich jage nie.«

»Welch beunruhigendes Ausmaß von Selbsttäuschung.«

Er schnaubte spöttisch. »Hast du die Werke von Darwin nicht gelesen? Das Männchen balzt, das Weibchen wählt, so ist es seit ehedem. Vor einem zu entschlossen jagenden Männchen sollte man sich in Acht nehmen – es hofft, dass sein makelhaftes Gefieder nicht auffällt.«

»Während deines natürlich überlegen groß und schillernd ist.«

»Ich versichere dir, dass es nicht schillert«, sagte er in sanftem Ton.

Ärger kroch ihr heiß den Nacken hinauf. »Den Damen scheint das nichts auszumachen.«

»Meine Liebe«, murmelte er, »entdecke ich da einen Hauch von Eifersucht?«

Sie schloss die Finger fester um den Träger ihrer Tasche. Konnte sie es so aussehen lassen, als sei sie absichtlich in die falsche Richtung gegangen? Wenn sie nicht umdrehte, würde sie bald im Zentrum von Oxford sein.

»Ich denke, genau das ist es«, meinte Tristan. »Das erklärt zumindest, warum du ständig bemüht bist, meine Affären zu sabotieren.«

»Ich weiß, dass du dein Geplänkel höchst unterhaltsam findest, aber du verschwendest mit mir heute Abend nur deine Zeit.«

»Ich erinnere mich an dieses eine Mal mit Lady Warwick.«

Unwillkürlich blitzte eine Erinnerung vor ihrem inneren Auge auf, zwei Gestalten in einem dunklen Garten. Damals konnte er kaum älter als siebzehn gewesen sein. »Das war grässlich«, sagte sie. »Sie war gerade erst aus den Flitterwochen zurückgekehrt.«

»Und hat sich bereits tödlich gelangweilt.«

»Ja, in der Tat, sie muss ziemlich verzweifelt gewesen sein. Das heißt jedoch noch lange nicht, dass sie es verdient hat, auf einem Gartentisch geschändet zu werden.«

»Geschändet? Du liebe Güte!«

Er klang leicht beleidigt. Gut. Sie befanden sich inmitten

der Parks Road, und sie wünschte sich sehnlichst, dass er verschwand.

»Wer hätte das gedacht?«, meinte sie. »Der berüchtigte Lebemann erinnert sich an seine Affären.«

»Oh, das tue ich nicht«, murmelte er. »Lediglich an jene, die davongekommen sind.«

Und das waren vermutlich wenige.

Sie blieb stehen und drehte sich zu ihm um. »Wolltest du etwas Spezielles von mir?«

Seine Augen glitzerten unter der Straßenlaterne so gelb wie die von Boudicca.

»So speziell wäre es wohl nicht, nein«, erwiderte er mit gesenkter Stimme. Es klang fast wie ein Schnurren.

Sie schaute ihn unverwandt an, herablassend, während ihr Herz schneller schlug. Das tat er manchmal, solche Sachen in einem Ton zu sagen, der vermuten ließ, dass er sich vorstellte, sie wäre allein mit ihm, unbekleidet. Sie vermutete, dass er so mit allen Frauen sprach: mit der Absicht, sie zu verführen. Bei ihr machte er es, um sie zu reizen.

Er schien einen weiteren geistlosen Kommentar von sich geben zu wollen. Doch seine nächsten Worte hätten sie nicht mehr überraschen können: »Ich wollte dir gerade meine Karte hinterlassen, um mich mit dir zu verabreden, da bin ich deiner Nachbarin über den Weg gelaufen.«

Verabreden. Mit ihr. Warum?

»Übermorgen in Blackwells neuem Café«, schlug er vor, als sie nicht antwortete. »Es sei denn, du bevorzugst einen anderen Treffpunkt.«

»Worum geht es, Ballentine?«

»Es geht das Gerücht, dass du eine Expertin für das britische Verlagswesen bist, und ich könnte deinen Rat gebrauchen.«

Diese Bemerkung ließ all ihre Alarmglocken schrillen. »Wer hat dir das erzählt?«

Er lächelte. »Triff dich mit mir, und ich verrate es dir.«

Er war schrecklich anstrengend, und es war schwierig, seine Miene in der Dunkelheit zu deuten.

»Selbst wenn ich geneigt wäre, mich mit dir zu treffen – was ich nicht bin –, es gibt sicher Dutzende Gentlemen, die dich beraten könnten.«

»Ich habe jedoch ein Interesse an Leserinnen aus der Mittel- und Oberschicht. Es erscheint mir daher logisch, eine Frau zu fragen, die diese Leserschaft kennt.«

Sie fixierte ihn mit ihrem Blick. Der Mann vor ihr sah aus wie Tristan, mit seinem grellen karmesinroten Samtmantel und dem protzigen Spazierstock. Die Worte, die aus seinem Mund kamen, sahen ihm jedoch gar nicht ähnlich, denn sie hatte nie erlebt, dass er sich für etwas Spezielles interessierte, und sie hätte auch niemals angenommen, dass er zu Logik fähig wäre. Andererseits war er an Leserinnen interessiert, was wiederum seinem Charakter entsprach und äußerst beunruhigend war.

»Ach bitte, Lucie.« Seine Stimme hatte einen tieferen, schmeichelnden Klang angenommen. Die Art von Ton, die einer Frau unter die Haut ging und sie dazu verleitete, Dummheiten zu begehen.

»Triff dich mit mir«, sagte er. »Um der alten Zeiten willen.«

Tristan beobachtete den inneren Aufruhr, der sich dunkel wie Sturmwolken in Lucies Augen spiegelte. Ihr Elfengesicht zeigte ihren Unmut ganz unverhohlen; sie wurde von zwei mächtigen Emotionen hin- und hergerissen: Neugier und ihre Abneigung gegen ihn.

In diesen Sommern süßer Qual in Wycliffe Hall hatte er alles daran gesetzt, um der unbezwingbaren Lady Lucinda Tedbury eine Reaktion, gleich welche, zu entlocken. Seine Vergehen waren gering gewesen, alberne Jungenstreiche. Einmal hatte er ihre blonden Zöpfe in Tinte getaucht, das einzige Mal, dass er ihre Haare berührt hatte. Ein anderes Mal hatte er ihre Erstausgabe von Mary Wollstonecrafts Essays gegen schmutzige Magazine ausgetauscht.

Und er hatte sich absichtlich von ihr dabei erwischen lassen, wie er Lady Warwick auf einem Gartentisch küsste.

Alles nur, um sie zu einer Reaktion zu provozieren.

Inzwischen war er jedoch kein schlaksiger Junge mehr, der sich nach einem Hauch ihrer Aufmerksamkeit sehnte, und doch schien er immer noch in ihrem Bann zu stehen. Nostalgische Gefühle, zweifellos. Sie strahlte Verärgerung aus, schien erfüllt von altem Groll, der auf diesen Sommern gründete. Aber sie stand vor ihm. Ganz und gar lebendig. Der vertraute Duft ihrer Zitronenverbene-Seife überlagerte den Rauch seiner Zigarette, und Hitze stieg in ihm auf.

»Die alten Zeiten sprechen nicht gerade für dich«, stellte Lucie kühl fest.

»Dann werde ich wohl an deinen Großmut appellieren müssen«, erwiderte er.

Der Mond stand hoch am Nachthimmel, und im schwachen Licht schimmerte ihr Haar silbern wie eine polierte Münze. Er erinnerte sich noch gut daran, wie kühl und glatt es sich zwischen seinen Fingern angefühlt hatte, in diesen gestohlenen Sekunden vor vielen Jahren … *Vermählt auf ihrem Antlitz sieh', Des Dunkels Reiz, des Lichtes Pracht …*

Er verharrte plötzlich atemlos in der lauen Sommerbrise. Die Zeilen waren ihm wie aus dem Nichts durch den Sinn gegangen. Gut, es handelte sich nur um einen Vers aus einem bekannten Byron-Gedicht, aber er hatte seit Jahren keine Lyrik mehr gehört. Interessant.

Er riss sich aus seinen Gedanken.

Noch aus einem anderen Grund war dieser Abend aufschlussreich. Er hegte den Verdacht, dass sich Lucie nicht nur aus rein geschäftlichen Interessen in die Verlagswelt wagte. Sie führte etwas im Schilde. Das sagte ihm sein Instinkt, und der trog ihn nur selten. Falls sich sein Verdacht bewahrheitete, würde er gezwungen sein, sie aufzuhalten.

»Ich werde um halb elf bei Blackwells auf dich warten«, sagte er. »Übermorgen. Wie ich höre, ist der Kaffee passabel, und ich würde mich freuen, wenn du mir bei einer Tasse Gesellschaft leistest.« Er schnipste den Zigarettenstummel in die Dunkelheit. »Und Schätzchen. Falls du zur Bibliothek in Lady Margaret Hall möchtest, läufst du in die falsche Richtung.«

4. KAPITEL

Am nächsten Tag, Ashdown Castle

Dunkel, kühl und still – das Arbeitszimmer seines Vaters erinnerte Tristan an eine Gruft. Dieser Eindruck wurde zum Teil von den schweren Ebenholzmöbeln und den fingerdicken Vorhängen hervorgerufen, aber hauptsächlich vom Gruftwächter selbst: Wo auch immer der Graf Rochester seinen Fuß hinsetzte, verfiel die Welt in Finsternis.

Als Tristan eintrat, saß der Graf gleichsam wie verschanzt an seinem Schreibtisch, hinter sich als Kulisse seinen wohl wertvollsten Besitz: ein riesiger Wandteppich, auf dem der Familienstammbaum der Ballentines dargestellt war. Er reichte bis ins Jahr 1066 zurück, und der Teppich war ein Geschenk König Henrys VIII an das Haus Rochester. Tradition. Der Familienname. Königliche Gunst. Alles, was Rochester am meisten schätzte, manifestierte sich in diesem muffigen Stück bestickter Seide. Müsste sich sein Vater entscheiden, im Falle eines Brandes ein hilfloses Kind oder den Wandteppich zu retten, würde er ohne Zögern zu dem Teppich greifen. Und jedes Mal, wenn Rochester sich auf seinen Stuhl hinter den Schreibtisch setzte, schien es, als wüchsen ihm die Äste des Stammbaums wie ein Geweih aus dem Kopf. Tristan war acht Jahre alt, als ihm dies zum ersten Mal von seiner Seite des Schreibtisches aufgefallen war, und er war natürlich in Lachen ausgebrochen. Gleich darauf hatte seine Lippe geblutet, und Rochester saß wieder auf seinem Platz. Die Rückseite seiner Hand schlug so schnell zu wie eine Schlange.

»Deine Mutter kränkelt«, sagte der Graf. Das war eine Beschwerde, keine Sorge.

»Das tut mir leid«, erwiderte Tristan ausdruckslos.

»Wenn das wahr wäre, hättest du sie besucht. Seit deiner Rückkehr hast du jedoch keinen Fuß in dieses Haus gesetzt.«

Er nickte. Natürlich war es Rochesters Idee gewesen, ihn für die königliche Armee zu verpflichten und ihn an so entlegene Orte zu schicken wie den Hindukusch. Und sein Vater hätte ihn dort mit Freuden vergessen, hätte sich Marcus, der Unfehlbare, nicht das Genick gebrochen.

»Ich werde Mutter gleich im Anschluss an das hier aufsuchen.« Was auch immer »das hier« sein sollte. Sein Vater hatte ihm den Zweck dieses Gesprächs noch nicht offenbart.

Rochester legte die langen, bleichen Finger zum Dach zusammen, wie immer, wenn er auf den Punkt einer Sache kommen wollte, und fixierte ihn mit kaltem Blick.

»Du musst heiraten.«

Heiraten.

Das Wort kreiselte in seinem Kopf, als sei es ein komplizierter Begriff in Pashtun oder Dari, den er nicht gleich verstand.

»Heiraten«, wiederholte er. Seine Stimme klang seltsam fremd in seinen Ohren.

»Ja, Tristan. Du wirst dir eine Ehefrau nehmen.«

»Sofort?«

»Sei nicht albern. Du hast drei Monate Zeit. Drei Monate, um deine Verlobung mit einer standesgemäßen Dame zu verkünden.«

Die ersten Tentakel einer kalten Wut streckten sich aus. Eine Ehefrau. Wohl kaum. Natürlich, seit er der Erbe war, lauerte der Ehestand am Horizont seiner Zukunft, aber er war stets nur ein verschwommenes Bild in weiter Ferne gewesen. So sehr er Frauen mochte – ihre weichen Rundungen, ihren Duft, ihren Esprit –, stand eine Ehefrau doch auf einem ganz anderen Blatt. Eine Ehe würde Forderungen und Verpflichtungen mit sich bringen. Es würde ... Kinder geben, die ihm ähnelten. Und ... Erwartungen. Ein Schauder rieselte ihm über den Rücken.

»Warum gerade jetzt?« Sein Ton wäre jedem anderen Mann eine Warnung gewesen.

Rochester verengte die Augen. »Wie ich sehe, hat selbst das Militär deinen elenden Mangel an Aufmerksamkeit nicht kurieren können. Ich werde es dir erklären: Du bist siebenundzwanzig Jahre alt. Du bist der Titelerbe. Und da Marcus seiner Witwe keine Kinder hinterlassen hat, bist du der letzte Nachfahre in der Ballentine-Linie. Deine wichtigste Pflicht ist es daher, einen Erben zu zeugen. Wenn du versagst, wird die vierhundertjährige Ära, in der unser Familienzweig den Titel des Grafen von Rochester führt, enden, und die Winterbournes werden unser Haus übernehmen. Du drückst dich schon beinahe ein Jahr lang vor deiner Verantwortung.«

»Nun, ich wurde bedauerlicherweise in Indien aufgehalten, wo ich mich von fast tödlichen Schussverletzungen erholen musste.«

Rochester schüttelte den Kopf. »Du bist vor sechs Monaten zurückgekehrt. Und hast du etwa möglichen Bräuten den Hof gemacht, wie es sich gehört hätte? Nein! Du verursachst Schlagzeilen, in denen behauptet wird, dass du anderen Männern der feinen Gesellschaft Hörner aufsetzt, und löst Gerüchte über ... mögliche Straftaten aus.«

»Ach ja?« Tristan war ehrlich fasziniert.

Rochester presste die Lippen zu einem schmalen Strich. Für einen Augenblick sah er aus wie sein jüngeres Ich, das mit Bedacht ein geeignetes Instrument auswählte, um eine weitere Strafe zu verabreichen. Eine Strafe für Tristans Zappeligkeit. Dafür, dass er Gedichte und schöne Dinge mochte, oder wegen seiner »weibischen« Vernarrtheit in seine Haustiere. Es musste Rochester ungemein verärgern, dass ihm dieser Tage nur noch ein einziges Kontrollinstrument blieb: die finanzielle Leine. Diesem fehlte jedoch das Element der unmittelbaren Genugtuung. Und wenn alles nach Plan lief, würde Rochester auch bald dieses Druckmittel verlieren. Es durfte jetzt nichts schiefgehen, denn – zum Teufel – er würde auf keinen Fall heiraten.

»Ich lese die Klatschblätter gewöhnlich nicht«, erklärte er. »Daher bin ich glückselig unwissend, was Gerüchte um meine Person angeht.«

Der Graf beugte sich langsam vor. »Man hat dich in einem … Etablissement gesehen.«

»Das mag wohl sein.«

»Mit dem jüngsten Sohn des Marquess von Doncaster.«

Überrascht lachte Tristan auf. »Es geht um Lord Arthur?«

Der familiäre Ton, mit dem er den Namen des Jungen aussprach, brachte Rochester zum Erbleichen. Interessant.

Mach dir keine Sorgen um Arthur Seymour, Vater. Ich habe ihn dabei zusehen lassen, wie ich mich vergnügt habe, aber ich habe mich nicht mit ihm vergnügt. Die Worte lagen ihm bereits auf der Zunge.

»Die Presse macht doch immer aus einer Mücke einen Elefanten«, sagte er stattdessen. »Ich bezweifle, dass sie es gewagt haben, ins Detail zu gehen.«

Ein Muskel zuckte unter dem linken Auge seines Vaters.

»Jedenfalls war es detailreich genug, um Doncaster überlegen zu lassen, ob er eine Verleumdungsklage anstrengen soll.«

»Eine ausgesprochen dumme Idee. Dann würde wirklich jeder Mensch im Königreich von den Neigungen des süßen Arthur erfahren.«

»Und womöglich von deinen«, giftete Rochester. »Schon allein das Gerede über solche Dinge schadet deinem Ruf. Eine Verbindung mit einer Dame von makellosem Ansehen kann deine Reputation wiederherstellen, aber natürlich sind die Väter solcher Damen gegenwärtig nicht geneigt, die Hände ihrer Töchter jemandem wie dir anzuvertrauen, es sei denn, dass ich ein Vermögen in Aussicht stelle.«

Tristans Miene versteinerte. »Behalte dein Geld. Ich brauche keine Gattin.«

Es gab genau nur eine Frau, mit der er sich je mehr als eine flüchtige Beziehung vorstellen könnte, aber diese Dame war nicht auf dem Heiratsmarkt.

Rochester interessierte das alles nicht. »Unter den gegebenen Umständen müssen wir schnell handeln«, sagte er.

Tristan zuckte mit den Schultern. »Von mir aus kann Cousin Winterbourne das alles hier gerne haben.« Er machte eine achtlose Geste, vage genug, um das gesamte Haus Rochester zu umfangen. Die Art von sorgloser Vagheit, die seinen Vater erzürnte.

Rochesters Miene verfinsterte sich prompt. »Das ist kein Spiel, Tristan.«

»Sir, ich gebe zu bedenken, dass es angesichts meines dämonischen Rufs womöglich Schwierigkeiten geben könnte, eine standesgemäße Ehefrau in drei Monaten zu finden. Andererseits hast du vermutlich …« – und dieser Gedanke kam ihm erst jetzt – »… schon längst die Wahl für mich getroffen.«

»Natürlich. Aber der mögliche Skandal hat ihren Vormund davon abgehalten, den Ehevertrag zu unterzeichnen. Es würde die betreffende Dame und ihre Familie demütigen, wenn du ihr jetzt unter diesen Umständen einen Antrag machst.«

»Gut. Und wer ist die Glückliche?«

Rochester schüttelte den Kopf. »Das Wissen würde dich nur in Versuchung bringen, irgendeine Dummheit zu begehen, bevor die Angelegenheit in trockenen Tüchern ist. Nein. Im Augenblick besteht deine Aufgabe lediglich darin, dich bei den angesehenen Matronen der Gesellschaft einzuschmeicheln und dich zu kleiden und zu benehmen, wie es einem Mann deines Ranges gebührt. Du kannst gleich damit anfangen und dieses … Ding ablegen.« Er deutete mit dem Finger auf Tristans rechtes Ohr.

Darin trug Tristan einen Diamantstecker. Und das gefiel ihm so. Er schenkte seinem Vater einen kalten Blick und stand auf. »Ich habe die Belagerung von Sherpur überlebt und bin mit einem halb toten Mann auf meinem Rücken nach Kandahar gelaufen«, sagte er. »Meine Tage waren mit mehr Tod, Blut und Schmutz angefüllt, als mir lieb ist, daher verzeih mir bitte, wenn mir die Sorge um sittsame Bräute und der Klatsch und Tratsch der Gesellschaft als trivial erscheinen.«

Fast hatte er die Tür schon erreicht, als der Graf sagte: »Wenn du willst, dass deine Mutter in Ashdown bleiben kann, rate ich dir, diesen Trivialitäten Bedeutung einzuräumen.«

Er erstarrte. Mehrere Dinge passierten gleichzeitig: Ihm wurde abwechselnd heiß und kalt, sein Puls beschleunigte sich, in seinen Ohren rauschte es. Ein Teil seines Verstands raste, ein anderer Teil davon verharrte reglos.

Bemüht bedächtig drehte er sich um. Sein Körper war immer noch auf Kampf geschult, was auf feindlichem Terrain nützlich war, aber nicht, wenn das Terrain aus dem Arbeitszimmer eines Adeligen bestand. Auf britischen Landsitzen waren die Worte »Töten oder getötet werden« lediglich eine Redewendung, nicht wahr?

»Was hat das alles mit Mutter zu tun?« Sein stets umgänglicher Tonfall klang jetzt auf bedrohliche Weise noch freundlicher.

Rochesters Gesicht bestand aus Schatten und harten Linien. »Wie ich schon sagte, kränkelt sie. Womöglich ist sie woanders besser aufgehoben.«

Tristan umfasste seinen Gehstock so fest, dass die Knöchel seiner Hand weiß hervortraten. »Drück dich klar und deutlich aus.«

»Es gibt Orte, die für Menschen mit ihren Stimmungsschwankungen besser geeignet sind …«

»Reden wir von Bedlam?«

Der Graf neigte den Kopf, sein Lächeln war so dünn, als hätte man es mit einem Messer gezogen. »Bedlam? Die Irrenanstalt? Nein. Es gibt idyllisch gelegene Privatspitäler, in denen man sich um Menschen mit ihren Beschwerden gut kümmert.«

Privatspitäler. Ein anderes Wort für Irrenanstalt, in die noch immer völlig gesunde Ehefrauen und Töchter abgeschoben wurden, sollten sie zu unbequem werden.

Er ging zurück zum Schreibtisch, und Wachsamkeit flackerte in Rochesters Augen auf. Der Mistkerl wusste, dass er zu weit gegangen war. Er hatte es jedoch gewagt, daher musste er sich seiner Sache sehr sicher sein.

»Sie trauert«, sagte Tristan. Sein Blick bohrte sich in den seines Vaters. »Ihr Sohn ist gestorben.«

Wieder ein Aufflackern von Emotion. »Meiner auch«, erwiderte der Graf schroff.

An einem anderen Tag und in einem anderen Leben hätte Tristan vielleicht Mitleid für ihn empfunden. »Sie gehört nicht in eine psychiatrische Anstalt. Das würde sie umbringen, und das weißt du auch.«

»Ich kann nur ein gewisses Maß an Abnormität in meinem Haushalt dulden, Tristan. Du darfst entscheiden, welche das sein soll: deine oder die deiner Mutter.«

Das war glatte Erpressung und eine, der er sich beugen musste, doch jede Faser in seinem Körper spannte sich unwillkürlich an, um den drohenden Verlust seiner Freiheit an Ort und Stelle aus dem Weg zu räumen. Er atmete tief durch, gleich zwei Mal, damit die unheilige weiße Glut, die in ihm aufstieg, etwas abkühlte.

Rochester nickte und sagte fast freundlich: »Tu deine Pflicht. Heirate, zeuge einen Erben und noch ein paar weitere. Du hast drei Monate, um deinen Ruf einigermaßen wieder herzustellen. Beweise, dass du kein nutzloser Taugenichts bist.«

Ein nutzloser Taugenichts. Noch einmal atmete Tristan tief ein. Nutzlos – das war Rochesters Lieblingsbeleidigung. Jeder, der den Plänen des Grafen nicht in irgendeiner Weise dienlich war, fiel in diese Kategorie. Trotzdem hatte ihn diese Bezeichnung in seiner Kindheit am meisten geschmerzt.

Nun denn. Der Besuch seiner Mutter im Westflügel von Ashdown musste wohl noch etwas warten.

Als er mit der Kutsche die Auffahrt hinunterdonnerte, hatte Tristan bereits eine Vermutung, warum Rochester dieses Mal die Gräfin als Druckmittel einsetzte, anstatt wie sonst sein Bankkonto. Zunächst einmal musste er wohl irgendwie erfahren haben, dass Tristan kurz davorstand, finanziell unabhängig zu werden. Außerdem war das Heiratsgeschäft eine ernste Angelegenheit, und Rochester nahm ganz richtig an, dass eine weitere Kürzung von Tristans Unterhalt keinen Erfolg zeigen würde. Eine Frau heiraten, die Rochester ausgewählt hatte, damit sie und ihre gemeinsamen Kinder ihn sein Leben lang an

Rochester erinnern würden? Bestimmt nicht! Daher musste sein Vater auf Erpressung zurückgreifen – ein Leben für ein Leben, seins oder das seiner Mutter.

Wenn er sich darauf einließ, würde Rochester die Schlinge um Tristans Hals mit der Drohung, seiner Mutter zu schaden, immer enger ziehen, solange sie lebte. Das hieß, er brauchte einen Plan. Er beschloss, eine Nachricht an General Foster nach Delhi zu schicken. Vielleicht würde der General sich bereit erklären, eine Weile lang zwei englische Gäste in seinem Haus aufzunehmen, ohne Fragen zu stellen. Es brauchte jedoch verflucht viel Zeit, um diese Sache in die Wege zu leiten. Sein Brief würde wochenlang unterwegs sein, und bis die Antwort des Generals eintraf, würden noch einmal mehrere Wochen vergehen. Womöglich könnte er ein Telegramm nach Bombay schicken, allerdings waren die Tiefseeleitungen zwischen England und dem Subkontinent oft gestört. Kurz spielte er mit dem Gedanken, sich einfach mit seiner kranken Mutter auf den Weg ins Ungewisse zu machen; zum Teufel mit Foster, zum Teufel mit seinen Plänen. Aber solche Impulsivität hatte ihm selten etwas Gutes eingebracht.

Es war jedoch offensichtlich, dass er möglichst schnell eine Geldquelle auftun musste, viel schneller als erwartet. Lucies Gesicht erschien vor seinem inneren Auge, und erneut wallte Ärger in ihm auf. Sie durchkreuzte gerade, wenn auch unwissentlich, seine Pläne für einen Neuanfang in England. Vor knapp fünfzehn Minuten war ihr Vorhaben zu einer Bedrohung für ihn geworden.

Er schaute aus dem Kutschenfenster, ohne jedoch etwas wahrzunehmen; seine Gedanken kreisten immer noch um Lucie. Als er den Bahnhof erreichte, fragte er sich, ob eine Seite in ihm, jener Teil, der sich in den langen Nächten im Osten an Erinnerungen von ihr und den sorglosen Sommern festgehalten hatte, sich insgeheim danach sehnte, wieder im selben Land wie sie zu leben.

Im Zug hatte er das Abteil ganz für sich allein, und die ohrenbetäubende Stille erdrückte ihn. Er holte den Flachmann mit Whisky aus der Innentasche seines Mantels. Eine Weile lang würde er sich wohl auf Rochesters Spiel einlassen müssen, um sich Zeit zu verschaffen. Zunächst aber würde er sich betrinken.

5. KAPITEL

Lucie wachte mit einer Katze auf ihrem Gesicht auf, ihre Füße waren jedoch kalt wie Eis.

»Verflixt, Boudicca.«

Die Katze sprang vom Bett und landete mit einem Plumps auf dem Dielenboden.

»Dein Platz ist an meinen Füßen, das weißt du doch.«

Boudicca wandte sich hoheitsvoll ab und machte sich auf den Weg hinunter in die Küche, denn natürlich war sie eine Katze und kein Fußwärmer. Für derlei Dienste sollte sich eine Dame gefälligst einen Schoßhund halten.

Seufzend schob Lucie die Decke zurück und schlurfte zum Waschstand. Müde blinzelte sie den Schlaf aus den Augen und hatte dabei das Gefühl, als schrammten ihre Lider ihr wie eine Drahtbürste über die Augäpfel. Sie war erst spät mit der Arbeit fertig geworden. Ein Blick in den kleinen Spiegel bestätigte es: Sie wirkte verhärmt. Und ein wenig bleich um die Nase. Nicht ganz unähnlich den Frauen auf den Karten, die links und rechts im Rahmen des Spiegels steckten. Spottkarten zum Valentinstag, sorgfältig ausgewählt aus der Lawine böser Wünsche, die jedes Mal im Februar durch ihren Briefschlitz rollte. Die kleinen Reime und Verse enthielten allesamt dieselbe Botschaft: Sie war eine Schande für das weibliche Geschlecht, würde ein tragisches Leben führen und einsam sterben.

Sie hält sich 'ne Katze und 'nen Vogel dazu, doch die Männer ent-
wischen, was macht sie nu …

Frauen, die keifen, und Hühnern, die kräh'n, sollte man beizeiten
den Hals umdrehen.

Ihre Lieblingskarte zeigte eine kreischende Suffragistin, auf-
gespießt auf einer Mistgabel. Das drahtige Haar der Frau stand
in alle Richtungen ab, und ihre Nase war rot und gekrümmt
wie ein Adlerschnabel. Sie erinnerte ein wenig an eine Hexe.
Und jeder hatte insgeheim Angst vor Hexen, nicht wahr?

Ihr Spiegelbild lächelte sarkastisch. Sie fühlte sich an diesem
Morgen alles andere als stark. Am liebsten wäre sie wieder unter die klamme Decke gekrochen.

Unten in der Küche maunzte Boudicca vorwurfsvoll und
stieß scheppernd ihren leeren Futternapf umher.

Resigniert schlüpfte Lucie in ihren Morgenmantel.

Die weißen Küchenfliesen und polierten Schränke glänzten im blassen Licht der frühen Sonne. Es duftete nach Tee.
Mrs Heath, ihre Perle von einer Haushälterin, hatte bereits das
Feuer angefacht, Brot geröstet und eine Dose mit Lachs geöffnet.

»Du kannst Tante Honoria dafür danken, dass sie mir Geld
hinterlassen hat, sonst müsstest du fressen, was der Katzen-
fleischverkäufer im Angebot hat«, sagte sie zu Boudicca, während sie unter den wachsamen Augen ihres Stubentigers abwechselnd Lachstücke auf ihren Teller und in den Futternapf
schaufelte. »Oder schlimmer noch, dann müsstest du Mäu-
se fangen wie jede normale Katze. Was sagst du nun dazu,
hm?«

Boudicca zuckte unbeeindruckt mit der weißen Schwanzspitze.

»Undankbares Fellknäuel. Ich hätte dich auch in dem Korb lassen können. Ich hätte dich einfach wieder auf die Straße stellen können.«

Du bluffst doch nur, sagten Boudiccas gelbe Augen. *Du kamst dir genauso verloren vor wie ich und hast dringend Gesellschaft gebraucht.*

Möglich. Eines Morgens vor zehn Jahren war sie aus der Tür geeilt und dabei fast über den hohen Korb auf den Stufen gestolpert. Im Korb hatte sich ein maunzendes schwarzes Fellknäuel befunden, kaum größer als eine Hand. Das Knäuel hatte Lucies neugierige Finger wild attackiert, und sie hatte beschlossen, es zu behalten. Sie war gerade erst in Norham Gardens eingezogen, nachdem ihre Eltern sie aus Wycliffe Hall verbannt hatten, und ja, sie hatte sich schrecklich einsam gefühlt. Niemand hatte sich je bei ihr gemeldet und Anspruch auf ihre neue Freundin erhoben.

Die Uhr im Empfangszimmer schlug halb acht, doch der Tee hatte ihre Lebensgeister noch immer nicht geweckt. Es war ein schlechter Tag für Müdigkeit, da zahlreiche Termine in ihrem Kalender auf Erledigung warteten. Zuerst ein Treffen mit Lady Salisbury im *Randolph Hotel*, der sie eine *kleine Verzögerung* beim Kauf des *London Print* eingestehen würde. Danach ein zweites Frühstück mit Annabelle, Hattie und Catriona, ebenfalls im *Randolph*, bei dem sie ihren Freundinnen von den tatsächlichen Schwierigkeiten erzählen würde. Und um halb elf das Treffen mit Lord Nervensäge.

Ihr Magen schlug einen Purzelbaum. Ihre schlaflose Nacht war zum Teil auf ihre letzte Begegnung mit Ballentine zurückzuführen. Sie hatte sich unruhig im Bett gewälzt, unfähig, dieses mulmige Gefühl abzuschütteln, das der Gedanke an ein Treffen mit ihm in ihr auslöste. Um der alten Zeiten willen, hatte er gesagt. Welche Unverfrorenheit! Ihre gemeinsame

Vergangenheit bestand lediglich aus Feindseligkeit. Und selbst diese Tage waren längst vorüber, sie gehörten in ein anderes Leben. Und dennoch tauchte Ballentine seltsamerweise immer wieder auf. Sie trafen sich gelegentlich zufällig bei gesellschaftlichen Anlässen in London, und dann gab es noch die Schlagzeilen und Gerüchte über ihn, die immer irgendwie den Weg an ihre Ohren fanden. Am liebsten würde sie sich gar nicht mit ihm treffen. Falls er jedoch ruchlose Pläne schmiedete, die Frauen und die Zeitungswelt betreffend, musste sie darüber Bescheid wissen.

Unter dem Tisch jaulte Boudicca so vorwurfsvoll, als hätte sie seit Tagen kein Futter bekommen.

»Du Tyrannin«, schimpfte Lucie und schabte den Rest des Fisches von ihrem Teller in den Napf.

Lady Salisbury logierte im *Randolph* unter dem Namen »Mrs Miller«, was absurd war, da die Gräfin in ihrem Benehmen und Aussehen so offensichtlich adelig war, dass man sie niemals für eine Mrs Irgendwer halten würde. Lady Salisbury zog es jedoch vor, sich inkognito, wie sie es ausdrückte, für die Frauenrechtsbewegung zu engagieren, besonders bei dieser Mission. Sie hatte trotzdem mehrere Damen außerhalb von Lucies Bekanntenkreis dazu gebracht, sich am Investorenkonsortium zu beteiligen, und selbst eine beträchtliche Summe gespendet. Sie nun enttäuschen zu müssen, war bedrückend.

Die Gräfin saß auf einer Chaiselongue, ein schwarzes Tuch um die Schultern und eine zarte Porzellantasse in der Hand. Sie stellte die Tasse ab und erhob sich, als Lucie eintrat. Sie bestand hartnäckig auf dieser Geste guter Manieren, obwohl sie bereits weit in den Siebzigern war und einen Gehstock benötigte.

»Lady Lucinda, die baldige Inhaberin des *London Print*«, rief sie. Ihr strahlendes Lächeln grub Falten in ihre rundlichen Wangen.

Lucie setzte ein frohe Miene auf. »Noch nicht ganz, fürchte ich.«

Lady Salisburys Strahlen erlosch. »Noch nicht ganz? Aber der Vertrag sollte doch schon vor Tagen abgefasst werden. Bitte, nehmen Sie Platz. Möchten Sie eine Tasse Tee oder einen Sherry?«

Sherry? Die Uhr auf dem Kaminsims zeigte neun Uhr morgens.

»Tee, bitte.« Lucie setzte sich.

»Was soll dieser Noch-nicht-ganz-Unfug bedeuten?«, fragte Lady Salisbury, während sie einschenkte.

»Mr Barnes hat mich darüber informiert, dass es eine bedauerliche Verzögerung bei der Aufsetzung des Vertrags gab. Bis nächste Woche sollte die Angelegenheit jedoch geklärt sein.«

So leicht ließ sich die Gräfin allerdings nicht hinters Licht führen. Der Scharfsinn, der in ihren Augen funkelte, stand dem einer Frau in Lucies Alter in nichts nach. Wissend verengte sie die Augen. »Der Vorstand hat Vorbehalte gegenüber Ihrer Person, und nun macht er Ihnen Ärger.«

»Das ist nicht ungewöhnlich. Letzen Endes werden wir jedoch Erfolg haben.«

»Das wäre mir in der Tat sehr recht«, sagte Lady Salisbury. »Meine Athena ist ganz erpicht darauf, sich nützlich zu machen.«

Lady Athena, Lady Salisburys Nichte, brannte darauf, Lucie im Verlag zu assistieren. Sie war eine von vielen ihres Standes, die ihre Zeit einer nützlichen Tätigkeit widmen wollten, abseits von Handarbeiten in den Salons der vornehmen Gesellschaft.

»Bitte richten Sie Lady Athena meine Grüße aus«, sagte Lucie. »Es ist nur noch eine Sache von wenigen Tagen.«

Lady Salisbury schüttelte den Kopf. »Schrecklich, diese politischen Machtspielchen.«

»Es könnte schlimmer sein. Wenigstens können wir mit Stift und Papier um unsere Freiheit kämpfen und müssen nicht zu Schwertern und Mistgabeln greifen.«

Allerdings erschien ihr die Vorstellung, mit einer primitiven Waffe auf das Ziel hinzupreschen, mittlerweile reizvoller.

Lady Salisbury betrachtete sie nachdenklich, während sie ihren Tee umrührte. »Haben Sie schon mal in Betracht gezogen, sich vielleicht ein wenig freundlicher zu geben?«, fragte sie. »Nicht ganz so forsch und radikal und etwas modischer? Vielleicht nimmt das der Kontroverse um Sie ein wenig die Spitze.«

Lucie schenkte ihr ein flüchtiges Lächeln. Wie hätte sie nicht darüber nachdenken können? Der Vorschlag wurde ihr des Öfteren unterbreitet.

»Wenn man mit modischen Roben und einem hübschen Lächeln Macht ausüben könnte, dann würden unsere Bankiers, Herzöge und Politiker stets makellos gekleidet und grinsend wie Honigkuchenpferde herumstolzieren«, erwiderte sie. »Aber das tun sie nicht.«

»Ah, nun, aber die Waffen von Männern und Frauen unterscheiden sich nun mal«, meinte Lady Salisbury in nachsichtigem Ton. »Sehen Sie, eine Frau, die nach Macht strebt, gilt als vulgär. Daher ist es von Vorteil, wenn sie bei ihren Bestrebungen zumindest hübsch anzusehen ist. Außerdem verwirrt es die Hetzer und Heuchler.«

»Mylady, ich befürchte, die Vorstellung, dass eine Frau eine Person ist, ob verheiratet oder nicht, ist von Grund auf so radikal, dass ich als lästiger Plagegeist betrachtet werden würde, ganz gleich, wie ich die Angelegenheit präsentiere.«

54

Dass sie als Plagegeist galt, war noch untertrieben. Man sah eine Provokateurin in ihr, eine Bedrohung. Wenn nämlich eine Frau eine eigenständige Person war, bedeutete dies, dass sie womöglich auch eine eigene Meinung, ein eigenes Herz und eigene Bedürfnisse hatte. Aber die liebende Mutter und brave Ehefrau, die sich unermüdlich für ihre Familie aufopferte, durfte keine eigenen Bedürfnisse haben, oder, wie Patmore es in seinem überaus beliebten Werk ausdrückte: Der Mann muss erfreut werden, aber ihm zu gefallen ist das Vergnügen der Frau …

»Schrecklich, diese Machtspielchen«, wiederholte die Gräfin und schüttelte den Kopf. »Ich sehe, dass diese ganze Angelegenheit Sie sehr viel Kraft kostet. Sie sehen müde aus. Nehmen Sie sich etwas Gebäck.«

»Ich habe gestern Abend beim Briefelesen die Zeit vergessen«, gestand Lucie. »Vielleicht werde ich aber auch alt.« Das war ihr unabsichtlich über die Lippen gerutscht.

Lady Salisbury lehnte sich zurück und hob die Augenbrauen. »Alt, Sie! Sagen Sie das nicht, denn das würde bedeuten, dass ich praktisch tot bin. Nein, meine Liebe, lassen Sie sich von einer wirklich alten Frau gesagt sein: Sie sind immer noch in den besten Jahren. Und ganz sicherlich zu jung für die tiefen Falten auf Ihrer Stirn. Sagen Sie, haben Sie einen besonderen Freund?«

Lucie zog die Brauen zusammen. »Ich habe drei enge Freundinnen. Während des Semesters an der Universität wohnen sie hier im Hotel, in den Suiten im ersten Stock.«

»Reizend.« Lady Salisbury nahm anmutig einen Schluck aus ihrer Tasse. »Was ich jedoch meinte, ist: Haben Sie einen Verehrer?«

Oh. Sie musterte die Gräfin wachsam. »Nein.«

»Ich verstehe.«

»Ich bin Kampagnenleiterin der Frauenbewegung für die Reform des Eigentumsgesetzes für verheiratete Frauen. Eine Ehe würde meine Glaubhaftigkeit untergraben.«

Lady Salisbury zuckte mit den Schultern. »Millicent Fawcett ist auch verheiratet und in der Frauenbewegung allseits hoch angesehen.«

»Vermutlich ist es förderlich, dass ihr Ehemann die Bewegung schon lange vor ihrer Heirat unterstützt hat«, murmelte Lucie. Sie war verwirrt. In ihrer gegenwärtigen Situation war sie ein seltenes Geschöpf – eine unabhängige Frau. Sie hatte ein zwar bescheidenes, aber sicheres Einkommen, und weder ihr Vater noch ein Ehemann bestimmten über sie. Gewöhnlich schenkte nur der Witwenstand einer Frau so viel Freiheit. Warum schlug Lady Salisbury also vor, dass sie all das aufgeben sollte?

»Ich meine auch nicht unbedingt ein formelles Arrangement wie eine Ehe.« Lady Salisbury beugte sich vor, ein verschwörerisches Funkeln in den Augen. »Ich sprach von einem Kavalier, wie man das in meiner Zeit nannte. Einem Geliebten.«

Einem Geliebten?

Sie beäugte die Tasse der Gräfin misstrauisch. Trank sie etwa den Sherry zum Frühstück?

Lady Salisbury lachte. »Oh je, welch ein konsternierter Blick. Gewiss ist Ihnen bewusst, dass ein Mann gelegentlich auch Vergnügen bereiten kann. Es ist wichtig, zwischen dem Menschen an sich und der Politik zu unterscheiden. Und Sie sind sicherlich nicht alt. Schauen Sie nur, Sie erröten ja schon bei der bloßen Erwähnung eines Galans.«

Ihre Wangen fühlten sich tatsächlich warm an. Dieses Gespräch bewegte sich an der Grenze der Vulgarität, und warum nur kam ihr jetzt ausgerechnet Tristans arrogante, gelangweilte Miene in den Sinn?

Lady Salisbury tätschelte Lucies Hand. »Schon gut, die Mutigen sind einsam. So war es schon immer. Ich hoffe, wir können diesen Zeitungsverlag kaufen. Wir alle setzen unser Vertrauen in Sie, das wissen Sie ja. Sie tragen die Fackel für all jene von uns, die das nicht können.«

»Richtig«, sagte Lucie gedankenverloren. »Ich gebe mein Bestes.«

»Der liebe Herrgott weiß, dass ich den Wandel wohl nicht mehr erleben werde«, meinte Lady Salisbury. »Aber ich hege große Hoffnungen für meine Athena. Und es ist so belebend, eine Aufgabe zu haben. Mein Anwalt glaubt immer noch, dass ich das Geld für eine neue Hutkollektion ausgegeben habe.« Sie gackerte vergnügt. »Wie viele Hüte, glaubt dieser Mann, kann denn eine Frau gebrauchen?«

Hatties Suite im ersten Stock wurde gewöhnlich von ihrem Leibwächter Mr Graves bewacht. Heute lauerten jedoch zwei von der Sorte in den dunklen Ecken und taten mit ausdruckslosen Mienen so, als seien sie Dienstboten. Natürlich. Neuerdings hatte auch Annabelle einen Verfolger. Das war einer der vielen Nachteile, die eine Ehe mit einem Herzog mit sich brachte. Lucie wusste, dass man Montgomery auch noch dankbar zu sein hatte, weil er seiner frisch angetrauten Frau erlaubte, ihr Studium der Klassiker fortzusetzen.

Die offenen Flügeltüren zum Salon offenbarten ein heimeliges Bild: Der Kronleuchter aus venezianischem Glas warf glitzernde Lichtfunken auf den niedrigen, von Sesseln umrahmten Teetisch. Eine Etagere mit Gebäck stand auf dem Tisch, und erstaunlicherweise waren noch Scones und Zitronentartes übrig. Ihre Freundinnen drängten sich auf dem gelben Sofa und lasen, die Köpfe – einer rot, einer schwarz und einer brünett –, zusammengesteckt, in einem Magazin. Das Feuer knisterte leise im Kamin, über dem eine Leinwand mit ihrer dringendsten Mission hing: *Reform des Eigentumsgesetzes für verheiratete Frauen.*

Eines der allgegenwärtigen Porträts von älteren Gentlemen mit gepuderten Perücken hatte Platz für das Spruchband machen müssen. Der Gentleman lehnte nun an einer Anrichte, parat, um wieder aufgehängt zu werden, falls Hatties Eltern zu Besuch kamen, denn die vermögende Bankiersfamilie würde Hatties Engagement für die Frauenbewegung sicher nicht gutheißen. Hatties Anstandsdame, ihre Großtante, die bei ihr lebte, war zum Glück zu kurzsichtig, um davon Notiz zu nehmen. Vermutlich schlief Tantchen im Moment, weshalb die jungen Damen die für einen Besuch als schicklich angesehene Viertelstunde schamlos überschreiten konnten.

Oxford war schon ein seltsamer Ort. Die Universität hatte ohne viel Aufhebens auf dem Sofa eine Bankierserbin und Studentin der feinen Künste, eine schottische Adelige, die als Forschungsassistentin ihren Professorenvater unterstützte, und eine Vikarstochter, die nun Herzogin war, zusammengebracht.

»Liebe Güte, Lucie, das ist unheimlich, wenn du still und stumm wie eine Statue im Zimmer stehst.« Hattie war aufgesprungen, und einige ihrer Frisur entflohene rote Locken hüpften um ihr Gesicht.

»Der Vertrag ist nicht unterschrieben«, sagte Lucie rasch. Annabelle und Catriona, die ebenfalls aufstehen wollten, sanken zurück aufs Sofa.

»Es liegt an deinem Ruf, nicht wahr?«, stellte Annabelle fest. Abschätzend musterte sie Lucie aus grünen Augen.

»Offenbar.« Lucie ließ sich undamenhaft auf ein Samtsofa plumpsen. »Soweit ich weiß, hat der Vorstand meinen Namen in den Dokumenten des Konsortiums bemerkt. Nun vermuten sie zu Recht, dass ich *London Print* manipulieren will, und raten Mr Barnes, seine Anteile nicht an uns zu verkaufen.«

Hattie hielt in der Bewegung inne, eine Teekanne in der Hand. Ihre großen braunen Augen wurden vor Sorge rund.

»Er muss dem Rat des Vorstands aber doch nicht folgen, oder?«, fragte sie.

»Er ist ein sehr nervöser Mann.«

»Und was sollen wir nun tun?«

Lucie zuckte mit den Schultern. »Was wir immer tun. Wir üben uns in Geduld.«

Catriona nahm ihre Brille ab, in ihren blauen Augen stand ein ernster Blick. »Gib dir nicht die Schuld daran.« Ihr schottischer Akzent verstärkte sich immer ein wenig, wenn sie aufgewühlt war. »Wir haben alle Optionen in Betracht gezogen. Dir das Heft für dieses Unterfangen in die Hand zu geben, war die beste von vielen schlechten Optionen.«

»Nun, danke«, meinte Lucie sarkastisch. Tatsächlich fragte sie sich seit ihrem letzten Besuch bei Mr Barnes, ob der ganze Plan nicht völlig verrückt war. Anfangs war ihr der Gedanke, einen Verlag zu kaufen, der mit einem Suffragistinnenmagazin Stimmung gegen das Eigentumsgesetz für verheiratete Frauen machen könnte, großartig und vernünftig erschienen. Große Herausforderungen musste man eben manchmal mit ebenso schlagkräftigen Waffen meistern. Wie sich jedoch herausgestellt hatte, konnte man sich leicht in den dafür notwendigen Detailaufgaben verlieren. Die Suche nach bereitwilligen Investorinnen, die trotz der ihnen auferlegten Beschränkungen genügend Kapital zur Verfügung stellen konnten, und der Wust von Vertragspapieren, die sie durcharbeiten und verstehen musste, hatte sie davon abgelenkt, alle möglichen Konsequenzen bis zum Ende zu durchdenken. Ein ruinierter Ruf und das sinkende Wohlwollen gegenüber der ohnehin schon unbeliebten Frauenbewegung waren nur wenige der möglichen Risiken. Lucie hatte all dies nur zu gern ignoriert, als sich unerwartet vor einem Monat die Gelegenheit ergab, ein Verlagshaus zu übernehmen. Nun erst, wo unerwartet im letzten Moment doch noch die Niederlage drohte, spürte sie das volle Gewicht des Plans. Gern hätte sie sich ihren Freundinnen anvertraut. *Ich mache mir Sorgen, dass ich mir mehr aufgeladen habe, als ich tragen kann.* Das würde sie jedoch niemals laut aussprechen. Eine Anführerin, die Schwäche zeigte, war ungefähr so nützlich wie ein nasses Handtuch. Außerdem stützte sich die gesamte Frauenrechtsbewegung auf Mitstreiterinnen, die handelten, bevor sie sich völlig bereit dafür fühlten.

Sie wandte sich an Annabelle. »Ich habe Barnes leider mit dem Zorn des Hauses Montgomery drohen müssen. Ich weiß, dass es im Moment noch ziemlich heikel ist, deinen Namen bei potenziell skandalträchtigen Unternehmungen ins Spiel zu bringen, aber ich dachte, ich hätte keine andere Wahl.«

Der Herzog von Montgomery war ein mächtiger Mann, aber sein gesellschaftliches Ansehen hatte seit der Hochzeit mit Annabelle vor ein paar Monaten arg gelitten. Die oberen Zehntausend hatten seine Entscheidung, die Tochter eines Vikars zur Frau zu nehmen, nicht wohlwollend aufgenommen. Auch sein Parteiwechsel war nicht gut angekommen. Seitdem mied er die feine Gesellschaft weitestgehend.

»Ich glaube nicht, dass uns das schaden wird«, sagte Annabelle. »Bis der Bericht veröffentlicht wird, haben wir alle Spuren meiner Beteiligung gewiss verwischt.«

»Du bist zu freundlich.«

Annabelle neigte anmutig den Kopf. Ein Juwel auf ihrer Haarnadel fing das Licht ein und warf einen Regenbogen auf ihr mahagonibraunes Haar. Die Wahrheit über Herzöge? Kein Skandal war jemals groß genug, um sie tatsächlich zu ruinieren.

Hattie häufte Scones und Tartes auf ihren Teller. »Hat dir Lady Salisbury einen Rat in dieser Angelegenheit gegeben?«

Ja. Dass ich mir einen Liebhaber nehmen soll, um die Falten auf meiner Stirn zu glätten.

»Nur das Übliche«, antwortete Lucie. »Ich soll weniger ich sein und mehr das sanfte Inbild einer Frau, um die Bewegung reizvoller zu machen.« Sie griff nach einem Scone und zerkrümelte es zwischen ihren Fingern. »Das ist eine Sache, die mir wohl für immer unbegreiflich bleiben wird. In unserem kleinen, ich möchte sagen, erleuchteten Kreis vergisst man das wohl leicht, aber die Tatsache bleibt bestehen: Vor dem Gesetz haben wir ab dem Tag unserer Hochzeit dieselben Rechte wie Kinder und Sträflinge, nämlich keine. »Und doch«, Lucie ignorierte Hatties vorwurfsvollen Blick auf das zerkrümelte Scone. »Und doch gibt es Menschen, die glauben, man könne allein durch Demut und hübsches Aussehen hier einen Unterschied bewirken. Ich verstehe schon, dass Freundlichkeit den Frieden aufrechterhält, aber wie gewinnt man damit den Krieg?«

Sowohl Annabelle, die sehr belesen in den Kriegen der Antike war, als auch Catriona, die sehr belesen in überhaupt allem war, betrachteten sie leicht belustigt. Nun gut. Sie atmete tief durch. Sie fühlte sich ungewohnt gereizt. Zum einen machte ihr die Ungewissheit wegen *London Print* zu schaffen, zum anderen beschäftigte sie Tristans plötzliches Auftauchen vor ihrem Fenster. Der Gedanke daran drehte unermüdliche Kreise in ihrem Kopf. Kurz überlegte sie, ob sie ihren Freundinnen von dem bevorstehenden Treffen bei Blackwells erzählen sollte, aber eigentlich sollte Ballentine ihre Gedanken gar nicht beherrschen.

»Was, wenn ein Körnchen Wahrheit in der Behauptung liegt, dass Freundlichkeit etwas bewirken kann?«, fragte Hattie. »Steter Tropfen höhlt den Stein, hat Ovid schon gesagt, glaube ich.«

Annabelle nickte. »Das stimmt.«

»Und das braucht dann lediglich tausend Jahre«, grummelte Lucie.

»Es spricht doch nichts dagegen, dass wir hübsch aussehen, während wir den Stein aushöhlen«, sagte Hattie ungerührt. »Wenn du Lady Salisburys Strategie einmal ausprobieren willst, könntest du dich für den Anfang auf gesellschaftlichen Anlässen sehen lassen. Wir haben uns gerade über Montgomerys Hausgesellschaft unterhalten.« Sie schenkte ihr ein strahlendes Lächeln. »Es wäre famos, wenn du dich uns ausnahmsweise einmal anschließen würdest.«

Lucie blinzelte. »Seit dem Vorfall mit dem spanischen Botschafter und der Gabel habe ich an keiner Hausgesellschaft mehr teilgenommen.«

»Dann wird es höchste Zeit, das zu ändern. Wir könnten zusammen einkaufen gehen.« Hattie legte das Magazin, das sie sich mit Catriona und Annabelle angesehen hatte, auf den Tisch. Es war ein Modemagazin, auf der Vorderseite war eine Frau in einem unglaublich schmalen Rock und einem winzigen Hut abgebildet.

»Ist es denn angesichts Montgomerys derzeitiger Lage nicht noch zu früh für derlei Veranstaltungen?«, fragte Lucie rasch.

»Manchen mag es zu früh erscheinen«, gab Annabelle zu. »Der Prinz von Wales hat sich jedoch selbst nach Claremont zur Moorhuhnjagd eingeladen. Wir haben daher entschieden, ihn zum Ehrengast einer Hausgesellschaft zu ernennen.«

»Das ist wirklich ein genialer Schachzug«, lobte Hattie.

Und sie hatte recht. Wenn der Prinz von Wales zu Gast weilte, würden nicht einmal Montgomerys Gegner die Einladung ablehnen. Vermutlich würden sie einen Sohn an ihrer Stelle schicken, aber jede bedeutende Familie würde anwesend sein. Dem Prinzen selbst ging es womöglich nur darum, die Königin zu ärgern, die von dem lasterhaften Lebenswandel ihres Sohnes überhaupt nicht amüsiert war. Dennoch konnte seine Anwesenheit Wunder zur Herstellung von Montgomerys Ruf bewirken.

»Ich danke dir für die Einladung«, sagte Lucie zu Annabelle. »Es erscheint mir jedoch riskant, mich unter die Gäste zu mischen, wenn Montgomery seinen Ruf wiederherstellen will.«

Annabelle schüttelte den Kopf. »Du bist meine Freundin. Und ganz ehrlich, ich brauche meine Freundinnen bei dieser Gesellschaft an meiner Seite. Alle anderen gieren nur darauf, Zeuge davon zu werden, wie eine Glücksritterin sich zutiefst blamiert.«

Verflixt. Sie hatte nicht bedacht, dass Annabelle womöglich moralische Unterstützung benötigen würde.

Hattie blickte sie verschlagen an. »Wäre Annabelles erste Hausgesellschaft als Gastgeberin in Claremont nicht ein passender Anlass für einen Besuch bei der Schneiderin?«

Als Künstlerin und romantische junge Frau hatte Hattie eine ausgeprägte Meinung zu Farben, Schnitten und Accessoires. Außerdem lauerte unter der Fassade ihrer niedlichen Himmelfahrtsnase und ihres Lächelns eine unglaubliche Sturheit, die Lucies Argumentationsstärke weitaus überlegen war.

»Ich bezweifle ja gar nicht, dass Mode eine Waffe in den Händen einer Dame sein kann, Hattie. Ich habe nur etwas dagegen, dass es die einzige Waffe sein soll, die wir in der Öffentlichkeit führen dürfen, ohne schief angesehen zu werden.«

»Und sie nicht zu nutzen, zeigt, was man davon hält. Ich weiß, ich weiß«, sagte Hattie. »Nur wähle ich gern selbst meine

Waffen, und wie eine graue Maus zu wirken, gehört eindeutig nicht dazu. Du kannst von Glück sagen, dass deine Mutter, im Gegensatz zu meiner, nicht darüber bestimmt, was du anziehen sollst. Was du alles tragen könntest!«

»Ich habe genügend Kleider.«

»Ja, und die sind auch alle … nett«, sagte Hattie wenig überzeugend. »Aber eben auch alle … grau.«

»Das stimmt.«

»Und sie sehen alle … gleich aus.«

»Das spart mir jeden Tag eine halbe Stunde Zeit, weil ich mir keine Gedanken über die Zusammenstellung meiner Garderobe machen muss.«

Außerdem war Grau eine äußerst praktische Farbe für eine Frau, die bei der Erfüllung ihrer Aufgaben Staub, Schmutz und Tintenflecken unweigerlich anzog. Auf Kleidern, die sie jeden Samstag sorgfältig mit Mrs Heath säubern musste. Sie fing Catrionas mitleidigen Blick auf. Zweifellos war sie vor Lucies Ankunft von Hattie bereits zum Thema *Einkaufsbummel* geplagt worden. Obwohl sie Erbin einer schottischen Grafschaft war, fühlte sich Catriona am wohlsten in ihrem alten Campbell-Clan-Tartantuch; das schwarze Haar zu einem schlichten Knoten geschlungen und die Nase in einem byzantinischen Pergament vergraben. Arme Hattie.

Zwanzig Sekunden später hob diese beschwörend die Hände. »Zitronengelb«, rief sie. »Bei deinem Typ solltest du Zitronengelb tragen. Ich empfehle ein Morgenkleid in dieser Farbe. Mauve, hellblau und taubenblau für ein elegantes Nachmittags- oder Spazierkleid, allenfalls ein helles Grau, aber niemals dieses langweilige Schiefergrau. Kirschrot für ein atemberaubendes Abendkleid. Und in Karmesinrot legst du einen aufregenden Auftritt bei einem Ball hin. Keine verschnörkelten Muster für dich, sondern klare Linien. Ich rate dir, dass du diese mit edlen, weichen Stoffen brichst. Wirklich, Lucie, du hast viel Potenzial!«

»Du überwältigst mich, meine Liebe.«

»Sei vorsichtig, wenn du mit ihr einkaufen gehst«, warnte Annabelle. »Beim letzten Mal, als ich Hattie ein Kleid für mich auswählen ließ, trug ich Fuchsiarot und hab eine ganze Gesellschaft damit schockiert.«

Hattie schenkte ihr einen selbstzufriedenen Blick. »Und dann hat sich ein Herzog hoffnungslos in dich verliebt und dich zu seiner Frau genommen. Oh ja, ich bin wirklich eine grässliche Freundin.«

Ein Blick auf die fortschreitenden Zeiger der großen Standuhr verursachten Lucie ein unangenehmes Kribbeln. Sie stellte ihre Tasse ab.

Sie sollte gar nicht an ihn denken, aber wenn schon, konnte sie auch gut vorbereitet zu diesem Treffen kommen.

»Hattie?«

»Ja?« In Hatties Miene spiegelte sich ein hoffnungsfroher Ausdruck.

»Ich würde gern etwas über Lord Ballentine erfahren …«

Hattie hob eine Hand in gespieltem Entsetzen an den Mund. »Etwa der Lord Ballentine, Lebemann und Frauenheld der Extraklasse?«

»Genau der. Ihm wurde kürzlich das Victoriakreuz verliehen.«

»Ja?«

»Welche Tapferkeit hat er dafür begangen? Weißt du das zufällig?«

Dies rief einen leicht gekränkten Blick bei ihrer Freundin hervor. »Natürlich weiß ich das. Er hat sich in Gefahr begeben, statt davor wegzulaufen.«

»Das macht jeder Soldat.«

Hattie schüttelte den Kopf. »Wie es scheint, hat er noch mehr geleistet. Es heißt, seine Einheit ist in einen Hinterhalt geraten und saß an einer Felswand in der Falle. Sie hatten kaum Deckung, und sein Captain war getroffen worden.«

Annabelle blickte bekümmert. »Wie schrecklich.«

»Oh ja, und es kam noch schlimmer. Die Männer konnten den Captain nicht bergen, da er mitten in der Schusslinie lag, und sie wussten, dass sie sterben würden wie die Fliegen, da der Angriff aus dem Hinterhalt kam.«

Catriona runzelte die Stirn. »Wie ist Lord Ballentine dann aus dieser Falle entkommen?«

Hatties Wangen hatten sich gerötet. »Offenbar kam ihm der Zufall zu Hilfe. Er war hinter den anderen zurückgeblieben. Es geht das Gerücht, dass er ohne Erlaubnis der Truppe ferngeblieben ist.« Sie senkte die Stimme zu einem Flüstern. »Er hatte ein Bad in einem nahen Fluss genommen. Das stand zwar nicht in den Zeitungen, aber ich hörte, wie Mrs Heathecote-Gough erzählte, dass er noch nicht wieder ganz angezogen war, als dieser Angriff stattfand.«

»Typisch«, murmelte Lucie.

»Als Lord Ballentine die Schüsse hörte, stürmte er halb bekleidet an den Ort des Geschehens und konnte die verborgenen Angreifer ausfindig zu machen. Er näherte sich dem Posten aus einem toten Winkel. Anschließend hat er mit seiner Waffe die Angreifer niedergestreckt. Als er jedoch versuchte, den Captain zu holen, wurde er von einem der feindlichen Soldaten, den er wohl noch nicht ganz außer Gefecht gesetzt hatte, in die Schulter geschossen.«

»Also war er unachtsam«, stellte Lucie fest. »Das ist auch typisch.«

Hattie verzog missbilligend den Mund. »Er hat das Leben seiner Kameraden gerettet und seines dafür aufs Spiel gesetzt,

Lucie. Er hat den Captain mit seinem Körper geschützt, während der Rest der Truppe den Angreifer überwältigte. Dann hat er seine Kameraden durch feindliches Terrain in Sicherheit geführt. Wie dem auch sei«, sagte sie schließlich. »Er ist trotzdem eine Plage, denn er hat beim Winterball Annabelle bedrängt.«

»Oh, er ist ganz eindeutig ein Casanova«, sagte Annabelle finster. »Ein Held und eine Plage, ein Mann kann beides sein.«

»Allerdings hat er damit auch Montgomery aus der Reserve gelockt und so dafür gesorgt, dass der Herzog dir seine Liebe erklärt«, stellte Hattie fest.

»Gewissermaßen.« Annabelle errötete.

Lucie hatte immer noch die Bilder eines waghalsigen und halb nackten Tristan Ballentine vor ihrem inneren Auge, als die Standuhr mit lautem Gongen anzeigte, dass sie sich verabschieden musste, um den besagten Herrn zu treffen.

6. KAPITEL

Der frühe Morgen war in einen warmen Vormittag übergegangen. Nicht einmal ein laues Lüftchen wehte, um Lucies ungewöhnlich überhitztes Gesicht zu kühlen. Völlig verschwitzt kam sie vor Blackwells an und fühlte sich bereits beim Anblick von Ballentines rotbraunem Mantel provoziert. Wie eine fehlplatzierte Kastanie leuchtete der Gehrock in der Sommersonne, während Tristan selbst gelassen und wohltemperiert wirkte. Sie konnte ihn eine Weile beobachten, bevor er sie bemerkte, denn er überragte durch seine Größe die vorbeiströmende Menge, während sie darin unterging.

Ein Lächeln malte sich in sein Gesicht, als sie vor ihm stehen blieb.

Er lüpfte seinen Zylinder. »Mylady.«

Sein Haar glänzte im Sonnenschein wie poliertes Kupfer. Sie glaubte, eine Passantin in der Menge bei seinem Anblick aufseufzen zu hören.

»Ich habe eine halbe Stunde Zeit«, sagte sie.

»Das entspricht genau meinem Terminplan.«

Wahrscheinlich wollte er zurück nach London, vermutete Lucie. Rasch nahm sie die drei Stufen zum Buchladen. Ein Dutzend Köpfe schwenkte beim Scheppern der Glocke in dem dämmrigen, stickigen Raum zu ihr: bleiche, bebrillte Studentengesichter. Augen weiteten sich, womöglich weil man sie erkannt hatte. Zu vielen Menschen in dieser Stadt war ihr Name ein Begriff; vielleicht galt die Aufmerksamkeit aber auch Tristan. Jeder würde es sensationell interessant finden, dass der begehrteste Herzensbrecher von London ausgerechnet Lady Lucinda Tedbury an den Fersen klebte. Buchstäblich. Tristan ragte hinter ihr auf und war ihr viel zu nahe, nachdem sie abrupt stehen geblieben war. Sein Duft stieg ihr in die Nase, warm und beunruhigend vertraut. Sie hätte ihn mit geschlossenen Augen unter einer Reihe anderer Männer erkannt.

Mit eiligen Schritten steuerte sie auf die schmale Treppe zu.

Das Café im ersten Stock war klein. Höchstens zehn Gäste fanden an den wenigen Tischen Platz, die sich um den kalten Kamin drängten. Sie waren allein. An einem heißen Tag befanden sich die Studenten, abgesehen von den übereifrigen Exemplaren im Parterre, gewöhnlich entweder im Bett oder betrunken in einem Stechkahn auf dem Fluss Cherwell. Tristan verstand sich gut darauf, einen ungestörten Ort mitten in der Öffentlichkeit zu finden.

Als er ihr einen Stuhl an einem Tisch nahe dem Fenster herauszog, war sie so stachelig gestimmt wie ein Igel. Seine Miene wirkte viel zu unschuldig für ihren Geschmack; kein lüsternes Grinsen, keine verführerischen Blicke in Sicht.

»Kaffee«, bestellte er bei dem Kellner, der mit einem frischen weißen Tischtuch herbeieilte. »Milch und drei Stück Zucker für die Dame, schwarz für mich. Es sei denn …« Er schaute zu ihr, »… Sie trinken Ihren Kaffee inzwischen anders.«

Einen Moment war sie versucht, dem zuzustimmen. Wie es schien, hatte er sie in ihrem früheren Leben beim Frühstück in Wycliffe Hall ausspioniert.

»Nein. Milch und drei Stück Zucker bitte«, murmelte sie.

Der Tisch war schmal. Von außen betrachtet sahen sie wie Freunde aus, die gemeinsam Kaffee tranken. Ihre Knie berührten sich fast unter der Tischdecke.

Aus dieser Nähe bemerkte sie Veränderungen in Tristans Gesicht, die die Dunkelheit bei ihrer Begegnung vor zwei Tagen verhüllt hatte. Monate nach seiner Rückkehr hatte sein Teint immer noch den warmen Honigton eines Mannes, der meilenweit bei sengender Hitze durch ein fremdes Land gewandert war. Leichte Falten hatten sich auf seine Stirn gezeichnet, und unter seinen Augen lagen Schatten, als hätte er kaum Schlaf gefunden. Nichts davon tat seiner Schönheit Abbruch, aber es verlieh ihm einen raueren Charme. Noch etwas hatte sich verändert, und es dauerte einen Moment, bis sie feststellte, dass er seinen Ohrring nicht trug. Hatte sie sich den Diamantstecker an diesem Abend vor zwei Tagen nur eingebildet? Wurde Ballentine nicht etwa nur älter, sondern vielleicht allmählich sogar erwachsen? Unvermittelt fragte sie sich, welche äußerlichen Spuren die Zeit wohl bei ihr hinterlassen hatte.

»Du siehst reizend aus, Tedbury«, meinte er, als hätte er ihr den Gedanken vom Gesicht abgelesen. »Darf ich dich zu deinem makellos erhaltenen Teint beglückwünschen?«

»Lieber nicht«, sagte sie. »Bevor ich mich überhaupt auf ein Gespräch mit dir einlasse, muss ich wissen, welche Absichten du beim Silvesterball gegenüber der Herzogin von Montgomery gehegt hast?«

Er blinzelte verwirrt. »Was?«

»Montgomerys Silvesterball. Wie ich hörte, hast du versucht, die Herzogin nach einem Tanz zu einem Spaziergang auf der Terrasse zu überreden.«

»Ah. Damals war sie noch die schlichte Miss … Unschuld vom Land, nicht wahr?«

»Das spielt für meine Frage keine Rolle.«

»Wenn ich die Sorte Mann wäre, für die du mich offensichtlich hältst, würde ich dir in diesem Fall wahrheitsgemäß antworten?«

»Ich würde es erkennen, falls du lügst.«

Er lächelte spöttisch. »Das bezweifle ich.«

»Nun gut.« Bevor sie aufstehen und ihre Drohung wahr machen und gehen konnte, stützte er die Ellbogen auf den Tisch und beugte sich zu ihr.

In seinen Augen flackerte ein überraschend intensives Funkeln auf. »Ich zwinge mich Frauen nicht auf«, meinte er ruhig. »Das habe ich noch nie getan.« So verärgert hatte sie ihn noch nie erlebt, sämtliche Lässigkeit war verschwunden. Faszinierend.

»Warum hast du dann darauf bestanden, dass sie dich ins Freie begleitet?«, stieß sie hervor.

Er zuckte mit den Schultern. »Ich erinnere mich nicht mehr. Vermutlich habe ich mich gelangweilt. Vielleicht habe ich auch angenommen, dass es eine wahre Verschwendung wäre, wenn sie auf dem Ball das Schicksal eines Mauerblümchens erduldet, und dass sie etwas Unterstützung benötigt. Die Mittelschicht ist wirklich durchdrungen von hartnäckigen Moralvorstellungen und steht damit ihrem eigenen Vergnügen im Weg. Das bedeutet jedoch nicht, dass ich mir gegen ihren Willen Freiheiten herausgenommen hätte.«

»Du arroganter Flegel! Behauptest du ernsthaft, du hättest ihr mit deinem Verhalten einen Gefallen getan?«

»Nun, das werden wir wohl nie erfahren, nicht wahr? Montgomery verhielt sich ziemlich besitzergreifend und markierte sein Revier, als er seine zukünftige Herzogin an meinem Arm entdeckte. Ich hielt es für klüger, mich zurückzuziehen, bevor er einen seiner Dienstboten damit beauftragt, mich auf dem Parkett des Ballsaals niederzumetzeln.«

Falls er log, sah man ihm das tatsächlich nicht an. Sein Blick war undurchdringlich, der Farbton seiner Augen eine faszinierende Mischung aus Bernsteinbraun und Grün, und je tiefer sie hineinblickte, desto schwindeliger wurde ihr. Sie bemerkte, dass sie sich soweit vorgebeugt hatte, dass sein Atem über ihr Gesicht strich. Wie von selbst streifte ihr Blick zu seiner linken Wange. Vor langer Zeit in Wycliffe Park hatte sich darauf ihr Handabdruck abgezeichnet, nachdem sie ihn geohrfeigt hatte, aus einer schrecklich hilflosen Wut heraus, die er nicht verursacht hatte …

Der Kellner näherte sich und verlangsamte unwillkürlich seine Schritte, als er bemerkte, dass sie die Köpfe zusammengesteckt hatten. Rasch richtete Lucie sich auf, damit er die beiden dampfenden Tassen vor ihnen abstellen konnte.

Sie griff nach dem Löffel und rührte mechanisch in ihrem Kaffee. »Was führt dich überhaupt nach England?«

Tristan musterte sie abschätzend, dann entspannten sich seine Schultern, und er lehnte sich zurück. »Ich bin aus der Armee ausgetreten.«

»Schon?«

Er hatte noch nicht den Rang eines Captains inne, obwohl er diesen nach sechs Jahren in der Armee längst erreicht haben müsste. Wenn man den Gerüchten glauben durfte, war sein Ungehorsam, der sich auch darin zeigte, dass er ein vergnügliches Bad im Fluss nahm, während seine Kameraden unter Beschuss standen, wohl ein wiederkehrendes Problem. Es war fast ein Wunder, dass er nicht längst unehrenhaft entlassen worden war.

Er lächelte amüsiert. »Mit dem Victoriakreuz ist doch alles erreicht, Lucie.«

Gut. Damit hatte er wohl recht. Man hatte ihm den höchsten militärischen Orden des Landes verliehen. Die Männer der

Familie Ballentine hatten sich auf dem Schlachtfeld immer besonders hervorgetan. *Vigor et Valor* – mit Tatkraft und Ritterlichkeit, so lautete das Familienmotto. Tristans älterer Bruder Marcus war in der Marine rasch aufgestiegen, bis ein tragischer Reitunfall seinem Leben vorzeitig ein Ende setzte.

Sie betrachtete Tristans linke Hand, mit der er die Kaffeetasse hielt. Der Siegelring des Hauses Rochester zierte seinen kleinen Finger. Der schimmernde Rubin darauf erinnerte an einen dicken Blutstropfen. Das war vermutlich der wahre Grund, warum er aus dem Militär ausgeschieden war – als letzter Erbe durfte er sein Leben nicht an der Front aufs Spiel setzen. Seine wichtigste Pflicht bestand nun in der Erhaltung des Familienzweigs, und er musste sich rasch alle Kenntnisse aneignen, die seinem verstorbenen Bruder bereits von der Wiege auf beigebracht worden waren. Ob wohl Trauer die feinen Fältchen in sein Gesicht gezeichnet hatte? Früher waren ihre Mütter einmal eng befreundet gewesen; vielleicht pflegten sie immer noch freundschaftlichen Kontakt. Die Etikette würde es erlauben, sich nach dem Wohlbefinden von Lady Rochester zu erkundigen, und auch nach seinem. Solche Fragen aber könnten unerwünschte Erinnerungen und Gefühle wecken. Außerdem saß sie gerade mit ihm an einem Tisch, weil er irgendetwas im Schilde führte. *Ein Held und eine Plage, ein Mann kann beides sein.* Die Gründe für ihr Treffen entstammten eindeutig seiner nicht heldenhaften Seite.

»Nun denn«, sagte sie. »Wer hat behauptet, dass ich eine Expertin in der Verlagsbranche sein soll?«

Seine Mundwinkel zuckten. »Mein Anwalt. Er besteht darauf, mir jeden Monat eine Lektion über den Status der britischen Wirtschaft zu erteilen. Offenbar beherrschen wir im Moment zwanzig Prozent des Welthandels, und du stehst im Ruf, Verlagshäuser aufzukaufen.«

Tristan hatte einen Anwalt. Wer hätte das gedacht?

Sie reckte das Kinn. »Und was hat dein plötzliches Interesse an Leserinnen geweckt?«

Er griff zu seinem Löffel. »Viel spannender ist doch die Frage, was hat dein Interesse geweckt?«

Sie zog die Brauen zusammen. »Was meinst du damit?«

Er spielte mit dem Löffel und drehte ihn in den Fingern wie ein Kind, das sein auf dem Kopf stehendes Spiegelbild darin bewundert. »Das ist doch eine *interessante* Kombination, findest du nicht?«, meinte er. »Eine Frau mit deinen Ansichten und Ambitionen, die den Mehrheitsanteil eines etablierten Verlagshauses erwerben will, das Frauenmagazine herausbringt. Noch dazu welche mit solch erbaulichen Themen.«

Erstarrt hielt sie inne, wie ein Kaninchen, das plötzlich von einem Raubtier bedroht wird.

Was wusste er?

Nichts. Er konnte nichts wissen, und selbst, wenn er etwas ahnte, ging ihn das wohl kaum etwas an.

Er schaute vom Löffel auf, sein Blick war kalt und durchdringend.

Sie zuckte zusammen. Einen Augenblick lang hatte sie ihn in ihren Gedanken gespürt; als ginge sein Blick so leicht in ihren Kopf wie ein Sonnenstrahl durch ein Laken. Zu spät verschloss sie ihre Miene – der Anflug eines Lächelns spielte auf Tristans Lippen, und es sah nicht freundlich aus.

Sie zwang sich zu einem kühlen, sachlichen Ton. »Es ist nicht unüblich, sich für verschiedene Dinge zu interessieren. Ich kann sowohl für die Rechte der Frauen eintreten als auch ein gutes Geschäft machen wollen. Beides lässt sich tatsächlich vorzüglich miteinander verbinden. Die Frauenrechtsbewegung ist ein teures Unterfangen, das zudem auch Zeit kostet, und im Moment verschwendest du meine.«

Er neigte den Kopf. »Also dann. Wenn ich die Absicht hätte, ein Buch zu veröffentlichen«, sagte er bedächtig, »sollte ich es anonym herausgeben oder als John Miller oder unter dem Namen Lord Ballentine?«

Das überraschte sie nun doch. »Das ist keine rhetorische Frage, oder?«, meinte sie. »Du hast das Buch bereits geschrieben.«

Er nickte. »Die Frage ist, ob mein Name, oder vielmehr der daran geknüpfte Ruf, die brave Damenwelt unseres Königreiches eher dazu verleiten oder eher davon abhalten würde, es zu kaufen. Mein Instinkt sagt mir, dass sie ihr Nadelgeld für Werke mit meinem Namen ausgeben würden.«

»Du willst also wissen, ob Frauen dein Buch kaufen würden, nur weil es deinen Namen trägt und nicht etwa wegen seines Inhalts und der Qualität der Lektüre?«

Er runzelte die Stirn. »Der Inhalt und die Qualität sind natürlich vorzüglich, aber ja.«

»Das ist absurd. Du bist wohl kaum Schurke genug, um aus deinem Lebenswandel Profit zu schlagen.«

»Oh, das ist eine Herausforderung. Lass uns aber mal annehmen, das Buch gibt es und es ist bereits gewinnbringend veröffentlicht und ich plane eine Neuauflage mit dem Namen Lord Ballentine auf dem Titel.«

»Bereits veröffentlicht«, wiederholte sie. Dieses Prickeln in ihrem Nacken gefiel ihr gar nicht. »Von welcher Art von Buch sprechen wir überhaupt? Ein Kriegstagebuch?«

Überraschung spiegelte sich in seinem Gesicht. »Nein, Poesie.«

»Poesie.«

»Ja.«

»Gedichte über den Krieg?«, hakte sie nach.

Wieder zögerte er kurz, bevor er antwortete. »Nein, romantische Gedichte.«

Tristan fühlte sich von Lucies Blick seziert wie mit einem Rasiermesser, so scharf musterten ihn ihre grauen Augen. Welche Ironie, denn er war aufrichtig zu ihr gewesen. Er hatte tatsächlich einen Gedichtband veröffentlicht und wollte ihre Meinung hören. Er konnte es ihr jedoch nicht verübeln, dass sie irgendwelche Hintergedanken vermutete. Schlau wie eine Katze, diese Lucie. Und selbst völlig unfähig zu hinterhältigen Aktionen. Deshalb konnte man sie trotz all der Schlachten, die sie bereits ausgefochten hatte, immer noch naiv nennen. Er hatte in ihrem Gesicht gelesen wie in einem offenen Buch und wusste, dass sie *London Print* nicht nur wegen eines guten Geschäfts kaufen wollte.

Er trank einen Schluck Kaffee, ohne das Gebräu zu schmecken. Lucie hatte die Angewohnheit, die Dinge für ihn zu verkomplizieren. Zweifellos machte sie sich das Leben auch selbst schwer, und er war versucht, mit seinem Daumen die zwei steilen Falten, die sich zwischen ihren schmalen Brauen abzeichneten, zu glätten. Vermutlich war sie immer noch der Ansicht, dass sie jedwedes Problem der Menschheit lösen konnte, nur weil die Gerechtigkeit auf ihrer Seite war. Eine solche Überzeugung war natürlich ein Quell endloser Frustration. Ansonsten hätte er sie um die Reinheit ihrer gerechten Wut und Zielstrebigkeit beneidet. Sie würde niemals morgens aufwachen und an die Decke starren und sich fragen, wofür sie an diesem Tag aufstehen sollte.

»Romantische Gedichte«, sagte sie. Ihr Ton klang abwertend, als ob Poesie so ernst zu nehmen sei wie Kinderreime. Damit hätte sie das Selbstbewusstsein eines jeden Wortschmiedes im Handumdrehen zermalmen können – immerhin hatten Dichter empfindsame Seelen. Aber da seine Empfindsamkeit und auch ein Großteil seiner Seele längst abgestumpft waren, regte sich nur noch sein männlicher Ehrgeiz, der ihn dazu drängte, den Fehdehandschuh aufzunehmen. Der Weg, den seine Gedanken einschlugen, um Lucie Tedbury zu bezwingen, führte jedoch wie üblich in eine ungute Richtung, noch dazu hier in einem öffentlichen Café. In seinem Kopf tauchten Bilder auf: Lucie, nackt unter ihm, die blasse Haut rosig vor Verlangen, und ihre Zunge war mit anderen Dingen beschäftigt, als ihn herunterzuputzen …

Ihre Augen weiteten sich, und ihm wurde bewusst, dass er womöglich ein Knurren ausgestoßen hatte.

»Kaffee.« Er räusperte sich. »Das Gebräu reizt den Hals.«

Ihre Antwort hörte er nicht, denn ein kleiner Aufruhr hinter seinem Rücken lenkte ihn ab.

Er schaute über die Schulter.

Drei junge Damen standen auf der Türschwelle und tuschelten aufgeregt miteinander. Er hatte sie schon vorher die Treppe heraufkommen hören, kichernd und flüsternd. Vermutlich hatten sie eine Weile gezögert und nun beschlossen, sich vorzuwagen. Ladenmädchen, dem Anschein nach. Mit rosigen, runden Wangen. Ein wenig zu jung, um ohne Anstandsdame unterwegs zu sein, selbst als Gruppe. Halbherzig versuchten sie, sich hintereinander zu verstecken, als er sie musterte.

»Guten Tag, meine Hübschen«, sagte er. »Können wir behilflich sein?«

Ihre Begeisterung wehte zu ihm herüber wie eine laue Brise.

»Lord Ballentine.«

Sie stürmten zum Tisch, begleitet von einer Wolke Maiglöckchenduft. Die Mutigste der drei knickste, die Hände auf dem Rücken verschränkt, und trat vor.

»Wir haben gesehen, wie Mylord den Buchladen betreten haben …«

»So so.«

Das Funkeln in ihren Augen schien nicht so recht zu ihrem verlegenen Ton zu passen. Auf der anderen Seite des Tischs verengte Lucie die Augen.

»Wir hatten gehofft, dass Sie uns das hier signieren würden«, sagte ein anderes Mädchen, ein Rotschopf. Ihre kleine Nase war mit Sommersprossen gesprenkelt. Hinreißend. Da Lucie nur eine Armlänge entfernt saß und ihn finster anstarrte, war er kurz versucht, sie zu provozieren und mit dem Mädchen zu schäkern, aber dann hielt ihm der Rotschopf etwas unter die Nase. Eine Karte. Sie war ungefähr so groß wie eine Valentinskarte, und die kannte er nur allzu gut. Dank einer Schar unermüdlicher Verehrerinnen hatte er im Lauf seines Lebens schon einen ganzen Berg solcher Liebespost erhalten. Auf dieser Karte war er jedoch selbst abgebildet. Offenbar hatte das Mädchen sein Bild aus dem Zeitungsartikel über die Verleihung des Victoriakreuzes ausgeschnitten und auf eine Karte geklebt. Er posierte darauf in Uniform und starrte ritterlich in die Ferne. Nun war er mit einer Spitzenbordüre verziert. Seine Augen waren blau koloriert worden. Neben ihm lag ein gemalter Hund, klein und flauschig, von der Sorte, die kläfft und in Hosenbeine beißt.

»Das ist …« Er kniff die Augen zusammen. »Das ist …«

»Eine Ballentine-Karte«, sagte das Mädchen, das ihn zuerst angesprochen hatte, und kicherte wieder.

»Ah ja«, erwiderte er fassungslos. »Wie … nett.«

»Nicht wahr?«, sagte ein anderes Mädchen.

»Bitte signieren Sie uns die Karte, Mylord, dann wäre sie noch wertvoller als die anderen.«

»Es gibt noch mehr?«, wagte er zu fragen.

Die drei nickten eifrig.

»Sie sind der letzte Schrei«, erklärte der Rotschopf. »Es gibt noch einige andere Helden, die Karten schmücken, aber Mylord sind bei Weitem am beliebtesten. Man muss zwei oder mehr Helden für eine Karte von Ihnen eintauschen, noch mehr, wenn die Karten keinen Spitzenrahmen haben.«

»Wir würden Ihre Karten natürlich niemals eintauschen«, verkündete die Wortführerin hastig. »Sie sind unsere Glücksbringer.«

Er machte sich nicht die Mühe, all das zu verstehen.

Wortlos griff er in seine Innentasche und zog einen Stift hervor.

Unter den Blicken der aufgeregten Mädchen signierte er die Karte mit dem Hund und zwei weitere ähnlich absurde Exemplare.

Die Gruppe verschwand mit erfreuten Seufzern, nur ein Hauch angenehmer Frühlingsduft blieb zurück.

Leicht benommen drehte er sich zu Lucie um.

Ein freches Funkeln tanzte in ihren Augen.

»Aha«, sagte sie.

»Aha«, wiederholte er finster.

Ihre Mundwinkel zuckten. »Das sollte deine Frage wohl ausreichend beantworten. Ich hätte dir zwar empfohlen, die Idee mit dem Kriegstagebuch zu verfolgen, aber wie es scheint, werden sich auch romantische Gedichte unter deinem Namen erfolgreich verkaufen lassen. Du könnest aber auch einfach einen Laden aufmachen …« Sie brach in schallendes Gelächter aus.

»Also wirklich«, fing er an.

»… einen Laden«, prustete sie. »In dem du … Ballentine-Karten verkaufst. Ein höchst lukratives Geschäft. Eine für zwei!«

Er hätte sie zurechtweisen sollen, aber sie benahm sich bezaubernd daneben und lachte laut in aller Öffentlichkeit. Leider war das Ziel ihres freudigen Spotts er selbst.

»Vergiss den Spitzenrahmen nicht! Er steigert den Wert!«, riet sie. Dann schaute sie auf ihre Taschenuhr und verabschiedete sich. Allein mit ihrer leeren Tasse blieb er zurück.

Äußerlich ungerührt trank er seinen Kaffee aus, ein sarkastisches Lächeln auf den Lippen. Lucies Abwesenheit schien durch das leere Café noch verstärkt zu werden. Nur allmählich drehte sich die Welt wieder schneller, der Lärm auf der Straße schwoll an, und er nahm die Einrichtung wahr. Sein Verstand, der gewöhnlich umherstreifte und mehrere Gedanken gleichzeitig wälzte, wurde umso ruhiger, je geschäftiger es in seiner Umgebung zuging. Aus genau diesem Grund war er auch ein guter Soldat, wenn es darauf ankam. Und genau deshalb war er in Lucies Nähe so bemerkenswert fokussiert – konfrontiert mit der Naturgewalt, die sie war, wurde es still in ihm. Stille. So völlig unterbewertet. Hätte er ein Gewissen, würde er es vermutlich bedauern, dass ihr das Lachen seinetwegen schon bald vergehen würde.

7. KAPITEL

Der Zug der Great Western Railway von Oxford nach Ashdown kroch bemerkenswert langsam durch die Cotswolds. Eine malerische Hügellandschaft zog am Fenster vorbei, die mit ihren niedrigen, sanft abfallenden Gipfeln, idyllischen Tälern und einer vereinzelten Eiche hier und da ausgesprochen zivilisiert und britisch wirkte. Im Vergleich zu den schroffen, smaragdgrünen Bergen Afghanistans kam sie Tristan regelrecht blass vor. Überhaupt wirkten Englands Farben seit seiner Rückkehr wie ausgewaschen, und alles außerhalb von London trottete unglaublich gemächlich vor sich hin: das Dienstpersonal, der Verstand der Leute, das Leben. Bedauerlicherweise waren die Miete für das Haus in St. James und der Lohn für die sieben Dienstboten zu kostspielig geworden, seit Rochester verlangt hatte, dass er heiraten sollte. Im Stadthaus seiner Familie zu logieren, kam für ihn allerdings nicht infrage. Dort hatten die Wände Ohren und Augen. Deshalb hatte er von einem alten Studienkameraden eine Wohnung in der Logic Lane in Oxford gemietet. Die war billiger, und er konnte schneller in Ashdown sein. Gleichzeitig bedeutete dies aber auch, dass sein Kammerdiener vielfältige neue Pflichten übernehmen musste, was er nicht ohne Murren tat, und dass Tristan in Oxford festsaß, wo die Schneider nur mittelmäßig waren, die Speisen fade und die Ausschweifungen höchstens lauwarm. Die Dinge waren inakzeptabel langweilig, wenn man ständig sein Konto im Auge behalten musste.

Er strich über die seidige Glätte seiner Weste. Während seiner Auslandseinsätze, bei denen er mit sengender Hitze, lästigen Rüsselkäfern und Gemetzel konfrontiert war, hatte er oft an edle, weiche Stoffe gedacht, die nicht am ganzen Körper juckten. An den Geruch frisch gewaschener Laken. An Wein, der den Gaumen mit seinem samtig zarten Aroma verwöhnt.

Er würde jedoch eher jeglichen Komfort sofort wieder aufgeben, als sich Rochesters Willen zu beugen.

Seine Mutter konnte er jedoch nicht so leicht aufgeben. Es war eine beklagenswerte Gewohnheit, sich um seine Mutter zu sorgen, wann immer sich die Gelegenheit bot, die Brücken zu Ashdown abzubrechen. Das erste Mal, als er sich zum Bleiben entschlossen hatte, war er sechzehn gewesen und hatte ein ansehnliches Sümmchen mit erotischen Kurzromanen gemacht, die er an andere Jungen in Eton und an einen illegalen Laden in Whitechapel verkaufte. Mit dem Geld hätte er sich eine Schiffspassage mit Ziel Amerika und eine bequeme Unterkunft leisten können, bis er Arbeit gefunden hätte. Zwar waren ihm weder die Vorstellung, arbeiten zu müssen, noch das Leben unter lauten Amerikanern besonders reizvoll erschienen, aber Rochester und seine Peitsche hatten ihm immer mehr zugesetzt. Dann war ihm seine Mutter eingefallen. Wie würde es ihr ergehen, wenn er ging? Marcus hatte sich zwar nie grausam gezeigt, aber er war Rochesters Lieblingssohn gewesen und seinem Vater sehr ähnlich – er hatte weder Geduld noch Verständnis für exzentrisches Verhalten und Launen besessen. Ehrlich gesagt ging es Tristan ähnlich, wenn es sich nicht um seine eigenen Launen handelte. Ganz im Gegensatz zu seinem Vater und Bruder weckte die Gräfin in ihm dennoch eher einen Beschützerinstinkt als Ungeduld, wenn sie wieder einmal eine Dummheit beging. Wie zum Beispiel, sich selbst ein ganzes Frühjahr lang abzuschotten, um jeden Tag zwei mittelmäßige impressionistische Bilder zu malen und danach nie wieder einen Pinsel anzurühren. Die Wahrheit war, wenn man nicht einfach davonlaufen konnte, weil ein Mann wie Rochester die Regeln machte und die Geldbörse in der Hand hielt, musste man innerlich flüchten. Indem man malte. Oder schrieb. Oder trank und durch die Betten hüpfte, wenn man nicht gerade durch sandige ausländische Wüsten kroch.

Er machte es sich in dem gepolsterten Sitz des Bahnabteils bequem. Er sollte auch jetzt schreiben, denn Lucie hatte natürlich recht – sein Kriegstagebuch würde sich gut verkaufen. Sein Notizbuch lag bereits offen auf dem Tisch vor ihm. Die leere Seite forderte ihn auf, eine Struktur für die Erzählung zu skizzieren, ein paar Gedanken niederzuschreiben, welche Ereignisse er einschließen und welche er aus der Geschichte ausklammern sollte. Das Problem mit Wörtern war jedoch, dass es eine elende Plackerei war, sie auf Papier zu bannen, selbst wenn man höchst inspiriert war. Und im Moment fühlte er sich überhaupt nicht inspiriert. Dieser Krieg war nicht sein Krieg gewesen, und er verspürte kein Verlangen, jetzt, da er beendet war, die Dämonen erneut zu wecken. Zugegeben, Rochesters knüppelharte Erziehung und einige Generationen der Ballentineschen Tatkraft und Ehre, die durch seine Adern flossen, hatten ihn für das Militär geformt. Und überall da, wo das Chaos regierte, waren seine spontanen Entschlüsse weitaus besser als lange Überlegungen. Gelegentlich fühlte er sich deshalb förmlich gezwungen, Dinge zu tun, die großen Gefallen in der Öffentlichkeit fanden. Wie zum Beispiel seinen verwundeten Captain mit dem eigenen Körper zu schützen, statt den Kopf einzuziehen und davonzulaufen. Dieses Erlebnis nun zu versilbern, hinterließ jedoch einen faden Beigeschmack in seinem Mund, aber er war verdammt nochmal pragmatisch genug, um seine Tagebücher zu überarbeiten. Morgen.

Das viereckige Sandsteingebäude von Ashdown Castle schimmerte in der Nachmittagssonne golden wie eine Honigwabe. Jeder arglose Besucher könnte sich von der einladenden Fassade täuschen lassen, denn es war ein dunkler, unheilvoller Ort.

Rochester hielt sich an diesem Tag in London auf, um irgendeine Angelegenheit im Oberhaus zu erledigen, aber Jarvis, der schmallippige, verabscheuungswürdige Butler-Spion seines Vaters würde sicher versuchen, ihn auszuschnüffeln. Um den Westflügel zu erreichen, musste er außerdem an Marcus' lebensgroßem Porträt in der Eingangshalle vorbei, und das löste ein seltsames Gefühl in ihm aus. Unter dem starren Blick seines Bruders wurde der Siegelring an seinem linken kleinen Finger schwer wie eine eiserne Sträflingskugel, und ein Schaudern überlief ihn. Er beschleunigte seine Schritte, und es kam ihm so vor, als bohre sich Marcus' Blick zwischen seine Schulterblätter, als er auf die große Treppe zusteuerte.

Nach kurzem Klopfen betrat er die Gemächer seiner Mutter. Einen Moment lang blieb er orientierungslos stehen. Das Zimmer war in Dunkelheit getaucht. Kein Geräusch drang an seine Ohren. Hätte er es nicht besser gewusst, hätte er gedacht, das Bett sei leer. Im Raum hing jedoch eine allumfassende Traurigkeit.

Leise schloss er die Tür. »Mutter?«

Stille.

Vorsichtig tastete er sich durchs Zimmer, falls neues Inventar, dass sich noch nicht auf seiner gedanklichen Karte befand, hinzugestellt worden war.

Am Fenster blieb er stehen.

»Ich ziehe jetzt die Vorhänge auf, Mutter.«

Er schob den schweren Brokatstoff zurück, und das hereinströmende Licht blendete ihn einen Moment. Dann breitete sich der Park von Ashdown in seinem zarten grünen Frühsommerkleid vor seinen Augen aus.

Hinter ihm raschelte die Decke. »Marcus?«

Resigniert verzog er den Mund, ehe er sich umdrehte.

Sie lag auf der Seite, ein kleines Häuflein Elend in einem riesigen Bett, eine Hand unter die Wange gelegt.

»Nein«, sagte er. »Nur Tristan.«

Müde blickte sie ihn an. Das Haar fiel ihr zerzaust über die Schultern, mehr Grau als Braun, wie er unangenehm überrascht feststellte.

Sie blieb reglos liegen, als er sich näherte, und rührte sich immer noch nicht, als er sich auf den Besucherstuhl setzte.

Ein beißender Geruch nach Medizin stieg ihm in die Nase.

Der Nachttisch war überfüllt mit Fläschchen verschiedener Gifte, die sie ihr einflößten. Dazwischen stand ein Tablett mit einem Teller Suppe und einer Scheibe trockenem Brot, wohl schon länger unberührt.

»Guten Tag, Mutter.«

»Mein lieber, schöner Junge«, sagte sie leise und musterte ihn forschend.

Er griff nach ihrer Hand. Die Berührung ihrer knochigen Finger ließ ihn erschaudern.

Es schien ihr nicht aufzufallen. »Warum bist du nicht eher zu mir gekommen?«

»Ich bin noch nicht lange zurück.«

»Lügner«, sagte sie milde. »Carey hat mir erzählt, dass du vor Weihnachten zurückgekehrt bist.«

»Deine Zofe ist eine treue kleine Spionin.« Er weckte jedoch kein Lächeln bei ihr. Wenn sie sich in diesem Zustand befand, kam es ihm so vor, als rede er mit einer Wand. Selbst ihr Gesicht änderte sich dann auf subtile Weise. Ihr Körper war anwesend, ihr Verstand nicht. Dieser Anblick hätte selbst den abgestumpftesten Mann an die Existenz einer Seele glauben lassen, denn dass die seiner Mutter sich verflüchtigt hatte, war offensichtlich.

»Warum isst du nichts?«, fragte er. »Soll ich mit der Köchin reden?«

Keine Antwort.

Seine Muskeln waren angespannt, sein Körper wollte vor dieser Zerbrechlichkeit fliehen. Ihre Zofe hatte ihm in ihren Briefen vorenthalten, wie schlecht es um seine Mutter stand. Womöglich hatte er sich auch schlicht geweigert, die Botschaft zwischen den Zeilen zu erkennen.

Er musterte die Flaschen auf dem Nachttisch genauer. Laudanum, natürlich, und einige andere Tinkturen, vermutlich alle wirkungslose Quacksalbereien. Sie gaben ihr die Mittel, wenn sie in Trostlosigkeit versank, und auch, wenn sie zu der überdrehten, überschwänglichen Version ihrer selbst wurde, die dreißig neue Kleider auf einmal bestellte oder nach Marokko segeln wollte. Als kleiner Junge hatten ihn beide Facetten seiner Mutter gleichermaßen beunruhigt. An solchen Tagen hatte er in ihrer und Rochesters Nähe immer ein Gefühl drohender Gefahr verspürt, so als würde er versuchen, mit einem Teelöffel Wasser aus einem sinkenden Schiff zu schöpfen, um es vorm Untergang zu bewahren.

»Mutter, habe ich dir eigentlich erzählt, dass ich in Delhi zu Gast bei General Foster war?«, fragte er. »Er hält einen Elefanten als Haustier in seinem Garten.«

Seine Mutter zog die Augenbrauen zusammen. »Wie seltsam – einen echten, großen Elefanten?«

»Ja, er ist echt. Aber noch recht klein, ein Baby. Einmal hat er seinen Rüssel durchs Küchenfenster gesteckt und sehr niedlich um Essen gebettelt. Er würde dir gefallen.«

Wie würde sie sich fühlen, in Indien, unter General Fosters Dach? Sie wirkte so zerbrechlich, als könnte bereits eine simple Kutschfahrt ihr schaden. Er fragte sich, ob sie immer noch mit Lucies Mutter befreundet war. Gelegentlich hatten die beiden Frauen früher ihre freie Zeit in einem von Wycliffes kleineren Landsitzen verbracht. Eine freundlich gesinnte Gesellschaft könnte seiner Mutter gut tun. Doch selbst wenn die Frauen immer noch in Kontakt standen, würde Rochester seiner Ehefrau wohl kaum erlauben, außerhalb von Ashdown zu genesen, da sie nun sein Pfand war

»Ein Elefant«, sagte sie verwirrt. »Wie hält er ihn davon ab, die Rosen zu zertrampeln?«

»Der General hat exzentrische Launen, aber er ist ein angenehmer Gesprächspartner«, erwiderte er. »Er hält sich selbst für sehr bewandert auf dem Gebiet hinduistischer Gottheiten und kann stundenlang über dieses Thema sprechen.«

Die Falten auf der Stirn seiner Mutter vertieften sich. »Hältst du es für klug, Umgang mit vorgeblichen Heiden zu pflegen, Liebling, noch dazu solchen, die gern belehrende Vorträge halten?«

»Richtig«, erwiderte er lahm. »Nun, jetzt bin ich ja hier.«

Ein Funkeln erschien in ihren blauen Augen. »Wirst du bleiben?«, hauchte sie.

Er wollte weglaufen.

»Nur, wenn du isst.« Er zog an dem Klingelstrang über ihrem Nachttisch und beschloss, dass er gleich gehen würde. Er hatte die nötige Information, die er brauchte: Es ging ihr im Moment nicht gut genug für eine Reise, und Foster machte sie nicht neugierig. Er würde ein anderes Mal wiederkommen, wenn seine Pläne weiter fortgeschritten waren. Sie mit Suppe zu füttern, konnte auch das Dienstmädchen übernehmen. Er war schließlich kein Heiliger, verdammt. An diesem Abend hatte er sogar ein Stelldichein mit einem Mann, den man Beelzebub nannte.

Die Nacht war bereits hereingebrochen, als Tristan in London ankam, aber dieser Teil der Stadt war sowieso immer in die Dunkelheit getaucht, ganz gleich zu welcher Tageszeit. Die Häuser hier sahen vornehm aus und waren durch die Straßenlaternen gut ausgeleuchtet, aber hinter den eleganten weißen Fassaden und den von Säulen gestützten Eingängen verbargen sich Gänge und Keller, in denen mächtige Männer ihren Lastern frönten. Und wo uneingeschränkte Macht herrschte, gab es auch für das Laster keine Grenzen.

Vor Jahren war dies alltägliche Routine für ihn gewesen – einen Türklopfer in einem bestimmten Rhythmus zu betätigen, dem Türwächter ein Codewort zu nennen und danach schmale Treppen hinauf- oder hinunterzusteigen. Im Herzen von London war er durch Sodom und Gomorrha spaziert. Wären die Dichter und ihre Zeilen über noble Taten und wahrhaftige Liebe nicht gewesen, hätte die Dunkelheit wohl dauerhaft in ihm Wurzeln geschlagen. Selbst jetzt kannte man ihn noch in diesen Kreisen – Blicke folgten ihm aus den Schatten, als er die dämmrige Eingangshalle des Stadthauses durchschritt.

Noch bevor er das letzte Kartenzimmer betrat, konnte er riechen, dass Blackstone sich darin aufhielt. Es lag kein frischer Zigarettenrauch in der Luft, der den Gestank alter, muffiger Teppiche verschleierte, die im Laufe der Jahrzehnte alle möglichen Flüssigkeiten in sich aufgesaugt hatten. Niemand durfte in Gegenwart des Finanziers rauchen. Über die Gründe gab es zweierlei Meinungen; die einen behaupteten, dass Blackstone sich unschicklich stark um den Zustand seiner Zähne und Lungen sorgte, andere wiederum beharrten darauf, dass er schlicht Vergnügen daran fand, über andere Männer zu bestimmen. Tristan kannte ihn lange genug, um zu wissen, dass beides zutraf.

Blackstone saß in einem Sessel, mit dem Rücken zur Tür. Seinen markanten Zügen, die durch eine schlecht verheilte gebrochene Nase noch rauer wirkten, war nicht anzumerken, ob er ihn bemerkt hatte. Er schenkte niemandem im Besonderen Aufmerksamkeit, seine Karten lagen locker in seiner blassen Hand. Die anderen Männer am Tisch, die ein Spiel mit ihm wagten, hätten auch durchsichtig sein können. Von Aussehen und Miene ähnelte Blackstone eher den Herren der Unterwelt, die im Hafen regierten, als einem anerkannten Geschäftsmann.

Ohne seine Schritte zu verlangsamen, durchkreuzte Tristan den Raum, doch sein knappes Nicken signalisierte, dass er ein Gespräch wünschte. Blackstone senkte die Lider, er stimmte zu. Das war vielversprechend, denn obwohl sie privat die Schritte des anderen beobachten mochten, hatten sich ihre Wege seit ein paar Jahren nie mehr absichtlich gekreuzt.

Er suchte sich ein verlassenes Separee und machte es sich in einem knarzenden Ledersessel bequem. Blackstone konnte zehn Minuten oder auch Stunden auf sich warten lassen. Ein überaus ermüdendes Spiel, wenn man nur dasitzen, warten und die schale Luft einatmen konnte. Früher hatte ihn das nicht gestört. Damals, mit achtzehn, hatte er voller Eifer gesteckt und nach der Jagd gegiert. Es war ihm zu dem Zeitpunkt längst bewusst, dass sich nicht nur Frauen, sondern auch manche Männer von seinem Gesicht angezogen fühlten, und die gesamte Halbwelt war von seiner Frische und Schönheit betört gewesen. Sie hatten ihn in die dämmrigen, schlaflosen, stickigen Lasterhöhlen mitgenommen, wo man sich dem Spiel und anderen Sittenlosigkeiten hingab. Es war ihm ein Leichtes gewesen, zu verführen; sich das Vertrauen größerer Namen zu sichern, wenn sie berauscht waren, sei es vom Scotch, der Lust oder Äther. In solchen Stunden konnte man leicht skandalöse Geheimnisse erfahren. Und er hatte andere zu hohen Einsätzen beim Spielen verleitet; augenscheinlich berauscht wie sie, in Wahrheit jedoch stocknüchtern. Bald schon hatte er in einem Notizbuch eine sorgfältig abgewogene Mischung aus legitim geschuldeten Geldbeträgen und Gefallen wie auch Geheimnissen gesammelt, die er gelegentlich zu Geld machen konnte. Sein persönliches, tragbares Vermögen, seine letzte Trumpfkarte.

Auf diese Weise hatte er Blackstone kennengelernt: Beide hatten sie versucht, eines ausschweifenden Abends dieselbe Taube zu rupfen. Ihre Stärken waren zu gut aufeinander abgestimmt, um sie gegeneinander auszuspielen, und nach kurzer jugendlicher Protzerei hatten sie sich zusammengerauft und führten ihre verstohlenen Machenschaften gemeinsam aus. Der Schöne und das Biest. Der eine hatte den nötigen Druck ausgeübt, der andere den Zugang zu exklusiven Kreisen ermöglicht. Ein paar Jahre lang war es wunderbar gelaufen. Für Blackstone ein wenig besser in finanzieller Hinsicht, denn er galt inzwischen als einer der reichsten Geschäftsmänner in London. Aber der Mann war ja auch nicht von seinem herrischen Vater in seinen frühen Bestrebungen, sich ein Vermögen aufzubauen, gehindert und zum Militär verfrachtet worden. Blackstone, so nahm Tristan an, kannte seinen Vater gar nicht.

Ein Schatten fiel über den Boden. Wenn man vom Teufel sprach ... Die muskelbepackte Gestalt des Finanziers tauchte im Türrahmen auf. Schiefergraue Augen musterten ihn mit hartem Blick.

»Ich möchte ein Geschäft besprechen«, sagte Tristan.

Blackstone überlegte kurz, dann nickte er und verließ den Raum. Sie wussten beide, dass die Zimmer hier mit strategisch platzierten Löchern in den Wänden ausgestattet waren, durch die man sie belauschen konnte. Das wussten sie deshalb, weil sie selbst einmal auf der anderen Seite der Wand gestanden hatten.

Sie gingen zum Ostausgang, wo die Kutschen warteten. Blackstone bedeutete Tristan, in seinen wappenlosen Wagen zu steigen. Kaum hatte er Platz genommen, fuhr das Gefährt an. Falls er keine andere Anweisung erhielt, würde der Kutscher sie ein paar Straßen weiter nach Belgravia bringen, was ihnen genug Zeit gab, um Geschäftliches zu besprechen, wenn man sich knapp fasste. Danach würde Tristan aussteigen und Blackstone verschwinden. Vermutlich würde er zu einem seiner vielen anderen Häuser fahren, deren Adresse er gern verschwieg. Bekannt war nur, dass er ein Stadthaus in Chelsea hatte, in dem er seine Sammlung von Kunstwerken und Antiquitäten hortete. Blackstone kannte den Preis all dieser Gegenstände, und dennoch konnte er ihren Wert nicht schätzen. Der Mann war ziemlich gewöhnlich und ungehobelt, was für einen unehelich geborenen Sohn, der es erst später im Leben zu Vermögen gebracht hatte, wohl nicht verwunderlich war, vermutete Tristan.

»Ich brauche Geld«, sagte er. »Morgen.«

Ihm gegenüber wandte Blackstone den Blick aus dem Fenster, Licht und Schatten streiften sein kantiges Gesicht. Er war wohl immer noch ziemlich wortkarg.

»Wie viel?«, fragte er schließlich. Seine schroffe Stimme klang gleichgültig, der schottische Akzent war kaum noch wahrnehmbar.

Tristan nannte die Summe, und Blackstone drehte langsam den Kopf zu ihm.

Er musterte ihn mit vielsagendem Blick. Nun, ja. Der Betrag war ziemlich hoch.

»Ich bin fast versucht zu fragen, wie es dazu kam«, murmelte Blackstone.

»Frauen«, erwiderte Tristan. Lucie, seine Mutter und die unbekannte, ungewollte zukünftige Verlobte, um genau zu sein.

»Natürlich.« Blackstone schaute wieder aus dem Fenster. »Das Geld ist bis zum Mittag auf das Konto eingezahlt«, sagte er nach einer Weile. »Triff dich mit meinem Anwalt morgen früh um acht im Claridge's, um den Vertrag zu unterzeichnen.«

Weitere Erklärungen waren nicht nötig. Blackstone würde sich sein Geld zurückholen, komme, was wolle, und Tristan kannte die Bedingungen. Als er zum letzten Mal nach einer großen Summe gefragt hatte, war er zweiundzwanzig gewesen und hatte gerade seinen Marschbefehl erhalten. Es war die zweite Gelegenheit gewesen, bei der er darüber nachdachte, ob er sich enterben lassen und nach Amerika auswandern sollte, und wieder hatte er es nicht durchgezogen. Er war jedoch so geistesgegenwärtig gewesen und hatte eine Investition in die Zukunft getätigt, bevor das Schiff seines Regiments die Segel setzte. Neben einem ziemlich hohen Zins hatte sein alter Freund für das Darlehen außerdem verlangt, dass ein paar Schuldscheine von Tristans Notizbuch in das seine übertragen wurden. Blackstone liebte es, die Schuldscheine von Adeligen zu besitzen, um sie zu der ungelegensten Zeit einzufordern, natürlich ungelegen für die betreffenden Adeligen. In Blackstones Kielwasser trieben ruinierte Leben. Tristan lächelte leicht. Ein Viscount musste schon verrückt sein, um Geschäfte mit ihm zu machen.

8. KAPITEL

Lucies Frühstück wurde durch das Läuten der Türklingel unterbrochen. Auf der Schwelle stand ein schmuddeliger Botenjunge mit einer Nachricht vom Snug Oyster. Rasch schlüpfte Lucie in ihren Mantel. Wenn die Damen aus dem Oxforder Bordell zu so früher Stunde nach ihr schickten, anstatt, wie sonst, persönlich zu später Stunde bei ihr aufzutauchen, musste die Angelegenheit dringend sein.

»Es geht um die kleine Amy«, grüßte Lilian sie mit einem wackeligen Knicks. Der Kohlestrich unter den Augen der jungen Frau war verwischt. »Sie hat das Baby bekommen, und nun weiß se nich', wohin.«

Das Vestibül des Freudenhauses war nur dämmrig beleuchtet; der intensive Weihrauchgeruch, der in der Luft hing, raubte Lucie den Atem. Wie immer wanderten ihre Gedanken unpassenderweise zu den frühen Morgenstunden in der Kapelle von Wycliffe zurück.

Lucie folgte Lilian über die knarzende Treppe hinunter in die Küche.

In der Küche war es kalt, schmutzige Schalen türmten sich auf der langen Tafel. Im Oyster war nun bald Schlafenszeit. Die Rote Meg schob gelangweilt Krümel mit einem schmutzigen Lappen über den Tisch. Sie schaute auf, als Lucie eintrat.

»Mylady.« Sie verneigte sich halbherzig. Wie die meisten

Frauen im Oyster – nein, wie die meisten Frauen überhaupt, war sie unsicher, was sie von einer Dame, die ein Bordell betrat, halten sollte.

Bei der kleinen Amy musste es sich wohl um das dünne Mädchen handeln, das sie von der anderen Seite des Raumes anstarrte. Ein unordentlicher blonder Zopf fiel ihr über die rechte Schulter. Sie drückte ein Bündel an ihre Brust, vermutlich war darin das Baby eingewickelt.

Lucie wandte sich an Lilian. »Wann muss sie gehen?«

»Sofort. Die Madam will se loswerden.«

»Sie sollte schon längst weg sein«, ergänzte die Rote Meg. »Aber sie hat drum gebettelt, bleiben zu dürfen, bis Sie kommen, also haben wir sie gelassen. Der Himmel weiß warum, die Madam reißt uns den Kopf ab, wenn sie das merkt.«

Es war das übliche Dilemma. Ein Mann hängte einer Prostituierten ein Kind an. Die Puffmutter gab dem Mädchen die Wahl – entweder mit dem Baby einer ungewissen Zukunft entgegengehen oder das Baby weggeben. Die meisten wählten den Teufel, den sie kannten. Aber gelegentlich kam es auch vor, dass eine Frau das Kind behalten wollte. Amy schien in diese Kategorie zu gehören, so fest, wie sie das Bündel an sich presste. Sie verharrte reglos, als Lucie sich ihr näherte.

»Warum haben Sie mich rufen lassen, Miss Amy?«

Amys gerötete Augen schauten an ihr vorbei; ihr Blick flog durchs Zimmer. »Ein paar Mädchen haben behauptet, dass Sie mir helfen können«, sagte sie. »Sie haben schon anderen aus dem Oyster geholfen, daher hab ich gedacht … Ich hab gehofft, dass Sie uns auch helfen werden, Mylady.«

Ihre Stimme klang kratzig, und Lucies Kehle schnürte sich zu. Vermutlich hatte sich das Mädchen in der Nacht während der Geburt die Lunge aus dem Hals geschrien. Es war ein Wunder, dass sie schon wieder auf den Beinen war.

»Und was soll ich für dich tun?«, hakte sie nach.

Amy drückte das Bündel noch fester an sich. »Ich hab gehört, dass Sie vielleicht einen Ort kennen, wo wir bleiben können.«

»Du hättest einfach nur vorsichtig sein sollen«, sagte die Rote Meg verärgert.

Die Nase des Mädchens verfärbte sich rosa, und ihre Augen schwammen in Tränen. »Ich wollte sie ja weggeben, aber sobald ich sie im Arm hielt … als ich in ihr winziges Gesichtchen geschaut hab …

»Haben Sie sich an den Vater gewendet?«

Amys Kinn bebte. »Er will nix mit uns zu tun haben.«

Die Rote Meg setzte einen Arm voller Schalen klirrend in das Spülbecken. »Was haste denn erwartet?«, fragte sie. »Er war gut aussehend und reich, und du warst ziemlich dumm, wenn du geglaubt hast, dass er sich um eine Hure oder das Kind von einer Hure kümmern würde.«

Amy zitterte, und das Baby in ihren Armen protestierte weinerlich.

»Oh, halt die Klappe, Megs«, mischte Lilian sich ein. Sie legte Amy einen Arm um die schmalen Schultern.

»Mylady«, wandte sie sich an Lucie. »Kennen Sie den, der das hier schreibt? Der könnte doch auch über Amy schreiben.« Sie zog ein Papier aus ihrer Schürzentasche und hielt es Lucie entgegen.

Die blutrote Schrift war ihr sofort vertraut. Es war ein zerknittertes Exemplar des *Female Citizen*, einem radikalen Pamphlet, dessen Herausgeber unbekannt war. Auf rätselhafte Weise gelangte es jedoch immer wieder in die unwahrscheinlichsten Hände.

»Über Amy schreiben?«, keifte die Rote Meg. »Warum sollte jemand über die dumme Gans schreiben? Niemand will was über Leute wie uns lesen.«

»Aber das is' nich' richtig«, beharrte Lilian. »Der Vater is' reich. Er hat ihr alles Mögliche versprochen, und nun weiß se nich' wohin. Und diese Zeitschrift bringt ständig Geschichten über Huren, hier«

»Das ist Pferdemist«, erwiderte Meg. »Geschichten über das Oyster? Das lässt uns alle schlecht aussehen, und es ruiniert das Geschäft. Die Madam würde uns mit dem Hintern zuerst auf die Straße befördern, wenn wir so was machen täten. Und was Amy angeht, die ist selbst schuld. Sie hat nicht viel hier drin.« Sie tippte sich an ihre schweißglänzende Stirn. »Neunzehn Jahre alt und glaubt immer noch an Märchen.«

Amys Dämme brachen, und Tränen strömten ihr übers Gesicht. »Ich kann die Kleine doch nich' weggeben, Mylady. Ich hab gehört, dass die schreckliche Dinge mit den kleinen Kindern machen. Sie verkaufen sie oder schlimmer noch …«

»Sie müssen sie nicht weggeben«, sagte Lucie nachdrücklich. Sie holte Stift und Notizbuch aus ihrer Tasche, schob ein paar Teller auf dem Tisch zur Seite und begann zu schreiben. »Haben Sie schon gepackt?«

Weinend nickte Amy und deutete mit dem Fuß auf eine zerschlissene braune Tasche.

»Und haben Sie Geld?«

Das Mädchen schüttelte den Kopf. »Ich hatte mir was gespart, aber die Madam hat's mir abgenommen, als ich nicht mehr arbeiten konnte.«

»Das ist nur gerecht.«

Lucie schnaubte vernehmlich. Meg konnte ihren Mund wohl einfach nicht halten.

Sie riss die Seite aus dem Notizbuch, steckte sie ein und hob die braune Tasche hoch. Sie war herzzerreißend leicht. »Kommen Sie.«

Die Treppe war anstrengend für Amy. Sie humpelte mehr,

96

als dass sie ging, aber sie wollte das Baby um keinen Preis abgeben, um es sich leichter zu machen. Es dauerte ziemlich lange, bis sie den Seiteneingang erreichten. Die frische Luft draußen war wie ein Schluck Wasser nach einer Wanderung durch die Wüste. Zum Glück dauerte es nicht lange, bis sie auf der Hauptstraße eine freie Mietdroschke fanden.

Lucie warf dem Kutscher eine Münze zu und zählte ein paar Münzen in Amys Hand.

»Das ist für ein Zugbillet. Nehmen Sie den Zug um Viertel vor neun nach Wokingham. Dort warten Sie am Bahnhof. Ich schicke gleich ein Telegramm, dass man sie abholt und zu Mrs Julianas Akademie für alleinstehende Frauen bringt.«

Amy blinzelte verwirrt. »Eine Akademie? Aber ich kann nicht so gut lesen.«

»Das ist nur ein schicklicher Name für ein diskretes Frauenhaus. Sie könnten dort allerdings auch Lesen und Schreiben lernen, oder auch andere Dinge, wenn Sie möchten.«

Das befeuerte jedoch Amys Zweifel nur noch. »Gibt's da Nonnen, Mylady?«

Lucie schüttelte den Kopf. »Das Haus wird von Frauen geführt, die zu helfen versuchen.« Sie gab Amy die Nachricht, die sie geschrieben hatte. »Geben Sie das Mrs Juliana, damit sie weiß, dass ich Sie geschickt habe.«

Das Mädchen nickte. Sie wirkte benommen. In ihrem Zustand sollte sie gar nicht reisen.

Lucie zögerte. Die Sovereign-Münze, die sie am gestrigen Abend in ihre Manteltasche gesteckt hatte, wog schwer in ihrer Hand. Das Geld hatte sie eigentlich für die Fahrt in die Bond Street und ein paar neue Kleider ausgeben wollen.

Vielleicht ein Puderblaues wie in dem Modemagazin, das sich ihre Freundinnen im *Randolph* betrachtet hatten. Es fiel ihr schwer zuzugeben, aber in Wahrheit hatte sie sich vor drei

Tagen im Blackwells tatsächlich so grau wie eine Maus gefühlt, als die Mädchen an ihren Tisch getreten waren. In ihren farbenprächtigen Kleidern mit der weißen Spitze hatten sie den Raum erhellt wie ein Strauß frischer Frühlingsblumen. Sie hatten auch genauso geduftet. Die lässige Selbstverständlichkeit, mit der Tristan diese »Ballentine-Karten« signiert hatte, bewies ihr aufs Neue, wie eingebildet und von sich eingenommen er war. Ganz eindeutig war es für ihn nichts Ungewöhnliches, von eifrigen, kichernden jungen Damen angesprochen zu werden. Gott möge der Frau beistehen, die ihn einmal heiraten würde. Seine nächste Mätresse würde ihm vermutlich einfach in den Schoß fallen, wenn er sich irgendwo hinsetzte.

Das Droschkenpferd schnaubte und stampfte auf das Pflaster. Sie fischte die Münze aus der Tasche.

Amys Augen weiteten sich, als sie ihr das kleine Vermögen in die Hand drückte.

»Versprechen Sie mir, dass Sie das Geld verwenden, um einen Arzt aufzusuchen, damit er einen Blick auf Sie und das Baby wirft«, wies Lucie sie an. »Und auch ein paar neue Kleider scheinen mir nötig.«

Ehrfürchtig betrachtete das Mädchen die Münze. »Ich versprech's«, flüsterte sie.

Lucie nickte. »Gute Fahrt und auf Wiedersehen.«

»Mylady.« Amy hielt ihr das Baby mit verträumten Augen entgegen. »Würden Sie die Kleine kurz halten? Um ihr Glück zu bringen?«

Lucie machte einen Schritt zurück. »Sie lassen mich aussehen wie eine gute Fee, Miss Amy, aber das bin ich nicht, das versichere ich Ihnen.«

Das Mädchen wirkte verlegen. »Natürlich nicht. Tut mir leid.« Sie drückte das Kind wieder an sich. Ihre Wangen glühten.

»Oh, na schön«, sagte Lucie. »Geben Sie sie schon her.«

Das Baby schlief. Es rührte sich nicht, als es behutsam in Lucies Armbeuge gelegt wurde.

Wie gebannt blickte Lucie in das winzige Gesicht mit der kleinen Knopfnase. Fedriger schwarze Flaum lugte unter einer winzigen Strickmütze hervor. Sie zählte drei lange Wimpern an jedem Augenlid.

»Wie soll sie heißen?«, fragte sie leise.

»Elizabeth«, antwortete Amy. »Wie meine Mum.«

Zarter Babyduft stieg von der Decke auf, wunderbar süß wie gezuckerte Milch und Puder, und überlagerte den Weihrauchduft, der immer noch in Lucies Mantel hing. Ein dumpfes Ziehen machte sich in ihrer Brust bemerkbar.

Vorsichtig gab sie die Kleine ihrer Mutter zurück.

»Elizabeth ist ein schöner Name«, sagte sie. »Der Name einer Königin. Ich wünsche Ihnen, dass Ihre Tochter zu einer starken Frau heranwächst.«

»Ich hoffe, dass sie ein wenig so wird wie Sie, Mylady.«

Lucie schenkte ihr ein schiefes Lächeln. »In dem Fall möge Gott Ihnen beiden beistehen.«

Sie half Amy in die Kutsche und sah dem Gefährt nach, das rumpelnd davonfuhr.

Neunzehn Jahre alt und glaubte immer noch an Märchen.

Manche Frauen gaben das Träumen nie auf. Im ganzen Land, in Bordellen wie in Herrenhäusern, saßen Frauen und warteten auf den Ritter in der goldenen Rüstung.

Waren Sie sich bewusst darüber, dass die Rettung, auf die sie hofften, womöglich zu einem Fluch werden konnte? Oh ja, das waren sie. Aber zehn Jahre, in denen Lucie hinter die stillen, schmucken Fassaden geschaut hatte, hatten ihr gezeigt, dass manche nie andere Optionen in Betracht zogen und wieder andere sich nicht trauten, sie zu ergreifen. Und dann gab es

Frauen wie Amy, denen überhaupt keine Optionen blieben. An manchen Tagen verlor sogar Lucie den Glauben daran, dass sich durch irgendeine Kampagne jemals etwas daran ändern würde.

Sie kam in ihrer Wohnung in Norham Gardens geplagt von Schuldgefühlen an, da sie es ein wenig bereute, einen Sovereign weniger zu besitzen. Natürlich hatte sie ihn für den bestmöglichen Zweck eingesetzt, aber am Ende war es doch nur ein Tropfen auf einen heißen Stein. Selbst wenn sie nur noch Lumpen trug, würde die Zahl der Frauen und Babys, die Hilfe benötigten, nicht geringer werden. Die Karawane des Elends nahm kein Ende. Sie konnte hier und dort ein tragisches Schicksal abwenden, aber was wirklich gebraucht wurde, waren bessere Lebensumstände für alle Frauen, alle Kinder, ganz unabhängig von gelegentlichen Wohltätigkeitsspenden. Und das konnte nur eine gerechte Politik in Westminster bewirken. Und auch wenn sie sich noch so oft sagte, dass ein adrettes Äußeres nicht von Belang sein durfte – mit ihren zerfransten Ärmeln und schiefergrauen Röcken, war sie nicht ansehnlich genug, um durch die Flure des Parlaments zu laufen oder auch nur eine andere Rolle einzunehmen als die einer verschrobenen alten Jungfer. Das war ihr bei Blackwells mehr als deutlich geworden. Vielleicht sogar schon bei ihrem Besuch bei Lady Salisbury, als die Matrone, die doppelt so alt war wie sie, von heimlichen Liebhabern gesprochen hatte.

Das Grübeln über Mode und Politik fand ein Ende, als sie den Briefkasten öffnete. Mr Barnes krakelige Schrift stach so auffällig zwischen den anderen Briefen hervor wie ein Leuchtfeuer. Sie riss den Umschlag auf, während sie den Flur hinunterging. Ihr Herz raste. »Tja, was sagt man dazu«, murmelte sie. »Der Einfluss eines Herzogs ist eben nicht zu unterschätzen. Boudicca!« Die Katze maunzte empört, als sie so überschwänglich hochgehoben und gestreichelt wurde. »Freu dich«, forderte Lucie. »Jetzt sind wir die Besitzer von *London Print*.«

Zwei Stufen auf einmal nehmend lief Lucie die Treppe von der Eingangshalle zum Büroflur von *London Print* hinauf. Mr Sykes, ihr Anwalt, folgte ihr schnaufend und mit schief sitzender Brille.

Mr Barnes erwartete sie in seinem Büro mit seinem eigenen Anwalt, einem Mr Marshall. Miss Barnes saß bescheiden in ihrer Ecke. Und dort, ordentlich auf dem Mahagoni-Schreibtisch gestapelt, lagen die schimmernden weißen Seiten des Vertrags.

»Ihre Ladyschaft ist sich bewusst, dass ich jeden Satz dieses Dokuments vorlesen muss?«, fragte Mr Marshall.

Lucie musterte die zwanzig eng beschriebenen Seiten. »Das ist mir bewusst, aber ist das wirklich notwendig?«

Mr Sykes und Mr Marshall behaupteten beide, dass dem so sei.

Eineinhalb Stunden dauerte die Prozedur. Mr Marshall las vor, Mr Sykes rief gelegentlich etwas dazwischen, beide warfen sich in Positur und debattierten, bis Mr Marshall eine Ergänzung notierte, und die ganze Zeit hackte Miss Barnes auf ihre Schreibmaschine ein. Lucies Herz schlug unnatürlich schnell, und ihre Wangen brannten. Sie wollte endlich ihre Unterschrift auf der letzten Seite trocknen sehen.

Ihre Kehle war wie ausgedörrt, als Mr Marshall den Vertrag endlich vor ihr auf den Tisch legte. »Bitte unterschreiben Sie hier, Mylady.«

Da war sie, die gepunktete Linie.

Jemand hielt ihr einen Füllfederhalter mit goldener Feder hin.

Einen Moment lang schien sie vergessen zu haben, wie sie ihren Namen selbstbewusst schreiben sollte.

Und dann war es geschafft.

Zitternd holte sie Luft und legte den Füllfederhalter zur Seite.

Sie standen auf, und die Männer schüttelten sich die Hände und sprachen ihre flüchtigen Glückwünsche an sie aus. Es war offensichtlich, dass sie ihr nicht vertrauten. Das sollten sie auch nicht.

»Wenn Sie möchten, können Sie den anderen neuen Inhaber gleich kennenlernen«, sagte Mr Barnes, als er seinen Füllfederhalter wegräumte. »Er hat sein Büro heute bezogen und sollte noch im Haus sein.«

Verwirrt begegnete sie seinem erwartungsvollen Blick. »Ein anderer neuer Inhaber?«

»Nun, er ist kein neuer Teilhaber, aber …« Barnes runzelte die Stirn. »Sie haben meine Nachricht doch erhalten, oder nicht? Ich habe sie am selben Tag abgeschickt wie die Nachricht über den fertigen Vertrag.«

Eine dunkle Vorahnung überflog sie, und ein Schauer rieselte ihr über den Rücken.

»Womöglich wurde der Brief übersehen«, sagte sie. Weil sie nach der Bestätigung des Vertragsangebots gleich aus dem Haus geeilt war, anstatt erst die anderen Briefe zu lesen. »Was hat sich geändert?« Die Anteilseignerstruktur war ideal gewesen. Es hatte keinen Mehrheitseigner gegeben, was bedeutete, dass es auch kein Hindernis gab, das ihren herausgeberischen Entscheidungen im Weg stehen könnte.

»Lord Ballentine ist aus dem Ausland zurückgekehrt und hat kürzlich die restlichen Anteile am Verlag aufgekauft«, sagte Mr Barnes. »Aber vielleicht möchten Mylady die Einzelheiten lieber selbst mit Ihrem neuen Kompagnon besprechen …«

9. KAPITEL

Der Flur schien an ihr vorbeizugleiten. Ihr Gesicht war wie erstarrt. Fast hätte sie den Sekretär, der ihre Ankunft meldete, mit der Schulter angerempelt, um sich an ihm vorbeizudrängen, ehe sie die Tür hinter sich schloss, um jegliche mögliche Zuhörer auszusperren.

Die Sohlen von einem Paar großer Schuhe streckten sich ihr auf einem breiten Schreibtisch entgegen. Eine aufgeschlagene Zeitung verdeckte das Gesicht des Besitzers besagter Schuhe.

Ihr Herz setzte einen Schlag lang aus.

Nur ein Gentleman in ihrem Bekanntenkreis würde die *Times* wie ein Schurke aus einem Groschenroman lesen.

Die Zeitung senkte sich, und Löwenaugen trafen ihren Blick.

Sofort schien die Luft zu knistern. Ihr nächster Atemzug verbrannte ihre Lungen wie heißer Dampf.

»Ah, Lady Lucinda.« Tristan nahm die Füße vom Tisch. »Ich habe dich schon erwartet.«

In ihrer Kehle steckten zu viele Worte auf einmal fest.

Er war elegant gekleidet, keine rote Samtweste in Sicht, stattdessen ein maßgeschneiderter grauer Anzug und eine Seidenweste in einer ebenso ungewohnt gedämpften Farbe. Er wirkte fremd.

Und das machte alles nur noch realer.

Erwartungsvoll schaute er sie an, während er die Zeitung zusammenfaltete. Da sie nur dastand und ihn anstarrte, ein Rauschen in den Ohren, zuckte er schließlich mit den Schultern, stand auf und schlenderte zu einer Vitrine.

Er bewegte sich in den Büroräumen von *London Print* so selbstverständlich, als gehörten sie ihm.

Das taten sie ja auch.

Lucie schwankte leicht.

»Darf ich dir etwas zu trinken anbieten?« Seine langen Finger streiften über Flaschen. »Brandy, Scotch, Sherry?«

Sie verschränkte die Arme vor der Brust, um die Fassung wiederzugewinnen. Ihr Puls raste. »Seit wann?«, fragte sie.

Er entkorkte eine Flasche und roch daran. »Seit wann was?«

Beim Anblick seiner Unschuldsengelmiene durchzuckte sie die Wut wie ein Blitz. »Seit wann bist du Anteilseigner in diesem Verlag?«

»Ah. Nun. Vor etwa sechs Jahren habe ich die ersten fünfundzwanzig Prozent erworben. Vor meinem ersten Auslandseinsatz. Die restlichen fünfundzwanzig Prozent habe ich gestern dem dritten Aktionär abgekauft. Noch dazu zu einem Schnäppchenpreis, nachdem ich ihn darüber in Kenntnis gesetzt hatte, dass hinter der bevorstehenden Übernahme Suffragistinnen stecken. Bist du sicher, dass du keinen Brandy möchtest? Du siehst ein wenig blass um die Nase aus.«

Ihr Herz wummerte, als wolle es ein Loch in ihre Brust schlagen. Ihre Nemesis besaß die andere Hälfte ihres Verlagshauses.

Sie verengte die Augen. »Du hast den Vorstand gewarnt und Mr Barnes unter Druck gesetzt.«

»Ja, das habe ich wohl.« Er schien nicht die geringste Reue zu verspüren. »Ich musste mir Zeit verschaffen, um das nötige Kapital für ein Angebot aufzutreiben und meinen Verdacht zu bestätigen, dass du etwas im Schilde führst.«

Sein Verdacht – war das etwa der Grund für ihre Verabredung bei Blackwells gewesen? Natürlich!

Sie hatte es geahnt. Sie hatte gewusst, dass er ihr nur Schererien machen würde, und dennoch hatte sie sich mit ihm getroffen.

»Warum?«, fragte sie und hasste das Zittern in ihrer Stimme. »Warum *London Print?*«

Er schenkte sich zwei Fingerbreit Brandy ein und schlenderte zurück zum Schreibtisch. Die Flasche nahm er mit. »Warum nicht?«, erwiderte er. »Das Verlagshaus hat eine große Stamm-Leserschaft, und das Potenzial ist zum Großteil noch nicht ausgeschöpft. Jeder, der ein Auge auf die Verlagswelt und einen passiven Einkommensfluss geworfen hat, wäre interessiert.«

Die Worte trafen sie wie Ohrfeigen. Es waren dieselben Worte, mit denen sie Mr Barnes ihr Interesse begründet hatte, um ihre wahren Absichten zu verbergen. Was verbarg Tristan vor ihr? Er sollte bequem von dem Unterhalt seines Vaters leben können wie jeder Aristokratensohn und sich keine Gedanken über passive Einkommensströme machen müssen.

»Wenn es dir ums Geld geht, such' dir ein anderes Geschäft«, forderte sie.

Er neigte den Kopf. »Aber warum? Ich habe mir beide Male die Anteile eher gesichert als du. Man könnte sagen, ich war zuerst da.«

»Du Schuft!« Sie bebte vor Wut.

Das schien ihn zu amüsieren. »Lass etwas Milde walten, Lucie. Ich bin aus dem Krieg zurück – vielleicht gefällt mir der Gedanke, etwas zu tun zu haben. Und *London Print* hält die Rechte an meinen literarischen Werken, daher ist es naheliegend, dass ich hier investiere. Man könnte mich wohl als emotional involviert bezeichnen.«

»Literarische Werke?«

Er schenkte ihr einen mitleidigen Blick unter langen Wimpern. »Romantische Gedichte.«

Genauso gut hätte er Mandarin reden können.

Und dann ging ihr ein Licht auf.

Verwirrt schüttelte sie den Kopf. »Willst du etwa behaupten, dass du der Autor von *A Pocketful of Poems* bist?«

»Das bin ich«, sagte Tristan. Er betrachtete sie über den Rand seines Whiskyglases mit erwartungsvoll glänzenden Augen. »Wie gefällt es dir?«

Die Poesie? Der Autor der Gedichte war anonym. Sie hatte eine Frau dahinter vermutet, wie so oft, wenn der Autor als anonym angegeben wurde. Wie es schien, war die Wahrheit jedoch noch ungeheuerlicher. Offenbar gab es eine Realität, in der ihr Geschäftspartner ein berüchtigter Lebemann war und Lord Ballentine, der oberflächlichste aller Männer, ein gefeierter Dichter. Ganz offensichtlich war sie durch ein Kaninchenloch gefallen und ins Wunderland geraten.

»Ob es mir gefällt?«, wiederholte sie. »Die Poesie, nehme ich an? Nun, ich habe keines der Gedichte gelesen.« Sie betrachtete ihn von oben herab. »Hübsche, hohle Dinge ziehen meine Aufmerksamkeit nicht gerade in den Bann.«

Der Glanz in seinen Augen erlosch.

»Tsts, du überraschst mich«, meinte er. »Ich hatte angenommen, dass du gewissenhaft in allen Dingen bist. Und doch stehst du nun hier und kaufst dich in ein Unternehmen ein, ohne die Identität deiner Geschäftspartner oder den Inhalt des größten Verkaufserfolgs dieses Unternehmens zu kennen. Du warst nachlässig.«

Stumm brodelte ihr Zorn, denn er hatte natürlich recht. Ihre Pläne beinhalteten allerdings, dass sie sich gar nicht ausführlich mit *London Print* und dessen Verlagserzeugnissen auseinandersetzen musste; das war für den geplanten Coup nicht nötig gewesen. Das durfte sie ihm allerdings nicht auf die Nase binden und deshalb musste sie den Mund halten und ihn annehmen lassen, dass sie töricht gehandelt hatte.

»Wie dem auch sei«, fuhr er fort. »Wir beide profitieren von meiner Einmischung. Mein Buch verkauft sich selbst sechs Jahre nach der Erstveröffentlichung gut, was bemerkenswert ist. Allerdings stagnieren die Zahlen inzwischen. Stell dir nur vor, was passiert, wenn meine Identität als Autor enthüllt wird.« Er wirkte ziemlich selbstzufrieden. »Dann brauchen wir bestimmt eine neue Auflage, und wir könnten …«

Sie hob eine Hand. »Ich mache keine Geschäfte mit dir.«

»Jetzt sei nicht so begriffsstutzig«, erwiderte er in mildem Ton. »Das musst du.«

»Gar nichts muss ich.«

Er zuckte mit den Schultern. »Nun, wie schade. Dein Vorschlag über meine Kriegstagebücher war gut. Sie werden als Nächstes veröffentlicht.«

Ihr Magen zog sich zusammen. Wenn sie sich bloß nicht auf das Treffen bei Blackwells mit ihm eingelassen hätte. Warum nur hatte sie das getan? »Verkauf mir deine Anteile«, sagte sie leise.

»Aber ich habe sie doch gerade erst erworben.«

Sie kam näher. »Wenn es dir ums Geld geht, verkaufe sie mir.« Sie würde die Summe schon irgendwie auftreiben, ganz egal, wie hoch sie auch sein mochte.

Tristan lehnte sich an den Schreibtisch und schwenkte den Whisky im Glas. Er sah provozierend überlegen aus. »Ich habe kein Interesse an einer pauschalen Abfindung, Prinzessin. Was ich will, ist, dass die Profite von *London Print* langfristig anhalten und wachsen.«

Sie musterte ihn finster, und sein Lächeln wurde zu einem

Grinsen. »Ach, nun komm schon«, meinte er. »Wir beide wissen doch, dass du niemals derart liebliche Frauenmagazine ohne Hintergedanken erwerben würdest. Die Feder ist mächtiger als das Schwert und so weiter. Das *Home Counties Weekly* in deinen Händen? Welche Pläne hegst du? Frauenrechtsstreiche statt Kuchenrezepte? Nein. Ich möchte über den Inhalt mitbestimmen.«

Kalter Schweiß brach auf ihrer Stirn aus.

Er würde alles ruinieren.

Sie schluckte schwer und versuchte, gegen die aufsteigende Übelkeit anzukämpfen.

»Es gibt auch andere Wege, zu Geld zu kommen, falls du es so dringend brauchst«, stellte sie fest. »Such dir einen anderen Weg.«

Seine Miene versteinerte.

»Soll ich etwa tatenlos zusehen, wie du unsere Leserinnen vergraulst? Das geht nicht, tut mir leid.«

Unsere.

Am liebsten hätte sie geschrien und gefaucht wie ein Fuchs in einer Falle. Es gab kein »Uns«. Er hatte gerade ihre gesamte Hoffnung für diesen Verlag sabotiert, während er beiläufig sein Whiskyglas schwenkte. Ihre Gedanken rasten, doch alles, was sie jetzt noch sagte, würde kleinlich klingen. Diese Befriedigung wollte sie ihm nicht geben.

»Es ist noch nicht vorbei«, drohte sie.

»Noch lange nicht, Prinzessin«, hörte sie ihn sagen, bevor sie die Tür fest hinter sich zuschlug.

Der Himmel über Oxford färbte sich bereits so grau wie der Rauch über den Schornsteinen, doch Lucie tigerte immer noch wütend auf Hatties Perserteppich auf und ab. Während der Zugfahrt von London war ihre Wut nicht abgekühlt. Selbst der Anblick der altehrwürdigen Gebäude konnte sie nicht beschwichtigen.

»Er hat mich reingelegt«, rief sie. »Und ich hab es zugelassen. Wie konnte ich nur? Die Hälfte der Zeit ist er nicht einmal nüchtern.«

Annabelle beobachtete sie besorgt vom Sofa aus. »Mit einer solchen Wendung der Dinge hattest du ja kaum rechnen können. Niemand hätte das erwartet.«

»Es ist rätselhaft und faszinierend zugleich. Fast wie eine Szene aus einem Theaterstück«, meinte Hattie aus ihrem Sessel. »Die Chance, dass so etwas passiert und ihr beide Anteile desselben Unternehmens kauft, ist so gering, dass es sich fast wie Schicksal anfühlt.«

Lucie wirbelte herum. »Das ist aber kein Theaterstück, Hattie. Das ist eine Katastrophe.«

Ihre Freundinnen schwiegen, und sie wusste, dass sie sich im Ton vergriffen hatte.

Sie atmete tief durch. Es half nichts. Sie kochte innerlich immer noch.

»Ihr wisst, was das bedeutet«, stellte sie fest. »Er wird gegen alles ein Veto einlegen können. Wir können unseren Plan nicht umsetzen. Wir können den Bericht nicht veröffentlichen.« Sie drückte die Hände an die Schläfen. »Wir haben ein Vermögen aufgebracht und einen Verlag gekauft für nichts und wieder nichts. Es war alles umsonst.«

Die Stille lastete schwer und unangenehm im Raum.

»Vielleicht finden wir während der Sommerpause des Parlamentes eine Lösung«, sagte Annabelle schließlich. »Ich werde Montgomery bitten, die Debatte über seinen Reformvorschlag bis spätestens September zu verschieben.«

»Danke. Wenn es jedoch so leicht wäre, eine andere Lösung zu finden, hätten wir sie längst schon.«

»Und wenn wir es einfach trotzdem wagen?« Hatties Stimme glich einem Flüstern. »Wir könnten einfach weitermachen wie geplant.«

Lucie runzelte die Stirn. »Die internen Abläufe müssen immer von beiden Geschäftspartnern abgesegnet und unterschrieben werden. Auf legaler Basis können wir nicht weitermachen. Und das regt mich maßlos auf.«

Catriona zog ihr Tuch enger um die Schultern. »Und wenn wir das Verlagshaus für einen anderen Zweck benutzen?«

Lucie schaute sie verwirrt an. »Für welchen denn?«

»Es ist immer noch ein profitables Unternehmen, weshalb die Investition kaum unnütz ist. Was auch immer wir tun, du hast genauso viel zu sagen wie Lord Ballentine. Du kannst auch gegen seine Vorschläge ein Veto einlegen.«

»Oh, großartig. Das würde bedeuten, dass wir unsere Tage damit zubringen, mit Ballentine zu schachern und zu streiten, statt unsere Arbeit voranzubringen. Verflixt! Allein der Gedanke, dass ich sein grinsendes, selbstgefälliges Gesicht jede Woche sehen muss, ist mir zuwider.«

Annabelle runzelte die Stirn. »Also, mir gefällt der Vorschlag. Wir könnten den Verlag dazu nutzen, unsere Mission auf andere Weise voranzubringen. Warum stellen wir nicht so viele Frauen wie möglich ein? Wir könnten ihnen dieselben Löhne zahlen wie den Männern.«

Hattie nickte. »Wäre das nicht viel netter, als ledige Frauen nach Australien zu schicken?«

Lucie hielt inne. Die Idee war gut. Auch wenn ein Sturm der Gefühle in ihr tobte, wusste sie, dass der Vorschlag eine eingehendere Prüfung verdient hatte. Tatsächlich vergrößerte sich die Anzahl der Frauen aus der Mittelschicht stetig, die eine Büroarbeit benötigten, weil es nicht genügend Männer im Königreich gab, die sie heiraten und versorgen konnten. Krieg und Auswanderung hatten dazu geführt, dass viele potenzielle Ehekandidaten auf dem Schlachtfeld den Tod gefunden hatten oder im Ausland geblieben waren. Und dass ledige Frauen der Mittelschicht eine Arbeit in der Fabrik aufnahmen, um sich ihren Lebensunterhalt zu verdienen, schickte sich nicht. Deshalb bot die Regierung unverheirateten Frauen ein Ticket ohne Rückfahrtschein nach Australien, damit sie dort Ehemänner finden konnten – wie immer eine völlig absurde Maßnahme. Dennoch … Sie schüttelte den Kopf. »Ein vorzüglicher Gedanke«, sagte sie. »Aber nein.«

»Warum in aller Welt denn nicht?« Catriona wirkte verwundert.

»Ein ganzes Büro voller Frauen?« Wieder schüttelte Lucie den Kopf. »Das wäre unklug mit Ballentine in der Nähe. Er braucht nicht erst den Ruf eines romantischen Poeten, um für Unruhe zu sorgen. Das schafft er vermutlich allein dadurch, dass er durch die Büroräume stolziert. Und das wird er tun. Selbst die vernünftigsten Frauen werden sich gegeneinander wenden und um seine Aufmerksamkeit wetteifern. Diejenigen, die er verführt, werden an gebrochenem Herzen leiden und irgendeine Dummheit begehen … Ihr kennt doch die Schlagzeilen, die er regelmäßig macht. Und dann werde ich diesen Frauen kündigen müssen, denn ihn kann ich nicht entlassen.«

Ihre Freundinnen betrachteten sie mit einhelligem Stirnrunzeln, als hätte sie soeben den Verstand verloren.

»Tust du uns damit nicht gerade Unrecht?«, wandte Annabelle behutsam ein. »Ich weiß, dass er ein Schürzenjäger ist, aber es braucht schon mehr als ein hübsches Gesicht und schmeichelnde Komplimente, damit eine Frau sich in eine dumme Gans verwandelt.«

»Dem stimme ich zu«, murmelte Catriona. »Hab Vertrauen in unsere rationalen Geistesfähigkeiten.«

Lucie schnaufte. Für jeden Außenstehenden musste es sich so anhören, als hätten sie alle guten Geister verlassen. »Was Ballentine betrifft, so müsst ihr etwas verstehen«, sagte sie. »Er ist der zweitgeborene Sohn, und er hatte karottenrotes Haar. Es ging das Gerücht, dass Rochester nicht einmal sein Vater sei. Was macht ein solch unglücklicher Junge, um zu überleben? Er zeigt sich charmant. Und geistreich. Er wird zu einem wahren Machiavelli des Charmes. Durch genügend Übung ist er schließlich in der Lage, eure geheimsten Wünsche und Schwächen aus einer Meile Entfernung zu erspüren und sie gegen euch zu verwenden, wie es ihm beliebt. Und nun stellt euch vor, dass ein Junge, der einen solchen Groll hegt und solche Fähigkeiten besitzt, zu einem außergewöhnlich attraktiven, charismatischen Mann heranwächst, Titelerbe wird und mit dem Victoriakreuz nach Hause zurückkehrt. Könnt ihr euch vorstellen, was das aus ihm macht?«

Lange herrschte Schweigen, nur das Prasseln des Feuers im Kamin war zu hören.

In Annabelles und Catrionas Mienen zeigte sich Sorge.

»Es macht ihn gefährlich«, sagte Hattie schließlich. »Er wird ewig danach streben, Herzen zu brechen, um alte Wunden zu heilen.« Allerdings schien sie dieser Gedanke zu faszinieren.

»Verflixt!«, sagte Annabelle. »Können wir nicht ein anderes Verlagshaus kaufen? Ich werde mit Montgomery reden. Ich bin sicher, er wird mir mehr Geld zur Verfügung stellen.«

»Wenn du eines findest, das gerade verkauft wird, mit einer ähnlichen Leserschaft, gerne.«

Sie alle wussten, dass es ein solches Verlagshaus nicht gab. Ihr Plan, *London Print* als Sprachrohr für die Frauenrechtsbewegung zu verwenden, war zwar nicht perfekt gewesen, aber er war innerhalb der Einschränkungen, die ihnen auferlegt waren, zumindest gut durchdacht. Wenn sie diesen Plan jetzt nur durchführen könnten, statt wahllos Ideen zu sammeln, wie sie nun vorgehen sollten!

»Je länger ich darüber nachdenke, desto mehr stimme ich dir zu, dass sich Lord Ballentine nicht in unseren Büroräumen aufhalten sollte«, sagte Hattie versonnen. »Vor ein paar Tagen habe ich die Damen, die sich für die Oxford Summer School eingeschrieben haben, empfangen, und einige haben freimütig zugegeben, dass sie den Zeichenkurs nicht wegen Professor Ruskins Lehren besuchen, sondern nur weil Lord Ballentine hierher gezogen ist. Sie hoffen, ihm über den Weg zu laufen.«

Lucie schaute sie fassungslos an. »Er ist was?«

»Oh je.« Hattie zog den Kopf ein. »Das hast du nicht gewusst?«

»Nein«, stieß Lucie hervor. »Wo wohnt er, weißt du das?«

»In der Logic Lane, glaube ich. Lucie, was hast du vor? Jetzt ist kein angemessener Zeitpunkt, um einen Gentleman zu besuchen …«

10. KAPITEL

Tristans Kammerdiener wirkte nicht überrascht, zu unange-
messener Stunde eine wütende Frau auf der Schwelle des Hauses seines Lohngebers anzutreffen. Allerdings blockierte er mit
seiner großen Gestalt sehr effektiv den Eingang. »Seine Lordschaft ist nicht anwesend«, verkündete er aalglatt mit hochgezogenen schwarzen Augenbrauen. Die Brauen allein strahlten mehr Selbstsicherheit aus als ein Herzog. Bei dem Mann
handelte es sich eindeutig nicht um den Kammerdiener, an den
sie sich aus den Tagen in Wycliffe Hall erinnerte.

»Sie sind neu«, stellte sie fest. »Wie heißen Sie?«

Von oben herab musterte er sie. »Avi, Mylady«, sagte er
schließlich.

»Avi«, fing sie an. »Lord Ballentine und ich haben eine geschäftliche Angelegenheit zu besprechen. Glauben Sie, es würde Seiner Lordschaft gefallen, wenn die ganze Straße bei unserem Gespräch zuhört? Wenn nicht, treten Sie lieber zur Seite.
Man hat mir gesagt, dass meine Stimme weit trägt.«

Er hob erneut die Augenbrauen. »Das tut sie«, bestätigte er.
»Weit tragen. Sie sind doch nicht etwa mit etwas Spitzem be-
waffnet, Mylady?«

»Abgesehen von meiner Zunge?«

Avi gab im Angesicht dieser Entschlossenheit nach, neigte
den Kopf und trat zur Seite.

Sie eilte an ihm vorbei, ihr Herz trommelte wild.

Die Treppe war schmal. Ebenso wie der Flur.

Insgeheim wunderte sie sich, dass der zukünftige Graf von Rochester in einem kleinen bürgerlichen Haus residierte.

Die Tür zum Schlafzimmer stand offen, warmes Licht drang hinaus auf den Flur.

Sie stürmte darauf zu. Und blieb wie erstarrt im Türrahmen stehen.

Das Kaminfeuer und ungefähr ein Dutzend Kerzen erhellten den Raum.

Auf einer Ottomane im hinteren Teil des Zimmers lag der Hausherr, seitlich auf einen Ellbogen gestützt.

Und er war nackt.

Ihr stockte der Atem; die Zeit schien stillzustehen.

Langsam hob er den Blick von seinem Buch und wirkte … fasziniert.

Abrupt zuckte ihr Blick zurück, wie Finger, die sich verbrannt hatten.

Zu spät. Der Anblick hatte sich ihr bereits ins Gedächtnis geprägt, das Bild leuchtete hinter ihren geschlossenen Lidern auf: die glatte, honigbraune Haut und wie gemeißelt wirkende Muskeln, die ebenmäßigen Schultern, die breite Brust, die Tätowierung auf der rechten Seite.

Ihr wurde der Mund trocken, und ihr Herz bollerte hart gegen ihre Rippen.

Eine Spur dunkler Haare unterhalb seines Nabels hatte ihren Blick immer weiter nach unten gezogen. Nein, er war doch nicht ganz nackt. Eine tief sitzende Hose schmiegte sich an seine Hüften.

Dennoch. Ihr Gesicht glühte, als hätte sie zu nah an einem Ofen gestanden. Eine üble Situation.

Die Ottomane ächzte. Sie öffnete die Augen, spähte vorsichtig und stellte fest, dass Seine Lordschaft sich aufgerichtet hatte. Sie grub die Fingerspitzen in die Handflächen. *Möge der Zirkus beginnen.*

»Lucie.« Seine Stimme klang rauchig. »Sollen meine Träume von dir in meinem Schlafzimmer endlich Wirklichkeit werden?«

»Würde es dir etwas ausmachen, dich zu bedecken«, sagte sie zum Türrahmen und kam sich unerträglich prüde vor.

»Also, falls Nacktheit deine Sensibilitäten verletzt«, sagte er gedehnt, »solltest du nicht nach Einbruch der Dunkelheit in das Schlafzimmer eines Mannes stürmen.«

Ihr Instinkt sagte ihr, dass Nacktheit im Allgemeinen sie nicht nervös machen würde. Nur diese besonders wohlgeformte, honiggoldene Nacktheit sorgte für ein Zittern in ihren Knien.

Aus dem Augenwinkel sah sie, wie er aufstand und sich mit der Geschmeidigkeit einer Raubkatze streckte. Seine Rückenmuskeln spannten sich unter seiner Haut anmutig an. Wer konnte es ihr verübeln, dass sie einen näheren Blick riskierte? Es kam ihr so vor, als ob ein Kunstwerk, eine römische Marmorstatue, zum Leben erwacht sei.

Als er jedoch zum Schrank ging, überkam sie der Drang, die Treppe wieder hinunterzulaufen, an dem erhabenen Avi vorbei, und mit dem Rest ihrer noch verbliebenen Würde das Haus fluchtartig zu verlassen. Manchmal wunderte sie sich über ihre Entscheidungen. Sie war gerade in das Schlafzimmer eines Mannes eingedrungen! Das war für eine verschrobene alte Jungfer völlig inakzeptabel und selbst für ihre Maßstäbe skandalös. Eine jahrelang gepflegte Feindschaft hatte ihr wohl eine trügerische Vertrautheit vermittelt, was Tristan anging.

»Voilà«, schnurrte er.

Sie drehte sich um.

Er stand am Kamin und war immer noch nicht schicklich gekleidet. Er hatte sich lediglich einen Morgenmantel übergezogen, aus roter Seide mit exotischem Blumenmuster. Er fiel vorne auseinander und enthüllte einen flachen Bauch und weitere wohldefinierte Muskeln. Im Feuerschein wirkte seine Haut so glatt wie Satin, und sie verspürte ein aufregendes Prickeln.

Rasch wappnete sie sich. Schicklicher würde er sich wohl nicht machen. Mit einer Lässigkeit, die sie nicht verspürte, spazierte sie ins Zimmer, denn wie ein Mauerblümchen im Türrahmen zu verharren, würde die Situation nur noch verschlimmern.

Sie bemerkte ein Himmelbett, das zu ihrer Rechten das halbe Zimmer einnahm, und farbenprächtige Wandverkleidungen und einen Schrank zu ihrer Linken. Tristans Duft hing in der Luft, davon eingehüllt zu sein, war mindestens ebenso verstörend intim wie seine Nacktheit.

»Zunge verschluckt?«, fragte er in leisem Ton.

In seinen Augen tanzte ein Funkeln. Wäre er ein Löwe, würde sein Schwanz nun vor Aufregung zucken, während er auf den rechten Augenblick wartete, um zuzuschlagen.

Allerdings hatte er bereits zugeschlagen.

Die Erinnerung, warum sie überhaupt hier stand, ließ ihren Zorn erneut aufwallen.

Sie stützte eine Hand in die Hüften.

»Stimmt es?«, wollte sie wissen. »Du lebst jetzt in Oxford?«

Müßig ließ er den Blick über sie schweifen, bevor er sich zu einer Antwort herabließ. »Einstweilen, ja.«

»Warum?«

Er zuckte lässig mit den Schultern. »Es ist eine hübsche, kleine Stadt.«

Sie schüttelte den Kopf. »Du würdest dich doch niemals freiwillig in solch einem provinziellen Nest niederlassen, noch dazu in einer so unstandesgemäßen Unterkunft.« Sie machte eine ausholende Geste durch den Raum. »Erst kaufst du die Hälfte meines Verlags, dann ziehst du auch noch in meine Stadt. Was brütest du aus, Ballentine?«

Er hob eine Braue. »Deine Stadt? Ein bisschen größenwahnsinnig, meinst du nicht auch?«

Sie ballte die Hände zu Fäusten. »Wir können uns beide nicht einmal eine Minute im selben Zimmer aufhalten, geschweige denn in derselben Stadt, ohne in Streit zu geraten«, stellte sie fest. »Eine Zusammenarbeit ist unmöglich, das muss dir doch auch klar sein. Verkauf mir deine Anteile. Ich gebe es dir schriftlich, dass man sich gut um deine Bücher kümmert.«

Er neigte den Kopf. »Vielleicht gefällt es mir ja, mit dir zu streiten«, überlegte er. »Es gibt meinem Tag eine gewisse Würze.«

Natürlich konnte er nicht widerstehen, ihr zu widersprechen und zu versuchen, sie zum Betteln zu bewegen.

Lieber würde sie bei ihrer ersten Wahl für die Tories stimmen.

»Komm doch zur Vernunft«, versuchte sie es erneut. »Wir können doch nicht beide genau die Hälfte der Anteile besitzen.«

Wieder hob er eine Braue. »Weil das bedeutet, dass ich gegen alles, was unseren Verkaufszahlen schaden könnte, ein Veto einlegen könnte und werde, wie zum Beispiel radikale Frauenrechts-Artikel?«

»Ja«, fauchte sie.

In dem Moment wurde ihr klar, dass sie noch nie so kurz davor gestanden hatte, sich tatsächlich aufs Flehen zu verlegen. Ihre seit zwei Jahren ausgearbeiteten Pläne waren zunichtegemacht. Und das ausgerechnet von ihm. Zu ihrem Entsetzen brannten ihr Tränen in den Augen, dabei konnte sie sich nicht daran erinnern, wann sie zum letzten Mal geweint hatte.

Tristan runzelte die Stirn. »Wirklich, es kann doch nicht in deinem Interesse liegen, dein eigenes Unternehmen zu sabotieren. Und ja, ich habe dir in diesen Sommern in Wycliffe Hall viele Streiche gespielt, und manche waren nicht besonders geschmackvoll. Aber inzwischen sind wir doch beide erwachsen. Kannst du mir nicht vergeben und alles vergessen und uns noch mal von vorne anfangen lassen? Ich entschuldige mich gern für meine Jugendsünden, wenn dir das die Sache erleichtert.«

Zum Teufel. Nun sah sie rot. Ausgerechnet ein Mann, der, wenn man den Gerüchten trauen konnte, erst kürzlich von einem Balkon in einen Rosenbusch gesprungen war, um einem gehörnten Ehemann zu entkommen, hielt ihr einen Vortrag übers Erwachsenwerden. Und als Krönung bot er ihr noch halbherzig eine Entschuldigung an, als könnte er sie damit um den kleinen Finger wickeln!

Ihre Niedergeschlagenheit wich einer heißen Woge der Wut. »Glaubst du wirklich, dass ich dich nur wegen deiner kindischen Streiche nicht mag?«

Er verengte die Augen. »Weswegen denn sonst nicht?«

»Deine Ignoranz ist erstaunlich.«

»Erleuchte mich«, sagte er finster. »Welche Verbrechen habe ich gegen dich begangen, um solches Missfallen zu verdienen?«

»Missfallen?«, erwiderte sie. »Nun gut, ich zähle dir die Gründe auf, warum du mir ›missfällst‹: Du bist ein Don Juan. Du verführst Menschen aus reinem Vergnügen; du benutzt eine Frau, um dir den Nachmittag zu vertreiben. Du schätzt triviale Dinge und verspottest ernste, und du redest sehr viel und sagst doch wenig. Und das bringt mich zu dem Schluss, dass dein Verstand entweder träge oder nicht besonders helle ist oder womöglich beides. Du missbrauchst deine Stellung und deine Privilegien, indem du ein ausschweifendes Leben führst und Geld verschleuderst, während die meisten Menschen sich stets nur einen ausgefallenen Lohn von der Mittellosigkeit entfernt wissen. Was aber am Allerschlimmsten ist: Du hast einen Sitz im Oberhaus erhalten, doch du nutzt ihn nicht – noch kein einziges Mal –, obwohl Millionen in diesem Land keine politische Stimme haben. Mir fallen nur wenige Männer ein, die noch nutzloser sind als du, und du missfällst mir nicht nur, Mylord, ich verabscheue dich.«

Ein Damm, der schon seit einiger Zeit Risse zeigte, war wohl in ihr gebrochen. Die giftigen Worte sprudelten wie ein Wasserfall aus ihrem Mund.

Die darauffolgende Stille war ohrenbetäubend. Sie hörte nur ihren eigenen zitternden Atem.

Tristan verharrte so reglos, als hätte ihn eine Gewehrkugel getroffen.

Er war fast unheimlich still.

Eine leichte Röte färbte seine Wangen.

Ein mulmiges Gefühl machte sich in Lucie breit. Sie hatte eine Grenze überschritten, von der sie nicht einmal gewusst hatte, dass sie diese bisher gezogen und eingehalten hatten.

Er atmete tief durch. »Nutzlos«, sagte er. Das Wort tropfte mit kalter Verachtung von seinen Lippen.

Sie verschränkte die Arme vor der Brust. »Nun, ja«, murmelte sie. »Und ich kann keinen Verlag gemeinsam mit dir führen.«

»Verstehe.« Seine Stimme klang beherrscht, aber in den dunklen Tiefen seiner Augen schimmerte etwas Unheilvolles. Langsam ließ er den Blick über sie wandern, vom Kopf bis zu den Füßen, und ihr stellten sich unwillkürlich die Haare auf. Sie hatte ihn hochgradig provoziert.

Er wandte sich zum Kamin und starrte in die Flammen. In seinem fließenden Gewand, eine Hand auf dem Sims, die Miene versteinert und grüblerisch, wirkte er wie ein junger Rachegott.

»Sag mir eines, Lucie.« Seine Stimme klang seidig glatt. »Wie sehr willst du das?«

Die Frage legte sich wie eine Schlinge um ihren Hals. Sie spürte, wie sich ihr die Kehle zuschnürte.

Das war eine Falle.

Sie hob das Kinn. »Nenn mir deinen Preis, und ich werde sehen, ob ich ihn bezahlen kann.«

»Oh, das kannst du.«

Mit der linken Hand strich er müßig über die Gegenstände auf dem Sims, zeichnete die Linien der Keramikuhr nach, ein längliches Kästchen, den schweren Kerzenhalter. Seine Finger schlossen sich um den Fuß des hölzernen Leuchters.

Hitze pulsierte in ihren Adern wie Lava.

»Du kannst meinen Preis zahlen«, wiederholte er und drehte sich zu ihr um. Im Dämmerlicht waren seine Augen unergründlich. »Die Frage ist, ob du auch bereit dazu bist.«

Er strich mit der Hand lässig über das polierte Holz des Ständers, rauf und runter, die anzüglichste Geste, die sie je gesehen hatte. Und auch schrecklich hypnotisierend, denn der Feuerschein tanzte über seine nackte Brust, und seine wohlgeformten Finger kannten jede schamlose Liebkosung unter der Sonne.

Dass er so etwas wagen würde, raubte ihr den Atem.

»Dein Preis«, flüsterte sie. »Nenn ihn mir.«

Ein wölfisches Grinsen. »Du bist eine intelligente Frau«, sagte er. »Rate.«

»Du starrst mich anzüglich an, während du mit einem phallischen Gegenstand spielst«, sagte sie. »Da bedarf es keiner Intelligenz, um zu verstehen, dass du mir ein unmoralisches Angebot machen willst.«

»Mhm«, brummte er. »Nehmen wir mal an, das wäre so.«

»Lüsterne, schamlose Kreatur.«

»Reden wir von mir oder etwa von dir?«

Fassungslos starrte sie ihn an. Oh, sie verabscheute ihn.

Er nahm die Hand vom Kerzenständer. »Prinzessin, du vergisst, wer ich bin. Ich erkenne Begierde aus zwanzig Schritt Entfernung, und auch wenn du vorhin so prüde auf Schicklichkeit bestanden hast … der Glanz in deinen Augen und die charmante Röte auf deinen Wangen, das sieht mir nach Verlangen aus. Wenn ich meine Finger jetzt an deinen Hals legen würde, dann würde ich deinen unnatürlich schnell schlagenden Puls spüren.«

Plötzlich hatte sie das Gefühl, dass ihre Beine ihren Körper kaum tragen konnten. Ihre erhitzten Wangen, der schnelle Puls, mit all dem hatte er recht.

»Du machst dich lächerlich«, sagte sie, doch ihre Stimme klang rau.

Triumph spiegelte sich in seinem Lächeln. »Und doch lacht keiner von uns beiden«, sagte er. »Eine Nacht. Eine Nacht in deinem Bett für ein Prozent der Anteile. Und du wirst mir schriftlich versichern, dass du dich um meine Bücher kümmerst. Das ist der Preis.«

Sie atmete zu schnell, und ihr wurde schwindelig. »Du hast also gelogen«, sagte sie. »Du hast gesagt, du würdest dich niemals einer Frau aufdrängen.«

Er hob die Brauen. »Das tue ich auch nicht. Ich bezweifle, dass ein anderer in meiner Position überhaupt irgendein Angebot machen würde, wenn es den möglichen Ruin seines Unternehmens bedeuten könnte. Lehne meinen Vorschlag ab, und alles bleibt so, wie es ist. Nimm an, und du bestimmst zukünftig über *London Print*.« Sein Blick schwenkte an ihr vorbei zum Bett. »Wir können es gleich erledigen. Du würdest morgen früh befriedigt und als Mehrheitseignerin eines Verlags aufwachen. Ich bin ein Narr, dass ich dir solch einen Handel überhaupt anbiete.«

Das Bett stand nahe, nur ein oder zwei Schritte entfernt. Sein Ton war trotz allen Spottes sachlich. Sie ballte die Hände; für einen flüchtigen Augenblick hatte sie das Gefühl gehabt, die weiche Decke unter ihren Fingern zu spüren, hatte sich vorgestellt, wie er sich über sie beugte. Seine Verführungskünste wirkten bereits. Natürlich, er hatte sie ja auch in all den Jahren perfektioniert.

Dieser perverse Bann der Verzückung, den er mit seiner samtigen Stimme und seiner über den Leuchter gleitenden Hand wie ein Netz um sie gewebt hatte, löste sich auf.

»Wenn du glaubst, dass ich bereit bin, mir für einen Unternehmensanteil die Syphilis zu holen, dann täuscht du dich gewaltig«, erwiderte sie kühl.

Er zog eine Grimasse. »Es gibt Wege, so etwas zu verhindern.«

Sie bezweifelte jedoch, dass er derlei Schutzmaßnahmen ergriff.

Sie machte auf dem Absatz kehrt.

»Mein Angebot bleibt bis Ende des Sommers bestehen«, hörte sie ihn sagen. Spöttische Belustigung lag in seiner Stimme.

Sie drehte sich noch einmal um. »Du scheinst dir wirklich verzweifelt zu wünschen, dass ich dein Angebot annehme.«

Trotz seines Lächelns waren seine Augen kalt. »Ich bin immer verzweifelt, Prinzessin. Nimm dir Zeit, und denk drüber nach. Es heißt, im Schlafzimmer bin ich gar nicht so nutzlos.«

Das wusste sie. Die Frauen redeten.

»Fahr zur Hölle!« Sie stürmte aus dem Zimmer.

Die Butzenscheibe verzerrte Lucies Gestalt. Schon gleich darauf hatte die Dämmerung in der Logic Lane sie ganz verschluckt. Tristan starrte dennoch auf die verlassene Straße. Die Hitzewelle, die vor wenigen Minuten von ihm Besitz ergriffen hatte, ebbte nur langsam ab. Er merkte, dass er sich über die Wange strich, als wäre er wieder zwölf und spüre den nachhallenden Schmerz ihrer Ohrfeige.

Er ließ die Hand sinken und lachte verwirrt auf.

Nutzlos. Von allen Beleidigungen, die sie hätte aussprechen können, hatte die kleine Hexe ausgerechnet diese gewählt. Ihm wäre ein Angriff mit dem Messer lieber gewesen, den hätte er eleganter abwehren können.

Er kehrte zurück zur Ottomane. Das Möbel ächzte auf. Zum Teufel. Nichts in dieser bürgerlichen Unterkunft war für seine Größe gemacht. Außer dem Bett. Das bot Platz für zwei.

Sein Blick verweilte auf der Bettdecke, während er zur Brandyflasche griff. Welch eine ernüchternde Folge von Ereignissen. Er hatte nicht erwartet, dass Lucie ihn so sehr verachtete, und auch nicht, dass es ihm so zu schaffen machen würde. Offenbar ging seine jugendliche Besessenheit von ihr doch tiefer, als er geahnt hatte. Sie war eine Furche in einem vergessenen Teil seiner Seele und im Laufe der Jahre wohl überwuchert. Aber als er sie neben dem Bett stehen sah, hatte sich dieser Graben mit Begierde gefüllt wie ein Wadi nach einer Blitzflut. In seiner Vorstellung war sie wohl immer noch eine Fee, für immer als solche eingefroren in den Erinnerungen seiner Jugend. Tatsächlich war sie aber eine heißblütige Frau, und er kannte sie kaum. Und sie begehrte seinen Körper, was alles änderte. Lust durchströmte ihn, als er sich vorstellte, wie sie unter ihm lag, auf ihm saß, voller Begehren …

Während ihm der Brandy brennend durch die Kehle rann, beschloss er, sie zu verführen. Und er musste sie so effektiv verführen, dass sie sich ungeachtet seiner Aktienanteile nach ihm sehnte, denn er müsste schon den Verstand verlieren, bevor er sich jemals von dem Unternehmen trennen würde.

II. KAPITEL

Mit schnellen Schritten durchquerte Lucie die Stadtmitte von Oxford und lief dann die Parks Road entlang. Als sie vor ihrem Haus in Norham Gardens ankam, tobte jedoch immer noch ein emotionaler Aufruhr in ihr.

Fast wäre sie über einen Postsack gestolpert, den Mrs Heath in dem dunklen Flur abgestellt hatte. Auf dem Weg zur Küche hob sie eine arglose Boudicca in ihre Arme, worauf die erschrockene Katze ihr die Klauen in die linke Handfläche bohrte. Mit einem Schrei setzte sie das Tier wieder ab. Wenigstens übertönte der stechende Schmerz den Drang, zurück zur Logic Lane zu gehen und Tristan ins Knie zu schießen.

Ein kalter Eintopf stand auf dem Herd; sie aß zwei Löffel davon, doch dann hatte sie bereits einen Kloß im Magen, und sie gab sich geschlagen. Es gab Tage, da ging man am besten früh zu Bett und hoffte auf den nächsten Morgen.

In ihrem Zimmer, direkt unter dem Dach, staute sich die Sommerhitze. Der Stehkragen ihrer Kostümjacke schnürte ihr den Hals zu. Sie löste ihren Rock von den Häkchen und ließ ihn auf den Boden fallen. Die Jacke folgte mit gleicher Achtlosigkeit, dann der Unterrock, das Korsett und die Chemise. Eine kühle Brise streifte ihren nackten Oberkörper.

Sie befüllte das Keramikwaschbecken im Waschstand mit frischem Wasser, griff sich das Seifenstück und schäumte einen

Lappen damit ein. Dann wusch sie die Schramme aus, die Boudicca hinterlassen hatte, auch wenn die Wunde dadurch noch mehr brannte; aber man sollte keinen ohnehin schon anstrengenden Tag mit einer Infektion beenden. Anschließend wusch sie sich mit großer Entschlossenheit das Gesicht, den Hals, die Arme, als könnte sie Tristans lüsternes Angebot damit abspülen.

Leider ging es ihr bis unter die Haut. Immer wieder tauchten Bilder vor ihrem inneren Auge auf: sich wölbende Muskeln unter vom Feuer gewärmter Haut. Die gleitende Bewegung einer wohlgeformten Hand.

Sie ließ das Waschtuch ins Becken fallen und betrachtete sich im Spiegel.

Er hatte sie mit größter Respektlosigkeit behandelt.

Du warst aber auch nicht gerade nett zu ihm …

Sie beugte sich vor und blinzelte das Seifenwasser in ihren Augen fort. Anspannung zeichnete Fältchen um ihren Mund und zwischen ihre Brauen, und ihr kam es so vor, als sei sie hundert Jahre alt.

Sie verengte die Augen und musterte sich eingehend.

Ihr Gesicht war aber wohl immer noch ansehnlich genug.

Sie lehnte sich zurück, bis sie ihren Brustansatz im Spiegel sehen konnte.

Ihr Körper war ein nützliches Instrument, kränkelte nie und trug sie zuverlässig überallhin. Aber als Objekt männlicher Begierde?

Sie hatte schon einige Kommentare über sich belauscht, denn man hatte sie gerade laut genug geäußert, damit sie sie hören konnte. *An jedem Hundeknochen ist mehr Fleisch dran … ob sie wohl klappert?* Es war schon erhellend, welche Äußerungen aus dem Mund von Männern kamen, wenn sie eine Frau nicht als Dame betrachteten. Natürlich bot das Äußere einer

Frau ein leichtes Ziel für Spott. Selbst der Dümmste konnte hier einen Treffer landen. Das wusste sie. Dennoch kamen ihr diese Worte nun in den Sinn, als sie versuchte, sich mit den Augen eines Mannes zu sehen.

Sie legte einen Finger an ihr Schlüsselbein. Es fühlte sich hart unter einer Haut an, die nie berührt wurde, weder von Sonnenstrahlen noch von Blicken. Niemals von einer anderen Hand als der ihren.

Sie zeichnete eine Ader von der Kuhle an ihrem Hals zu ihrer Brust nach. Die Berührung löste ein Kribbeln in ihr aus, und die feinen Härchen auf ihren Armen stellten sich auf. Die flache Rundung ihrer linken Brust fühlte sich blütenzart und kühl an ihren Fingerknöcheln an. Allerdings war sie nicht groß genug, um dem Schönheitsideal zu entsprechen. *Nein, ich hab keinen Vorbau.*

Sie schlang die Arme um sich. Wie würde sich wohl die Umarmung eines Mannes anfühlen?

Vermutlich ebenso wenig sensationell wie Küssen. Ein junger Mann von der Juragesellschaft hatte die Ehre ihres ersten Kusses gehabt. Er schien damals schüchtern, gar harmlos, aber schon bald nach dem Ereignis machte in der Gesellschaft das Gerücht die Runde, dass er bei White's fünfzig Pfund gewonnen hätte, weil er es gewagt hatte, den Tedbury-Drachen zu küssen. Zum Glück war die ganze Affäre enttäuschend gewesen: seltsam distanziert, und ihre Zähne waren aufeinander geschlagen. Kaum ein Verlust.

Tristans Lippen hingegen sahen weich und sinnlich aus; er verstand sich ganz sicher aufs Küssen

Eine heiße Woge verwirrender Gefühle überrollte sie. Würde er nicht so unverschämt gut aussehen, hätte sie keinen weiteren Gedanken an sein »Angebot« verschwendet, ein Beweis dafür, wie beleidigend es in der Tat war. Außerdem hatte er ihr den Vorschlag nicht gemacht, weil er sie begehrte, sondern weil er sie provozieren wollte. Vermutlich gefiel ihm die Vorstellung, dass sie sich ihm auf die primitivste Weise ergab.

Ihr Blick wanderte über die Valentins-Spottkarten, die ihren Spiegel zierten: die grimmigen Suffragistinnen und die lahmen Reime über Frauen, die sich etwas trauten. Man hatte sie ihr geschickt, um sie in ihrem eigenen Haus einzuschüchtern. Sie hatte sie in den geschützten Raum ihres Schlafzimmers mitgenommen und sie sich zu eigen gemacht, bis der vertraute Anblick die schneidenden Worte abstumpfte und ihre Hässlichkeit verblassen ließ. So behandelte sie Feinde: Sie stellte sich ihnen auf dem Schlachtfeld. Mit Tristan würde sie nicht anders umgehen. Als ihr Blick zu ihrem Spiegelbild zurückkehrte, stand ein entschlossener Ausdruck in ihrer Miene. Wenn Seine Lordschaft Krieg wollte, sollte er sich besser auf ein hartes Gefecht einstellen.

12. KAPITEL

Die Uhr hatte gerade erst zehn geschlagen, eine Stunde, zu der gewöhnlich noch kein Aristokrat, der etwas auf sich hielt, auf den Beinen war. Die kürzlichen Ereignisse zwangen Tristan jedoch dazu, sich an die schnell abgelegten Militär-Gewohnheiten zu erinnern und zur selben Zeit aufzustehen wie die arbeitende Bevölkerung. Der Tisch in seinem Schlafzimmer trug den Beweis seiner frühmorgendlichen Aktivitäten: ein Stapel Briefe nach London und Indien, bereits versiegelt. Nun beobachtete er seinen jungen Kammerdiener dabei, wie dieser mit einer Kleiderbürste die Ärmel seines Jacketts abbürstete.

»Avi«, sprach er ihn an. »Sie kommen aus Kalkutta.«

»Das tue ich«, bestätigte Avi.

»Mit Ihrem Wissen über mich und Kalkutta und die Briten im Allgemeinen – wo würden eine britische Dame und ich das Leben wohl angenehmer empfinden, in Kalkutta oder Delhi?«

Einen Moment lang bürstete Avi weiter, als hätte Tristan nichts gesagt, dann hob er den Blick. »Die Dame würde das Leben in Kalkutta sicher bevorzugen. Für Mylord scheint mir jedoch keine der beiden Städte geeignet. Sie würden sich vermutlich in Hyderabad am wohlsten fühlen.«

»Richtig. Hyderabad«, erwiderte Tristan nachdenklich. »Erstellen Sie mir doch bitte eine Liste mit Dingen, die eine englische Gräfin für ihren Komfort in Kalkutta benötigt, und eine weitere mit den Namen der Familien, die sie dort besuchen sollte. Ebensolche Listen brauche ich für Delhi und das alles bis nächsten Dienstag.«

»Wie Sie wünschen.« Avi legte die Bürste auf ein Tablett, nahm eine Manschette und einen der Smaragd-Manschettenknöpfe.

»Nicht die«, sagte Tristan. »Heute hätte ich gerne die schlichten, silbernen.«

»Sehr wohl. Darf ich fragen, ob Sie vorhaben, nach Indien zurückzukehren?«

Avi ignorierte glücklicherweise mit großer Beharrlichkeit die Regel, dass Personal erst sprechen sollte, wenn es angesprochen wurde, was für unterhaltsame, nicht ganz so einsame Vormittage sorgte.

»Wenn dem so wäre, was würden Sie dazu sagen?«, antwortete Tristan. »Seien Sie ehrlich. Würden Sie England schrecklich vermissen?«

Dieses Mal gab es kein Zögern. »Natürlich nicht, Mylord.«

»Nein? Warum nicht?«

Avi schaute ihm ungerührt in die Augen, während er mit seinen schlanken Fingern den linken Manschettenknopf befestigte. »Weil es hier kalt ist und das Essen fade«, antwortete er. »Außerdem habe ich festgestellt, dass viele *Ayahs* aus meinem Bekanntenkreis hier schlecht bezahlt werden. Ich werde England sicher überhaupt nicht vermissen.«

Tristan lachte auf. »Kalt, fade und ausbeuterisch«, sagte er. »Es gibt eine Grenze zwischen Offenheit und Beleidigung, Avi, und ich bin beeindruckt, wie kühn Sie diese stets überschreiten.«

»Danke, Mylord. Würden Sie bitte Ihr Kinn heben?«

Während Avi die Krawatte mit einer Silbernadel feststeckte, meinte Tristan zur Decke: »Viele *Ayahs* Ihrer Bekanntschaft also? Bezahle ich Sie gut genug, um mehrere Frauen zu unterhalten?«

Avi machte einen Schritt zurück und begutachtete sein Werk. »Ich bin ein sparsamer Mann.«

»Verstehe. Rufen Sie mir noch mal in Erinnerung, warum Sie sich einverstanden erklärten, mir auf diese kalte, fade Insel zu folgen?«

Avis Lächeln enthüllte ebenmäßige weiße Zähne. »Es war eine kostenfreie Überfahrt nach England. Ich plante, in Oxford zu studieren. Plane es immer noch.«

»Oxford. Aber ich hatte von Anfang an London als Ziel.«

Avi zuckte mit den Schultern. »Oxford, London, das ist alles dasselbe, wenn man aus Kalkutta kommt.«

Wahrscheinlich war es wirklich so. Indien war ein riesiges Land, im Vergleich dazu musste Großbritannien geradezu mickrig wirken und die Entfernung zwischen den beiden Städten wie ein Katzensprung. »Es ist nicht leicht, Zutritt zur Universität Oxford zu erlangen«, sagte er stattdessen.

»Wie ich höre, studierte Rabindranath Tagore in London und Brighton«, erwiderte Avi. »Ein großer Dichter.«

»Verdammt. Der Gedanke, dass Sie einen Ozean überquert haben, in der Hoffnung, ein Studium zu beginnen, während ich hier nur meine Zeit vergeude, ist mir peinlich.«

Avi schüttelte den Kopf. »Es gab auch noch andere Gründe. Ärger mit der Familie eines Mädchens in Kalkutta. Wichtiger aber noch …« Er griff zu Tristans anderem Ärmel. »… Es ist ein Vergnügen, sie anzukleiden.«

Tristan hob eine Braue. »Ach tatsächlich?«

»Ja. Sie haben perfekte Proportionen. Sie werden jedem Kleidungsstück gerecht.«

»Nun, danke.« Der Sarkasmus in Avis Tonfall war meisterhaft subtil, und ob der Mann ihn tatsächlich für einen derartig eitlen Gockel hielt, würde Tristan nie mit Sicherheit wissen.

»Nun«, sagte er. »Dann ist es wohl ein Glück, dass diese wundervollen Proportionen an meine Person gebunden sind, ganz egal, wo wir logieren.«

»In der Tat. Wann planen Sie, abzureisen?«

Sobald ich Lady Kratzbürste verführt habe.

Welch ein absurder Gedanke, der ihm da als erste Antwort in den Sinn geschossen war.

Nun ja. Von der Liste an Dingen, die er zu erledigen hatte, angefangen vom Schutz seines Vermögens bis hin zu einer Weltreise mit einer melancholischen Mutter, war, Lucie für sich zu gewinnen die einzig reizvolle Aufgabe.

»In spätestens sechs Wochen, womöglich früher«, antwortete er Avi. Es war besser, wenn sie England lange vor Ablauf von Rochesters Drei-Monats-Ultimatum verließen. Das war zwar ein ehrgeiziges Ziel, um eine Frau wie Lucie zu verführen, denn sie würde ihm allein aus Gehässigkeit widerstehen wollen. Und wenn sie sich nicht oft im Büro in London aufhielt, boten sich nur wenige Gelegenheiten, um sie zu umwerben.

»So oder so wird sie mir nachgeben«, murmelte er.

»Mylord?«

»Schon gut, Avi.«

Am Freitagmittag badete Oxford in Sonnenschein und Vogelgezwitscher. Die Buntglasfenster funkelten. Schwalben flitzten über den Himmel. In der lauen Brise wehte der Duft des Blauregens, der sich wie ein Wasserfall über die Fassade von Somerville Hall ergoss. Die Lippen zusammengepresst, marschierte Lucie die Woodstock Road entlang. Ihre Röcke schlugen bei jedem Schritt um ihre Knöchel.

Die Nacht war kurz gewesen, angefüllt von Grübeleien, wie sie mit *London Print* nun verfahren sollte, und unerwünschten Träumen von Ballentines tätowierter Brust. Als das Morgenlicht durch die Vorhänge kroch, waren ihr zwei Dinge klar geworden. Erstens: Ballentine besaß die Macht, ihr das Leben zur Hölle zu machen. Die Gesellschaft mochte zwar vorgeben, dass sie von seinem Verhalten schockiert war, ja, schockiert! Doch er war immerhin ein Kriegsheld, ein Lord und Erbe einer der wohlhabendsten Grafschaften im Königreich. In Darwins Worten stand er an der Spitze der Nahrungskette, was sie zu ihrer zweiten Erkenntnis brachte: Sie brauchte jeden gesellschaftlichen und politischen Verbündeten, den sie rekrutieren konnte. Ihr Ansehen in der Gesellschaft war angeschlagen, aber immerhin hatte sie sich im Laufe der Jahre eine Position erarbeitet, die ihr ermöglichte, ihre Mission trotz ihrer Unverblümtheit voranzutreiben. Nun war der Moment, den sie insgeheim gefürchtet hatte, gekommen. Sie musste sich … freundlich geben. Sie musste sich die Waffen einer braven Frau zunutze machen: Sittsamkeit. Anmut. Eine sanfte Hand, um herrische Männer erfolgreich zu manipulieren. Nun gut, es war zu spät, um glaubhaft sittsam und anmutig zu wirken, aber es könnte ihr zumindest gelingen, sich Männern gegenüber wohlwollender zu zeigen. Sie hatte Annabelle eine Nachricht geschickt und sich mit ihr für ein dringendes Treffen am Nachmittag im *Randolph* verabredet. Nun stand sie im Begriff, den zweiten Punkt auf ihrem Schlachtplan zu erledigen: eine neue Garderobe in Auftrag geben.

Im Schaufenster von Mrs Winston, der renommiertesten Schneiderin in Oxford, standen drei modisch gekleidete Puppen. Der Laden selbst war klein, aber gut organisiert und aufgeräumt. Stoffrollen hingen dicht beieinander an den Wänden, und … die glänzend polierte Kirschholztheke nahm die gesamte Mitte des Raumes ein. Ein ohrenbetäubendes Scheppern sorgte dafür, dass sie zusammenzuckte, als sie die Tür aufstieß.

»Du liebe Güte!«

Sie hielt sich die Ohren zu und schaute nach oben. Eine große Kuhglocke schwang unheilvoll direkt über ihrem Kopf. Es war ganz eindeutig eine Kuhglocke, denn sie sah genauso aus wie jene, die sie früher einmal auf einer Reise als junges Mädchen bei Kühen in der Schweiz gesehen hatte.

»Guten Morgen, Miss. Wie kann ich Ihnen helfen?« Aus dem Korridor, der in die Tiefen des hinteren Ladenbereichs führte, tauchte eine große, schlanke Frau auf; ein Maßband war lose über ihren Schultern geschlungen, und eine Brille thronte auf ihrer Nasenspitze. Der Blick aus ihren braunen Augen wanderte bereits von Kopf bis Fuß über Lucie und nahm Maß: Größe: bemerkenswert klein; Taille: bemerkenswert schmal, Brust: nicht vorhanden.

Lucie legte ihre Karte auf die Theke. »Ich benötige sieben Kleider im Stil der neuesten Mode.«

Mrs Winston runzelte die Stirn. Offenbar verwirrte es sie, dass Lucies Akzent wie der einer Dame klang, während ihre Karte sie als schlichte Miss Morray auswies. Nun, Lucie konnte sich nie sicher sein, wo man sie erkennen und ob man sie dann noch bedienen würde. An diesem Tag wollte sie keine Zeit vergeuden und kein unnötiges Risiko eingehen.

Mrs Winston griff zu einem Stift und einem Holzbrett, an dem ein Blatt Papier befestigt war.

»Ein Morgenkleid«, zählte Lucie auf. »Ein Kutschenkleid, drei Nachmittagskleider, zwei davon Spazierkleider und zwei formelle Dinnerkleider, alles mit dazu passenden Handschuhen. Hier sind meine Maße.« Sie legte einen Zettel vor die schreibende Schneiderin.

Mrs Winston betrachtete die Notiz aus dem Augenwinkel. »Ich ziehe es vor, dass meine Assistentinnen die Maße nehmen.«

»Ich habe es eilig. Die Zahlen stimmen.«

Die Schneiderin legte den Stift zur Seite und blickte sie streng an. »Bei allem Respekt, meiner Erfahrung nach weichen die Angaben auf den Maßbändern von Kundinnen meist stark von jenen ab, die wir hier verwenden.«

Die Abweichungen lagen wohl eher an der Diskrepanz zwischen der Realität und Wunschdenken.

»Ich mache mir keine Illusionen über meine Größe«, sagte Lucie. Ihre Haut juckte beim Gedanken daran, sich ausziehen und dann hin- und herdrehen zu lassen, um ihre Maße zu ermitteln. Je eher sie sich auf den Weg zum *Randolph* machen konnte, um ihre nächsten Schritte zu planen, desto besser.

»Nun gut.« Mrs Winstons Blick flog zwischen den Zahlen auf dem Papier und Lucies Oberkörper hin und her. »Bei diesen Maßen scheint ein Korsett nicht berücksichtigt worden zu sein.«

»Doch, aber ich möchte eines, das vorne geschnürt wird und recht locker sitzt.«

Mrs Winston zog die Augenbrauen fast bis zum Haaransatz hoch. »Das habe ich mir schon gedacht.«

»Ich nehme an, das stellt für eine Schneiderin von Ihrem Ansehen kein Problem dar?«

»Überhaupt nicht«, erwiderte Mrs Winston kühl. »Wir sind stolz, überragende Eleganz zu liefern, ganz egal, wie groß die Herausforderung ist. Haben Sie Vorlieben bezüglich der Stoffe und Farben?«

Sie betrachtete die Stoffballen an den Wänden. Blasses Rosa, Blau und Sonnengelb. In dieser Saison erinnerten Grüppchen von Damen an einen Korb voller bunter Ostereier.

»Baumwolle in Zitronengelb für das Morgenkleid«, sagte sie. »Taftseide für die Nachmittagskleider in Hellblau, Taubenblau und Malve. Kirschrote Seide für die Dinnerkleider. Und feine taubengraue Wolle für das Kutschenkleid.«

Mrs Winston nickte mit neu entflammter Begeisterung. Wie gewöhnlich gefiel Hatties Farbauswahl den jeweiligen Experten.

»Keine Schleppen für das Kutschkleid und die Spazierkleider«, wies Lucie an.

Mrs Winston hielt inne. »Keine Schleppen?«

»Nicht einmal einen Zentimeter.«

»Nun gut«, erwiderte Mrs Winston nach einer vielsagenden Pause. »Ich rate zu ein paar strategisch angebrachten Applikationen, um ein Dekolleté anzudeuten.«

»Reden Sie von Rüschen? Auf keinen Fall Rüschen, bitte.«

»Wie Sie wünschen. Darf ich Ihnen Samtapplikationen für die Spazierkleider empfehlen? Ich habe erst gestern einen herrlichen marineblauen Samt hereinbekommen. Das würde einen wundervollen Kontrast zu dem Hellblau und Taubenblau ergeben.«

»Einverstanden«, sagte Lucie. »Außerdem brauche ich drei Taschen in jedem Rock.«

Mrs Winston fiel fast der Stift aus der Hand. »Drei Taschen?«

»Ja.«

»Bei den Röcken, die wir bestellen oder selbst anfertigen, ist höchstens eine Tasche vorgesehen, und das auch nur bei den Spazierkleidern.«

»Nun, ich brauche aber drei in jedem Rock, in praktischer Reichweite und auch recht groß.«

Mrs Winstons Miene wurde feindselig. »Eine Tasche ist üblich, eine kleine, im Rock eines Spazierkleides. Aber drei ist bisher noch nie da gewesen.«

»Ich trage recht viel bei mir«, erklärte Lucie. »Ich bin ziemlich anspruchsvoll, verstehen Sie.«

»Aber bei allem Respekt, Sie haben Kleider nach der neuesten Mode verlangt. Und die neueste Mode kann in einem Wort beschrieben werden: anschmiegsam. Sich bauschende Taschen verderben jedoch die Linie eines jeden Kleides und ruinieren dadurch das Aussehen der Dame.« Mrs Winstons Stimme war immer lauter geworden und klang beim letzten Wort recht schrill.

Lucie griff in ihr Retikül und legte ein paar Münzen auf die Theke. »Diese Dame zahlt dafür extra.«

Mrs Winston nahm den Stift mit spitzen Fingern wieder auf. »Nun, natürlich erfüllen wir bezahlte Extrawünsche«, murrte sie. »Aber das macht es nicht weniger zu einem Verbrechen gegen ein vollkommen unschuldiges Kleid. Sagen Sie, sind Sie Teil dieser neuen *Rational Dress Society*, die für praktische Kleidung für Damen eintritt?«

»Nein«, antwortete Lucie. Aber verflixt. Die Bemerkung erinnerte sie an den Stapel Briefe zu Hause. Irgendwo darin lauerte ein unfertiger Brief an die Viscountess Harberton, die Gründerin der neuen *Rational Dress Society*. Lady Harberton hatte bei ihr angefragt, ob besagte Gesellschaft es wagen sollte, eine Empfehlung für die Dessous einer Frau herauszugeben – *keine Frau sollte Unterwäsche tragen müssen, die zusammengenommen mehr als sieben Pfund wiegt*. Und ob Lucie eine Kampagne unterstützen würde, die dafür eintritt, dass auch Frauen Fahrrad fahren dürfen. Die Antwort auf beide Fragen lautete Ja, und sie hatte vor, eine Petition vorzubereiten, war aber bisher noch nicht dazu gekommen. Und das lag daran, dass ihr *London Print* mehr Arbeit machte als gedacht. Dieser verflixte Tristan Ballentine verhinderte die Fortschritte der Frauenbewegung wirklich an jeder Front.

Die Kuhglocke lärmte hinter ihr, weil sich die Tür erneut öffnete.

»Du liebe Güte«, hörte man eine aristokratische, weibliche Stimme. »Sind wir etwa in der Schweiz?«

Lucie erstarrte.

Nein.

Das war nicht möglich.

Mrs Winston schielte hinter ihr zu der neuen Kundin und begrüßte sie.

Lucie verstand jedoch kein Wort, denn sie fühlte sich wie taub von der dröhnenden Stille in ihrem Kopf. Vor zehn Jahren hatte sie diese Stimme zuletzt vernommen.

Zögernd schaute sie über ihre Schulter.

Ein Engel hatte den Laden betreten. Glänzende Locken in Haselnussbraun. Große strahlend blaue Augen. Ein Mund, den Poeten mit einer Rosenknospe verglichen hätten. Sie hatte diese Verkörperung aller weiblicher Schönheitsideale noch nie zuvor gesehen, doch neben der jungen Dame stand, die Augenbrauen missbilligend zusammengezogen, ihre Mutter.

Sie hatte es sich also nicht nur eingebildet. Die Stimme gehörte tatsächlich zu Lady Wycliffe. Sie trug ein hochgeschlossenes helles Seidenkleid mit Spitzenbesatz.

Sie hatte sich oft gefragt, wie es wohl wäre, ihre Mutter wiederzusehen. Bei dem Gedanken war ihr mulmig geworden. Und nun fühlte sie nichts. Ihr Herz schlug mit unheilvoller Ruhe.

Die Gräfin wirkte dünner, ihre schlanke Gestalt verhärmt. Womöglich lag das aber auch an dem Schrecken: erst die Kuhglocke, dann der Anblick ihrer Tochter.

Ein Diener begleitete die beiden Frauen. Er stand an der Wand, beladen mit mehreren Taschen in verschiedenen Größen.

»Lucinda.« Ihre Mutter starrte sie immer noch an. *Eine Dame starrt nicht.*

»Mutter.«

Ohne den Blick von Lucie zu nehmen, griff die Gräfin an den Oberarm des Engels. »Du erinnerst dich doch noch an Cousine Cecily?«

Tatsächlich nicht. Lucies Kopf war wie leer gefegt.

Die junge Frau, Lady Cecily, neigte den Kopf. »Cousine Lucie.«

Beim Klang der süßen Stimme kam die Erinnerung zurück. Erinnerungen an ein sechsjähriges Mädchen, das nah am Wasser gebaut hatte und bei jeder Kleinigkeit weinte. Cecilys Eltern, ihr Vater war ein Cousin von Wycliffe, waren bei einem Zugunglück ums Leben gekommen. Deswegen hatten ihre Eltern das Mädchen in Wycliffe Hall aufgenommen. Mit einundzwanzig war sie zu einer Schönheit herangereift und zweifellos ein Diamant der feinen Gesellschaft.

»Darf ich den Damen eine Erfrischung anbieten?« Mrs Winstons Stimme klang unnatürlich fröhlich.

»Cecily ist eine hervorragende Aquarellmalerin«, verkündete ihre Mutter. »Sie wurde von Professor Ruskin sofort für sein Sommerschulprogramm in Oxford angenommen.«

»Wie schön«, sagte Lucie.

Plötzlich war die Luft im Laden zum Schneiden dick wie der Londoner Nebel. Hatte ihre Mutter gerade angedeutet, dass sie und Cecily den Sommer in Oxford verbringen würden?

»Bist du oft in diesem Teil der Stadt?«, fragte Lady Wycliffe.

»Die Stadt ist recht klein, Mutter.«

Es würde sich nicht verhindern lassen, dass sie sich über den Weg liefen. Es ließ sich schwer sagen, wem von ihnen beiden das mehr Verdruss bereitete. Die Gräfin hatte endlich Cousine Cecilys Arm losgelassen, aber eine missbilligende Röte färbte ihre Wangen.

»Cecily, wir werden draußen warten. Der Laden ist klein, es ist recht eng, wenn sich so viele Leute hier aufhalten.«

»Ja, Tante«, sagte Cecily freundlich.

»Ich wollte ohnehin gerade gehen«, meinte Lucie rasch. Mrs Winston sollte ihretwegen keine Bestellung verlieren, auch wenn die Frau so unwillig auf Taschen reagierte.

Ihre Mutter rümpfte verächtlich die Nase.

Lucie wandte sich an die Schneiderin. »Haben Sie karmesinrote Seide?«

Mrs Winston betrachtete sie über den Rand ihrer Brille hinweg. »Ja, im Hinterzimmer. Möchten Sie einen Blick darauf werfen?« In ihrer Stimme schwang ein verhaltener Ton, zweifellos sorgte sie sich, dass die Damen doch noch gehen würden.

»Ich denke, bei Karmesinrot gibt es keine großen Unterschiede. Ich brauche bis nächste Woche ein Ballkleid aus der Seide. Sie können es gern verzieren, wie Sie möchten, aber keine Rüschen.«

Mrs Winston blinzelte. »Schon nächste Woche?«

»Ich bezahle den doppelten Preis.«

»Nun, sicher können wir das möglich machen.« Mrs Winstons Stift flog förmlich über das Papier.

»Ausgezeichnet«, sagte Lucie und dann etwas lauter: »Und bitte machen Sie die Taille bei diesem Kleid ruhig etwas schmaler, denn darunter werde ich das Korsett enger schnüren.«

Lucie wusste nicht mehr, wie sie zum *Randolph* gekommen war, und war leicht überrascht, als sie sich in der Tür zu Annabelles Arbeitszimmer wiederfand.

Annabelle saß hinter ihrem Schreibtisch, umgeben von aufgeschlagenen Büchern. Offenbar übersetzte sie einen Text, denn ihr Lippen bewegten sich stumm. Ihre üppige Mähne war achtlos auf ihrem Kopf hochgesteckt.

Sie schaute auf. »Lucie.« Verwirrt wanderte ihr Blick zur Uhr auf dem Kaminsims, als sie aufstand. »Verzeih mir, ich hatte dich noch nicht erwartet und nun bin ich mit Tintenflecken übersät.«

»Ich habe gerade eine karmesinrote Ballrobe bestellt.«

Annabelle lachte, während sie sich die Finger abwischte. »Oh je. Hattie hat dich also weich gekocht, nicht wahr? Fühl dich nicht schlecht deswegen, wir geben ihr am Ende alle nach.«

»Nein. Es lag an meiner Mutter.«

Annabelle krauste die Stirn. »Deiner Mutter?«

»Ja, höchstpersönlich. Sie hat sich nicht viel verändert.«

Annabelle nahm sie in den Arm. »Was ist passiert?«

Offenbar wirkte sie ziemlich aufgewühlt, denn Annabelles Stimme klang verdächtig fürsorglich.

»Bitte entschuldige, dass ich viel zu früh zu Besuch komme.«

»Unsinn. Setz dich.«

Sie folgte Annabelle in den Salon und nahm auf dem grünen Sofa Platz.

»Sie stand plötzlich in dem Schneiderladen auf der High Street«, erklärte Lucie. »Mit meiner Cousine Cecily. Wie es scheint, verbringen beide den Sommer in Oxford, damit Cecily ihre hervorragenden Aquarellkünste in der Ruskin's School noch verfeinern kann.«

Aquarellmalerei – eine der wenigen Aktivitäten, zu der man Damen ermutigte, sie ausführlicher zu studieren. Viele junge Frauen hatten sogar eine Reise nach Europa unternommen, um ihre Maltechnik zu perfektionieren. Ihre Mutter hatte sich immer über Lucies mangelnde Pinselkünste echauffiert, denn selbst eine Reise nach Europa hätte diese nicht verbessern können.

Annabelle hatte gerade nach der Klingel greifen wollen, um Tee zu bestellen. Nun ließ sie die Hand wieder sinken. »Oh je, das heißt, sie bleiben den ganzen Sommer in Oxford?«

»Es scheint so. Vermutlich werden sie hier im *Randolph* logieren, denn es ist immerhin das beste Hotel der Stadt.« Diese unangenehme Begegnung heute könnte sich also öfter wiederholen. Und dabei hatte sie gedacht, es könne kaum schlimmer kommen als dass Tristan die Hälfte ihres Verlags gehörte.

»Ich habe mich kindisch aufgeführt«, sagte Lucie. »Ich habe ein rotes Kleid bestellt und gut hörbar meine Unterwäsche angesprochen.«

»Du standest unter Schock«, brachte Annabelle als Rechtfertigung für ihr kindisches Benehmen vor, wie es jede gute Freundin tun würde.

Unter Schock? Lucie weigerte sich, etwas von derartigem Ausmaß einzugestehen.

»Es hätte schlimmer sein können. Sie hat mich zumindest nicht direkt geschnitten.« Lucie zog die Brauen zusammen. »Es wirkte so, als stünden sie und Cecily sich sehr nahe.«

»Hast du deiner Cousine nahegestanden?«

Lucie schüttelte den Kopf. »Sie war noch ein Kind, als ich von zu Hause fortging. Wir hatten nie viel gemeinsam.« Damals, als Lucie Wycliffe Hall verließ, war Cecily elf Jahre alt gewesen und hatte sich Männern gegenüber anders verhalten als Frauen. Lucie konnte nicht genau sagen, welches Cecilys wahres Gesicht war, was sie ziemlich beunruhigend fand. »Cecily ist liebenswert, vermute ich«, sagte sie. »Und sie hat Lord Ballentine gemocht. Sie hat ihm jeden Sommer an den Fersen geklebt, als hätte er sie an der Leine, wie dieses Holzentenspielzeug auf Rädern.« Und Tristan hatte ihre Cousine verwöhnt und ihr Komplimente zu ihren Puppen und Bändern gemacht. Manchmal hatte er Münzen zwischen seinen Fingern tanzen oder Pralinen wie aus dem Nichts auftauchen lassen. Selbst Lucie war von seinen Tricks beeindruckt gewesen.

»Du hast also eine Ballrobe bestellt. Dürfen wir daraus schließen, dass du an unserer Hausgesellschaft teilnehmen willst?«, fragte Annabelle lächelnd.

»Das darfst du«, antwortete Lucie. Ihr Lächeln war etwas gezwungen. »Wir werden alle vier Zeit miteinander verbringen. Hurra.«

Dürfen wir daraus schließen … unsere Hausgesellschaft. Es nagte ein wenig an ihr, dass in einer Ehe offenbar Frau und Mann als Einzelindividuen zu existieren aufhörten und aus einem »ich« ein »wir« wurde. Annabelle hatte sich seit ihrer Hochzeit angepasst. Ihr ländlicher Akzent war der prononcierteren Aussprache der Oberschicht gewichen und ihre selbst geänderten Kleider den einschnürenden, maßgeschneiderten Roben, die sich für eine Herzogin ziemten. Daher war der Anblick von Tintenflecken auf ihren Händen beruhigend, auch wenn sie ihren Studien nun in einem komfortablen Hotel nachging, statt des kleinen Studentenzimmers in Lady Margaret Hall. Dennoch, während sie hier in der luxuriösen Suite saß und die Annehmlichkeiten ihrer engen Freundschaft genoss, war Lucie bewusst, dass sie Annabelle wohl bald aus ihrem Freundeskreis und für ihre Mission verlieren würde. Schließlich war sie eine verheiratete Frau, und obwohl ihr Montgomery erlaubte, Zeit außerhalb von Claremont zu verbringen, war er ein ausgesprochen pflichtbewusster Mann und würde wohl wünschen, dass seine Herzogin bald seinen Erben zur Welt brachte.

»Oh.« Annabelle zog eine Grimasse. »Ich bin so schusselig in der letzten Zeit. Das ständige Hin und Her zwischen Claremont und Oxford und das Erlernen meiner vielen neuen Pflichten … Lucie, ich fürchte, deine Mutter und dein Bruder stehen auf der Gästeliste. Wenn ich mich nicht irre, ebenso wie ein Cousin deines Vaters, der Marquess von Doncaster.«

Lucies Magen zog sich zusammen. »Mach dir keine Gedanken«, sagte sie bemüht fröhlich. »Ich werde mich benehmen. Außerdem ist es so gut wie unmöglich, meine Angehörigen bei solchen Anlässen zu meiden, denn immerhin sind wir alle irgendwie miteinander verwandt.«

»Ich hätte nie Sorge um dein Benehmen gehabt.«

»Ich habe gerade ein feurig rotes Ballkleid bestellt. Scheinbar kann ich in Gegenwart meiner Familie kein rationales Verhalten garantieren.«

»Familienbeziehungen sind kompliziert«, murmelte Annabelle. Das wusste sie aus eigener Erfahrung, wie Lucie aus den wenigen Einblicken schloss, die sie in die Vergangenheit ihrer Freundin hatte erhalten dürfen.

Sie lehnte sich in die weichen Polster des Sofas. Allmählich wich die Anspannung aus ihren Gliedern. »Ich habe dir nie erzählt, warum mein Vater mich verstoßen hat, oder?«

»Nein«, antwortete Annabelle behutsam. »Ich habe immer angenommen, der Vorfall mit der Gabel und dem spanischen Botschafter war daran schuld.«

»Ah ja. Aber nein. Es lag am Gesetz über Infektionskrankheiten.«

Annabelles grüne Augen weiteten sich. »Das Gesetz, das wir versuchen, auszuhebeln?«

Lucie nickte. »Ich war damals siebzehn und rastlos. Ich wollte unbedingt etwas anderes tun, als nur über die Abenteuer von Florence Nightingale zu lesen und Wollstonecrafts Essays zu annotieren. Wann immer meine Familie die Saison in London verbrachte, hatte ich freien Zugang zu anderen Zeitungen als der *Times*. Zufällig bin ich auf Josephine Butlers Manifest gegen das Gesetz im *Manchester Guardian* gestoßen.«

Annabelle biss sich auf die Lippe. »Ich nehme an, das war ein Augenöffner?«

»Oh ja, auf sehr eindrucksvolle Weise. Mrs Butler hatte die *Ladies National Association* gerade erst gegründet, mit dem Zweck, dieses Gesetz aufheben zu lassen, und sie reiste durchs Land, um Unterstützer zu rekrutieren. Ungefähr zu dieser Zeit wäre eine Fabrikarbeiterin fast im Londoner Hafen ertrunken, weil sie in ihrer Verzweiflung, der Polizei zu entkommen, in die Themse gesprungen war. Das hatte Schlagzeilen gemacht. Die patrouillierenden Polizisten waren der Ansicht, dass die Frau aussah wie eine Prostituierte, und wollten sie festnehmen. Zu diesem Zeitpunkt hatte sich bereits die Nachricht unter den arbeitenden Frauen herumgesprochen, dass man sie bei einer Festnahme dazu zwingen würde, eine körperliche Untersuchung über sich ergehen zu lassen, manchmal sogar vor den Augen männlicher Arbeiter. Oh, allein der Gedanke macht mich so wütend. Das Mädchen floh jedenfalls in Panik und sprang ins Wasser, um sich diese Demütigung zu ersparen, und, Annabelle, das hat mich so zornig gemacht. Dass ein Mann quasi jede beliebige Frau dazu zwingen kann, eine Untersuchung auf Geschlechtskrankheiten über sich ergehen zu lassen, finde ich widerwärtig und entsetzlich.«

Annabelle erschauderte. »Und das alles nur, um Männer, die zu Prostituierten gehen, vor der Syphilis zu schützen.«

»Ja, genau. Daher habe ich mich natürlich weggeschlichen, um an einer von Mrs Butlers Veranstaltungen in Islington teilzunehmen.«

Und dort hatte sie etwas Bemerkenswertes erlebt: Eine Frau sprach in einer lauten, klaren Stimme über hässliche Dinge. Eine Frau benutzte Worte wie Waffen und zwar zum Schutz von Mädchen, die keinen anderen Ausweg aus ihrer Verzweiflung wussten, als ins Wasser zu gehen. Während die Damen im Salon ihrer Mutter sich darüber ausließen, wie schwierig es doch sei, die richtige Farbe für eine Tapete auszuwählen, sprach Mrs Butler darüber, dass Frauen ohne ersichtlichen Grund festgenommen und zu Untersuchungen gezwungen wurden, über Ungerechtigkeit, die Doppelmoral der Gesellschaft, die ungleichen Maßstäbe, die für Männer und Frauen angelegt wurden, und Lucie hatte förmlich an ihren Lippen gehangen. Jahrelang hatte eine unbestimmte Wut unter ihrer Haut gebrodelt, und nun hatte sie endlich ein Ventil gefunden.

»Es war erleichternd«, sagte Lucie. »Mein halbes Leben lang hatte ich mich in der Gegenwart meiner Mutter und ihrer Freundinnen seltsam erstickt gefühlt. Doch dort, bei dieser Veranstaltung, fühlte ich mich völlig frei. Als ob ich endlich Kleider trug, die mir passten, statt mich einzuengen.«

Diese Frauen handelten. Sie *taten* etwas gegen die Ungerechtigkeit. Kämpfe, hätte sie ihrer Mutter an diesem schicksalhaften Morgen in der Bibliothek am liebsten an den Kopf geschleudert. *Kämpfe!*, wollte sie schreien, als Wycliffes indiskrete Affären und seine demütigenden Kommentare, die er rücksichtslos über ihren Alltag streute, nicht enden wollten. Ihre Mutter hatte jedoch nie gekämpft. Sie presste bloß die Lippen zusammen und wurde dünner und bleicher und herablassender, bis sie wie ein Geist, dem man großes Unrecht angetan hatte, durch die Flure von Wycliffe Hall strich. Und je mehr sie in dieser Märtyrerhaltung aufging, und je stiller sie wurde, desto lauter hatte Lucie schreien wollen. Jahre später, als ihre Arbeit mit der Mission voranging, war ihr erst klar geworden, dass sie ihre jugendliche Wut vollends gegen ihren Vater hätte richten sollen. Damals hatte sie noch nicht ganz verstanden, wie Machtgefüge funktionierten und wie trügerisch leicht es war, sich auf die Seite der Mächtigen zu stellen und von den Unterdrückten zu fordern, dass sie sich änderten, bevor man von den Tyrannen eine Änderung verlangte.

Annabelle betrachtete sie mit leichtem Lächeln. »Und so wurde die Lady Lucinda Tedbury, die wir heute kennen, geboren.«

Lucie nickte. »Mrs Butler hat mir an diesem Abend Lydia Becker vorgestellt, die kurz davor den ersten Suffragistinnenverein in Manchester gegründet hatte. Nicht lange danach habe ich meine Familie verloren.«

Annabelle runzelte die Stirn. »Aber soweit ich weiß, haben sich doch viele angesehene Damen der Bewegung gegen die Gesetze über ansteckende Krankheiten angeschlossen, und ich glaube, nicht alle wurden verstoßen.«

»Ja, das stimmt«, bestätigte Lucie. »Ich arbeitete mit Mrs Butler und Mrs Becker allerdings im Geheimen. Mein Vater hat dies bei einer recht unglückseligen Begegnung zwei Jahre später herausgefunden. Ich war mit einer Gruppe Suffragistinnen nach Westminster gereist, um Minister Henry Bruce zur Rede zu stellen. Er hatte seine Versprechen bisher nicht eingehalten, so wie Gladstone heute, daher war eine Erinnerung notwendig. Leider befand sich Bruce in Gesellschaft meines Vaters und eines anderen Adeligen. Und ich habe mich dazu entschlossen, der Konfrontation nicht auszuweichen.«

»Oh, Lucie. Das muss furchtbar gewesen sein.«

Sie zuckte mit den Schultern. »Ja, aber mir blieb keine Wahl, wenn ich mich nicht im letzten Moment verkriechen wollte. Das wäre vermutlich die vernünftigere Wahl gewesen. Es wäre mir aber so vorgekommen, als ob ich damit die Frauen verrate, mit denen ich seit zwei Jahren zusammenarbeitete. Und als ob ich mich selbst verrate. Deshalb habe ich eine Entscheidung getroffen.«

»Das hast du«, sagte Annabelle mitfühlend.

»Er wartete, bis wir zu Hause waren, bis er mir seine Strafpredigt hielt.« Und ihre Mutter hatte sich nicht eingemischt. Sie hatte im Arbeitszimmer gestanden, bleich und entsetzt, und hatte sich nicht einmal von ihr verabschiedet, als der Graf sie aus dem Haus warf und ihr jegliche weitere Unterstützung versagte. Sie durfte lediglich eine Truhe mit ihren Sachen packen. Tante Honoria hatte sie aus ihrem Grab heraus gerettet, weil sie ihr in weiser Voraussicht ein kleines Treuhandvermögen eingerichtet hatte. Wycliffe hatte keine Einwände erhoben, als Lucie vor ihrer Volljährigkeit Ansprüche darauf erhob. Vermutlich hatte er sich für sehr großzügig gehalten, dass er ihr das zugestand. Zugegeben, er hatte sie nie öffentlich verstoßen. Die Öffentlichkeit wusste nur, dass sie nach Oxford gegangen war, um ihre intellektuellen Neigungen auszuleben.

Allein das war auch der Grund, warum sie von der Gesellschaft nicht geschnitten wurde und Verbündete für ihre Arbeit fand. Sie war sich jedoch sicher, dass Wycliffe sie nur deshalb nicht vor aller Öffentlichkeit bloßgestellt hatte, weil er sich den Skandal und einen befleckten Familiennamen ersparen wollte.

Sie schüttelte den Kopf. »Wegen dieser alten Geschichten habe ich dich heute jedoch nicht besucht.«

»Weswegen dann?«, fragte Annabelle. »Deine Botschaft war … äh … recht kurz.«

»Ich wollte dich bitten, mich in weiblicher Raffinesse zu unterrichten.«

Ein verblüfftes Schweigen folgte auf ihre Ankündigung. »Ich verstehe nicht recht«, sagte Annabelle schließlich.

Lucie seufzte. »Wenn ich uns erfolgreich durch die gegenwärtige Situation mit Ballentine und der *London Print* steuern soll, brauche ich alle Verbündeten, die ich bekommen kann. Ballentine wird versuchen, mich als Drachen hinzustellen, den man am besten ignoriert.«

Annabelle beugte sich vor. »Hast du ihn wirklich gestern Abend noch besucht?«

Hoffentlich errötete sie jetzt nicht. »Ja, habe ich«, gab sie zu und in erfreulich neutralem Ton noch dazu.

»Magst du davon erzählen?«

Er ist gebaut wie ein griechischer Gott und hat eine schmutzige Fantasie, und ich habe die ganze Nacht von ihm geträumt.

Sie räusperte sich. »Ich muss dir wohl kaum sagen, dass es vergebens war. Unter den gegebenen Umständen sollten wir uns darauf konzentrieren, woanders Unterstützung für die Veröffentlichung unseres Berichts zu sichern. Und das bedeutet, dass ich mich bemühen muss, ein paar Sympathien bei Männern zu wecken, bis das Parlament im Herbst erneut zusammentritt.«

»Das klingt nach einem klugen Plan, und ich würde dir auch gerne helfen«, sagte Annabelle sarkastisch. »Aber ich bin die skandalöse Herzogin, erinnerst du dich? Und davor war ich die skandalöse Studentin. Ich bin kaum in der Position, dir Ratschläge zu geben.«

»Und doch hast du den abgebrühtesten Herzog im ganzen Königreich gezähmt. Ganz eindeutig ist deine Strategie erfolgreich.«

»Hm. Die Wahrheit ist, ich hatte gar keine Strategie. Ich habe Montgomery zu nichts gebracht, das er nicht ohnehin tun wollte.«

Lucie hob die Brauen. »Ich bezweifle, dass er schon immer davon geträumt hat, einen Skandal auszulösen.«

Ein nachdenklicher Ausdruck trat in Annabelles Gesicht. »Sagen wir mal so: Ich war die störrischste Person, der er je begegnet war. Ich hab einfach alles abgelehnt, was er angeboten hat.« Sie zuckte entschuldigend mit den Schultern. »Ich glaube, wenn ein Mann etwas wirklich will, wird er tun, was immer dazu nötig ist, um es zu bekommen. So einfach ist das.«

Es mochte so einfach sein, aber es klang leider auch so, als könne man kaum Einfluss nehmen.

Ihr Magen knurrte vernehmlich in der Stille, und Annabelle schaute sie vielsagend an. »Wie wäre es, wenn wir zusammen Mittag essen?«

»Das wäre herrlich«, gab Lucie zu.

Annabelle sprang auf und lief zum Klingelzug an der Wand. »Kürzlich hat ein indisches Restaurant auf der High Street eröffnet«, sagte sie, als sie nach einem Diener läutete. »Lass es uns ausprobieren.«

»Das klingt reizvoll.«

»Danach können wir hierher zurückkommen und gemeinsam lesen, solange wir wollen.«

»Eine wundervolle Idee«, stimmte Lucie zu. »Ich würde allerdings lieber meine Korrespondenz erledigen. Und ich muss später noch in den Lesesaal der Bodleian Library, dort stehen die juristischen Werke.«

Annabelle lächelte. »Mir ist alles recht, was deine Sorgen vertreibt.«

Lucie hatte jedoch eine Ahnung, dass ihre Sorgen in der nächsten Zeit nicht so schnell verschwinden würden.

13. KAPITEL

Später am selben Tag

Oxford hatte beim alljährlichen Kricketspiel gegen Cambridge
einen Sieg erzielt, daher war die *Turf Tavern* an diesem Abend
randvoll mit ausgelassen feiernden Gästen. Tristan nutzte seine Größe, um sich durch die Menge seinen Weg zur Theke
zu bahnen, und wäre am liebsten gleich wieder gegangen. Die
Luft im Pub war stickig und stank nach Bier und Pisse; der
Geruch hatte sich seit Jahrhunderten allabendlich in den mod-
rigen Räumen festsetzen können. Allerdings traf dies für alle
Tavernen in Oxford zu.

Sein Lagavulin-Whisky wurde ihm in einem klebrigen
Tumbler serviert. Lautes Gelächter schallte durch den Raum.
Irgendwann einmal hatte es eine Zeit gegeben, in der er den
Lärm und die Fröhlichkeit der feiernden Zecher genossen hatte, aber an diesem Abend war es einfach nur laut und hohl. Als
ob sie verlorene Seelen seien, die mit ihren Stimmen versuchten, sich in der Menge zu verankern.

Irgendwo in den trüben Schatten im hinteren Teil des Raumes lauerte Arthur Seymour, zweiter Sohn des Marquess von
Doncaster, und betrachtete ihn schmollend, während er vor-
gab, eine vergnügliche Zeit mit seinen Freunden zu verbringen.
Der blonde Lockenschopf des Jungen war Tristan schon beim
Eintreten aufgefallen. Nun gut. Unerwiderte Begierde verleitete die Menschen zu allen möglichen lächerlichen Dummheiten.

Das wusste er selbst nur zu gut.

Hart stellte er das Whiskyglas auf der Theke ab.

Lucie hielt sich bedeckt, der kleine Feigling. Sie war an diesem Tag weder im Büro in London gewesen, noch hatte sie ihn aufgesucht, und sei es nur zu dem Zweck, ihn weiter zu beschimpfen. Die Lust hatte seinen Verstand wohl fest im Griff, denn seine Gedanken kreisten schon den ganzen Tag um sie.

»Grundgütiger, Sie sind wunderschön.«

Ein junger Mann in seinem Alter war gegen seine linke Schulter gedrängt worden. Groß, aber nicht ganz so groß wie er. Ein schön geschwungener Mund. Viel zu langes Haar, das sich auf seinem Kragen kräuselte. Die blauen Augen hatte er auf Tristans Gesicht gerichtet; aufmerksam zeichnete sein Blick seine Züge mit dem Auge eines Künstlers nach.

Tristan lehnte sich zu ihm, um nicht brüllen zu müssen. »Auch Ihnen einen schönen Abend, Sir.«

»Ein Gesicht wie Ihres sollte in Ölfarbe und Marmor für die Ewigkeit festgehalten werden, damit zukünftige Generationen sich daran erfreuen und dem Ruhm vergangener Tage nachweinen können«, sagte der Mann.

Tristan drehte leicht sein fast leeres Glas. »Geweint wird bereits, wie ich höre, wenngleich die Tränen eher von meinem Mangel an Charakter herrühren, nicht von meinem Gesicht.«

Der Mann lachte. »Seien Sie nicht so bescheiden. Ihre Schönheit ruft die Tränen hervor. Über das garstige Verhalten eines lediglich durchschnittlichen Mannes kommt man doch leicht hinweg.« Er bot ihm seine Hand. »Gestatten, Oscar Wilde.«

»Ich weiß, wer Sie sind, Mr Wilde. Sie haben vor zwei Jahren den Newdigate Prize für Ihr Gedicht *Ravenna* erhalten.«

Der Schriftsteller neigte den Kopf. »Oh, ich fühle mich geschmeichelt. Mögen Sie Poesie?«

»Gelegentlich.«

»Sie schreiben selbst? Lord Ballentine, nicht wahr?«

»Ja und ja.«

Oscar Wilde schien erfreut. »Ein Kollege! Ich werde Ihnen einen Drink spendieren. Brandy.« Er rief nach dem Wirt und fischte nach einer Münze aus der Innenseite seines Jacketts, das auffallend gut geschneidert war: mitternachtsblau, mit Samtaufschlägen und silbernen Knöpfen, in die Pfaue eingraviert waren. Tristan hätte gern selbst solch ein Jackett besessen.

Er ließ die Finger über den Samt gleiten, über Wildes Hand unter dem Stoff und hielt ihn mit leichtem Druck seiner Finger von der vergeblichen Suche nach Geld ab.

Wildes Blick flog zu ihm, Überraschung leuchtete in den blauen Augen. Tristan beobachtete, wie mit alarmierender Geschwindigkeit unverhohlenes Interesse die Überraschung ablöste. Er hatte die Hand bereits wieder sinken lassen. Theater-Schriftsteller. Die einzige Sorte Mensch, die noch weniger Wert auf Konventionen legte als er.

»Erlauben Sie.« Er holte einen Shilling aus seiner Tasche und schob ihn dem Wirt zu. »Brandy für meinen Freund und noch einen Lagavulin für mich.«

Wilde betrachtete ihn immer noch unter halb gesenkten Lidern. »Was tun Sie hier in diesem von Studenten verseuchten Pub, wenn Ihnen ganz London zu Füßen liegen würde?«, murmelte er. »Oder besser noch, Italien.«

Tristans Mundwinkel zuckten.

Und ihm wurde klar, was er tat – Menschen aus reinem Vergnügen verführen, wie Lucie es nannte. Oder vielmehr gebrüllt hatte. Verdammt, er tat genau das.

Sein Lächeln erlosch.

»London wird langweilig. Vielfalt ist das Gewürz, das dem Leben seinen Geschmack verleiht«, zitierte er, denn mit den

Worten eines anderen konnte man viel ausdrücken, ohne etwas von sich selbst preisgeben zu müssen.

Ein oder zwei Sekunden vergingen, ehe Wilde leicht nickte. »Sie mögen Cowper?«, fragte er in neutralem Ton und schob den frisch gefüllten Tumbler über die Theke zu Tristan.

Eine dunkle Vorahnung erfüllte ihn, als er die Finger um das Glas schloss.

Er sah auf und begegnete Lord Arthurs gekränktem Blick auf der anderen Seite der Theke. Arthurs Miene war so leidend, als hätte gerade eben jemand seinen Welpen erschossen. Nun. Tristan beschloss, nie wieder leicht zu beeindruckende Jungen zu einer Orgie mitzunehmen, wenn das die Folge war. Welch ein Ärgernis.

»Oh je«, sagte Wilde. Sein Blick ruhte diskret auf dem jungen Lord, bevor er wieder zurück zu Tristan glitt. »Was für ein unglücklicher Bursche. Ob das der Romantik geschuldet ist?« Er lachte leise. »Aber natürlich nicht. Es geht um Sex, nicht wahr.«

Tristan stieß mit ihm an. »Es geht letztendlich immer um Sex.«

»Alles in der Welt dreht sich um Sex«, stimmte Wilde zu. »Außer der Sex an sich.«

»Und worum geht es dabei?«

Der Schriftsteller lächelte. »Macht. Aber das wissen Sie offensichtlich bereits, Mylord.«

Als er das *Turf* drei – vielleicht auch fünf – Drinks später verließ, schwankte er zwar nicht, aber sein Kopf fühlte sich dennoch schwer an. Oscar Wilde war immerhin in noch schlechterer Verfassung gewesen. Bei seinem letzten Brandy hatte er lallende Versprechungen gemacht, Tristan als Figur in seinem ersten Roman auftreten zu lassen, der von den Gefahren ewiger Schönheit handeln sollte und dessen Handlung schauerlich und düster sein würde.

Was wäre mit der Geschichte eines Grafen, der seine Ehefrau in ein Irrenhaus schicken will, Mr Schriftsteller? Wäre das schauerlich und düster genug?

Das Wetter hatte sich geändert, ein feiner Nieselregen befeuchtete die Luft und malte Regenbogen um die Gaslaternen in der Holywell Street. Vor ihm im Licht tauchte der helle blonde Schopf einer Frau auf, die in schnellen Schritten den Bürgersteig entlanglief.

Eine sehr zierliche, unbegleitete Frau.

Er blieb stehen und kniff die Augen zusammen.

Ein eisiger Schauer rieselte ihm über den Rücken. Lucie. Ihren entschlossenen Gang hätte er überall erkannt. Außerdem war sie die einzige Frau, die allein zu nächtlicher Stunde durch die Nacht eilen würde. Sie machte einen Bogen um eine Gruppe Studenten und entfernte sich hastig.

Seine Füße hatten sich schon in Bewegung gesetzt, noch bevor sich sein Verstand bewusst entschied, ihr zu folgen.

Sie war allein unterwegs, obwohl sie wissen musste, dass sich in der Nacht ein Heer betrunkener Männer auf den Straßen herumtreiben würde, die sich alle nach dem sportlichen Sieg wie Helden fühlten. Diese verrückte, wagemutige Frau. Kurz bevor er sie eingeholt hatte, packte ihn jemand am Arm.

»Ballentine. Auf ein Wort.«

Instinktiv reagierte er, drehte sich zur Seite und packte den Angreifer am Kragen.

Na, großartig! Lord Arthur starrte ihn an, mit großen Augen, die Hände um seinen Arm geschlungen, der ihn festhielt.

»Nähern Sie sich mir nie von einem toten Winkel her, Sie Narr.« Er stieß den Lord von sich. Sein Puls raste, der Nebel des Alkohols hatte sich gelichtet. Die Nacht zeigte wieder ihre Kanten; schwarze, nasse Straßen, blendende Gaslaternen.

Lucie hatte inzwischen, wie er sah, die Kreuzung erreicht. Ihr Haar schimmerte hell auf, als sie um die Ecke der Mansfield Road verschwand … Lord Arthur hatte jedoch beschlossen, nicht aufzugeben.

»Hören Sie mich an«, murmelte er. Whisky-Atem stieg Tristan in die Nase. Wo waren die Freunde des Jungen, um ihn vor sich selbst zu retten?

»Sie sind blau«, stellte Tristan fest. »Gehen Sie nach Hause.«

So schnell, wie sie lief, würde Lucie wohl bald den Osteingang des Parks erreichen. Würde sie sich nachts hindurch wagen?

Arthur hielt ihn am Ärmel fest. »Treffen Sie sich mit mir, nur ein Mal.«

Tristans Muskeln spannten sich an. Die Holywell Road war immer belebt, auch ohne vorangehendes Sportereignis, da die schmale Straße zwei Pubs beherbergte und eine kleine Anzahl Konzerthäuser. Feiernde zogen auf dem Bürgersteig an ihnen vorbei, und auf der gegenüberliegenden Straßenseite trat ein steter Strom an Gästen aus den schließenden Pubs auf die Straße.

»Ich habe Sie mit Mr Wilde gesehen.« Arthur war laut und offenbar auf Streit aus. »Mit ihm trinken Sie, aber mit mir nicht …«

Tristan hakte sich bei Arthur unter, zog ihn an sich und schleifte ihn mit sich. Nun waren sie nur noch zwei betrunkene Freunde, die sich gegenseitig stützten.

»Seien Sie vorsichtig«, sagte er mit gesenkter Stimme. »Nähern Sie sich anderen nicht auf diese Art, das könnte Sie in Schwierigkeiten bringen.«

Arthur schnappte sich mit der freien Hand Tristans Jackenaufschlag. »Ich stecke bereits in Schwierigkeiten. All meine Gedanken kreisen um Sie.«

Herr im Himmel!

»Wir haben nicht mehr als drei Abende miteinander verbracht. Wir haben getrunken und Karten gespielt, so, wie Gentlemen das gewöhnlich tun, und einmal hielten Sie sich im selben Zimmer auf, als ich jemanden gevögelt habe. Und damit endet unsere Bekanntschaft auch schon.«

Arthur wand sich frustriert in seinem Griff. »Tun Sie doch nicht so. Sie wussten, wie es um mich steht, und dennoch haben Sie mich mitgenommen. Und Ihr Blick ruhte auf mir, in dieser Nacht, während Sie …«

Er keuchte auf, weil Tristan den Arm eng wie eine Fessel um ihn schlang.

»Seymour. Auch wenn ich mich nicht in meinen Vorlieben beschränke, heißt das noch lange nicht, dass ich ein besonderes Interesse an Ihnen hege.« Zu volatil, der junge Mann. Und ja, er hatte ihn angesehen an jenem Abend, aber nicht aus gesondertem Interesse, sondern vielmehr wegen dieser unberechenbaren Laune, die ihn gelegentlich ergriff und ihn dazu trieb, andere zu beobachten oder sich beobachten zu lassen. Ironischerweise regten die übermäßigen Reize eines ausschweifenden Gelages seine Gedanken ebenso dazu an, auf Wanderschaft zu gehen, wie das Lesen eines trockenen Vertrags in Altlatein. Der Versuch, dies einem verliebten jungen Schnösel zu erklären, wäre jedoch sinnlos.

Er zog Arthur mit sich, als er in die Straße zum Park einbog.

Fröhlich plaudernde Menschen liefen an ihnen vorbei, Lucies zierliche Gestalt war jedoch nirgendwo in Sicht.

»Hier werden sich unsere Wege trennen«, sagte Tristan und ließ abrupt los.

Durch das nasse Pflaster oder seine störrischen Bemühungen, ihn festzuhalten, verlor Arthur den Halt und rutschte aus.

Das war übel, denn nun kniete der er mitten auf der Mansfield Road vor Tristan.

Tristan ging an ihm vorbei, doch der Mann hielt ihn am Bein fest.

»Verdammt«, murmelte Tristan. »Warum sind Sie so darauf bedacht, uns ins Gefängnis zu bringen?«

»Sie sind ein Monster«, zischte Arthur, ohne ihn loszulassen. »Sie scheren sich einen Dreck um andere.«

Eine Gruppe Studenten, die an ihnen vorbeilief, johlte bei ihrem Anblick.

»Mit Verlaub«, sagte Tristan und bog Arthurs Daumen nach hinten, damit er ihn losließ. Ein empörtes Schnaufen, und er war frei. Mit schnellen Schritten lief er die dunkle Straße entlang.

Das Tor zum Park war nach neun Uhr abends geschlossen, aber es gab einen ausgetretenen Pfad zu einem Loch im Zaun, etwas weiter links. Das Loch war groß genug, um Kinder oder zierliche Erwachsene durchzulassen.

Lucie atmete auf, sobald sie zwischen den Eisenstangen hindurchgeschlüpft war. Sie hatte schon vor Längerem beschlossen, bei ihren Erledigungen auf eine Anstandsdame zu verzichten; zum einen aus rein praktischen Gründen, zum anderen, weil ihr die Vorstellung, dass eine alte Jungfer eine andere alte Jungfer beschützen sollte, absurd vorkam. Dennoch sollte eine Frau, die allein in Oxford unterwegs war, den Terminkalender für Sportveranstaltungen kennen. Sie hatte jedoch vergessen, dass an diesem Tag der alljährliche Kricket-Wettkampf zwischen den Universitäten ausgetragen worden war, ein nachlässiger, wenngleich nachvollziehbarer Fehler nach der bizarren Begegnung bei der Schneiderin. Studentengruppen und Zechgesellschaften bevölkerten nun die Straßen und waren auf

Streitereien mit den Städtern und untereinander aus. Gebrüll und Fetzen anzüglicher Lieder tönten von der Straße bis hinüber zu den im Dunkeln liegenden Anlagen des Parks. Der Weg selbst lag jedoch segensreich verlassen und durch eine Reihe hoher Gaslaternen gut beleuchtet vor ihr.

Mit schnellen Schritten eilte sie weiter. Der Nebel in der Luft hatte sich zu einem Nieselregen verwandelt, kalte Tropfen benetzten ihre Wangen und rannen ihr in den Kragen. Eine Gänsehaut überlief sie. Zu Hause würde sie sich gleich eine heiße Tasse Tee machen und zu Bett gehen. Ihre Arbeit würde dieses eine Mal warten können. Ihre Mutter war in Oxford. Lucie beschloss, sich an diesem Abend einen Schluck Brandy in ihrem Tee zu genehmigen.

Sie hörte die Männer, bevor sie sie sah. Ihr lärmender Gesang sorgte dafür, dass sich jeder Muskel in ihrem Körper anspannte.

Wachsam verlangsamte sie ihre Schritte und spitzte die Ohren.

Unvermittelt tauchte die Gruppe vor ihr auf.

Es waren fünf junge Burschen, die Arm in Arm auf sie zuhielten. Vermutlich hatten sie ein Picknick im Park gemacht und bis zum Einbruch der Nacht gefeiert. Womöglich hatten sie auch die verschlossenen Tore des Parks umgangen und waren über den Cherwell hierher gelangt, und ihr verlassenes Boot trieb nun flussabwärts.

Nasser Stahl blitzte auf, als sie eine Gaslaterne passierten. Florette. Lucies Magen zog sich zusammen. Mitglieder des Fechtklubs? Sie übten oft im Park. Und sie waren bekannt dafür, dass sie in der Stadt Ärger machten.

Ihr lauter Gesang verstummte abrupt – sie war entdeckt worden. Verflixt. Sie hatten nicht aus Höflichkeit mit Singen aufgehört. Eine Frau, die sich kurz vor Mitternacht allein im Park herumtrieb, war keine Dame, und diese Erkenntnis brachte die Luft zwischen ihnen zum Flirren. Im Licht konnte sie ihre Gesichter erkennen: lüsterne Münder, glänzende Augen. Alle hatten zu tief ins Glas geschaut und waren vermögend, wie ihre Zylinder verrieten. Die Privilegierten waren die Schlimmsten.

Ihr Herz schlug unangenehm schnell. Gleich würde sie die Männer passieren müssen. Sie konnte nicht nach rechts ausweichen, das wäre riskant und außerdem war es demütigend, den hell erleuchteten Weg zu verlassen und über den feuchten Rasen zu stolpern. Und das Wäldchen zu ihrer Linken versank in einer bedrohlichen schwarzen Dunkelheit.

Sie straffte ihre Schultern. Es waren nur Jungen, Studenten.

Wie auf ein stummes Kommando fielen sie in Gleichschritt. Schulter an Schulter liefen sie nebeneinander her, eine Mauer aus Grinsen und Erwartung.

Ein Schauer der Angst rieselte ihr über den Rücken, kalt wie Eis. Sie würden sie nicht passieren lassen.

Mit der rechten Hand griff sie in ihre Rocktasche.

Zu spät bemerkte sie den Mann, der hinter ihr auftauchte.

Ihr Körper erkannte ihn, bevor sie ihn sah, denn der vertraute warme Geruch nach Tabak und herbem Rasierwasser stieg ihr in die Nase.

»Da bist du ja«, sagte Tristan beiläufig. »Für jemanden, der so klein ist, bist du verdammt schnell.«

Er legte einen Arm um ihre Taille und drückte sie an sich. Sie ließ sich von ihm führen, wie benebelt, eingehüllt in die Sicherheit seiner Nähe.

Die Mauer der Männer vor ihr kam ins Wanken.

Tristan lief zielstrebig weiter, als wären die Studenten gar nicht da. Sie spürte die Entschlossenheit, die in seinem Körper pulsierte, und für einen Atemzug flammte Panik in Lucie auf. War er sich nicht bewusst, dass sie nur zu zweit waren und die anderen zu fünft? Nein, er wurde nun langsamer und blieb schließlich sogar stehen.

»Verdammmt«, sagte jemand. »Das ist Ballentine.«

Tristan baute sich vor dem größten Mann in der Mitte auf, näher als es die Höflichkeit gebot. Der Gestank nach Alkohol und männlichem Schweiß drang Lucie in die Nase. Ihre rechte Hand hatte sie immer noch in der Tasche; sie umfasste kaltes Metall, doch sie vergrub das Gesicht in Tristans Mantel und hielt den Atem an.

»Gentlemen«, sagte er. Seine Stimme klang freundlich. Doch das trog. Er hielt sie fest umschlungen, und durch die Schichten von Wolle spürte sie, dass er von einer unheilvollen Anspannung erfüllt war, einer dunklen, primitiven Verwegenheit. Diese Anspannung übertrug sich auf sie, und ihre Nackenhärchen stellten sich auf.

Auch die Studenten hatten es bemerkt. Sie richteten sich auf und schienen nüchterner zu werden.

»Ein schöner Abend für einen Spaziergang, nicht wahr?«, sagte Tristan freundlich.

»In der Tat«, meinte der junge Mann, vor dem er stand. »Sehr schön.«

»Und so angenehm«, ergänzte Tristan.

»Das sollten wir fortsetzen«, sagte der Anführer. »Also, den Spaziergang.«

»Eine ausgezeichnete Idee.«

Zylinder wurden gelüpft und ein Nicken als Gruß ausgetauscht.

Tristan blieb jedoch stehen. Sie mussten um ihn herumgehen und auch um Lucie.

»Ich fordere ihn heraus und du schnappst dir das Frauenzimmer«, lallte einer.

»Er macht Hackfleisch aus dir, du Trottel«, erwiderte ein anderer.

»Ich habe einen Degen, er nur einen Geh… Gehstock.«

»In dem Stock ist eine Klinge, Idiot.«

Ihre Stimmen verhallten allmählich. Die Nervosität wollte jedoch nicht aus Lucie weichen. Starr wie ein Fels verharrte sie, ständig in Erwartung, dass ein wütend geschwungenes Florett sie doch noch zwischen den Schulterblättern traf. Nach einem Moment drehte sie sich leicht um.

Die Studenten taumelten über den Weg und klopften sich gegenseitig auf den Rücken. Irgendwer lachte.

Ein Schauer überlief sie. Wäre Tristan nicht gewesen, hätten die fünf sich wohl mit ihr ihren Spaß erlaubt und wären dann gleichgültig weitergezogen, äußerlich wie fröhliche, respektable Gentlemen wirkend. Niemand, der ihnen auf der Straße begegnet wäre, hätte ihnen ihre Schandtat angemerkt.

Tristan zog sie fester an sich, und ihre Wange wurde gegen den weichen Stoff seines Mantels gedrückt. Der Geruch nach feuchter Wolle mischte sich mit seinem Duft. Sie ging ihm kaum bis zur Schulter, weshalb sie sich vorkam wie ein Küken unter dem Flügel der Henne, geschützt vor Naturelementen und räuberischen Blicken.

Dennoch fühlte sie sich nicht sicher. Die Art, wie er sich bewegte, fast schleichend, weckte den Anschein einer lauernden Raubkatze, und sein Schweigen war allzu vielsagend. Ebenso wie sein alberner Gehstock offenbar eine Klinge verbarg, versteckte auch er unter seiner roten Weste und seinem weltmännischen Auftreten eine finstere, gefährliche Seite.

Sie schaute zu ihm hoch.

Er hatte den Blick auf den Weg vor ihnen gerichtet, ein leichtes Lächeln auf den Lippen. Sie bekam Gänsehaut. Genauso stellte sie sich einen römischen Kaiser vor, bevor er den Daumen nach unten senkte. Er war zutiefst erzürnt.

Sie stemmte sich gegen seinen Griff, und er ließ sie sofort los. Ohne den wärmenden Schutz seines Armes wurde die Nacht unvermittelt kälter. Ihr wäre es lieber gewesen, er hätte eine seiner dummen Bemerkungen gemacht, doch er hüllte sich in Schweigen. Wortlos schaute er zu, als sie sich durch ein weiteres Loch im Zaun schlängelte, dann sprang er über den Zaun, ohne die schmiedeeisernen Spitzen zu berühren. Wie ein großer Schatten folgte er ihr nach Norham Gardens, und sie versuchte erst gar nicht, ihn wegzuschicken.

Sie würde ihm danken müssen.

Ihre Lippen bemühten sich, die Worte zu formen, als sie vor ihrem Haus ankamen. Als sie die Treppe zur Haustür hinaufstieg, hatte sie noch keine einzige Silbe hervorgebracht.

Sie steckte den Schlüssel ins Schloss und schaute über ihre Schulter.

Tristan stand am Fußende der Treppe. Nun war sie ungewohnt größer als er.

Seine Hutkrempe beschattete einen Großteil seines Gesichts, nur sein Mund und sein glatt rasiertes Kinn waren zu sehen. Die sonst so sinnlichen Lippen waren zusammengepresst.

Sie drehte sich ganz zu ihm um und atmete tief durch. Es waren nur drei schlichte Worte: *Vielen Dank, Ballentine.*

Stattdessen sagte sie: »Also gut, sprich es aus.«

Er verzog den Mund. »Was soll ich aussprechen?«

»Willst du mir nicht eine Predigt darüber halten, wie unvernünftig und gefährlich es ist, als Frau nachts allein spazieren zu gehen?«

Er neigte den Kopf zur Seite. »Würde es dich davon abhalten, es noch mal zu tun?«

Sie blinzelte. »Nein«, gab sie zu.

Er zuckte mit den Schultern. »Dann würde ich nur meine Zeit verschwenden. Und es gibt angenehmere Dinge, mit denen man sie vergeuden kann.«

Er war noch immer wütend, das merkte sie an der seidenen Kühle seiner Stimme und daran, dass seiner Haltung die gewohnte Lässigkeit fehlte.

»Womöglich würde es aber deine Missbilligung beschwichtigen«, erklärte sie.

Er schenkte ihr ein finsteres Lächeln. »Oh, das wäre nur ein Tropfen auf den heißen Stein.«

»Ich gehe nicht unbewaffnet aus dem Haus.«

Er nahm die Worte mit unergründlicher Miene zur Kenntnis. »Eine Taschenpistole?«

Sie nickte.

Er streckte die Hand aus. »Darf ich sie mal sehen?«

Sie griff in ihren Rock und zog den doppelläufigen Derringer-Revolver heraus. Er war klein und kunstvoll verziert, für die Hand einer Frau gefertigt, aber er fühlte sich kalt und unpersönlich an.

Tristan drehte ihn in der Hand und begutachtete ihn aufmerksam. Er überprüfte die Sicherung und fuhr mit dem Daumen über den schimmernden Perlmuttgriff.

»Hübsch«, sagte er und gab ihn ihr zurück. »Aber bist du auch bereit, die Waffe zu benutzen?«

Die lüstern grinsenden Gesichter im Park tauchten vor ihrem inneren Auge auf. Eine primitive Aura hatte die Männer umgeben; allein der Gedanke daran schnürte ihr die Kehle zu.

»Ja«, sagte sie.

Tristan schwieg.

»Du heißt es nicht gut«, stellte sie fest und fragte sich, warum ihr seine Meinung überhaupt wichtig war.

Er zuckte mit den Schultern. »Es ist eine merkwürdige Sache, auf andere zu schießen. Man tut es, wenn die Situation es erfordert, aber was sie dir vorher nicht sagen, ist, dass man später von einem Moment zum anderen melancholisch werden kann und nachts von Albträumen verfolgt wird.«

»Verfolgt«, wiederholte sie.

»Versuch einfach, kein Blei in Leute zu versenken, wenn es nicht unbedingt sein muss.«

Regen tropfte von seiner Hutkrempe. Er konnte nicht ewig dort stehen bleiben; er würde sich eine Erkältung holen. Außerdem durfte er nicht vor ihrer Tür gesehen werden, denn das würde für Gerüchte sorgen.

Warum stand er immer noch dort?

Weil sie ihm noch nicht gedankt hatte, und natürlich wollte er die Worte aus ihrem Mund hören. Dieser Mann behinderte ja schließlich auch ihre Mission und erpresste sie.

»Dann ist es ja gut, dass du keinen Bedarf an einer Waffe hast«, sagte sie. »Du kannst dich frei bewegen, ohne belästigt zu werden. Allein deine Anwesenheit hat ausgereicht, um uns den Weg freizumachen, obwohl diese Männer dir in Anzahl weit überlegen waren. Bemerkenswert, nicht wahr?«

»Weit überlegen?« Er klang überrascht. »Wohl kaum. Und sich einer Frau zu nähern, die bereits von einem anderen beansprucht wird, geht gegen den Instinkt. Ich habe nicht mit Ärger gerechnet.«

Sie lehnte sich an den Türrahmen. »Ich hatte keinen Wunsch ›beansprucht‹ zu werden«, stellte sie fest. »Ich wollte lediglich auf einem öffentlich zugänglichen Weg nach Hause laufen.«

Er musterte ihre durchnässte Gestalt. Sie war zu erschöpft, um sich zusammenzureißen. Ihre letzte Kraft verließ sie, rann wie Wasser durch ihren Fußsohlen in die feuchte Treppenstufe.

»Weißt du«, sagte er beiläufig. »Ich könnte sie immer noch erschießen. In deinem Namen, sozusagen.«

Eine Gänsehaut überlief sie, die nicht von der Kälte stammte, sondern vielmehr von dieser düsteren Aura herrührte, die noch immer unter seinem attraktiven Äußeren schwelte.

»Du hast mir gerade erklärt, dass ich daneben zielen soll«, merkte sie an.

»Oh, das sollst du auch«, erwiderte er. »Mein Zug ist allerdings schon lange abgefahren.«

Offensichtlich. Er hatte jahrelang seinen Dienst in der Armee verrichtet.

Fühlte auch er sich gelegentlich melancholisch und von Albträumen verfolgt?

Ihre Knie zitterten. Sie war tropfnass. Sie wollte nur noch mit einer Wärmflasche unter ihre Federdecke kriechen und eine Tasse heißen, süßen Kakao an ihr Bett bestellen, wie das verwöhnte Mädchen, das sie einst gewesen war. Die Tochter eines Grafen mit einem großen Bett und freundlichen Dienstboten, die ihr brachten, was und wann immer sie es wünschte.

Auf keinen Fall sollte Ballentine sehen, wie sie die Fassung verlor. Er würde das nur als weiteren Pfeil in seinem Köcher nutzen, den er bei günstiger Gelegenheit auf sie abfeuern konnte, denn dieser Waffenstillstand war eine Illusion. Mitternacht näherte sich, er würde sich bald wieder in einen Schuft verwandeln und sie sich in die Frau mit der Zielscheibe auf dem Rücken.

»Vielen Dank, Mylord«, sagte sie. »Dass Sie mich nach Hause begleitet haben.«

Sie drehte sich um und schloss die Tür auf.

Boudiccas vorwurfsvolles Gesicht begrüßte sie. Die Katze saß direkt hinter der Tür wie eine fellige kleine Sphinx und hatte jedem ihrer Worte missbilligend gelauscht. Sie mochte Männer nicht.

Lucie zog einen feuchten Handschuh aus und beugte sich zu ihr, um sie zu streicheln.

Zu ihrer Überraschung stolzierte Boudicca jedoch an ihr vorbei und richtete den Blick auf Ballentine.

Er hatte sich nicht von der Stelle gerührt; wie ein Wachposten mit Zylinder ragte er vor ihrer Treppe auf.

»Guten Abend«, sagte er überraschend höflich zu der Katze.

Zu ihrem Erstaunen lief Boudicca die Stufen hinunter, um ihn zu beschnuppern. Und wenn es etwas gab, das ihre Katze noch weniger mochte als Männer, dann war es, sich die zierlichen Pfoten nass zu machen.

Stirnrunzelnd sah Lucie zu, wie Boudicca schnurrend um Tristans Beine strich. Er bückte sich und kraulte sie am Kinn, so wie sie es gerne mochte. »Braves Mädchen«, sagte er lockend.

»Woher weißt du, dass es eine sie ist?«, fragte Lucie gereizt.

Er sah auf. »Na, weil sie nur einen Blick auf mich geworfen hat und schon für mich schwärmt.«

Da war er wieder, der Tristan, den sie kannte. Selbstgefällig und gut gelaunt.

Und es stimmte, was er sagte. Boudicca rieb sich an seinem Hosenbein und verlangte schamlos nach weiteren Streicheleinheiten.

Diese Verräterin.

Sie pfiff leise. »Komm rein, Boudicca.«

Tristan richtete sich auf.

Es brauchte dennoch zwei weitere lockende Pfiffe, bis sich ihre Katzenmajestät bequemte, die Treppe hinaufzulaufen.

Tristan wartete, bis die Tür geschlossen wurde.

Im Arm eine feuchte Katze schaute Lucie aus dem Fenster, gut versteckt hinter dem Vorhang, und beobachtete, wie Tristan in der Nacht verschwand. Zum ersten Mal seit ihrer Begegnung fragte sie sich, warum er überhaupt zu dieser Stunde im Park unterwegs gewesen war.

Sie ist direkt auf sie zugelaufen. Dieser Gedanke kreiste beharrlich wie ein Geier in Tristans Kopf, während er durch den Regen lief. Das Bild, wie Lucie die schmalen Schultern straffte und auf die fünf Männer zumarschierte, stand ihm immer noch vor Augen.

Wie von selbst bog er in die Broad Street ab, angetrieben von einer kalten Emotion, die wohl Wut sein musste. Wusste sie denn nicht, wie leicht man sie verletzten konnte? Machte sie sich falsche Vorstellungen von ihrer Größe und Stärke? Nein, sie kannte ihre Grenzen. Sie trug eine Pistole bei sich. Er war der Narr, weil er aus unerklärlichen Gründen angenommen hatte, sie sei unverletzlich.

Sein Puls raste immer noch, als er bei der von Efeu überrankten Portiersloge des Trinity College ankam.

Ein uniformierter Portier stand am Empfang und wirkte so unüberwindbar, wie es seine Position verlangte: kräftig und von kompakter Gestalt, das Gesicht unter der Mütze zeigte eine resolute Miene.

Tristan legte seinen Siegelring auf die Theke.

»Bitte händigen Sie das umgehend Mr Wyndham aus«, verkündete er. »Zimmer zwölf, im Westflügel.«

Der Portier beäugte den Ring, dann wieder ihn.

Die Tore der Colleges waren längst geschlossen und von Portiers blockiert, an deren dickem Fell adelige Hochnäsigkeit verlässlich abperlte, weil sie sich seit Jahren mit herablassenden Studenten herumschlagen mussten. Daher waren sie formidable Gegner für jeden Eindringling. Sämtliche Studenten, die erst zu dieser späten Stunde zurückkehrten, brauchten eine Sondererlaubnis. Besucher wurden abgewiesen und blieben ebenfalls im Regen stehen, es sei denn, sie konnten eine Genehmigung vorweisen. Oder sie erinnerten sich noch aus eigenen Studientagen daran, an welcher Stelle man die Mauer des Trinity-Gartens von der Parks Road aus überklettern konnte.

»Ich würde den Ring ja in sein Postfach legen«, sagte Tristan. Er beugte sich zu nah vor und sprach absichtlich zu laut, als wäre er angetrunken. »Aber wie Sie sich sicher denken können, da Sie mir ganz den Eindruck eines schlauen Burschen machen, ist daran …« Er deutete vage auf den Ring. »… ein sentimentaler Wert geknüpft.«

Die Miene des Portiers wurde noch abweisender. »In der Tat, Mylord.«

»Ausgezeichnet«, meinte Tristan und hob erwartungsvoll die Brauen.

»Wenn Mylord morgen früh wiederkehren würden, ist Mr Wyndham für Sie hier im Pförtnerhaus zu sprechen und Sie können ihm diesen wertvollen Ring selbst übergeben.«

Tristan schüttelte den Kopf. »Es handelt sich um eine Sache der Ehre zwischen Gentlemen, die noch in dieser Nacht abgeschlossen werden muss.« Er hatte die Stimme theatralisch gesenkt. »Also seien Sie so freundlich und bringen den Ring zu Zimmer zwölf im Westflügel, jetzt sofort. Ich wäre Ihnen zu großem Dank verpflichtet.«

»Es ist schon spät, Mylord.«

»Zu großem Dank«, wiederholte Tristan.

Tristan sah dem Portier an, dass er ihn am liebsten rausgeworfen hätte, doch wie er es erwartet hatte, beugte sich der Mann der Stellung eines Lords und wollte sich wegen einer

Angelegenheit, die so banal war, wie einen Ring auszuliefern, keine Scherereien mit einem gereizten und offensichtlich beschwipsten Adeligen einhandeln.

»Nun gut«, sagte der Mann. »Ist der Ring für Zimmer zwölf im Westflügel bestimmt oder für Mr Wyndham?«

»Guter Mann, Sie sprechen in Rätseln. Und dafür bin ich nicht in Stimmung.«

»Das ist kein Rätsel. Mr Wyndham bewohnt nicht Nummer zwölf im Westflügel.«

Tristan neigte den Kopf. »Das muss ein Scherz sein.«

»Ich scherze nie, Mylord.«

»Oh gut, denn ich bin auch nicht zu Späßen aufgelegt.«

Das war er tatsächlich nicht. Er wollte endlich Hand an Wyndham legen.

Der Portier presste die Lippen zusammen. »Entweder stimmt die Zimmernummer oder der Name, welches von beidem soll es sein?«

»Wer liefert schon Dinge an einen Raum?«, fragte Tristan. »Was soll ein Zimmer mit meinem Ring anfangen? Natürlich ist er für Mr Wyndham bestimmt.«

»Nun gut«, sagte der Portier, der mittlerweile wohl den Franzosen zugetan war, die ihre Adeligen allesamt einen Kopf kürzer gemacht hatten. »Ich werde Mr Wyndham den Ring übergeben.«

»In Zimmer zwölf«, sagte Tristan fröhlich.

»Nein, weil er dort nicht logiert.«

»Und doch habe ich Kenntnis, dass er sich dort aufhält«, erwiderte Tristan. »Ich bedaure, dies sagen zu müssen, aber allmählich zweifle ich daran, dass Sie die Besorgung erledigen können.« Er verengte die Augen. »Ist das vielleicht ein Trick? Sie versichern mir, dass Sie Mr Wyndham den Ring aushändigen werden, aber wegen eines unglückseligen Missverständnisses bezüglich der Zimmernummer taucht er nie bei ihm auf? Und gerät womöglich in die falschen Hände?«

Die Unterstellung, dass der Mann plane, den Siegelring zu stehlen, sorgte dafür, dass der Portier sich zu voller Größe aufrichtete und seine Mütze zurechtrückte. »Ein Trick!«, schnaubte er empört. Er nahm das heilige ledergebundene Buch, das mit einer Kette am Tisch angebracht war, und blätterte rasch durch die Seiten. Schließlich drehte er es um und hielt es Tristan unter die Nase, den Finger auf eine Zeile tippend.

Mr Thomas Wyndham bewohnte Nummer neun im Ostflügel.

»Oh, ja«, sagte Tristan. »Ich verstehe. Ein Missverständnis. Nein, nein.« Er legte die Hand auf den Ring, bevor der Portier ihn nehmen konnte. »Vielleicht ist die Angelegenheit doch nicht so dringend. Ich werde mich jetzt verabschieden.«

Die Mühe, über die rutschige Gartenmauer zu klettern, um das Trinity-Gelände erneut zu betreten, wurde durch den entsetzten Blick auf Wyndhams Gesicht belohnt, als er die Tür öffnete und sich Tristan gegenübersah. Er war in Hemdsärmeln, vermutlich hatte er begonnen, sich bettfertig zu machen.

»Was soll das?«, fragte er, als Tristan das Überraschungsmoment ausnutzte und sich an ihm vorbeischob. Ohne die Gesellschaft seiner Freunde und Fechtkameraden zeigte er nicht ganz so viel Mut wie vorhin bei ihrer ersten Begegnung im Park.

»Wyndham«, sagte Tristan und schloss die Tür. »Ich habe ein Angebot für Sie.«

»Zum Teufel«, sagte der Mann. »Wir sind uns nie vorgestellt worden!«

»In der Tat, das sind wir nicht«, stimmte Tristan zu. »Aber ihr Schal ist sehr mitteilsam.« Er deutete darauf. Der Schal auf dem Kleiderständer hatte seinen Zweck für die heutige Sportveranstaltung erfüllt. Als der junge Mann verständnislos von ihm zu dem Schal schaute, fügte Tristan freundlich hinzu: »Ihre Collegefarben. Und auf dem Ärmel prangt recht gut sichtbar das Wappen von Wyndham.«

Wyndham kniff die braunen Augen zusammen, und sein Adamsapfel zuckte. »Was … Was wollen Sie von mir? Wir sind im Park unserer Wege gegangen. Niemand wurde beleidigt.«

Lucies müdes Gesicht blitzte vor Tristans Augen auf. Er hatte die kleine Kratzbürste noch nie zuvor in einem solch bemitleidenswerten Zustand gesehen wie vorhin, an die Tür gelehnt, durchnässt und mit gerupften Federn. Der Gedanke, dass eine Bande feiger Dummköpfe sie in diesen Zustand versetzt hatte, verletzte sein Gefühl für Ästhetik und weckte einen unerklärlichen Rachedurst in ihm.

»Ich habe mich gefragt, alter Knabe«, sagte er zu Wyndham, »wie viel Ihnen wohl Ihre Fechthand wert ist.«

14. KAPITEL

Am Montagmorgen, drei Tage, nachdem er Lucie nach Hause gebracht hatte, wurde Tristan kurzfristig nach Ashdown beordert, und er war sich ziemlich sicher, warum sein Vater ihn sprechen wollte.

Sein Verdacht bestätigte sich im selben Moment, als er in die Arbeitszimmergruft spazierte. Rochester saß am Schreibtisch, selbstgerecht erzürnt wie ein Racheengel.

Eine Zeitung lag ausgebreitet auf dem Tisch.

Das Klatschblatt *Pall Mall Gazette*.

»Erklär mir das.« Rochester tippte mit einem Zeigefinger auf die Zeitung.

Tristan musste keinen genaueren Blick darauf werfen, um zu wissen, dass es sich um die gestrige Ausgabe handelte. Auf der Seite befand sich eine Karikatur eines übergroßen, elegant gekleideten Gentlemans mit lüsternem Grinsen (er selbst), der einen eifrigen Welpen über eine Straße führte. Mit etwas Fantasie konnte man auf dem Halsband des Welpen das Wappen von Doncaster erkennen. »Abendspaziergang eines Gentlemans«, lautete die Bildunterschrift. Ziemlich zahm. Offenbar hatte den Karikaturisten zum Schluss doch noch die Dreistigkeit verlassen.

»Was hast du zu deiner Rechtfertigung zu sagen?«, blaffte Rochester.

Tristan verschränkte die Arme hinter dem Rücken. »Oscar Wilde ist schuld daran.«

»Wie bitte?«

»Das ist nur eine alberne Zeichnung.«

Rochester schien kurz davor, Feuer zu spucken. »Das hätte mich beinahe deine Verlobung gekostet.«

Tristans Muskeln versteiften sich. Seine Verlobung. Das hätte amüsant werden können, würde seine Mutter nicht im Westflügel im Bett liegen und die Schlinge um seinen Hals bilden.

»Lord Arthur war betrunken«, erklärte Tristan. »Andere betrunkene Studenten wurden Zeuge davon, als er sich wie ein Narr aufführte. Und jemand fand es wohl amüsant, dies in einer Karikatur festzuhalten.«

Mehr konnte er dazu nicht sagen.

Rochester trat einen Schritt näher und baute sich vor ihm auf. In seinen Augen spiegelten sich unheilvolle Emotionen. »Als zweiten Sohn konnte ich dich schon kaum ertragen«, sagte er leise. »Als mein Erbe machst du mich krank.«

Nun. Das schmerzte. Rochesters Verachtung für ihn war kaum ein Geheimnis, aber in diesem Moment fühlte sich die Abneigung an wie Hass.

Rochester verschanzte sich wieder hinter seinem Schreibtisch. »Das muss schleunigst in Ordnung gebracht werden«, sagte er. »Du wirst Folgendes tun.« Er griff sich ein Blatt Papier. Eine Liste. Der Mann hatte ihm eine Liste geschrieben. Weil seine Mutter immer noch kränkelnd im Bett lag, nahm Tristan sie entgegen und warf einen flüchtigen Blick darauf.

Nachdenklich runzelte er die Stirn. »Ich soll an der Hausgesellschaft eines skandalösen Herzogs teilnehmen und eine frühere Bekannte umwerben? Das ist dein Plan, um meinen Ruf wiederherzustellen?«

»Montgomery ist ein Narr, weil er dieses Flittchen geheiratet hat«, sagte Rochester. »Aber letztendlich kann man den Mann schlecht ignorieren, wenn er eine Einladung schickt und der Prinz sein Gast sein wird. Einer von uns beiden muss teilnehmen. Unter den gegebenen Umständen wirst du das sein.« Er sagte es mit einem angewiderten Ausdruck. Es musste sich für Rochester wie ein Stich mit einem rostigen Messer anfühlen, dass jemand es gewagt hatte, gegen die Heilige Dreifaltigkeit der Queen, Tradition und Gesellschaft zu rebellieren, und immer noch Ansehen genoss, nachdem sich der erste Staub gelegt hatte. Tja. Es war fast unmöglich, einen Herzog tatsächlich zu Fall zu bringen, und nachdem ein Mann wie Montgomery die Ketten durchbrochen hatte, die seinen Verstand gefangen hielten, stand es ihm frei, seinen Trieben und geheimsten Wünschen zu folgen, statt irgendwelcher Parteistrategien. Gefährlich, solch ein entfesselter Verstand, denn er war so unberechenbar.

»Der Prinz von Wales ist ein Unterstützer des Feldzugs in Afghanistan«, fuhr Rochester fort. »Benimm dich normal, falls er dich ansprechen sollte.«

»Ja, natürlich.« Er steckte die Liste in seine Brusttasche. »Abgesehen davon habe ich bereits Schritte unternommen, um meinen Ruf wieder aufzupolieren.«

Rochester beäugte ihn misstrauisch. »Was hast du vor, Tristan?«

»Das kannst du morgen in der *Pall Mall Gazette* lesen oder auch in jeder anderen beliebigen Zeitung des Königreichs.«

Nach dem Vorfall mit Arthur Seymour blieb ihm gar keine andere Wahl, als für Ablenkung zu sorgen. Und die Gesellschaft fand nur wenig interessanter als die Enthüllung eines großen Geheimnisses.

Seine Mutter schlief, als Tristan ihr Zimmer im Westflügel betrat. Und sie wachte auch nicht auf, als er die Vorhänge zurückzog und die hereinfallende Sonne ihr direkt ins Gesicht schien.

Ein weiteres unangerührtes Tablett stand auf ihrem Nachttisch.

»Mutter«, rief er. »Du hast Besuch.«

Sie rührte sich nicht.

Er trat näher ans Bett. Ihre Wangen wirkten eingefallen. Ein albernes, himmelblaues Seidenband hielt ihren Zopf zusammen.

Er setzt sich auf das Bett, die Matratze sank unter seinem Gewicht ein. Keine Reaktion. Sie war so kooperativ wie ein Sack Mehl. Würde es ihr überhaupt auffallen, an welchem Ort sie kränkelnd im Bett lag? Vermutlich war sie der letzte Mensch, der den Unterschied zwischen General Fosters Gästezimmer und einem Bett in der psychiatrischen Anstalt erkennen würde.

Er ballte die Hände zu Fäusten. Vielleicht spielte er für nichts und wieder nichts bei Rochesters albernem Heiratsspielchen mit, offenbarte sich völlig umsonst selbst in den Zeitungen und verschuldete sich sinnlos an einen der rücksichtslosesten Geschäftsmänner des Königreichs.

»Ist es das alles wert?«, fragte er das Zimmer. Seine Stimme klang in seinen Ohren barsch.

Er schaute noch einmal auf die störrisch schlafende Gräfin.

»Machst du das alles, um Marcus näher zu sein?«

Vielleicht trafen sich die beiden ja in der Zwischenwelt, in die sich seine Mutter zu flüchten schien. Vielleicht war sie gerne dort. Er sah Marcus gewiss öfter in seinen Albträumen als zu seinen Lebzeiten. Am Ende blickte sein Bruder ihn immer mit bluttriefenden Augen an, obwohl er sich den Hals gebrochen und weder geblutet noch gelitten hatte. Marcus – sauber und effizient, im Leben wie im Tod. Er, Tristan, wachte jedoch jedes Mal schweißgebadet von diesen nächtlichen Begegnungen auf, und es kam ihm so vor, als drücke ein Felsbrocken auf seine Brust. Warum nur? Manchmal fragte er sich das. Als Kind hatte er seinen Bruder vergöttert und war ihm treu und eifrig auf Schritt und Tritt gefolgt, sobald dieser seine Pflichten als Titelerbe erledigt und Zeit zum Spielen hatte. Als Heranwachsende hatten sie einen freundlichen Umgang gepflegt, denn ihre Rollen waren klar aufgeteilt gewesen: Marcus war der Erbe, Tristan das schwarze Schaf. Er hatte seinen Bruder jedoch nie um seine Position beneidet. Nach seiner Hochzeit hatte Marcus sich von ihm distanziert, vermutlich, weil seine Frau fürchtete, Tristan übe einen schlechten Einfluss auf ihn aus. Zu dieser Zeit hatte allerdings auch bereits ein Kontinent zwischen ihnen gelegen. Warum also die Albträume? Vielleicht, weil die Guten immer zuerst gehen, wie Wordsworth es ausgedrückt hatte: »… und jene, deren Herzen so trocken sind wie Sommerstaub, verdorren bis zum Stumpf.« Ja, es waren wohl Schuldgefühle. Der gute Bruder war gegangen.

Er nahm den Löffel vom Tablett und hielt ihn seiner Mutter unter die Nase. Als das Metall von unsichtbaren Atemzügen beschlug, fiel die Anspannung von ihm ab.

Er drehte den Löffel leicht.

»Wusstest du, dass Rochester mich hasst?«, fragte er. »Ich weiß es schon ziemlich lange. Seit damals, als er Jarvis auftrug, Kitten zu ertränken. Erinnerst du dich an sie? Du hattest sie mir zum dreizehnten Geburtstag geschenkt.«

Seine Mutter schlief. Sie zuckte nicht einmal mit der Wimper.

»Sie war ein hübsches kleines Kätzchen, rot-weiß und so flauschig weich wie eine Daunenfeder. Wenn ich pfiff, kam sie angehüpft wie ein junger Hund. Ich erinnere mich, dass ich damals dachte, man könne ein solch bezauberndes Wesen gewiss nur aus einem Grund in einen Sack stecken und in den Teich werfen, und zwar aus Hass.«

Der Vorfall hatte sich an einem Herbsttag zugetragen, bei strahlend blauem Himmel. Der Geruch von trockenem Laub hing in der Luft. Vermutlich hatte ihn das blendende Wetter von seiner Lateinaufgabe abgelenkt. Oder er hatte sich einmal zu oft hinausgeschlichen, um im Park herumzustreifen, statt seine Rechenaufgaben zu lösen. Er wusste es nicht mehr. Aber er erinnerte sich noch gut an die Schadenfreude in Jarvis' Miene, als er den Sack mit der kleinen Katze zum Teich trug. Nach dem Aufplatschen war der Sack noch eine Weile auf der dunklen Oberfläche getrieben. Rochesters Hand hatte schwer auf seiner Schulter gelegen. *Schau genau hin, Tristan! Das passiert, wenn du dich sorglos und unkonzentriert verhältst. Das sind die Folgen, wenn du deine Pflichten vernachlässigst. Du wirst versagen, und all jene, die sich in deiner Obhut befinden, werden darunter leiden.*

Der Beutel hatte wild gezuckt; eine winzige Katze hatte darin um ihr Leben gekämpft und nach ihrem Herrn gerufen, damit er sie rettet. Ihr Herr war ihr jedoch nicht zu Hilfe gekommen. Er war mit eisernem Griff am Ufer des Teichs festgenagelt worden, und seine Kehle hatte vor lautlosen Schreien gebrannt. Katze und Sack waren schließlich vom Wasser verschluckt worden und hatten kaum ein Kräuseln hinterlassen.

Trotzdem war es Tristan auch danach nicht gelungen, sich so lange zu beherrschen, um einen ganzen Tag lang still zu sitzen und sich auf Aufgaben zu konzentrieren, die er stumpfsinnig fand. Er hatte den flauschigen Welpen abgelehnt, den seine Mutter ihm zum nächsten Geburtstag schenken wollte.

Nun rieb er sich mit einer Hand über den Nacken. Welche Ironie, dass er seine unter Beschuss stehenden Kameraden retten konnte, aber keine der weiblichen Bewohner von Ashdown. *Nutzlos.* Innerhalb dieser Mauern traf das zu.

Er legte den Löffel aufs Tablett. Dabei fing eine Holzfigur auf dem Nachttisch seine Aufmerksamkeit ein. Beim letzten Besuch war sie noch nicht da gewesen. Ein Weihnachtsengel. Die plumpe Schnitzerei und die goldenen verschlungenen Drähte, die Haare darstellen sollten, wirkten vertraut. Er drehte die Figur in seiner Hand.

»Die hab ich für dich gemacht«, murmelte er. »Es war das Erste, was ich mit dem Taschenmesser geschnitzt habe, das du mir geschenkt hattest.«

Irgendwie hatte der unförmige Engel zwei Jahrzehnte überstanden.

Behutsam stellte er ihn zurück zwischen die Medizinflaschen.

Dann zog er seiner Mutter die Decke über die Schultern. »Ich weiß nicht, ob du immer noch Zeitung liest«, sagte er. »Falls ja, dann erschrick nicht, wenn du in dieser Woche einen Artikel über mich findest. Ich habe vor einer Weile einige Gedichte veröffentlicht, und die Umstände zwingen mich dazu, mich als deren Autor zu bekennen.«

Er gab noch andere Dinge, die er ihr gern erzählt hätte. *Ich habe angeboten, fünf Männer für Lucie Tedbury zu erschießen, und ich weiß nicht, was das zu bedeuten hat.*

»Ich werde am Wochenende an einer Hausgesellschaft in Claremont teilnehmen«, sagte er stattdessen. »Danach komme ich wieder und berichte dir den ganzen Klatsch und Tratsch.«

Von allen Tagen in der Woche mochte Lucie die Montagnachmittage am wenigsten, denn sie waren den Verwaltungsaufgaben für ihre Mission gewidmet: die letzten Neuigkeiten teilen, Mitgliedsanträge bearbeiten, die Buchhaltung für die

Ortsgruppe in Oxford erledigen und den Terminplan für die Treffen und Veranstaltungen der nächsten Woche erstellen. Da Annabelle vier Tage in der Woche mit ihrem Herzog in Wiltshire verbrachte, hatten sich ihre Reihen ausgedünnt. Als ihre Nachfolgerin hatte Lucie dann Lady Henley eingewiesen, weil die Witwe schon seit Längerem der Ortsgruppe angehörte und zudem gleich nebenan wohnte. Seit dem vereitelten Rendezvous mit einem gewissen Lord im Vorgartengebüsch hatte die Dame plötzlich aber an Montagnachmittagen zu viel zu tun, um ihr zu helfen. Keine gute Tat blieb eben ungesühnt.

Der Berg an Aufgaben und Pflichten lenkte sie jedoch wenigstens von den kürzlichen Ereignissen ab. Die Nacht im Park. Tristan, so ernst und Herr der Lage, auf ihrer Türschwelle.

»Danke fürs Kommen«, sagte sie zu Catriona und Hattie, die sich als treue Freundinnen erwiesen und sich um den Tisch im Salon versammelt hatten, Notizbücher und Stifte gezückt. Hattie naschte dabei von dem Gebäck, das sie aus der Bäckerei in der Little Clarendon Street mitgebracht hatte, und verteilte überall Krümel.

»Zuerst einmal: Hier ist eine Abschrift von Millicent Fawcetts letztem Essay. Es ist eine fesselnde Lektüre über Bildung für Mädchen«, sagte Lucie und schob das Papier in die Mitte des Tisches.

Hattie warf einen Blick darauf. »Diese Überlegungen führen uns zu der Schlussfolgerung, dass die allgemeingültige Meinung über die Pflichten von Ehefrauen und Müttern geringschätzig und falsch ist«, las sie laut vor. »Diese Meinung spricht animalischen Instinkten weitaus mehr Bedeutung zu als den intellektuellen und moralischen Fähigkeiten einer Frau …« Sie schaute auf. »Das ist schon seltsam, findet ihr nicht? Millicent darf schlaue Essays in Cambridge schreiben, und hier in Oxford ist es den Studentinnen noch nicht einmal erlaubt, an der Universität dieselben Examen abzulegen wie die Studenten.«

»Oxford ist für Mönche erbaut worden und wird seitdem von lebenden Fossilien geführt«, sagte Lucie. »Die Uhren ticken hier anders. Aber man darf auch nicht vergessen, dass Millicents Ehemann Professor in Cambridge ist. Nun zu unserem ersten Punkt auf der Tagesordnung. Habt ihr einen Vorschlag, wie wir mit dem Bericht über das Gesetz über die Eigentumsrechte von Frauen verfahren sollen? Ich nicht. Ich habe noch einmal an den *Manchester Guardian* geschrieben und um einen Termin gebeten, aber sie machen sich nicht einmal die Mühe, mir eine Absage zu erteilen.«

Catriona schüttelte bedauernd den Kopf.

»Ich habe meinen Vater gefragt, was er tun würde, wenn er einen Artikel veröffentlichen wollte, den niemand herausgeben will«, sagte Hattie.

»Und?«

»Er hat gesagt, er würde seinen eigenen Verlag gründen«, antwortete Hattie in entschuldigendem Ton.

»Hört, hört«, murmelte Catriona. Ironie tränkte ihre Worte.

Lucie verdrehte die Augen. »Nun gut. Zum zweiten Punkt. Der momentane Status der Briefzählung zum Eigentumsgesetz?«

Catriona, die sich um alles, was mit Zahlen zu tun hatte, kümmerte, schaute in ihrem Notizbuch nach. »Der momentane Stand ist 14 900 und ein paar. Uns fehlen aber immer noch die Zahlen von der schottischen Ortsgruppe. Ich vermute, es gab eine Verzögerung in der Postauslieferung.«

»Herrje. Die Post wird noch einmal der Untergang unserer Mission sein.«

»Was meinst du damit?«

»Die Verzögerungen beim Postversand oder der Verlust von Briefen«, sagte Lucie. »Nimm nur mal das Schreiben, das Millicent mit der Abschrift ihrer Rede geschickt hat. Es enthält völlig veraltete Informationen. Ich hatte Lydia Becker schon vor zwei Wochen über einen bemerkenswerten konservativen Wandel in der Primrose Gruppe informiert, und sie hätte es an Millicent weitergeben sollen. So etwas passiert immer wieder, und es wird mit jedem Mal schlimmer. Millicent schickt uns eine Stellungnahme oder braucht Hilfe bei der Umsetzung eines Vorhabens. Wir kommentieren es, schicken es zu ihr zurück, sie schickt es weiter an Lydia Becker, die es ebenfalls kommentiert und es zu Rosalind Howard schickt und so weiter.«

»Nun, je mehr Empfänger wir unserer Postkette hinzufügen, desto verwirrender wird es.«

»Es muss doch einen besseren Weg geben, um uns zu organisieren.«

»Aber wie?«, fragte Hattie. »Du kannst ja wohl kaum jeden Tag nur wegen der Suffragistinnentreffen nach London reisen, ebenso wenig wie die anderen Ortsgruppenleiterinnen.«

»Nein«, stimmte Lucie finster zu.

»Außerdem haben wir doch schon ein Zentralkomitee in London«, stellte Catriona fest.

»Ich weiß«, meinte Lucie. »Aber dennoch ist diese Prozedur weder so effizient noch so effektiv, wie sie sein sollte. »Und ich nehme an, es wird noch schlimmer werden. Inzwischen gibt es Dutzende von Ortsgruppen und ein paar Gesellschaften, doch wenn wir uns nicht abstimmen können, wird uns das alles nichts nutzen.«

»Man stelle sich eine Welt vor, in der Post nicht tagelang unterwegs ist«, sagte Hattie. »Oder in der wir alle gleichzeitig an unterschiedlichen Orten zur selben Zeit denselben Brief lesen können.«

Catriona lächelte leicht. »In einer solch magischen Welt hätten wir innerhalb weniger Wochen eine Frauenarmee aufgestellt.«

»Wie dem auch sei, wir sollten wenigstens ein monatliches Treffen vereinbaren, an dem wir möglichst alle teilnehmen und unsere Vorhaben koordinieren.«

»Wie ein Clantreffen«, sagte Catriona.

»Clan MacSuffragist«, schlug Hattie vor.

Lucie schnaubte verächtlich, aber Catriona lachte in ihr Plaid.

»Gut, nächster Punkt auf der Tagesordnung. Catriona überprüft die Bücher. Hattie übernimmt die Mitgliedsanträge. Ich mache mir Notizen über notwendige Aufgaben, die sich aus meiner Korrespondenz ergeben.«

Oben auf dem Briefestapel lag eine freundliche Erinnerung von Lady Harberton wegen der Kampagne zu Frauen auf Fahrrädern. Sie stöhnte. Warum nur vergaß sie immer wieder die Fahrräder? Nein, sie hatte es nicht vergessen, sie fand bloß nicht die Zeit, um …

»Wie seltsam.« Catrionas erstaunte Stimme sorgte dafür, dass Lucie aufsah. Catriona klang selten verwirrt.

Ihre Freundin musterte stirnrunzelnd die Spendenliste.

»Was ist?«

»Wir haben eine Spende vom Fechtklub der Universität Oxford erhalten.«

Lucie zuckte zusammen. »Bist du sicher?«

»Ja, das steht hier, aber das muss ein Fehler sein.«

Das wäre möglich.

Wahrscheinlich war es aber viel komplizierter.

»Wie viel?«, fragte sie, peinlich berührt von dem Krächzen in ihrer Stimme.

Catriona schaute auf. Ihre blauen Augen waren riesig hinter der Brille. »Einhundert Pfund!«

»Grundgütiger!« Das entsprach der Summe, die sie sonst zusammengerechnet in einem Monat an Spenden und Mitgliedsbeiträgen erhielten.

»Wirklich merkwürdig«, stimmte Hattie zu. »Warum haben die plötzlich Interesse an Frauenrechten?«

Catriona machte sich eine Notiz. »Ich werde mir das von deren Schatzmeister bestätigen lassen.«

Lucies Gedanken rasten. Diese Spende war kein Versehen, das wusste sie tief in ihrem Herzen. Sie konnte das bedrohliche Glitzern nassen Stahls noch immer klar vor ihren Augen aufblitzen sehen, als die jungen Männer sich wie eine Wand vor ihr aufgebaut hatten. Selbst, wenn sie Lucie erkannt hätten, sie hätten sich niemals gezwungen gefühlt, am nächsten Morgen eine solch hohe Summe als Entschädigung zu zahlen. Es sei denn, etwas – oder besser gesagt jemand – hatte sie dazu gezwungen.

Tristan. Wer sonst?

Aber warum? Ein Angriff von zwei Seiten womöglich, eine Taktik, die Zuckerbrot und Peitsche einsetzte, um sie zu verwirren?

Nun, wenn er das im Sinn hatte, war es ihm gelungen.

Sie war versucht, den Vorfall zu ignorieren. Leider würde sie sich der Sache jedoch annehmen müssen. Sie mochte sich lieber nicht vorstellen, wie Tristan die Männer zu der Zahlung veranlasst hatte, und ihre Ortsgruppe konnte es sich nicht leisten, sich Feinde in der männlichen Oberschicht von Oxford zu machen. Sie würde sich nach der Hausgesellschaft um die Angelegenheit kümmern.

15. KAPITEL

Im Alter von zwölf Jahren hatte Lucie mit ihrer Familie Montgomery zum letzten Mal besucht, daher war ihr die Landschaft, die am Kutschenfenster vorbeiflog, fremd. Ihre Erinnerungen beschränkten sich auf Claremont, einen riesigen grauen Steinpalast, der über den grünen Hügeln von Wiltshire thronte. Die Eingangshalle ragte unter einer Glaskuppel drei Stockwerke in die Höhe.

»So schwierig wird das nicht«, sagte sie laut. »Ich werde mich in modischen Kleidern präsentieren. Ich werde kein Wort über Frauenwahlrechte, Geschlechtskrankheiten oder Politik verlieren. Ich werde mich freundlich mit allen respektablen Damen der Gesellschaft unterhalten, die wir dazu verlocken können, sich mit mir zu zeigen. Und ich werde einen Walzer tanzen.«

Auf der gegenüberliegenden Bank richtete Hattie sich auf. »Einen Walzer? Das ist neu auf der Liste.«

Das stimmte. Es war ihr einfach so aus dem Mund gepurzelt. Vielleicht weil die Hälfte ihrer Reisetruhe von einer karmesinroten Ballrobe eingenommen wurde.

Hattie musterte sie forschend und gab ein zufriedenes Glucksen von sich. »Du wirst keinerlei Probleme mit Punkt eins auf deiner Liste haben. Du siehst sehr elegant aus. Ja, ich weiß, ich soll aufhören, das zu sagen.« Jedes Mal, *wenn* sie es sagte, drückte sie die Hände übers Herz, und ihre braunen Au-

186

gen schimmerten feucht. Hattie gefiel es sehr, wenn andere Menschen sich von ihrer besten Seite zeigten, vor allem, wenn sie ihre Moderatschläge befolgten.

Lucie glättete den taubengrauen Rock ihres Reisekleides. Der Geruch edler neuer Wolle umflutete sie, wenn sie sich bewegte. Die neuen Kleider waren modisch und elegant und schmeichelten ihrer Figur. Leider wurden all diese Effekte durch einen schmalen, einteiligen Schnitt erzielt. Ihre alten Kleider waren mindestens Zweiteiler. Bis sie sich der geifernden Meute stellen musste, würde sie sich hoffentlich an die eingeschränkte Bewegungsfreiheit ihrer Arme gewöhnt haben. Allerdings würde keine ihrer modischen Entscheidungen eine angemessene Gegenmaßnahme zu Tristans letztem Schachzug sein.

Die Nachricht, dass er der Autor von *A Pocketful of Poems* war, hatte am Dienstag Schlagzeilen gemacht. Am Mittwochvormittag hatte eine aufgeregte Lady Athena, die sie inzwischen bei *London Print* als Sekretärin unterstützte, ein Telegramm geschickt, was sie mit all der Post machen solle. Der Verlag wurde mit Briefen überschüttet, die Hälfte davon war stark parfümiert. Ballentine-Karten strömten herein und wollten signiert und zurückgeschickt werden. Lucie war nach London gereist und musste ihre finsterste Miene aufsetzen, um eine Bande Reporter zu vertreiben, die vor dem Hintereingang lauerte. Am Donnerstagnachmittag war klar geworden, dass sie schnellstmöglich eine neue Ausgabe von Tristans Gedichtband drucken lassen mussten. Und Tristan? Er hatte durch Abwesenheit geglänzt. Nachdem sie Boten in alle vier Winde geschickt hatte, um ihn aufzuspüren, hatte sie eine Notiz auf seinem Schreibtisch gefunden:

Ich überarbeite die Kriegstagebücher – du kannst mir für den Anstieg der Verkäufe später danken.

Unwillkürlich entfuhr ihr ein Knurren, und als Hattie sie erschrocken ansah, meinte sie nur: »Er.«

Hattie nagte an ihrer Unterlippe. »Ah«, sagte sie. »Er.«

Dabei wusste Hattie noch nicht einmal alles. Lucie würde sich lieber die Zunge abbeißen als von seinem unmoralischen Angebot erzählen.

»Ich glaube, die Schlagzeilen sind für *London Print* von Vorteil.« Catriona hatte während der Fahrt zumeist schweigend neben ihr gesessen und gelesen. Noch immer ruhte ihr Blick auf dem Buch in ihrem Schoß.

»Wirklich?«, fragte Lucie. »Sind der Unternehmenswert und die Anzahl der Buchbestellungen über Nacht gestiegen? Ja. Ist Lord Ballentine noch mächtiger geworden? Wiederum ja.«

Schweigen füllte die Kutsche, und alle versanken in ihren eigenen Gedanken.

Hattie grübelte jedoch nie lange. »Hast du ihn schon gelesen?«

»Seinen Gedichtband? Nein.«

Hattie betrachtete sie wieder mit diesem forschenden Ausdruck, den sie immer aufsetzte, wenn sie vor einem Gemälde stand und in Gedanken die Komposition sezierte. »Darf ich fragen warum nicht?«

Lucie zuckte mit den Schultern. »Es ist romantische Poesie.«

»Ja ... und?«

»Die meisten Herren schreiben Gedichte für ihre Herzensdamen, glaube ich?«

»Das hoffe ich doch.«

»Und wie viele Gentlemen nehmen sich kurz nach den Flitterwochen eine Mätresse?«

Hattie zog die Augenbrauen zusammen. »Ein paar, nehme ich an.«

»Mehr als nur ein paar, schätze ich. Und ich glaube, ich würde mir als Ehefrau doppelt betrogen vorkommen, wenn er sich irgendwo mit einer anderen vergnügt, während ich zu Hause mit einem Stapel Papier sitze, der mir seine unsterbliche Liebe versichert. Das sind alles Lügen.«

Hatties Lächeln gefror. »Das ist ziemlich zynisch.«

»Es ist realistisch.«

Hattie zog einen Flunsch. »Selbst wenn sich romantische Gefühle im Laufe der Zeit abkühlen sollten, können die Empfindungen doch in dem Moment, in dem die Gedichte geschrieben wurden, echt gewesen sein.«

Lucie zuckte mit den Schultern. »Ich halte nichts von derartig vergänglichen Wahrheiten. Die Wahrheit sollte dauerhaft sein; wenn man sich schon die Mühe macht, seine Emotionen zu Papier zu bringen, noch dazu in Reimen, sollten sie wenigstens zeitlos sein. Tatsächlich würde es von größerer Ritterlichkeit zeugen, wenn man solche flüchtigen emotionalen Ausbrüche in den Müll verbannt, statt sie dazu zu nutzen, arglose Damen zu bezirzen.«

Hattie blinzelte, als hätte ihr jemand Wasser ins Gesicht gespritzt. »Grundgütiger! Es sind doch nur Gedichte.«

Catriona hob langsam den Kopf und schaute sie an. »Nur?«

Hattie hob abwehrend die Hände und starrte zum Kutschendach. »Sollen wir eine Wette abschließen? Diese Hausgesellschaft wird wieder skandalös werden, denn das ist die unweigerliche Folge, wenn wir uns zusammen in der Öffentlichkeit zeigen.«

Lucie hob warnend einen Zeigefinger. »Harriet Greenfield, verhexe mit deinen Sprüchen nicht diese Hausgesellschaft.«

»Ja, bitte«, stimmte Catriona zu. »Das würde Annabelle ziemlich verärgern.«

»Was soll ich tun? Ich kann meinen sechsten Sinn wohl kaum beeinflussen.«

»Versuch es wenigstens, ja?«

Als ihre Kutsche in den großen viereckigen Hof von Claremont Palace fuhr, war Lucie baff. Ein Gebäude, das man zuletzt in der Kindheit gesehen hatte, erschien gewöhnlich bei einem neuerlichen Besuch kleiner. Claremont hingegen nicht. Das Herrenhaus wirkte immer noch so groß wie eine kleine Stadt. Wie Wachposten ragten die Säulen, die den Haupteingang stützten, vor ihnen auf.

Eine Reihe eleganter Kutschen staute sich im Hof; in vielen saßen Leute, mit denen sie seit einem Jahrzehnt nicht mehr diniert hatte. Die meisten dieser Menschen hielten sie für eine Verräterin.

Ihr wurde flau im Magen. Zwar war sie inzwischen ziemlich geschickt darin, sich alltäglich am Rande der Etikette zu bewegen, doch sie stellte fest, dass es ihr ein mulmiges Gefühl bereitete, das gehobene Regelbuch für diesen Anlass abzustauben.

Der Herzog persönlich empfing seine Gäste am Haupteingang. Seine schlanke Gestalt strahlte eine ähnliche Ruhe aus wie die grauen Säulen hinter ihm. Er war ein kaltblütiger Mann, und er sah auch so aus – bleiche Haut, frostblaue Augen, nordisch blondes Haar. Ein strenger Mund. Der Skandal hatte ihn keine Demut gelehrt. Allein der Anblick von solch enormer Spießigkeit hätte in der alten Lucie den Wunsch geweckt, ihn zu provozieren und ihm etwas das glatte Gefieder zu zerraufen.

Dieses Gefühl beruhte offenbar auf Gegenseitigkeit. Der Herzog schien vage erfreut, als er Catriona und Hattie begrüßte. War das tatsächlich der Anflug eines Lächelns auf seinen Lippen? Als die Reihe jedoch an ihr war, hätte jeder Gletscher mehr Regung gezeigt als sein Gesicht.

»Lady Lucinda. Willkommen in Claremont.« Auch seine Stimme war gletschergleich, der Ton frostig und geschliffen wie Kristall.

Sie knickste. »Vielen Dank für die Einladung, Euer Gnaden.«

Zugegeben, mit seinem beeindruckend abschätzenden Blick gab Montgomery einem das Gefühl, als schaue er direkt in die hintersten Winkel der menschlichen Seele, und er weckte damit den Drang, ihm Fehltritte jeglicher Art vorsichtshalber zu beichten. Sie setzte eine bescheidene Miene auf – ohne Erfolg.

»Ich weiß, dass die Herzogin Sie als Freundin erachtet«, sagte Montgomery.

Man hätte es als Kompliment auffassen können. Oder als Warnung, dass eine Freundschaft auf dem Spiel stand, wenn sie sich daneben benahm. Eine Warnung war wahrscheinlicher. Vor nicht allzu langer Zeit hatte der Herzog zu ihren mächtigsten Gegnern auf dem politischen Parkett gezählt, und Komplimente standen sicher für eine ganze Weile noch nicht zur Debatte.

»Lucie!« Annabelle tauchte an Montgomerys Seite auf, ein strahlendes Lächeln im Gesicht. »Wie schön, dass du gekommen bist. Ich muss sie dir stehlen«, sagte sie zum Herzog, als sie nach Lucies Händen griff.

Montgomerys strenge Züge verwandelten sich zu einem überraschend herzlichen und attraktiven Gesicht, als er seine lächelnde Ehefrau ansah. »Nur zu«, murmelte er. Der Blick, den die beiden tauschten, war so intim, dass Lucie allein beim Anblick errötete.

Annabelle hakte sich bei ihr unter und zog sie in die Eingangshalle, wo Catriona und Hattie bereits warteten und ihre Reisemäntel und Hüte den Dienstmädchen reichten.

»Ich bin so froh, dass ihr gekommen seid«, bemerkte Annabelle. Sie ergriff Catrionas Hand, ohne Lucies Arm loszulassen. »Lucie, dein Kleid ist wundervoll. Ich hoffe, ihr hattet eine
angenehme Reise? Wirklich, ein herrliches Kleid.«

Lucie musterte Annabelle aufmerksam. »Geht es dir gut?«

Ihre Freundin sah in ihrer smaragdgrünen Robe mit den
transparenten Ärmeln wunderbar aus. Ihr mahagonibraunes
Haar war zu einem glänzenden Knoten über der linken Schulter geschlungen. Ihre Wangen waren jedoch gerötet, und sie
hielt sich ziemlich steif, selbst für eine Herzogin.

»Ich freue mich bloß, dass ihr hier seid.« Annabelles Lächeln wich keinen Moment, während ihr Blick zwischen den
verschiedenen Gästen, die auf sie zukamen, umher huschte.
»Ich spüre, wie sie mit angehaltenem Atem nur darauf lauern,
dass ich einen Fauxpas begehe.«

Lucie hatte Annabelle noch nie so nervös erlebt, und sie hatten schon einige Abenteuer gemeinsam bestanden.

Sie drückte ihr beruhigend den Arm. »Du machst das sehr
gut. Und niemand unter den Gästen will es sich mit deinem
Ehemann verderben.«

»Nun, wir hatten bereits das erste Drama. Lady Hampshires
Katze ist ausgebüxt. Wenn ihr eine rote Maine Coon von der
Größe eines kleinen Tigers seht, gebt bitte sofort Bescheid.«

»Oh nein«, sagte Hattie. »Wie ist das passiert?«

»Wie es scheint, hat ein Dienstbote die Katzenkiste zu hart
aufgesetzt, und die Tür ist aufgesprungen. Die Katze hat die Gelegenheit genutzt und ist geflüchtet. Ihre Ladyschaft ist völlig
außer sich und verlangt, dass man dem Dienstboten den Kopf
abreißt. Die Hälfte des Personals ist im Moment auf der Suche
nach dem Tier, statt den Gästen bei der Ankunft zu helfen.«

Lucie zog eine Grimasse. Die Marchioness war eine aus-
gesprochene Gegnerin des Frauenwahlrechts und von Frauen

im Allgemeinen. Die Gesellschaft ertrug gutmütig ihre Launen, weshalb sie immer wieder Zeitungen und Magazine erfolgreich damit bedrängte, ihre unverzeihlich falschen Behauptungen über die Unterlegenheit der weiblichen Gehirne und der Frau an sich zu drucken. Offen gestanden würde auch Lucie die Flucht ergreifen, wenn sie Lady Hampshires Katze wäre.

Sie wurden zu ihren Zimmern gebracht und hatten Zeit, um sich frisch zu machen, ehe Annabelle zurückkam, um sie in den reich dekorierten Empfangssaal zu begleiten. Der Raum war bereits mit Gästen bevölkert, die in kleinen Grüppchen beieinanderstanden, an ihren Gläsern nippten und sich leise unterhielten. Ein Streichquartett auf der anderen Seite des Raumes spielte dezente Musik.

Der kurze Moment des Schweigens und die Blicke, die sich beim Eintreten auf sie richteten, waren hingegen alles andere als dezent.

»Ich muss euch jetzt leider verlassen und mich um die anderen Gäste kümmern«, sagte Annabelle leise, während sie sich zu Hatties Eltern und ihrem Bruder gesellten, die vor ihnen aus London eingetroffen waren und nun neben einer griechischen Marmorstatue standen. »Bitte fühlt euch wie zu Hause. Ich sehe euch vor dem Dinner.«

Lucie hielt sich im Hintergrund, während Hattie von ihrer Familie herzlich begrüßt wurde. Mrs Greenfield hatte wie Hattie rote Haare. Ihr Vater, der mächtige Julien Greenfield, sah aus wie jedermanns fröhlicher Onkel, der peinliche Witze beim Dinner erzählte: klein, rundlich, gerötete Wangen, die vom lebenslangen Genuss von Wein und gutem Essen herrührten. Ein Schnurrbart, der an die Stoßzähne eines Walrosses erinnerte, flankierte seinen Mund und sein Kinn. Es ging das Gerücht, dass er äußerst rücksichtslos sein konnte.

Recht freundlich schielte er über Hatties Kopf hinweg zu Lucie.

Er gehört auch nicht hier her, dachte Lucie. Er war Bankier, das Familienvermögen und sein Einfluss gründeten auf jahrhundertelanger harter Arbeit. Er gehörte nicht demselben Stand an wie die Menschen, die sie gegenwärtig umgaben; er wurde von ihnen lediglich geduldet, weil er ihnen Kredite verschaffen konnte.

Ein unangenehmer Schauer überlief sie. Jemand beobachtete sie. Den Kopf geneigt, schaute sie unauffällig über ihre Schulter.

Cecily. Kaum fünf Schritte hinter ihr stand ihre Cousine und betrachtete sie mit Unschuldsmiene. Ihr Kleid war weiß und blau wie der Sommerhimmel; sie glich einem Engel auf einer Wolke.

Lucie drehte sich zu ihr um, und Cecily wandte prompt den Blick ab. Sie wurde von einem jungen Mann begleitet, der ihr nicht von der Seite wich. Er war attraktiv und wirkte vertraut. Hellblondes Haar und graue Augen, wie sie.

Ihr Herz machte einen Satz.

»Tommy«, platzte sie heraus.

Ihr Bruder sah dem fünfzehn Jahre alten Halbwüchsigen aus ihrem Gedächtnis gar nicht mehr ähnlich. Er war groß geworden; sorgsam gestutzte Koteletten umrahmten sein Gesicht. Er schaute sie an, als sei sie ein Geist.

Schließlich räusperte er sich. »Inzwischen nennt man mich Thomas.«

»Oh. Natürlich. Thomas.«

Er bot ihr weder seine Hand noch verbeugte er sich. In einem Saal, in dem sie beide zu Gast waren, konnte er ihr aber auch nicht die kalte Schulter zeigen.

Er packte Cecily beim Oberarm. »Erinnerst du dich noch an Cousine Cecily?«

Cecilys Augen weiteten sich vor Schmerz und Überraschung. Tommy – Thomas – hatte sie wohl ziemlich fest im Griff. Sie gewann jedoch schnell ihre Fassung zurück. »Cousine Lucie«, grüßte sie schüchtern.

»Cousine Cecily. Welche Freude, dich so bald schon wiederzusehen. Ich hoffe, ihr hattet eine angenehme Reise?«

»Ja«, antwortete Tommy. Er hatte sich wieder unter Kontrolle, seine Miene wirkte undurchdringlich. Durch die missbilligende Röte, die seine Wangen färbte, sah er ihrer Mutter erschreckend ähnlich.

Apropos Mutter – Lucie entdeckte sie unweit von den beiden hinter der Schulter ihres Bruders. Sie stand mit dem Rücken zu ihnen, in gewohnt steifer Haltung, und schien angeregt in ein Gespräch mit Lady Hampshire vertieft.

Offenbar wusste sie, dass Lucie sich unter den Gästen befand. Sie hatte immer schon Augen im Hinterkopf gehabt und Lucie oft auf frischer Tat ertappt, selbst wenn sie nicht in ihre Richtung sah. Und auch jetzt schien sie sich ihrer Nähe bewusst. Mittlerweile hatten auch alle anderen im Raum die Anspannung zwischen ihnen wohl zur Kenntnis genommen. Ihre Entfremdung war kein Geheimnis. Die Neugier umwaberte sie bereits wie ein giftiger Nebel, und ihre Haut prickelte von all den verstohlenen Blicken, die über sie strichen. Gewöhnlich hätte dies einen rebellischen Funken in ihr entfacht, eine Streitlust geweckt, die es ihr ermöglichte, sich mit stärkeren, größeren, gemeineren Gegnern anzulegen. Aber hier in diesem luxuriösen Empfangssaal, wo Menschen, die sie einst einmal geliebt haben mussten, ihr nun den Rücken zukehrten, schnürte sich ihr die Kehle zu.

Sie setzte ein Lächeln auf. »Bestens!«, meinte sie zu Tommy. »Ich hoffe, ihr habt einen wundervollen Aufenthalt. Ich glaube, du kannst Cecily jetzt loslassen.«

Sein Blick flog auf seine rechte Hand, mit der er Cecily immer noch festhielt.

Seine hastige Entschuldigung verlor sich im Stimmengewirr der Menge, als Lucie auf die verschnörkelten Flügeltüren zusteuerte.

Es überraschte sie nicht, dass sie sich vor Montgomerys Stallungen wiederfand. Sie hatte den bogenförmigen Eingang schon von der Kutsche aus mit Wehmut betrachtet und die edlen Pferde bewundert, die über den Hof geführt wurden.

Sie betrat die Boxengasse durch eine Seitentür. Eine hohe, luftige Decke und weiß gekalkte Wände empfingen sie, und sie atmete tief den süßen Geruch nach Heu und gepflegten Pferden ein. Ein Lächeln stahl sich auf ihr Gesicht. Als Mädchen hatte sie ein paar wundervolle, sorglose Sommer in Wycliffes Ställen verbracht.

Beim Klang ihrer Schritte drehte ein halbes Dutzend neugieriger Pferde die Köpfe nach ihr und zuckte mit den Ohren.

Auch Lucie lauschte.

Irgendwo fluchte ein Mann.

»Verflixtes Vieh. Ich geb dich dem Koch, wenn ich dich erst erwischt habe. Der macht ein Dutzend Pasteten aus deinem felligen Hintern.«

Nun, das klang unschön.

»Und aus deinem verdammten Schwanz machen wir einen Staubwedel, hörste mich?«

Leise bog sie in den nächsten Gang. Zu ihrer Rechten teilte eine niedrige Mauer eine große Nische mit Zaumzeug ab. Und in dieser Nische stand ein junger Mann, die Hände in die Hüften gestützt, und bedrohte das Dachgebälk.

Oder besser gesagt eine große rote Katze, die auf einem Balken saß.

Lady Hampshires Maine Coon.

Eine Leiter stand bereits parat.

»Du verwöhnter Flohpelz«

»Warum steigen Sie nicht einfach hoch und holen das Tier herunter?«, fragte Lucie frostig. »Sie wird die Leiter wohl kaum von selbst runtersteigen.«

Jedenfalls nicht, solange er davorstand und das arme Ding damit bedrohte, gehäutet und gekocht zu werden.

Der Mann drehte sich zu ihr um.

Ein junger Stallbursche, nahm Lucie an. Er zerknautschte seine Mütze in der linken Hand, und seine roten Haare standen in alle Richtungen ab, als hätte er sie sich gerauft.

»Mylady.« Eine dunkle Röte überzog sein Gesicht, die fast dieselbe Farbe hatte wie sein Schopf. »Bitte entschuldigen Sie. Die … Katze …«

»Ja?«

Unter dem argwöhnischen Blick des Stallburschen betrat sie die Nische. »Ich hab's versucht, Mylady.« Er hob die rechte Hand. Vier blutige Streifen zogen sich über den Handrücken. »Sie will nich' geholt werden.«

Hoch über ihren Köpfen gab die Katze ein tiefes Jaulen von sich.

»Doch«, sagte Lucie. »Hören Sie nicht, wie sie weint? Sie hat Angst.«

»Sie hat mich auch gebissen.« Er streckte ihr seine andere Hand hin. Zwei Bissspuren waren zwischen Daumen und Zeigefinger zu sehen.

Streng blickte sie den Jungen an. »Wollen Sie mir etwa sagen, dass so ein großer Kerl wie Sie kein kleines Kätzchen vom Dachbalken herunterholen kann?«

Sein Blick schweifte zwischen ihrem finsteren Gesicht und der schreienden Katze hin und her.

Ganz offensichtlich fand er die ihm zur Verfügung stehenden Optionen gleichermaßen furchtbar, daher blieb er wie angewurzelt stumm stehen.

Sie seufzte. »Warum holen Sie nicht Hilfe?«

Sofort kam Bewegung in ihn. »Sofort, Mylady.«

Und schon rannte er mit seinen schweren Stiefeln den Gang hinunter. Sie stellte sich vor, wie er damit hinter der Katze hergestampft war und sie gründlich erschreckt hatte.

Sie neigte den Kopf. »Gleich wirst du gerettet«, sagte sie.

Die Katze schaute sie vorwurfsvoll an.

»Du hättest aber auch nicht in Höhen klettern sollen, von denen du nicht allein wieder herunterkommst. Glaub mir, ich weiß, wovon ich rede.«

Im selben Moment schoss ihr der Gedanke in den Sinn, dass sie mit der Rettung der Katze womöglich zwei Fliegen mit einer Klappe schlagen könnte: Wenn sie das Tier zurückbrachte, würde sie zwar nicht unbedingt Lady Hampshires Sympathie gewinnen, aber die Marchioness würde auch nicht länger hinter ihrem Rücken ihr Gift gegen sie versprühen können, ohne undankbar zu erscheinen.

Sie betrachtete die Leiter, die ziemlich stabil wirkte. Als Mädchen war sie schon wackeligere hinaufgestiegen. Wider besseres Wissen erklomm sie die Sprossen.

Als Mädchen hatte sie allerdings auch keine modischen Röcke getragen. Sie musste seitwärts hinaufsteigen und kam nur langsam voran. Auf halber Höhe knarrte eine Sprosse unheilvoll unter ihrem rechten Fuß. Sie schaute nach unten und verstärkte unwillkürlich den Griff um die Leiter. Sie war schon ziemlich weit vom Boden entfernt, aber immer noch nicht nah genug an der Katze, und die Maine Coon wich immer weiter zurück. Als Lucies Kopf auf derselben Höhe wie der Balken war, hatte sich das Tier ungefähr drei Schritte aus ihrer Reichweite entfernt.

»Jetzt komm schon«, lockte Lucie und streckte den Arm aus. Sie versuchte es zumindest. Die eng anliegende Seide schnürte sie ein wie eine hübsche Zwangsjacke. Beim nächsten Versuch hörte sie ein verdächtiges Reißen. »Verflixt.«

Sie versuchte es mit Schmeicheleien. »Himmel, bist du groß«, lockte sie mit sanfter Stimme. »Mindestens sieben Kilo schwer, nicht wahr?«

Das Tier rührte sich nicht. Sein Schwanz, so dick wie der eines Fuchses, schlug hektisch auf den Balken, und misstrauische gelbe Augen musterten sie.

Das dumme Tier wusste nicht, was gut für es war.

»Nun komm schon.« Sie krümmte die Finger. »Komm, komm, kleines süßes Kätzchen.«

»Na so was«, hörte sie eine beunruhigend vertraute Männerstimme. »Montgomerys Ställe bieten überraschend reizende Aussichten.«

Sie erstarrte mit ausgestrecktem Arm.

Tristan.

Ein Blick über die Schulter nach unten verriet ihr, dass er auf der anderen Seite der niedrigen Mauer stand und im Begriff war, die Nische zu betreten. Sie hätte damit rechnen können, dass er an der Hausgesellschaft teilnehmen würde. Sein snobistischer Vater würde sich niemals selbst die Mühe machen. Und nun stand Tristan direkt unter ihr und tat so, als wolle er ihr unter die Röcke schauen. Nein. Er tat nicht nur so. Sein Blick streifte über ihre Knöchel; sie spürte ihn so deutlich, als hätte er sie berührt.

Sie schloss die Augen und zählte stumm bis fünf.

Im selben Moment beschloss die Katze, ihr zu vertrauen und sie als Brücke zur Freiheit zu benutzen. Mit einem Satz sprang sie auf sie zu. Als Lucie die Augen öffnete, flogen ihr sieben Kilo entschlossene Maine Coon entgegen, mit angelegten Ohren und gekrümmtem Schwanz. Das rote Fell erstickte ihren Schrei; Klauen bohrten sich spitz wie Nadeln in ihren Nacken. Ihre Hände griffen ins Leere, und sie fiel mit einer fauchenden Katze am Hals ins Nichts.

16. KAPITEL

Es würde wehtun. Lucies Körper rollte sich zusammen und bereitete sich auf den Schmerz vor.

Der kam jedoch nicht.

Sie fiel auf etwas Festes, doch es gab nach, und sie stürzte weiter. Dann war es vorbei.

Einen Moment lang verharrte sie und lauschte dem hämmernden Puls in ihren Ohren.

Stumm zählte sie ihre Glieder durch. Alle schienen unversehrt. Nur ein leichter Schmerz in den Rippen und weiße Sternchen hinter den geschlossenen Lidern. Abrupt öffnete sie die Augen, als ihr bewusst wurde, dass sie auf einem Mann lag. Ihre Nase drückte sich in den Ausschnitt seines gestärkten Hemdes über der Weste, und sie atmete seinen Duft ein.

Na, großartig! Sie lag auf Tristans ausgestrecktem Körper und berührte nicht mal eine winzige Stelle des Bodens. Er hatte sie und die Katze aufgefangen und die volle Wucht des Aufpralls auf sich genommen.

Er würde sie deswegen rücksichtslos bis in alle Ewigkeit verspotten.

Es war verführerisch, einfach die Augen wieder zu schließen und eine Ohnmacht vorzutäuschen.

Er blieb jedoch reglos liegen. Verdächtig reglos. Kein Atemzug ließ seinen breiten Oberkörper erbeben.

Sie stützte sich auf seiner Brust auf und betrachtete ihn.

Seine Augen waren geschlossen, die Wimpern berührten wie rußige Halbmonde seine Wangen.

Sein Haar fächerte sich auf dem Boden. Beim Sturz hatte er seinen Hut verloren, der gut fünf Schritte entfernt auf der Seite lag.

Grundgütiger. Sein Kopf war wohl direkt auf den Steinboden aufgetroffen.

»Ballentine.«

Keine Reaktion.

Eine eiskalte Fessel schloss sich um ihr Herz. Sie schlug ihm auf die Wangen. »Das ist nicht witzig.«

Keine Reaktion.

Hatte sie ihn umgebracht? Niemand würde ihr glauben, dass es ein Unfall war.

Unfug! Er blutete nicht. Zumindest nicht, soweit sie das feststellen konnte.

Sie zog ihre Handschuhe aus, dann beugte sie sich über ihn und vergrub die Finger in seinen Haaren. Kalt und seidig glitten sie durch ihre Hände, während sie rasch erst seine Schläfen, dann die Seiten und schließlich seinen Hinterkopf abtastete. Keine Beulen, kein Blut.

»Sei bitte nicht tot«, murmelte sie. »Oder dauerhaft beschädigt.« Er war ein Schuft, ein Herzensbrecher, aber …

Ein Rumpeln drang aus seiner Brust.

Sie verharrte reglos. Das klang wie … ein Lachen.

Er öffnete die Lider, und ein schelmisches Funkeln blitzte in seinen Augen.

Der Ansturm gemischter Gefühle, der sie überflutete, erstaunte sie.

Finster starrte sie in sein unverschämt grinsendes Gesicht, schnappte nach Luft, unfähig sich zu bewegen.

Langsam schüttelte er den Kopf. »Ich kann nicht glauben, dass du darauf reingefallen bist.«

Wie von selbst verstärkte sich ihr Griff in seinen Haaren. »Ich hasse Streiche«, flüsterte sie.

Sein Lächeln wurde noch breiter. »Ich weiß«, raunte er.

Sie spürte seine Hände an ihren Hüften.

Plötzlich schien sich die Welt langsamer zu drehen. Tristan verharrte reglos, die Belustigung verschwand aus seinen Augen. Ihre Wangen glühten, als sie merkte, dass sie immer noch auf ihm lag, Hüfte an Hüfte, ihr Rock ausgebreitet auf seinen Beinen wie ein Schmetterlingsflügel. Sie versuchte, sich nicht zu bewegen, sich nicht noch mehr an ihn zu pressen, aber sie spürte ihn mit jeder Faser: seine Brust, breit und hart wie der Steinboden unter ihnen. Die seidige Glätte seiner Haare zwischen ihren Fingern. Das pulsierende Gefühl in ihrem Schoß. Tristans Atem ging schneller, und sein Blick wurde feurig, geschmolzenes Gold, als ob er spüre, was seine Nähe in ihr auslöste. Ihre Hände zitterten, und natürlich spürte er das auch. Leicht öffnete er den Mund, ihr Blick haftete gebannt auf seinen Lippen. Sie war wie in Trance. Seine Zunge glitt kurz über seine Unterlippe und hinterließ einen intimen Glanz. Sie wollte seinen Mund auf ihrem spüren. In diesem heißen, trägen Nebel der Sinne, der sie einhüllte, erschien ihr das völlig unausweichlich. Sie neigte den Kopf, tiefer, bis sein Atem ihre Lippen streifte …

Er hob ein Bein leicht an, berührte damit ihren Schoß, an der Stelle, wo das Pulsieren am stärksten war. Sie schnappte nach Luft. Das war zu viel. Stallgeruch und die Geräusche der Pferde drangen zurück in ihre Sinne.

Sie lag auf einem Stallboden, noch dazu in höchst kompromittierender Position.

Rasch bäumte sie sich auf. »Lass mich los.«

»Lucie.« Seine Stimme klang brüchig.

»Sofort!«

Was für eine Katastrophe. Sie umarmten sich *in einem Stall*, von einer niedrigen Mauer nur spärlich vor neugierigen Blicken geschützt.

Er nahm die Hände von ihren Hüften und hob sie in einer spöttisch langsamen Geste der Kapitulation über den Kopf. Dennoch brauchte sie einen Moment, bis sie aufstehen konnte. Die pulsierende Anspannung ließ nicht nach, in heftigen Wellen durchströmte sie ihre Glieder.

Tristan richtete sich ohne Eile zum Sitzen auf und stützte einen Arm auf ein gebeugtes Knie. In seinen Haaren steckte Stroh. Er sah anrüchig aus, frivol; ein arrogantes, wissendes Lächeln umspielte seinen Mund. Fast hätte sie diesen Mund geküsst. Ihre Lippen brannten, weil sie es nicht getan hatte.

Sie drehte sich um und stolzierte davon, und wusste nicht, auf wen sie wütender war – auf ihn oder sich selbst.

Tristans Atem ging noch immer schwer, als er Lucie nachschaute, und ihm war bewusst, dass er unvorsichtig wurde. Noch nie hatte er jemals so sehr die Beherrschung verloren, dass er sich an einer Frau auf einem Stallboden rieb. Äußerst unklug. Dennoch glühte er innerlich vor Ekstase. Ekstase, die von einem Beinahekuss ausgelöst worden war.

Er hatte Lucie über den Hof spazieren sehen, weil er verspätet in Claremont angekommen war. Spontan hatte er sich entschieden, ihr zu folgen. Als ein erschreckter Stallbursche eilig von den Ställen auf ihn zulief und etwas über eine ungehaltene Lady und eine entflohene Katze jammerte, hatte er den Jungen ans andere Ende des Hofs geschickt. In weiser Voraussicht, wie es schien. Seine Hände hatten ihm zuerst nicht gehorchen wollen, als er sie von ihr lösen wollte. Mühsam hatte er gegen den

Drang angekämpft, sich mit ihr im Arm umzudrehen, um ihren Körper unter sich zu spüren. Einen Augenblick später und er hätte ihre Röcke gerafft. Auf einem Stallboden. Bis zu diesem Tag hatte er sich eigentlich für einen kultivierten Hedonisten gehalten. Offenbar hatte er sich getäuscht.

Er schloss die Augen, bis die Hitze, die ihn durchströmte, nachließ. Der Ausdruck in ihren Augen, solch eine feurige Mischung aus Begierde und Aufruhr. Wenn sie endlich beieinanderlägen, würde das die Welt in ihren Grundfesten erschüttern, oder zumindest das Bett.

Er spürte einen wachsamen Blick auf sich und schaute sich nach der Quelle um. Die große rote Katze, die Lucie zu retten versucht hatte, starrte ihn an. Sie hatte sich rücklings in eine Wandnische verkrochen. Katzen. Je kleiner die Kiste, desto attraktiver für sie. Stöhnend stand er auf und richtete seine Hose.

Das dumme Tier schnurrte, als er sich ihm näherte, und leistete keinen Widerstand, als er es aus der Nische hob.

Es gab keine bessere Taktik, um seinen angeschlagenen Ruf bei den respektablen Matronen der feinen Gesellschaft aufzupolieren, als mit einer maunzenden Katze in den Empfangssaal zu spazieren. Mit der Kraft eines Schoners bahnte sich die Marchioness von Hampshire ihren Weg durch die Menge und rauschte auf ihn zu. Unverständliche Laute gurrend entriss sie ihm das Tier und drückte es an ihre Brust. Eine wachsende Schar an Zuschauern umgab sie und murmelte lobpreisende Worte.

»Im Stall, sagen Sie?«, rief Lady Hampshire. »Sie hätte totgetrampelt werden können. Und Sie auch, Lord Ballentine.«

»Das Risiko bestand durchaus, aber ich habe es überlebt«, sagte er bescheiden und löste damit einen Chor anerkennender Seufzer aus.

Lady Hampshire schnaubte. »Nun, im Verlauf dieser Hausgesellschaft war mit Katastrophen zu rechnen, wenn man die Herkunft unserer Gastgeberin bedenkt«, murmelte sie und warf einen Blick in Richtung der Herzogin, die sich während der Wiedervereinigung von Frauchen und Katze taktvoll im Hintergrund hielt. »Aber der Verlust eines Haustiers geht entschieden zu weit«, fuhr Ihre Ladyschaft fort. »Das ist ein hoch empfindsames Tier! Alles Mögliche hätte ihr zustoßen können.«

Kaum hatte sich Lady Hampshire mit ihrem fauchenden Stubentiger auf ihr Zimmer begeben, um sich von dem Schrecken zu erholen, steuerte die Herzogin von Montgomery auf ihn zu. In Anerkennung ihrer höheren Stellung verbeugte er sich leicht mit ironischem Lächeln. Bei ihrer letzten Begegnung war sie noch Annabelle Archer gewesen, eine Landpomeranze aus Kent, und er hatte aus schierer Langeweile ihre Bekanntschaft gemacht. Sie war eine bemerkenswert schöne Frau: hochgewachsen und strahlend, und ihr haftete eine schwelende Sinnlichkeit an, die den Damen seiner Schicht energisch ausgetrieben wurde.

Er spürte, wie ihn ein eisiger Blick durchbohrte. Als er aufsah, traf sein Blick den von Montgomery, der am anderen Ende des Raumes stand. Belästige sie, und ich bring dich um, sagte seine Miene, daher neigte er erneut den Kopf, um Seine überfürsorgliche Gnaden wissen zu lassen, dass er die Warnung zur Kenntnis genommen hatte.

Die Herzogin musterte ihn mit einem verhaltenen Lächeln. »Vielen Dank, dass Sie die Katze zurückgebracht haben, Mylord.«

»Das hätte jeder andere auch getan.«

»Sie hat, wie ich höre, mehrere Dienstboten und einen Stallburschen angegriffen, aber Sie sind, hoffe ich, unverletzt?«

»Ja, natürlich. Ich lege großen Wert auf ein unversehrtes Äußeres.«

»Selbstverständlich«, murmelte sie. Wäre sie keine Herzogin, hätte sie vermutlich die Augen verdreht.

Willkommen in der Welt der kleinlichen Zwänge, Euer Gnaden. Ihr Interesse, dass diese Hausgesellschaft reibungslos verlief, musste ausgesprochen groß sein. Für sie stand viel auf dem Spiel, weil respektable Damen der Oberschicht wie Lady Hampshire das gesellschaftliche Ansehen einer Frau fördern oder zerstören konnten.

»Ich fürchte, ich muss Sie um noch einen weiteren Gefallen bemühen, Mylord«, sagte sie.

Er neigte den Kopf. »Bemühen Sie mich nur, Herzogin.«

Ihr Blick streifte eine Gruppe Damen in der Nähe, die sie hinter Fächergewedel verstohlen beobachteten. »Aufgrund mehrerer Bitten möchte ich Sie fragen, ob Sie bereit wären, uns heute Abend im Salon mit einem Gedicht zu erfreuen.«

Ein Anflug von Widerwillen durchströmte ihn. Die Tage, an denen er Gedichte mit Bedeutung geschrieben hatte, befeuert von der unwiederbringlichen Sturm- und Drangzeit seiner Jugend, hatten vor ein paar Jahren mit dem Gedichtband *A Pocketful of Poems* ihren Zenit erreicht. Das Werk zu verkaufen war eine Sache, daraus vorzutragen eine andere. Dabei käme er sich vor wie die rotwangigen alten Knaben, die andauernd von ihren drei Jahrzehnte alten Abenteuern im Krimkrieg schwadronierten, weil sie seitdem nichts mehr getan hatten, was der Erwähnung wert gewesen wäre. Seitdem er sich als Autor des Werkes enthüllt hatte, war jedoch damit zu rechnen gewesen, dass er bei Soiréen und ähnlichen Veranstaltungen unausweichlich darum gebeten werden würde, daraus zu rezitieren.

»Wenn es der Gastgeberin gefällt, tue ich es natürlich gerne«, sagte er.

Die Bemerkung brachte ihm ein dankbares Nicken ein. »Die Bitte handelt sich konkret um *Die Ballade der Schildmaid*.«

»Natürlich.«

Der Blick der Herzogin glitt an ihm vorbei, und im selben Moment spürte er, wie sich ihnen jemand näherte.

»Lord Ballentine.« Die zuckersüße Stimme ließ ihn erstarren.

Er hielt den Blick auf die Herzogin gerichtet.

Das letzte Mal, als er mit der jungen Dame neben ihm gesprochen hatte, war sie nichts weiter als eine Bekannte gewesen. Sie galt als Diamant reinsten Wassers, und er war wohl der einzige Mann im Königreich, der es vorzog, ihr aus dem Weg zu gehen. Diese Begegnung war jedoch unvermeidlich gewesen. Er setzte ein Lächeln auf und senkte den Kopf, um in die himmelblauen Augen seiner zukünftigen Verlobten zu schauen.

17. KAPITEL

»Lady Cecily.«

Sie schaute lange genug zu ihm auf, dass ihm der bewundernde Blick in ihren Augen auffiel, ehe sie den Kopf neigte und ihn unter gesenkten Lidern von unten anschielte.

Seit ihrer letzten Begegnung war sie zu einem hübschen Mädchen herangewachsen, mit gesundem Glühen auf den Wangen und bezaubernden Kurven, die sich sicher angenehm in seinen Händen anfühlen würden. Ihre Nase war mit goldbraunen Sommersprossen gesprenkelt, die sie nicht hatte bleichen lassen, wie es der Mode entsprach. Wäre sie nicht so ein gut erzogenes, jungfräuliches Lämmchen, noch dazu seine zukünftige Braut, hätte er womöglich Interesse für sie aufbringen können. Ziemlich viel »wäre« und »hätte«.

»Lord Ballentine«, vernahm er eine reservierte Stimme. Lucies Mutter war zu Cecily aufgeschlossen; ein kühler hagerer Gegenpol zu dem süßen, warmen Leuchten ihrer Nichte.

»Lady Wycliffe. Es ist mir eine Freude, Sie zu sehen.«

Ihr Blick haftete vielsagend auf seiner Krawattennadel – einem großen Lapislazuli aus Kabul. Auf Rochesters Benimmliste hatte nichts über Krawattennadeln gestanden.

»Sie sind mal wieder der Held der Stunde, wie es scheint«, meinte sie mit kultivierter Stimme.

»Ich war zur rechten Zeit am rechten Ort.«

»Eine nützliche Eigenschaft, über die jeder Mann verfügen sollte«, bemerkte sie.

Ihre Miene gab nicht preis, ob sie es guthieß, dass das Mündel ihres Mannes ausgerechnet mit ihm verlobt werden sollte. Früher war sie die engste Freundin seiner Mutter gewesen, aber ihr zierliches, attraktives Äußeres wurde von einer feindseligen Aura getrübt, die sie über Jahrzehnte hinweg gepflegt haben musste. Nicht ganz unähnlich ihrer Tochter, aber Lucies Wut auf die Welt war liebevoll geschliffen wie ein Pfeil und hatte ein klares Ziel.

»Ich bin so froh, dass Sie das arme Geschöpf gerettet haben«, meinte Cecily leise. »Wie alle Damen hier.«

Er vermutete, dass sie von dem Ehe-Arrangement wusste, denn in ihren Augen stand ein verschwörerischer Blick. Großartig. Sie sollte sich nicht auf eine Beziehung freuen, die nie Realität werden würde. Wäre sie nicht das elternlose Mündel gewesen, sondern Wycliffes Tochter, dann hätte der Graf einen Ehevertrag mit ihm wohl gar nicht erst in Erwägung gezogen. In der Regel wurden Schutzbefohlene eher einem schwarzen Schaf anvertraut als das eigene Fleisch und Blut.

»Komm Cecily«, sagte Lady Wycliffe. »Wir drehen noch eine Runde durchs Zimmer. Sie werden doch sicher so freundlich sein, Lord Ballentine, und Cecily mit der Erzählung dieser Heldentat beim Dinner erfreuen. Sie sind ihr Tischherr.«

»Prächtig«, sagte er aus Reflex, während sein Blick zur Herzogin wanderte, die dem Gespräch schweigend gelauscht hatte. Als Gastgeberin bestimmte sie die Sitzordnung. Hatte man sie über die geplante Verlobung informiert?

Wusste Lucie davon?, lautete die nächste daraus folgernde Frage.

Unwillkürlich versteifte er sich.

Lucie durfte davon nichts erfahren. Sie würde niemals auch nur wieder in die Nähe seines Bettes kommen, wenn sie glaubte, dass er ihre Cousine heiraten wollte.

Während er in der Menge nach ihrem eisblonden Schopf suchte, entdeckte er Lord Arthurs schmollende Visage in der Nähe des Rembrandts auf der Ostseite des Saals; neben ihm stand sein Vater, der Marquess von Doncaster.

Er spürte Cecilys Neugier, obwohl sie ihn nicht direkt ansah, und entschuldigte sich, um sich von Avi die Katzenhaare von seinem Jackett bürsten zu lassen.

Zwei Stunden später saß Tristan eingezwängt zwischen Lady Wycliffe und Cecily an der Dinnertafel. Lucie befand sich drei Tische von ihm entfernt; das Meer an Köpfen zwischen ihnen versperrte ihm den Blick auf sie.

Alle Köpfe hatten sich zum Haupttisch gedreht, wo Seine Königliche Hoheit, der zukünftige Regent, Prinz Albert Edward von Wales neben dem Herzog als Ehrengast Platz genommen hatte. Die Luft im Speisezimmer vibrierte förmlich vor unterdrückter Aufregung, während jede Interaktion zwischen Bertie und Montgomery mit Argusaugen verfolgt wurde.

Nur Cecily hegte nicht das geringste Interesse an dem royalen Gast. »Es war solch eine Überraschung zu erfahren, dass Sie der Autor von *A Pocketful of Poems* sind.« Ihre großen Augen suchten seinen Blick.

»Das kann ich mir vorstellen.«

Sie sah aus wie eine polierte Dublone in ihrem weiß-goldenen Abendkleid. Gelegentlich pickte sie anmutig an dem Stück Rehfleisch auf ihrem Teller. Ihre Tante widmete ihrem eigenen Tischherrn ungewöhnlich viel Aufmerksamkeit; vermutlich, weil sie den Turteltäubchen ein wenig Zeit für sich geben wollte.

»Ich kann mich gar nicht daran erinnern, dass Sie in den Sommern in Wycliffe Hall jemals etwas geschrieben hätten«, wagte sich Cecily vor.

Hatte sie ihn damals überhaupt zur Kenntnis genommen? Sie war noch ein junges Mädchen gewesen, als er den Sommer zuletzt in Wycliffe verbracht hatte, kaum älter als zwölf, mit schlaksigen Beinen und langen Zöpfen.

»Schriftsteller arbeiten oft nachts«, meinte er abwesend.

Er hatte einen Blick auf Lucie erhascht, die zwischen dem Greenfield-Erben Zachary und Lord Melvin saß, einem Außenseiter im Oberhaus, weil er ein eifriger Verfechter des Frauenwahlrechts war. Melvin war in Lucies Alter und immer noch Junggeselle. Wahrscheinlich würden sie unter dem Vorwand, über ein politisches Thema zu diskutieren, ungehemmt miteinander schäkern. Eine Anspannung in seiner rechten Hand machte ihn darauf aufmerksam, dass er seine Gabel so fest umklammerte, als wolle er sie erwürgen.

Genervt über die Wege, die seine Gedanken einschlugen, zwang er sich, seinen Blick wieder auf Cecily zu richten.

»Und welchen Freizeitaktivitäten gehen Sie inzwischen gerne nach, Ceci?«

Sie errötete, als er sie mit ihrem alten Kosenamen ansprach. Sie nippte an ihrem Wein und schenkte ihm einen koketten Blick. »Ich fürchte, Sie werden mich für recht gewagt halten, wenn ich Ihnen das verrate.«

Herzchen, es gibt nichts, was du tun könntest, das ich als gewagt betrachten würde, hätte er am liebsten geantwortet. Er schenkte ihr ein Lächeln, das ein wenig wölfisch geriet. »Stellen Sie mich auf die Probe.«

Sie lehnte sich zu ihm. »Ich versuche mich ebenfalls in der Dichtkunst.«

Er tat gespielt entsetzt. »Tsts, ich bin schockiert.«

Sie kicherte recht niedlich.

»Werden Sie eines Ihrer Gedichte heute Abend präsentieren?«, fragte er.

Ihre Augen weiteten sich. »Oh, nein. Vielleicht eines Tages. Dann würde ich wohl die Zeilen nehmen, an die ich mich erinnert fühlte, als sie mit Lady Hampshires Katze im Arm den Empfangssaal betraten.«

»Was Sie nicht sagen.«

»Ja. Es geht darin um eine Katze. Ein junges Kätzchen, um genau zu sein.« Sie hatte sich nah genug zu ihm gebeugt, um ihn in ihren Rosenduft zu hüllen. Er kam wohl nicht darum herum. Offensichtlich wollte sie ihm ihr Gedicht unbedingt rezitieren.

»Ein Kätzchen«, wiederholte er. »Würden Sie mir die Ehre erweisen und es mir vortragen?«

»Oh, das könnte ich nicht«, protestierte sie pflichtschuldigst.

»Kennen Sie es denn nicht auswendig?«

»Doch, es ist nicht lang.«

»Ein kurzes Gedicht, das ist eine Seltenheit. Ich bestehe darauf, ich muss es jetzt hören.«

»Aber das wage ich niemals. Nicht hier am Tisch.«

Er schüttelte den Kopf. »Sie sind nicht einmal halb so gewagt, wie Sie mich glauben machen wollten, nicht wahr? Wie enttäuschend.«

Sie nagte an ihrer Unterlippe. »Nun denn, dann muss ich wohl, da Sie darauf bestehen.« Eine leichte Röte überzog ihre Wangen. Sie senkte ihre liebliche Stimme zu einem Flüstern.

»Horcht! Wer hört des Kätzchens Schrei?
So süß, so leis, so klagend!
Einsam und zitternd in nächtlicher Dunkelheit,
dort machen sich grausame Schatten breit!

Die Geschwister sind fort, ganz kalt ist das Kissen,
Wo ist ihr Herr? Sie will es wissen.
Oh, welch schlimmes Schicksal zu erdulden,
zu miauen, zu schaudern, zu gedulden.

Doch ihr Herr folgt ihrem Weinen, ruft: Warte, ich komme!
Liebkost sie gar zärtlich, berührt ihr Herz,
seine behutsamen Hände vertreiben den Schmerz,
bis das Kätzchen selig laut schnurrt vor Wonne.«

Sein Blick haftete auf ihrem Gesicht. Ihre Miene war völlig arglos. Voller Erwartung.

Er verengte leicht die Augen. »Ist dies ein figuratives oder ein wortwörtliches Gedicht?«

Cecily blinzelte verwirrt. »Ich fürchte, ich kann nicht folgen?«

»Es handelt also von einer echten Katze, mit Schnurrhaaren und allem Drum und Dran.«

»Ja, natürlich. Ich liebe Kätzchen. Das Kreieren metaphorischer Botschaften überlasse ich lieber den Gentlemen. Allerdings erinnere ich mich daran, dass Sie die Katzen meiner Tante in Wycliffe Hall zu mögen schienen, daher hoffe ich, Sie halten sie für würdig genug, bedichtet zu werden.«

»Durchaus.«

Cecilys Augen strahlten ihn an. Sie nahm seine Zustimmung als Kompliment. Etikette und die sprichwörtliche Schlinge um seinen Hals verlangten, dass er ihr ein echtes Kompliment über ihre versehentlich schlüpfrige, zweideutige Monstrosität eines Gedichts machte. Und das sollte weder zynisch noch anzüglich sein. Für einen Moment fehlten ihm die Worte.

»Ihr Gedicht hat einen ansprechenden Rhythmus«, sagte er schließlich.

Sie blickte verhalten erfreut. »Und ist der Rhythmus wichtig?«

»Manche würden sagen, dass der richtige Rhythmus das Wichtigste überhaupt ist.«

Sie neigte den Kopf. »Und was sagen Sie?«

Dass du für ein angeblich sittsames Lämmchen ein ziemlich raffiniertes Verführungs-Spiel treibst. Weniger abgebrühte Männer wie er würden sich unter ihrem bewundernden himmelblauen Mädchenblick inzwischen wohl so groß und stark wie Herkules vorkommen.

Er schaute ihr in die Augen und lehnte sich zu ihr. »Ich war schon immer der Meinung, dass es nicht so sehr zählt, was man sagt, sondern vielmehr wie man etwas sagt. Also ja, es spricht durchaus einiges für einen guten, beständigen Rhythmus, um ein befriedigendes Erlebnis zu erzielen.«

»Oh«, hauchte sie. Rote Flecken breiteten sich auf ihrem Hals aus.

Sie hatte wahrscheinlich bemerkt, dass seine Bemerkung zweideutig gemeint war, aber sie begriff nicht, worin diese Doppeldeutigkeit lag.

Er griff zu seinem Glas und studierte beim Trinken ihre engelhaften Züge, während er versuchte, sich ein Leben mit ihr vorzustellen. Sie würde erwarten, dass er seine ehelichen Pflichten erfüllte und ihr schenkte, was ihr gebührte: hübsche Kinder, modische Kleidung, ihren gewohnten Lebensstil und Komplimente. Sie schien nicht empfindlich zu sein, aber sie war so formbar wie Butter und dazu erzogen, ihrem Mann zu gefallen. Insgeheim würde sie sich natürlich ihre eigenen Gedanken machen, aber die würde er nie erfahren, wenn er sie nicht gezielt herauszufinden versuchte. Sie würde es still hinnehmen, wenn er seine eigenen Wege ging. Das Leben mit Cecily wäre konventionell. Spätestens nach einer Woche wäre er schrecklich gelangweilt davon und würde sie unglücklich machen. Das war nicht ihre Schuld. Er eignete sich nun mal nicht dafür, sich um ein hilfloses Geschöpf zu kümmern. Ja, er konnte nicht einmal die Verantwortung für solche übernehmen, die selbst für sich sorgen konnten. Und selbst wenn Cecily perfekt zu ihm passen würde, machte die Tatsache, dass Rochester sie für ihn ausgewählt hatte, sie zu der letzten Frau auf Erden, die er als Ehefrau in Betracht ziehen würde.

Cecily wand sich unruhig auf ihrem Platz, und ihm wurde klar, dass er sie immer noch eindringlich musterte.

Er leerte sein Weinglas. Die Zeit für einen Scotch konnte gar nicht früh genug kommen.

Das Bankett war überraschend gut. Claremonts Küche servierte eine einzigartige Mischung aus französischen und ländlichen Speisen; Lucie hatte schon lange nicht mehr so gut gegessen: perfekt runde, goldbraune Pasteten, feinstes Wild und zarter Fisch, pikante Soßen und eine Auswahl farbenprächtiges Gemüse. Das Dinner war vorzüglich genug, um sie von dem Vorfall auf Montgomerys Stallboden abzulenken. Nein. Nein, sie wollte nicht – schon wieder – daran denken. Und auch nicht an das Gefühl seidig weicher Haare zwischen ihren Fingern oder den muskulösen Körper unter sich.

Sie stach mit der Gabel in die Pastete auf ihrem Teller. Die Kruste platzte knisternd auf, und ein warmer, würziger Duft stieg ihr in die Nase. Sie schloss kurz die Augen, und die Stimmen um sie herum verblassten. Wann hatte sie vergessen, wie sehr sie gutes Essen mochte?

Sie nahm einen unschicklich großen Bissen. Paradiesisch. Ihre Haushälterin war ein Juwel, aber keine Köchin. Andererseits aß sie sowieso zumeist, ohne ihre Mahlzeit richtig wahrzunehmen, da ihre Gedanken gewöhnlich wie eifrige Geier um ihre Arbeit im Salon kreisten, selbst wenn sie am Küchentisch saß.

»Die Köche haben sich selbst übertroffen«, sagte sie zu Lord Melvin, als ihr auffiel, dass sie ihre Pastete in gierigem Schweigen genossen hatte, ohne ihren Tischherrn zu beachten.

Melvin schluckte rasch seinen Bissen hinunter, um zu antworten. »Es ist sicherlich um Längen besser als der neue Erfrischungsservice in Westminster.« Er tupfte sich mit seiner Serviette über den Mund. »Ich wünschte, man würde Bellamy's wieder öffnen. Das Kalbfleisch neulich war fürchterlich.«

Lucie schenkte ihm ein sarkastisches Lächeln. »Das kann ich nicht beurteilen.«

Das Bellamy's, die Kantine in Westminster, hatte Frauenrechtlerinnen den Zutritt verwehrt, und der Erfrischungsservice im Parlamentsgebäude war nur für die männlichen Politiker zugänglich.

Melvin lachte. »Nun, Sie scheinen überall zu sein. Daher ist es schwer vorstellbar, dass es im Westminster Palace immer noch Orte gibt, an denen Lady Lucinda nicht unerwartet auftauchen könnte.«

Sie hob die Brauen. »Das klingt beinahe so, als würde ich den Ort heimsuchen, Lord Melvin.«

»Nicht wenige würden genau das wohl behaupten«, erwiderte er gelassen.

Das lief nicht ganz nach Plan. Ihr berüchtigter Ruf sollte nicht Thema eines Gesprächs in Claremont sein.

In Melvins intelligenten, braunen Augen stand ein forschender Blick. Mit seiner Hakennase erinnerte er an eine Elster, die über einen Diebstahl nachsinnt. »Wenn es Ihnen möglich wäre, würden Sie denn einen Sitz im Parlament annehmen und das miserable Mittagessen erdulden?«

»Natürlich«, sagte sie, ohne zu zögern. »Und das werde ich eines Tages auch.«

Melvin nickte. »Dafür müssen Sie Gladstone wohl härter in die Mangel nehmen.«

Sie runzelte die Stirn über diesen ungefragten Hinweis. Auch wenn er stimmte. Während seiner Wahlkampagne hatte Premierminister Gladstone genügend Lippenbekenntnisse zugunsten der Frauenrechtsbewegung geliefert, um selbst bei ihr Hoffnungen zu wecken. Deshalb hatten ihn die Suffragistinnengruppen im ganzen Königreich unterstützt, für ihn demonstriert, Unterschriften gesammelt und ihm ihre politischen Forderungen in gutem Glauben übermittelt. Während seiner nun dreimonatigen Amtszeit hatte er jedoch noch kein Wort über ihre Mission verloren. Das politische Geschäft in Westminster ging, gestützt auf leere Versprechungen, seinen gewohnten Gang. Bald würden sie ihn wohl zu Maßnahmen drängen müssen, und er würde sie bitten, noch ein wenig Geduld aufzubringen, so wie jede andere Regierung vor ihm.

Sie legte die Gabel ab und griff zu ihrem Weinglas. Der Sauvignon schmeckte herrlich samtig, dennoch hinterließ er einen bitteren Nachgeschmack in ihrem Mund.

»Bis ich nicht einen Weg gefunden habe, der es mir ermöglicht, tatsächlich überall gleichzeitig zu sein, bin ich aktuell nicht in der Lage, meine Aktivitäten an der Gladstone-Front zu verstärken«, sagte sie.

»Vielleicht sollten Sie überlegen, Aufgaben zu delegieren, statt sich selbst für unersetzlich zu halten«, schlug Melvin vor. »Delegieren ist eine Kunst.«

»Welch genialer Ratschlag«, entgegnete sie. »Dieser Gedanke ist mir noch gar nicht gekommen.«

Er nickte, ob aus Höflichkeit oder weil er wirklich so begriffsstutzig war, ließ sich nicht erkennen. »Sehen Sie, das Bemerkenswerte an Missionen ist, dass sie auch ohne das eigene Zutun meist gut fortgeführt werden«, sagte Melvin. »Die Frage ist vielmehr, wie gut man selbst ohne die Mission auskommt. Haben Sie Montgomerys Reformvorschlag schon gelesen?« Er lachte. »Aber natürlich haben Sie das. Wie ist Ihre Meinung dazu?«

Montgomery sagte gerade etwas, das den Prinzen zum Lachen brachte.

»Es gab dazu weder Einwände von Millicent Fawcett noch von unseren rechtlichen Beratern«, sagte Lucie. »Ich habe allerdings schon ein paar Bedenken.«

»Natürlich haben Sie die.«

Sie zuckte mit den Schultern. »Würde man die allerdings berücksichtigen, käme die Reform nicht an unseren üblichen Verdächtigen im Oberhaus vorbei. Der gegenwärtige Entwurf hat zumindest eine Chance. Darauf könnten wir bei der nächsten Reformrunde aufbauen.«

»Montgomery versteht sich aufs Entwickeln und Formulieren von politischen Strategien«, sagte Melvin. »Er ölt seine Argumente ein wie einen Aal, und ehe man es sich versieht, sind sie durchs Netz geschlüpft, und er hat sein Ziel erreicht.«

»In der Tat.« Sie betrachtete ihren Teller. Das Gemüse welkte. Und das Bild von einem geölten Aal verdarb ihr den Appetit.

Melvins Augen waren immer noch auf den Haupttisch gerichtet, ganz der Politiker, der sich zur Macht hingezogen fühlte wie die Motte zum Licht. »Das liegt am Einfluss der Herzogin«, sagte er mit gesenkter Stimme. »Also Montgomerys neue Politik.«

Einen Moment lang beobachteten sie beide verstohlen, wie Annabelle dem Prinzen aufmerksam lächelnd zuhörte, während er eine Geschichte zum Besten gab. Der Thronerbe gestikulierte heftig und warf mit der rechten Hand beinahe sein Weinglas um, da sein Blick unverwandt auf der Herzogin ruhte. Und jeder in dem riesigen Saal sah das auch. Lucie fühlte sich überaus zufrieden. Entlaufene Katze hin oder her, der Prinz überschüttete Annabelle im Augenblick förmlich mit wohlwollender Aufmerksamkeit, und das konnte niemand ignorieren.

»Erstaunlich, nicht wahr? Ich verstehe durchaus, warum meine Geschlechtsgenossen Einwände hegen, dem zarten Geschlecht noch mehr Macht zu geben«, murmelte Lord Melvin.

Lucie drehte sich langsam zu ihm. »Was meinen Sie denn damit, Mylord?«

Er hielt den Blick auf den Prinzen gerichtet. »Die Herzogin war eine einfache Frau vom Land, oder nicht?«

Argwöhnisch ging Lucie in Verteidigungsstellung, um ihre Freundin zu schützen. »Ja, das stimmt.«

Er nickte. »Und doch sitzt sie nun hier, beeinflusst einen Herzog und betört den zukünftigen König mit ihrem Charme. Die meisten Männer erhalten eine solch einflussreiche Stellung nur, indem sie ihr Geburtsrecht nutzen und sich danach unermüdlich in der Politik einbringen, sich nach oben arbeiten. Da fragt man sich doch zu Recht, warum Frauen auch noch über politische Macht verfügen sollten, wenn bereits allein die Tatsache, dass sie Frauen sind, ihnen große Macht verleiht.«

Lucie schenkte ihm ein mildes Lächeln. »Ich nehme an, Sie spielen des Teufels Advokat, Lord Melvin.«

»Nehmen wir mal an, es wäre so. Was würden Sie einem Mann, der solche Argumente vorbringt, antworten?«

»Ich würde ihm raten, dass er im Wörterbuch unter F die Definition von Freiheit nachschlägt.«

Melvin zog die Augenbrauen hoch, als sei sie eine ungezogene Schülerin.

»Wie viele der weiblichen Bekanntschaften Ihrer hypothetischen Geschlechtsgenossen stehen denn der Herzogin in Schönheit, Jugend und Witz gleich?«, fragte sie.

Er senkte die Brauen wieder. »Ein Gentleman äußert sich stets nur wohlwollend über das Aussehen und die Fähigkeiten einer Dame seiner Bekanntschaft.«

»Natürlich«, erwiderte Lucie geduldig. »Aber wenn man mal die Nettigkeiten beiseitelässt, verfügt die Herzogin über eine höchst seltene Kombination von Eigenschaften, von denen sich die meisten Männer hilflos angezogen fühlen. Aber ist der Einfluss und die Würde eines Gentlemans jemals abhängig von so etwas Vergänglichem wie seinem Aussehen und seinen natürlichen Reizen? Muss er herausragend sein, um erhört zu werden? Nein! Er hat ganz offiziell eine Stimme – nur weil er ein Mann ist.«

Lord Melvin zog einen Mundwinkel zu einem schiefen Lächeln. »Es sei denn, er hat keinen Grundbesitz. Dann zählt auch seine Stimme nur wenig.«

Sie bekam das Gefühl, dass er sich in der Rolle des Teufels Advokaten etwas zu gut gefiel. »Hat ein Mann keine Stimme, dann deshalb, weil er kein Vermögen besitzt«, sagte sie bemüht leise. »Die Machtlosigkeit einer Frau ist stets darin begründet, dass sie eine Frau ist.«

»Das ist in der Tat richtig.« Anerkennung glänzte in Melvins Augen, und er hob sein Glas und prostete ihr zu. »Mir gefällt die heutige Sitzordnung ausgesprochen gut. Es ist immer eine Freude, sich mit jemandem zu unterhalten, der seine Leidenschaft noch nicht verloren hat. Zu viele behandeln Politik dieser Tage als ein Theaterstück mit sich selbst in der Hauptrolle.«

Sie konnte sich selbst in seinen Augen sehen; die kunstvoll aufgetürmte Frisur und die Seidenblumen in ihrem Haar waren ein ungewohnter Anblick. Zu spät nickte sie.

Lord Melvin war intelligent. Er stand auf ihrer Seite. Das Parlament feierte ihn als den nächsten John Stuart Mill, und sie respektierte und bewunderte ihn für seine Arbeit, und in der Hinsicht war sie nicht leicht zu beeindrucken.

Könnte er sie auch anderweitig beeindrucken? Würde er ihr das erotische Gefühl geben, dahinzuschmelzen und alles andere um sich zu vergessen, wie es ihr heute passiert war, als sie fast in dem spöttischen Blick eines Casanovas versunken wäre?

Sie senkte den Blick und musterte Lord Melvin erneut von der Seite. Feine Linien umrahmten seinen Mund. Er trug seine Reden mit Leidenschaft vor, doch zu Hause war er vermutlich so bieder, wie es sich für einen respektablen Aristokraten gehörte.

In Lord Melvins Miene trat ein versonnener Blick.

Rasch griff sie nach ihrem Weinglas und nahm einen großen Schluck.

Für eine Dame ziemt es sich nicht, dass sie Speisen und Wein vor aller Augen genüsslich zuspricht, am besten empfindet sie überhaupt keine Freude daran. Schling nicht so, Lucinda. Du bist eine Dame, kein Pferd.

Inmitten des herzoglichen Speisesaals, zwischen all dem glitzernden Kristall und den silbernen Terrinen, senkten sich Erinnerungen wie eine dunkle Wolke über sie. Eine andere Version ihrer selbst könnte an diesem Dinner teilnehmen und an demselben Platz sitzen: eine respektierte Dame, eine Mutter, verheiratet mit einem Adeligen wie Lord Melvin. Wäre es eine glückliche Frau? Echauffieren konnte man sich ja über vieles, nicht nur über den Zustand der Frauenrechte, sondern auch über die Farbe der Vorhänge, eine lausige Saison oder einen tyrannischen Ehemann. Merkwürdig, dass alles, was sie von diesem anderen Selbst trennte, ein paar Bücher und Pamphlete waren, die sie zur rechten Zeit gelesen hatte. Oder hatte der Wandel bereits früher begonnen? Hatte schon immer etwas in ihrem Wesen gelauert, das sie dazu verleitete, vom rechten Weg abzuweichen?

Sie schob die grüblerischen Gedanken beiseite. Wie auch immer sie an diesen Punkt gelangt war, der einzige Weg, der ihr nun blieb, führte vorwärts.

Lord Melvin erklärte sich zu Lucies Begleiter und geleitete sie in den Grünen Salon. Seine Aufmerksamkeit galt jedoch den anderen Mitgliedern des Oberhauses, die mit ihnen zur Großen Halle schlenderten.

Vor sich in der Menge entdeckte sie auch Tristan; Cecily hing an seinem Arm. Ihre Cousine hatte die Augen so schmachtend auf ihren Begleiter gerichtet, als hätte er gerade den Mond und die Sterne für sie vom Himmel geholt. Eine Erinnerung blitzte in Lucies Gedächtnis auf, von Cecily, wie sie als kleines Mädchen der schlaksigeren Ausgabe des jugendlichen Tristan nachgelaufen war. Ihre braunen Zöpfe und die Bänder ihrer weißen Schürze flatterten hinter ihr her. Nun glitt ihre Cousine mit der Anmut eines Schwans an Tristans Arm durch den Raum, die Schleppe ihres eleganten weißen Kleides hinter sich, und der Anblick nagte an Lucie. Warum war ihre Mutter nicht in der Nähe, um Cecilys Ruf zu wahren? Wenigstens Tommy – Thomas – war da; er hielt sich ein paar Schritte hinter dem Paar, und sein steifer Rücken strahlte Missbilligung aus.

»Lady Lucinda?« Melvin betrachtete sie fragend.

»Oh, verzeihen Sie, wie bitte?«

»Freuen Sie sich schon auf die Abendunterhaltung?«, wiederholte er seine Frage geduldig.

»Natürlich.«

»Wie ich hörte, wird Lord Ballentine uns mit einem Gedicht erfreuen.«

»Wie erquicklich«, sagte sie sarkastisch.

»Sie klingen nicht begeistert«, stellte Melvin fest.

»Oh, ich bin durchaus begeistert«, erwiderte sie rasch. »Außerordentlich sogar.«

Der Abend würde schrecklich langweilig werden.

Zum Glück warteten Hattie und Catriona am Eingang der Menagerie bereits auf sie. In dem riesigen Raum mit den grünen Wänden war ein Halbkreis von vierhundert Stühlen mit roten Samtpolstern aufgebaut worden. In der Mitte des Kreises glänzte ein schwarzer Steinway-Flügel.

Sie folgte Hattie einen Gang entlang zu ihrem Platz. Lord Melvin hatte sich an ihre Fersen geheftet, obwohl kein Grund bestand, dass er sie weiter begleitete.

Der Kronprinz saß neben Montgomery in der ersten Reihe auf einem speziellen thronartigen Stuhl, der dem Pechvogel, der hinter ihm sitzen musste, die Sicht versperren würde.

Hattie verrenkte sich den Hals und spähte durch den Raum, sobald sie ihre Röcke ordentlich auf ihrem Stuhl arrangiert hatte. »Hast du schon gehört?«, flüsterte sie. »Lord Ballentine wird ein Gedicht vortragen.«

»Habe ich, ja.«

»Ich hoffe, es wird die *Ballade der Schildmaid* sein.« Hattie schaute sich immer noch suchend um.

»Er sitzt dort drüben, in der zweiten Reihe links.«

»Ich hab gar nicht nach ihm Ausschau gehalten«, schwindelte Hattie.

Es gab kein Entrinnen. Die Damen würden sich über nichts anderes als über Ballentine und seine Gedichte unterhalten, sobald sich die Männer in den Rauchsalon zurückgezogen hatten.

Die Erinnerung an seinen Streich im Stall brannte immer noch nach wie der Stich einer Biene. Als wäre das noch nicht schlimm genug, war er nun der Liebling der Gesellschaft – wegen der Rettung dieser vermaledeiten Katze, die sie ihm buchstäblich in den Schoß geworfen hatte.

»Das ist deine Cousine neben ihm, nicht wahr?«, flüsterte Hattie, die Augen auf Cecily gerichtet.

»Genau.«

»Sie ist hübsch«, fuhr Hattie fort. »Ein Botticelli. Die Engel, nicht die Venus.«

»Mag sein.« Lucie hatte keinerlei künstlerische Ader. Allerdings bemerkte sie, wie verzückt ihr Bruder dreinsah, wenn er Cecily betrachtete, die selbst verzückt in ein Gespräch mit Tristan vertieft war. Interessant.

Das Abendprogramm begann mit den schnellen Klängen von Mozarts *Alla turca*, dargeboten von einer jungen Dame am Flügel, deren Finger förmlich über die Tasten flogen.

Unausweichlich wanderten Lucies Gedanken zurück zu dem Vorfall im Stall. Vermutlich würde sie weniger oft daran denken, hätte sich Tristan in der vergangenen Woche von seiner gewohnten Seite gezeigt. Er hatte ihr jedoch im Park zur Seite gestanden, und ihre Ortsgruppe hatte eine rätselhafte Spende vom Fechtklub erhalten. Unwillkürlich dachte sie dadurch wohl etwas besser von ihm. Zumindest aber hatte es sie ins Grübeln gebracht. Nun wusste sie, wie weich sich sein Haar anfühlte; und dieses Wissen ließ sich leider nicht rückgängig machen.

Das Klavierstück endete mit großem Beifall. Der Kronprinz ruckte hoch, blinzelte verwirrt, und schloss sich verspätet dem Applaus an. Drei weitere, leicht zu vergessende Klavierdarbietungen folgten.

Dann spazierte Tristan unter einem Chor von Ah- und Oh-Rufen in die Mitte des Raumes.

Hattie stieß ein verdächtig sehnsuchtsvolles Seufzen aus.

Ruckartig wandte Lucie ihr den Kopf zu.

Hattie zuckte zusammen, und eine verräterische Röte färbte ihre Wangen. »Ich weiß ja«, flüsterte sie. »Und es tut mir auch schrecklich leid. Ich komme nur nicht dagegen an. Er ist so …«

»Unausstehlich?«, zischte Lucie.

»Wunderschön«, seufzte Hattie und zuckte hilflos mit den Schultern. »Er sieht blendend aus. Schau dir nur sein Kinn an.«

Das tat Lucie, als er sich neben dem Flügel aufbaute und verbeugte.

»Ja, und?«

»Sein Gesicht hat die perfekten Proportionen, und die Linie seines Kiefers bildet einen formvollendeten rechten Winkel. Weißt du, wie selten das ist? Sein ganzes Äußeres ist wie eine Komposition … Ich muss ihn bitten, mir für meine Erzengel-Bilderserie Modell zu sitzen.«

Lucie schürzte die Lippen. »Kannst du es nicht einfach so malen?«

Hattie wirkte verwirrt. »Was meinst du?«

»Das Kinn. *Die Linie des Kiefers.* Kannst du nicht einfach ein rechtwinkliges Kinn malen?«

Hattie machte ein bestürztes Gesicht. »So funktioniert Malerei aber nicht, Lucie.«

»Pst«, zischte jemand.

Köpfe drehten sich zu ihnen, mit unfreundlichen Mienen. Sie spürte Lord Melvins forschenden Blick auf sich ruhen.

»Euer Königliche Hoheit, Myladys, meine noblen Freunde«, sagte Tristan, sobald Stille eingekehrt war. »Erlauben Sie mir, Sie mitzunehmen auf die Reise der …« Er machte eine Pause, und im Saal hielt man den Atem an. »Schildmaid.«

Ein Seufzen durchlief die Reihen.

»So eine schöne Ballade«, hauchte Hattie. »Im Stil von Tennyson.«

Lucie verschränkte die Arme über der Brust, als Tristan begann.

»Zu jeder Seit des Waldes Rand
spiegeln Seen das Himmelsband.
Dies hier ist der Schildmaids Land
Grüne Gipfel, leerer Strand,
die Prinzessin ohne Volk ...«

Wie ärgerlich. Fünf Zeilen, und es bestand kein Zweifel: Er konnte dichten. Und vortragen.

Und sie musste still dasitzen und zusehen, wie sich sein Bariton mühelos von Samt zu Seide wandelte, von hell zu dunkel, bis die Botschaft seiner Worte verschwamm und das Gedicht einer Melodie glich. Augen glänzten, der Atem wurde angehalten, vierhundert Menschen lauschten ihm wie hypnotisiert.

Offenbar wusste auch er, dass Worte Waffen sein konnten, und er führte diese Waffe gekonnt und mit beeindruckender Wirkung.

Als er schließlich verstummte, entstand kurz eine Pause, bevor alle wie aus einer Trance erwachten.

Der Prinz von Wales sprang auf und klatschte frenetisch. »Bravo!«, rief er. »Bravo!«

Die anderen Gäste folgten seinem Beispiel. Stühle schabten über den Boden, als das Publikum sich erhob und Tristans Vortrag mit donnerndem Applaus würdigte.

Inmitten des Aufruhrs stahl sich Lucie davon.

Tristan verbeugte sich noch einmal und nutzte den kurzen Moment, um sich zu sammeln. Nun gut. Stürmische Beifallsbekundungen des Prinzen löschten auf der Stelle eine Vielzahl seiner Sünden vom Kerbholz.

Seine Darbietung beendete wohl die erste Hälfte des Abendprogramms, denn Frauen näherten sich ihm in kleinen Gruppen, hüllten ihn in Duftwolken und überschütteten ihn mit aufgeregtem Geschnatter. Cecily befand sich unter ihnen und betrachtete ihn mit glühenden, ein wenig zu besitzergreifenden Blicken, doch er konnte nicht länger darüber grübeln, weil er abgelenkt wurde.

»Lord Ballentine.«

Der Prinz hielt auf ihn zu, gefolgt von Lord Manchester, seiner rechten Hand. Die Flut der Bewunderer teilte sich vor ihm wie das Rote Meer.

Tristan klackte die Absätze aneinander, gerade fest genug, um einen spöttischen Salut in einen echten zu verwandeln.

»Rühren Sie sich, Ballentine, rühren Sie sich«, sagte Bertie jovial. »Einmal Leutnant, immer Leutnant, was? Guter Mann. Und so geschickt im Umgang mit Worten. Warum sind Sie nicht öfter zu Gast bei Hofe?«

Weil deine Mutter darüber nicht amüsiert wäre. Tatsächlich wäre Tristan wohl der letzte Mensch, den Königin Victoria in der Gesellschaft ihres Erben sehen wollte. Sie hielt ihren Sohn sowieso schon für eine herbe Enttäuschung und einen Schürzenjäger mit niederer Moral.

»Ich bin derzeit mit der Überarbeitung meiner Tagebücher von meinem letzten Afghanistan-Einsatz beschäftigt, Euer Hoheit«, erklärte er. »Ich hoffe, das Werk in einigen Monaten veröffentlichen zu können.«

»Kriegstagebücher aus der Feder dieses Mannes. Was sagen Sie dazu, Manchester?«, rief der Prinz. Das wiederum veranlasste Manchester dazu, eifrig kundzutun, welch vortrefflicher Gedanke dies doch sei, denn seine Erlebnisse würden gewiss für eine vortrefflich fesselnde Lektüre sorgen.

Der Prinz nickte, den Blick immer noch auf Tristan gerichtet. »Vortrefflich, vortrefflich. Widmen Sie diese Tagebücher doch mir.«

»Es wäre mir eine Ehre, Euer Hoheit.«

Die Stimme des Prinzen dröhnte laut genug, um Zuschauer in einem Zehnfußradius zu erreichen. Bis morgen würde jeder von Bedeutung wissen, dass der Thronerbe der Mentor seines letzten Werks sein würde. Das bedeutete, dass sie die geplante Stückzahl für den Druck gerne verdreifachen konnten.

Seine offizielle Mission, seinen Ruf aufzupolieren, war damit erfüllt.

Seine inoffizielle Mission allerdings …

Eine Glastür führte vom Grünen Salon auf die riesige Terrasse. Als die vierhundert Gäste sich erhoben hatten, war Lucie beinahe unbemerkt hindurch geschlüpft.

Er verbeugte sich vor dem Prinzen.

An einem finster blickenden Lord Arthur vorbei, den er geflissentlich ignorierte, schlenderte Tristan zur Tür. Weg von Cecily und der Armada sehnsüchtig wedelnder Fächer und klimpernder Wimpern.

18. KAPITEL

Nachdem Lucie die Terrassenstufen in den französischen Garten hinuntergeeilt war, hatte sie sich aus einem Impuls heraus auf dem Kiesweg nach links gewandt. Neben der verwitterten Terrassenmauer und einer Löwenstatue stand eine Steinbank.

Sie setzte sich auf die harte Oberfläche und atmete tief durch. Prüfend legte sie die Hände auf die nackten Oberarme. Die Abendluft war noch mild genug, sodass sie sich keine Erkältung holen würde. Außerdem wärmten sie drei Gläser Wein von innen.

In der Ferne, hinter dem symmetrischen Rechteck des französischen Gartens, erhob sich eine kleine Hügelkette. Auf einem dieser Hügel stand ein Zierturm, strategisch platziert, um dem Auge beim Blick von der Terrasse zu gefallen. Dahinter tauchten die letzten Strahlen der untergehenden Sonne die Wolken in ein flammendes Rot. Der wehmütig klingende Gesang einer Amsel drang von einer der ordentlich getrimmten Hecken zu ihr herüber. Die schlichte Melodie begann die Worte des Schildmaid-Gedichtes zu übertönen, die wie ein Echo in ihrem Kopf nachhallten.

Sie konnte die friedliche Ruhe jedoch nicht lange genießen.

Schritte näherten sich, ein Mann mit einem lässigen Gang, und tatsächlich tauchte gleich darauf die große vertraute Gestalt auf dem Weg auf.

Sie bekam schwitzige Hände. »Hör auf, mir nachzustellen, Ballentine.«

»Schmeichle dir nicht selbst. Ich wollte lediglich eine Zigarette rauchen.«

Uneingeladen nahm er neben ihr auf der Bank Platz und zog ein silbernes Zigarettenetui aus seiner Jackentasche. »Möchtest du auch eine?«

Er hielt ihr das Etui unter die Nase, in dem die Zigaretten ordentlich aufgereiht wie Erbsen in der Schote nebeneinander lagen.

Das sah ihm ähnlich, einer Dame eine Zigarette anzubieten. Oder in Gegenwart einer Dame zu rauchen. Ganz offensichtlich hielt er sie nicht für eine Dame.

Sie drehte sich weg. »Du warst in Oxford im Park. Und heute Morgen im Stall. Ich glaube nicht an Zufälle. Du verfolgst mich.«

Er ließ das Zigarettenetui zuschnappen. »Wenn du es in der Tat vorziehen solltest, dich allein mit fünf Männern auf einmal anzulegen oder von einer Leiter zu stürzen, ohne aufgefangen zu werden, dann werde ich mich zukünftig zurückhalten.«

Sie knirschte mit den Zähnen. Schweigend saßen sie nebeneinander, er rauchend und sie innerlich mit sich debattierend, warum sie nicht einfach aufstand und ging.

Weil es so einfach längst nicht mehr war. Starke, gegensätzliche Kräfte – vielleicht auch der Wein – hielten sie an Ort und Stelle fest, an dem Platz zwischen dem Steinlöwen und ihm.

»Wie findest du es?«, fragte er, den Blick auf den Horizont gerichtet.

»Dein Gedicht?«

Er nickte.

Auch das war kompliziert.

»Es ist gut«, gestand sie widerwillig ein.

Selbst wenn sie höhere Erwartungen gehabt hätte, wäre sie erstaunt über sein Talent gewesen. Sie hatte versucht, diesen aufwühlenden Emotionen an der frischen Luft zu entkommen.

»Du hast eine abscheulich schlechte Meinung über Lyrik.« Belustigung schwang in seiner Stimme. »Oder nur von meiner Lyrik?«

»Schmeichle dir nicht selbst«, sagte sie gelassen. »Ich verabscheue Gedichte nicht generell.«

»Aber?«

Sie seufzte. »Mir missfällt, dass die Poesie ein solch hohes Ansehen genießt, wenn man bedenkt, dass so viel davon nur heiße Luft ist.«

»Ach ja?« Er betrachtete sie ziemlich eindringlich aus dem Augenwinkel.

»Selbstverständlich. Die großen Romantiker waren allesamt fürchterliche Ehemänner und Liebhaber.«

Zu ihrer Überraschung wandte er sich ihr zu, einen neugierigen Ausdruck im Gesicht. »Ich bin ganz Ohr.«

»Gewiss weißt du schon alles darüber.«

»Mir würde es aber gefallen, es von dir zu hören.«

Warum?, fragte sie sich, und warum sollte sie etwas ihm zu Gefallen tun?

»Nun gut«, sagte sie. »Nimm Shelley. Es geht das Gerücht, dass sich seine erste Frau, während sie guter Hoffnung war, im Serpentine-See ertränkt hat. Und das nur, weil er sie erneut wegen seiner Mätresse verlassen hatte.«

Er zuckte zusammen. »Das stimmt.«

»Und Coleridge hat kein Geheimnis daraus gemacht, dass er seine Ehefrau verachtet, und hat sich selbst dem Opiumgenuss verschrieben. Byron ist jedoch der Verabscheuenswürdigste von allen. Seine Geliebte hat ihre Tochter nie wieder gesehen, weil er das Mädchen in ein Kloster gesteckt hat.« Sie winkte verächtlich ab. »*In ihrer Schönheit wandelt sie wie wolkenlose Sternennacht*, schreibt er, aber er nimmt ihr das Kind und verbannt das Mädchen, welches kurz darauf stirbt. Solch großartige Zeilen üben nicht mehr viel Charme aus, wenn man derlei Dinge über deren Autor weiß.«

Tristans Miene war undurchdringlich, und er schwieg.

Sie reckte das Kinn und forderte ihn zu einer Erwiderung heraus.

Er nickte nur und betrachtete wieder die untergehende Sonne, während er kleine Rauchwölkchen in die Luft blies.

Sie bewegte sich unruhig. »Und?«

»Nun«, sagte er. »Das stellt ein interessantes Problem dar.«

»Oh«, sagte sie. »Welches Problem denn?«

Er schaute sie an, ein zynischer Zug lag um seine Lippen. »Wenn man deiner Logik folgt, darf nur ein Vorbild an Moral Schönes erschaffen.« Er lächelte breit genug, dass seine Zähne aufblitzten. »Die Poesie haben wir damit abgehakt. Wie steht es um die Musik? Die Komponisten waren im Großen und Ganzen unerträglich.«

Als sie schwieg, fuhr er fort: »Wir hätten auch weitaus weniger Gemälde. Was ist mit den faszinierenden Werken der Prä-Raphaeliten mit all ihren tizianroten Haarschöpfen, Rittern und Maiden? Millais hat sich direkt unter Ruskins Nase dessen Frau geschnappt und ihm Hörner aufgesetzt, das ist wohl wahr, aber möchtest du deswegen seine Ophelia nie wieder betrachten?«

»Du sträubst das Gefieder«, sagte sie erstaunt.

»Gesträubtes Gefieder.« Er musterte sie aus zusammengekniffenen Augen. »Grundgütiger. Gleich sagst du mir noch, ich solle mir meinen hübschen kleinen Kopf nicht zerbrechen.«

»Würde das helfen?«

Er brach in schallendes Gelächter aus. »Nicht im Geringsten.«

Sie zuckte mit den Schultern. »Natürlich nicht. Solche Ermahnungen helfen im seltensten Fall.«

»Das merke ich mir«, sagte er immer noch grinsend.

Seltsam. Sie hatte ihn nie zuvor lachen hören. Er war Meister des sinnlichen Lächelns in all seinen Nuancen, aber er hatte noch nie laut gelacht. Was womöglich gut war, denn in seinen Wangen erschienen dabei bezaubernde Grübchen, und er hatte beneidenswert schöne Zähne.

Hinter dem Turm wurden die letzten rosa gefärbten Wolken vom Dunkel des Abendhimmels verschluckt.

Es war nicht klug, mit ihm allein in der Dämmerung zu sitzen, gewärmt vom Wein, und Zigarettenrauch von seiner in ihre Lunge einzuatmen. Sie führten ein höfliches, wenn nicht gar vertrauliches Gespräch, und sie sollte diese Nähe schleunigst beenden.

»Ich erwarte weder ein mustergültiges Vorbild an Moral noch Perfektion«, sagte sie. »Ich will nur die Wahrheit.«

Seine Miene veränderte sich, und als sie genauer hinsah, erkannte sie, dass die Belustigung aus seinen Augen verschwunden war.

»Nur«, wiederholte er. »Nur die Wahrheit.«

»Ehrlichkeit, Wahrheit. Authentizität. Wie immer du es auch nennen willst.«

»Das ist, tatsächlich, ziemlich viel verlangt.«

Sie zuckte mit den Schultern. »Aber ist überhaupt etwas von Wert ohne die Wahrheit?«

»Kleine Puritanerin«, murmelte er. »Du bist wirklich eine leidenschaftliche Idealistin.«

Sie hob erstaunt die Brauen. »Ich glaube, so hat mich noch nie jemand genannt.«

»Idealistin?«

»Ja. Gewöhnlich bezeichnet man mich als schreckliche Zynikerin.«

Warum erzählte sie ihm das alles? Sie wusste es nicht. Seine Bemerkung über moralische Vorbilder hatte sie ins Grübeln gebracht, und es erstaunte sie, dass er eine solche Wirkung auf sie hatte.

»Das ist ziemlich dasselbe«, meinte Tristan. »Idealismus. Zynismus. Zwei Seiten derselben Medaille.«

»Und diese Medaille, wie nennt man die?«

Er machte eine wegwerfende Geste mit der Hand, in der er die Zigarette hielt. »Die Sehnsucht, unser launenhaftes Schicksal zu kontrollieren.« Ein theatralischer Ton schwang in seiner Stimme. »Der Zyniker ist ein Idealist, der einer niederschmetternden Enttäuschung ausweicht, indem er alles bereits selbst kleinmacht und verspottet. Beide hegen zu hohe Erwartungen. Du solltest Tennyson lesen, falls du das noch nicht getan hast. Ich habe den Eindruck, dass sowohl die Themen seiner Gedichte wie auch sein moralischer Charakter deinem Urteil standhalten würden.«

Ein Flattern machte sich in ihrem Bauch bemerkbar. Nun empfahl er ihr schon Bücher, wie es ein Freund tun würde.

Die Luft erhitzte sich, womöglich aber spürte sie auch die Wärme seines Körpers, denn der Abstand zwischen ihnen hatte sich unmerklich verringert. Sie nahm sogar seinen Duft wahr, der Geruch seiner Rasierseife schien an diesem Abend stärker zu sein.

Sie rutschte ein Stück zur Seite. Er folgte ihr nicht, dafür war er zu schlau. Ein wissendes Lächeln umspielte seinen Mund, und das ärgerte sie.

»Du hast den Fechtklub dazu gebracht, eine stattliche Summe für die Frauenrechtsbewegung zu spenden«, stellte sie fest.

Er wirkte nicht überrascht, aber er nahm sich Zeit, bevor er antwortete, und blies einen Rauchring aus. »Habe ich das?«

»Ja«, sagte sie. Ungeduld schwang in ihrem Ton mit. »Wie ist dir das gelungen?«

Er lächelte leicht. »Das verrate ich dir lieber nicht. Du würdest es nicht gutheißen, kleine Puritanerin.«

»Sagst du mir wenigstens warum?«

Er hob die Augenbrauen. »Wer weiß. Vielleicht möchte ich mich mit dir gutstellen, damit du der Anziehung, die du für mich verspürst, endlich nachgibst und zu mir kommst.«

Seine tiefe Stimme war noch ein wenig tiefer und rauchiger geworden, und Hitze stieg in ihr auf. Einen Herzschlag lang fühlte sie sich in den Stall zurückversetzt, auf ihm liegend, ergriffen von dem dunklen Verlangen, seinen Mund auf ihrem zu spüren.

Unruhig richtete sie ihre Röcke. Sie hatte zugelassen, dass dieses Gespräch viel zu weit ging. Sie konnte ihm nicht trauen. Schlimmer noch, in seiner Nähe konnte sie sich selbst nicht über den Weg trauen. Sie konnte sich keinesfalls darauf verlassen, dass Tristan sich wie ein wahrer Gentleman verhielt und sie vor ihrer eigenen Kühnheit schützte. Er würde sie auf ihren wagemutigen Abwegen begleiten, so weit sie ihre Neugier – nein, ihre Schwäche – führen würde, und sie dann so lange reizen, bis sie noch einen Schritt weiter gehen wollte.

Sie stand auf. Ihre Beine fühlten sich steif an. Die Kälte der Steinbank war durch ihre dünnen Röcke gekrochen und ging ihr unter die Haut.

»Für einen berüchtigten Spieler lässt du dir ziemlich sorglos in die Karten schauen«, sagte sie kühl.

Er lachte leise. »Sich vor aller Augen zu verstecken kann manchmal recht nützlich sein. Warum versuchst du dich nicht gelegentlich selbst darin?«

Sie schaute ihn herablassend an. »Darin, sich vor aller Augen zu verstecken?«

»Nein. In der Kunst der Verführung.«

Sie schnaubte. »Meiner Beobachtung nach reicht es oft aus, weiblich zu sein und zu atmen, um das Interesse der meisten Männer zu wecken.«

»Ich rede nicht von Männern«, sagte er abschätzig. »Das wäre ein niedriger Maßstab. Nein, versuch es mit der Gesellschaft. Diesem ignoranten, engstirnigen Monolithen.«

Ein rätselhafter Blick stand in seinen Augen, und sie fragte sich, ob er ahnte, dass sie sich bemühte, sich gefälliger zu zeigen. Und sie fragte sich auch, inwieweit all das ein Teil seines Plans war, sie zu verführen.

Er schenkte ihr ein beschwichtigendes Lächeln, als spüre er, welche Richtung ihre Gedanken eingeschlagen hatten. »Die Gesellschaft ist dümmer, aber stärker als du«, meinte er leise. »Sei raffiniert und erfindungsreich. Geh subtil vor. Falls du das kannst.«

Sie ließ ihn stehen und entfernte sich so schnell, wie ihre engen Röcke es zuließen. Sein Blick bohrte sich in ihren Rücken, bis sie die Wegbiegung zur Treppe nahm. Ihr Puls schlug heftig. Sie hatte die ganze Zeit angenommen, dass Tristan sich so schnell langweilte, weil er einen trägen Verstand besaß. Sie hatte sich getäuscht. Er langweilte sich schnell, weil sein Verstand so überaus rege war.

Sie war nicht in der Stimmung, sich den anderen Gästen im Grünen Salon anzuschließen und über belanglose Dinge zu plaudern, daher zog sie sich auf ihr Zimmer zurück.

Damit du der Anziehung, die du für mich verspürst, endlich nachgibst und zu mir kommst.

Seine Worte waren die reine Provokation, aber seine tiefe, samtige Stimme hallte in ihr wider und wärmte sie von innen.

Worte hatten Bedeutung. Das wusste sie. Auch die Art, wie sie ausgesprochen wurden, zählte. Diesen Teil hatte sie wohl unterschätzt.

Sie zog eine Handvoll Exemplare des *Discerning Ladies' Magazine* aus ihrer Reisetasche und breitete sie auf dem schmalen Kirschholzschreibtisch aus. Daneben lag ein Stapel Kopien vom *Female Citizen*, die sie bisher aus Zeitgründen noch nicht hatte lesen können.

Schon bald breiteten sich die Magazine auf dem Teppich aus, der in der Mitte des Zimmers lag und mehr Platz bot, und sie schlug jede Ausgabe bei einem anderen Artikel auf.

Der Inhalt war stets gleich strukturiert. Zuerst kamen Berichte über große gesellschaftliche Anlässe: Bälle, Hochzeiten, Ausstellungen. Anschließend Abdrucke von Modezeichnungen und Anweisungen zu guten Manieren, danach Rezepte. Ratschläge zur Haushaltsführung bildeten die größte Rubrik. Auf der letzten Seite fand sich eine schnulzige Geschichte. Dazwischen gab es noch klug konzipierte Anzeigen für Korsetts, Schönheitsmittelchen und Schneidereien.

Gewissermaßen erzählte jede Seite eine Geschichte, die auf ihre Weise versuchte, reizvoll zu erscheinen. Alle gaben Regeln vor und legten dar, was richtig und was falsch war. Erstaunlich. Wenn es wirklich in der Natur einer Frau liegen sollte, dass sie sich immer bescheiden gab und so angenehm strahlte wie ein Sonnenschein in der Finsternis, warum brauchte es dann so viel Druckerschwärze und Anleitungen, um die Frau an ihre ureigene Natur zu erinnern.

Sei erfindungsreich. Sei subtil.

Sie war nicht in der Stimmung, um in diesem Labyrinth von einem Haus nach Hattie und Catriona zu suchen, und Annabelle musste bis weit nach Mitternacht ihre Gastgeberpflichten erfüllen. Mit der Hilfe eilfertiger Dienstboten ließ sie eine

Nachricht in die Zimmer ihrer Freundinnen schicken und bat sie um ein Treffen vor dem Frühstück in ihrem Zimmer. Kurz entschlossen schrieb sie auch noch eine Nachricht für Lady Salisbury.

19. KAPITEL

»Ich habe vielleicht eine Idee, wie wir die Magazine nutzen können«, verkündete Lucie, als sich alle am nächsten Morgen in ihrem Zimmer versammelt hatten.

Ihre Freundinnen betrachteten das Chaos auf dem Boden, das sie in der vergangenen Nacht angerichtet hatte, und schauten sie dann voller Neugier an.

»Ich bin ganz Ohr«, sagte Lady Salisbury. Sie hatte es sich in einem Sessel bequem gemacht, ihren Gehstock an die Armlehne gelegt, und badete im hellen Licht der Morgensonne, das durchs Fenster fiel.

»Es ist nun kein einzelner Coup mehr«, erklärte Lucie. »Eher ein stetes Unterhöhlen.« Sie hob eine Ausgabe des *Discerning Ladies' Magazine* hoch. »Diese Zeitschriften erzählen allen Frauen im Land regelmäßig jede Woche, wie wir uns am besten kleiden, kochen und benehmen sollen und was in der Gesellschaft passiert. Das könnten mächtige Instrumente sein, trojanische Pferde quasi, wenn wir dafür sorgen, dass jede Rubrik eine frauenrechtlerische Botschaft enthält, die natürlich sehr subtil formuliert sein muss.«

Völlig verblüffte Mienen blickten ihr entgegen. Womöglich, weil sie das Wort »subtil« verwendet hatte.

»Schaut her«, sagte sie ungeduldig. »Die Idee, Leserinnen in Zeitschriften über die Geschehnisse in der Politik zu informieren, ist nicht neu. Es gab bereits das *English Woman's Journal* und den *Female's Friend*. Diese Magazine wurden jedoch alle nach ein paar Jahren wieder eingestellt. Die Leserschaft war zu klein. Und selbst wenn alle Frauen sich auf wundersame Weise für die Frauenrechtsbewegung einsetzen würden, sind die finanziellen Mittel der meisten trotzdem knapp. So sehr es mich auch bekümmert, nur wenige können es sich leisten, kritische Essays zu lesen statt Ratschläge über effiziente Haushaltsführung. Daher schlage ich vor, dass wir den Frauen einen leichten, praktikablen Zugang zu beidem bieten: Haushalts- und Modetipps und gelegentliche Erinnerungen, dass wir tatsächlich rechtlich wie Vieh behandelt werden. In einem einzigen Magazin.«

Ihr Vorschlag traf auf Schweigen.

»Du siehst aus wie Lucie«, sagte Hattie mit argwöhnischer Miene. »Aber du klingst nicht wie sie.«

Lucie warf ihr einen vielsagenden Blick zu. »Ich bin durchaus in der Lage, meine Strategie zu ändern.«

»Das gefällt mir«, meinte Annabelle. »Aber was genau schwebt dir vor? Wir können die Veröffentlichung unseres Berichts nicht einfach aufgeben.«

»Nein«, erwiderte sie rasch. Allein der Gedanke bereitete ihr Unbehagen. »Nein. Wir werden unseren Bericht publizieren. Wir müssen alle nach einer Lösung suchen und diese möglichst parat haben, bevor im Herbst über die Reform abgestimmt wird. Zwischenzeitlich sollten wir diese Magazine zu unseren Gunsten nutzen. Ich würde gern einen neuen Bereich aufnehmen. Wir drucken die harmlosesten Briefe ab, die wir erhalten haben, überarbeitet und gekürzt. Wir haben inzwischen reichlich zur Auswahl gesammelt. Und dann lassen wir diese Briefe auf einer Seite von einer Dame mit hohem Ansehen beantworten.« Ihr Blick schweifte zu Lady Salisbury. »Das würde eher an ein Gespräch erinnern als an eine Belehrung oder eine Provokation. Und wir würden dennoch heikle Themen in die Salons der feinen Gesellschaft bringen können.«

Catriona nickte die ganze Zeit, was ein gutes Zeichen war, denn sie bemerkte sich auftürmende Probleme meist als Erste. »Das klingt gut«, sagte sie. »Ein solches Format gibt es bereits in Wissenschaftsjournalen: Leser schicken ihre Fragen an die Redaktion, und die Antworten werden abgedruckt.« Sie zögerte. »Natürlich betrifft dies nur Fragen der Wissenschaft, keine Privatangelegenheiten.«

»Frauenangelegenheiten werden aber stets als von privater Natur gehandhabt«, warf Annabelle ein. »Daher fühlen wir uns so allein gelassen mit unseren Problemen.«

»Mir gefällt der Vorschlag auch«, sagte Hattie. »Das erinnert mich an die Frage-und-Antwort-Seite in dem Magazin für junge Damen, das ich abonniert habe. Diese Rubrik ist sehr beliebt.«

»Welche Art von Fragen werden dort abgedruckt?«

»Oh, nichts Politisches. Meist werden Buchempfehlungen nachgefragt oder Erfahrungen mit Diätpillen; wie man gewisse Wörter ausspricht und was manche fremdsprachlichen Begriffe bedeuten«

»Diätpillen!«, sagte Lucie. »Klingt schlimm.«

Lady Salisbury räusperte sich. »Habe ich Sie richtig verstanden: Sie schlagen vor, dass ich Frauen in einer Magazinkolumne verschleierte Ratschläge zu frauenrechtlichen Themen gebe?«

»Nicht nur eine Kolumne. Es sollten mindestens zwei Seiten an Leserbriefen sein. Und wir können die Antworten vorformulieren, falls Sie keine dafür Zeit haben. Allerdings brauchen wir einen respektablen Namen auf diesen Seiten.«

Hattie rieb sich die Hände. »Das ist so raffiniert.«

»Die Idee hat Potenzial«, stimmte Lady Salisbury zu. »Ich werde darüber nachdenken.«

»Wir könnten auch die Modeseiten untergraben«, schlug Hattie vor. Ihre Wangen waren vor Aufregung gerötet. »Ihr habt ja bestimmt schon von der neuen *Rational Dress Society* gehört. Ich glaube, dass viele Damen für eine neue, bequemere Mode zugänglich wären.«

Lucie nickte anerkennend. »Das ist genau das, was ich meine.«

»Was ist mit der Geschichte auf der letzten Seite?«, fragte Catriona. »Wir könnten nur Geschichten mit Heldinnen drucken, die nach Freiheit und Gleichberechtigung streben.«

»Oder solche mit Heldinnen, denen die Gesellschaft schreckliches Unrecht angetan hat«, ergänzte Hattie. »Damit die Leserin eine Revolution für sie anfangen möchte!«

Ein Lächeln umspielte Lucies Mundwinkel. Zum ersten Mal, seit Tristan sich in die Angelegenheiten von *London Print* eingemischt hatte, freute sie sich wieder darüber, dass sie ein Verlagshaus zu ihrer Verfügung hatte. Nun, zumindest die Hälfte.

»Im Moment müssen wir uns nur alle über die neue Richtung einig sein«, stellte sie fest. »Ich nenne sie: Subtil einen Sturm entfachen.«

»Eine ausgezeichnete Richtung«, sagte Annabelle.

»Hört, hört«, rief Lady Salisbury.

»Aber wie sollen wir die Reform der Magazine an Lord Ballentine vorbeischmuggeln?«, wollte Catriona wissen. »Wir können ihn nicht daran hindern, sein Veto gegen die Änderungen einzulegen.«

»Es ist schon empörend!« Lady Salisbury runzelte die Stirn. »Lord Ballentine ist ein prachtvoller Vertreter seines Geschlechts, aber es war schon sehr unfein von ihm, dass er unsere Pläne in letzter Sekunde durchkreuzt hat.«

»In der Tat«, stimmte Lucie zu. »Überlasst ihn mir. Falls er uns aus reiner Bosheit behindern will, obwohl unsere Änderungen womöglich großen Zuspruch bei den Leserinnen finden werden, dann werde ich wohl auch unfein mit ihm umgehen müssen.«

»Das klingt schrecklich kindisch«, bemerkte Lady Salisbury.

»Oh, das ist es«, bestätigte Lucie. Dann stöhnte sie auf und vergrub das Gesicht in den Händen. »Es wird Jahre dauern, bis unsere Manipulationen überhaupt eine Wirkung zeigen. Wie soll ich das nur so lange aushalten?«

»Indem du dir unseren Sieg vorstellst«, erklärte Annabelle.

»Scharenweise Frauen auf dem Parliament Square, die bereit sind, ihre Stimme zum ersten Mal abzugeben.«

»Lady Lucinda, das erste weibliche Mitglied des Oberhauses«, ergänzte Hattie. »Ich verlange das Exklusivrecht, dein Porträt für Westminster malen zu dürfen.«

Lucie schaute auf. »Ich werde versuchen, mich nicht unerträglich aufzuführen, bis wir unsere erste geänderte Ausgabe veröffentlichen.«

»Wir nehmen dich beim Wort«, versicherte Hattie. »Bisher schlägst du dich gut.« Sie wandte sich an Lady Salisbury: »Lady Lucinda bemüht sich, ihren Ruf aufzupolieren.«

Lady Salisbury hob die Augenbrauen. »Ah. Mir ist schon aufgefallen, dass Sie sich neuerdings modischer kleiden.« Sie ließ anerkennend den Blick über Lucies malvenfarbiges Spazierkleid wandern.

»Mir geht es nicht nur um die Garderobe«, sagte Lucie. »Meine Bekanntschaft mit den tonangebenden Mitgliedern der Gesellschaft aufzufrischen, steht als Nächstes auf meiner Liste.« Sie schaute auf die verschnörkelte Uhr auf dem Kaminsims. »Daher sollte ich die Haupt-Frühstückszeit nicht versäumen.«

Lady Salisbury blickte tadelnd. »Warum haben Sie mir nicht gesagt, dass Sie bereit für solche Maßnahmen sind?« Sie griff nach ihrem Stock und stand mühsam auf. »Kommen Sie, Kindchen. Ich werde Ihnen den Weg bereiten.«

Lady Salisburys Vorstellung von »den Weg bereiten« bestand darin, sie alle nach dem Frühstück auf den sonnenbeschienenen Rasen von Claremonts englischem Garten zu scheuchen. Weiße Zeltpavillons und Korbstühle luden flanierende Gäste ein, Platz zu nehmen, zu plaudern und mit anderen eine Tasse Tee im Freien zu genießen. In der Nähe einer Baumgruppe war ein Krocketspiel aufgebaut worden; das Gelächter und die Jubelschreie der Spielenden wurde vom Wind zu ihrer kleinen Gruppe hinübergetragen.

Lady Salisbury ging mit Catriona voraus, die selbst eine Lady war. Bankierstochter Hattie und das schwarze Schaf Lucie sollten den beiden in gebührendem Abstand unauffällig folgen. Und dann steuerte Lady Salisbury überraschend ausgerechnet auf Lady Wycliffe zu, die sich, mit Cecily an der Seite, mit zwei älteren Damen unterhielt. Lucie und Hattie waren an der kleinen Gruppe schon fast vorbei, als Lady Salisbury sich zu ihr umdrehte.

»Ah, Lady Lucinda«, rief sie, als sei sie überrascht, sie zu sehen. »Was für ein hübsches Kleid und eine solch ungewöhnliche Farbe. Kommen Sie doch bitte näher, damit ich es mit meinen alten Augen besser anschauen kann.«

Nun gut. Lady Salisbury ging ein großes Risiko ein, indem sie ihre Nase in die Angelegenheiten einer entfremdeten Familie steckte. Allerdings wäre es auch ein Triumph, wenn man sie im Gespräch mit ihrer Mutter sah. Die Gräfin bewunderte derweil sehr genau den völlig gewöhnlichen Malventon. »Ist es nicht hinreißend?«, fragte sie mit solch überschwänglicher Begeisterung, dass Lady Wycliffe sich gezwungen sah, sich das Kleid näher anzuschauen und zuzustimmen, dass es in der Tat sehr hübsch sei.

Die Damen begannen einen höflichen Austausch über Mode, während Lucie aus dem Augenwinkel wahrnahm, wie eine gewisse Lady Hampshire näher kam, wild gestikulierend und in ein Gespräch mit einem weißhaarigen, bärtigen Gentleman vertieft.

Die Marchioness heftete den Blick prompt auf Lucies Mutter. »Lady Wycliffe«, rief sie. »Ich habe Sie schon gesucht. Wir haben gerade über Professor Marlows neue Studien zur Hysterie gesprochen.«

»Ach ja?«, meinte ihre Mutter matt. »Wie faszinierend.«

»Oh, in der Tat«, stimmte Lady Hampshire zu. »Professor Marlow wird bestimmt sehr bald in den Vorstand der Royal Society berufen, merken Sie sich meine Worte.« Die Damen machten Platz, als sie den Mann entschlossen in ihren kleinen Kreis zog. »Der Herzog hat den Professor auf meine persönliche Bitte hin eingeladen, und ich bin der Ansicht, dass einem Mann eindeutig etwas Philosophisches anhaftet, wenn er Wissen über Etikette stellt, falls es die Umstände erfordern. Erinnern Sie sich an den Artikel, den ich gerade schreibe, über den ungebärdigen Unterleib von ledigen Frauen …«

Professor Marlow räusperte sich und schaute sich mit ernster Miene um. »Da unschuldige Ohren zuhören, möchte ich vorschlagen, dass wir die Diskussion über dieses heikle Thema auf einen späteren Zeitpunkt verschieben.«

Lady Hampshire erstarrte, dann betrachtete sie Cecily und Hattie mit verdrießlichem Blick.

»Wir haben uns gerade über Katzen unterhalten«, sagte Lady Salisbury fröhlich, obwohl das nicht stimmte. Aber Lady

Hampshires gebieterische Miene hellte sich sofort auf. »Oh, natürlich«, sagte sie. »Wie ich ist Lady Wycliffe eine Expertin auf diesem Gebiet und eine der wenigen, die sich auf Hauskatzen versteht. Die restliche Gesellschaft betrachtet diese eleganten Wesen ja nur als ordinäre Mäusefänger, aber wir wissen, dass die alten Ägypter sie als Götter verehrt haben, nicht wahr?«

»In der Tat«, bestätigte Lucies Mutter.

Lucie erinnerte sich vage an die Katzen ihrer Mutter: verwöhnte, launische Biester, die frei in ihren Gemächern herumstromern durften und gelegentlich in Plüschkäfigen zu obskuren Katzenausstellungen transportiert worden waren. Sie hatte immer den Verdacht gehegt, dass ihre Mutter die Katzen nur hielt, um Wycliffe zu ärgern, der nicht müde wurde, darauf hinzuweisen, wie dumm es doch sei, Nutztiere in den oberen Etagen zu halten.

»Die Ägypter haben sie sogar mumifiziert«, erklärte Lady Hampshire. »Ich hatte das Glück, eine solche Katzenmumie von Dr. Carson zu erhalten. Vermutlich ist Ihnen sein Name ein Begriff?«

»Tut mir leid, nein«, antwortete Lady Wycliffe mit angewiderter Miene.

In diesem Augenblick fühlte Hattie sich bemüßigt zu sagen: »Lady Lucinda besitzt auch eine Katze.«

»Ach ja?«, fragte Lady Hampshire. Mehr nicht. Ihr Adlerblick musterte Lucie jedoch von Kopf bis Fuß, als ob sie ihr vorher nicht aufgefallen sei.

Ihre Mutter neigte sich leicht zu ihr. »Welche Rasse?«

»Das weiß ich nicht«, sagte Lucie vorsichtig. Die plötzliche Nähe ihrer Mutter war ein wenig beunruhigend. »Sie ist schwarz. Ein Findelkätzchen.«

»Du liebe Güte«, entrüstete sich Professor Marlow. »Eine Scheunenkatze im Haus?«

»Wohl kaum«, sagte Lucie. »Ihr Verhalten ist viel zu snobistisch für eine Katze mit zweifelhafter Herkunft.«

Der Professor runzelte die Stirn, aber ihre Mutter nickte, als sei das Argument völlig logisch, und deshalb fing auch Cecily an, zu nicken.

»Sie heißt Boudicca«, fügte Lucie hinzu, weil Lady Salisbury sie auffordernd anschaute.

»Benannt nach einer streitlustigen Heidenkönigin«, verkündete Professor Marlow. »Wie drollig.«

Lady Hampshire musterte sie immer noch abschätzend. »Sie sind sehr schlank, Lady Lucinda«, sagte sie nun. »Haben Sie womöglich einen Bandwurm geschluckt?«

Lucies Kopf war wie leer gefegt. War das eine Fangfrage? Eine Beleidigung? Ein Witz?

»Eine ausgesprochen schlanke Figur bei einer Frau ist gewöhnlich ein Symptom für eine starke nervöse Neigung«, bemerkte Professor Marlow. »Ich empfehle Ihnen regelmäßige Nickerchen.«

Bevor Lucie dem Mann mit Lady Salisburys Gehstock eins überziehen konnte, hakten Hattie und Catriona sich plötzlich bei ihr links und rechts unter und gaben vor, dass sie beim Kroketspiel erwartet wurden.

»So«, sagte Hattie fröhlich, während sie auf das Wäldchen zusteuerten. »Das lief doch gut.«

»Gut?«, fragte Lucie. »Sie hassen mich. Bandwürmer?«

»Sie hat nur versucht, Konversation zu machen, Lucie.«

»Sie hat angedeutet, ich sei von Parasiten befallen.«

»Manche Damen verschlucken sie doch aber, um schlank zu bleiben«, erklärte Hattie ernsthaft. »Viele Damen verbünden sich beim Austausch von Diätrezepten.«

»Und dennoch hat sie meine Mutter nichts dergleichen gefragt.«

»Nein, mit ihr hätte sie lieber vor Publikum über ungebärdige Unterleibe diskutiert«, stellte Hattie fest.

Ein unerwartetes Lachen kitzelte sie in der Kehle. »Oh, Mutter war nicht amüsiert.«

Sie warf einen Blick über die Schulter. Ihre Mutter unterhielt sich immer noch mit Lady Salisbury, aber sie hatte den Kopf leicht gedreht und schaute in Lucies Richtung. Ihre Blicke verfingen sich und hielten unmerklich aneinander fest, bis Cecily sich vorbeugte und Lady Wycliffes Aufmerksamkeit einforderte.

»Ich glaube, es war ein Erfolg«, fand Catriona. »Man hat dich im Gespräch mit einflussreichen Menschen gesehen, und am wichtigsten, mit deiner Mutter …«

»Schaut mal«, sagte Hattie. »Lord Peregrin spielt gerade. Sicher lässt er uns mitmachen.«

Montgomerys jüngerer Bruder hatte sie bereits entdeckt. Er hielt den Krocketschläger in einer Hand und hob die andere zum Gruß an den Kopf, wo bei einem formellen Anlass sein Hut gewesen wäre. Er war an diesem Tag lässig gekleidet und trug eine gestreifte Jacke in den Farben seiner Rudermannschaft von Oxford; sein blondes, von der Sonne gebleichtes Haar war vom Wind zerzaust.

Catriona lehnte sich unvermittelt schwer auf Lucies Arm. Röte färbte ihre Wangen. »Vielleicht sollte ich lieber zum Haus zurückgehen und mir ein Glas Bowle holen«, murmelte sie.

»Das geht nicht«, warf Hattie ein. »Er hat dich bereits gesehen.«

»Myladys, Miss Greenfield«, rief Lord Peregrin zum Gruß. Um keinen Zweifel zu lassen, dass er sie meinte, winkte er wild mit dem Schläger, wobei er Lord Palmers Lockenkopf nur um Haaresbreite verfehlte.

»Verflixt!«, murmelte Catriona.

Es war seltsam, ihre sonst so stoische Freundin so aufgewühlt zu sehen. Lucie erinnerte sich, dass sich Catriona vor ein paar Monaten auf Peregrins Seite gestellt hatte, als er im Streit mit dem allmächtigen Montgomery lag. Sie verlangsamte verwundert ihren Schritt. »Magst du ihn etwa?«

»Pst!«, zischte Catriona.

»Er kann uns noch nicht hören«, beschwichtigte Hattie. Wie es schien, war sie gut informiert.

»Es spielt sowieso keine Rolle.« Catriona klang niedergeschlagen. »Er hat mich als ›nettes altes Haus‹ bezeichnet.«

Hattie blieb abrupt stehen, den Mund zu einem empörten O geformt. »Er hat was?«

Catriona richtete ihre Brille. »Nach dieser Episode im Weinkeller hat er mir gedankt und gemeint, ich sei ein wirklich nettes altes Haus. Ganz eindeutig nimmt er mich nicht als Frau wahr.«

»Dieser Schuft!«

Catriona seufzte. »Er ist nicht der Erste. Da hilft nur, den Blick nach vorn richten.«

Mach dir nichts draus, wollte Lucie sagen. Mit neunzehn war Lord Peregrin noch feucht hinter den Ohren im Vergleich zu Catrionas dreiundzwanzig Jahren. Außerdem konnte er es mit ihrem genialen Verstand bestimmt nicht aufnehmen. Allerdings hatte die Vernunft wohl wenig zu melden, wenn es um Gefühle ging. Während sie sich den Gentlemen näherten, hatte sie sich selbst dabei ertappt, wie sie nach einem großen Lebemann mit kupferrotem Haar Ausschau hielt, obwohl er sich weit Schlimmeres geleistet hatte, als sie »altes Haus« zu nennen …

Sie ergriff Catrionas Hand und machte eine Kopfbewegung zu den Spielern. »Werden wir Unfähigkeit vortäuschen und alle Tore verfehlen müssen?«

»Natürlich«, sagte Hattie fröhlich. »Jedenfalls, wenn ihr wollt, dass einer dieser Gentlemen euch heute Abend zum Tanz auffordert. Ein Walzer, stand der nicht auf deiner Liste, Lucie? Ich empfehle dir Lord Palmer. Er ist leichtfüßig und führt sicher mit festem Griff.«

»Ich hasse es, Krocketbälle in just dem falschen Winkel zu treffen.«

Catriona drückte ihre Hand. »Ich werde für uns gewinnen«, sagte sie leise. »Ich tanze nie.«

Tristan konnte sich an keinen langweiligeren Ball erinnern, dabei hatte die Abendveranstaltung noch nicht einmal angefangen. Cecily hing an seinem Arm; sie duftete wie eine Rose und sah in ihrer rosa berüschten Robe auch so aus. Lucies wortkarge Mutter und Tommy Tedbury, der offensichtlich einen Groll gegen ihn hegte, beschatteten ihn. Die ständige Anwesenheit der drei schnürte ihm mehr die Luft ab als der Knoten seiner Fliege, die ihn unangenehm drückte, seit er Cecily und die Gräfin von deren Suite abgeholt hatte.

Auf dem Weg durch die Große Halle entdeckte er einige alte Mitschüler aus Eton mit Whiskygläsern in der Hand. Weston, Calthorpe, Addington und MacGregor, soweit er sehen konnte. Natürlich riefen sie mit von Alkohol befeuerter Begeisterung prompt seinen Namen.

Er drehte sich um. »Tommy, darf ich dir Ceci für den restlichen Weg zum Ballsaal anvertrauen?«

Er legte ihre behandschuhte Hand bereits auf den Arm seines früheren Spielkameraden.

Thomas Tedbury blickte ihn finster an. »Es schickt sich nicht, eine Dame wie ein Paket weiterzureichen, Ballentine.«

»Für mich ist sie nichts Geringeres als wertvolle Fracht«, sagte Tristan und schlenderte zu der Eton-Gruppe.

Seit der Internatszeit hatte sich ihr Benehmen kaum weiter entwickelt; dieselben Scherze, das gleiche johlende Gelächter, die kameradschaftlichen Schläge auf den Rücken. Die Veränderung fand an der Oberfläche statt: zurückweichender Haaransatz, zunehmender Bauchumfang. Dennoch boten sie, wenn man es genauer betrachtete, im Moment die angenehmere Gesellschaft.

»Ich würde dich ja wegen deiner hübschen Gedichte aufziehen«, sagte Addington und prostete ihm zu. »Aber ich möchte kein Messer in den Rücken bekommen, wenn ich es am wenigsten erwarte.« Sein Lächeln erreichte seine Augen nicht. Addington hatte sich das sprichwörtliche Messer im Rücken während seiner Zeit in Eton durchaus mehrmals verdient, denn einem schmalen, nicht allzu großen Jungen blieb nur eine Wahl, um nicht auf dem untersten Rang der Internatshierarchie zu landen: Er musste kreativ werden. Und was Tristan an Disziplin fehlte, machte er mit Kreativität mehr als wett.

Er nahm sich ein Glas Brandy von dem Tablett eines Dienstboten, der auf sein Zeichen herbeieilte. »Wie läuft es mit der Verwaltung deiner Ländereien, Weston?«

Westons Erzählungen langweilten Addington bekanntermaßen zu Tode, und wie erwartet, hielt Weston eine längliche Tirade über seine Rindviecher. Bis seine Stimme plötzlich verstummte, seine Augen sich weiteten und er leise durch die Zähne pfiff. Vermutlich hatte er eine Frau entdeckt.

»Da brat mir doch einer einen Storch. Das ist der Tedbury-Drachen.«

Es kostete Tristan Mühe, nicht herumzuwirbeln, sondern sich langsam und mit einer Miene der Gleichgültigkeit umzudrehen.

Er erhaschte einen Blick auf sie, als sie die letzten Treppenstufen herunterstieg.

Mit einem Mal nahm er die Große Halle nicht mehr wahr. Es gab nur noch die zierliche Frau in Rot. Nicht Rot. Karmesin. Dieselbe Farbe wie sein Lieblings-Gehrock. Wie der Rubin an seinem Ring. Wie die Farbe von Blut auf dem Weg zum Herzen.

Sein Mund wurde trotz des Brandys trocken.

Mit ihrem hellen Haar wirkte Lucie wie eine Kombination aus Feuer und Eis. Ein bösartiges Genie hatte ein durchscheinendes karmesinrotes Flügelteil an die Rückseite ihrer Ärmel genäht. Der Stoff war so zart, dass er bei jedem Schritt leicht aufflog und den Eindruck vermittelte, sie würde die Treppe herunterschweben wie ein Schmetterling.

Ein Phantom der Freude sie mir ward,
Als ich ihr Antlitz zuerst gewahrt.
Ein tanzend Traumgespinst, das mich verzückt,
ein Bildnis, das mich betört, verfolgt, berückt …

Der Vers hallte wie ein Echo in seinen Gedanken wider. Wordsworth. Tristan hob sein Glas an die Lippen und trank den Inhalt in einem Zug aus. Wenn ihm Wordsworths Zeilen in den Sinn kamen, dann stand es wirklich schlimm um ihn. Die aufwühlenden Emotionen, die in ihm tobten, waren nur schwer auszuhalten, weil er ungerührt stillstehen musste.

»Was sagt man dazu?! Sie hat sich hübsch herausgeputzt.« Weston klang beeindruckt.

»Lass dich davon nicht täuschen. Sie ist immer noch so kalt, dass dir davon die Eier abfrieren«, meinte Calthorpe.

»Mit nur einem Blick macht sie Rührei aus deinem besten Stück«, fügte MacGregor besorgt hinzu.

»Nun, ich würde ihr schon zeigen, wer die Hosen anhat«, murmelte Addington.

Calthorpe lachte. »Das würdest du nicht wagen.«

»Mach dir nicht ins Hemd, alter Knabe. Frauen wie sie sind nur so rebellisch, weil die Männer sie mit Samthandschuhen anfassen. Sie sehnen sich verzweifelt nach einer harten Rute und festen Hand, die sie an ihren Platz verweist. Daher werden sie nur umso hysterischer, je mehr man vor ihnen katzbuckelt.«

»Oho«, rief Weston.

MacGregor gab ein verlegenes Lachen von sich und senkte den Blick auf seine Füße.

»Vorsicht, Addington!«, warnte Tristan freundlich. »Sie ist immer noch Tedburys Schwester.«

Ein nüchterner Mann hätte den drohenden Ton in seiner Stimme wohl wahrgenommen.

Addington jedoch grinste. »Tedbury. Ist er irgendwo in der Nähe?« Er legte die Hand an die Stirn und sah sich theatralisch in der Halle um.

»Ich nehme an seiner Stelle Anstoß.«

Lucie war am Fuße der Treppe stehen geblieben. Eine Begleitung für sie war nirgendwo in Sicht. Sie würde einen Ballsaal, in dem sie fast alle als Abnormalität betrachteten, allein betreten müssen. Die Männer um ihn herum konnten ihrer Courage nicht das Wasser reichen.

Eine warme Woge des Stolzes stieg in ihm auf und füllte kurz die Leere in seiner Brust.

Er würde später ergründen, was das zu bedeuten hatte.

»Zwanzig Pfund, dass MacGregor es nicht wagt, den Drachen zu einem Tanz aufzufordern«, sagte Calthorpe.

MacGregor hob die roten Brauen. »Mir sind meine Nüsse mehr wert als läppische zwanzig Pfund, vielen Dank.«

»Dreißig«, erhöhte Calthorpe rasch. »Und ich verdoppele den Einsatz, wenn du sie dazu bringst, dir den ersten Tanz zu schenken.«

»MacGregor? Ein Walzer mit ihr?« Weston lachte. »Da gehe ich mit.«

»Ihr Unmenschen«, spottete Addington. »Als ob MacGregor hundertzwanzig leicht verdiente Pfund ablehnen könnte, wo doch sein alter Herr so geizig ist.«

MacGregor stöhnte resigniert auf.

»Was ist mit dir, Ballentine?«, meinte Addington nahe an seinem Ohr. »Man munkelt ja, du hättest Gefallen an den Knabenhaften.«

Oh, da hatte jemand eindeutig zu tief ins Glas geschaut.

Er wandte sich zum Gehen. »Halt das mal, bitte.« Er drückte Addington sein leeres Glas in die Hand, der es verblüfft festhielt.

Lucie stand neben einem überbordenden Blumenarrangement, als Letzte in der sich langsam vorbewegenden Schlange zum Ballsaal.

Der Chignon über ihren schmalen Schultern, zu dem sie ihre weißblonden Haare frisiert hatte, wirkte viel zu schwer für ihren grazilen Hals. Er hatte gewusst, dass sie zierlich war, aber tatsächlich war sie elfenzart. Er könnte sie vermutlich mit einem Arm hochheben und sie in seine Brusttasche stecken, und dieses Wissen jagte einen heißen Schauer durch seinen Körper.

Sie würdigte ihn keines Blickes, als er neben ihr stehen blieb, an der Stelle, wo ihre Begleitung hätte sein sollen.

»Wir haben doch schon darüber gesprochen, dass du mich nicht verfolgen sollst.« Steif hielt sie den Blick auf den Rücken des Gentlemans vor sich gerichtet.

»Guten Abend, Fremde.«

Sie trat von einem Fuß auf den anderen, als hätte sie ein Steinchen im Schuh.

»Möchtest du von dir reden machen und den Saal allein betreten?«, fragte er. »Oder würdest du mich als Begleitung in Betracht ziehen?«

Nun sah sie auf. Er blinzelte. Eine Locke fiel ihr in die Stirn, und rote Blumen zierten ihre Frisur. Das war die neueste Mode, das wusste er, aber auf den ersten Blick wirkte sie wirklich wie eine Fremde.

»Mit dir einzutreten würde auch für Gerede sorgen«, gab sie zu bedenken.

Er nickte bestätigend.

»Man hat mich heute gezwungen, beim Krocket zu verlieren«, fügte sie rätselhaft hinzu.

»Das ist ja … fürchterlich?«

»Das bedeutet, dass ich den Wunsch verspüre, für Furore zu sorgen«, murmelte sie und beäugte seinen Arm.

Sein Herz schlug schneller. »Ich vermute, das weckt in dir auch den Wunsch, mir den ersten Tanz zu schenken.«

Sie heftete den Blick wieder auf den Rücken des Mannes vor ihnen. Als sie das Wort erneut ergriff, schwang ein Schmunzeln darin mit. »Warum findest du es nicht heraus, Mylord?«

Warum findest du es nicht heraus, Mylord?

Ein triviales Krocketspiel reichte offenbar aus, um Lucies Wagemut zu wecken. Vielleicht lag es aber auch an den beiden Gläsern Champagner, die sie hastig im Ankleidezimmer getrunken hatte. Sie zog es tatsächlich in Betracht, in Tristans Begleitung den Ballsaal zu betreten, als ob eine karmesinrote Ballrobe mit einem Cape noch nicht genug wäre, damit die anderen Gäste sie mit hochgezogenen Augenbrauen musterten. Aber es war so, dass sie entweder mit ihrer Nemesis einen Walzer tanzen oder ganz darauf verzichten sollte. Trotz ihrer Niederlage beim Krocket hatte sich nämlich kein Gentleman in ihre Tanzkarte eingetragen. Offenbar käme das einem Bekenntnis gleich, auf das die Herren lieber verzichten wollten. Tristan hingegen war natürlich exzentrisch genug, um Tratsch über sich und die kratzbürstige Krähe amüsant zu finden.

Sie beobachtete ihn aus dem Augenwinkel. Er sah wie immer blendend aus in seiner festlichen schwarz-weißen Abendgarderobe, die er mit einer charmanten Lässigkeit trug. Sie sollte seine Bitte um einen Tanz ablehnen, vorzugsweise vor aller Augen. Dann betraten sie den Ballsaal jedoch ausgerechnet in dem Moment, in dem ein Waldhorn den Donauwalzer ankündigte, und ein Kribbeln schoss ihr in die Beine. Seit Jahren hatte sie nicht mehr getanzt.

Tristan schaute sie an, einen Arm sehr formell hinter dem Rücken verschränkt.

Ihr Puls beschleunigte sich. »Du wirst mich fragen, nicht wahr?«

»Natürlich.« Er verbeugte sich formvollendet altmodisch. »Würden Sie mir die Ehre erweisen und mir diesen Walzer schenken, Lady Lucinda?«

Der ganze Ballsaal beobachtete sie; die neugierigen Blicke waren so spürbar wie ein kalter Luftzug.

Sie schaute an seiner dargebotenen Hand vorbei in sein Gesicht. In seinen Augen stand ein Ausdruck, der tiefgründiger war als Spott. Ein erneuter Waffenstillstand. Die Melodie wechselte zu einem munteren Dreivierteltakt, und Dutzende Paare wirbelten auf dem Parkett an ihnen vorbei.

Sie legte ihre rechte Hand in Tristans linke.

Heiße Funken schienen an der Stelle zu knistern, wo sie sich berührten. Als er ihren Arm in Position hob, wurden ihr plötzlich die Knie weich. Der warme Druck seiner Hand an ihrer Taille brannte sich bereits durch die Lagen aus Seide und ihr Korsett und schien Spuren auf ihre bloße Haut zu zeichnen. Halt dir deine Feinde nah, hieß es, aber so nah? Keine gute Idee.

Zu spät. Er machte einen Schritt aufs Parkett zu den sich drehenden Paaren und zog sie mit sich. Sie hatte das Gefühl zu fliegen, buchstäblich, da sie der Schwung für einen Moment von den Füßen hob. Ihr leiser Aufschrei wurde von den Klängen des Orchesters und dem rhythmischen Klackern der Absätze auf dem Parkett verschluckt. Tristan war er dennoch nicht entgangen. Der Griff seiner Hände verstärkte sich ein wenig, und eine Erinnerung flammte auf: seine Hände auf ihren Hüften, als sie auf dem Stallboden auf ihm lag.

Sie sah hoch und beschloss, sich auf den Knoten seiner weißen Fliege zu konzentrieren, wofür sie den Kopf in den Nacken legen musste.

»Du bist wirklich sehr groß.« Ihre Stimme klang eindeutig zu schrill.

Er neigte den Kopf. »Deine Beobachtungsgabe ist für eine Frau außerordentlich gut. Ich nehme an, gelegentlich jagst du den Gentlemen mit deinem Schneid einen gehörigen Schrecken ein?«

Schneid?

Er lächelte und sie senkte den Blick auf eine weniger betörende Stelle. Seinen Hals. Zu vertraulich. Seine linke Schulter. Die hatte sie bereits nackt gesehen, gebräunt und seidig schimmernd. Hitze schoss ihr in die Wangen. An diesem Abend bot keine Stelle an ihm sicheres Terrain.

»Woher sind Sie so plötzlich gekommen?«, neckte er. »Ich habe Sie noch nie zuvor gesehen.« Sein Blick schwenkte über ihren tiefen, quadratischen Ausschnitt.

»Das nennt man wohl Schäkern, Mylord.«

»Ja, auf unverschämte Weise«, bestätigte er und zog sie an sich. Nun. Er hatte sich vor ihrem Schneid nie gefürchtet. Feuerfunken gleich hatte sein Blick Spuren auf dem bescheidenen Ansatz ihrer Brüste hinterlassen und wärmte ihre Haut.

Die Kombination aus Champagner und eng geschnürtem Korsett war gefährlich. Ihr wurde etwas schwindelig. Sie konnte sich nicht einmal über seinen anzüglichen Blick ereifern.

Immer weiter drehten sie sich; Röcke, Fächer und mit Girlanden geschmückte Säulen um sie herum verschmolzen zu einem farbenprächtigen undeutlichen Schemen.

»Nun musst du eine geistreiche Bemerkung machen«, stellte Tristan fest.

»Also schön«, sagte sie. »Wo ist dein Ohrring geblieben?«

Er hob überrascht die Brauen. »Damit hätte ich nicht gerechnet.«

Sie hatte sich seit ihrer Verabredung bei Blackwells immer mal wieder darüber gewundert.

Er schwieg eine Weile. »Der Ohrring hat denselben Weg genommen wie dein Hosenrock«, sagte er.

»Mein Hosenrock?«

»Ja, der mit den weiten, sich bauschenden Hosenbeinen, der aussah, als hättest du ihn aus einem alten Rock geschneidert«, erklärte er. »Du hast versucht, dich mit diesem Hosenrock unbemerkt in die Ställe zu schleichen. Beinahe hättest du es auch geschafft. Damals, in diesem Sommer, warst du fünfzehn, glaube ich.«

Nun erinnerte sie sich. In diesem Sommer war sie zu alt geworden, um sich heimlich Tommys Reithose auszuleihen, wenn sie mit Thunder ausreiten wollte. Sie konnte allerdings auch nicht rittlings in einem Rock auf einem Pferd sitzen. Daher hatte sie sich eine Hose genäht. Dass sich Tristan daran erinnerte, war erstaunlich, aber andererseits hatte es auch einen bemerkenswerten Aufruhr gegeben, nachdem man sie erwischt hatte.

»Ich habe es gehasst, im Damensattel zu reiten«, erklärte sie. »Tommy hat mich verpetzt, der Schuft. Drei Tage lang wurde ich in meinem Zimmer eingesperrt, damit ich auch ganz sicher einsah, dass ich etwas Falsches getan hatte.«

Er hatte behauptet, sein Ohrring sei denselben Weg gegangen. Jemand hatte ihm also gesagt, er solle ihn abnehmen. Aber wer, fragte sie sich, hatte die Macht, einem Adeligen zu sagen, wie er sich kleiden sollte?

Sie wirbelten an Lord Melvin und seiner Tanzpartnerin vorbei, und sie erwiderte sein Nicken mit einem Lächeln.

»Lord Melvin«, sagte Tristan, als sie ihn wieder anschaute. »Ist er dein Galan?«

Fast wäre sie gestolpert, hätte er nicht so sicher geführt. »Solche Fragen zu stellen steht dir nicht zu.«

»Beim Abend im Grünen Salon hast du sehr vertraut mit ihm gewirkt.«

Das hatte sie nicht, viel bedeutender war jedoch: Hatte Tristan sie etwa beobachtet?

Wäre er ein anderer gewesen, hätte sie die Bemerkung für ein Anzeichen von Eifersucht gehalten. Aber Tristan war viel zu selbstbewusst, um sich eifersüchtig zeigen, selbst wenn er Ansprüche gehabt hätte.

»Bemerkenswert, dass dir das aufgefallen ist«, sagte sie. »Vor allem in Anbetracht der Tatsache, dass du so beschäftigt mit Cecily warst. Was hat sich meine Mutter nur dabei gedacht, dich mit dem armen Lämmchen zusammenzuspannen?«

Sie hatte offenbar unabsichtlich eine Wunde getroffen, denn seine Miene verschloss sich.

»Du hast ihr Katzengedicht nicht gehört«, sagte er schließlich in unheilvollem Ton. »Sonst würdest du noch mal überdenken, wen du als armes Lämmchen von uns beiden bezeichnest.«

»Ein Katzengedicht? Nun, ich mag Katzen. War es gut?«

»Schauderhaft. Und sehr anzüglich. Aber das war wohl ein Versehen, glaube ich.«

Sie lachte, und er musterte sie neugierig. Runde um Runde drehten sie auf dem Parkett. Sie gab sich stets Mühe, sich nicht selbst zu belügen. Und die unleugbare Wahrheit war, dass sie sich zu Tristan in all seinem ruchlosen Glanz hingezogen fühlte. Das war der Grund, warum ihre Haut kribbelte, als würde sie in Champagner baden, wenn er seine Hand an ihre Taille legte. Ebenso, warum sie manchmal eine Woge der Hitze überlief, wenn sie all die Gründe durchging, warum sie ihn verachtete. Es war eine kranke Begierde wider jegliche Vernunft. Womöglich übte er aber genau deshalb einen so großen Reiz auf sie aus. Eine brave Frau sollte nicht einmal Worte finden für all die Stellen, die vor Sehnsucht brannten, wenn er sie auf diese Weise ansah, so eindringlich, als wolle er all ihre Geheimnisse erkunden. Sie galt jedoch schon lange als schamlose Person. Daher konnte sie einen Tanz ohne Gewissensbisse genießen. Sie hatte wohl kaum einen Ruf zu verlieren.

Geschützt durch eine Säule wurde das ungleiche Paar, das enger als die anderen tanzte, von zwei Augenpaaren beobachtet.

»Du bist bemerkenswert ruhig, wenn man bedenkt, dass das dein Tanz hätte sein sollen«, sagte Arthur.

Cecily gönnte ihm keinen Blick. Ihre Augen waren auf die Tanzfläche gerichtet, wo Tristan eine Frau in rotem Kleid in einem Walzer herumwirbelte, der in unausgesprochenem Einverständnis tatsächlich ihr hätte gehören sollen. Und sie war ganz und gar nicht so ruhig, wie sie äußerlich erschien. Das Brennen in ihren Augen verriet, dass Tränen der Wut gefährlich nah an die Oberfläche gestiegen waren.

»Es ist offensichtlich, dass sie ihn bedrängt hat«, sagte sie leise. »Vermutlich hatte sie Sorge, dass sonst niemand sie auffordern würde. Und er war ein zu großer Kavalier, um einer

Dame seiner Bekanntschaft einen Korb zu geben. Nicht mal einer Dame wie ihr.«

Arthur nickte resigniert, denn sie zeigte die übliche Reaktion auf Ballentines unverschämtes Verhalten: Man redete es sich schön und erfand Ausreden dafür. Er hatte sie alle schon gehört. Ja, er hatte einst selbst so gehandelt. Vermutlich war er dem Mann schon genauso lange wie seine Cousine zugetan. Damals, als er elf geworden war, hatten ihn seine Eltern zum ersten Mal nach Wycliffe Hall geschickt, um den Sommer mit entfernten Verwandten zu verbringen, statt ihn mit auf ihre Reise nach Indien zu nehmen. Er hatte tagelang geschmollt, denn Tommy war schon fünfzehn und behandelte ihn wie ein Kind, und Cecily, die in Arthurs Alter war, kam ihm selbst noch sehr kindisch vor. Und dann war er aufgetaucht. Tristan. Er erinnerte sich noch ganz deutlich daran. Die Kutsche hatte gehalten, die Tür schwang auf, und der wundervollste Junge, den er je gesehen hatte, sprang auf den Kies, den Hut unter einen Arm geklemmt. Sein Haar hatte wie eine Fackel in der Sommersonne geleuchtet. Er hatte sich so anmutig bewegt wie ein Tänzer. Arthur erinnerte sich noch, dass sich sein Mund plötzlich ganz trocken anfühlte und sich ein seltsames Flattern in seinem Inneren ausbreitete. Sehr viel später hatte er verstanden, dass dies die ersten Anzeichen einer Schwärmerei gewesen waren. Tristan war an der Reihe von Menschen, die ihn willkommen heißen wollten, vorbeigeschlendert und hatte achtlos Arthurs Haare verstrubbelt. »Wen haben wir denn da?«, hatte er damals gefragt. Zehn Jahre später hatten sich ihre Wege in einer Lasterhöhle erneut gekreuzt, und Tristan hatte ihn nicht wiedererkannt. Es war fast so, als wäre Arthur nie in Wycliffe Hall gewesen, wäre ihm nicht einen Monat lang mit jungenhaftem Feuereifer nachgelaufen oder hätte nicht noch lange danach von ihm geträumt.

Nun wirbelte Ballentine die skandalträchtige Lady Lucinda durch den Saal, als sei er über jedes Urteil erhaben, und obwohl Arthur bereits angetrunken war, fühlte er sich noch lange nicht berauscht genug, um das Spektakel gelassen zu beobachten. Tatsächlich verspürte er eine tiefe Enttäuschung. Persönlich hegte er keinen Groll gegen Cousine Lucie. Während seines Aufenthalts bei ihrer Familie hatte er sie kaum zu Gesicht bekommen. Sie war älter als Tristan und hatte es vorgezogen, für sich allein zu bleiben, ob im Park oder in ihrem Zimmer. Nun aber, als Arthur sie in Tristans Armen sah, konnte er sie nicht ausstehen.

Er wandte sich an Cecily. »Er wird dich nicht heiraten, Cecily.«

Langsam drehte sie sich zu ihm um. »Warum sagst du das?«

»Er ist nicht für die Ehe geschaffen.«

»Aber … er muss. Der Ehevertrag ist bereits aufgesetzt.«

Als Arthur schwieg, meinte sie: »Unsere Verlobung wurde einzig deshalb noch nicht offiziell bekannt gemacht, weil mein Onkel möchte, dass Lord Ballentine erst seinen guten Ruf wieder herstellt, damit er den Namen unserer Familie nicht beschmutzt. Was ziemlich ungerecht ist, denn er wird einfach nur schrecklich missverstanden.«

Arthur schnaubte. »Schau ihn dir an. Schau ihn dir genau an, meine Liebe.«

Sie wandte die Aufmerksamkeit wieder der Tanzfläche zu. Sie schaute genau hin. Seit zwei Tagen hatte sie Tristan nicht aus den Augen gelassen. In ganz England gab es keinen attraktiveren Mann, was bedeutete, er war der schönste Mann auf der Welt. Seine bernsteinbraunen Augen konnten so flammend blicken, und wenn er lächelte oder sie ansah, stieg eine fieberhafte Hitze in ihr auf. Jede Frau im Saal begehrte ihn.

Schon bei ihrer ersten Begegnung, damals als junges Mädchen, hatte sie gewusst, dass sie füreinander bestimmt waren. Gut, vielleicht ganz am Anfang noch nicht, aber selbst, als er noch keinen solch blendenden Anblick bot, war er immer aufmerksam zu ihr gewesen. Er würde sie ganz bestimmt heiraten. Arthur war nur mürrisch, eine bedauernswerte Charaktereigenschaft.

»Ich sehe einen Mann, der großzügig genug ist, um mit meiner unglückseligen Cousine zu tanzen«, sagte sie. Auch wenn er ihrer Meinung nach ein wenig zu viel Großmut bewies. »Und der Prinz von Wales mag ihn.«

Arthur verzog ungeduldig den Mund. »Dieser Mann schert sich nicht um Verträge. Oder Ehre. Er hat nichts als Verachtung für Menschen übrig, die ihn bewundern. Ich wage zu behaupten, dass er selbst über sein Victoriakreuz spottet. Eine Ehe ist das Letzte, was er im Sinn hat, merk dir meine Worte. Es gibt nur zwei Dinge, die Lord Ballentine wichtig sind: er selbst und sein Vergnügen.«

Cecily runzelte die Stirn. »Du behauptest all diese grässlichen Sachen mit einer solchen Gewissheit.«

»Weil ich ihn kenne.«

»Ich kenne ihn auch.«

»Ich kenne ihn von einer Seite, die du nicht zu Gesicht bekommst.«

Am liebsten hätte Cecily mit dem Fuß aufgestampft. Sie wusste, dass Gentlemen Bindungen pflegten, die den Frauen in ihrem Leben verborgen blieben. Und das gefiel ihr nicht.

»Sei es, wie es mag, ich werde niemand anderen als ihn heiraten«, erwiderte sie nachdrücklich.

Arthur musterte sie eingehend und blinzelte, als ob er sie nicht klar erkennen könne. »Grundgütiger!«, sagte er leicht lallend. »Du willst ihn wirklich.«

Sie senkte den Blick, ihre Wangen glühten.

»Und was ist mit der Frau, die ihn zu einem ganzen Gedichtband romantischer Poesie inspiriert hat?«, fragte Arthur. Denn es war offensichtlich, dass Ballentines Gedichte einer Frau gewidmet waren.

»Es ist nur natürlich, dass Künstler eine Muse haben«, meinte Cecily. »Vielleicht ist sie auch nur ein Bild seiner Fantasie.« Und sie, Cecily, war eindeutig einer imaginären Frau vorzuziehen. Offen gestanden, auch vielen realen.

Im selben Moment sah sie, wie Tristan lachte. Als er Lucie wieder ansah, zog er sie unschicklich nah für die nächste Drehung an sich. Und in seinem Blick lag etwas …

Cecily verspürte einen Stich in der Brust. Unwillkürlich ballte sie die behandschuhten Hände zu Fäusten.

Natürlich hatte das nichts zu bedeuten. Immerhin ging es hier nur um Lucie. Niemand mochte sie.

Aber ihm zuzuschauen, wie er sich offenbar köstlich mit einer anderen Frau amüsierte? Was, wenn er gleich mit einer respektableren Dame tanzte? Sie schluckte schwer. Stimmte es womöglich? War ihre Verlobung nicht so sicher, wie ihre Tante und ihr Vormund behaupteten?

Schwarze Pünktchen tanzten vor ihren Augen. Halt suchend stützte sie sich gegen die Säule.

In Arthurs Blick stand Mitleid. »Ceci …«

Sie hob eine Hand. »Mir gefällt dieses Gespräch nicht. Und mir gefällt auch nicht, dass er mit Lucinda tanzt.«

Arthur schwieg. Er musterte ihre geröteten Wangen und glänzenden Augen. »In Ordnung«, beschwichtigte er. »Wenn ihn schon jemand unbedingt haben soll, dann würde ich mir wünschen, dass du es bist.«

Die Tränen brannten ihr in den Augen. »Und wenn er mich zurückweist? Du scheinst dir sicher, dass er das tun wird.«

»Also …« Er schlang die Finger um ihre schmale Hand, plötzlich inspiriert von einem zugegeben absurden Einfall. »Ich könnte dir ein Geheimnis verraten, das dir womöglich hilft, falls er Schwierigkeiten mit dem offiziellen Antrag macht«, sagte er. »Aber vielleicht besser nicht … du müsstest dazu Mut beweisen.«

Hoffnung flackerte in den wässrigen Tiefen ihrer blauen Augen auf. »Ich kann durchaus mutig sein.«

Arthurs Magen rumorte. Er war wohl beschwipster, als er gedacht hatte. »Er verdient dich nicht, das solltest du wissen.«

Cecily seufzte. »Du warst mir immer schon der liebste Cousin, Arthur.«

Er erwiderte den sanften Druck ihrer Finger. Er wünschte, er könnte sagen, dass ihn nur der Wunsch, den edlen Ritter für seine hübsche Cousine zu spielen, zu seinem Vorschlag verleitet hatte. Aber so nobel war er nicht. Seine Hilfsbereitschaft rührte allein aus dem Wunsch, Ballentine in die Knie gezwungen zu sehen und seine Arroganz, Begierden und Achtlosigkeit zumindest in gewissem Maß durch die Fesseln der Ehe in Schranken zu verweisen. Vielleicht bekam der Mann dann eine Vorstellung davon, wie es sich anfühlte, wenn man das, was man am meisten begehrte, nicht bekam.

20. KAPITEL

Die Katastrophe passierte am nächsten Morgen, noch dazu auf leeren Magen.

Lucie hatte sich zum Frühstück verspätet, weil sie es sich gegönnt hatte, in der Zeit zwischen Träumen und Aufwachen in der Erinnerung an den Walzer mit Tristan zu schwelgen. Anschließend hatte sie die Zofe um eine weitere komplizierte Frisur gebeten und unziemlich lange für die Auswahl der schönsten Seidenblume als krönenden Schmuck gebraucht.

In dem Moment, in dem sie das Frühstückszimmer betrat, drehten sich gefühlt dreihundert Köpfe in ihre Richtung, natürlich nur unmerklich, aber alle gleichzeitig.

Sie verlangsamte ihre Schritte.

Im Saal herrschte Schweigen wie in einer Gruft. Und es war ebenso frostig.

Instinktiv hob sie eine Hand an ihre Haare. Die Blumen steckten immer noch fest in der Frisur. An ihrem Kleid konnte es auch nicht liegen …

Annabelle beobachtete sie von ihrem Platz am Kopfende aus mit einem freundlichen Lächeln. Einem sehr zurückhaltenden Lächeln.

Ein mulmiges Gefühl machte sich in ihrer Magengrube breit. Irgendetwas war zwischen den frühen Morgenstunden und jetzt geschehen, und um was auch immer es sich handelte, es war nicht angenehm.

Die Menge fand aus ihrer Starre, die Gäste bewegten sich wieder, und Gespräche wurden fortgesetzt.

Ihre Gedanken rasten, als sie sich dem Frühstücksbuffet zuwandte und blind nach einem Teller griff. Wie in Trance wählte sie sich etwas Obst von der Etagere. Was auch immer es war, sie hatte sich nichts zuschulden kommen lassen.

Lavendelduft wehte ihr in die Nase. Wie aus dem Nichts war Lady Salisbury an ihrer Seite aufgetaucht und gab vor, sich für die Orangen in der großen Silberschale zu interessieren.

»Manch einer hat heute Morgen etwas vor seinem Zimmer auf dem Flur gefunden«, murmelte sie ohne lange Vorrede.

»Was denn?«, fragte Lucie leise.

Lady Salisbury schaute sie nun direkt an. Ihr gewöhnlich so freundlicher blauer Blick wurde stechend. »Ein Pamphlet.«

Ein kalter Schauer rieselte Lucie über den Rücken.

Broschüren gleich welcher Art hatten auf einem hochherrschaftlichen Flur nichts verloren. Vor allem nicht, wenn der Prinz von Wales zu Gast weilte. Und Montgomery seinen Ruf wiederherzustellen versuchte.

»Es handelte sich um den *Female Citizen*«, erklärte Lady Salisbury hölzern. »Auch der Prinz hat ein Exemplar gefunden.«

Lucies Handflächen wurden schwitzig. Äpfel und Orangen verschwammen vor ihrem Blick.

Sie konnte die Streitschrift vor ihrem inneren Auge auf der Frisierkommode in ihrem Zimmer liegen sehen. Sie hatte sie dort achtlos abgelegt, als sie die Ausgaben des *Discerning Ladies' Magazine* auf dem Boden ausgebreitet hatte. Wer sollte schon in ihr Zimmer kommen und die Pamphlete stehlen?

Lady Salisbury hatte sie dort gestern aber offensichtlich entdeckt. Nahm sie etwa an, Lucie hätte sie verteilt? Natürlich. Alle glaubten das.

Sie wandte sich zum Saal zurück.

Alle wichen ihrem Blick aus, schauten durch sie hindurch. Sie hätte genauso gut gar nicht anwesend sein können. Falsch – ein Mann starrte sie unverwandt an. Der Herzog von Montgomery. Seine hellen Augen musterten sie prüfend vom Kopfende des langen Tisches aus. Seine Züge wirkten so kalt und starr, als hätte man sie aus Eis gemeißelt. Der Prinz saß neben ihm, eine Champagnerflöte in der Hand, und wirkte täuschend gelangweilt.

Ihr Blick flog durch den Raum. Sie bemerkte, wie Lord Melvin zu ihr sah, doch als sich ihre Augen begegneten, wandte er rasch seinen Blick ab.

»Entschuldigen Sie mich«, sagte sie zu Lady Salisbury.

Sie mäßigte ihre Schritte bis zur Großen Halle. Dennoch hallte das Klacken ihrer Absätze wie Schüsse von den Wänden wider. Sie kam an einer Gruppe schwatzender Gäste vorbei, die sofort verstummte. Die Blicke jedoch folgten ihr, bis sie den Fuß der großen Treppe erreicht hatte. Die neuen engen Röcke zwangen sie dazu, die Treppe einen winzigen Schritt nach dem anderen zu nehmen. Auf dem Treppenabsatz wandte sie sich nach rechts zum Ostflügel.

Zwei Frauen liefen vor ihr.

Haselnussbraune Ringellocken und die unverkennbar zierliche Gestalt ihrer Mutter. Lady Wycliffe kroch den Flur entlang wie eine alte Frau, leicht gebückt und sich schwer auf Cecilys Arm stützend. Seltsamerweise versetzte ihr dieser Anblick einen Stich.

Als sie in einem Vorzimmer verschwanden, eilte sie ihnen nach und trat ohne anzuklopfen ein.

»Mutter?«

Die beiden standen mit dem Rücken zu ihr, den Blick auf die großen Fenster gerichtet. Ihre Cousine schaute über die Schulter und keuchte auf. Ihre Augen weiteten sich vor … Furcht?

Lady Wycliffe drehte sich nicht um. Ihre dünne Gestalt war steif wie ein Stock. »Geh, Lucinda.«

An der kalten Verachtung in der Stimme ihrer Mutter prallte ihr zögernder Annäherungsversuch ab wie an einer Wand.

Cecily senkte den Blick auf ihre Schuhe.

»Sofort!«

Lucie nickte. »Wie du willst.«

Sie war schon an der Tür, als die frostige Stimme sie noch einmal einholte. »Du musstest das tun, nicht wahr? Du konntest einfach nicht anders.«

Sie blieb stehen, starrte auf das eisblaue Holz der Tür, und wusste nicht, was sie sagen sollte.

»Du hattest schon immer den Wunsch, mir Ärger zu bereiten. Du warst so ungehorsam, so schwierig, selbst als kleines Mädchen. Deshalb sollte mich dein Handeln heute eigentlich nicht überraschen. Aber dass du so weit gehst und den Herzog und seine Ehefrau vor dem Prinzen blamierst, nur um deine politischen Ansichten kundzutun …«

Das Blut rauschte ihr in den Ohren, als sie sich umdrehte. »Das war ich nicht.«

Die Gräfin wirbelte herum, ein schneidender Ausdruck, scharf wie eine Scherbe, lag in ihren Augen.

»Du bist so selbstsüchtig«, sagte sie. »Schon immer gewesen.«

Cecily versteckte sich hinter ihren Händen wie ein kleines Kind.

Lucie beschloss, zu gehen. Wie es schien, war ihre Mutter

immer noch zu leidenschaftlichen Ausbrüchen fähig, und der Skandal war bereits groß genug.

»Guten Tag, Mutter.«

»Natürlich. Du drehst dem Unheil, das du angerichtet hast, mal wieder skrupellos den Rücken zu.« Die Mischung aus herablassender Selbstgerechtigkeit und Enttäuschung, die so unverkennbar für ihre Mutter war, löschte Jahre aus, und Lucie kam sich plötzlich wieder wie ein unbeholfenes kleines Mädchen vor. Ihre Hand lag wie erstarrt auf dem Türgriff.

Seltsamerweise spiegelte sich Triumph in den Zügen ihrer Mutter. »Es gibt auch andere Damen, die sich in politischem Aktivismus versuchen«, sagte sie. »Hast du dich nie gefragt, warum sie nicht von ihren Familien verstoßen wurden? Warum sie in der Gesellschaft immer noch angesehen sind?«

Hinter ihr bedeckte Cecily immer noch das Gesicht mit den Händen. Nun, wenn man es nicht gewohnt war, konnten solche Konfrontationen durchaus Angst einflößend sein. Und im Moment war die Gräfin von Wycliffe eindeutig auf Streit aus. Dieser Groll hatte wohl nur zur Hälfte etwas mit dem aktuellen Vorfall zu tun, die andere speiste sich tief aus ihrem Inneren, und sie würde sich nicht beschwichtigen lassen.

»Wenn du es wissen willst«, fuhr sie fort. »Wycliffe hätte dir womöglich verziehen, hättest du ihn nicht vor seinen Bekannten bloßgestellt. Aber dir ist es völlig egal, ob du eine Grenze überschreitest, solange es deinen Zwecken nützt und du eine sofortige Befriedigung daraus ziehst. Tatsächlich habe ich immer gedacht, dass du deinem Vater sehr ähnlich bist; ihr seid beide so unglaublich selbstsüchtig. Der Unterschied ist natürlich, dass Wycliffe ein Mann ist. Er kann gar nicht anders.«

Ihr Blick wanderte über Lucie, von den Spitzen ihrer neuen Schuhe bis hinauf zu der Seidenblume in ihrer Frisur. »Das war alles nur eine List, nicht wahr? Die hübschen Kleider und die höfliche Konversation?«

Lucies Haut juckte unter der Musterung ihrer Mutter. »Was meinst du damit?«

Ihre Mutter schnaubte. »Oh, bitte! Glaubst du wirklich, dass du verstecken kannst, was du bist, wenn du dir Blumen in das Haar steckst?«

Die höhnischen Worte schnitten ihr ins Herz. Wie betäubt öffnete sie die Tür und flüchtete in den Flur.

»Das hast du noch nie verstanden und wirst es auch nie.« Ihre Mutter folgte ihr. »Deine Eigenheiten sind nicht nur oberflächlich. Sie gehen dir bis ins Mark. Wie hätte ich sie dir austreiben sollen? Oh, ich habe es versucht. So sehr habe ich es versucht.« Sie war nun direkt hinter Lucie, ihr Atem streifte Lucies Nacken. »Du solltest wissen, dass jeder normale Mann und jede Frau dein mannhaftes Wesen selbst aus der Ferne wahrnimmt. Du solltest wissen, ganz egal, was du tust, du wirst deine wahre Natur nicht verstecken können. Und du kannst auch nicht vor der Wahrheit davonlaufen, Lucinda.«

Lucie blieb stehen und drehte sich um.

»Die Wahrheit?« Ihre Stimme klang kalt wie Metall, unpersönlich. Gewöhnlich wies sie mit diesem Ton Fremde in ihre Schranken. »Die Wahrheit ist, dass du dich ach so selbstsicher gibst, aber deine Selbstsicherheit ist nur Einbildung, Mutter. Wycliffe nimmt sie dir mit einem Fingerschnipsen, wenn er will, ganz einfach so. Du hast keinerlei Rechte, ja, du darfst nicht mal über deinen eigenen Körper bestimmen, weil du verheiratet bist. Das Podest, von dem du auf mich herabblickst, ist auf Treibsand gebaut. Wenn du dich mit diesem Schicksal abfinden willst, es für dich und für die Hälfte der Menschheit so akzeptierst, werden wir nie einer Meinung sein. Also verzeih mir, wenn ich lieber gehe, als mich von dir beschimpfen zu lassen.«

Lady Wycliffe richtete sich zu voller Größe auf. »Die Würde einer Frau liegt darin begründet, wie still sie ihr Kreuz trägt«, sagte sie frostig. »Deine störrische Weigerung, dies zu tun, lässt jegliche Würde vermissen. Dein Gekeife, deine Demonstrationen, deine Flugblätter: Eine Schande! Erniedrigend!«

Lucie schürzte die Lippen. *Erinnerst du dich noch an den Morgen in der Bibliothek in Wycliffe Hall, Mutter? Da hast du gekeift und gebettelt um die Liebe deines Ehemannes, der seine Mätresse vor aller Welt paradieren ließ. Das war beschämend. Gibt es eine größere Erniedrigung, als um Liebe zu betteln?*

»Glaubst du, diese Aktivistinnen, die du deiner Familie vorziehst, mögen dich um deiner selbst willen?« Wieder lief ihre Mutter ihr mit schnellen Schritten nach. »Nein, das tun sie nicht. Sie interessiert nur, wie du ihnen nützen kannst. Merk dir meine Worte, du wirst eine verbitterte alte Jungfer werden, ohne Kinder und ohne Freunde, die dich trösten, wenn dein Lebensabend naht.«

»Ich verspreche, dass ich dich damit nicht belästigen werde, sollte es soweit kommen.«

»Was, wenn dein Treuhandvermögen zur Neige geht? Das Armenhaus würde dir den Stolz austreiben.«

Fast wäre sie über den Saum ihres Kleides gestolpert, weil ihr die Worte ins Herz schnitten und die Mauer durchdrangen, die sie errichtet hatte, um sich vor den großen Unbekannten der Zukunft zu schützen. Sie konnte sich Angst nicht leisten. Sie musste nach vorn blicken, immer nur nach vorn.

Der Flur teilte sich nach links und rechts, und sie wandte sich nach rechts, im selben Moment, in dem ihre Mutter nach links laufen wollte, und so standen sie sich plötzlich gegenüber.

Sie atmeten beide schwer.

Als sie versuchte, sich an ihrer Mutter vorbeizudrängen, packte die sie am Arm. »Lucinda«, zischte sie. »Niemand kann eine selbstsüchtige Frau leiden. Das musst du doch wissen.«

»Oh, keine Sorge. Das weiß ich.«

Die blauen Augen der Gräfin glänzten feucht. »Du … Du hättest alles haben können. Alles.« Hilflos zuckte Lady Wycliffe mit den Schultern. »Und doch stehst du hier und vergeudest dein Leben. Wieso, frage ich dich? Für was?«

Für etwas, das für mich lebenswichtig ist.

Aber das wirst du wohl nie verstehen.

Sie schaute ihrer Mutter in die Augen. »Für die Freiheit.«

Dieses Mal folgte ihr niemand.

Die Kopien des *Female Citizen* waren von ihrer Frisierkommode verschwunden. Stattdessen lagen die Ausgaben des *Discerning Ladies' Magazine* dort. Gut. Wer auch immer ihr das angehängt hatte, um sie zu diskreditieren, derjenige hatte Erfolg gehabt.

Ihre Tasche und die Reisetruhe waren im Ankleidezimmer verstaut. Wie in Trance holte sie ihre Kleider und Unterröcke aus dem Schrank und trug sie zum Bett. Ihre Sinne waren immer noch überreizt, ihr Puls raste.

Vor Jahren, als sie anfing, sich politisch zu engagieren, hatte sie sich tatsächlich gefragt, warum die anderen feinen Damen, die für ihre Mission kämpften, ihre Stellung und ihr Ansehen in der Gesellschaft nicht verloren. Ihre Familien zeigten sich überaus tolerant. Allerdings hielten sich die meisten Damen auch fern von den wirklich hässlichen Dingen und überließen den Kampf dafür den Suffragistinnen aus der Mittelschicht. Zumeist waren die anderen auch geduldiger als sie und begnügten sich damit, das ein oder andere Projekt zu verwirklichen. Noch ein Waisenhaus, noch eine Schule für Mädchen, eine Akademie für gefallene Frauen. Oder auch mal, dank persönlicher Beziehungen, eine Position als Beraterin in Gesundheitsangelegenheiten wie Florence Nightingale. Alles nützliche Arbeit und doch nicht genug. Sie, Lucie, war gierig. Ihr fiel das endlose Warten schwer. Sie wollte Beraterinnen im Finanzministerium. Sie wollte weniger Akademien für gefallene Frauen und dafür lieber die Umstände ändern, die Frauen zu Fall brachten. Ihre Mutter hatte recht – sie war selbstsüchtig. Sie gab ihrer Ungeduld nach und wollte zu viel zu schnell.

Sie zog die Blumen aus ihren Haaren und warf sie auf den unordentlichen Kleiderhaufen. *Mannhaftes Wesen.* Wie viele hier hatten hinter ihrem Rücken über ihre Versuche, sich hübsch zu machen, wohl gespottet und sie ausgelacht?

Sie stopfte die Kleider in die Tasche, ohne Rücksicht darauf zu nehmen, dass Samt und Seide zerknitterten.

Es klopfte leise, aber entschlossen an ihrer Tür.

»Herein!«, rief sie, ohne mit dem Packen aufzuhören.

Annabelle erschien auf der Schwelle. Ihr Blick fiel auf den Kleiderstapel und die bereits übervolle Tasche.

Sie schloss die Tür. »Du willst doch nicht wirklich abreisen?«

»Ich halte es unter den gegebenen Umständen für das Beste.«

Annabelle kam zu ihr herüber. »Wie kommst du darauf?«

»Oh, bitte. Alle denken, dass ich das war. Du eingeschlossen.« Ihrer Mutter konnte sie diese Anschuldigung womöglich noch verzeihen, da sie Lucie nie richtig gekannt hatte. Aber bei einer Freundin tat es so weh, dass es ihr den Atem nahm, wenn sie nur daran dachte.

»Ich habe niemals auch nur vermutet, dass du das warst.«

Überrascht schaute Lucie auf. Annabelle musterte sie sichtlich bestürzt und gekränkt.

Lucie schob sich eine verirrte Strähne hinter die Ohren. »Ich hab doch gesehen, wie du mich angeschaut hast, als ich das Frühstückszimmer betreten habe.«

Annabelle schüttelte den Kopf. »Die Sache war dumm, und es wäre außerdem treulos gegenüber Freunden, und du bist beides nicht.«

Die Bemerkung beschwichtigte jedoch nicht den Stich in Lucies Brust.

»Das freut mich. Dennoch hätte ich eine Warnung geschätzt, bevor ich die Antarktis betrete.«

Annabelle stieß den Atem aus. »Ich konnte Montgomery wohl schlecht allein lassen. Wir waren beide damit beschäftigt, so zu tun, als sei alles wunderbar.« Sie zögerte kurz. »Aber ich habe die Flugblätter gestern auf deiner Frisierkommode liegen sehen. Und …«

»Ja?«

»Und ich weiß, dass du Montgomery nicht leiden kannst.«

Lucie nickte. »Das stimmt. Ich mag ihn nicht.«

»Er behindert unsere Mission aber nicht mehr«, stellte Annabelle ruhig fest. »Tatsächlich kämpft er sogar für uns.«

»Ist es denn immer noch ein ›uns‹?«

Ein überraschter Ausdruck huschte über Annabelles Gesicht. »Natürlich, warum sagst du so etwas?«

Weil du alles hast, was eine Frau haben sollte, und es nur noch eine Frage der Zeit ist, bevor dich das davon abhält, mannhafte Aktivitäten zu verfolgen.

Lucie zuckte mit den Schultern. »Ich glaube, mir gefällt nicht, wie der Herzog dich verändert.«

»Mich verändert? Was meinst du?«

Es war äußerst unklug, ihre Gedanken auszusprechen, und so tat sie es natürlich trotzdem. »Du bist genau genommen kein Teil der Studentinnenschaft mehr, du kommst nur noch drei Tage in der Woche nach Oxford. Dabei hast du doch einmal davon geträumt, die Klassiker zu studieren.«

Annabelle schüttelte verwundert den Kopf. »Ich bin nun verheiratet. Ich kann nicht fünf Tage in der Woche von meinem Ehemann getrennt leben. Und das will ich auch gar nicht.«

»Exakt. Das kommt mir wie eine verpasste Gelegenheit vor, wenn man bedenkt, wie wenig Frauen Zugang zu höherer Bildung haben.«

»Lucie, in Oxford können sich die Frauen noch nicht mal voll als Studentinnen einschreiben.«

»Oh, das weiß ich, und ich schreibe jede Woche einen Brief deswegen und spreche mit mehr Heuchlern als mir lieb ist, um das zu ändern. Das bedeutet nur, dass wir härter kämpfen müssen und nicht aufgeben dürfen.«

»Aber ich gebe doch nicht auf, ich schließe Kompromisse. Nur, weil ich verheiratet bin, heißt das nicht, dass ich den Kampf jemals aufgeben werde.«

»Gewöhnlich heißt es aber genau das.«

Annabelle betrachtete sie abschätzend, als ob sie nicht wüsste, was in ihre Freundin gefahren sei. »Momentan ist es uns in Oxford nicht erlaubt, dieselben Examina abzulegen wie die männlichen Studenten. Wir erhalten unsere Tutorien in gemieteten Räumen über einer Bäckerei. Wir dürfen nicht dieselben Vorlesungen in den Studiensälen der Universität besuchen wie die Studenten. Du kannst kaum erwarten, dass ich meine Beziehung zu Montgomery belaste, um nichts als Missachtung und ein Diplom dritter Klasse zu ernten, vor allem nicht, wenn ich durchaus in der Lage bin, den größten Teil meiner Studienarbeit auch aus der Ferne zu erledigen.«

Annabelle hatte natürlich recht. »Dennoch«, sagte der Teufel in Lucie, der die Oberhand gewonnen hatte. »Du nimmst nicht mehr an so vielen unserer Veranstaltungen teil wie früher, weil dich deine Kleider einengen. Selbst deine Sprache hat sich verändert. Zwingt er dich, Aussprachelektionen zu nehmen?«

Sie war zu weit gegangen, das wusste sie, noch bevor sie hörte, wie ihre Freundin nach Luft schnappte.

»Das hätte ich nicht sagen sollen«, murmelte sie, das Herz mit Schuldgefühlen schwer.

»Nein«, stellte Annabelle ruhig fest. Ihr schönes Gesicht war aschfahl. »Das hättest du wirklich nicht sagen sollen.«

»Ich bin eine miese Freundin.«

»Du bist ungerecht.« Annabelle verschränkte die Arme. Die Luft knisterte vor unterdrückter Wut, und sie schien sich nur mühsam zusammenzureißen. »Hat sich mein Leben verändert? Oh ja, das hat es. Ich habe die Zwänge der Armut gegen die Zwänge des gesellschaftlichen Protokolls eingetauscht, und nun rate mal, was ich bevorzuge? Mir gefällt es, mich geborgen und sicher zu fühlen und mich satt essen zu können. Ich trage lieber einengende Kleider, statt meine alten immer wieder neu zu flicken, voller Sorge, dass sie mir womöglich vom Leib fallen, bevor ich die Mittel für eine neue Garderobe aufgetrieben habe. Mir gefällt es auch, dass ich nicht ständig ums Überleben kämpfen muss und diese Kräfte nun für andere Angelegenheiten zur Verfügung habe. Ich bin für unsere Mission jetzt sehr viel nützlicher als zuvor. Aber all das ist bedeutungslos. Wirklich von Bedeutung ist, dass Montgomery beinahe alles, was ihm einst wichtig war, für mich aufgegeben hat. Und ich hätte auch in einer baufälligen Hütte mit ihm gehaust. Denn niemand kennt und versteht mich besser als er, und niemandem vertraue ich mehr.«

Lucie wand sich innerlich vor Scham. »Bitte verzeih mir.«

»Was hätte er noch mehr für mich opfern können? Nun, sein Leben womöglich, aber ich zweifle keine Sekunde daran, dass er selbst das tun würde, ohne mit der Wimper zu zucken, wenn es nötig sein sollte.« Annabelles Augen blitzten wie flammende Smaragde. Sie hatte sich wirklich in Rage geredet, und Lucie konnte es ihr nicht verübeln.

»Bitte verzeih mir«, wiederholte sie und fühlte sich schrecklich. »Ich habe unüberlegt losgeredet.«

Annabelle hielt die Arme weiter vor der Brust verschränkt.

Lucie setzte sich aufs Bett neben den Kleiderhaufen.

Dieser Streit war noch schlimmer als die frostigen Blicke im Frühstückszimmer. Schlimmer als die Konfrontation mit ihrer Mutter.

Sie hatte auf ziemlich spektakuläre Weise die Nerven verloren. Das hatte sich schon seit Tagen angebahnt; ihre Anspannung waberte bereits eine Weile wie die Tentakel eines Kraken um sie herum. Konnte sie es ihren Freundinnen verübeln, dass sie sie für unzurechnungsfähig hielten?

Ernst suchte sie Annabelles Blick. »Das entschuldigt meinen Ausbruch zwar keineswegs, aber du sollst wissen, dass ich mich gekränkt gefühlt habe.« Ihr war unwohl, ihre Gefühle laut auszusprechen. Das kam ihr so vor, als würde sie einem Scharfschützen ihre verwundbare Flanke auf dem Silbertablett präsentieren. »Ich habe mich dir gegenüber schrecklich verhalten, weil ich mich gekränkt fühlte und dachte, du glaubst, ich hätte das Pamphlet verteilt. Ich würde dich doch nie vorsätzlich in Verlegenheit bringen, schon gar nicht in deinem eigenen Heim.«

Annabelles Miene wurde weicher. Sie setzte sich neben Lucie und ergriff ihre Hand.

»Mir tut es auch leid.« Das Grün ihrer Augen schimmerte nun besorgt, die Wut darin war verraucht. »Bitte glaub mir.«

Sie drückte Lucies Hand. »Ich wollte bestimmt nicht, dass du dich schlecht fühlst.«

Lucie zuckte mit den Schultern. »Man hält mich doch schon seit Jahren für eine Querulantin. Es war nur logisch, dass die Gäste mir die Schuld zuschieben.«

Annabelles Augen glänzten verräterisch. »Ich bin aber nicht die Gäste, ich bin deine Freundin. In mir herrscht gerade auch ein Gefühlsdurcheinander. Nimmst du meine Entschuldigung an?«

Lucie seufzte. Wie könnte sie die ablehnen?

»Es gibt nichts zu vergeben«, sagte sie und drückte Annabelles Hand. »Und ich freue mich für dich über dein Glück. Wirklich.«

Selbst wenn sie zerknirscht war, wirkte Annabelle durch ihre majestätische Haltung und ihre stolzen Züge so, als sei es ihr schon immer bestimmt, eine bedeutende Stellung einzunehmen. Das lag ihr im Blut. Es war nur eine bittere Pille, dass erst das Geld und der Schutz eines Mannes ihr diese Position ermöglicht hatten. Aber so war es nun mal. Und vielleicht verwandelte sie, Lucie, sich viel zu früh in eine *verbitterte alte Jungfer.*

Annabelle spielte mit einer Quaste am Gürtel ihres Kleides. »Wenn du es unbedingt wissen willst, mir sind Einengungen jeder Art zuwider, sei es durch Kleider, Leibwächter oder das Protokoll. Aber, Lucie …« Sie hob den Kopf, und in den tiefen Seen ihrer Augen lag ein solch intensives Gefühl, dass Lucie wie gebannt hineinschaute. »Ich war noch nie in meinem Leben so glücklich. Er macht mich glücklich.«

Oh.

»Und vielleicht bin ich gierig«, fuhr Annabelle fort, »aber ich glaube, ich kann beides tun: eine Ehefrau sein und gleichzeitig für die Freiheit der Frauen kämpfen.«

In der Praxis war das leider nicht so einfach.

Wenn es aber jemandem gelingen sollte, beides zu vereinen, dann sicher Annabelle. »Es ist dein Vorrecht, dir zu wünschen, was du möchtest«, sagte sie.

Und selbst für ihre Alte-Jungfer-Augen war es offensichtlich, dass der Herzog Annabelle vergötterte. Er war kein ausdrucksstarker Mann, aber seine Aufmerksamkeit wandte sich unausweichlich seiner Ehefrau zu, wo auch immer sie sich gerade in einem Raum aufhielt. In Sachen Zuneigung schien ihre Beziehung ausgeglichen zu sein. Es war nicht entwürdigend, für einen Mann zu schwärmen, wenn auch er so unübersehbar verliebt war.

»Was willst du wegen der Streitschrift unternehmen?«, fragte Lucie. »Ist der Prinz sehr verärgert?«

Annabelle schnaubte. »Unter uns gesagt, glaube ich, dass er vor Langeweile stets fast umkommt. Daher ist er dankbar für Abwechslung jeder Art. Davon abgesehen nimmt er Provokationen gegen seine Person nicht unbedingt gelassen hin.«

»Das kann ich mir vorstellen. Was hast du vor?«

Annabelle lächelte freudlos. »Montgomery hat ihm bereits eingeredet, dass einige beschwipste Damen in den frühen Morgenstunden nach dem Ball auf die Idee gekommen sein müssen, die Flugblätter zu verteilen. Eine Wette unter albernen Frauen.«

»Genial. Ein sehr zweckmäßiger Schachzug, um der Situation die Schärfe zu nehmen.«

»Natürlich. Kein gestandener Mann würde sich mit albernen Frauensachen beschäftigen.«

»Bei den Damen ist das natürlich eine andere Sache«, murmelte Lucie und dachte an die ihr zugewandten Rücken, Ladys Salisburys stechenden Blick … die Scham und Wut ihrer Mutter. »Sie glauben, dass ich versucht habe, einen Narren aus dem Herzog zu machen. Oder Aufmerksamkeit zu gewinnen. Die Frage ist: Wer steckt wirklich dahinter? Und warum? Gibt es dafür schon Hinweise?«

Annabelles Miene verfinsterte sich. »Noch nicht. Unter den Gästen befinden sich zahlreiche Kritiker, die Montgomery gerne als schlechten Hausherren diskreditieren würden.«

»Diskreditieren wollen mich hier auch einige«, murmelte Lucie.

Annabelles Augen weiteten sich. »Glaubst du, diese Aktion war gegen dich gerichtet?«

»Das war meine erste Überlegung, aber warum sich jemand solche Mühe machen sollte. Oh!« Ein Gedanke schoss ihr durch den Kopf, und ein mulmiges Gefühl machte sich in ihr breit. Sie kannte eine Person, die ein ziemlich starkes Interesse daran hatte, ihre Glaubwürdigkeit zu untergraben. Jemand, der ausreichend Erfahrung darin besaß, ihr üble Streiche zu spielen. Tristan.

Ihre Hände wurden schwitzig, und ihr Herz hämmerte wild.

»Wir werden herausfinden, wer das war«, sagte Annabelle zuversichtlich. »Bis dahin sollten wir versuchen, die ganze Sache als dummen Streich abzutun. Dann werden alle, die weiterhin daran Anstoß nehmen, schrecklich spießig wirken. Und niemand hier will vor dem Prinzen als spießig gelten.«

Das stimmte. Sie griff dennoch nach ihrer Tasche. Ob der Prinz nun beschwichtigt war oder nicht, der Gedanke, auch nur einen weiteren Tag unter Beobachtung zu stehen, bereitete ihr eine Gänsehaut. Die Magie des vergangenen Abends, die Wärme von Tristans Händen, das Lachen und der Champagner – all das war in einem Augenblick zunichtegemacht und hatte eine düstere Leere zurückgelassen. Ihr Körper reagierte viel zu stark auf einen möglichen Verrat durch Tristan Ballentine.

Annabelle faltete die Hände im Schoß. »Lucie, ich möchte mich nicht in deine Angelegenheiten mischen, aber …«

»Sprich es ruhig aus.«

»Besorgt dich etwas? Du wirkst in letzter Zeit ein wenig wütend, wenn ich das so sagen darf.«

Sie lachte. »Ich bin immer wütend.«

Annabelle schüttelte den Kopf. »Das ist anders. Wenn du vertraulich reden möchtest, bin ich für dich da.«

Vor einer halben Stunde hätte sie das Angebot zu schätzen gewusst. Wenn Tristan aber tatsächlich den *Female Citizen* in Claremont verteilt hatte, würde sie ihn einfach wieder verachten, und für diese schlichte Emotion brauchte sie keine weitere Analyse.

Ein hektisches Klopfen ertönte, gleich darauf stürmten Hattie und Catriona ins Zimmer.

»Ich hab es dir gesagt.« Hattie schwang sich aufs Bett. »Hab ich es dir nicht gesagt?« Und als alle sie sprachlos anschauten, hob sie die Hände zur Decke. »Wann immer wir vier zusammen an einer Veranstaltung teilnehmen, gibt es einen Skandal.« Sie warf Lucie einen vielsagenden Blick zu. »Und das hat absolut nichts mit meiner überbordenden Intuition zu tun.«

Annabelle sah nacheinander erst Hattie, dann Lucie und schließlich Catriona an. »Hat sie jetzt völlig den Verstand verloren?«

»Das ist doch jetzt unwichtig.« Catriona nahm den letzten freien Platz auf der Matratze ein. »Haben wir schon einen Verdächtigen? Wissen wir, ob Lucie oder Montgomery Zielscheibe dieses Angriffs war?«

Hattie nickte. »Wir brauchen einen Plan, wie wir diesen Schurken zur Strecke bringen und die Peinlichkeiten bis zu unserer Abreise auf ein Mindestmaß beschränken.«

Lucies Herzschlag beruhigte sich. Die Leere in ihrer Brust füllte sich mit Wärme; ihre Kehle war wie zugeschnürt, als sie ihre Freundinnen betrachtete. »Noch keine Hinweise oder Verdächtige«, sagte sie. »Aber wir werden gleichgültig tun, so, als sei uns der Vorfall keineswegs peinlich.«

»Das ist auch so«, betonte Annabelle.

Dann klingelte sie und bestellte ein Frühstück für Lucie aufs Zimmer und noch mehr Tee und Gebäck für alle anderen.

Verschlafen betrat Tristan den Frühstücksraum; er brauchte dringend eine Tasse Kaffee, pechschwarz und bitter, bitte. Der Ball war kurz nach Mitternacht zu Ende gegangen, und er hatte anschließend eine Handvoll Gentlemen, einschließlich Lord Peregrin, den jüngeren Bruder des Herzogs, zu einer Runde Siebzehnundvier in Claremonts blauem Rauchsalon überredet. Sie hatten Karten gespielt und getrunken, bis ihre Augen gerötet waren und sie alle ziemlich derangiert aussahen. Er war siegreich aus einer langen Partie hervorgegangen, aber da er immer noch klar genug im Kopf war, um über eine gewisse Frau in Rot nachzudenken, hatte er Lord Peregrin dazu verleitet, mit ihm Montgomerys Weinkeller zu plündern. Der Bursche, der sich mit seinen neunzehn Jahren noch leicht zu Dummheiten überreden ließ, hatte einen beeindruckend alten Jahrgang ausgewählt, der ihm nun ebenso beeindruckende Kopfschmerzen verursachte.

Immer die letzte Flasche sorgt für einen Kater, befand er nun, als er das geplünderte Frühstücksbuffet betrachtete, während ein Teufel auf seinen Schädel einzuhämmern schien. Er winkte einen der Dienstboten heran, die aufgereiht an der mit Brokat tapezierten Wand standen, denn offenbar wurde in Montgomerys spartanischem Haushalt das Frühstück tatsächlich vor ein Uhr abgeräumt. Er bat darum, dass man ihm einen Teller zurechtmachte und ihm diesen in den Garten brachte.

Das Licht fiel durch die hohen Glastüren, die auf die Terrasse führten, und schoss wie ein Pfeil direkt in seinen schmerzenden Kopf. Er blinzelte. Er hätte einen Seitenausgang wählen sollen, weit entfernt von der Menge. Die ganze Hausgesellschaft schien auf der Terrasse und im angrenzenden französischen Garten in ihrem Sonntagsstaat zu flanieren.

Er wollte sich schon zurückziehen, als sie ihn entdeckte.

»Mylord!«

Cecily stürmte mit strahlenden Augen und rosigen Wangen auf ihn zu, weil sie nicht bis in die frühen Morgenstunden aufgeblieben war, um zu spielen und zu trinken. Sie sei in der Stimmung für einen Spaziergang durch den französischen Garten, ließ sie ihn wissen. Die Hoffnung, dass er sie begleiten möge, stand ihr deutlich ins Gesicht geschrieben, während Lucies allgegenwärtige Mutter ihn mit kühlem Blick musterte. Im Gegensatz zu der unschuldigen Ceci ließ sich Lady Wycliffe nicht durch seine akribisch zusammengestellte Garderobe und den zu fest gebundenen Krawattenknoten täuschen. Sie merkte, dass ihm der Brandy und Portwein noch durch die Innereien schwappte.

Am liebsten hätte er allen gesagt, sie sollen sich zum Teufel scheren.

Was er tat, war Cecily seinen Arm zu bieten, und sie legte ihre kleine Hand mit überraschend festem Griff darauf.

Sie plapperte über irgendetwas Belangloses, während er sie die Stufen hinunterführte, vermutlich übers Wetter.

Seine Aufmerksamkeit galt der Gruppe von Frauen, die in gemächlichem Tempo auf sie zukam, die Arme untergehakt. Ihre fröhlichen Stimmen drifteten zu ihm herüber. Lucie und ihre Freundinnen.

Lady Catriona, die Tochter von Greenfield und die Herzogin erwiderten seinen Gruß, als sie einander passierten.

Lucie hingegen schenkte ihm nur einen frostigen, abschätzenden Blick, und er wusste sofort, dass sie ihm für irgendetwas die Schuld gab. Fast wäre er stehen geblieben und hätte sie gefragt, welche Laus ihr über die Leber gelaufen war, aber Lady Wycliffe erstarrte förmlich zu einer Mauer aus Eis, als die vier Frauen an ihnen vorüberschlenderten. Daher blieb ihm nichts anderes übrig, als weiter zu spazieren, wenn er nicht vor den Augen des versammelten *ton* eine Frau stehen lassen wollte, um einer anderen nachzulaufen.

»Die Herzogin ist sehr großzügig«, murmelte Cecily auf dem Weg durch den Garten. »Auch wenn manche behaupten, dass es ihre eigene radikale Einstellung offenbare, weil sie einen solch üblen Streich so schnell verzeiht.«

Er blinzelte. Offenbar war er noch zu betrunken, um folgen zu können. »Ein Streich?«

»Haben Sie es denn noch nicht gehört«, flüsterte Cecily. »Lady Lucinda hat einige radikale Suffragistinnenpamphlete in Claremont verteilt. Und zwar so, dass der Prinz sie finden musste.«

Auch wenn Tristan sich nichts anmerken ließ, hatte sie nun seine volle Aufmerksamkeit. »Hat sie gesagt, dass sie es gewesen ist?«

Cecily musterte ihn verwundert. »Nein. Zumindest habe ich nicht gehört, wie sie es eingestanden hat«, fügte sie rasch hinzu.

»Ah nun. Dann war sie es nicht.«

»Warum sind Sie sich da so sicher?«, fragte Cecily mit einem erstaunten Blick in den blauen Augen.

»Die Provokation ist sinnlos und noch dazu dumm, und da die Herzogin ihre Freundin ist, wäre es auch eine treulose Aktion. Ihre Cousine ist aber weder dumm noch treulos.«

Cecilys Lächeln war so zuckersüß, dass man Zahnschmerzen bekommen konnte. »Sie scheinen meine Cousine gut zu kennen.«

»Man muss sie nicht gut kennen, um das über sie zu wissen.«

»Wie schnell Sie doch den Charakter eines Menschen einschätzen können«, wunderte sich Cecily. »Liegt das an ihrem aufmerksamen Schriftstellerauge?«

Himmel hilf!, dachte er, doch er lächelte Cecily so strahlend an, dass sie über ihre eigenen Füße stolperte.

Lucie überfiel ihn aus dem Hinterhalt, als er das Frühstückszimmer erneut betrat. Sie wirkte so frostig wie Glatteis, und er wusste, dass er erst einen Kaffee hätte trinken sollen, bevor er sich auf so etwas einließ.

»Hast du das getan?«, wollte sie wissen.

Auf die körperliche Reaktion, die diese Anschuldigung hervorrief, war er nicht vorbereitet. Seine Muskeln versteiften sich unwillkürlich. Die Wärme, die sich seit dem gestrigen Abend in seiner Brust ausgebreitet hatte, verschwand.

»Du willst wirklich wissen, ob ich ein paar Flugblätter im Herrenhaus verteilt habe?«, hakte er nach. »Um dich in Verruf zu bringen? Obwohl niemand mit einem Funken Verstand im Kopf etwas Derartiges tun würde?«

Ihr Blick durchbohrte ihn wie ein Dolch und versuchte bis in seine Seele vorzudringen. »Es ist kein Geheimnis, dass du versuchst, mich im Verlag in Verruf zu bringen.«

Sie hielt ihn nicht für besonders clever, rief er sich in Erinnerung. Träge oder nicht besonders helle, oder womöglich beides, so hatte sie sich über seinen Verstand geäußert. Offensichtlich war sie zu dieser Ansicht zurückgekehrt.

»Vermutlich nimmst du an, dass auch unser Tanz gestern Abend Teil einer hinterlistigen Strategie ist«, stellte er fest.

»Ich weiß inzwischen nicht mehr, was ich von dir denken soll.« Sie trat näher, und der frische Duft nach Zitronen wehte ihm in die Nase. Ihr Gesicht spiegelte deutlich ihre Abneigung. »Manchmal glaube ich, dass du dich nicht entscheiden kannst, ob du mich verführen oder mich sabotieren sollst.«

Er zuckte mit den Schultern. »Es würde beides auf dasselbe hinauslaufen, nicht wahr?«

Sie reckte das Kinn. »Ich gebe zu, kurz habe ich gedacht, in dir steckt doch mehr, als es den Anschein hat.«

Er hätte die Sache wie ein Erwachsener behandeln können. Stattdessen ließ er zu, dass der karottenhaarige Junge die Zügel übernahm. »Warum nimmst du mein Angebot nicht an und vergewisserst dich, wie viel mehr in mir steckt?«, raunte er. »Es gilt bis Ende des Sommers, wie du weißt.«

Er machte sich nicht die Mühe, ihr nachzuschauen, als sie davonstürmte, sicherlich mit rauschenden Röcken und steif wie ein Stock. Wenn man es genau betrachtete, war es besser, dass sie gegangen war. Er brauchte Abstand zu ihr. Er hatte zwar vor, sie zu verführen, aber der Tanz mit ihr, das Geschäker, bei dem er ihr einen Teil seines Herzens offenbart hatte, um sie in seinen Bann zu ziehen, hatte letztendlich seine Wirkung auch auf ihn nicht verfehlt. Gefühle zu offenbaren, von denen er längst nicht mehr geglaubt hatte, dass er sie verspüren könnte, hatte ihn angreifbar und verletzlich gemacht. Es galt, die Fassung zurückgewinnen.

21. KAPITEL

»Mir gefällt dieser hier am besten.« Lucie schob Hattie das
Magazin über den Tisch zu und deutete mit dem Zeigefinger
auf die aufgeschlagene Seite.

Hattie betrachtete kurz das Stoffmuster neben der schwarz-
weißen Lithografie, dann schüttelte sie so heftig den Kopf, dass
die Perlen ihrer Ohrringe aneinander klackten. »Es sollte etwas
Schwereres sein und ganz sicher nicht violett. Violett, Lucie,
ehrlich?«

»Warum nicht?«

»Weil es violett ist.«

»Eine Farbe mit einer gewissen Ernsthaftigkeit, aber eben
nicht grau, das ja fad ist, wie du mir wiederholt erklärt hast.
Und ich hätte gern einen leichteren Stoff als einen schweren –
luftige Räume inspirieren den Geist. Das steht auf Seite siebenundzwanzig in diesem Magazin.«

Hattie presste die Lippen zu einem schmalen Strich.

»In Ordnung«, meinte Lucie resigniert. »Kein Violett.«

Sie hätte sich nie darauf einlassen sollen, gemeinsam Vorhänge auszuwählen. Der Tag hatte nur vierundzwanzig Stunden, und im Moment machten sie mit dringenderen Aufgaben
auf ihrer Liste kaum Fortschritte. Da *London Print* dank ihrer
neuen, sanfteren Strategie allem Anschein nach noch eine Weile bestehen, wenn nicht gar expandieren würde, benötigte das

Verlagshaus einen Inneneinrichtungsstil, der ihre neue Richtung spiegelte und auch weiblichen Angestellten angemessen war. Zu ihrer Überraschung hatte Tristan nur genickt und den Budgetplan abgezeichnet, als sie ihm die Renovierungsmaßnahmen präsentierte. Seitdem waren neue Möbel eingetroffen, abgenutzte Teppiche entfernt und eine Trennwand niedergerissen worden. Das hatte eine Menge Staub aufgewirbelt, und die schweren Stiefel der Arbeiter hallten in den Fluren des Bürogebäudes wider. Das Personal grummelte, weil es inmitten eines solchen Chaos arbeiten musste. Aber sie konnten nicht einfach eine Woche Urlaub nehmen, weil die Bestellungen für Tristans Werke förmlich explodiert waren. Es hatte sich schnell herumgesprochen, dass der Prinz von Wales die Tagebücher schätzte. Der Herstellungsleiter war bereits in heller Aufregung. »Wir können die Druckauflage eines Buches pünktlich liefern, aber nicht beide gleichzeitig fertigstellen. Schon gar nicht, wenn Sie auch noch die Magazine umgestalten wollen«, hatte er bei ihrer letzten Sitzung mit rotem Kopf gejammert.

Ein leichtes Pochen setzte in Lucies Schläfen ein. Ihr Leben, das sie so sorgfältig auf all ihre verschiedenen Pflichten abgestimmt hatte, stand gefährlich nah davor, völlig aus den Fugen zu geraten. *Überlegen Sie, Aufgaben zu delegieren. Delegieren ist eine Kunst.* Melvin hatte leicht reden. Natürlich könnte sie Hattie die Auswahl der Inneneinrichtung überlassen, aber erst gestern hatte ihre Freundin Wandtapeten mit Katzen für die Frauenbüros vorgeschlagen. So sehr sie Katzen mochte, das war nicht ihre Vision für *London Print*. Wenn sie jemand anderen mit der Aufgabe betraute, würde sie allerdings Hatties Gefühle verletzen, was wiederum zu endlosem Schmollen führen würde. Der Himmel möge jedem beistehen, der sich zwischen Hattie und die Suche nach ihrer nächsten Mission stellte.

»Was hältst du von Mitternachtsblau?«, fragte Hattie. »Blau hat eine beruhigende Wirkung …«

Die größte der Klingeln an der Wand hinter ihnen läutete. Vom Vorzimmer aus wurde ein Besucher angekündigt.

»Entschuldige mich.« Sie zog an ihrer eigenen Klingel, und einen Moment später steckte Lady Athena, die Nichte der Gräfin von Salisbury, ihren rotblonden Schopf in den Raum. »Bitte entschuldigen Sie die Störung, aber der Vorarbeiter möchte wissen, wo die Kisten mit dem neuen Briefpapier abgestellt werden sollen.«

Lucie machte eine Geste zu Hattie. »Lady Athena, darf ich Ihnen Miss Greenfield vorstellen. Hattie, Lady Athena ist im Moment – nun ja – unsere Frau für alles. Sie wird später dann die Zusammenstellung des Inhalts für das *Discerning Ladies' Magazine* betreuen.« Sie schaute zu der jungen Frau in der Tür. »Bitte sagen Sie dem Mann, dass er die Kisten in den Vorratsraum stellen soll, wie wir das heute Morgen besprochen haben.«

»Das habe ich«, erwiderte Lady Athena verkniffen. »Er bestand jedoch darauf, dass ich mir zuvor von dem Gentleman, der hier das Sagen habe, die Erlaubnis dafür einhole.«

»Natürlich. Sehen Sie sich imstande, ihm mitzuteilen, dass Sie damit beauftragt wurden, die Anweisungen zu geben, und wenn er bezahlt werden möchte, solle er besser darauf verzichten, den Gentleman, der hier das Sagen habe, zu belästigen?«

»Aber sehr gern«, antwortete Athena. Entschlossenheit zeigte sich in ihrem intelligenten Gesicht, als sie die Tür schloss.

Hattie schaute sie fragend an. »Sie wirkt sehr kompetent.«

»Bisher zeigt sie sich auch so.«

»Ist sie eine Suffragistin?«

»Im Herzen ja, glaube ich. Offiziell noch nicht.«

»Du wirst sie letztendlich anwerben«, meinte Hattie zuversichtlich. »Was ist aus dem ursprünglichen Sekretär geworden?«

»Er hat am selben Tag gekündigt, als Mr Barnes gegangen ist.«

»Oh.«

Lucie zuckte mit den Schultern. »Dadurch wird eine weitere Stelle frei für eine Frau, die sie dringend braucht. Ich habe für Morgen erste Bewerbungsgespräche terminiert.«

»Wie aufregend.« Hatties Augen funkelten vor Neugier. Jemand wie sie, der sich niemals für eine Stelle bewerben musste, es sei denn, ihr stand der Sinn danach, fand alles, was mit dem Broterwerb, Bewerbungen und Vorstellungsgesprächen zusammenhing, exotisch und spannend.

»Die Anzeige ist gestern in allen großen Zeitungen erschienen«, sagte Lucie. »Wir suchen außerdem eine neue Schreibkraft und eine Korrektorin.«

Hattie hob die Brauen. »Ich dachte, es sei nicht ungewöhnlich, dass eine Frau sich dieser Tage als Schreibkraft ausbilden lässt, aber von weiblichen Korrektoren habe ich noch nie gehört.«

»Es gibt sie aber. Es muss sie geben. Emily Faithfull hat in den Sechzigerjahren die *Victoria Press* geleitet, und sie hatte nur weibliche Angestellte. Ich habe in der vergangenen Woche Erkundigungen eingeholt. Die Zeitung ist nun in den Händen eines Mannes, aber ich habe vor, ihm einen Besuch abzustatten, um mir den Verlag genauer anzusehen und mit noch verbliebenen weiblichen Angestellten zu reden.«

»Das klingt klug«, bestätigte Hattie.

»Dennoch brauche ich eigentlich eine Frau, die diese ganze Operation leiten könnte.«

»Welche Operation?«

»Das hier.« Sie machte eine ausholende Geste über den Schreibtisch, die halb leeren, durchhängenden Regale und den

Kronleuchter mit den verstaubten Kristalltropfen. »Ich kann neben der Suffragistinnengruppe nicht auch noch ein Verlagshaus leiten. Ich habe genug weibliche Investoren finden können, um es zu kaufen, und ich muss dafür sorgen, dass es in die richtige Richtung gelenkt wird, aber wie soll ich genügend Zeit aufbringen, um mich um das Tagesgeschäft zu kümmern?«

»Nein, natürlich, das geht nicht«, sagte Hattie. »Hast du jemand Bestimmtes im Sinn?«

Wenn dem nur so wäre. Sie rieb sich die Schläfen. Kopfschmerzen waren in letzter Zeit ein häufiger Begleiter. Sie würden vergehen, wenn sie ein paar Tage auf dem Land verbringen und ihren Augen Erholung bieten würde, aber dafür hatte sie wohl noch eine ganz Weile keine Zeit.

»Ich nehme an, Lady Athena wird eines Tages dazu in der Lage sein, aber die Übergangsphase ist eine Herausforderung.« Lucie ärgerte sich nicht zum ersten Mal über ihre mangelnde Planung. »Außerdem stellt sich die zusätzliche Schwierigkeit, dass die Geschäftsführerin Lord Ballentine im Griff haben muss.«

Hattie wollte etwas sagen, doch sie schluckte die Bemerkung hinunter, was man ihr deutlich ansah, und entschied sich für ein höfliches »Hmm«.

»Hmm?«

Hattie schlug das Magazin zu und öffnete es erneut. »Vielleicht ist es ja auch gar nicht so herausfordernd, wie du denkst«, sagte sie. »Also, eine Frau zu finden, die Lord Ballentine im Griff hat. Du musst nur sicherstellen, dass sie älter ist, tapfer und streng, wie eine Schuldirektorin vielleicht.«

»Aber ich bin älter und verhalte mich tapfer und streng.«

»Natürlich«, sagte Hattie rasch. »Aber würdest du nicht zustimmen, dass zwischen euch eine sehr, äh … spezielle Feindseligkeit besteht?«

Lucie runzelte die Stirn. »Nein, unsere Feindseligkeit ist völlig normal.«

Sie konnte jedoch nicht leugnen, dass es damit schlimmer geworden war. Nach dem leicht betörenden Gespräch auf der Gartenbank und einem traumhaften Walzer war die Rückkehr in die Wirklichkeit ernüchternd. Es war immer noch nicht geklärt, wer für den Pamphlet-Vorfall in Claremont verantwortlich war. Sie hatte sich nicht bei Tristan entschuldigt, dass sie ihn verdächtigt hatte, weil er die Tat nicht bestritt, und nun verhielt er sich noch schuftiger als zuvor. Seit ihrer Rückkehr hatte er mehrere Sitzungen wegen seiner Bücher anberaumt, um die nötigen Maßnahmen mit dem Personal und den Lieferanten zu besprechen, doch sie hatte er nicht dazu eingeladen. Wenn sie beide im Büro waren, sah sie, wie er herumstolzierte und seine Nase in die verschiedenen Abteilungen steckte, Fragen stellte und Bücher einzusehen verlangte. Erst gestern hatte er sogar einen Plan über seiner Meinung nach nötige Änderungsmaßnahmen bei der Auslieferung der Bücher entworfen, wieder einmal, ohne sich vorher mit ihr zu besprechen. Ganz sicher versuchte er, sie mit seinem Verhalten zu provozieren, aber noch mehr sorgte sie, dass er ernsthaft Interesse an den Arbeitsabläufen und deren Optimierung zu haben schien. Im Gegensatz zu ihr hatte er auch eine Menge Zeit zur Verfügung, um sich von morgens bis abends im Büro aufzuhalten und sich den Einzelheiten zu widmen. Am schlimmsten war jedoch, dass ihr Waffenstillstand zwar beendet schien, aber ihre sinnlichen Träume andauerten. Lächerliche Szenen schlichen sich ungebeten in ihren Schlaf, und ganz egal, wie hitzig die Jagd auch war, sie endete beim Aufwachen immer damit, dass sich sein Mund einen Hauch von ihrem entfernt befand und der Kuss ausblieb. In der Konsequenz war sie dann den ganzen Tag über gereizt.

Die Glocke läutete erneut, das schrille Geräusch nagte an

ihren ohnehin schon strapazierten Nerven. Bevor sie ihre Glocke läuten konnte, schwang die Tür auf, und Tristans breite Schultern füllten den Rahmen aus.

Ihr Magen schlug einen Purzelbaum, als würde sie stürzen. Wenn man vom Teufel spricht …

Er sah wie ein Engel aus in seiner burgunderroten Weste und dem maßgeschneiderten Jackett. Ein gesunder Glanz lag auf Gesicht und Haar.

»Lady Lucinda. Miss Greenfield.«

»Lord Ballentine«, hauchte Hattie.

Die Selbstverständlichkeit, mit der er in ihr Büro spazierte und sich mit Unschuldsmiene umsah, verursachte ihr ein unheilvolles Kribbeln.

Sie starrte ihn finster an. »Wie kann ich Ihnen helfen?«

Er hielt eine schwarze Mappe in der linken Hand. Und das gefiel ihr nicht.

Vor ihrem Schreibtisch blieb er stehen.

Als sich ihre Blicke verfingen, machte ihr Herz einen Satz. Die Luft knisterte zwischen ihnen, und für einen flüchtigen Moment glaubte sie, wieder den warmen, sanften Druck seiner Hand auf ihrer Taille zu spüren, als er sie zum Tanz an sich zog. Sie setzte sich aufrechter und hatte das Gefühl, dass der Stoff ihrer Unterwäsche unangenehm auf ihrer Haut juckte.

Als ahne er, welche Wirkung er auf sie ausübte, ließ er die Mappe auf den Schreibtisch fallen und lehnte sich lässig gegen das Möbel. »Ich wollte Sie lediglich über den neuen Produktionsablauf in Kenntnis setzen.«

Sie verharrte reglos. Sie hatte keinen neuen Ablauf mit ihm besprochen, oder mit jemand anderem.

»Wie Sie wissen«, fuhr er fort, »sind unsere Kapazitäten mehr als ausgelastet, dank der tausend Vorbestellungen meiner Kriegstagebücher und der zweiten Ausgabe der Gedichte.«

»Sie haben einen neuen Ablauf in der Herstellung bestimmt? Ohne mich zu konsultieren?«

Er wirkte leicht verstimmt, weil sie ihm ins Wort gefallen war. »Ja.«

»Sie dürfen den Ablauf gar nicht ändern, ohne das vorher mit mir zu besprechen.«

»Keine Sorge«, meinte er in gönnerhaftem Ton. »Ich habe alles mit den besten Interessen des Unternehmens im Sinn organisiert.«

Sie grub die Nägel in ihre Handflächen. »Wenn das Auswirkungen auf die Magazine hat – und selbst, wenn nicht –, muss ich an solchen Besprechungen teilnehmen.«

»Aber wir wissen doch bereits, dass die Bücher Priorität haben sollten. Die möglichen Einnahmen aufgrund der Vorbestellungen sind jetzt nach kaum einer Woche bereits höher als die Gewinne in den drei vorangegangenen Monaten zusammengenommen. Sehen Sie sich das an.« Er öffnete die Mappe und tippte mit einem wohlgeformten Finger auf eine Zahlenkolonne.

Sie stand auf und durchbohrte ihn mit ihrem Blick. »Ich möchte an Sitzungen teilnehmen, die unser beider Geschäft betreffen.«

»Das verstehe ich, meine Liebe, aber das ist nicht nötig.« Auch er hatte sich vorgebeugt und war ihr nun so nahe, dass sie seinen Duft wahrnahm. Ein Lächeln zuckte an seinen Mundwinkeln. »Die Männer hören sowieso eher auf mich als auf Sie.«

Am liebsten hätte sie ihm das Grinsen vom Mund gewischt. Sie wollte eine ganze Menge Dinge mit diesem Mund tun. Wie idiotisch, dass sie einen Mann begehrte, den sie nicht mochte.

Ihr Gesicht glühte, ihre Stimme war kalt. »Ihre Spielchen

ändern nichts an der Tatsache, dass meinem Konsortium die Hälfte dieses Unternehmens gehört.«

»Ah. Das.« Er tat den Einwand mit einem Schulterzucken ab. »Es ist auch eine Tatsache, dass Männer rein aus Reflex die schrille Stimme einer gereizten Frau nicht wahrnehmen können. Erst recht nicht, wenn gleichzeitig eine rationale männliche Stimme zur Verfügung steht.«

Oh, wie gern hätte sie ihm schrill die Meinung gesagt.

»Verraten Sie mir, wer Ihnen das Geld für die Anteile geliehen hat, denn ich würde ihn gern vergiften«, sagte sie stattdessen.

Er lachte überrascht. »Das würde ich gerne sehen«, meinte er. »Aber selbst Ihnen würde es schwerfallen, Blackstone zu Fall zu bringen. Ich glaube, er gurgelt jeden Morgen mit Strychnin.«

Der Name sagte ihr gar nichts, aber Hattie keuchte überrascht auf und erinnerte sie daran, dass sie nicht allein mit Tristan war. Ihre Freundin betrachtete ihn mit großen Augen. »Wie?«, fragte sie.

Er neigte den Kopf. »Sie meinen, Miss Greenfield?«

Hatties Wangen wurden rosig. »Ich nehme an, Sie reden von Mr Blackstone, dem Finanzier?«

»Eben jenem.«

»Nun, er ist unglaublich menschenscheu und schwer zu fassen, daher frage ich mich, wie Sie einen Handel mit ihm schließen konnten«, erklärte Hattie. »Mein Vater spricht beim Dinner in letzter Zeit kaum von etwas anderem. Er würde Mr Blackstone sehr gerne für eine Investition in Saragossa gewinnen, aber soweit ich weiß, hat er bisher auf keine seiner Einladungen geantwortet.«

»Und Ihr Vater wäre sicher erfreut darüber, dass Sie solche vertraulichen Informationen mit uns teilen, nicht wahr?«

»Die Angelegenheit ist rein gar nicht vertraulich«, erwiderte Hattie hastig, aber die Röte auf ihren Wangen vertiefte sich. »Vielleicht ist es dennoch besser, wenn Sie diese Sache niemandem gegenüber erwähnen? Außer vielleicht gegenüber Mr Blackstone«, ergänzte sie noch mit einem bittenden Blick.

Tristan schüttelte den Kopf. »Nein, meine Liebe. Ich werde ganz bestimmt keine Geschäfte zwischen dem mächtigen Julien Greenfield und seinem Erzrivalen in die Wege leiten.«

»Nein, nein, natürlich nicht. Aber vielleicht könnten Sie mir verraten, welchen Klub er besucht? Oder wo er Zerstreuung findet?«

Eine Pause entstand.

»Nun«, sagte Tristan. »Er sucht tatsächlich Etablissements auf, die Zerstreuung bieten.«

Der leichte Unterton bei dem Wort »Zerstreuung« sorgte dafür, dass Hattie verwirrt schwieg. In Lucies Gedanken tauchte das Bild von Tristan in seinem roten Seidenmorgenmantel auf, umgeben von Menschen, die wenig bis gar keine Kleidung trugen. Der Prinz der sündigen Verführung in seinem Reich.

Sie räusperte sich. »Wir haben noch zu arbeiten«, sagte sie, und seine Aufmerksamkeit schwenkte zu ihr zurück. »Ich werde Sie später aufsuchen, um die Produktionsabläufe abzuklären.«

Zu ihrer Verblüffung nickte er und griff sich die Mappe. »Natürlich. Ich freue mich darauf.«

Er schlenderte aus dem Büro und sah selbst von hinten frustrierend zufrieden aus.

Langsam stieß Lucie den Atem aus. Ihre Gedanken rasten. Sie musste mit dem Herstellungsleiter reden. Sie musste Tristan loswerden. Sie musste Lady Harberton bei ihrer Kampagne für Fahrrad fahrende Frauen unterstützen. Sie brauchte Tage, die vierzig Stunden lang waren.

»Ich nehme an, er hat Mr Blackstones Bekanntschaft in keinem respektablen Etablissement gemacht«, stellte Hattie fest. Sie starrte immer noch auf die Tür, durch die Tristan verschwunden war.

»Da kannst du sicher sein«, stimmte Lucie sarkastisch zu. »Darf ich den Zweck dieses eifrigen kleinen Verhörs erfahren?«

»Es war wohl kaum ein Verhör«, murmelte Hattie.

»Du hast ihn am Gehen gehindert.«

Hatties Schultern sackten ein. »Also gut«, meinte sie. »Wie du weißt, kann ich, dank meiner großen Kunstleidenschaft und meines jämmerlichen Zahlenverständnisses nur wenig zum Familienvermögen beitragen.« Sie nagte an ihrer Unterlippe. »Zachary ist der Erbe, meine Schwestern machen vernünftige Investitionen, und Benjamin ist Mamas Augapfel. Ich bin nichts davon. Am Dinnertisch bin ich wie Luft. Wenn ich dazu hätte beitragen können, dass eine Verabredung zwischen meinem Vater und dem berüchtigten Mr Blackstone zustande kommt …«

»Was ist so berüchtigt an ihm?«

»Nun. Er ist sehr vermögend und sehr gerissen.« Hatties Stimme hatte sich zu einem Flüstern gesenkt. »Er ist durchaus ein angesehener Investor und Geschäftsmann, und die Kaufmannsschicht will sein Geld. Lord Ballentine hat recht; er ist ein Rivale meines Vaters, denn seine Investitionen sind sehr lukrativ. Nur wenige haben ihn jedoch tatsächlich persönlich getroffen. Niemand weiß, woher er kommt. Und er hat mehrere Adelige aus keinem ersichtlichen Grund in den finanziellen Ruin getrieben. Er ignoriert beharrlich die Einladungen meines Vaters, was sich nur ein ziemlich unverfrorener Mann leisten kann.« Sie erschauerte. »Sie nennen ihn Beelzebub.«

Beelzebub?

»Großartig«, sagte Lucie kühl. »Ob er nun offiziell Geschäftsmann ist oder nicht, es scheint, er ist eher ein Lord der Unterwelt, und derzeit gehört ihm ein Teil unseres Verlagshauses.«

Hattie sog scharf den Atem ein. »Also, wenn du es so ausdrückst …«

»Ich muss ihn loswerden.«

Hattie hob die Brauen. »Wen?«

Wieder wurden sie durch das Läuten der Glocke gestört. Lucie machte sich in Gedanken eine Notiz, das lärmende Teil zu entfernen.

Die Anspannung in ihren Schultern ließ nach, als Lady Athena eintrat, nicht Tristan. Die Lady sah erhitzt aus.

»Ich muss Sie erneut stören«, meinte sie. »Mehrere große Kisten mit Ballentine-Karten sind gerade eingetroffen, und wir haben noch nicht besprochen, wo sie abgestellt werden sollen.«

Lucie blinzelte. »Mehrere Kisten?«

Lady Athena zuckte entschuldigend mit den Schultern. »Offenbar hat ein Händler in Shoreditch die Produktion übernommen. Lord Ballentine hat sie hierher liefern lassen.«

Lucie verengte die Augen. »Verstehe. Dann sollten wir sie ihm direkt vor die Tür stellen.«

Athena zögerte. »Direkt vor seine Tür?«

»Ja.«

»Vor seine Bürotür?«

»Ja. Und stapeln Sie ruhig hoch, bitte.«

»Wie Sie wünschen«, meinte Lady Athena bedächtig, ein Runzeln auf der sommersprossigen Stirn.

Hattie grinste und sah aus wie ein rothaariges Teufelchen. »Völlig normale Feindseligkeit, nicht wahr?«

»Du hast ihn doch erlebt. Er ist eine Plage.«

Hatties Lächeln erlosch. »Um ehrlich zu sein, wenn er auf

Augenhöhe mit Männern wie Mr Blackstone verkehrt, dann befürchte ich, wird er mehr als nur eine Plage sein.«

Lucie hätte es niemals laut zugegeben, aber sie war zu demselben Schluss gekommen, und das bereitete ihr Sorge.

Nach ihrer Ankunft in Oxford am Abend machte Lucie auf dem Heimweg Halt vor dem *Randolph*. Hinter den Fenstern von Annabelles Suite im ersten Stock brannte noch Licht. Offenbar war sie nach der Hausgesellschaft von Claremont zurückgekehrt, um ihr Studium fortzusetzen. Vermutlich war sie allein. Montgomery verbrachte niemals Zeit im *Randolph*.

Sie durchquerte das Hotel so schnell, wie es ihre schwere Tasche zuließ. Sie wollte unbedingt eine unerwartete Begegnung mit ihrer Mutter und Cecily vermeiden, die hier den gesamten Sommer über logieren würden.

Annabelle wirkte erfreut über ihren spontanen Besuch. Sie geleitete Lucie in den Salon und bot ihr den bequemsten Sessel vor dem Kamin an. Als sie Lucies Magenknurren vernahm, fragte sie, ob sie etwas in der Hotelküche bestellen sollte, Hühnchenbrust in Zitronensoße vielleicht?

»Ein Brandy klingt besser«, sagte Lucie, obwohl sie sich nicht sicher war, ob der Alkohol ihre Kopfschmerzen fördern oder lindern würde.

»Ich habe Sherry«, bot Annabelle an. Sie ging zu dem elegant geschwungenen Barschrank, der unter einem gleichermaßen eleganten Landschaftsbild stand. Leise summend wählte sie eine Flasche aus und schenkte ein Glas ein. Im gedämpften Licht, das durch die roséfarbenen Vorhänge fiel, wirkte sie wunderbar gelassen. Lucie trommelte gedankenverloren mit den Fingern auf die Armlehne, während irgendetwas in ihr gegen die rosigen, sauberen Oberflächen, die üppigen Polster und den Duft nach Jasminparfüm und Leinenstärke im Zimmer rebellierte. Aus jeder Ecke strömte ihr Zufriedenheit entgegen, die von dem gleichmäßigen trägen Ticken der Uhr untermalt wurde. Sie kam sich wie ein Eindringling vor.

Annabelle reichte ihr das Sherryglas. »Wie war dein Tag in London?«

Frustrierend.

»Geschäftig«, antwortete sie stattdessen. »Zum einen ist da die Renovierung und zum anderen habe ich für morgen Vorstellungsgespräche geplant. Der Herstellungsleiter steht kurz vor einem Schlaganfall, weil wir mehr als tausend Vorbestellungen für Ballentines neue Bücher und den Nachdruck des alten haben.« Sie hob das Glas an ihre Nase und roch daran. »Ich fürchte, wir werden Druckkapazitäten hinzukaufen müssen, wenn wir pünktlich ausliefern wollen.«

Annabelle nahm ihr gegenüber Platz. »Ich hätte gedacht, dass hohe Bestellzahlen ein Grund zum Feiern sind?«

Der Sherry brannte ihr in der Kehle. »Das ist auch so.« Die Zahlen gaben Tristan aber auch mehr Macht. Sie hatte sie sich angesehen; nach Abzug der Produktionskosten war er auf dem besten Weg, ihrem Unternehmen große Profite zu verschaffen.

Sie schloss die Lider, da eine neue Kopfschmerzwelle heranrollte.

»Geht es dir nicht gut?«, hörte sie Annabelle fragen.

Sie nickte. »Doch, ich mache mir nur Sorgen, dass wir unseren Bericht nicht veröffentlichen können. Es wäre wirklich von großem Nutzen für uns gewesen, wenn wir ihn vor Montgomerys Reformantrag im Oberhaus hätten publik machen können.«

»In der Tat.«

»Im Moment haben wir jedoch weder eine andere Lösung parat, noch habe ich Zeit dafür, mich um eine zu kümmern, weil ich mich mit einer völlig neuen, unerwartet zeitaufwendigen Aufgabe beschäftigen muss. Und das alles neben meinen sonstigen Aufgaben.«

Sie fielen in grüblerisches Schweigen. Der Sherry zeigte Wirkung: Er wärmte von innen und rief leichten Schwindel hervor, kein völlig unangenehmes Gefühl. Sie betrachtete Annabelle, die in ihrem Sessel so behaglich und huldvoll wirkte, und dieses nagende Gefühl kehrte zurück.

Ich bin eifersüchtig, wurde ihr klar. Ich bin eifersüchtig auf eine liebe Freundin.

Sie beneidete Annabelle nicht etwa um ihren verliebten Herzog, auch wenn es einen gewissen Reiz haben mochte, die Ehefrau eines Mannes zu sein, der einen nur zu gerne mit seinem Reichtum und seiner Liebe überschüttete.

Nein, sie beneidete Annabelle um deren Zufriedenheit, Anmut und Freundlichkeit, die sich um ein stählernes Rückgrat webten. Darum, dass es ihrer Freundin gelang, Dinge anzunehmen und sich, wenn es nötig war, auch ein wenig zu verbiegen, was dafür sorgte, dass sie nicht daran zerbrach, selbst wenn ein mächtiger Mann wie Montgomery auf sie einstürmte. Sie war wie ein Grashalm: an einem Tag vom Wind gebeugt und am nächsten schon wieder aufrecht.

Bei Lucie war es genau umgekehrt. Äußerlich wirkte sie stahlhart, was nützlich war, um sich einen Weg durch Gefilde zu bahnen, wo es keinen gab. Unter dieser harten Schale jedoch, abseits von Fakten, Zahlen und gesetzten Zielen, lag alles im Nebel. Ihre Gefühlsausbrüche waren selten anmutig, und ihre Emotionen befanden sich in einem unschönen Aufruhr, seit sie Tristan halb nackt mit einem Kerzenhalter in der Hand gesehen hatte. Harte Schale, weicher Kern. Sie war kein Grashalm. Sie war eher ein bepanzertes Insekt. Noch dazu in letzter Zeit ein ziemlich überreiztes.

Sie trank ihr Sherryglas in einem Zug leer und stellte es ab.

Ihr drehte sich der Kopf. »Annabelle, wenn ich mir einen Geliebten nehmen würde, was wären wohl die Folgen?«

Annabelle schwieg.

Vermutlich ist sie schockiert, überlegte Lucie. Sie hätte diese Frage auch nie einer anderen Frau gestellt, aber sie vermutete, dass Annabelle und Montgomery nicht nur sehnsuchtsvolle Blicke ausgetauscht hatten, bevor sie beschlossen, dem Protokoll eine lange Nase zu zeigen und zu heiraten. Zu schockiert konnte ihre Freundin daher von Lucies Überlegungen hoffentlich nicht sein.

»Nun«, meinte Annabelle schließlich und musterte sie eindringlich. »Ich nehme an, du weißt wohl besser Bescheid als die meisten Frauen, dass die intime Beziehung zu einem Mann unerwünschte Folgen haben kann.«

Lucie neigte zustimmend den Kopf. »Vermutlich.«

»Da du mich bittest, dir diese Folgen aufzuzeigen, komme ich zu der Annahme, du willst eine Bestätigung, dass dies eine schlechte Entscheidung wäre«, fuhr Annabelle fort. »Was mich wiederum zu dem Schluss führt, dass dir der Gedanke, diese schlechte Entscheidung zu treffen, schon viel zu sehr gefällt.«

»Ich habe deine Kombinationsgabe schon immer bewundert.«

Annabelle schnaubte. »Nun, ich glaube, das kommt ganz auf den Blickwinkel an.« Sie schenkte ihr ein zaghaftes Lächeln. »Hast du einen Gentleman getroffen, den du magst? Obwohl, wenn er ein Gentleman wäre, würde er dir wohl nicht nur eine Liebschaft anbieten.«

»Ugh nein. Ich kann den Kerl nicht ausstehen.«

Annabelle zog die Stirn kraus. »Ich fürchte, ich verstehe nicht.«

Ich auch nicht.

Tristan sah natürlich sündhaft gut aus, und das, in Verbindung mit seinem berüchtigten Ruf, könnte eine Frau durchaus zu der Annahme verleiten, er sei eine Affäre wert, trotz seines unritterlichen Charakters. Aber im Grunde lagen die Dinge viel komplizierter.

Vielleicht dachte sie ja gerade deshalb an ihn, weil er ein Schuft war. Die Vorstellung, eine intime Affäre mit einem aufrechten, gutmütigen Gentleman einzugehen, schien undenkbar, denn, wie Annabelle schon sagte, ein solcher Mann würde ihr einen Heiratsantrag machen. Aber eine Ehe kam für sie nicht infrage, und jedwede Verbindung mit einem solchen ehrenwerten Mann würde unweigerlich auch für ihn in einer Enttäuschung enden. Aber ein Schurke wie Tristan? Ihm würde sie keine Höflichkeit schulden. Bei ihm würde sie sich nie damit abmühen müssen, sich liebenswürdig zu zeigen, oder vorgeben müssen, sie sei jemand, der sie nicht war. Er scherte sich nicht um ihr Benehmen.

»Riskant bliebe es trotzdem«, murmelte sie.

»In der Tat«, stimmte Annabelle zu.

»Wenn es jemand herausfindet, wäre mein Ruf gänzlich ruiniert.« Viele verheiratete Frauen und auch Witwen nahmen sich diskret einen Liebhaber, ohne dass sie deswegen von der Gesellschaft abgestraft wurden, aber ledige Frauen? Bei der Hausgesellschaft in Claremont hatte sie einen Vorgeschmack darauf bekommen, was ihr blühen könnte: kalte Blicke, ihr zugewandte Rücken, als hätte sie eine ansteckende Krankheit. Ihr tägliches Erleben hoch zehn genommen. Zusätzlich aber würden auch die Menschen, die ihr wichtig waren, sich gezwungen sehen, sie zu schneiden. Die Frauen und Aktivistinnen, die sie bewunderte, denen sie vertraute und die mit ihr einen gemeinsamen Kampf ausfochten.

»Es besteht natürlich die Gefahr, dass Gerüchte die Runde

machen und dein Ruf befleckt wird«, sagte Annabelle. »Aber es sind auch noch viel ernstere Folgen zu bedenken.«

»Ein Kind.«

Annabelle nickte.

»Es gibt Wege, dies zu verhindern.« Lucie kannte sie alle. Allerdings wusste sie auch, dass keiner dieser Wege garantierte Sicherheit bot.

»Und wenn wir schon so schockierend offen reden, sollte man auch mögliche Krankheiten nicht außer Acht lassen. Und natürlich auch nicht die anderen Wege, mit denen ein Mann wie er eine Frau ruinieren kann.«

Lucie erstarrte. *Ein Mann wie er?*

»Keine Sorge«, sagte Annabelle spitz. »Ich weiß nicht, um wen es sich handelt. Aber wenn du schon eine heimliche Affäre mit einem Mann eingehen willst, den du nicht leiden kannst, dann ahne ich, welche Sorte Mann er sein muss. Vermutlich hat er sich deine Aufmerksamkeit allein durch äußere Anziehung gesichert. Du hältst ihn für einen erfahrenen, hervorragenden Liebhaber. Und das ist er vermutlich auch. Aber, Lucie, solche Männer haben alle eins gemeinsam: Eine Affäre mit ihnen verletzt Herz und Seele einer Frau.«

Lucie zog eine Grimasse. »Ich habe dir doch gesagt, dass ich mir nichts aus ihm mache.«

»Nun gut.« Annabelle beugte sich vor. »Ich weiß aus eigener Erfahrung, dass ein guter Liebhaber dir den Verstand vernebeln kann. Er lässt dich Dinge spüren, die du nicht erwartet hättest und auch nicht fühlen wolltest. Und was, wenn die Leidenschaft, die du mit ihm teilst, unvergleichlich ist und dich für alle anderen verdirbt?«

Lucie winkte ab. »Wenn man sich schon einen Geliebten nimmt, ist es doch sinnlos, sich nur einen mittelmäßigen auszusuchen. Nein, nur mein Ruf macht mir Sorge. Das würde den Gegnern unserer Mission hervorragende Munition liefern.«

Annabelles Miene wurde weicher. »Und was ist mit dir?«

»Mit mir?«

»Ja, mit dir. Wenn du dir tatsächlich ein glückliches Leben mit einem Mann wünschst, könntest du es haben.«

Sie schnaufte überrascht. »Ich gebe zu, unter den gegebenen Umständen fällt es mir schwer, mir ein märchenhaftes Ende mit einem Mann vorzustellen.«

Sie hatte immer gedacht, dass sie froh sein konnte, im 19. Jahrhundert zu leben, statt in einem oder zweien davor. »Eigenwillige« Frauen mit Ambitionen konnten dieser Tage ganz respektabel als alte Jungfer allein leben oder sich irgendwann mit einem biederen alten Professor namens Bhaer verheiraten.

Annabelle seufzte. »Nun, welchen Weg du auch wählst, es ist ein Unterschied, ob man etwas nur in seiner Vorstellung tut oder in der Realität. In der Wirklichkeit muss man immer mit unvorhersehbaren Folgen rechnen. Du könntest versehentlich den Rubikon überqueren, und dann gibt es kein Zurück mehr.«

Am nächsten Morgen nahm Lucie den Frühzug nach London. Sie trug ihr hellblaues Kleid und hatte sich die Haare zu einem adretten Dutt geschlungen, um möglichst vernünftig zu wirken. Denn genau das wurde von ihr nun verlangt: vernünftig sein. In letzter Zeit fiel ihr das schwer.

Je näher sie dem imposanten Eingang von *London Print* kam, desto größer wurde ihr Erstaunen. Eine lange Schlange schick gekleideter Frauen hatte sich auf dem Bürgersteig vor dem Eingang gebildet. Die Schlange setzte sich in der Eingangshalle fort.

Verstohlene Blicke und zaghaftes Lächeln folgten ihr, als sie an den Frauen vorüberging, und dennoch traf sie die Erkenntnis erst, als sie ihre Büroräume erreichte, wo die Schlange sich zu einem kleinen Kreis um Lady Athena ausgefächert hatte. Erst da ging ihr auf, dass die Frauen allesamt Bewerberinnen für die ausgeschriebenen Stellen waren.

»Guten Morgen«, sagte sie verblüfft zu niemandem im Besonderen.

Ein Chor von Grüßen schallte ihr entgegen, wie in einem Dorfschul-Klassenzimmer mit braven Schülern.

Lächelnd betrat sie ihr Büro. Welch eine unerwartete, wundervolle Wendung.

Die erste Bewerberin war eine Miss Granger, fünfundzwanzig Jahre alt, aus Islington. Rote Flecken der Aufregung sprenkelten den Hals der Frau über dem hohen Kragen, als sie ihre Referenzen über den Tisch reichte.

Lucie schenkte ihr ein aufmunterndes Lächeln und nahm ihren Füllfederhalter zur Hand. »Miss Granger, bitte erzählen Sie mir, warum Sie gerne für *London Print* arbeiten möchten?«

»Nun, Mylady, dieser Tage stehen nicht genügend Gentlemen für eine Ehe zur Verfügung, nicht wahr?«

»Äh … ja.«

»Daher habe ich erst überlegt, eine Karte für eine Überfahrt nach Australien zu beantragen, um dort einen Ehemann zu finden. Nach reiflicher Überlegung ist mir jedoch bewusst geworden, dass ich lieber in England bleiben und mir eine Stelle suchen möchte. In jedem Fall müssen wir darauf vorbereitet sein, uns dieser Tage unseren Lebensunterhalt selbst zu verdienen.«

»In der Tat«, stimmte Lucie zu. »Aber warum möchten Sie ausgerechnet hier arbeiten und nicht etwa in einem Regierungsbüro?«

Die blauen Augen der Frau leuchteten auf. »Oh, ich mag die Magazine. Meine Mutter hat die *Home Counties Weekly* abonniert, und ich lese jede Ausgabe.«

Lucie nickte und machte sich Notizen. Genau solche Begeisterung wollte sie sehen. Das Arbeitsleben in London bot für eine Frau verschiedene Herausforderungen. Da war es gut, wenn es noch weitere Motivationen als den Lohn gab, um eine Angestellte zu halten.

»Außerdem liebe ich *A Pocketful of Poems*«, fuhr Miss Granger mit schwärmerischer Stimme fort.

Lucie hob langsam den Blick von ihrem Notizbuch. »Ach ja?«

Die Röte stieg nun auch in Miss Grangers Wangen. »Ja«, sagte sie. »Ich war sehr überrascht, als ich hörte, Lord Ballentine sei der Autor.«

»Das waren wir alle«, meinte Lucie. Ihr gefiel der hitzige Ausdruck in Miss Grangers Augen gar nicht.

»Er hat einen solch skandalösen Ruf, aber seine Gedichte wecken bei mir den Eindruck, dass dieser Ruf nur auf Gerüchten gründet«, fuhr Miss Granger eifrig fort. »Ein wahrer Wüstling wäre sicher nicht zu Gedichten von solch emotionaler Tiefgründigkeit fähig.«

»Welch interessanter Gedanke.«

»Ist er oft hier im Verlagshaus zugegen, also Lord Ballentine?«

»Ich fürchte, nein.«

Ihr Ton war wohl zu barsch gewesen, denn Miss Granger wirkte so verlegen, als hätte man sie bei etwas Unanständigem erwischt.

Lucie atmete tief durch. Es nutzte nichts. Die Kopfschmerzen kehrten mit voller Wucht zurück.

Die nächste Bewerberin hieß Mary Doyle, hatte viele Sommersprossen und war zwanzig Jahre alt. Sie war weit gereist, aus Birmingham, und die dunklen Schatten unter ihren Augen verrieten, dass sie zu einer unchristlichen Stunde aufgestanden war, um rechtzeitig in London zu sein.

»Miss Doyle, Sie bewerben sich als Schreibkraft, aber aus Ihren Papieren geht nicht hervor, wo Sie Ihre Schreibmaschinenkenntnisse erworben oder wo Sie zuvor gearbeitet haben«, stellte Lucie fest, während sie die Bewerbungsunterlagen der Frau durchsah.

Miss Doyle studierte angelegentlich die Holzmaserung des Schreibtisches. »Ich habe die Ausbildung zur Stenotypistin noch nicht gemacht, Mylady.«

Lucie hob eine Braue. »Ach?«

Ein beschämter Blick. »Ich hatte gehofft, dass ich mir die nötigen Fähigkeiten hier aneignen kann, bei *London Print*.«

Lucie schüttelte den Kopf. »Ich beglückwünsche Sie zu Ihren Ambitionen, aber wir benötigen eine voll ausgebildete Schreibkraft.« Miss Doyles Mundwinkel sanken nach unten. Rasch ergänzte Lucie: »Es ist jedoch eine gute Idee. Wir sollten einen Kurs geben, der den Frauen die nötigen Fähigkeiten vermittelt.«

Die Idee war in der Tat so gut, dass sie sich eine Notiz machte.

»Beinhaltet die Arbeit auch, sich um Lord Ballentines Bedürfnisse zu kümmern?«, fragte Miss Doyle.

Für einen Augenblick verschwamm die Schrift vor Lucies Augen.

Sie schaute auf, halb überrascht, dass das Mädchen nicht zu Eis gefror, als sich ihre Blicke trafen.

»Keine Stelle hier in diesem Haus beinhaltet, sich um Lord Ballentines Bedürfnisse zu kümmern.«

Mary Doyles Schultern sackten ein. »Ich dachte, ihm gehört *London Print*.«

»Zur Hälfte. Ihm gehört nur die Hälfte.«

Das Gesicht der kleinen Zeitverschwenderin aus Birmingham leuchtete auf. »Brauchen Sie vielleicht jemanden, der Erfrischungen verteilt? Ich habe schon Erfahrung mit dem Teewagen gesammelt.«

Als die nächste Bewerberin ins Zimmer kam, eine Frau in einem sonnengelben Musselinkleid, die einen verdächtig schwungvollen Gang an den Tag legte, hämmerte der Puls in Lucies Schläfen heftig.

Sie räusperte sich. »Guten Morgen, Miss …?«

»Potter, Mylady«, sagte die Frau errötend, dann knickste sie rasch und zog sich den Stuhl am Schreibtisch heraus.

»Miss Potter, weshalb wollen Sie bei *London Print* arbeiten, abgesehen von der Möglichkeit einen Blick auf Lord Ballentine zu erhaschen?«

Das Mädchen, das sich gerade setzen wollte, verharrte auf halbem Weg. Stumm öffnete sie den Mund und schloss ihn wieder. »Nee«, sagte sie schließlich. »Ich muss mir mein Brot selbst verdienen, Mylady. Ich brauche die Stelle, um für meine Mutter zu sorgen.« Sie biss sich auf die Lippe und zuckte entschuldigend mit den Schultern. »Es ist allerdings allgemein bekannt, dass Seine Lordschaft wie ein Engel aussieht, fürchte ich.«

»Verstehe«, sagte Lucie. »Würden Sie mich einen Moment entschuldigen?«

Im Vorzimmer wandten sich ihr ein Dutzend Köpfe zu, bleiche ovale Gesichter unter kunstvoll arrangierten Frisuren. Wie viele hatten sich an diesem Morgen wohl mit noch mehr Sorgfalt zurechtgemacht, mit nur einem einzigen Gedanken im Kopf? Als Tristans Bürotür in ihr Sichtfeld kam, wummerte ihr Herz stärker als der Kopfschmerz.

Er saß hinter seinem Schreibtisch, in Hemdsärmeln, den Kopf geneigt und schrieb irgendetwas. Eine Strähne seiner langen Haare fiel ihm in die Stirn.

Sie schloss die Tür fest hinter sich.

Er sah auf, mit einem gelangweilten Ausdruck auf seinem Gesicht, doch in seinen Augen blitzte Neugier auf, als er das Heft mit den Bewerbungsgesprächsnotizen in ihrer Hand entdeckte. Da erst fiel ihr auf, dass sie es bei sich trug. Es wäre sicher befriedigend, es ihm gegen seinen unverschämten, attraktiven Kopf zu schleudern.

»Ich nehme es an«, sagte sie.

Ein verwunderter Ausdruck huschte über sein Gesicht. »Nun, das ist schön. Und was genau?«

Sie warf das Notizbuch auf den nächstbesten Stuhl.

»Dein Angebot.« Sie hob das Kinn. »Eine Nacht mit dir für ein Prozent der Aktienanteile. Ich nehme es an.«

Die Verwirrung wich einem unergründlichen Ausdruck.

Ihre Brust hob und senkte sich heftig, in ihren Ohren rauschte es so laut, als ob ein heftiger Sturm durch einen Wald fegte.

»Ach tatsächlich«, murmelte er.

Sie nickte nur, denn ihre Kehle war wie zugeschnürt.

Sein Blick bohrte sich in ihren, doch sie hielt ihm stand, mit glühenden Wangen, die Hände zu Fäusten geballt.

Sollte er doch versuchen, sie auf die Probe zu stellen.

In den goldbraunen Tiefen seiner Augen erschien ein unheilvolles Leuchten.

Er lehnte sich zurück und spielte einen Moment mit dem Füllfederhalter zwischen seinen Fingern, ehe er sagte: »In diesem Fall schlage ich vor, dass du die Tür abschließt.«

22. KAPITEL

Sie hatte es getan. Nun gab es kein Zurück mehr. Lucies Worte waren davongeschossen wie Hunde, die einem Hasen nachjagten. Wie ein fallender Stein, der eine Lawine auslöst.

Blind tastete sie nach dem Riegel an der Tür. Das metallische Klicken sorgte dafür, dass sich die feinen Härchen in ihrem Nacken aufstellten.

Tristan blieb reglos hinter seinem Schreibtisch sitzen und beobachtete sie gebannt.

Sie verschränkte die Arme vor der Brust. »Zunge verschluckt, Mylord?«

Er senkte die Lider, machte seine Augen zu schmalen Schlitzen. »Komm her.«

Ihr Herz schlug so rasend schnell, als wolle es aus ihrer Brust springen. Sie ließ die Arme sinken und kam zu ihm, wie gebeten, blieb aber einen Schritt außerhalb seiner Reichweite stehen.

Sein Stuhl schabte über den Boden, als er sich vom Schreibtisch wegschob. Die Knie breit auseinander, den Kopf geneigt, sah er sie nachdenklich an, und sie ertrug seine Musterung mit einem verächtlichen Lächeln im Gesicht, ertrug auch die Stille, die sich zwischen ihnen hinzog und in ihren Ohren dröhnte.

Er winkte lässig mit einer Hand. »Deine Haare … mach sie auf.« Seine Stimme klang rau.

Ihre Knie wurden weich. Er ging ziemlich weit, um sie auf

die Probe zu stellen. Oder womöglich stellte er sie gar nicht auf die Probe. Vielleicht meinte er das alles ernst. Vielleicht wollte er sein Angebot gleich auf der Stelle in die Tat umsetzen. Er war verrucht genug, um es zu probieren.

Sie hob die Hand an ihren Dutt.

Er atmete hörbar ein, und das ließ sie innehalten.

Sein Blick war auf ihre Finger fixiert, die über der Haarklammer schwebten. Ein hungriger Ausdruck stand darin.

Interessant.

Er tat lässig und gab Befehle, aber das alles ließ ihn nicht unberührt. Deshalb zog sie an der Klammer. Noch eine Drehung und ihr Haar löste sich. Der Duft nach Zitrusseife stieg auf, als die langen Strähnen wie ein Wasserfall über ihre Schultern fielen.

Tristan veränderte seine Position auf dem Stuhl; Röte färbte seine hohen Wangenknochen. Winzige Flammen des Triumphes fraßen an ihrer Verachtung. Mit einer lässigen Handbewegung, die seiner zuvor ähnelte, strich sie sich die Haare auf den Rücken.

Ohne den Blick von ihr zu nehmen, klopfte er auf seinen linken Oberschenkel. »Setz dich«, sagte er leise.

Sie erstarrte, das Gefühl des Triumphes versiegte. »Das ist nicht notwendig.«

Sein Lächeln wurde leicht grausam. »Du würdest auf wesentlich intimeren Teilen meines Körpers sitzen, falls du mein Angebot wirklich annimmst.«

Falls? Wirklich?

»Also gut.«

Sie trat zwischen seine Beine, drehte ihm den Rücken zu und setzte sich.

Sofort schlang er den linken Arm um ihre Taille, ganz leicht nur, aber die Geste war dennoch ziemlich besitzergreifend.

Sie starrte vor sich auf die Wand. Der Schrank, die Tapete und altmodische Wandleuchter verschwammen vor ihren Augen.

Selbst durch mehrere Lagen Stoff spürte sie die unvertraute Kraft eines muskulösen, männlichen Oberschenkels unter ihren Beinen. Eine ungewohnte körperliche Schwäche ergriff von ihr Besitz.

Tristan beugte sich so nahe zu ihr, bis seine Brust ihren Rücken berührte.

»Warum bist du hier, Lucie?«

Sein Atem streifte über ihren Hals. Hart und warm spürte sie seine Brust an ihren Schultern, wie eine von der Sonne gewärmte Steinmauer. Eine Gänsehaut überlief sie. *Du würdest auf wesentlich intimeren Teilen meines Körpers sitzen.*

»Weil ich dein Angebot annehmen will«, stieß sie hervor. »Du hast gesagt, es gilt bis zum Ende des Sommers.«

Er gab einen Laut von sich, halb Schnauben, halb Knurren. »Willst du mich denn?«

Die ruppig geäußerte Frage verwirrte sie. »Ich will, dass du möglichst weit weg von *London Print* bist.«

Er vergrub die freie Hand in ihren Haaren. Sie spannte sich an, aber seine Berührung war behutsam. Verblüffend sanft. Er ließ eine Strähne durch seine Finger gleiten, dann noch eine, langsam, als würde er jedes helle Haar erst betrachten, bevor er sie wieder losließ, und eine andere Anspannung ergriff Besitz von ihr.

Sie presste die Knie zusammen, um den Drang, sich zu bewegen, zu unterdrücken. Ihr Kopf fühlte sich warm an von dem leichten Zupfen, ausgelöst durch seine Finger, die durch ihre Haare kämmten. Die Hitze breitete sich bis zu ihrem Nacken aus, sank schwer in ihre Brüste, dann tiefer in ihren Bauch und erreichte schließlich ihre Zehen.

Sie keuchte auf, als er mit einem Daumen über ihren entblößten Nacken strich.

Sein Mund berührte ihr Ohr. »Die Frage ist einfach, mein Kätzchen: Willst du mich in deinem Bett oder nicht?«

Sie knirschte mit den Zähnen. »Ich würde alles tun, um dich loszuwerden.«

»Ich verstehe.«

Seine Finger glitten von ihrem Nacken über ihren Arm hinunter zu ihrem Handgelenk. Mit sanftem Druck sorgte er dafür, dass sie ihre Hand flach auf die Innenseite seines rechten Oberschenkels legte. Dann führte er sie nach oben.

Funken blitzten vor ihren Augen auf, denn sie ahnte, was er vorhatte.

Ein leiser, kehliger Laut entwich ihr.

Er hielt kurz inne, dann legte er ihre Hand auf seine Männlichkeit.

Hitze durchströmte sie. Ihr Atem war das lauteste Geräusch im Zimmer. Sie berührte einen Mann an seiner intimsten Stelle, die sich erstaunlich hart, heiß und groß anfühlte, was sie zu der Frage brachte: Wie? Wie sollte das gehen?

Sie versuchte, ihm ihre Hand zu entziehen. »Lass los.«

Er tat es, aber es war zu spät. Nun wusste sie Bescheid. Das war die harte Wirklichkeit ihres Handels, die keine Illusion übrig ließ, keine Schönfärberei, hinter der sie sich verstecken konnte. Wenn sie sich erst einmal darauf eingelassen hatte, konnte sie nicht mehr zurück.

»Bist du so eitel, dass du um deiner selbst willen begehrt werden willst?«, stieß sie hervor. »Aber natürlich bist du das.«

»Die mutigste Frau, die ich kenne, aber so ausweichend.« Er war in einen Plauderton verfallen, als hätte er nicht gerade eben ihre Hand auf seine Erektion gelegt. »Warum beantwortest du nicht einfach meine Frage? Willst du mich?«

Ihre Hand brannte immer noch von der Berührung. Sie ballte sie zur Faust. »Die Antwort ist einfach: Du lässt mir keine Wahl.«

»Musst du dir das einreden, um dich vor dir selbst zu rechtfertigen?«, raunte er. »Ist das die Erlaubnis, die du brauchst, um mit einem Mann wie mir das Bett zu teilen? Dass du keine Wahl hast? Schön.« Er zog sie an sich und vergrub sein Gesicht an ihrem Nacken. »Lucie, Lucie. Ich werde dich von heute an zu jeder Besprechung im *London Print* einladen, ganz egal, ob sie für dich von Interesse ist oder nicht. Ich werde alles unterzeichnen, was du willst, es sei denn, es könnte unseren Einnahmen schaden. Keine Spielchen mehr im Büro, du hast mein Ehrenwort. Nun. Fühlst du dich immer noch, als hättest du keine Wahl?«

Ihr Herz schlug heftig gegen ihre Rippen, und sie spürte überdeutlich seinen Arm auf ihrer Taille. Er las sie mit seinem Körper, atmete ihren Geruch ein, wie ein Raubtier, das die Witterung seiner Beute aufnimmt, und ihr Verstand verabschiedete sich in alle vier Winde.

Sie drehte den Kopf, um ihn anzuschauen. In seinen Augen stand ein flammender Blick.

»Du und Ehre?«, sagte sie. »Nein. Ich glaube, du versuchst, mir die Sache auszureden. Du willst mich abschrecken, weil du die Kontrolle über die Firma behalten willst, aber dein Angebot nicht wie ein flatterhafter Feigling zurückziehen willst.«

Er schenkte ihr ein finsteres Lächeln. »Denk von mir, was du willst. Aber du solltest wissen, dass ich eher verdammt sein will, als mit dir zu schlafen, es sei denn, du hast akzeptable Gründe dafür, warum du das willst. Und der einzig akzeptable Grund ist Lust. Pure, reine Lust.«

Ihr war zum Zerschmelzen heiß, und die Erkenntnis, dass dies von Lust herrühren könnte, ließ sie aufspringen. So rasch, dass sie fast gestolpert wäre, denn Tristan gab sie völlig widerstandslos frei.

Sie wirbelte zu ihm herum und stellte fest, dass der hitzige Blick in seinen Augen verschwunden war.

»Ich war etwas aufgewühlt, als ich dir damals das Angebot gemacht habe«, gab er zu. »Du hattest mich provoziert, mit deiner selbstgerechten Tirade über meine Nutzlosigkeit, während der du die ganze Zeit mit hungrigen Blicken meine Brust betrachtet hast.«

Sie wurde kalkweiß. »Du bist so ein Schuft!«

Er hob eine Schulter. »Nun, ja. Ich glaube, das macht einen Teil meines Charmes aus.«

Sie starrte ihn an, fassungslos darüber, dass er so ungerührt wirkte. Er versuchte nicht einmal, die harte Wölbung in seiner Hose zu verbergen, und ihr schoss der verrückte Gedanke durch den Kopf, dass sie ihn zu gern vor sich auf den Knien sehen wollte.

Aber erst – oh, es kostete sie Mühe, ihm in die Augen zu schauen.

»Nehmen wir einmal an, dass ich dich begehre«, sagte sie. »Rein hypothetisch. Ich will trotzdem ein Prozent deiner Anteile, so wie du es angeboten hast.«

Tristan verharrte reglos.

Er musterte sie mit rätselhaftem Blick; eine Vielzahl undeutbarer Emotionen huschte über sein Gesicht.

»Geh.« Abrupt stand er auf. »Geh nach Hause.«

Empörung durchströmte sie. »Warum?«

»Damit du deinen erhitzten Kopf abkühlen und wieder zu Verstand kommen kannst.«

Er ragte unheilvoll über ihr auf; sie schaute ihn an, ohne sich auch nur einen Millimeter von der Stelle zu rühren. »Du hast damit angefangen, Mylord. Du kannst die Bedingungen jetzt nicht einfach ändern. Ich erwarte dich heute Abend bei mir. Um elf Uhr wäre mir recht.«

Er zögerte kurz. »Also gut«, sagte er knapp. »Aber geh jetzt.« Er machte einen Schritt nach vorn und zwang sie damit, einen Schritt zurückzuweichen, und noch einen, falls sie nicht wieder dicht an seinen Oberkörper gedrängt werden wollte. Er war eine Spur blasser unter seiner Sonnenbräune geworden, wie ihr nun auffiel. Sein Mund wirkte ungewohnt verkniffen, und die Sehnen in seinem Hals traten hervor. Die Situation war bizarr; es schien fast so, als ob er einen inneren Kampf mit sich ausfocht und sich nur mit Mühe beherrschen konnte.

Er scheuchte sie förmlich zur Tür.

Sie schaute noch mal über die Schulter. »Ich erwarte, dass du diskret bist, wenn du zu mir kommst. Nimm die kleine Gasse neben meinem Haus, und steig über die Mauer in meinen Garten. Ich lasse dich durch die Küchentür herein.«

Er stieß einen leisen Fluch aus. »Falls du deine Meinung ändern solltest, dann geh nicht zur Tür. Öffne sie nicht. Und ich werde wieder abziehen.«

»Ich werde meine …«

»Geh jetzt«, murmelte er. »Es sei denn, du willst, dass ich die Ware gleich hier auf dem Tisch überprüfe.«

»Du bist furchtbar vulgär.« Die Hand am Türriegel, drehte sie sich noch einmal um. »Wir brauchen eine schriftliche Vereinbarung, dass du mir die Anteile überlässt.«

»Natürlich.« Er schenkte ihr einen sarkastischen Blick. »Einen Vertrag vielleicht? Soll ich meinen Anwalt gleich herholen und ihn schriftlich niederlegen lassen, dass du meine Mätresse bist, die für ihre Dienste in Unternehmensanteilen bezahlt werden soll?«

»Ich brauche eine Sicherheit, dass du dein Wort hältst.«

Er schwieg einen Moment.

»Möge mich der Blitz treffen, wenn ich es nicht tue«, sagte er rau. Vielleicht war es naiv, aber sie nickte und verließ sein Büro. Ihre Beine zitterten immer noch, als hätte sie eine Schlacht hinter sich. Aber die Schlacht hatte gerade erst begonnen.

Lange Stunden später, als die schmale Sichel des Mondes über Oxford aufgegangen war und Eulenschreie durch den University Park hallten, stellte Tristan fest, dass ihm die Ironie der Situation nicht gefiel. Er befand sich auf dem Weg zu einer Frau, um ihr einen Korb zu geben – und sich damit das lang ersehnte Vergnügen zu verwehren, sie zu verführen. Als die personifizierte Versuchung heute Morgen aus seinem Büro gestürmt war, hatte sich das Triumphgefühl über ihre Einwilligung nicht eingestellt. Sie auf seinem Schoß zu spüren, hatte ihn zu sehr erregt. Und nachdem die Erregung abgeflaut war, wurde ihm bewusst, dass er sich nicht mit Lucie einlassen konnte, solange sie dafür seine Aktienanteile wollte.

An der Abbiegung nach Norham Gardens verlangsamten sich seine Schritte. Die Nacht war noch jung, die Luft mild, angereichert vom Duft der Blumen und dem Geruch nach Holzrauch. Der strahlende Sternenschleier der Milchstraße erstreckte sich über den Himmel. Falls er sein Angebot in die Tat umsetzen wollte, würde er das Rendezvous an einen abgeschiedenen Ort im Freien verlegen. Das würde er jedoch nicht tun.

Es gab natürlich Möglichkeiten, sich unabhängig von *London Print* ein Einkommen zu sichern. Diese Optionen waren jedoch unter den gegebenen Umständen mühsam und riskant. Natürlich könnte er auch mit Lucie ins Bett steigen und ihr den ausgemachten Anteil einfach verweigern. Dann konnte er aber davon ausgehen, dass sie den Erfolg seiner Bücher sabotieren würde, und spätestens nach seiner Abreise würde sie damit Erfolg haben. Sie würde vermutlich ebenso versuchen, ihn zu ruinieren, wenn er an diesem Abend nicht persönlich bei ihr erschien, um ihr abzusagen. Wenn sie ihn begehrte, dann war ihr die Tatsache offensichtlich zuwider. Eine Zurückweisung in einer derartigen Lage zu erdulden war heikel. Das musste er wohl Auge in Auge erdulden. All diese Gründe waren durchaus sehr triftig, um nun mitten in der Nacht vor ihrer Haustür zu stehen.

Das Haus lag schlafend, die Fenster waren dunkel.

Er betrat die kleine Gasse, die sie erwähnt hatte, und entdeckte am anderen Ende die niedrige Gartenmauer zu seiner Rechten.

Er fand die Küchentür schnell. Mit dem Stock klopfte er an, was die Buntglasscheibe in dem verwitterten Holzrahmen zum Klirren brachte.

Interessant. Er hätte angenommen, dass jemand wie Lucie, ihren Besitz sorgsam in Ordnung hielt.

Sein Körper spannte sich vor Erwartung an, als ihr Gesicht hinter dem Fenster erschien, ein bleiches Herz in der Dunkelheit, das ohne Vorwarnung vor ihm auftauchte, als sei sie durch die Küche geschwebt.

Er lockerte die zu Fäusten geballten Hände. Sie würde die Tür also öffnen.

Knarzend drehte sich der Schlüssel im Schloss.

»Pst!«, zischte sie und reckte den Hals, um hastig an ihm vorbei nach links und rechts zu schauen.

Dann packte sie ihn am Ärmel. »Schnell.«

Die Küche war nur vom Mondlicht erhellt, und die Einrichtung ließ sich nur erahnen. Lucies Duft hüllte ihn ein, frischer und überwältigender als sonst, als hätte sie eben erst ein Bad genommen. Was ihn ziemlich ablenkte.

Ebenso wie der Morgenmantel, den sie vor ihrer Brust zusammenhielt. Die Farbe war in der Dunkelheit unmöglich zu erkennen, aber das Gewand war überlang, aus fließendem, schimmerndem Stoff. Er könnte fasziniert davon sein. Verdammt, er war fasziniert davon.

»Nun gut«, sagte er widerstrebend. »Ich mache es kurz …«

»Ja, das wäre mir recht. Komm.«

Sie verschwand so anmutig und leise in den Schatten, als würde sie schweben. War sie etwa barfuß?

Er fluchte stumm, doch er folgte dem Zitronenduft in einen pechschwarzen Flur. Ein paar Schritte vor ihm tanzten orangefarbene Streifen über die Wand, die durch eine offene Tür zu seiner Linken fielen. In dem Raum musste Lucie verschwunden sein.

Als er die Tür erreichte, blieb er abrupt stehen.

Im hinteren Teil des Zimmers schimmerte eine Insel aus Licht, die von im Halbkreis aufgestellten Gaslampen und Kandelabern herrührte. Vor dem Kamin, in dem ein Feuer prasselte, hatte Lucie mehrere Decken ausgebreitet.

Sie hatte ihnen ein Liebesnest gemacht.

Ihm fehlten nicht oft die Worte, nun aber schon. Das … verkomplizierte die Sache.

Lucie zündete eine weitere Kerze an. Danach richtete sie sich auf und wandte sich ihm zu. Ein rötlicher Schein umriss ihre schlanke Gestalt. Ihr Haar fiel ihr offen über die Schultern, und eine Woge der Hitze durchströmte ihn, als er sich an das Gefühl der seidigen Strähnen in seinen Fingern erinnerte, an ihr Gewicht auf seinem Bein, den Druck ihrer Hand auf seiner Erregung …

Er fuhr sich mit einem Finger in den Kragen, um ihn zu lockern. »Lucie, wir müssen reden.«

Sie reckte das Kinn. »Wir haben schon genug geredet, findest du nicht?« Sie zog an der Schleife ihres Gürtels; der Mantel teilte sich und entblößte milchweiße Haut.

Sie war nackt.

Ein Laut entwich ihm, primitiv und unkontrolliert.

Sie zog den Mantel wieder zusammen, aber er hatte genug gesehen. Genug, um Dinge zu wissen, die er nie wieder vergessen könnte. Sie war noch süßer, als sein sündiger Verstand es sich ausgemalt hatte. Und sie war blond – überall.

»Also das«, sagte er heiser, »ist ziemlich hinterhältig.«

Sie warf hochmütig den Kopf zurück. »Nun, es heißt, im Krieg und in der Liebe ist alles erlaubt.«

Nun denn.

»Dann haben wir Krieg«, murmelte er. Wie aus der Ferne vernahm er das Klappern seines auf dem Boden aufprallenden Gehstocks. Achtlos ließ er Mantel, Hut und Jacke auf dem Weg zu ihr fallen. Als er sich vor ihr aufbaute, den letzten Knopf seiner Weste öffnend, wirkte sie überrumpelt. Ihr Blick folgte den Bewegungen seiner Finger und flog zu seinem Gesicht, als die Weste mit einem leisen Knistern auf den Decken landete.

»Wie?«, fragte er und schob die Hosenträger von seinen Schultern. »Keine Einwände? Ergibst du dich etwa schon, Tedbury?«

»Ich …«

»Oh, das wirst du«, versprach er, vergrub die Finger in ihren Haaren und küsste sie. Sie keuchte auf, und er nutzte die Gelegenheit, um den Kuss mit seiner Zunge zu vertiefen.

Einen Herzschlag lang schwelgte er in dem Gefühl ihrer samtig weichen Wärme. Endlich wusste er, wie sie schmeckte. *Endlich.*

Betört erforschte er mit der Zunge ihren Mund. Ein winziger Funken seines Verstandes warnte ihn, dass sie ihn beißen könnte. Er spürte ihre Zähne, aber eher unbeholfen als verärgert. Sollte sie ihn beißen, bis er blutete, wenn ihr das so gefiel.

Er zog sie zu sich, ohne die Lippen von ihr zu lösen. Ihr überraschter Laut erreichte ihn wie durch einen Nebelschleier. Eine Flut der Gefühle brach über ihn herein, ausgelöst von ihren süßen Lippen, ihrer zaghaft forschenden Zunge, ihrer biegsamen Stärke. Er wollte ihr näher sein und noch näher, mit der Dringlichkeit eines Ertrinkenden, der sich zurück an die Oberfläche kämpft.

Er unterbrach den Kuss und setzte sie ab, um sich das Hemd über den Kopf zu ziehen.

Ihr Blick wanderte von seiner Brust zu seinen Schultern, dann über die Muskeln seines Bauchs. Die urtümliche Abschätzung jeder Frau, die überlegt, ob es die Sache wert war.

Er hatte sich seit Jahren nicht mehr gefragt, ob er wohl eine solche Musterung bestehen würde. Nun tat er es.

Ihre Blicke verfingen sich.

Ihre Augen wirkten glasig, wie berauscht.

Gut so.

Denn ihn hatte jede Finesse verlassen; die flammende Begierde ließ ihn sämtliche Verführungskünste vergessen und drängte ihn zur Eile. Schon lagen seine Hände auf ihren Schultern und schoben hastig, statt behutsam, ihren Morgenmantel nach unten. Brüste. Sanft geschwungene Hüften. Bemerkenswert wohlgeformte Oberschenkel.

Hitze erfasste ihn, oh, sie zwang ihn buchstäblich in die Knie.

Ein Quieken entwich ihr, als er ihre Hüften packte und sein Gesicht an ihrem Bauch vergrub.

»Tristan …«

Er küsste sie unter dem Nabel, leckte darüber, und sie verstummte. Als er die Liebkosung wiederholte, wölbte sie sich ihm entgegen. Sein Griff um ihre Hüften verstärkte sich; auch er war wie berauscht – von ihrer Nacktheit und ihrem Duft, einer sinnlichen Mischung aus Zitrusseife und seidiger Haut, und den verführerischen Noten ihrer Erregung. Er zog eine Spur Küsse über ihren Bauch, folgte dieser Duftspur, die das Tier in einem Mann wecken konnte, wenn es die richtige Note für ihn war. Als er mit dem Mund die Stelle erreichte, wo sich ihre Erregung sammelte, hielt er inne.

Hitze pulsierte an seinen Lippen, der Rhythmus des Verlangens. Oh Gott. Es fühlte sich so vollkommen richtig an.

Mit der Zungenspitze erkundete er ihre intimste Stelle. *Ja.*

Mit Freuden würde er den Rest seines Lebens dort verbringen, den Kopf zwischen ihren Beinen, und schmutzige, bewundernde Liebkosungen zwischen seinen Küssen raunend …

Ein heftiges Ziehen an seinen Haaren holte ihn ruppig aus seiner Glückseligkeit.

Über ihm tauchte ihr gerötetes, verwirrtes Gesicht auf.

»Gefällt es dir nicht?« Seine Stimme klang heiser.

In ihren Augen funkelten eine Million Empfindungen. »Ich glaube schon«, sagte sie. »Doch, ja.« Sie ließ dennoch seine Haare nicht los. Ihm wurde klar, dass er zu hastig vorging und damit seinen Ruf als gewandter Liebhaber Lügen strafte, nur weil er so gierig war. Gier? Womöglich auch eine weniger schmeichelhafte und wunderliche Emotion, nämlich die Angst, dass sie sich in seiner Umarmung wie eine Fee auflösen könnte und er sie nie wieder in den Armen halten würde.

»Darf ich?« Er ließ die Hände von ihren Hüften zu ihrer Taille gleiten, ein kurzer Ruck und sie fiel ihm in die Arme. Mit großen Augen schaute sie ihn an, so verwundert, als hätte sie gerade ein fremdes Land betreten. Eine verwunderte Lucie, nackt, in seinen Armen. Ein Bild, das er aus seinen Träumen so gut kannte, dass er es mit verbundenen Augen hätte malen können: der leicht geöffnete Mund. Die glänzenden Augen. Ihr grazile Hals, das nervöse Schlucken.

Der Traum-Tristan stellte dann verruchte, sündige Dinge mit ihr an.

Der Traum-Tristan hatte nicht mit der süßen Qual gerechnet, die sie ihm bereiten würde. Sie so in den Armen zu halten, tat weh, es verursachte ihm ein sehnsüchtiges Ziehen tief in der Brust, ein Gefühl, das sich in jede Faser seines Körpers ausbreitete, ihm die Kehle zuschnürte und seine Muskeln anspannte.

Behutsam legte er Lucie auf die Decke, streckte sich neben ihr aus und umfing ihre nackten Oberschenkel mit einem immer noch bekleideten Bein.

Schatten und Feuerschein tanzten über ihre zarte Haut.

Neben ihm wirkte sie so klein und zierlich. Wie leicht konnte er sie verletzen. Viel zu leicht.

Er legte eine Hand auf ihren Bauch. Selbst dort konnte er ihren Herzschlag spüren, ein hektisches Echo an seiner Handfläche.

Er spreizte die Finger. »Wie gefällt es dir am besten?«

Verunsichert sah sie ihn an. Hatten ihre Liebhaber sie das etwa nie gefragt?

»Auf die gewöhnliche Art«, meinte sie dann mit undurchdringlicher Miene.

»Was empfindest du denn als gewöhnlich?«, meinte er belustigt.

Sie zuckte mit den Schultern. »Warum findest du es nicht heraus?«

Sie wollte, dass er selbst herausfand, was ihr gefiel? Indem er es ausprobierte? »Es wird mir ein Vergnügen sein.«

Sie wimmerte leicht, als er sie erneut mit dem Mund erkundete. Ein leichtes Lächeln umspielte seine Züge. Dieser Laut war ihr unwillkürlich entwichen. Er verlor jegliches Zeitgefühl, während er ihnen beiden Lust bereitete, indem er ihr mit seinen Liebkosungen noch mehr leise Seufzer entlockte, sie mit

Händen und Zunge streichelte, bis sein Rücken in Schweiß gebadet war und das Verlangen, endlich eins mit ihr zu werden, fast unerträglich wurde.

Sie wand sich unter ihm, feucht und keuchend. »Ich würde es jetzt gerne tun.«

Er auch. Aber als er sie mit einem Finger erkundete, spürte er, dass sie immer noch zu eng war. Nicht einmal der Traum-Tristan hätte unter den Umständen weitergemacht.

Er schüttelte den Kopf. »Wir sind noch nicht so weit.«

Rastlos strich sie mit den Beinen über die Decke. »Bitte.«

Er ließ einen zweiten Finger in sie gleiten, vielleicht ein wenig zu ungeduldig, und in dem Moment stieß sie sich ihm entgegen und keuchte auf.

Reglos verharrte er.

Eine solche Reaktion war für ihn ungewohnt. Und sie gefiel ihm nicht. Kein bisschen.

Allmählich entspannten sich ihre Züge wieder. Erneutes Verzücken? Oder versuchte sie lediglich, ihre wahren Emotionen vor ihm zu verbergen?

Ein mulmiges Gefühl überflog ihn.

Seine Lust flaute ab, der Raum rückte wieder in den Fokus. Er nahm das Prasseln des Feuers wahr. Die raue Decke unter sich. Einzelne Details tauchten vor seinem inneren Auge auf: ihr unbeholfener Kuss, die leisen überraschten Ausrufe, ihre Angespanntheit, ihre Enge … Verdammt.

Sanft zog er sich von ihr zurück und wagte es kaum, sie anzusehen.

»Lucie.«

Sie öffnete die Augen, ein argwöhnischer Blick stand darin.

Die Kühnheit, ihn nackt zu empfangen. Nur eine erfahrene Frau von Welt würde das tun. Oder eine Frau, die Angriff statt Flucht für die beste Verteidigung hielt, wenn sie sich einer Herausforderung gegenübersah. Ganz egal, worin diese Herausforderung bestand. Ihm wurde flau im Magen.

»Du …« Er räusperte sich. »Du hast doch Erfahrung. Also, mit Männern. Nicht wahr?«

23. KAPITEL

Du hast doch Erfahrung. Also, mit Männern. Nicht wahr?

Die ungezügelten Emotionen, die sich in Tristans Augen spiegelten, drängten Lucie zu einer Lüge. Aber das war nicht ihre Art.

»Spielt es denn eine Rolle?« Sie klang ziemlich aufmüpfig.

Tristan betrachtete sie, als sei sie eine Fremde. »Ob es eine Rolle spielt?«, wiederholte er. »Natürlich tut es das. Weil ich mich nicht mit Jungfrauen einlasse.«

»Nein?«

»Niemals«, stieß er hervor und richtete sich auf.

Auch sie setzte sich und zog dabei die karierte Decke vor ihre Brust. »Warum nicht?«

»Weil es Jungfrauen sind.« Er klang prüde, was in einem seltsamen Widerspruch zu seiner nackten, tätowierten Brust stand.

»Du liebe Güte«, sagte sie erstaunt. »Der Frauenheld hat ein Gewissen.«

Er erbleichte. »Habe ich nicht. Ich mag nur kein Drama. Eine unbeholfene, heulende Frau in meinem Bett ist nicht nach meinem Geschmack.« Er schnappte sich sein Hemd. »Und jemanden in die Kunst der Liebe einzuweisen ist furchtbar ermüdend.«

Panik erfüllte sie, als er aufstand. Er wollte gehen. Das Brennen, das er verursacht hatte, ließ nun erst nach. Er wollte sie mit dem Schmerz allein lassen und ihr das Vergnügen vorenthalten.

»Es ist also eine Sache der Bequemlichkeit«, wagte sie sich vor.

»Absolut.« Er zog sich das Hemd über den Kopf, erst verkehrt herum, und als sein Kopf wieder auftauchte, meinte er: »Keine Bettgeschichte ist Unannehmlichkeiten wert. Daher steige ich nicht mit Jungfrauen ins Bett. Ebenso wenig wie mit Schwestern, Töchtern und Müttern von engen Freunden. Sich mit Anwälten herumschlagen zu müssen: stets eine große Unannehmlichkeit.« Er bückte sich, um seine Weste aufzuheben.

»Mütter?«, fragte sie ungläubig. »Töchter?«

Mit militärisch disziplinierter Präzision knöpfte er seine Weste zu.

Er wollte tatsächlich gehen.

Sie kämpfte gegen die aufsteigende Woge der Nervosität an. »Ich würde dir keine Unannehmlichkeiten bereiten«, versicherte sie. »Ich weine nie. Und ich habe recherchiert und alle möglichen Artikel gelesen, auch lüsterne. Ich weiß genug.«

Seine Augen blickten kalt. »Du weißt gar nichts.«

Sie erhob sich, allmählich gewann der Ärger die Oberhand. »Du hast mich nie gefragt, ob ich schon Liebhaber hatte. Und ich habe es nie behauptet.«

»Du redest über Frauen, die sich zu ihren Gelüsten bekennen«, sagte er leise, während er seine Jacke vom Boden auflas. »Vor einer Weile habe ich bemerkt, dass dein Mantel wie der meiner Männer riecht, wenn sie aus einem Bordell kommen. Andererseits würde ich dir zutrauen, dass du dich kühlen Kopfes in eine Lasterhöhle begibst, nur um dir Notizen für einen Essay oder dergleichen zu machen.«

Sie straffte die Schultern. »Es lag wirklich nicht in meiner Absicht, dich dazu zu bringen, dass du deine ach so tugendhaften Regeln für mich brichst«, sagte sie zu seinem Rücken. »Aber nun ist es zu spät. Ich fürchte, beides wurde gebrochen. Die Tugendhaftigkeit und die Regeln.«

Er blieb stehen. Die Hand, die sie so intim liebkost hatte, ballte sich immer wieder zur Faust.

Die Geschwindigkeit, mit der die Stimmung von Ekstase zu Unbehagen gewechselt hatte, war wirklich erstaunlich. Es schwindelte ihr glatt davon. Er hatte recht, sie wusste nur wenig.

»Da ich meine Tugend soeben wohl erfolgreich losgeworden bin, könntest du also genauso gut auch bleiben.«

Er drehte sich um, Fassungslosigkeit zeichnete sich in seinen Zügen. »Erfolgreich … losgeworden?«, wiederholte er.

Sie zuckte mit den Schultern. »Ich gestehe, mir hat der Gedanke, als alte Jungfer zu sterben, nie gefallen.«

Sie hatte sich oft gefragt, wie es wohl wäre, Tristan zu küssen, und ihre Fantasie konnte mit der Realität bei Weitem nicht mithalten. Es war ein zugleich wundervolles und Angst einflößendes Gefühl, ein alles verschlingender Moment, ganz ähnlich dem Gefühl, von einer großen Höhe auf eine glitzernde Wasseroberfläche zuzustürzen. Natürlich hatte man sie damals bestraft, weil sie den Sprung von dem Felsen gewagt hatte.

Auch jetzt fühlte es sich wie eine Strafe an. Erst die heißen Küsse, und nun schimmerte Ärger in seinen Augen.

Da dämmerte ihr, dass seine übertriebene Reaktion womöglich eher auf Pragmatismus denn auf Moral beruhte. Er hatte Anwälte erwähnt. Er war Aristokrat. Und letztendlich war sie immer noch die Tochter eines Grafen, unberührt und noch jung genug, um Kinder zu bekommen. Männer wie Tristan konnten Frauen von ihrem Rang nicht ruinieren, ohne ungestraft davonzukommen. Die Ehe war gewöhnlich der einzige Ausweg, um ein solch sittenwidriges Verhalten wieder gutzumachen, und Schurke oder nicht, die wichtigsten ungeschriebenen Gesetze der feinen Gesellschaft waren wohl auch in ihm tief verwurzelt.

Sie seufzte erleichtert, worauf er skeptisch die Brauen zusammenzog.

»Du solltest wissen, Tristan, dass die Tugend einer Frau in meinem Alter und meiner Position kein Ehrenpreis mehr ist«, stellte sie fest. »Man kann sie wohl kaum noch für etwas eintauschen. Runzle nicht die Stirn, ich weiß selbst nicht genau, wie genau das funktioniert. Aber in einem Moment ist die Tugend einer Lady ihr höchstes Gut, die einzige Eigenschaft, die ihr eine Ehe ermöglicht und darüber bestimmt, wer sie heiraten wird, wenn überhaupt. Und im nächsten Moment wird sie genau wegen ihrer Unschuld bemitleidet und belacht, denn die Lady hat es nicht geschafft, ihre Tugend rechtzeitig an den Mann zu bringen. Alte Jungfer. In meiner Position ist Tugendhaftigkeit offen gesagt nutzlos.«

Tristan schüttelte langsam den Kopf. »Komm mir jetzt nicht mit Politik, um mich zu überreden, mit dir ins Bett zu steigen.«

Er verließ das Zimmer, ohne seinen Hut mitzunehmen.

Sie blickte auf den leeren Türrahmen, und das Gefühl der Niedergeschlagenheit hätte sie fast zu Boden gedrückt. Der skrupelloseste Verführer von ganz England ließ sie stehen, nachdem er gerade mal gekostet hatte.

»Du hast mich bereits ruiniert, da könntest du wenigstens gründlich sein und es auch zu Ende bringen«, rief sie ihm nach.

Das darauffolgende Schweigen konnte nicht vielsagender sein.

Sie sank auf die Decke. »Bitte.«

Eine lähmende Kälte breitete sich in ihr aus. Sie schloss die Augen und zwang sich, tief durchzuatmen. Es war inakzeptabel, sich wegen eines Mannes aufzuregen. Vor allem wegen eines so launenhaften Mannes.

Als sie die Augen wieder öffnete, stand er im Türrahmen und schenkte ihr einen so rätselhaften Blick, dass sie ihn in hundert Jahren nicht hätte ergründen können.

Sie biss sich auf die Lippe. War er zurückgekommen, um seinen Hut zu holen?

Er ging schnurstracks daran vorbei und trat so rasch in den Lichtkreis, dass die Flammen der Kerzen im Kandelaber flackerten.

Vor ihr ging er auf die Knie, ein Ausdruck von Begierde und Sorge in der Miene.

»Zum Teufel«, sagte er leise. »Ich kann dir nichts abschlagen, wenn du bitte sagst.«

Er legte die Hand um ihren Hinterkopf und küsste sie. Überrascht legte sie die Hände auf seine Schultern. Es war beunruhigend, wie schnell sie sich ihm hingab, wie sehr sie den Kuss genoss, wie fest sie sich schon wieder an ihn klammerte …

Tristan hob den Kopf, sein Atem ging keuchend. »Hast du die Katze weggesperrt?«

Sie blinzelte verwirrt. »Warum?«

Er schenkte ihr einen vielsagenden Blick. »Weil ich heute Nacht einzig deine Krallen auf meinem Rücken spüren will.«

»Oh. Ich habe sie nach draußen gelassen, bevor du gekommen bist.«

Er nickte. »Beginnen wir mit deinem Tutorium. Lektion eins: Sag einem Mann niemals, dass du ihm keine Unanehmlichkeiten machen wirst.«

Sie wollte etwas erwidern, doch er schüttelte den Kopf. »Niemals. Ihr wärt beide tief enttäuscht davon. Und jetzt … Zieh mich aus.«

Er setzte sich auf die Fersen und schaute sie herausfordernd an.

Ihr Blick wanderte prüfend über seinen Oberkörper. Dahinter steckte sicher ein Sinn, aber sie begriff nicht, welcher.

»Also gut.« Sie hob die Hände und schob den Mantel von seinen Schultern. Dabei rutschte die Decke, die ihre Blöße verbarg, nach unten und bauschte sich um ihre Hüften. Ihre Wangen glühten. Er war völlig bekleidet, und sie war nackt und hatte nur den Vorhang ihrer Haare als Schutz.

Er hielt den Blick auf ihr Gesicht gerichtet. »Mach weiter.«

»Geduld, Mylord.«

Sie zog ihm den Mantel aus und machte sich dann an seinem Jackett zu schaffen. Er half ihr nicht dabei, und sie musste ihn fast umarmen, um ihn aus den maßgeschneiderten Ärmeln zu befreien. Die Spitzen ihrer Brüste streiften seine Seidenweste; die federleichte Berührung war wie ein erotischer Blitz, der ihren Körper durchzuckte. Als sie leise aufkeuchte, bewegte Tristan sich. Seine Augen waren wie schwarze Spiegel, in denen sich das Flackern der Flammen reflektierte.

»Nur Mut«, murmelte er. »Sie wird dich nicht beißen.« Er nickte zu seiner Brust, seiner Weste.

Sie zögerte. Es bedurfte Vorsatz, um Knöpfe zu öffnen. Plötzlich überfiel sie eine Schüchternheit, die sie nicht verspürt hatte, als er vorhin vor ihr kniete und sündige Dinge mit seinem Mund anstellte. Es wäre einfacher, überlegte sie, wenn er erneut die Führung übernehmen würde.

Das Perlmutt der Westenknöpfe fühlte sich glatt unter ihren Fingerspitzen an. Beim vierten Knopf hatte sie etwas Übung.

»Du versuchst durch diese Prozedur immer noch, meine Meinung zu ändern, nicht wahr?«, fragte sie.

Er schenkte ihr ein freudloses Lachen. »Wenn dir dieser Teil nicht gefällt, dann solltest du das, was als Nächstes kommt, gewiss nicht tun.«

Er gab ihr nicht nur Zeit, um sich die Sache noch einmal zu überlegen, wurde ihr klar. Während Baumwolle und Seide durch ihre Finger glitten, wurde sie auch mit seinem Körper vertrauter. Sie erkundete seine Kraft, Größe und Struktur, die Breite seiner Schultern, als sie ihm die Hosenträger abstreifte. Seine warme, seidige Haut, als sie über seinen Bauch strich, um seine Hose aufzuknöpfen. Beim Öffnen des ersten Knopfes dort fühlte sie sich benommen und atemlos. Beim letzten brannte sie vor Verlangen. Ohne hinzusehen, berührte sie ihn, streichelte seine samtige Männlichkeit, bis Tristan unter ihren Erforschungen hilflos aufstöhnte.

Ruckartig schob er ihre Hand weg und entledigte sich seiner restlichen Kleidung mit bemerkenswerter Geschwindigkeit. Im nächsten Moment lag sie flach auf dem Rücken, und er war über ihr, groß und nackt und voller Glut.

»Warte.«

Sie hatte sich vorbereitet. Sie reckte den Arm nach der kleinen Holzschachtel neben der Decke, in der die Verhütungsmittel verstaut waren.

Das dunkle Verlangen in seinem Blick verlor nicht an Leidenschaft; er nickte bloß und erledigte die Angelegenheit mit geübtem Geschick. Als er sie jedoch wieder in die Arme nahm, wurde ihr beim Gedanken an das Unausweichliche, was nun kam, ganz schwach zumute. Seine muskulösen Oberschenkel waren zwischen ihren, und das Gewicht seines Körpers auf ihrem war ein fast überwältigendes Gefühl. Ein Blick in seine verschleierten Augen verriet, dass sie sich aus seiner Umarmung niemals befreien könnte, wenn er es nicht zuließ.

Offenbar hatte er ihr Unbehagen gespürt, denn er richtete sich auf.

»Lucie.«

Sie atmete hektisch.

»Lucie.« Er umfasste ihr Gesicht.

»Ja?«

»Soll ich aufhören?«

Sie musterte seine breiten Schultern und kam sich winzig vor. Kaum gezügelte Begierde vibrierte in seinen Muskeln. »Könntest du das denn? Aufhören?«

Überraschung blitzte in seinen Augen auf. »Natürlich. Jederzeit.«

Sie lockerte den Griff ihrer Finger an seinem Nacken, und legte sie flach auf seinen Rücken.

Leicht streifte er mit den Daumen über ihre Wangen. »Ich bitte dich nicht, mir zu vertrauen. Aber heute Nacht solltest du es tun. Wenn du willst, dass ich aufhöre, genügt ein Wort.«

Ihr Verlangen flammte wieder auf, quälend süß.

Sie zog ihn zu sich. »Ich will nicht, dass du aufhörst.«

Stürmisch eroberte er ihre Lippen. Umso sanfter kam er jedoch zu ihr. Er war behutsam, das spürte sie daran, wie langsam er vorging, als ob sie durch Honig wateten. Mit sanften Küssen auf ihren Wangen, ihrer Nase, ihrer Stirn, versuchte er zärtlich, den Druck zu mildern, als er in ihr versank. Er ging so vorsichtig mit ihr um, als könne sie in seinen Händen zerbrechen. Ein hypnotisches Gefühl, so zerbrechlich und behutsam behandelt zu werden. Ebenso faszinierend war es, all die unverhüllten Emotionen zu sehen, die über sein Gesicht glitten. Er kam ihr fremd vor, als er sich in ihr bewegte, und sie gab dem stetigen, gleichmäßigen Rhythmus nach, gab sich seinem warmen Duft und seinen Seufzern hin. Sie hatte das Gefühl zu schweben, als ob sie sich von oben betrachten würde, umgeben von einem Ring aus Feuer, sein breiter Rücken über ihr, ihre schlanken Beine um seine Hüften geschlungen. Sie beobachtete ihr Liebesspiel, bis Tristan sich aufbäumte und den Kopf mit einem heiseren Stöhnen in den Nacken legte.

Sie hatte den Kopf auf Tristans Brust gebettet; er hielt sie immer noch umfangen, als wolle er sich noch nicht von ihr trennen. Reglos lag sie in seiner Umarmung, vernahm seinen schnellen Herzschlag unter ihrem Ohr und spürte ihren eigenen jagenden Puls. Während ihr Verstand noch darüber grübelte, ob es normal war, dass man sich danach so eng in den Armen hielt, gab ihr Körper bereits nach und schmiegte sich an ihn. Als sei er nun mit Tristan vertraut und hielt ihn für ein sicheres Ruhekissen.

Während sein Atem sich beruhigte, wurde ihr Kopf immer schwerer. »Du hast meine Pamphlete in Claremont nicht gestohlen, oder?«, fragte sie leise.

»Natürlich nicht, Dummerchen.« Er klang schläfrig. Sie lauschte seinen tiefer werdenden Atemzügen und beobachtete, wie er einschlief.

Irgendwann zwischen Nacht und Tag liebkoste er sie erneut – oder sie ihn. Wieder fand sie sich unter ihm, streichelte seinen warmen, muskulösen Rücken und küsste seidig weiche Lippen, bis das ziehende Verlangen sie aus ihren Träumen löste und sie zustimmte, ihn noch einmal zu spüren. Er verschmolz mit der Dunkelheit, als er mit den Händen ihre Knie anhob. Hitze breitete sich auf ihrer Haut aus, wo immer seine Finger sie auch berührten. Dieses Mal hüllte seine geduldige Zärtlichkeit sie gänzlich ein, ihre Sinne und Gedanken, bis nichts blieb außer heißer Ekstase. Sie biss sich auf die Lippe, um ihren Aufschrei zu unterdrücken.

24. KAPITEL

Die meisten Männer sind von Natur aus recht pervers veranlagt und würden, wenn man ihnen auch nur die leiseste Gelegenheit dazu gibt, ihre abstoßenden Neigungen ausleben und die anrüchigsten Praktiken anwenden, einschließlich der, den Akt in einer abnormen Stellung zu vollführen, wie den weiblichen Körper mit dem Mund zu erkunden und zur oralen Erforschung ihrer eigenen sündigen Körper aufzufordern.

Lucie lag auf der Seite, den harten Druck der Dielen unter ihrer Hüfte, und schaute zu, wie die Sonne zarte Muster auf Wände und Vorhänge malte. Von einem Liebesnest vor dem Kamin aus betrachtet, sah der Raum anders aus. Ein Stillleben aus alten Möbeln und ausgebleichten Teppichen, die harten Linien diffuser im weichen, goldenen Morgenlicht.

Zwischen ihren Beinen schmerzte es ein wenig. Aber damit hatte sie gerechnet. Überraschend war eher, dass dieses Gefühl nicht völlig unangenehm war. Sie lächelte. Alte Jungfer, adieu.

Manch eine junge Frau sieht der Tortur der Hochzeitsnacht tatsächlich mit Neugier und Vorfreude entgegen. Vorsicht vor solch einer Einstellung!

Sie hatte reichlich skandalöses Zeug gelesen, um sich ein Bild über die Dinge zwischen Mann und Frau zu machen, und dennoch kamen ihr nun nur die Passagen von Ruth Smythers Werk für junge Bräute in den Kopf. Die Ruth Smythers dieser

Welt würde vermutlich der Schlag treffen, wenn sie Lucie nun sehen könnten, nackt und von Kopf bis Fuß von wohliger Wärme erfüllt. Es gab keinen Zentimeter ihres Körpers, den Tristan nicht mit dem Mund erkundet hatte. Keine einzige Stelle, die er nicht bis zum Morgenkonzert der Vögel geküsst hatte. Sie schloss die Augen, ihre Wangen glühten. Die Freiheiten, die sie ihm erlaubt hatte. Ein leichter Atemzug streifte ihren Rücken, und sie versteifte sich.

Er war über Nacht geblieben.

Was sagte man zueinander, am Morgen danach?

Sein gleichmäßiger Atem verriet, dass er noch schlief.

Als er sich nicht bewegte, drehte sie sich sehr langsam auf die andere Seite.

Er schlief auf dem Rücken, die breiten Schultern entblößt, das Gesicht ihr zugewandt. Einen Arm hatte er achtlos über den Kopf ausgestreckt.

So leger und gelöst war er in der Nacht nicht gewesen. Er war mit ihr im Arm eingeschlafen und hielt sie fest von hinten umschlungen. Jedes Mal, wenn sie versucht hatte, ein Stück von ihm abzurücken und sich einen kühleren, weniger intimen Platz zu suchen, hatte er sie im Schlaf erneut an sich gezogen. Vielleicht endeten deshalb manche seiner Affären mit Schlagzeilen darüber, dass Frauen drohten, sich seinetwegen in den Fluss zu stürzen. Wie leicht er einer Geliebten doch das Gefühl gab, sie sei die einzige Frau auf der Welt für ihn und dass er selbst noch im Schlaf in ihrer Nähe sein musste. Das war, zugegebenermaßen, berauschend.

Die Sonnenstrahlen tauchten auch ihn in ein goldenes Licht. Dabei hätte er das gar nicht nötig, denn er strahlte auch so. Wenn sein berechnender Verstand ruhte, zeigte sein Gesicht keinerlei Anzeichen von Verruchtheit, Berechnung oder Zynismus. Hier lag der Engel mit den perfekten Proportionen, den Hattie und alle alten Meister für die Ewigkeit auf Leinwand bannen wollten. Der schlafende Gabriel.

Seltsam. Ihr war er wach lieber. Sie besaß keinen Funken Künstlerverstand, doch selbst sie erkannte, dass sein verruchter Verstand seine Gesichtszüge von perfekt zu betörend verwandelte.

Unwillkürlich zog sie die rechte Hand unter der Decke hervor und zeichnete, ohne ihn zu berühren, den Schwung seiner Brauen nach. Den aristokratischen Schwung seiner Nase. Die Wölbung seiner linken Wange. Vor langer Zeit hatte sich darauf ihre Hand rot abgezeichnet. Wie wütend sie damals in Wycliffe Park auf die Welt gewesen war. Wie hilflos hatte sie sich gefühlt.

Sie senkte die Hand zu seinem Hals.

Eine plötzliche Bewegung, ein Rascheln, und ihr Handgelenk war in einem unnachgiebigen Griff gefangen.

Tristan sah sie durch halb gesenkte Lider aufmerksam an.

Sie wollte ihre Hand zurückziehen.

Er hielt sie fest, doch sein Griff lockerte sich. Der verweilende, sinnliche Blick, den er ihr schenkte, erzählte von der Nacht. Eine schamlose Erinnerung an jeden leisen Seufzer, jeden Kuss und ihre Hingabe. Zweimal, um genau zu sein. Ein zufriedenes Lächeln stahl sich in seinen Blick, und sie errötete.

»Woher wusstest du, dass meine Hand dort war?«, fragte sie.

In seinen Augenwinkeln bildeten sich kleine Fältchen. »Ich habe dich gerochen.« Er hob ihr Handgelenk an seine Nase und roch an der Stelle, wo sie am vergangenen Abend Parfüm aufgetragen hatte. Seine Stimme klang fremd, tiefer und kratzig vom Schlaf. Erregend. Sie war ihm wohl bereits verfallen, welche Schande.

Sie stützte sich auf einen Ellbogen. »Du hast eine gute Nase.«

Sein verschleierter Blick suchte ihren. »Eine außergewöhnlich gute Nase«, berichtigte er.

»Das Tier in dir ist ziemlich stark.«

»Heute Nacht hast du dich darüber nicht beschwert.« Er drückte seine Lippen auf ihren Puls; die sanfte Berührung machte sie rastlos. In Tristans Augen loderte ein wissendes Funkeln, das sie gestern noch verärgert hätte. Nun aber weckte es eine kribbelige Erwartung in ihr. Seine Miene wurde jedoch gleich wieder ernst. Mit einer Hand glitt er ihren Arm hinauf und umfasste ihr Gesicht, dann strich er mit dem Daumen über ihre Unterlippe, über die Stelle, auf die sie sich gestern in ihrer Ekstase gebissen hatte. Sie fühlte sich wund an. »Eigentlich habe ich kaum einen Mucks von dir gehört.«

»Das ist ja wohl auch keine Voraussetzung.«

Er schüttelte den Kopf. »Nein, das nicht. Aber es ist keine Schande, wenn man dabei laut ist.«

Sie senkte den Blick. Einige Sicherheitsmaßnahmen musste eine Frau ergreifen, wenn sie sich zu einer Dummheit entschloss. Aus Gründen, die sie nicht benennen konnte, wäre es ihr so vorgekommen, als würde sie mit »laut sein« auch noch die letzte Schutzmauer einreißen. Und das wollte sie auf keinen Fall riskieren.

Tristan setzte sich auf und sah sich im Zimmer um. Sein Blick blieb kurz über dem Kamin hängen, an Mary Wollstonecrafts Zitat über die Gleichberechtigung von Frauen.

»Wir sind hier eingeschlafen«, stellte er fest. »Zusammen.«

»Richtig.«

Er schüttelte sich leicht, als müsse er sich insgeheim wachrufen. »Warum hier? Noch dazu auf dem Boden?«

»Mein Bett ist zu schmal«, sagte sie gedankenverloren.

Die Decke war Tristan über die Hüften gerutscht, und über seinen Körper tanzten Feuerschein und Morgensonne – er bot einen atemberaubenden Anblick. Sie konnte den Blick nicht von ihm abwenden.

Nun, bei Tageslicht, konnte sie die Tätowierung auf seiner rechten Brustseite in allen Einzelheiten erkennen. In einem verschnörkelten Kreis von der Größe einer Untertasse stand mit erhobener Waage Justitia, die Göttin der Gerechtigkeit. Der Blick auf das Kunstwerk gab ihr Zeit zum Nachdenken; über das, was sie sagen sollte, was sie fühlte, wenn sie so nahe bei ihm saß, eingehüllt vom Duft ihrer Liebesnacht.

Die Tätowierung war bemerkenswert. Die Göttin war sorgfältig ausschattiert und detailliert auf Tristans Haut gebannt, ihre Haltung gleichermaßen entschlossen wie anmutig.

»Bezaubernd«, sagte sie.

»Bezaubernd? Das ist Pierre Charmaines bestes Werk.«

Sie hob den Kopf. »Wer ist das?«

»Monsieur Pierre war früher Offizier in der französischen Fremdenlegion. Aus Gründen, die er lieber für sich behält, ist er vor ein paar Jahren nach London gekommen und nimmt nun unverschämte Preise für seine Kunst, die er in einem geheimen Atelier im Mulberry Walk ausübt. Ich nehme an, eine Frau ist für seinen Fall verantwortlich.«

»Sind wir das nicht immer?«, erwiderte sie trocken. »Warum trägt deine Justitia keine Augenbinde?« Das hatte sie erst stutzig gemacht. Lediglich an der Waage und dem Schwert war die Figur zu erkennen gewesen.

»Naja«, sagte er. »Ich hielt das für ehrlicher.«

»Ehrlicher?«

»Gerechtigkeit beruht darauf, dass der Richter unparteiisch ist. Sozusagen Person von Straftat trennt. Aber so ist's auf dieser Welt nun mal nicht. Wo jemand herkommt, was er ist, wen er kennt, das spielt immer eine Rolle. Und anständigen Menschen widerfahren schlimme Schicksale. Überall wird voreingenommen gerichtet, und die Götter schauen zu. Also ließ ich die Augenbinde weg.«

Noch mehr Regeln und Prinzipien.

»Mulberry Walk also«, sagte sie. »Ich hätte mit einer Geschichte über einen Matrosen gerechnet, einer Wette im Vollrausch und einer Hintergasse in Kabul.«

Er schüttelte den Kopf. »Als ich Asien verließ, waren meine Wunden immer noch nicht völlig abgeheilt.«

Es dauerte einen Moment, bevor sich die verschiedenen Puzzlestücke an Informationen, die sie in den vergangenen Monaten gesammelt hatte, zusammensetzten. Er war bei der Rettung seines Captains angeschossen worden.

Sie betrachtete das Bild auf seiner Haut genauer. Das kleine Podest unter Justitias Füßen war nicht ganz gleichmäßig. Die Haut wölbte sich an dieser Stelle, und die rötliche Verfärbung rührte nicht von Tinte. Das war Narbengewebe.

»Wie … kitschig«, platzte sie heraus.

»Ja, nicht wahr?«, gurrte er.

Spontan beugte sie sich vor und küsste die Stelle.

Das brachte ihn ebenso sehr aus der Fassung wie sie. Als sie aufsah, wirkten seine Gesichtszüge seltsam eingefroren.

Er erholte sich jedoch rasch. »Ich denke, Glückwünsche wären angebracht«, meinte er leichthin. Als sie verwirrt schwieg, neigte er den Kopf. »Zur Mehrheitsteilhaberschaft an *London Print*.«

Sie blinzelte. »Natürlich. Ja.«

Sie zog die Decke fester um ihre Schultern. Aus dem Augenwinkel entdeckte sie ihren Morgenmantel am Fuß des provisorischen Bettes. Daneben stand die kleine Holzschachtel.

Sie wandte den Kopf ab. »Ich muss erst mit dem Investorenkonsortium sprechen, bevor ich dir die Summe dafür geben kann«, sagte sie. »Das kann ein paar Tage dauern.«

»Es besteht keine Eile.«

Durch das geschäftliche Gespräch kam sie sich zum ersten Mal seit ihrem Zusammensein ein wenig wie ein Flittchen vor. Er musste gewusst haben, dass es diese Wirkung auf sie haben würde. Er schaffte absichtlich Distanz.

Hufschlag ertönte vor ihrem Fenster, und Lucie bekam eine Gänsehaut vor Schreck. »Meine Haushälterin kommt gleich«, sagte sie. »Ich habe ihr gestern Abend freigegeben, aber sie ist bestimmt jeden Moment zurück.«

Tristan zog sich bereits das Hemd über den Kopf. Sie wandte sich ab, um ihm Privatsphäre zu geben, als er nach seiner Hose griff.

Allerdings konnte sie nicht widerstehen, einen verstohlenen Blick auf ihn zu riskieren, nachdem er sich umgedreht hatte. Das Hemd war lang genug, um seine Kehrseite zu bedecken. Nachdem sie diese gestern berührt hatte, würde sie nun gern wissen, wie sie eigentlich aussah.

»Ich zahle dir den Preis für die Anteile, den du dafür gezahlt hast, und nicht das, was sie inzwischen wert sind«, sagte sie.

Er war gerade dabei, sich die Hosenträger überzustreifen, doch nun hielt er inne. Den Blick, den er ihr über die Schulter zuwarf, konnte sie nicht deuten. »Du bist eine harte Verhandlungspartnerin, Mylady. Es war dumm von mir, nicht vorher auf einem Vertrag zu bestehen.«

Sie verschränkte die Arme, und er wandte sich ihr ganz zu.

»Nur ein Scherz«, erklärte er. »In Anbetracht dessen, dass du etwas zu kurz gekommen bist, ist das durchaus annehmbar.«

»Zu kurz gekommen?«

Er schlüpfte in seine Weste. »Du hast diese *quälende Glückseligkeit* nur einmal verspürt, oder nicht?«

Die quälende Glückseligkeit. Die flammende Hitze, die sie bei ihrer zweiten Vereinigung erfüllt hatte.

»Es war alles neu für mich«, sagte sie.

Sein Blick wurde milder. »Das sollte kein Vorwurf sein. Nicht im Geringsten.«

Sie setzte ein teuflisches Lächeln auf. »Aber stell dir vor, welch unschmeichelhaftes Gerücht das für dich wäre. Ballentine, der verwegene Verführer, hat bei der Befriedigung versagt.«

Er verengte die Augen. »Möglich.«

Mit achtlosen, geschickten Bewegungen, die von jahrelanger Übung rührten, band er sich die Krawatte, eine rein maskuline Geste. Und auch überraschend, da er einen Kammerdiener hatte, der sich um derlei kümmerte. Ihr Puls beschleunigte sich ein wenig. Offenbar hatte er es bemerkt, denn er schenkte ihr einen verruchten Blick. »Du könntest mir natürlich erlauben, meinen Ruf wieder herzustellen.«

Ihr Herz machte einen erschreckend eifrigen Satz. Noch eine Nacht mit ihm?

Stille füllte den Raum, während ihre Vernunft mit älteren, animalischen Instinkten rang.

»Das könnte ich wohl«, sagte sie schließlich und mied dabei seinen Blick. »Ich gebe meiner Haushälterin jeden Freitagabend frei.«

Wieder entstand Schweigen.

»Morgen ist Freitag«, meinte er beiläufig.

»Richtig.«

»Wie praktisch.«

Ein mulmiges Gefühl machte sich in ihr breit, als sie zusah, wie er nach seinem Stock und seinem Mantel griff. Er würde gehen, und sie würde mit der Enormität dessen, was sie getan hatte, allein zurückbleiben. Noch dazu mit der Gewissheit, dass sie es wieder tun würde.

Er setzte den Hut auf und hatte sich plötzlich in einen Aristokraten zurückverwandelt, wenn auch in einen reichlich derangierten. Der Blick, den er ihr schenkte, ging ihr geradewegs unter die Haut, trotz der Decke, die sie immer noch an sich presste.

»Selbe Zeit, selber Ort?«, fragte er.

Sie war zu nicht mehr fähig als einem Nicken.

Er zwinkerte ihr zu, verbeugte sich, dann war er fort. Einen Augenblick später hörte sie, wie die Küchentür ins Schloss fiel, das alte Fenster klirrte im Rahmen.

Wenn der Rausch einer Liebesnacht nachließ, kam gewöhnlich die lang gepflegte Gleichgültigkeit wieder. Dieses Mal jedoch nicht. Tristan wartete darauf, aber das Gefühl blieb aus, und nachdem er zwanzig Minuten gelaufen war und sich längst auf der Banbury Road befand, fühlte er sich bis in die Grundfesten erschüttert. Er hatte endlich mit der Frau geschlafen, auf die er schon die Hälfte seines Lebens ein Auge geworfen hatte, und fühlte sich nun *erschüttert*. Ihm schwirrte der Kopf, entweder von der stickigen Sommerluft oder etwas, das nichts mit dem Wetter zu tun hatte. Es brauchte mehrere Versuche, bis es ihm gelang, eine Droschke anzuhalten.

In der dunklen Hitze des Wagens kam die Erinnerung an die Nacht mit voller Wucht zurück. Lucie nackt. Lucie mit geröteten Wangen. Lucie flach auf dem Rücken und einem Blick aufgeregter Erwartung in den Augen. Jedes Bild war in bunten Farben in sein Gedächtnis gebrannt, als wäre es sein erstes erotisches Abenteuer gewesen.

Er ließ den Kopf gegen die zerschlissenen Polster sinken, Schweiß rann ihm den Rücken hinunter. Er blieb niemals bis zum Morgen. Er hatte schon früh gelernt, dass dies Erwartungen schürte, und das wiederum führte zu Komplikationen. Er war jedoch nicht nur geblieben. Nein, er hatte sie auch noch um ein weiteres Rendezvous gebeten und musste über seine

Dummheit lachen. Er hatte angenommen, genau mit einer Jungfrau in seinem Leben zu schlafen – mit seiner Angetrauten, einer gesichtslosen Frau in einer nebulösen Zukunft. Die Wände der Kutsche waren entschieden zu eng.

Lucies tastende Hände; Berührungen, ausgeführt mit der Neugier eines Kätzchens. Inzwischen war ihm klar, dass sie ihn dafür ausgewählt hatte, ihre Tugend zum Teufel zu schicken, um es in ihren ungalanten Worten auszudrücken, und er wusste nicht, womit er dieses Vertrauen verdient hatte. Der Drang, dieses kostbare, zerbrechliche Gut weit von sich zu stoßen, durchströmte ihn. Ein anderer, dunklerer Teil wollte es jedoch tief in einer Höhle vergraben und bis in alle Ewigkeit wie einen Schatz hüten.

Noch ein Gedanke schoss ihm durch den Kopf: Wenn er sein Wort halten wollte, hatte er ein Problem. Denn Lucie würde darauf bestehen, dass er ihr den verdammten Anteil überschrieb, und dann würde sie irgendetwas verrückt Progressives in den Magazinen veröffentlichen und damit *London Print* und infolgedessen auch seinem Bankkonto schaden.

Als er vor seiner Unterkunft in der Logic Lane ankam, fühlte er sich etwas ruhiger. Natürlich erforderte es ein zweites Stelldichein, um mehr als einem Dutzend Jahre erduldeter Beleidigungen und Jugendfantasien gerecht zu werden. Und natürlich würde er einen Weg finden, um seine Einkommensquelle zu schützen.

»Guten Morgen, Avi.«

»Mylord.« Sein Kammerdiener gab sich – wenig überzeugend – den Anschein, als bemerke er nicht, dass Tristan die Kleidung von gestern trug, die noch dazu reichlich zerknittert war.

»Ich brauche dringend ein Bad. Sehr heiß, wenn Sie so gut wären.«

»Natürlich.« Avi folge ihm die Treppe hinauf. »Ich habe die Zugbilletts und den Strauß für Ihre Ladyschaft auf Ihren Schreibtisch gelegt, wie Seine Lordschaft wünschten.«

Er hatte keine Ahnung, wovon Avi redete, bis ihm einfiel, dass er seiner Mutter versprochen hatte, ihr den Klatsch von der Hausgesellschaft zu erzählen. Er musste nach Ashdown reisen. Heute. Der wahre Grund für den Besuch war natürlich, zu überprüfen, ob ihr Zustand eine Seereise zuließ und wie er sie am besten aus dem Haus entführte.

»Verdammt«, murmelte er. Und dann laut. »Hören Sie auf, so ein missbilligendes Gesicht hinter meinem Rücken zu ziehen, Avi. Als Sie diese Stelle annahmen, wussten Sie, dass ich meine Tage mit Liebeleien und Fluchen verbringen würde.«

»Natürlich, Mylord.«

»Das wird sich auch nicht ändern, ganz und gar nicht.«

Neben den Zugfahrkarten lag ein Umschlag ohne Absenderangabe auf seinem Schreibtisch, aber er erkannte Blackstones pingelig ordentliche Handschrift auf den ersten Blick. Der Mann war imstande, Menschen zu ruinieren und seine Adresse im Handumdrehen herauszufinden, aber er schrieb immer noch wie ein Kind, das sich in Schönschrift übte. Auch der Inhalt des Briefes war typisch für Blackstone. Er beglückwünschte ihn zur Rückzahlung der ersten Darlehensrate und bestätigte, dass eine Investition ins Verlagswesen dieser Tage eine sichere Sache sei. Die Nachricht wirkte durchaus freundlich, dennoch diente sie vor allem als Erinnerung, dass Blackstone ihn jederzeit im Auge behielt.

Tristan warf den Brief in den Abfallkorb. Er hätte seinen früheren Partner mit den Schuldscheinen und Geheimnissen in seinem Notizbuch bezahlen sollen. Dann wäre die Sache mit einem Schlag erledigt gewesen. Sollte der Investor sich doch die Mühe machen, die damit einherging, Spielschulden einzutreiben oder die heiklen Schachzüge für eine Erpressung anzuwenden. Er hatte seit Jahren nicht mehr auf solche Methoden zurückgegriffen. Allein der Gedanke, sein Buch wegzugeben, bereitete ihm jedoch ein mulmiges Gefühl. Und sein Instinkt hatte ihn noch nie getrogen.

Eine halbe Stunde später stieg er in eine dampfende Kupferwanne und fragte sich, ob sein Instinkt ihn zum ersten Mal getrogen hatte, als er ihn am gestrigen Abend dazu drängte, die Nacht zwischen Lucie Tedburys weißen Oberschenkeln zu verbringen. Muskeln, von denen er nicht einmal geahnt hatte, dass er sie besaß, schmerzten, weil er auf einem harten Dielenboden geschlafen hatte. Und er war um einen Unternehmensanteil weniger aufgewacht.

Er spritzte sich Seifenwasser auf die Brust. Dann drückte er vorsichtig einen Finger auf die Narbe, die die Schussverletzung hinterlassen hatte, und der vertraute dumpfe Schmerz wallte auf, als ob Lucie sie nicht geküsst hätte, um seine Wunden zu heilen.

Er schloss die Augen und versuchte, sich in der nach Pinien duftenden Wärme, die ihn umgab, zu entspannen. Die Anspannung in seinen Gliedern wollte jedoch nicht nachlassen, denn während man diese Frau genauso gut festhalten konnte wie den Wind zwischen seinen Fingern, tauchte immer wieder ein Gedanke in seinem Kopf auf: *Jetzt ist sie die deine. Sie ist die deine.*

25. KAPITEL

Rochester musste heimlich auf der Lauer gelegen haben, denn er ging zielstrebig auf Tristan zu, kaum dass dieser die Halle betreten hatte.

»Tristan auf ein Wort, bitte.«

Er begegnete seinem Vater mit einer Maske der Höflichkeit. Falls Rochester auch nur eine leise Ahnung davon bekam, wie aufgewühlt er war, würde er wie ein Bluthund nach der Ursache suchen, und dabei würde nichts Gutes herauskommen.

Der Graf passte sich Tristans Schritten an und schaute stur geradeaus, die Hände hinter dem Rücken verschränkt. Die Augen von gut einem Dutzend längst verstorbener Vorfahren beobachteten ihren stummen Marsch entlang der Gemäldegalerie. Schließlich brach Rochester das Schweigen. »Ich möchte dir ein Lob aussprechen.«

Die Bemerkung machte Tristan beeindruckend schnell nervös.

»Wie ich hörte, war Montgomerys Hausgesellschaft ein voller Erfolg für dich«, fuhr Rochester fort. »Der Prinz, die Matronen, alle sind dir wohlgesinnt.«

In Anbetracht dessen, dass all dies in Rochesters Welt von größter Bedeutung war, wirkten seine Augen seltsam ausdruckslos, als er ihn endlich ansah. »Wycliffe hat daraufhin den Ehevertrag unterschrieben.«

Eine seltsame Ruhe erfüllte Tristan. Vor seinem inneren Auge sah er Lucie; ihr sonst so ernstes, herzförmiges Gesicht vertrauensvoll und sanft. Seine Fingerknöchel knackten laut in der Stille.

»Gratulation«, sagte er betont gelangweilt.

Rochester blieb stehen. »Mir ist auch zu Ohren gekommen, dass du ein Geschäft mit Blackstones Geld finanzierst.«

Aha, da war er, der Grund für die Verstimmung seines Vaters.

»Zum Teil, ja«, gab er zu.

Rochester verengte die Augen. »Der Mann ist gefährlich.«

»Ist er das?«, erwiderte Tristan milde. »Das muss mir wohl entgangen sein.«

Erneut entstand eine Pause, während Rochester sich seine nächsten Worte zurechtlegte. »Blackstone war einer der Gründe, warum ich dich zur königlichen Armee geschickt habe«, sagte er schließlich, und da sich wohl Überraschung in Tristans Gesicht spiegelte, nickte er. »Ich weiß nicht, in welche Verbrechen du bereits verstrickt warst, aber es wäre nur eine Frage der Zeit gewesen, bis dein Handeln entweder unseren Namen befleckt oder zu deinem Tod geführt hätte. Obwohl er inzwischen als angesehener Geschäftsmann gilt, hat Blackstone das Leben anderer Aristokraten zerstört. Er ist rücksichtslos.«

»Äußerst rücksichtslos«, stimmte Tristan zu. »Außerdem gefährlich, hartnäckig und für dich unantastbar, nehme ich an.« Aus genau diesem Grund hatte er Blackstone um ein Darlehen gebeten.

Rochester machte unvermittelt einen kleinen Schritt auf ihn zu. »Ich weiß nicht, welches Spiel du treibst«, sagte er. »Aber ich weiß, dass du etwas im Schilde führst. Ich behalte dich im Auge.«

Tristan neigte bestätigend den Kopf. »Nichts weniger hatte ich erwartet.«

Deshalb hoffte er auch, dass sich seine Mutter auf dem Wege der Besserung befand, als er die Stufen zum Westflügel hinaufstieg, denn er wurde das Gefühl nicht los, dass ihm die Zeit schneller durch die Finger rann, als gedacht.

Seine Hoffnungen erfüllten sich, als die Zofe ihn in ein sonnendurchflutetes Schlafzimmer führte. Seine Mutter saß aufrecht im Bett, gestützt von mehreren Kissen, ihr Zopf sah ordentlich geflochten aus und ihre Augen vielversprechend klar. Sie leuchteten auf, als ihr Blick auf den Blumenstrauß in seiner Hand fiel, den er völlig vergessen hatte. Rosa Pfingstrosen mit dicken flauschigen Blütenköpfen.

Die Zofe nahm ihm die Blumen ab und ging, um eine Vase zu holen, während er sich dem Bett näherte.

Seine Mutter hob ihm eine bleiche Hand entgegen, und er beugte sich darüber.

»Mein lieber Junge, ich bin böse mit dir«, sagte sie sanft.

Ein Schauer rieselte über seinen Rücken. Nein, sie konnte nichts von ihm und Lucie wissen.

Er zog sich einen Stuhl heran und setzte sich. »Was habe ich verbrochen, Mutter?«

»Du hättest es mir sagen sollen.« Sie nickte zu einem Brief auf ihrem überfüllten Nachttisch, mehrere Seiten, eng beschrieben mit einer geraden, schmalen Handschrift. »Lady Wycliffe schreibt, dass du mit Lady Cecily verlobt bist.«

»Nein«, erwiderte er. Und als sie wegen seines barschen Tons die Stirn runzelte, fügte er freundlicher hinzu: »Ich habe die Papiere bisher nicht unterschrieben. Und es wurde auch nicht verkündet.«

»Ah ja«, sagte seine Mutter. Ihre Stirn glättete sich, und sie hob die Mundwinkel zu einem Lächeln. »Aber es ist auch keine Verkündung notwendig. Du hast dich eindeutig verändert. Von dir geht ein Strahlen aus.« Sie deutete vage auf seinen Kopf, doch er konnte die Bemerkung nicht auf eine ihrer Tinkturen schieben, denn derlei hätte sie auch geäußert, wenn es ihr gut ginge.

»Dennoch«, fuhr sie fort. »Ich hätte es lieber von dir selbst erfahren, als es mir von Rochester bestätigen zu lassen. Wie schrecklich unorthodox ist es, dass der Herr des Hauses eine Ehe einfädelt und nicht die Hausherrin. Aber dieser Tage kann man mich wohl auch kaum noch so nennen.«

»Mach dir deswegen bitte keine Sorgen«, beschwichtigte er rasch.

»Oh, doch, das tue ich, aber ich freue mich so sehr für dich, Tristan.«

Er wurde aschfahl. »Wirklich?«

Sie hob den Blick, und der warme Glanz in ihren Augen nahm ihm fast den Atem.

»Natürlich«, sagte sie. »Ich möchte nichts lieber, als dass du glücklich wirst. Eine Ehefrau bringt dir vielleicht Ruhe.«

»Aha«, meinte er belustigt. »Aber ich bin gar nicht so unruhig.«

»Alle Offiziere fühlen sich nach dem Krieg verloren, mein Lieber. Wie Fische auf dem Trockenen. Also, erzähl mir bitte, wie es dazu gekommen ist. Denn obwohl das Mädchen ganz offensichtlich in dich vernarrt ist, seit sie Zöpfe trug, muss ich gestehen, dass ich nie ein Zeichen der besonderen Zuneigung bei dir bemerkt hätte.«

Erwartungsvoll sah sie ihn an, während er noch die Enthüllung von Cecilys langjähriger Bewunderung für ihn zu verdauen hatte. Die Zofe kam mit der Vase zurück, die Wangen gerötet, den Kopf noch mehr wie ein Mäuschen gesenkt als üblich. Sie lauschte zweifellos.

»Nun«, sagte er. »Rochester hat sie aus ganzem Herzen empfohlen.«

»Dein Vater hat kein Herz, Liebling.«

»Dazu kann ich wirklich nichts sagen«, meinte er bedächtig.

Seine Mutter wirkte anders an diesem Tag. Ihr altes tatkräftiges Selbst schimmerte wieder durch, womöglich zum Vorschein gebracht durch die Aussicht auf eine Hochzeit. Zum Teufel auch.

»Wer hätte gedacht, dass solch ein sittsames Mädchen deine Aufmerksamkeit anzieht?«, überlegte sie. »Aber die Stillen geben die besten Ehefrauen ab, nehme ich an.«

»Das mag sein«, stimmte er zu.

»Ich bin so schrecklich glücklich.« Sie seufzte, ein Lächeln auf den Lippen.

Ihm schnürte sich hingegen die Kehle zu. »Es freut mich, dich glücklich zu sehen«, sagte er.

Sie tätschelte seine Hand. »Du musst sie ausführen.« Ihr Blick fiel auf den Brief. »Lady Wycliffe schreibt, dass sie nur wenige Straßen von dir entfernt logiert. Ich schätze, sie will mit ihrer Nichte den Sommer in deiner Nähe verbringen, damit ihr beiden Turteltäubchen euch besser kennenlernen könnt. Und dennoch hast du dich in Oxford noch nicht mit ihnen gezeigt.«

Entgeistert nahm er die Bemerkung zur Kenntnis. Seinetwegen waren sie nach Oxford gekommen? »Lady Wycliffe mischt sich sehr stark ein.«

»Nun, das ist selbstverständlich. Wir Frauen sorgen uns natürlich um unsere Mündel. Eine Frau aus guter Familie muss umworben werden, vor allem, »und nun wurde ihr Ton streng, »wenn der Bräutigam eine bewegte Vergangenheit hat. Du darfst bei Lady Cecily keinen Zweifel über deine Zuneigung aufkommen lassen, wenn du möchtest, dass dein Schatz beruhigt ist.«

»Richtig.« Nervös veränderte er seine Sitzposition.

»Warum lädst du sie nicht zu einem Picknick ein? Nein, besser noch, ihr unternehmt eine Kahnfahrt.« Sie schien sichtlich belebt durch den Gedanken.

Ein Bild erschien vor seinem inneren Auge: Cecily, die Katzenpoetin, und die Mutter der Frau, die er kürzlich defloriert hatte, in gezwungener Nähe auf einem wackeligen Stechkahn. Nein, da nahm er lieber an einem weiteren Einsatz im Hindukusch teil.

»Oh, wie wundervoll der Himmel von hier aussieht.« Ein sehnsüchtiger Blick trat in die Augen seiner Mutter. »Ist es draußen warm? Mir steht der Sinn nach einem Ausflug.«

»Großartig«, meinte er rasch. »Was hältst du von, sagen wir, Indien?«

Sie schaute ihn belustigt an. »Ich hatte an den Zierturm gedacht.«

Der Zierturm. Der befand sich kaum eine halbe Meile vom Haus entfernt.

»Carey«, rief sie die Zofe. »Was halten Sie von einem Ausflug zum Zierturm?«

Carey tauchte wie ein Geist aus dem Nichts auf. »Ich weiß nicht, Mylady.« Die Sorge in ihrer Stimme war deutlich zu hören. »Vielleicht ist für den Anfang ein Spaziergang zum Brunnen ratsamer?«

Der Brunnen. Nicht einmal zweihundert Schritte vom Haus entfernt.

Der Plan, mit einer kranken Frau eine Seereise in eine nur grob geplante Zukunft zu unternehmen, erschien ihm immer weniger durchführbar. War es je ein guter Plan gewesen? Oder nur die Illusion, dass ihm beides gelingen könnte: für die Sicherheit seiner Mutter zu sorgen und Rochesters Heiratspläne zu durchkreuzen.

Sollte er es ihr sagen? *Mutter, dein Ehemann benutzt dich als Köder, und du bist in deinem eigenen Heim nicht mehr sicher.* Womöglich bekam sie an Ort und Stelle einen Herzschlag. Schon jetzt fiel sie förmlich in sich zusammen. Zu viel Geplauder und Aufregung über eine bevorstehende Hochzeit. Sie reagierte kaum, als die Zofe die Vase auf dem Nachttisch abstellte.

»Carey hat mir deine Gedichte vorgelesen«, sagte sie, als er bereits auf dem Weg zur Tür war. »Ich bin stolz auf dich.«

Ihr bedeutsamer Tonfall verursachte ihm ein Prickeln im Nacken. Er drehte sich um und stellte fest, dass sich ihr Blick erneut verschleiert hatte und sie ihn womöglich gar nicht mehr erkennen konnte.

»Und Rochester hasst dich nicht«, murmelte sie. »Er sorgt sich nur, dass du so werden könntest wie ich.«

So verrückt wie ich, lag unausgesprochen in der Luft. Wie angewurzelt blieb er stehen.

»Welch seltsame Worte, Mutter.«

Natürlich hatte auch er schon darüber gegrübelt, viele Male sogar, ob Gemütskrankheiten in der Familie lagen.

Als hätte er den Gedanken laut ausgesprochen, schüttelte sie den Kopf. »Ich war für deinen Vater eine große Enttäuschung. Für jeden, möchte ich meinen. Seine Wut gründet zum Teil auf Furcht, Tristan. Aber du musst dich nicht fürchten, mein Liebling. Du hast nur das Beste von mir mitbekommen, nicht den Fluch. In deinem Alter litt ich schon längst darunter. Leider nimmt Rochester solche Nuancen nicht wahr. Für ihn ist alles ein und dasselbe.«

Er ging zurück zum Bett. »Du bist wohl kaum verflucht. Warum erzählst du mir das alles?«

Sie driftete bereits in den Schlaf, oder tat zumindest so, und schließlich ging er, doch sein sechster Sinn für Schwierigkeiten war alarmiert.

Rochesters Kammerdiener Jarvis lauerte im Flur, nur wenige Schritte von der Schlafzimmertür seiner Mutter entfernt. Wenigstens hatte Rochester seinen Spion nicht direkt ins Zimmer geschickt.

»Mylord.« Die gedämpfte weibliche Stimme sorgte dafür, dass er sich umdrehte. Carey, die Zofe, war hinter ihm aus dem Zimmer geschlüpft. Als sie Jarvis entdeckte, blieb sie abrupt stehen, und ihre dunklen Augen weiteten sich erschrocken unter ihrem Häubchen, bevor sie rasch den Kopf senkte.

Instinktiv stellte sich Tristan zwischen den Diener und die Frau. »Ja, Carey?«

Ihre Ohren waren gerötet. Dafür konnte es eine Million Gründe geben: Weil sie ihn angesprochen hatte, ohne von ihm zuerst angesprochen worden zu sein. Weil sie ihn angesehen hatte. Weil sie sich vor Jarvis fürchtete. Als sie erneut aufschaute, mied sie seinen Blick.

»Nichts, Mylord«, flüsterte sie verlegen. »Herzlichen Glückwunsch zu Ihrer Verlobung.« Sie eilte an ihm vorbei, ihre Schultern wirkten angespannt.

Die Zeit von Donnerstagmorgen bis Freitagabend kroch dahin, langsamer als eine Gesetzesänderung zum Frauenwahlrecht. Lucie hatte also genügend Gelegenheit, um ihre Entscheidung, einen Schürzenjäger erneut in ihr Bett einzuladen, zu überdenken. Und ja, sie hatte geschwankt. Sie war rastlos vor Aufregung – wegen eines Mannes! –, und das gefiel ihr nicht, ganz und gar nicht. Ihr Magen schlug jedes Mal einen Purzelbaum, wenn sie an Tristan dachte, wie er lässig ausgestreckt auf der Decke in ihrem Salon lag. Als er endlich durch ihre Küchentür trat, völlig gefasst und köstlich nach ihm selbst und Holzrauch duftend, fühlte sie sich ein wenig gereizt.

Das bemerkte er natürlich auf den ersten Blick, denn ein

verruchtes Lächeln umspielte seinen Mund, und bevor sie ein Wort sagen konnte, umfing er ihr Gesicht mit beiden Händen und zog sie an sich, um sie zu küssen.

Ihr schwirrte immer noch der Kopf, als er seinen Mantel und den Hut an die Garderobenhaken fürs Personal neben dem Geschirrschrank hängte.

»Du bist so still«, bemerkte er auf dem Weg zum Spülbecken, wo er den Wasserhahn aufdrehte. »Vielleicht sogar ein wenig aufgeregt?« Belustigung schwang in seiner Stimme.

Sie würde gleich Haut an Haut mit ihm sein. Schamloserweise trug sie bereits ihren Morgenmantel und war barfuß. Natürlich war sie aufgeregt.

»Überhaupt nicht«, log sie, zum ersten Mal seit Jahren.

»Nein? Das ist gut.« Er schaute sie mit hitzigem Blick an, während er langsam die Handschuhe auszog, Finger für Finger. Bis die Handschuhe auf der Küchentheke lagen, glühte Lucies Gesicht. Sie wusste inzwischen ja, wie geschickt er seine Finger nutzen konnte.

Sie beobachtete, wie er sich die Hände einseifte; eine Locke fiel ihm dabei in die Stirn. Das Gaslicht erhellte sein erschreckend schönes Profil, und eine Woge des Verlangens überflutete sie, so heftig, dass es ihr Angst einjagte. Ein guter Liebhaber kann dir den Verstand vernebeln, hatte Annabelle sie gewarnt. *Er lässt dich Dinge spüren, die du nicht erwartet hättest und auch nicht fühlen wolltest …*

Er trocknete sich soeben die Hände ab, als ein Knurren die angespannte Stille durchbrach.

Entschuldigend hob er eine Braue.

»Hast du Hunger?«, fragte sie. »Hast du noch nichts gegessen?«

Er schüttelte den Kopf. »Ich bin direkt aus dem Londoner Büro zu dir geeilt. Komm her.«

Wie ein nervöses Fohlen tänzelte sie auf ihn zu. »Du solltest etwas essen«, wies sie ihn an.

Er hob einen Mundwinkel zu einem schiefen Lächeln. »Das habe ich vor«, sagte er. »Gleich. Dreh dich um.« Mit einem Zeigefinger machte er eine kreisende Bewegung.

Sie zögerte, aber sein Lächeln wurde herausfordernd, daher kehrte sie ihm den Rücken zu.

Er schob ihr die Haare über eine Schulter.

»Was …?« Überrascht stöhnte sie auf, als er die Daumen sanft in ihre Schultern drückte.

Sie spürte seine warmen Lippen an ihrem Nacken.

»Schön«, flüsterte er. »Mach das noch mal.«

»Du …«, murmelte sie, dann brach ihre Stimme, denn er fuhr mit seiner sanften Massage fort und arbeitete sich geschickt zu der empfindlichen Kuhle an ihrem Nacken vor, dann wieder zurück. Behutsam knetete er ihre Schultern, bis sie den Kopf nach hinten an seine Brust lehnte. Sie hatte die Augen geschlossen; er sollte nicht merken, wie sehr sie sich nach einem Kuss von ihm sehnte. Wie ihr Körper bereits heftig vor Verlangen nach ihm pulsierte und wie sehr sie sich wünschte, dass er die Hände über ihre Brüste legte.

Er spreizte die Finger unter ihrem Kinn und hob ihren Kopf an. Gleich darauf spürte sie seine Lippen auf ihren und dann die Hitze seines Mundes. Sie stöhnte auf, ihr Kopf war wie leer gefegt. Seine andere Hand strich über ihre Brust, ihren Bauch und glitt zwischen ihre Beine, wo er sie sanft mit den Fingerspitzen neckte. Eine Woge der Sehnsucht ergriff sie, riss sie mit sich, und für einen Herzschlag lang hielten nur seine Hände sie noch aufrecht. Und die waren darauf aus, sie zu Fall zu bringen, mit einer geschickten sinnlichen Berührung nach der anderen.

Seine Erregung presste sich hart an ihr Hinterteil. Wenigstens blieb auch er nicht unberührt von diesem Wahnsinn. Sie drückte sich an ihn, und er stöhnte auf. Sein Griff um sie verstärkte sich. Er drehte sie in seinen Armen um, schob sie sanft rückwärts, während er sie küsste und streichelte, und plötzlich spürte sie den Küchentisch hinter sich.

Er hob sie hinauf und trat zwischen ihre Beine.

Unter trägen Lidern schaute sie ihn an. »Auf dem Tisch?«, hauchte sie.

Er fuhr mit einem Zeigefinger über ihre feuchte Unterlippe und zog ihn über ihren Hals nach unten.

»Du hast doch gesagt, ich soll etwas essen.« Er sank vor ihr auf die Knie.

Ein Wimmern; offenbar von ihr. Inzwischen war sie auch vertraut mit all den Dingen, die er mit seinem Mund anstellen konnte. Langsam ließ er die Hände über ihre Beine nach oben gleiten, schob ihren Morgenmantel auseinander, packte sie an der Hüfte und zog sie zur Kante. Sie hatte die Augen wieder geschlossen, doch sie spürte ihn. Er rieb sein Gesicht an ihrem weichen Schoß, kratzte mit seiner rauen Wange über ihre Haut, dann spürte sie seine samtigen Lippen, immer wieder im Wechsel, bis rau und sanft miteinander verschmolzen und sich ihre zittrigen Finger in seinen Haaren verfingen, um ihn dorthin zu leiten, wo sie ihn am meisten brauchte.

Seine Schultern erbebten mit einem rumpelnden Lachen. Er sah auf. »Verrate mir«, sagte er, die Augen dunkel vor Lust. »Wie sehr verabscheust du mich jetzt?«

Sie keuchte auf. »Eine hinterhältige Frage.«

»Natürlich«, sagte er sanft. »In der Liebe und im Krieg ist alles erlaubt, oder nicht?« Er küsste sie Zentimeter von der Stelle entfernt, wo sie es am meisten ersehnte. »Antworte mir«, verlangte er. Heiß streifte sein Mund über ihre Haut.

»Ich verabscheue dich«, flüsterte sie. »Sehr sogar.«

Dann legte er jedoch ihr linkes Bein über seine Schulter und gleich darauf spürte sie seine weiche, feuchte Zunge, und die Flut der Emotionen, die sie überrollte, hatte gewiss nichts mit Krieg zu tun.

26. KAPITEL

Beim Aufwachen am nächsten Morgen im Salon dachte Lucie an den Küchentisch; sie würde wohl nie wieder einen Blick darauf werfen können, ohne zu erröten. Könnte sie dort frühstücken, ohne dass ihre Gedanken zu der vergangenen Nacht zurückwanderten? Man konnte sich wirklich darauf verlassen, dass Tristan selbst ein Möbelstück seiner Unschuld beraubte.

Wieder war er geblieben, nachdem er sie von der Küche in den Salon getragen hatte, um sie vor dem Kamin mit seinen Liebkosungen zu verwöhnen.

Nun war er wach und betrachtete sie, auf einen Ellbogen gestützt, das Kinn in der Hand ruhend, mit einer Miene träger Zufriedenheit. Sein Blick war verdächtig frei von Hinterlist.

Ihre Gefühle hingegen waren zwiespältig. An diesem Morgen war sie wohl zum letzten Mal neben einem Mann aufgewacht. Letzte Male brachten immer einen Hauch Wehmut mit sich, selbst wenn sie noch andauerten.

Tristan schien dies jedoch nicht zu bemerken. Mit der freien Hand ließ er spielerisch ihr Haar durch seine Finger gleiten. »Als ich zum ersten Mal hier war«, sagte er, »hast du erzählt, dass du erotische Artikel gelesen hast.«

Sie blinzelte. »Ja.«

Er zog leicht an der Strähne, die er festhielt; das sanfte Ziehen verursachte ihr eine Gänsehaut.

»Was hast du gelesen?« Seine Stimme klang tief und sinn-lich.

Sie zuckte mit den Schultern. »Ich glaube, die erotischsten waren in *The Pearl*.«

Er hielt inne. »*The Pearl*«, wiederholte er. »Von der *Society of Vice*, der Gesellschaft des Lasters?«

»Ja.«

»Grundgütiger.« Ein Ausdruck zwischen Entsetzen und Begeisterung spiegelte sich in seiner Miene. »Das ist übler Schmutz, das Schlimmste, was du hättest wählen können.«

»Das habe ich auch festgestellt«, erklärte sie. »Und zumeist waren die Geschichten obendrein wirklich albern.«

»Albern?«

»Ja. All diese bezaubernden Stubenmädchen und liebrei-zenden jungfräulichen Cousinen, die gemeinsam den arglosen männlichen Hausgast verführen wollen. Das schien ein belieb-tes Thema zu sein.«

Hustend und lachend zugleich lehnte er sich zurück.

Sie richtete sich auf. »Geht es dir gut?«

Er schaute sie an, seine Augen waren feucht. »Diese Publi-kation ist erst kürzlich erschienen«, stellte er kopfschüttelnd fest, und sein Blick wurde berechnend. »Entweder hast du erst spät mit deiner Recherche angefangen oder du bildest dich eifrig weiter fort.«

»Und was, wenn ja?«, murmelte sie.

Er berührte ihre Wange. »Hast du irgendetwas in diesen Geschichten entdeckt, das dir gefallen hat?«

In seiner Frage lag ein Versprechen. *Verrate mir deine ge-heimsten Wünsche, und ich erfülle sie.*

Er würde tun, was auch immer sie verlangte, las sie daraus. Sie betrachtete ihn in all seiner glorreichen nackten Pracht, und kurz fühlte sie sich berauscht von den Möglichkeiten, die ein Liebhaber mit wenigen Prinzipien bot. Das kam dem Gefühl von Freiheit schon ziemlich nahe.

Allerdings war das ihr letzter gemeinsamer Morgen. So, wie es sein sollte.

»Du solltest gehen.«

Sein Blick glitt zur Uhr auf dem Kaminsims.

»Du hast recht.« Er gab ihr Haar frei. »Wie unhöflich von mir.«

Er setzte sich auf und küsste sie neckisch auf die Stirn. Er musste ein Herz aus Stein haben, wenn er in solch kleinen Intimitäten schwelgen konnte und dann seines Weges ging, ohne sich noch einmal umzudrehen.

Sie beobachtete ihn, wie er sich nach seinem Hemd streckte, das achtlos neben ihrem Liebesnest auf dem Boden lag.

Die Morgensonne beschien seinen Rücken. Sie zeigte einen Wirrwarr weißer verblasster Linien, die sich von seinen Schultern bis hinunter zu seinem Gesäß erstreckten. Es dauerte einen Moment, bis sie begriff, woher diese Narben stammten.

Sie legte eine Hand an seine Taille. »Ich dachte, im Militär sei Auspeitschen schon vor Jahren abgeschafft worden. Ich habe sogar angenommen, dass Adelige niemals ausgepeitscht werden.«

Tristan erstarrte. »Das stammt nicht aus meiner Militärzeit«, sagte er nach einem Moment.

Er stand auf, und das verstörende Muster verschwand unter weicher Baumwolle. Die Unruhe in ihr hielt an. »Dein Schulmeister?«, fragte sie, denn wenn sie beunruhigt war, stellte sie Nachforschungen an.

Er drehte sich um und streifte die Hosenträger über die Schultern. »Er hat vielleicht gelegentlich davon geträumt, aber nein.«

Kälte breitete sich in ihr aus. »Rochester.«

Er nickte und zuckte mit den Schultern, da sich ihr Entsetzen offenbar in ihrem Gesicht spiegelte. »Viele Väter schlagen ihre Söhne. Wer sein Kind liebt, der züchtigt es.«

»Du wurdest nicht einfach nur geschlagen«, sagte sie mit leiser Stimme. »Das war Grausamkeit. Es scheint, als hätte er dich beinahe zu Tode prügeln lassen.«

»Oh, das hat er schon selbst übernommen«, meinte Tristan. »Das rechne ich ihm an.«

Seine Miene wirkte ungerührt, doch sie sah den schlaksigen Jungen vor sich, der geblutet und Schmerzen gehabt haben musste. Heftige Gefühle wallten in ihr auf und brachten sie auf die Füße.

Tristan hielt im Zuknöpfen seiner Weste inne, den Blick auf sie geheftet, und ihr wurde klar, dass sie nackt vor ihm stand.

Sie verschränkte die Arme vor der Brust. »Rochester hatte kein Recht, dir das anzutun.«

»Welch ein hinreißender Anblick«, murmelte er. »Wütend und korrumpiert zugleich.«

Unerwartet griff er nach ihr und zog sie an sich.

Sie wurde still, als er seinen bekleideten Körper an sie schmiegte. Reglos verharrte sie, während er mit einer Hand über ihren Rücken strich und sie vielsagend auf ihrem Gesäß ruhen ließ.

Er wusste genau, was er tat. Er konnte Gefühle in ihr hervorrufen und ihre Stimmung mit einer gezielten Berührung ändern. Das war, genauer betrachtet, Angst einflößend.

Und die traurige Wahrheit lautete: Sie wollte nicht, dass dies ihr letzter gemeinsamer Morgen war.

Flüchtig fragte sie sich, ob so der Absturz der armen Seelen begann, deren Tage in einer Opiumhöhle endeten, mit dem Gedanken: nur noch ein Mal.

Sie schaute zu ihm auf.

Er hatte die Lider gesenkt und schien ganz versunken in sein Gefühl. Sie wusste jedoch, dass er sie nie darum bitten würde, ihre Affäre fortzusetzen. *Das Männchen balzt, das Weibchen wählt.*

Es wäre unvernünftig, ihn darum zu bitten.

»Ich würde dich gern wiedersehen«, sagte sie.

Er öffnete die Augen, und ihr Magen zog sich zusammen. Es war ihr verhasst, um etwas zu bitten, vor allem ihn.

Er legte die Hand flach auf ihren Rücken.

»Wann?«, fragte er mit rauer Stimme.

Die Anspannung in ihren Schultern ließ leicht nach. »Bald. Aber es kann nicht hier sein.«

Schweigen folgte.

»Ich werde mich darum kümmern«, sagte er schließlich. Dann hob er mit einer Hand ihr Kinn an und brachte sie dazu, ihm in die Augen zu sehen. »Das bedeutet jedoch auch, dass es Zeit für ein paar Regeln ist.«

Sie hob die Brauen. »Noch mehr Regeln?«

»Ja. Zwei Nächte könnten noch als zufällige Fügung gelten. Bei drei Nächten ist es jedoch vorsätzliche Planung.«

»Und das ist ein Grund zur Besorgnis?«, fragte sie, denn in seiner Stimme lag ein Zögern.

Er schüttelte den Kopf. »Nein. Manchmal dauert es länger, um ein gewisses Verlangen zu stillen. Aber dieser Umstand erfordert auch, dass du mir deine Erwartungen mitteilst.«

»Worin liegt der Vorteil, wenn ich sie äußere?« Sie klang skeptisch.

»Das verringert die Möglichkeit von bedauernswerten Missverständnissen.«

Er hatte solche Arrangements schon zuvor getroffen, und der Gedanke gefiel ihr nicht. Sie löste sich aus seinen Armen und hob ihren Morgenmantel auf.

»Diskretion«, sagte sie und drehte sich wieder zu ihm um. »Ich erwarte, dass du diskret bist.« Ihr Blick bohrte sich warnend in seinen. »Meine Arbeit und mein Ruf wären ruiniert, wenn sich unsere Affäre herumspricht.«

»Du gehst ein hohes Risiko ein, Prinzessin.«

Dessen war sie sich bewusst, sehr sogar. »Ich bin durchaus bereit, dich mit deinen Büchern zu erpressen«, sagte sie kühl.

»Charmant«, murmelte er. »Aber deutlich. Noch etwas?«

Sie nickte. »Ehrlichkeit.«

»Ehrlichkeit«, wiederholte er gedehnt.

»Ja. Ohne Ehrlichkeit ist kein Vertrauen möglich.«

»Oh, Liebling.« Er schenkte ihr ein schiefes Lächeln. »Meine zweite Regel lautet: Vertrau mir nicht. Schenke mir zumindest kein blindes Vertrauen.«

»Warum nicht?«

»Weil ich mir selbst nicht über den Weg traue.«

»Charmant«, sagte sie sarkastisch. »Und wie lautete deine erste Regel?«

Sein Ton war freundlich, aber in seinen Augen stand ein selten ernster Blick. »Verlieb dich nicht in mich.«

27. KAPITEL

»Wie viele Briefe haben wir bis jetzt?«

Lucies fragender Blick fiel auf Catriona. Zwar war nicht Montag, aber die zusätzlichen Aufgaben, welche die Umgestaltung der Magazine und die Renovierung des Verlagshauses mit sich brachten, erforderten weitere Besprechungen. Wenn es so weiterging, würde Lucies Aufgabenliste bald so lang sein, dass sie von einer Seite ihres Salons bis zur anderen reichte.

»Bisher sind es fünfzehntausenddreihundert«, antwortete Catriona. »Plusminus die Schreiben, die durch die schleppende Post verspätet eintreffen.«

»Gut. Zum nächsten Punkt auf der Liste.« Verflixt. Sie räusperte sich. »Gibt es Vorschläge, wie wir unsere Ergebnisse veröffentlichen können?«

Alle schüttelten den Kopf, und Lucie schloss die Finger etwas fester um ihren Füllfederhalter. Nun war wohl ein guter Zeitpunkt, um zu verkünden, dass sie zumindest in der Theorie die Mehrheitseignerin des Verlagshauses war. Allerdings war es ihr schier unmöglich, einzugestehen, wie sie diese erworben hatte. Außerdem fand sie die Idee, den Inhalt der Magazine langsam zu unterhöhlen, immer noch gut. Sie hätte sich jedoch mehr Mühe geben sollen, um eine Lösung für die Veröffentlichung des Berichts zu finden.

Es lag an ihrer Affäre. Ihre Gedanken verweilten viel zu oft bei den gemeinsamen Nächten mit Tristan und lenkten sie tagsüber ab. Tristan hatte für sie eine Unterkunft in der Adelaide Street gemietet, eine halbe Meile von ihrem Heim entfernt. Das Reihenhaus hatte eine respektable Fassade und einen gut verborgenen Hintereingang; die Haushälterin ließ sich nie sehen. Lucie hatte Tristan nicht gefragt, woher er von diesem Haus wusste, das eindeutig nur einem Zweck diente: heimliche Verabredungen zu erleichtern. Seit einer Woche war sie jeden Abend nach Einbruch der Dämmerung dorthin gegangen, hatte aufgeschlossen und die Hintertür für ihn unverriegelt gelassen. Dann wartete sie. Auf seine Schritte. Auf das heftige Flattern in ihrem Bauch, wenn er in der Tür erschien. Auf das Verschmelzen seiner Lippen mit ihren.

Mit einem berüchtigten Casanova eine heimliche Affäre zu haben und sich in einem Mietzimmer mit ihm zu treffen, war auf jeden Fall der Gipfel der Verkommenheit. Ihre Widersacher hatten sie die ganze Zeit richtig eingeschätzt: Sie war keine anständige Frau; sie war verdorben. Das wusste sie, weil es sich so gut und richtig anfühlte, auf seiner Brust zu liegen, auf einer quietschenden Matratze, obwohl sie sich bestimmt entsetzlich fühlen sollte. Sie taten völlig ehrlose, verruchte Dinge und dennoch fühlte sie sich in seinen Armen auf eine Art so lebendig wie nie zuvor. Fast schien es ihr so, als blühe sie unter seinen Berührungen auf, als strecke sie sich noch ein Stück, obwohl sie angenommen hatte, ihre ausgewachsene Form bereits erreicht zu haben. Sie hörte auch nie ein verurteilendes Wort oder einen Vorwurf von ihm. Sein Mund bereitete ihr nur Vergnügen. Und da man ihn unmöglich schockieren konnte, teilte sie frei ihre Gedanken mit ihm, ohne vorher zu überlegen, ob es schicklich war, diese laut auszusprechen. In seinen Armen atmete sie so tief und frei, dass ihr schwindelig wurde.

»Lucie?«

Sie blinzelte, als drei erwartungsvolle Gesichter sie anschauten.

»Richtig«, sagte sie. »Ich weiß im Moment auch nicht, welche anderen Optionen uns zur Veröffentlichung des Berichts bleiben.«

Das war nicht gelogen, außerdem wurden die Vertragspapiere für die Überschreibung noch von einem ziemlich verwirrten Anwalt Beedle vorbereitet.

»Lucie?«

Ihre Freundinnen musterten sie mit verwunderten Blicken.

»Was ist denn?«

»Wir ... äh ... sprechen nicht mehr über den Bericht«, sagte Hattie zögernd. »Wir haben uns gerade über das St.-Giles-Fest unterhalten.«

»Entschuldigt. Natürlich. Das Fest.«

Der Jahrmarkt, der auf der Hauptstraße St. Giles stattfand, lockte Besucher aus ganz England nach Oxford.

»Das ist in drei Wochen, nicht wahr?«

»Ja«, antwortete Annabelle. »Wir werden doch einen Stand haben? Ein Banner? Sollen wir Flugblätter verteilen?«

Lucie stieß den Atem aus. »Es ist riskant, auf einem Fest politisches Engagement zu betreiben.«

Der Jahrmarkt war immer gut besucht, deshalb sollte ihre Ortsgruppe dort präsent sein. In der lärmenden, ausgelassenen Atmosphäre einer Kirmes würden die Suffragistinnen mit ihren Flugblättern allerdings besonders sauertöpfisch wirken, als ob sie darauf aus wären, jeglichen Frohsinn auszulöschen, wie man es ihnen schon des Öfteren bei solchen Anlässen vorgeworfen hatte. Und da das Fest im Herzen von Oxford stattfand, bestand das Risiko, dass Studentinnen von ihren Professoren entdeckt werden würden und mit Konsequenzen zu rechnen hatten, denn die Universität missbilligte jegliches Engagement für das Frauenwahlrecht.

»Wir sollten es tun«, sagte Catriona. »Ich habe gehört, dass die Drahtseilrutsche wieder aufgebaut werden soll. Erinnert ihr euch an das letzte Jahr, als Frauen und Mädchen sie einen Tag lang benutzen durften, ehe der Besitzer darum gebeten wurde, den Zugang nur für Männer und Jungen zu erlauben? Ich nehme an, dass viele Frauen insgeheim verärgert zusehen werden, da sie sich gewiss noch daran erinnern, wieviel Spaß sie damit hatten.«

Hattie nickte eifrig. »Das sind niedrig hängende Früchte. Wer würde nicht gern eine Runde übers Drahtseil rutschen?«

Das waren gute Argumente. Sie hätte selbst darauf kommen sollen. Es sah ihr gar nicht ähnlich, eine Gelegenheit zur Anwerbung neuer Aktivistinnen zu übersehen.

»Gut. Dann lasst uns ein paar Flugblätter vorbereiten und die Botschaft auf die Seilrutsche abstimmen; nicht zu politisch«, beschloss sie. »Annabelle, hast du Zeit, bei den Vorbereitungen zu helfen?«

Weil Lucie die Zeit dafür fehlte. Sie musste morgen ins Londoner Büro, um weitere Vorstellungsgespräche mit potenziellen Schreibkräften und Sekretärinnen zu führen, und die Fahrradkampagne für Lady Harberton war auch immer noch nicht entworfen und hing wie ein Damoklesschwert über ihr.

»Ich setze ein Flugblatt auf«, sagte Annabelle. »Da fällt mir ein: Du hast in zwei Wochen in Westminster einen Termin bei Lord Melvin wegen Montgomerys Reformvorschlag.«

Lucie trug den Termin wenig begeistert in ihren Kalender ein. Wieder ein weiterer Zentimeter mehr auf ihrer Aufgabenliste. Da war es fast verzeihlich, dass ihre Gedanken erneut zum Abend wanderten.

Würde Tristan wieder zu ihr kommen?

Sie hatte sich schon mehrmals gefragt, warum er das tat, warum er ihrer immer noch nicht müde geworden war. Am vergangenen Abend hatte sie überlegt, ob es daran lag, dass es einem Mann mit seinem Appetit nicht ausreichte, ihren Körper zu besitzen. Sie hatte sich gefragt, ob er auf ihre Seele aus war.

Tristan lag schläfrig auf dem Rücken und genoss das Gefühl von Lucies fließendem Haar auf seiner nackten Brust. *Winterflüsse auf sonnengeküsstem Felsen.* Der Poet in ihm räusperte sich über das kitschige Bild. Lucie inspirierte ihn zu jämmerlich kitschigen, hochtrabenden Gleichnissen und Gefühlen, aber wenigstens strömten die Worte endlich wieder zu ihm. Ihr würde die Vorstellung, eine Muse zu sein, die einen Mann allein durch ihre passive Nähe inspirierte, natürlich nicht gefallen.

Sie schlief, daher ließ er eine Strähne ihres Haares durch seine Finger gleiten. Er würde dessen nie müde werden, würde immer versucht sein, ihre Locken um sein Handgelenk zu wickeln, dann seinen Hals, bis er völlig in einem sinnlichen Lucie-Netz gefangen war. Aber der Morgen blitzte schon durch die Vorhänge des Zimmers in der Adelaide Street, und aus der Ferne drangen die Geräusche einer erwachenden Stadt zu ihm. Eimer schepperten, Hufschlag klapperte übers Pflaster. Darin lag die Gefahr kleiner Zimmer, die für das Vergnügen reserviert waren: Innerhalb dieser Wände vergaß man viel zu leicht die Zeit und die unbequeme Realität.

Er drehte Lucie behutsam auf den Rücken und stützte sich auf einen Ellbogen, um sich an ihrem Anblick zu erfreuen. Sie hatte ihr Nachthemd vor dem Einschlafen nicht wieder angezogen und erlaubte ihm so, sich an ihr sattsehen zu können, was er natürlich tat. Jahrelang hatte er von ihren Brüsten geträumt. Ihre steifen grauen Kleider hatten nichts enthüllt, und so hatte seine Fantasie wilde Blüten getrieben und sich alles vorgestellt, von rosigen Knospen auf einer knabenhaften Brust bis zu unerwartet üppigen Rundungen. Ihre Brüste gefielen ihm, so wie sie waren, weil sie zu Lucie gehörten und er endlich Gelegenheit hatte, sie zu lecken. Er tat genau das und streifte mit der Zunge über die rosigen Spitzen, bis sie sich zu kleinen Perlen aufrichteten.

Lucie regte sich unter seiner Liebkosung. Er hob den Kopf und beobachtete, wie sie träge die Lider hob.

Ihren Blick festhaltend fuhr er mit der Hand zielstrebig über ihren Bauch zu ihren Schenkeln. Sie wölbte sich ihm entgegen; rastlos streiften ihre Füße über die Laken, als er seine Finger über die weiche intime Stelle in ihrem Schoß tanzen ließ, bis sie leise aufstöhnte.

»Guten Morgen«, murmelte er und küsste sie erneut.

Sie gab ihm einen Klaps auf seine forschende Hand und schob sie zur Seite.

Er blinzelte. »Nun bin ich verwirrt.«

Aufstöhnend schloss sie die Augen.

Die Stirn gerunzelt, beugte er sich über sie. »Geht es dir nicht gut? Rede mit mir, Lucie.«

Sie bedachte ihn mit einem vorwurfsvollen Blick. »Das muss doch schlecht für unsere Gesundheit sein.« Ihre Stimme klang immer noch schläfrig. Vielleicht träumte sie noch.

»Unsere ... was?«, fragte er.

»So oft, wie wir das tun ...« Sie schnaubte und zog die Decke über sich. »Du hast gesagt, manchmal dauert es mehr als eine Nacht oder zwei, um das Verlangen zu stillen.«

»Das stimmt.«

»Wie viele Nächte noch?«

Er zog sich zurück. »Welch seltsame Frage.«

Sie starrte an die Decke, die Arme über der Brust in prüder Sittsamkeit verschränkt. In der vergangenen Nacht war sie alles andere als sittsam gewesen. Sie hatte ihn geritten, als ob ihr Leben davon abhinge, und seine Erregung wuchs allein beim Gedanken daran.

»Dieser … Drang«, murmelte sie. »Er lässt nicht nach. Und jetzt sag ja nichts Selbstgefälliges.«

»Es ist noch früh.« Erstaunlicherweise stand ihm überhaupt nicht der Sinn nach selbstgefälligen Äußerungen. Wenn überhaupt, war er von einer Mischung aus Begierde und Sorge erfüllt, denn sie hatte recht. Der Drang, mit ihr eins zu werden, ebbte nicht ab. Wenn überhaupt wurde er mit jedem Mal stärker, und das war auch für ihn neu. Er hatte versucht, dieses Gefühl so gut wie möglich zu ignorieren.

»Zwölf«, sagte sie. »Es dauert nun schon zwölf Tage.«

»Na sieh mal an, wer da mitzählt.« Er verschränkte die Finger mit ihren und hob ihre Hand an seine Lippen.

Sie quiekte, als er an ihrem kleinen Finger saugte. Hinter verschlossenen Türen steckte sie voller kleiner Laute, niedlichen, feurigen, nicht zynischen … und allesamt faszinierend. Aber niemals entwich ihr auch nur ein Mucks, wenn sie mit ihm den Gipfel der Lust erklomm. Selbst in der vergangenen Nacht, als er sein Verzücken fast hinausgebrüllt hätte. Sie hielt sich zurück oder etwas in ihr tat es, und das nagte an ihm, doch er achtete sorgsam darauf, diese Sache nicht zur Sprache zu bringen. Es gab sicher gute Gründe, warum die unverblümteste Frau, die er kannte, in solchen Momenten der Glückseligkeit stumm blieb.

Er ließ ihre Hand los. »Ich war nicht ganz ehrlich zu dir.«

Sofort verspannte sie sich. »Was soll das heißen?«

»Manches Verlangen wird nicht dadurch gestillt, dass man ihm öfter nachgeht.«

»Oh.«

»Offenbar haben wir es hier mit einem schwierigen Fall zu tun. Manchmal lässt sich die Begierde nur durch Aushungern bezwingen. Ihr nachzugeben, macht es nur noch schlimmer.«

Kurz dachte sie darüber nach, dann stand sie auf und ließ ihn allein im Bett zurück, um sich am Waschstand in der Ecke frisch zu machen.

Sie gehört nicht hierher, dachte er, während er beobachtete, wie sie sich in dem kleinen Zimmer mit einem Handtuch abtrocknete, das durch die häufige Benutzung längst fadenscheinig geworden war. Er wollte mit ihr an einem standesgemäßeren Ort schlafen. Einem komfortablen Schlafzimmer in einem Landhaus, vorzugsweise einem, das ihm gehörte, und wo das Personal ihr morgens Frühstück ans Bett brachte. Sie wachte gewöhnlich mit wölfischem Appetit auf.

Da er sie inzwischen besser kannte, vermutete er allerdings, dass sie es vorziehen würde, wenn er ihr, statt sie auf Seide und weiche Daunen zu betten, mehr über seine persönliche Situation anvertraute. Ehrlichkeit war ihr oberstes Prinzip. Ehrlichkeit bedeutete, dass er ihr von der Erpressung seines Vaters erzählen sollte, der ihn zwingen wollte, ihre Cousine zu ehelichen, und dass er, um Rochesters Tyrannei ein für alle Mal zu entkommen, bald mit seiner Mutter nach Indien reisen wollte. Aber wo sollte er anfangen? Wie die richtigen Worte finden? Vor zwölf Tagen oder auch noch vor einer Woche war es seine Privatangelegenheit gewesen, die sie nichts anging. Er wusste nicht, wann sie die Grenze überschritten und den Punkt erreicht hatten, an dem sie sich von ihm getäuscht fühlen und ihn verabscheuen würde, wenn er es ihr eingestand. Er wusste nur instinktiv, dass es so war. Und er wollte nicht, dass sie ihn jetzt schon hasste.

Sie hatte ihre Morgentoilette beendet, und eine seltsame Rastlosigkeit ergriff ihn, als er zusah, wie ihr hübscher Körper unter Lagen von Stoff verschwand.

»Ich werde morgen Abend nicht kommen«, sagte sie, als sie ihre Jacke zuknöpfte.

Die Enttäuschung versetzte ihm einen überraschend heftigen Stich. Er nickte jedoch nur. Sie schuldete ihm keine Erklärung, warum sie ihn nicht sehen wollte. Zum Teufel. Mit seiner Bemerkung, dass manches Verlangen ausgehungert werden musste, hatte er ihr gerade selbst gute Argumente geliefert, ihn nicht wiederzusehen.

Dennoch spürte er ihr Zögern, daher neigte er aufmunternd den Kopf.

Eine zarte Röte färbte ihre Wangen. »Ich nehme an, dass ich indisponiert sein werde«, murmelte sie.

Es dauerte einen Moment, bis er die Botschaft begriff. Über derlei Dinge unterhielten sich Männer und Frauen gewöhnlich nicht. Es war seltsam berührend, dass sie etwas so Persönliches andeutete, statt ihn darüber grübeln zu lassen, was sie wohl vorhatte.

Er räusperte sich. »Ich nehme an, dass wir uns in diesem Fall eine Woche lang nicht sehen können.«

Sie nickte und warf einen letzten prüfenden Blick in den kleinen Spiegel. Gleich würde sie gehen. Und er würde sie nicht wiedersehen. Eine ganze Woche lang nicht.

»Verzeih mir die Frage«, sagte er. »Aber bist du auch tagsüber indisponiert?«

Sie schaute ihn an, ihr Gesicht glühte immer noch. »Warum?«

»Ich würde dich gern zu einem Ausflug einladen.«

Sie zog die Brauen zusammen. »Ein Ausflug? Nur das?«

»Es gibt kein *nur*«, sagte er. »Meine Ausflüge sind spektakulär.«

Sie verkniff sich ein Lachen.

»Lass uns übermorgen eine Kahntour machen«, schlug er vor.

Ein begeistertes Funkeln färbte ihre grauen Augen silbrig, aber dann schüttelte sie den Kopf. »Man würde uns sehen.«

»Nicht, wenn wir flussaufwärts unterwegs wären. Westlich von Lady Margaret Hall gibt es nur Kaninchen und Kühe.«

Ihr gefiel die Idee, aber sie war sich nicht sicher, ob sie ihr gefallen durfte; diesen inneren Widerstreit konnte er deutlich an ihrem Gesicht ablesen.

»Es gäbe auch ein Picknick«, sagte er beiläufig. »Es ist gerade die beste Zeit für Erdbeertörtchen.«

Sichtlich hin- und hergerissen nagte sie an ihrer Unterlippe, und da wusste er, dass er sie an der Angel hatte. Er versuchte erst gar nicht, sein zufriedenes Grinsen zu verbergen. Sie war in vielerlei Hinsicht genauso ein Nimmersatt wie er.

28. KAPITEL

Erdbeertörtchen. Ihre Mutter hatte hartnäckig behauptet, dass Lucies Naschkatzenneigung noch einmal ihr Untergang sein würde. Die Bootsfahrt auf dem Cherwell bei strahlend blauem Sommerhimmel war jedoch ein überraschend angenehmer Weg ins Verderben. Die Sonne schien ihr warm ins Gesicht. Die Luft war angefüllt vom Duft der Wildapfelblüten und dem leisen Plätschern der Wellen, die gegen das Boot schlugen, das Tristan den Fluss hinauf steuerte.

Sie betrachtete ihn unter halb gesenkten Lidern. Seine Silhouette zeichnete sich dunkel vor der blendenden Sonne ab, während er mit gleichmäßigen, langen Bewegungen scheinbar mühelos die Stange des Stechkahns durch den Fluss trieb. An diesem Tag gehörte er ganz ihr. Ein gemeinsamer Ausflug, als sei er ihr Verehrer. Die Aufregung perlte in ihr hoch und machte sie schwindelig. Das war eindeutig ihr Verderben.

Er hatte auf einen Strohhut verzichtet und beschattete nun seine Augen mit einer Hand an der Stirn. »Du kannst jetzt aus deinem Versteck rauskommen.«

Lucie war erst ein ganzes Stück entfernt vom Stechkahnhaus hinter Lady Margaret Hall an Bord geklettert und hatte es für klug gehalten, sich flach auf den Boden zu drücken, bis man sie vom Fußweg aus nicht mehr sehen konnte. Der Rücken ihres hellblauen Kleides war durch eine karierte Decke verborgen worden, die Tristan mitgebracht hatte.

Sie erhob sich und setzte sich ihren Hut wieder auf. »Oh, das ist wunderschön.«

Üppiges Grün säumte das Ufer; Trauerweiden tauchten ihre tief hängenden Äste ins glitzernde Wasser. Tief atmete Lucie ein. Von solch einer Ruhe war sie lange nicht mehr umgeben gewesen. Sie zog sich den Handschuh von der rechten Hand und ließ ihre Finger durchs kühle Nass des Cherwell streifen. Tristan beobachtete sie lächelnd.

Schließlich steuerte er den Kahn auf einen halbmondförmigen weißen Sandstreifen und breitete die Decke aus.

»Schauen wir mal, was mein guter Avi als unabdingbar für ein Picknick hält.« Tristan kniete nieder und öffnete den Picknickkorb.

Sie schlang von hinten die Arme um ihn und spähte über seine Schulter. »Berauschende Getränke, wie es scheint.«

In dem Korb befand sich eine eingewickelte Glaskaraffe, Champagnerflaschen, Limonade, Pimm's-Likör und ein enttäuschend kleines Glas mit Erdbeeren. Ein länglicher Gegenstand, eingewickelt in braunes Papier, stellte sich als geschälte und in Scheiben geschnittene Gurke heraus, die wohl mit den Erdbeeren in einen Cocktail gegeben werden sollte.

Tristan kratzte sich am Kopf. »Ich hätte wohl eindeutigere Anweisungen geben sollen.«

»Sei nicht böse auf den armen Mann«, meinte Lucie. »Er hat bestimmt nur das Gleiche eingepackt wie sonst für deine Ausflüge mit den Scharen von anderen Frauen.«

»Meine Eifersüchtige.« Er schlüpfte aus seiner Jacke, um den Pimm's in die Karaffe zu schütten.

Seine Cocktail-Mischung stellte sich als recht stark heraus, und ein paar Gläser und in Champagner getauchte Erdbeeren später drehte sich Lucie der Kopf. Tristan hatte sich lang auf der Decke ausgestreckt und nutzte ihren Schoß als Kissen.

Träge blickte er sie an. »Es gibt übrigens keine Scharen von anderen Frauen«, meinte er.

Sie legte eine Hand auf seine von der Sonne gewärmte Wange. »Die Zeitungen und Scharen von Frauen sind da anderer Meinung.«

Er schmiegte sich in ihre Hand wie eine Katze. »Beide lügen«, stellte er fest und schloss die Augen. »Überleg mal, ich bin noch gar nicht so lange wieder im Land. Es wäre doch ziemlich anstrengend für mein bestes Stück, wenn ich tatsächlich mit jeder ins Bett gestiegen wäre, die das behauptet.«

Sie schüttelte den Kopf. »Warum in aller Welt sollten Frauen deswegen lügen?«

»Ich nehme an, wenn es sich erst einmal herumgesprochen hat, dass man gut im Bettsport ist, träumen einige gern davon, dass sie auch daran teilgenommen haben. Viele Männer stellen sich schrecklich ungeschickt bei der Verführung innerhalb und außerhalb des Schlafzimmers an. Viele Ehebetten bleiben kalt.«

Ihr Instinkt sagte ihr, dass ein Körnchen Wahrheit in seinen Worten steckte, und ihr Magen zog sich zusammen. Sie brauchte keine Erinnerung daran, dass der Sturm der Gefühle, den er in ihr weckte, Seltenheitswert hatte, wenn nicht gar einzigartig war. Ein Gedanke schoss ihr durch den Kopf, der ihr einen Schauer über den Rücken jagte: Wie sollte man zufrieden weiterleben, wenn man wusste, dass die glücklichsten Stunden bereits vorüber waren?

Reglos betrachtete sie, wie die glitzernden Farben am Ufer ausbleichten. Bestimmt würde sie doch ihren größten Glücksmoment erleben, wenn sie zum ersten Mal ihre Stimme bei einer Wahl abgeben dürfte – die Früchte all ihrer Arbeit! Und dieser Moment lag eindeutig in der Zukunft. Tatsächlich entzog er sich stetig ihrer Reichweite wie ein Regenbogen.

Gedankenverloren streichelte sie Tristans Wange. »Du hattest also keine Affäre mit Lady Worthington?«

Er lachte. »Ich habe nie auch nur ein Wort mit der Frau gewechselt.«

»Und der Vorfall mit Mrs Bradshaw im Wäscheschrank?«

»Den hat sich der verrückte Redakteur vom *Punch* ausgedacht.«

»Der Sprung aus Lady Rutherfords Fenster in einen Rosenbusch?«

Er öffnete ein Auge. »Das stimmt.« Er drehte den Kopf und küsste ihre Finger. »Du hast dich ja gut über mich informiert.«

»Eher Hattie«, murmelte Lucie, abgelenkt von seinen weichen Lippen auf ihrem Daumen. »Sie liest die Klatschspalten und hält uns auf dem Laufenden. Warum pflegst du deinen berüchtigten Ruf, wenn nicht mal die Hälfte davon wahr ist?«

Sie spürte seine Zunge zwischen ihrem Mittel- und Ringfinger und entzog ihm ihre Hand.

»Also schön«, sagte er. »Als ich noch jung und dumm war, ist mir aufgefallen, dass ich Rochester damit verärgern und gleichzeitig das Interesse von Frauen an mir wecken konnte, die ich begehrte. Zwei Fliegen mit einer Klappe. Daher habe ich das Feuer natürlich geschürt. Bald hat sich dies verselbstständigt. Die Öffentlichkeit entscheidet über den Zeitpunkt, wann ein Mensch oder eine Sache wieder in Vergessenheit gerät.«

»Das stimmt«, sagte sie trocken.

»Das weißt du sicher am besten.« Er suchte ihren Blick. »Tedbury-Drachen.«

Sie lächelte über dieses unausgesprochene Verständnis zwischen ihnen, von schwarzem Schaf zu schwarzem Schaf.

Er richtete sich zum Sitzen auf, nahm sie in die Arme und

zog sie mit sich auf die Decke. Ihr Rücken lag an seiner Brust, sein Gesicht war in ihrem Haar vergraben.

Es war schon erstaunlich, wie selbstverständlich ihre Körper dieser Tage miteinander verschmolzen. Als seien sie dafür gemacht, trotz ihrer unterschiedlichen Größe. Im Liegen ergänzten sie sich perfekt, wie zwei Hälften.

Die Decke war warm und fühlte sich rau an ihrer Wange an. Eine Biene summte vorbei, und sie hob nicht mal einen Finger, um sie zu vertreiben. Eine angenehme Müdigkeit überflog sie. Seit Wochen hatte sie keine Kopfschmerzen mehr gehabt, wurde ihr klar.

»Du schläfst oft so ein, mit mir im Arm«, murmelte sie.

»Ja.« Seine Stimme war nah an ihrem Ohr. »Das vertreibt die Schrecken der Nacht.«

»Schrecken!«, wiederholte sie. »Wegen des Krieges?« Sie erinnerte sich an ihr Gespräch auf der Schwelle ihres Hauses, damals im Regen, nach dem Zwischenfall im Park. »Hast du nachts Albträume?«

»Gelegentlich.«

Sie widerstand dem Drang, weiter nachzuhaken, daher überraschte es sie, als er sie losließ, sich auf den Rücken rollte und von selbst fortfuhr. »Es war so grässlich, weißt du.«

Sie stützte sich auf einen Ellbogen.

»Grässlich«, meinte er zum Himmel. »Und so sinnlos. Die Sinnlosigkeit war das Schlimmste.«

»Inwiefern sinnlos?«

Er schaute sie immer noch nicht an. »Willst du meine Ansicht zum Krieg hören?«

»Ja.« Sie wollte seine Meinung zu vielen Dingen hören.

»Es ist ein Verbrechen, gegen sie und uns.« Er schaute sie an. »Bist du jetzt schockiert?«

»Erzähl weiter«, erwiderte sie bedächtig.

»Ich weiß noch, als mir das zum ersten Mal aufging. Wir haben unsere Zelte auf dieser kargen Ebene aufgeschlagen, und alles, was mich umgab, war mir fremd. Die zerklüfteten Berge in der Ferne, die Tiere, selbst der Geruch in der Luft. Ich hätte genauso gut auf dem Mond sein können und war gefühlt auch genauso weit von England entfernt, da es einen Monat dauerte, bis wir unseren Stützpunkt erreichten. Ganz Afghanistan hätte vom Erdboden verschluckt werden können, ohne dass ein Engländer in London davon etwas bemerkt hätte, und umgekehrt natürlich auch. Doch wir haben diese Reise unternommen, da sie niemals zu uns gekommen sind und das auch nie werden. Und dann? Die Einheimischen verhungern und werden niedergemetzelt; ich musste gute Männer in fremder Erde beerdigen. Und das alles nur wegen eines Tory-Manifests zur Erweiterung des Königreichs, das Disraeli in einem Anfall persönlichen Ehrgeizes aufgesetzt hat. Ja, es mag durchaus wirtschaftliche Interessen geben, die eine verschachtelte Kette von Ursache und Wirkung auslösen, aber das Gefühl der Sinnlosigkeit bleibt bestehen. Das ist das Schlimmste daran. Man lebt und stirbt vielleicht gern für eine ehrenwerte Mission, aber eine sinnlose?«

Sie setzte sich auf und schaute ihn besorgt an. »Hast du das auch in deinen Kriegstagebüchern geschrieben?«

Er blinzelte. »Möglich.«

»Du hast vor, *London Print* mit skandalösen Veröffentlichungen in den Ruin zu treiben, und verbietest mir, dasselbe zu tun?«

Sich öffentlich gegen die Expansionskriege auszusprechen, war unter der Tory-Regierung Verrat gleichgekommen. Die Menschen, die es dennoch taten, wurden als Radikale angesehen. Lucie fürchtete, dass der jetzige Premierminister Gladstone nicht anders darüber denken würde.

Tristan betrachtete sie mit Neugier in den Augen. »Hast du

Angst um mich? Machst du dir Sorgen, dass sie mir den Prozess machen?«

Unbehagen stieg in Lucie auf. Sie hätte nicht gedacht, dass er solch radikale Ansichten hatte. Außerdem hatte sie – naiverweise, wie ihr nun klar wurde – die Tiefe der Narben, die er aus dem Krieg mitgebracht hatte, unterschätzt. Und ja, sie war besorgt.

»Ich stimme deiner Meinung zu«, sagte sie aufrichtig. »Ich schätze nur, dass mir unser Verlagshaus zu sehr ans Herz gewachsen ist.«

»Unseres«, wiederholte er versonnen. »Sorge dich nicht. Ich kann gut mit Worten umgehen. Sie werden in den Tagebüchern das lesen, was auch immer sie hören wollen.«

»Du bist sehr sprachgewandt«, stimmte sie zu. Sie wollte seine Erinnerungen nicht weiter aufrühren. »Was ist mit deiner Poesie? Wirst du weitere Gedichte schreiben?«

Seine Miene verfinsterte sich unerwartet. »Wer weiß.«

»Warum denn nicht?«

»Wie du mir in Claremont deutlich gemacht hast, muss Kunst für dich wahrhaftig sein.«

Lächelnd erinnerte sie sich an das Gespräch. »Dein Gefieder hatte sich gesträubt.«

»In der Tat«, sagte er. »Denn ich stimme dir zu. Aber das Verhältnis zwischen der Wahrheit und mir ist angespannt.«

Sie runzelte die Stirn. »Und warum?«

Er nickte leicht, wie zu sich. »Mein Vater hat sein Bestes gegeben, um mich in Fasson zu prügeln, wie du weißt. Er hatte gewiss mehr Vergnügen daran, als er hätte haben sollen, aber ich glaube, er hat es auch getan, weil er hoffte, es würde mir das Leben damit erleichtern. Mich lehren, was Recht und was Unrecht ist. Ich nehme an, er glaubt, es fällt einem Mann leichter, aufrichtig zu bleiben, wenn alles ganz klar schwarz und weiß in seinem Denken verankert ist. Trotz seiner Mühen finde ich jedoch, dass Recht und Unrecht eine komplexe Angelegenheit sind. Und die Wahrheit ist die schwierigste Angelegenheit; man greift danach, und sie entschlüpft. Bisher ist es mir nur einmal gelungen, sie festzuhalten, in den Gedichten in *A Pocketful of Poems*. Danach ging ich ins Ausland, und seitdem habe ich nichts mehr von Bedeutung geschrieben.« Er zuckte mit den Schultern. »Also, wer weiß.«

Sie verstand, dass er mit Wahrheit nicht Ehrlichkeit meinte, sondern etwas viel Tiefgründigeres. Womöglich meinte er damit dasselbe Mysterium, das Hattie mehrere Tage verärgert hatte, weil ihrem Gemälde angeblich das »Herz« fehle, oder das Annabelle dazu brachte, bis tief in die Nacht zu arbeiten, um »den wahren Geist« eines uralten Manuskripts mit ihrer Übersetzung einzufangen.

Sie strich mit einer Fingerspitze über Tristans grüblerisch verzogene Unterlippe. »Falls dich meine Meinung interessiert«, murmelte sie. »Ich glaube, dein Vater hat die Fasson eher aus dir rausgeprügelt, statt hinein.«

Er verharrte reglos. Eine Vielzahl von Gedanken und Emotionen huschte über seine Züge und war beim nächsten Blinzeln schon wieder verschwunden.

Er legte sich auf die Seite und stützte das Kinn in eine Handfläche, seine Miene war sorgfältig verschlossen. »Und du? Hast du irgendwelche Ambitionen neben deiner Frauenrechtsarbeit?«

»Nein.« Sie schüttelte den Kopf, amüsiert über die Unkenntnis, die sich in dieser Frage zeigte. »Niemals.«

»Niemals ist eine lange Zeit«, meinte er milde.

»Es ist notwendig. Erinnerst du dich an das Zitat über meinem Kamin?«

Er überlegte einen Moment und nickte dann. »Ich wünsche

den Frauen keine Macht über die Männer, aber die Macht über sich selbst.‹«

»Ja. Mary Wollstonecraft hat diese Zeile 1792 geschrieben. Schon 1792, Tristan. Das ist beinahe hundert Jahre her, und doch kämpfen wir immer noch.«

Er zog überrascht die Brauen zusammen. »Das ist in der Tat eine lange Zeit.«

»Oder nimm John Stuart Mill. Er hatte fünfzehn Jahre lang versucht, uns die Gleichberechtigung zu sichern. Wusstest du das?«

»Ja, das wusste ich.«

»Es ist ihm nicht gelungen. Oder sieh dir Gladstone an. Er hat uns das Blaue vom Himmel versprochen, wenn wir seine Kampagne unterstützen. Und nun habe ich erfahren, dass er Kabinettsmitgliedern einen Maulkorb verpasst, wenn die Abstimmung über Reformen zu Knebelgesetzen auf der Tagesordnung steht. Er hat Millicent Fawcetts Ehemann persönlich vor einer Stimmenthaltung gewarnt. Stell dir das nur vor. Er darf sich nicht einmal der Stimme enthalten, um nicht gegen uns stimmen zu müssen, gegen die Interessen seiner eigenen Frau.«

»Gladstones Verhalten ist schändlich«, sagte Tristan leise.

»Du siehst also, wenn ich ›niemals‹ sage, dann meine ich genau das. Wenn sie uns anhören wollten, hätten sie es längst getan. Dennoch will ich die Hoffnung nicht aufgeben, dass sie es irgendwann tun. Das muss ich auch, aber es ist wahrscheinlicher, dass ich schon längst zu Staub zerfallen bin, bevor die Frauen im Königreich ihre Freiheit erlangen.«

Tristan drückte sanft ihre Hand. »Und falls es dazu kommt?«

Sie schaute tief in seine forschenden Augen. »Dann werde ich die Welt in dem Wissen verlassen, dass ich mein Leben einer guten Sache gewidmet habe, und nichts bereuen.«

Er machte eine flinke Bewegung, und im nächsten Moment lag sie unter ihm. Ihr überraschtes Lachen verstummte schnell, denn er schaute sie mit einem solch glühenden Funkeln in den Augen an, dass ihr ganz schwummerig wurde.

»Oh, Prinzessin«, sagte er mit seltener Zärtlichkeit in der Stimme. »Du demütigst mich.«

»Als ob dich überhaupt jemand demütigen könnte.« Sie drehte den Kopf zur Seite, als er sie küssen wollte. »Und warum nennst du mich immer Prinzessin?«

Er seufzte. »Du hast Tennyson immer noch nicht gelesen, nicht wahr?«

»Nein.«

»Er hat ein Gedicht geschrieben. Es heißt *Die Prinzessin*. Es handelt von Frauen wie dir.«

Sie lächelte, nachdenklich und geschmeichelt zugleich. »Wie das?«

»Ich zitiere dir eine Stelle.«

»Wenn es sein muss.«

Er lachte. »Wie könnte ich solch einer eifrigen Bitte widerstehen?« Das Lächeln blieb, als er rezitierte:

»Während sie sprachen, da sah ich über ihren Scheiteln,
die Kriegerin, feudal gekleidet,
die ihre Feinde metzelnd von ihren Mauern schlug.
Und ich lobpreiste ihren Edelmut.
Und ›Wo‹, fragte Walter, ›lebt so ein Weib jetzt?‹
Rasch antwortete Lilia: ›Es gibt jetzt Tausende
solcher Frauen, zu Fall gebracht von Konventionen,
von Erziehung und Belehrung; nicht mehr als das:
Ihr Männer habt's getan: wie ich euch hasse!
Ach, hätte ich doch Macht und Einfluss!
Ich wünschte, ich wäre eine mächtige Dichterin,

dann würde ich euch beschämen,
die ihr uns klein wie Kinder halten wollt!
O ich wünschte, ich wär' eine mächtige Prinzessin,
weit entfernt von den Männern würd ich bauen eine Univer-
sität, gleich der euren
und ich würde die Frauen alles lehren,
was Männern gelehrt wird;
Wir sind doppelt so schnell!'«

Lange, bevor er das Zitat beendete, kribbelte ein seltsames Gefühl über ihre Haut. Gedankenfragmente versuchten, sich neu zu ordnen.

»Ich gebe zu«, sagte sie, »das gefällt mir sehr viel besser als Patmores ›Engel des Hauses‹.«

»Und dennoch wirkst du leicht verstört«, stellte er fest. »Warum?«

Sie sah ihm tief in die Augen. »Diese Ballade drückt Bewunderung für unkonventionelle Frauen aus oder kommt noch eine unheilvolle Schlussfolgerung am Ende?«

Kleine Fältchen zeichneten sich in seinen Augenwinkeln ab. »Nein. Sie drückt Bewunderung aus.«

»Du nennst mich seit Jahren schon Prinzessin, obwohl wir uns erst seit Kurzem mögen.«

Sein Blick trübte sich, wie ein Brunnen, dessen Grund man aufgewühlt hatte.

Er umfasste ihr Gesicht, und seine Daumen strichen sanft über ihre Wangen.

»Was, wenn ich dich schon immer gemocht und bewundert habe, Lucie.«

Da war ihr Kopf wie leer gefegt.

In seiner Aussage lag auch eine Frage, und das raubte ihr den Atem.

»Du hast mir damals die Haare blau gefärbt – drückst du deine Bewunderung immer so aus?«, brachte sie hervor.

Er lächelte nicht. »Als ich dir die Zöpfe in die Tinte gesteckt habe, war ich noch ein dummer Junge. Und ich entschuldige mich dafür, wenn ich die Tat an sich auch kaum bereuen kann. Ich hatte noch nie zuvor etwas so Seidigweiches wie dein Haar unter den Fingern gespürt und auch lange Jahre danach nicht.«

Zärtlich spielte er mit ihren Haaren, und sie spürte seine ehrfürchtige Bewunderung. Er hatte sie als Erstes darum gebeten, ihr Haar zu öffnen, nachdem sie die Grenze der Schicklichkeit überschritten hatten. Wie lange hatte er wohl davon geträumt, es wieder berühren zu können?

Ihr Herz schlug viel zu schnell. Jeder seiner arglos geäußerten Sätze schrieb die Realität ihrer Vergangenheit neu.

»Ich wünschte, du würdest so etwas nicht sagen«, gestand sie leise.

Er hielt in seiner Liebkosung inne. »Und warum nicht?«

»Weil ich dir womöglich glauben könnte.«

Als er zu einer Antwort ansetzte, schüttelte sie den Kopf. Vor allem war sie verängstigt. Ihr rasendes Herz, ihre Kurzatmigkeit … so äußerte sich Furcht. Denn wenn es eine romantische Vergangenheit gab und ein magisches Jetzt, dann klang es nur logisch und vernünftig, dass auch eine gemeinsame Zukunft für sie beide möglich sein könnte.

Und das war nun mal nicht möglich.

Nichts überlebte oder blühte auch nur, wenn es nicht wachsen konnte, und für die Anziehung, die sie füreinander verspürten, gab es nicht mehr Raum als diese gestohlenen, zauberhaften Momente. Selbst, wenn er seine Worte ernst meinte und sie nicht Teil seiner sorglosen Verführung waren, kam für sie eine Ehe nicht infrage. Er aber musste heiraten. In diesem Moment am Fluss, berauscht vom Alkohol und seinen zärtlichen

Berührungen, wünschte sie sich jedoch ein anderes Schicksal. Und das machte ihr am meisten Angst.

Sie schaute in sein attraktives Gesicht und schlang die Arme um seinen Nacken. »Küss mich.«

Er zögerte, als wollte er eine Antwort von ihr fordern, aber dann veränderte sich seine Miene flüchtig, als käme ihm ein Gedanke in den Sinn. Kurz bevor er die Lider senkte, fragte sie sich, ob sie Schuldgefühle in seinen Augen erkannt hatte.

Ein paar Tage später saß Lucie am Schreibtisch und versuchte, einen lästigen Text über Scheidungsgesetze zu verstehen, um den sie seit Tagen einen Bogen gemacht hatte, als Annabelle ihr einen unangekündigten Besuch abstattete.

Annabelles ernste Miene machte noch vor einer Begrüßung deutlich, dass dies kein reiner Freundschaftsbesuch war. Lucie bat Mrs Heath, ihnen Tee im Salon zu servieren.

»Wir haben einen Verdacht im Pamphletfall«, sagte Annabelle, während sie sich an den unaufgeräumten Tisch im Salon setzte.

Erstaunt nahm Lucie zur Kenntnis, wie sehr sie das überraschte. Nicht etwa, dass es einen Verdacht gab, sondern vielmehr, wie stark dieser fürchterliche Tag in Claremont bereits in ihrem Gedächtnis verblasst war. Die vergangenen Wochen waren völlig verschwommen.

»Ich bin ganz Ohr.«

Mrs Heath eilte geschäftig herein und stellte das Teetablett auf den Tisch. Annabelle wartete, bis sie gegangen war, ehe sie fortfuhr.

»Wir glauben, es war deine Cousine Cecily.«

Lucie richtete sich verblüfft auf. »Bist du sicher?«

Annabelle nickte. »Eine Dame, deren Beschreibung sie recht gut entspricht, wurde dabei beobachtet, wie sie am Abend

des Balls dein Zimmer betrat und kurz darauf wieder herauskam. Wir haben diese Information erst jetzt erhalten, weil der
Dienstbote, der Lady Cecily sah, sich nichts dabei gedacht hatte und am nächsten Morgen verreist ist.«

Lucie schwieg ziemlich lange. »Das wirft mehr Fragen auf,
als es uns Antworten liefert«, stellte sie fest. »Was könnte wohl
ihr Motiv gewesen sein?«

»Ich weiß es nicht, aber ich habe Montgomery gebeten, keine weiteren Schritte zu unternehmen, bevor ich nicht mit dir
gesprochen habe. Schließlich geht es um deine Familie.«

»Das weiß ich sehr zu schätzen«, sagte Lucie. »Ich bin allerdings unsicher, was man tun sollte. Auf den Beweisen grün-
dend, die du hast, wären meine Eltern sicher dazu geneigt, die
Sache einfach zu vertuschen. Schlimmer noch, sie könnten annehmen, dass ich die Freundschaft zu dir und deinen Einfluss
auf Montgomery ausnutzen will, um Cecily die Schuld an-
zuhängen.«

Annabelle nickte. »Genau das habe ich befürchtet.«

Cecily. Wer hätte gedacht, dass sich hinter solch liebenswür-
digen blauen Augen solche Hinterlist verbergen konnte. *Sie
hatte immer schon zwei Gesichter, weißt du nicht mehr?*

»Ich schlage vor, dass wir erst einmal nichts unternehmen«,
sagte Lucie.

»Es tut mir leid, dass ich solch beunruhigenden Nachrichten
überbringen musste.«

»Ich bin froh, dass du es mir gesagt hast.«

Sie beschloss an Ort und Stelle, dass sie auch etwas mitzuteilen hatte. Sie stand auf und ging zum Schreibtisch, um
Annabelles Einladung zu holen, die sie am Morgen geschrieben hatte.

»Das ist eine Einladung zu einem Lunch des Investorenkonsortiums.«

»Wie wundervoll.« Annabelle drehte den Umschlag in der Hand. »Gibt es einen besonderen Anlass?«

Lucies Puls beschleunigte sich. »Ja.«

Annabelle beobachtete sie aufmerksam.

»Wir haben wieder die Mehrheit an *London Print*.«

Anwalt Beedle hatte den Vertrag gestern vorgelegt, und sie und Tristan hatten unterschrieben. Tristan war danach sehr still gewesen, und sie hatte sich nicht annähernd so glücklich gefühlt, wie sie erwartet hätte.

Annabelle legte die Einladung auf den Tisch. »Ich traue mich nicht zu fragen, wie du das erreicht hast.«

»Ich glaube, ich habe den Rubikon überquert.«

Annabelle riss die Augen auf. »Oh, du liebe Güte. Der Liebhaber, von dem du gesprochen hast … das ist Lord Ballentine, nicht wahr?«

Lucie nickte knapp.

»Oh je!«

Für einen schrecklichen Moment fragte sie sich, ob es falsch war, ihre Freundschaft mit einem solchen Geheimnis zu belasten, ob sie zu rücksichtslos und selbstsüchtig gewesen war, es sich von der Seele zu reden.

Doch nicht nur das schlechte Gewissen hatte die Worte aus ihrem Mund gedrängt. Sie verspürte immer öfter das Verlangen, es von Oxfords Türmen in die Welt zu schreien, dass Tristan ihr Liebhaber war.

Annabelle drückte ihre Hand. »Geht es … geht es dir gut?« In ihren grünen Augen stand große Sorge.

»Oh. Oh ja. Lord Ballentine hat den Vorschlag gemacht, aber ich allein habe die Entscheidung getroffen.« Und die traf sie immer wieder, Abend für Abend. So wie ein Opiumsüchtiger jeden Abend die Lasterhöhle aufsuchte …

Annabelle musste etwas dergleichen vermutet haben, denn

ihre Miene änderte sich von besorgt zu beunruhigt. »Ist er gut zu dir?«

War er gut zu ihr?

In seinen Armen fühlte sie sich leicht wie eine Feder und … ja, sehr glücklich. Er brachte sie zum Lachen. Den enttäuschenden Mangel an Erdbeertörtchen bei ihrem Ausflug hatte er dadurch wettgemacht, dass er ihr am gestrigen Abend einen ganzen Korb voll gebracht hatte.

»Ich verstehe«, sagte Annabelle, und Lucie merkte erst jetzt, dass sie ihr stumm, aber mit glückseligem Lächeln gegenübersaß.

»Was hast du dem Konsortium erzählt?«, fragte Annabelle. »Also wie diese … äh … Überschreibung zustande kam?«

»Eine Halbwahrheit«, gab sie zu. »Ich habe erzählt, dass der tägliche enge Verkehr zwischen Lord Ballentine und mir bei *London Print* ihn von meinen Fähigkeiten und lauteren Absichten überzeugt habe und dass er sich wieder einem gemächlicheren Leben zuwenden, aber dennoch alle Vorteile und Profite ernten wolle, weshalb er uns ein Prozent seiner Anteile verkauft habe.«

»Täglicher enger Verkehr«, meinte Annabelle trocken. »Nun gut. Und, Lucie …«

»Ja?«

»Wenn du reden willst, zögere nicht, mich aufzusuchen.«

Wenn … nicht falls. Natürlich hatte Annabelle recht.

»Also«, sagte sie fröhlich. »Wie weit bist du mit den Flugblättern für den Jahrmarkt? Ich habe gestern erfahren, dass wir sie noch vor Ende der Woche in den Druck geben müssen.«

Ein paar Tage später lag Lucie in dem knarzenden Bett in der Adelaide Street, während Tristan an der Pumpe im Hof frisches Wasser holte. In Gedanken ging sie ihre Aufgabenliste durch.

Sie schuldete Millicent Fawcett immer noch eine Antwort zu dem letzten Reformentwurf für das Gesetz über ansteckende Krankheiten.

Sie musste das Juli-Rundschreiben versenden.

Der erste Schwung neuer Magazininhalte musste für den Druck vorbereitet werden.

Mit der verflixten Fahrradkampagne für Lady Harberton war sie auch noch keinen Schritt vorangekommen.

Und sie hatte Lord Melvin die Zusammenfassung über die letzten gesellschaftlichen Aktivitäten der Suffragistinnen immer noch nicht geschickt.

Melvin. Melvin …

»Oh verflixt!«

Sie sollte ihn heute treffen, um den Reformentwurf zum Eigentumsgesetz für verheiratete Frauen zu besprechen.

Sie hatte den Termin völlig vergessen.

Hastig sprang sie aus dem Bett. Ihr Blick flog auf der Suche nach ihrer verstreuten Kleidung durch den Raum.

Sie stürzte sich auf ihren linken Strumpf.

Um elf Uhr ging der nächste Zug nach London. Sie musste sehr viel Glück haben, um gleich eine Droschke zum Bahnhof zu erwischen … Mit fliegenden Fingern zog sie sich an: Pantalons, Chemise, rechter Strumpf, Unterrock. Schnallen und Schnüre entwischten ihrem Griff. Ihre Geschicklichkeit hatte sich zusammen mit ihrem Pflichtgefühl verabschiedet.

Tristan fand sie vor, als sie sich um ihre eigene Achse drehte und versuchte, die verborgenen Haken ihres Rocks zu schließen. Eine Kanne in der Hand beäugte er ihren verzweifelten Tanz belustigt. »Ich habe ein schläfriges Kätzchen zurückgelassen und treffe nun einen wirbelnden Derwisch an«, stellte er fest. »Was ist passiert?«

»Ich muss nach London. Ich sollte schon längst dort sein.«

Sie musste ihre Prioritäten dringend überdenken. Sie hatte ihre Pflichten vernachlässigt. Seit Tagen war sie nicht mehr richtig zu Hause gewesen.

Tristan stellte die Kanne auf den Tisch. »Nach London? Wozu?«

»Ein Termin. Um zwölf Uhr. Bitte hilf mir.«

Er half ihr mit ihrem Spazierkleid. »Um zwölf?«, hakte er nach. »Das schaffst du niemals.«

»Ich muss«, stieß sie hervor und knöpfte sich das Oberteil zu.

»Aber ...«

Ein Knopf entglitt ihr und riss ab; er hing nur noch an einem Faden. »Verflucht.«

»Lucie.«

Er legte eine Hand auf ihren Kopf, und sie wollte sich ihm instinktiv entziehen.

Aber ihn traf an diesem Dilemma keine Schuld. Sie hatte sich die Suppe selbst eingebrockt. Gut, er hatte sie auch nicht nach Hause geschickt, damit sie ihre Pflichten erledigte. Aber warum sollte er das auch, wenn er sie stattdessen nackt unter sich im Bett haben konnte?

Sie atmete tief durch und schaute ihm in die Augen. »Das muss ein Ende haben. So kann es nicht weitergehen.«

Er wirkte mit einem Mal seltsam starr, und sie verspürte ein Ziehen in der Brust, als ob ihr Herz einen Schlag lang aussetzte. Eine Nacht. Eine Nacht hatte dafür gesorgt, dass ihr Leben völlig aus den Fugen geraten war und sie sogar ihre Termine vergaß.

Tristan stand immer noch wie angewurzelt. »Heißt das, du willst unsere Affäre beenden?«

»Ich ...« Sie schüttelte den Kopf. »Ich kann so nicht weitermachen.«

Die Starre fiel ein wenig von ihm ab. »Es ist das Vorrecht der Dame, eine Liebschaft zu beenden. Normalerweise verlange ich keine Erklärung. Angesichts der erstaunlichen Geschwindigkeit, mit der deine Stimmung von wohliger Glückseligkeit zu halb rasend gewechselt hat, kann mir die Etikette allerdings gestohlen bleiben. Was ist los, Lucie?«

Verärgert spreizte sie die Finger. Wo sollte sie auf der Liste anfangen, die sie gerade in ihrem Kopf zusammengestellt hatte? »Ich habe Pflichten«, sagte sie. »Ziemlich viele.«

»Das war immer so. Das erklärt keineswegs deine hastige Flucht.«

Sein Blick war stählern, und er schaute sie abwartend an. Falls sie jedoch beschließen sollte, wortlos aus dem Zimmer zu stürmen, zurück zu ihren wichtigen Aufgaben, würde er sie nicht aufhalten. Leider würde ihr das ihr altes Leben auch nicht so einfach wiederbringen.

»Ich habe einen wichtigen Termin mit Lord Melvin versäumt«, sagte sie schnippisch. »Weil ich bei dir im Bett lag.«

Seine Augen blitzten auf. »Melvin.«

»Ich habe nicht erwartet, dass du das verstehen würdest.« Entgegen ihrer Worte hatte sie das jedoch getan und war nun enttäuscht. »Ich nehme meine Termine sehr ernst. Sie sind mir wichtig, weil mir die Mission wichtig ist und ich …« Zu ihrem Verdruss schnürte sich ihr die Kehle zu. »Wo sind meine Schuhe?«

Sie entdeckte einen in der Nähe des Stuhls. Er lag auf der Seite, die Schnürsenkel ausgebreitet, wie ein Tier, das von einer Kutsche überfahren und auf der Straße liegen gelassen worden war. Sie setzte sich auf den Stuhl und stieß ihren Fuß in den Schuh.

Tristan kniete nieder, pflückte ihre Hände von der Stiefelette und verschränkte seine Finger mit ihren.

»Lass mich helfen.«

»Du?«, rief sie überrascht. »Helfen?«

»Ich versuche, dein Erstaunen nicht persönlich zu nehmen.«

»Ich brauche keine Hilfe.«

»Nun gut. Dann erweise mir das Vergnügen, mich selbst nützlich zu zeigen, oh du Störrische.«

Sie zögerte. »Aber du weißt nichts über meine Arbeit.«

Er hob die linke Braue. »Du redest ständig über deine Arbeit.«

»Ach ja?«

»Ständig«, betonte er gedehnt.

»Und du … hast zugehört?«

Er zuckte mit den Schultern. »Ich höre immer zu. Solange mich etwas interessiert.«

»Oh und für wie lange hat dich das Frauenwahlrecht interessiert?«

»Ich war nie dagegen. Und ich bin an dir interessiert. Das reicht.«

Nun gut. Seine Miene war ernst genug.

Vielleicht war es an der Zeit, dass sie herausfanden, wie weit sein Interesse für die Frauenrechte ging. Den Termin mit Lord Melvin hatte sie ohnehin verpasst. Sie konnte genauso gut versuchen, an anderen Fronten voranzukommen, wie zum Beispiel mit der Beantwortung der Post, die auf ihrem Schreibtisch wartete.

Ihr Atem ging immer noch zittrig. Welch ein Gefühlsausbruch! Ihre emotionale Seite kam in letzter Zeit ungewohnt häufig zum Vorschein, wahrscheinlich war diese doch stärker, als sie hatte glauben wollen.

»Ich gehe zuerst«, sagte sie. »Ich lasse die Küchentür für dich offen.«

29. KAPITEL

Beim Anblick der drei übervollen Hanfsäcke in der Mitte des Salons blieb Tristan im Türrahmen stehen und pfiff durch die Zähne. »Als du Post*säcke* gesagt hast, war das keine Übertreibung.«

Auf dem Weg zum Schreibtisch schlüpfte er aus seinem Jackett und brachte Lucie kurz aus dem Konzept, als er die Ärmel hochrollte und seine muskulösen Unterarme zum Vorschein kamen. Er wirkte unwiderstehlich zielstrebig.

»Was soll ich tun?« Mit erwartungsvoller Miene drehte er sich zu ihr um.

Mich küssen.

Sie räusperte sich. »Du nimmst dir einen Brief und prüfst, ob die Schreiberin verheiratet ist und ob ihre Sorgen von ihrer Ehe herrühren. Falls dies der Fall ist, sortierst du den Brief in die betreffende Kategorie ein.«

Sie schloss den Kirschholzschrank auf und holte die beschrifteten Kisten und das Statistik-Notizbuch heraus.

»Die Beschwerden verheirateter Frauen unterteilen sich in fünf Hauptkategorien.«

Sie stellte die Kisten auf den Tisch. »Emotionale und körperliche Misshandlung, finanzielle Vernachlässigung, Melancholie aufgrund einer fehlenden Aufgabe oder eine Kombination aus allen vier.«

Tristan schwieg, und als sie ihn ansah, stellte sie fest, dass er die Stirn gerunzelt hatte.

»Gut«, sagte er und winkte. »Fahr fort.«

»Du ordnest jeden Brief einer Kategorie zu, zählst sie und trägst die Summen in dieses Buch ein. Mehr ist es nicht.«

»Verstehe.« Tristans Ton war verdächtig neutral.

»Fang gerne an.« Sie hielt ihm mit schwungvoller Geste den offenen Sack hin.

»Lucie.« Das Stirnrunzeln erschien erneut. »Was um Himmels willen ist der Sinn hinter dieser … grauenvollen Übung?«

»Grauenvoll? Das ist Forschungsarbeit.«

»Mit welchem Ziel?«

»Kennst du das Hauptargument, das die Gegner der Reform des Eigentumsgesetzes für verheiratete Frauen ins Feld führen?«

Er besaß den Anstand, leicht zerknirscht auszusehen. »Ich fürchte nein.«

»Sie behaupten, dass wir den gesetzlichen Status quo bewahren müssen, da der Hausfrieden bedroht sei, wenn eine Frau nicht ganz und gar in der Obhut ihres Ehemannes stehe. Sie behaupten, nur wenn eine Frau in jeder Hinsicht völlig abhängig von ihrem Mann sei, wird er sich verpflichtet fühlen, für sie zu sorgen, trotz seiner selbstsüchtigen männlichen Interessen. Außerdem würde man dadurch sicherstellen, dass die Frau sich wie eine brave, pflichtbewusste Ehefrau verhält und ihren Versorger nicht mit Nörgeleien belästigt.«

Er verzog die Lippen zu einem freudlosen Lachen. »Das birgt eine gewisse Logik.«

Sie musterte ihn finster. »Die Logik zählt aber nicht, wenn die Realität etwas völlig anderes sagt. Wir haben ausreichend Hinweise, dass der Ehestand eine Frau nicht vor Vernachlässigung oder gar körperlichen Misshandlungen schützt. Wir können sogar belegen, dass das Gegenteil der Fall ist. Was wiederum bedeutet, dass das Hauptargument gegen die Reform falsch ist, sowohl moralisch wie auch faktisch, und dass Menschen, die trotzdem daran festhalten, sich blind stellen und die überwältigenden Beweise für das Gegenteil absichtlich ignorieren. Das …« Sie machte eine ausholende Geste zu den Postsäcken. »… ist unsere Beweisführung, um das Eigentumsgesetz anzupassen.«

Er musterte sie schweigend; sie konnte ihm jedoch ansehen, dass sich die Rädchen in seinem Gehirn drehten.

Nach einem Moment schüttelte er den Kopf und griff nach dem Brieföffner. Dann holte er einen Umschlag aus dem Sack und schnitt ihn mit einem Schwenk des Handgelenks auf.

»*Meine verehrte Dame*«, las er vor. »*Dreißig Jahre ist es her, dass Florence Nightingale zu den Schlachtfeldern des Krimkriegs gesegelt ist, wo sie beinahe im Alleingang Tausende unserer verwundeten Soldaten vor dem sicheren Tod bewahrt hat. Leider hat sich die Existenz von Frauen wie mir nicht geändert, obwohl Miss Nightingale deutlich bewiesen hat, über welche Fähigkeiten und Zähigkeit das weibliche Geschlecht verfügt. Ich schreibe absichtlich Existenz, statt Leben, denn wir ähneln einer Christbaumkugel, hübsch anzusehen und dekorativ, aber völlig nutzlos, und unser Platz wird von anderen bestimmt. Ich habe das Gefühl, dass es unserem Leben an Bedeutung mangelt, dass es künstlich von Aufgaben und Ritualen angereichert wird, die im Grunde genommen bedeutungslos sind und nur zur Beruhigung unserer Gewissen dienen. Und dann gibt es noch die grausame Realität, die Flüche dieser Welt, wie Armut, Krankheiten, Kindesmisshandlungen, um nur einige wenige zu nennen. Es gibt Tage, da habe ich das Gefühl, ich kann nicht atmen. Mein Herz rast, während ich dabei zusehe, wie mir das Leben durch die Finger rinnt wie Sand in einem Stundenglas*, oh je.«

Er ließ den Brief auf den Tisch sinken und schaute sie mit hochgezogenen Augenbrauen an. »Ich vermute, dieser gehört in die Melancholie-Kategorie?«

Er wählte den nächsten Umschlag aus dem Stapel.

»Eine Mrs Annie Brown schreibt: *Geehrte Dame! Ich bin immer mehr der Überzeugung, dass der Kampf um die Rechte verheirateter Frauen länger und härter ausgefochten wird als jeder andere, den die Welt je zuvor geführt hat. Seit Anbeginn der Zeit wurde den Männern anerzogen, dass sie in ihren Familien die absoluten Monarchen sind und dass es kein Mord ist, solange sie ihre Frau nur Stück für Stück umbringen …*«

Er hielt inne. »Zum Teufel«, sagte er nach einer Weile und schwieg erneut.

Anfangs versuchte sie immer wieder mal, ihn anzusprechen, doch er reagierte nur mit gedankenverlorenem Brummen. Irgendwann gab sie auf. Er rührte weder das Gebäck noch den Tee an, den sie ihm servierte, als die Uhr elf schlug. Er lehnte auch den Brandy ab, den sie ihm anbot. Ein konzentrierter Tristan, mit tiefen Falten auf der Stirn, war ein ungewohnter Anblick. Sie warf ihm beim Lesen der Briefe verstohlene Blicke zu. Dieser Mann, den sie einst für so seicht wie eine Pfütze gehalten hatte, wies so viele Facetten auf.

Ihr Sack hatte sich geleert und war durch den nächsten ersetzt worden, während der neben ihm immer noch halb voll zu sein schien. Aber sie hatte inzwischen auch einen Blick dafür, den Kern eines Briefes rasch zu erfassen, und musste kaum noch bis zum Ende lesen. Erschrocken sah sie auf, als er abrupt aufstand und ins Nichts starrte.

»Möchtest du eine Tasse Tee?«

»Nein«, antwortete er gedankenverloren und ließ dann wenig vornehm seine Knöchel knacken.

»Wenn es dir zu mühsam ist, könntest du auch –«

»Nein«, unterbrach er sie. »Es ist alles sehr interessant.« Der höhnische Ton in seiner Stimme bereitete ihr Sorge. »Sehr interessant.«

»Ehrlich?«

Sein Lächeln war eindeutig zynisch. »Oh ja. Es ist ein wahres Schatzkästchen an Einblicken. So viele Juwelen. Dieser hier ist mein Favorit.« Er hob einen Brief auf, den er zur Seite gelegt hatte.

»Verehrte Dame, ich wende mich im Vertrauen an Sie und in der Hoffnung, dass Sie mir bei einer Angelegenheit helfen, über die eine Frau eigentlich bis zum Grabe schweigen sollte. Aber ich kann nicht länger schweigen. Ich kenne einen Mann, der seiner Frau sagt: ›Du bist mein Besitz, das habe ich schriftlich, und es ist urkundlich eingetragen. Daher habe ich ein Recht, mit dir zu tun, was immer ich will.‹ Und das Gesetz eines christlichen Landes sagt, dass die Frau gehorchen muss und sämtliche Unanständigkeiten ertragen muss, selbst solche, die einen Teufel vor Scham erröten ließen. Der Mann, der angeblich nach dem Abbild Gottes erschaffen wurde, ist das niederste Tier auf der Welt und das grausamste dazu. Es erschüttert mein Vertrauen in die Güte Gottes so sehr, dass ich an meinem eigenen Glauben zweifle.«

Er hielt im Lesen inne und schaute sie über den Rand des Blattes hinweg an.

Sie neigte den Kopf. »Ja?«

»Du liest derlei Dinge vermutlich jeden Tag.« In seinen Augen stand ein beunruhigendes Flackern.

»Das stimmt, ja.«

»Seit wann?«

Sie überlegte. »Vor ungefähr fünf Jahren kamen die ersten an, als mein Name und mein Einsatz für die Mission bekannt wurden. Seit fast zwei Jahren sammeln und kategorisieren wir die Briefe nun.«

»Wir?«

»Die Suffragistinnengruppen im ganzen Königreich. Ich bringe die Zählliste alle vierzehn Tage auf den neuesten Stand.«

»Aha.«

Er tigerte im Zimmer auf und ab, die Hände hinterm Rücken verschränkt.

»Wie viele?«, fragte er knapp. »Briefe, meine ich.«

»Im Moment haben wir fünfzehntausend.«

Er lachte rau. »Und das sind nur die, die dir schreiben.«

»Ich vermute, dass es viele mehr gibt, die nicht darüber sprechen«, stimmte sie zu.

»In der Tat.« Er betrachtete sie so eindringlich, als sähe er sie zum ersten Mal. »Und dennoch ist es dir noch nicht in den Sinn gekommen, den nächstbesten Mann, der dir über den Weg läuft, zu erschießen?«

Nun hatte er ihre volle Aufmerksamkeit. »Welch seltsame Bemerkung.«

»Wie wäre es damit, das Parlament anzuzünden?«

»Du bist wütend«, sagte sie erstaunt. »Die Briefe haben dich schockiert.«

»Ich wusste, dass mein Vater ein niederträchtiger Ehemann ist.« Sein Blick fiel auf die fünf Kisten, die bis zum Rand gefüllt waren. »Ich hätte aber nicht gedacht, dass alle so sind.«

»Nicht alle«, beschwichtigte sie. »Das ist nur eine gefilterte Auswahl. Glückliche Ehefrauen schreiben uns nicht. Aber natürlich sitzen auch sie in der Falle, wenn ihnen das Glück nicht mehr hold sein sollte.«

Er musterte sie ernst. »Das ist abscheulich. All das hier.«

Ein Knoten der Anspannung in ihrer Brust, den sie zuvor gar nicht bemerkt hatte, löste sich mit einem Mal auf. Die plötzliche Schwerelosigkeit sorgte dafür, dass sie die Finger in ihren Röcken vergrub, als befürchte sie, dass sie sonst zur Decke schweben würde.

Bis jetzt war sie sich nicht gewiss gewesen, wie ihr Geliebter auf die Realität reagieren würde, die die meisten Menschen nicht wahrhaben wollten. Bis jetzt war sie sich nicht ganz sicher gewesen, ob er nicht auch dieser selektiven Blindheit zum Opfer fallen würde, unter der so viele sonst vernünftige Menschen litten, wenn sie mit etwas Hässlichem konfrontiert wurden. Ob er sich an Erklärungen klammern würde, ganz gleich, wie lächerlich sie auch sein mochten, oder ob er versuchen würde, sich das, was ihm Sorgen bereitete, schönzureden, statt sich der unbequemen Wahrheit zu stellen. Sie hätte ihm vertrauen sollen. Sein Verstand war wendig und schnell, ihm waren starre Konventionen verhasst, denn er empfand gesellschaftliche Regeln und Zwänge nicht als emotionales Sicherheitsnetz.

Ein Lächeln zeichnete sich in ihr Gesicht. Vielleicht hatte sie ihm deshalb bisher nur wenig über ihre Arbeit erzählt. Er bereitete ihr so viel Vergnügen. Ein Morgen im Bett mit ihm, zufrieden wie eine Katze, wärmte sie den ganzen Tag über. Ihre Zeit der Freude und Wärme hätte schnell geendet, hätte er sich geweigert, die Realität anzuerkennen. Und dieses Risiko hatte sie noch nicht eingehen wollen. Sie hatte ihn noch nicht aufgeben wollen. Und wie es aussah, konnte sie ihn noch eine Weile behalten.

»Sie sind alle gleich, nicht wahr?« Seine ausholende Geste umfasste die drei Postsäcke.

»Ich fürchte, ja.«

»Und dennoch sitzt du da in deinem Stuhl und siehst gelassen und gleichmütig aus.«

Sie lehnte sich zurück. »Ich bin seit über zehn Jahren nicht mehr gelassen, Tristan.«

Er verengte die Augen. Mehrere Sekunden vergingen in bleischwerem Schweigen.

»Nein«, sagte er schließlich. »Vermutlich nicht. Liebe Güte!« Er fuhr sich mit den Fingern durch die Haare und zerzauste sie dabei. »Lucie, du musst diese Ergebnisse veröffentlichen.«

Sie schenkte ihm ein zynisches Lächeln. »Das war eigentlich unser Plan.«

»Eine Zeitung zu finden, die das bringt, könnte allerdings schwierig werden. Das ist alles Gift.«

»Es ist beinahe unmöglich«, bestätigte sie. »Wir haben es versucht. Aber wie du dir vorstellen kannst, wollen die Leute so etwas nicht lesen. Seit Dickens in seinem Roman *Oliver Twist* die arme Nancy durch Bill Sikes töten ließ, ist sich die Gesellschaft natürlich darüber bewusst, dass Frauen von ihren eigenen Männern Gefahr drohen kann. Aber Nancy war eine Frau aus der Arbeiterschicht, nicht wahr? Dir ist sicherlich aufgefallen, dass die meisten dieser Briefe sehr wortgewandt geschrieben sind, manchmal auch auf teurem Briefpapier. Das sind Frauen aus der Mittel- und Oberschicht, auch adelige, Tristan. Die Misshandlung verheirateter Frauen ist kein Geheimnis, aber alle wollen gern glauben, es sei nur ein Problem der Armen und der Arbeiterklasse. Nein, es durchdringt alle Schichten. Es spart niemanden aus. Wir beweisen das. Und das ist das wahre Gift, von dem du sprichst.«

Tristan erbleichte. »Das musst du im Unterhaus vortragen lassen.«

Sie schnaubte. »Und diese kostbaren Stimmen zwischen zwei Tagesordnungspunkte über Einfuhrzölle quetschen? Nur damit man sie danach wieder abtut und vergisst, wie es gewöhnlich der Fall ist? Oder um noch einmal zu hören, dass wir noch ein wenig abwarten müssten? Nein! Seit zwanzig Jahren kämpfen sehr viel einflussreichere Männer als wir im Parlament für das Frauenwahlrecht. Glaub nicht, dass wir nicht alle Optionen erwogen hätten. Wir tun das auch schon seit zwanzig Jahren.«

Er musterte sie grüblerisch. »Du hast dich schon an den *Manchester Guardian* gewandt, nehme ich an?«

»Natürlich. Letztendlich haben wir beschlossen, uns eine eigene Publikationsmöglichkeit zu verschaffen.« Sie schenkte ihm einen vielsagenden Blick. »Unerwartete Umstände haben diese Möglichkeit jedoch zunichtegemacht.«

Er blickte sie verwirrt an.

Dann fiel der Penny, und ein entsetzter Ausdruck erschien in seinem Gesicht. »*London Print.*«

Sie nickte.

»Na, großartig«, sagte er. »Das hätte das ganze Verlagshaus zum Untergang verdammen können.«

»Möglich.« Sie schenkte ihm ein entschuldigendes Lächeln. »Natürlich haben wir darauf gehofft, dass dies nicht passieren würde.«

Er schüttelte den Kopf, als erwache er aus einem Traum. »Du hast ein Verlagshaus gekauft, nur um einen Bericht zu veröffentlichen.«

»Es ist ein sehr wichtiger Bericht. Und er wäre auf diese Weise direkt in die Hände von Zehntausenden Frauen gelangt, von der Sorte, die uns schreiben. Sie hätten gewusst, dass sie nicht allein betroffen sind. Und es hätte dann doch noch Schlagzeilen gemacht.«

Sein Verstand wirbelte schnell wie ein Schwungrad, das sah sie ihm an. »Der Plan ist ziemlich aufwendig«, meinte er schließlich. »Aber kühn und auch genial, unter den gegebenen Umständen. Frauen im ganzen Land durch ihre Unterhaltungsmagazine diese Wahrheiten aufzudrängen. Raffiniert, aber auch brutal. Es überrascht mich jedoch, dass du das Geld deines Investorenkonsortiums aufs Spiel setzt.«

»Tristan.« Ihr Ton war sanft. »Sie wissen darüber Bescheid.« Und als Fassungslosigkeit in seine Miene trat, ergänzte sie: »Ich hätte diesen Plan niemals ohne die Zustimmung der Damen umgesetzt. Nein, sie alle wissen, dass sie ihr Geld womöglich nie wiedersehen. Aus diesem Grund war es auch eine Herausforderung, überhaupt ein Konsortium zusammenrufen zu können. Nur wenige Frauen im Königreich können allein über ihr Vermögen bestimmen, noch dazu mussten sie die Mission unterstützen, bevor wir sie über unseren Plan ins Vertrauen ziehen konnten.«

Er machte ein Gesicht wie ein Mann, der gerade erfahren hatte, dass die Erde keine Scheibe war. »Es gibt einen Kreis aus finanziell selbstmörderisch veranlagten Investorinnen, und die kleine Lady Salisbury gehört dazu? Ehrlich?«

Er tat ihr beinahe schon leid. »Ich bin nicht die einzige Frau in diesem Land, die wütend ist.«

»Nein«, sagte er bedächtig. »Offenbar nicht.«

Eine entschlossene Miene im Gesicht, schnappte er sich sein Jackett und marschierte an ihr vorbei zur Tür.

Sie stand auf und eilte ihm nach.

Er stand im Flur, trug seinen Mantel, und nahm seinen Hut vom Garderobenständer.

Ihr Herz krampfte sich erschrocken zusammen. »Du gehst?«

Er griff nach seinem Stock. »Nach London.«

Wirst du zurückkommen?

Eine Hand am Türgriff schaute er über seine Schulter, in Gedanken schon woanders. »Wenn du mich heute Abend willst, warte in unserem Zimmer auf mich. Ich kann dir allerdings nicht sagen, wann ich zurück sein werde. Verschließ die Hintertür, das ist sicherer für dich.«

»Moment, warte. Wie kommst du dann herein?«

Er war bereits gegangen, und erst später kam ihr in den Sinn, dass er ihr Haus bei helllichtem Tag durch die Vordertür verlassen hatte. Sie wurden in vielerlei Hinsicht zu sorglos.

Erst im pechschwarzen Dunkel der Nacht kehrte Tristan zurück. Lucie war in dem kleinen Zimmer in der Adelaide Street schon vor einer Weile in einen unruhigen Schlaf gefallen, und sie wachte orientierungslos auf, als sie leise Schritte vernahm. Sie blinzelte und stellte fest, dass es keinen Unterschied machte, ob ihre Augen offen oder geschlossen waren.

»Pst!«, vernahm sie Tristans Stimme. »Ich bin es nur.«

Die Matratze sackte unter seinem Gewicht leise ächzend ein.

Sie griff nach ihm, und ihre Hände trafen auf seidig weiche Haut und harte Muskeln. Sie hatte seine Ankunft verschlafen und nicht mitbekommen, wie er sich entkleidet hatte.

»Du bist zurück.« Schläfrig fuhr sie mit den Fingern über seinen Rücken bis zu seinem Gesäß, und er stieß ein wohliges Schnurren aus.

Er hob die Decke an und beugte sich über sie, eins mit der Dunkelheit. Er roch gut. Sie spürte die Wärme seines nackten Körpers an ihrer Haut, und ihre Erregung wuchs.

Sie vergrub die Hände in seinen seidigen Haaren. »Was hast du gemacht?«

»Ich habe ein paar Bekannte getroffen.« Neckend küsste er sie aufs Ohr und zog dann eine Spur Küsse über ihren schlafgewärmten Hals. »Und ich habe meinen Sitz im Oberhaus beansprucht.«

Sie riss die Augen auf.

»Ein Schwert mehr für deine Truppen, Prinzessin.« Sein Atem streifte ihr Kinn. »Ich hatte das schon einen Tag nachdem du mir das Zitat von Wollstonecraft erklärt hast tun wollen, aber …«

Sie hob den Kopf und presste ihre Lippen auf seine; überrascht keuchte er auf. Sie umspielte mit ihrer Zunge die seine, und er stieß ein Knurren aus. Gleich darauf spürte sie sein Gewicht auf sich. Hitze stieg in ihr auf. Sie wölbte sich ihm entgegen, suchte den Druck seiner Brust an ihrer. Doch das war ihr nicht genug. Sie kämpfte gegen Decken und ihr Nachtgewand.

Er unterbrach den Kuss und lachte. »So ungeduldig.«

Sie krallte sich mit den Fingern an seinen Schultern fest, so stark, ja verzehrend, sehnte sie sich nach ihm. »Ich brauche dich.«

Er machte ein beschwichtigendes Geräusch. »Du bekommst mich auch.«

Das Bett ächzte, als er sich neben ihr ausstreckte und eine warme Hand unter den Saum ihres Nachthemdes gleiten ließ, über ihren Oberschenkel und höher. Die Erleichterung über die zärtliche, intime Berührung war jedoch flüchtig. Ihre Begierde schmerzte, verlangte nach mehr, wollte ihn ganz. Sie presste die Schenkel zusammen und versuchte, seine sinnlich neckende Hand dort festzuhalten.

»Mein armer Liebling.« Er drehte sich um, und sie hörte das Kratzen der kleinen Holzschachtel, die bei ihren Begegnungen immer bereitstand.

Sie hielt ihn am Handgelenk fest.

Er hielt inne.

»Verzichte darauf«, meinte sie leise. »Wenn du willst. Sei nur vorsichtig.«

Er rollte sich auf sie, und sie war wie in Trance, gefangen in glutvoller Hitze und dem Druck seiner Männlichkeit, als er in ihr versank.

»Oh ja«, seufzte er.

Sie brachte kein Wort heraus. Seine rhythmischen Bewegungen, seine samtige Härte, alles fühlte sich anders an als zuvor, unvergleichlich. Laute stiegen in ihrer Kehle auf, unkontrollierbar. Eine Hand auf seiner Schulter, die andere auf seinem Rücken, spürte sie in der Dunkelheit mit den Fingern nach, wie er sich über ihr bewegte. Wie aus weiter Ferne drang das rhythmische Ächzen der Bettfedern zu ihr. Ein Echo seiner Stimme, die ihr zuraunte, dass sie ihn haben konnte, solange sie wollte, so lange, wie es brauchte, die ganze Nacht, für immer, solange er lebte, solange er durchhielt. Sie hielt jedoch nicht durch, nicht lange. Als ihre Lust sich in einem heißen Funkenregen löste, schrie sie auf.

Sie keuchte immer noch, als er schon längst seinen eigenen Höhepunkt gefunden hatte und sein Kopf auf ihrer Brust ruhte.

Versonnen strich sie über die feuchten Haare in seinem Nacken.

Quälende Glückseligkeit, in der Tat.

Er hob den Kopf, und sie spürte seinen forschenden Blick in der Dunkelheit.

»Natürlich.« Eine leise Ironie schwang in seiner Stimme. »Ich hätte mir denken können, dass Politik dich am meisten beglückt.«

Sie legte die Hände flach auf seinen schweißnassen Rücken. Seine Muskeln waren angespannt, er stützte sich auf, um sie nicht zu erdrücken.

Ihr Bauch fühlte sich klebrig an. Er war wohl vorsichtig gewesen.

»Du beglückst mich«, hauchte sie.

Sie mühte sich, wach zu bleiben, um zu hören, wie er ihr sagte, dass sie ihm nicht vertrauen durfte, dass sie ihn nicht begehren sollte, aber er schwieg, bis ihr die Augen zufielen.

Tristan lag auf der Seite, den Körper schützend um die schlafende Frau in seinen Armen geschlungen. Sein Blut rauschte immer noch heiß durch seine Adern, seine Sinne waren geschärft, als könnten in der Dunkelheit Gefahren lauern, und er war bereit, sich ihnen zu stellen. Er würde alles tun, um Lucie zu schützen.

Natürlich stellte er im Moment selbst eine Bedrohung für sie dar. Er spürte ihren Herzschlag unter seiner Hand, seiner leichtsinnigen Hand. Wusste sie, dass sie ihn liebte?

Er jedenfalls war sich seiner Liebe schmerzvoll bewusst. Er hätte sich fast selbst in ihr verloren, als sie den Höhepunkt erreichte. Einen verrückten Moment lang hatte er es tun wollen.

Er vergrub das Gesicht in ihren Haaren und atmete ihren Duft ein. Hochmut kommt vor dem Fall, hieß es. Und er war hart gefallen und stürzte immer noch. Das bedeutete, er konnte nicht in Indien bleiben. Er musste einen neuen Plan schmieden, und dieser beinhaltete, schnellstmöglich nach England zurückzukehren. Und er musste das Risiko eingehen und ihr die ganze Wahrheit erzählen. Genau das würde ein anständiger Mann tun. Sein halbes Leben lang hatte er keinen Wert mehr auf Anstand und Ehre gelegt, aber nun wollte er das Richtige tun. So sehr, dass es ihn fast zerriss. Cecily, Rochester, Indien. Er musste Lucie alles gestehen. Bei dem Gedanken daran schlossen sich seine Arme wie von selbst um sie, als ob sie noch eine Weile an dem Glück festhalten wollten.

30. KAPITEL

Ein Brief von General Foster lag auf seinem Schreibtisch, als Tristan am nächsten Nachmittag in seine Unterkunft in der Logic Lane zurückkehrte. Er schrieb, dass es ihm eine Freude wäre, Tristan und seine Mutter in Delhi zu Gast zu haben, bis Tristan einen eigenen Hausstand eingerichtet hätte. Diese Bestätigung brachte ihm jedoch nicht die erhoffte Erleichterung, denn inzwischen bereitete ihm der Gedanke, England zu verlassen, körperliches Unbehagen. Dennoch wies er Avi an, drei Seepassagen zu kaufen, um in drei Wochen von Southampton in See zu stechen. Das würde ihm erlauben, seine finanziellen Angelegenheiten zu ordnen und den Herstellungsprozess seiner Bücher bei *London Print* zu beaufsichtigen. Um Zeit zu gewinnen, beschloss er, ein paar Nächte in der Woche in der Wohnung im obersten Stock des Verlagshauses zu übernachten. Auch das war ihm verhasst, weil es bedeutete, dass er die Nächte ohne Lucie verbringen musste. Natürlich hatte er ihr an jenem Morgen die Wahrheit doch nicht gestanden. In ihren Augen hatte ein so zärtlicher Blick gelegen, den er, selbstsüchtig, nicht hatte vertreiben wollen. Er wollte erst nach einem Ausweg suchen. Wenn er schon beichten musste, dann nicht, ohne ihr eine Lösung präsentieren zu können, ganz egal, ob sie ihn nach seinem Geständnis noch wollte oder nicht.

Ob er sie wohl dazu verlocken könnte, mit ihm in der Bürowohnung zu übernachten? Wohl kaum. Er wollte mit ihr in Seidenlaken schlafen, nicht auf einer weiteren zerschlissenen Matratze. Außerdem würde Lucie davor zurückscheuen, ihre Pflichten in Oxford zu vernachlässigen. Beim Abschied am Morgen hatte sie ihm noch gesagt, dass sie ihn an diesem Abend nicht sehen könnte, da sie mit ihrer Arbeit im Rückstand sei.

Er sortierte seine Post. Ein weiterer freundlicher Drohbrief von Blackstone, wie es schien. Er warf ihn ungeöffnet in den Müll.

Ein Telegramm vom Herausgeber des *Manchester Guardian*. Er legte es auf den Stapel mit den wichtigen Angelegenheiten.

Ein Umschlag ohne Absender, die Handschrift eindeutig weiblich, wäre fast Blackstones Brief in den Abfall gefolgt. Es wäre nicht das erste Mal, dass eine Frau seine gegenwärtige Adresse ausspioniert und einen unwillkommenen Liebesbrief geschickt hätte. Aber dann schaute er noch einmal genauer hin, und eine dunkle Vorahnung jagte einen kalten Schauer über seinen Rücken. Das war die Handschrift der Zofe seiner Mutter. Sie war ihm vertraut, weil seine Mutter ihr öfters Briefe diktiert hatte, wenn sie sich zu schwach fühlte, um ihm selbst zu schreiben. Er riss den Umschlag auf.

Mylord,
ich schreibe Ihnen, um Sie darüber in Kenntnis zu setzen, dass meine Herrin, Lady Rochester, gestern Abend aus Ashdown verschwunden ist und es keinen Hinweis auf ihren derzeitigen Aufenthaltsort gibt. Es ging unter dem Personal das Gerücht, dass sie in Ashdown womöglich nicht mehr sicher sei. Ich glaube, sie hätte gewollt, dass Mylord darüber informiert werden. Ihre Rückkehr hat sie belebt und ihr Kraft gegeben. Ich hoffe, dass dieses Schreiben Sie erreicht, denn ich habe Grund zu der Annahme, dass man mich beobachtet ...

Der Brief zeigte das Datum von vor drei Tagen. Das hieß, seine Mutter war seit vier Tagen verschwunden.

Jarvis, der Kammerdiener-Spion-Leibwächter seines Vaters, hielt breitbeinig vor Rochesters Arbeitszimmer Wache.

»Sie haben die Wahl: Zur Seite zu treten oder zu sterben«, sagte Tristan freundlich.

Jarvis sprang aus dem Weg, als stünde er auf heißen Kohlen, und Tristan stürmte in das Arbeitszimmer. »Wo ist sie?«

Rochester saß an seinem Schreibtisch und musterte ihn aus zusammengekniffenen Augen. »Tristan. Wie passend. Ich wollte gerade nach dir schicken lassen.«

»Seltsam, eine Regeländerung hätte ich von dir nicht erwartet.«

Rochester beobachtete argwöhnisch, wie er näher kam. »Ich habe dir doch gesagt, dass ich dich im Auge behalte. Und was ich sah, war der gewohnte Mangel an Kooperationsbereitschaft …«

Tristan war geradewegs um den Schreibtisch gegangen und hatte sich direkt vor ihm aufgebaut.

»Du hast mir drei Monate gegeben«, stellte er fest und beugte sich vor, um in Rochesters kalte Visage zu blicken. »Die sind noch nicht vorbei.«

»Es gab keinen Grund, diese …«

»Wo ist die Gräfin?«

»Unterschreib das, und sie kommt zurück.«

Rochester ließ ihn nicht aus den Augen, aber er deutete mit einem Finger auf ein Dokument auf seinem Schreibtisch. Tristan warf einen Blick darauf, doch er konnte die Schrift durch den roten Wutnebel vor seinen Augen kaum erkennen. Er ahnte jedoch, dass es ein Ehevertrag war. Bereits unterzeichnet und besiegelt von dem ehrenwerten Lord Wycliffe.

Er machte einen Schritt zurück und zog die Klinge so schnell aus seinem Stock, dass ein Sirren die Luft erfüllte.

Rochester erstarrte zu Stein, sein Blick flog von dem scharfen Stahl, der neben seiner Wange vibrierte, zu Tristans Gesicht. »Das würdest du nicht wagen.« Seine Lippen bewegten sich kaum.

»Was würde ich nicht wagen?«, fragte Tristan. »Harrys alten Teppich aufzuschlitzen? Oh doch, ich glaube, das würde ich.« Er schwenkte die Klinge seitwärts und stach die Spitze in Rochesters geliebten königlichen Wandteppich, direkt in das Herz des Baumes.

»Nein!« Rochester wollte nach dem Degen greifen, bevor er es sich anders überlegte und stattdessen auf Tristans Kehle zielte.

Tristan war jedoch schneller.

Die Finger seines Vaters gruben sich in seinen Arm, aber Tristans Faust in seiner Krawatte war nicht abzuschütteln.

»Wo ist sie?«, verlangte er erneut zu wissen.

»Das ist würdelos«, knurrte Rochester, während er sich weiter gegen Tristans Griff wehrte.

Tristan schüttelte ihn. »Wo ist sie?«

»Das weiß ich nicht.«

Ein schnelles Zucken seines Handgelenks und jahrhundertealte Seidenfäden rissen entzwei.

»Ich weiß nicht, wo sie ist«, brüllte Rochester. Sein sonst so ansehnliches Gesicht war vor Rage verzerrt.

Verflucht!

Heiße Wut brodelte durch Tristans Adern, aber sein sechster Sinn täuschte sich selten. Sein Vater sprach die Wahrheit. Seine Mutter war fort, aber Rochester steckte nicht hinter ihrem Verschwinden.

Was bedeutete, dass der Mistkerl gerade geblufft hatte, damit Tristan den Ehevertrag unterschrieb. Was wiederum bedeutete, dass sein Vater glaubte, er habe kein Druckmittel mehr, um Tristan seinen Willen aufzuzwingen.

Er ließ seinen Vater los, doch die Klinge senkte er nicht.

»Was sagt Mutters Zofe dazu oder ist sie auch weg?«

Rochester fuhr sich mit der Zunge über den Mund. In seinen Augen stand ein mordlustiger Blick. Tristans Miene wirkte aber offenbar blutrünstiger, da Rochester sich nicht von der Stelle rührte und sich so fügsam zeigte.

»Das verdammte Frauenzimmer ist fortgelaufen«, sagte Rochester. »Wir haben sie gefunden, aber sie behauptet, nichts zu wissen, daher haben wir sie gehen lassen.«

»Und sie unter Aufsicht gestellt.«

»Natürlich«, erwiderte Rochester barsch.

Tristan machte sich in Gedanken eine Notiz, die Frau aufzusuchen, um herauszufinden, ob es ihr gut ging und was sie tatsächlich wusste. Sie hatte bei seinem letzten Besuch mit ihm sprechen wollen. Der verfluchte Jarvis hatte sie jedoch davon abgebracht, und er hatte es zugelassen.

Der Graf beäugte den fußlangen Schnitt, den Tristan dem Wandteppich zugefügt hatte. »Ich werde dir für diesen Frevel die Apanage streichen.«

Tristan schüttelte den Kopf. »In meinem ganzen Leben warst du nie so besorgt um einen Menschen oder ein anderes Lebewesen wie um dieses Stück Stoff.«

Rochester kräuselte verächtlich den Mund. »Menschen sterben«, sagte er. »Ideen, Traditionen und Ruhm überleben jedoch noch lange, nachdem man im Grab verrottet ist.«

Tristan nickte. Gesprochen wie ein Tyrann. Ganz im Stile seiner auf dem Wandteppich verewigten Ahnen, die ihre Titel und Ländereien erworben und verteidigt hatten, indem sie ihre Untertanen clever als Kanonenfutter in dem ein oder anderen Krieg benutzten. Wenn man bedachte, dass Rochester-Blut durch seine Adern floss, konnte er womöglich froh sein, dass er kein schlimmerer Mensch geworden war: nicht nur ein achtloser Frauenheld, sondern noch dazu ein Monster. Außer dass er das nicht war.

So war er nicht.

Er betrachtete den Familienstammbaum, die schnörkeligen Namen von all seinen Vorfahren und wusste tief in seinem Inneren, dass er jeden Bettler in Lumpen eher retten würde als irgendein materielles Gut. Diese Erkenntnis barg ein Gefühl von Wahrheit, eine Selbstverständlichkeit, die einem angeborenen Instinkt wie dem Bedürfnis zu atmen gleichkam. Nachdenklich schüttelte er den Kopf. Hier in diesem Arbeitszimmer, vor dem nun beschädigten Teppich, hatte Rochester versucht, ihm diesen Instinkt auszutreiben, Jahr für Jahr. Er hatte dafür sogar ein oder zwei Kätzchen getötet. *Er hat dich außer Fasson geschlagen.*

Er steckte die Klinge in den Stock zurück und schenkte Rochester einen vielsagenden Blick. Ohne sich noch einmal umzudrehen, verließ er das Zimmer. War er in mancher Hinsicht verdorben? Zweifellos. Aber Rochester war es nicht gelungen, seinen Wesenskern, sein wahres Ich, zu ändern. Er hatte diesbezüglich versagt. Und das Bemerkenswerte daran war, dass Tristan so lange gebraucht hatte, um das zu erkennen.

Beim Einsteigen in die Kutsche, die am Hintereingang auf ihn wartete, schoss ihm durch den Kopf, dass seine Mutter ihre Flucht womöglich die ganze Zeit über geplant hatte. Im Nachhinein klangen ihre Abschiedsworte bei seinem letzten Besuch verdächtig nach einem Lebewohl.

Entscheidend war jetzt, sie zu finden, bevor Rochester sie aufspürte.

Ärgerlicherweise zwang ihn die einzige Spur, die er hatte, zu einem Besuch bei zwei Damen, die er am liebsten nie wieder sehen wollte. In Oxford hielt er daher vor dem *Randolph Hotel* und hinterließ eine Karte für Lady Wycliffe mit einer Einladung zu einem Ausflug.

Danach kehrte er in die Logic Lane zurück, um ein paar wichtige Briefe zu beantworten und selbst einige zu schreiben. Anschließend machte er sich entgegen Lucies Wunsch auf den Weg zu ihr, denn er brauchte sie an diesem Abend.

Sie öffnete ihm nicht, aber sie schien zu Hause zu sein, denn hinter den Vorhängen zum Garten sah er Licht. Da sie nicht auf sein Klopfen am Salonfenster reagierte, nahm er sich die Freiheit und knackte das Schloss der Küchentür, um sich selbst hineinzulassen.

»Lucie«, rief er leise in die Stille. Ihre Haushälterin war vermutlich längst oben in ihrem Zimmer und schlief. Es war leichtsinnig, dass er gekommen war. Lucie würde fuchsteufelswild sein. Es wäre die Sache jedoch wert.

In der Tür zum Salon blieb er stehen.

Sie lag vor dem Kamin, auf der Seite, eingeschlafen über einem Stapel Briefe.

Die runtergebrannten Scheite im Kamin knisterten; der Feuerschein flackerte über ihre zusammengekauerte Gestalt.

Seine Männer hatten so geschlafen, nach einer Schlacht, zu erschöpft, um darauf zu achten, wo sie lagen.

Boudicca saß auf ihrem Rock, ihre gelben Augen fixierten ihn in stummer Warnung, als er sich näherte. Die schwarze kleine Furie bewachte ihre Herrin besser, als er zu hoffen gewagt hätte.

»Gutes Mädchen«, murmelte er.

Der Schwanz der Katze zuckte, aber sie traktierte ihn nicht mit ihren Krallen, als er sich neben die schlafende Lucie kniete.

Sie schlief so, wie sie lebte: in ihre Arbeit verstrickt. Eine Hand lag neben ihrer Wange, die andere war unter einem aufgeschlagenen Buch vergraben, ein dicker juristischer Wälzer, bei dessen Lektüre er gewiss innerhalb von Minuten eingeschlafen wäre.

Eine Woge der Zuneigung stieg in ihm auf, gemischt mit Schuldgefühlen. Die Erschöpfung hatte bei Lucie ihren Tribut gefordert. Er hatte sie fast jede Nacht für sich beansprucht, und sie hatte ihn nie abgewiesen, denn ihre neu gefundene Fähigkeit, mit ihm die höchsten Gipfel der Lust zu erklimmen, hatte sie beide gierig gemacht. Und tags arbeitete sie wieder, ohne sich Ruhe zu gönnen. Weil sie fürchtete, dass sie schon zu Staub zerfallen sein würde, bevor Frauen ihre Freiheit erlangt hätten.

Behutsam nahm er ihr das Buch aus der Hand. Lucie regte sich nicht. Im Schlaf war ihre Stirn so glatt wie die eines Kindes, ihr Mund in seltener Weichheit entspannt.

Sanft fuhr er mit den Fingern über die Stelle zwischen ihren Brauen. Er musste ihr von Indien erzählen. Ja, er sollte sie wecken und es gleich hinter sich bringen. Vielleicht sollte er sie fragen, ob sie ihn begleiten würde. Er wünschte es sich, wurde ihm klar, sogar sehr. Mit einer Frau wie ihr zu verreisen, egal wohin, würde aus einer Pflicht ein Abenteuer machen. Die Erkenntnis, die ihn neben ihr kniend traf, raubte ihm für einen Moment den Atem. Hatte er sich gerade eingestanden, dass es auch ein Vergnügen sein könnte, sich förmlich an eine Frau zu binden?

Nicht irgendeine Frau.

Lucie.

Die eine, die ihr Leben dem Kampf gegen die Ehegesetze von England gewidmet hatte.

»Nun, denn.«

Er schob die Arme unter ihre Knie und Schultern und hob sie an seine Brust.

Die Stufen knarrten leise, als er sie zu ihrem Schlafzimmer hinauftrug.

Der Mond warf ein Rechteck aus bleichem Licht in ihr Zimmer. Ihr Bett war schmal, gerade breit genug, um einer zierlichen Frau Platz zu bieten.

Sie schmiegte sich an ihn, als er versuchte, sie unter die Decke zu legen.

»Ich habe dir doch gesagt, du sollst nicht kommen«, murmelte sie schlaftrunken.

Er kniete sich neben das Bett und lehnte seine Stirn an ihre. »Ich weiß. Ich habe nicht auf dich gehört. Ich werde gehen.«

Ihre Hand tastete nach ihm, schlüpfte unter seinen Mantel. Reglos verharrte er.

»Bleib«, sagte sie.

»Deine Haushälterin schläft in ihrem Zimmer, mein Nimmersatt.«

Sie ballte die Finger in seinem Hemd zur Faust. »Bleib«, sagte sie schläfrig. »Hier. Ich schick … sie morgen früh weg.«

»Gut«, sagte er. Die Dielen drückten bereits unangenehm gegen seine Knie.

Er ergriff ihre Hand, die nun schlaff auf seiner Brust lag, und legte sie unter die Decke.

Dann band er sich die Schuhe auf, zog die Krawatte aus und legte sich auf den Teppich vor ihrem Bett.

Lucie drehte sich und gab einen unwilligen Laut von sich.

»Erzähl mir etwas«, murmelte sie. »Ich mag deine Stimme.«

Er starrte in die Dunkelheit und fragte sich flüchtig, ob er je wieder in sein gewohntes Leben als verruchter Verführer zurückkehren könnte. Doch schon kreisten die Zeilen einer Ballade in seinen Gedanken.

»Wie wäre es mit Yeats?«

»Hm.«
Er nahm dies als Ja.

»Wenn du im Alter, grau und schlafensmatt
Am Feuer nickst, nimm zu dir dieses Buch,
Lies langsam, träume von dem Blick so weich
Und jenen tiefen Schatten, die einst dein Auge hatt.

Wie viele liebten deine Zeiten frohen Witzes
Und deine Schönheit – seis mit falscher Lieb seis ohne Hehl,
Nur ein Mann liebt; in dir die Pilgerseel …«

Ein Schnarchen drang vom Bett aus zu ihm herunter.
Er verharrte reglos. »Banausin«, murmelte er. Eher friert die
Hölle zu, als dass du aus diesem Leben in dein altes zurückkeh-
ren kannst, wisperte eine höhnische Stimme in seinem Kopf.

Gemeinsam verbrachte Nächte in ihrem Haus, statt in der
Adelaide Street, boten die Gelegenheit, zwischen Frühstück
und Mittag auch zusammen im Salon zu arbeiten. Lucie hatte vorgesorgt und Mrs Heath mit einer zeitaufwendigen Besorgung in die Nachbarstadt geschickt. Den Vormittag gemeinsam mit Arbeit zu verbringen, war sogar vernünftig, da
sie wichtige Entscheidungen für die Magazine miteinander
besprechen mussten. Und dennoch warf Lucie Tristan immer
wieder wachsame Blicke zu. Er saß im Sessel und machte sich
Notizen in dem kleinen Buch, das er immer in seiner Brusttasche bei sich trug, während Boudicca respektlos auf ihm he-
rumkletterte.
    Es war leicht besorgniserregend, wie gut es ihr gefiel, ihre
Aufgabenliste in seiner Gesellschaft zu erledigen. Sie ließ nicht
gerne jemanden in dieses Zimmer, ihr Heiligtum, und den-

noch hatte sich eine angenehme Häuslichkeit zwischen ihnen eingestellt, die sich wie selbstverständlich anfühlte. Ganz so, als ob sie das schon einmal gemacht hätten und wieder tun würden.

»Ich überlege, ob ich eine Kolumne einführen soll, in der aufgezeigt wird, wie ungerechte politische Entscheidungen den Alltag einer Frau beeinflussen«, sagte sie. »Einfach ausgedrückt für den Laien natürlich, und ich muss wohl einen angenehmen Plauderton finden, vermute ich. Was denkst du?«

Tristan sah auf und betrachtete das Bild, das sie bot, kniend in einem Kreis von aufgeschlagenen Magazinen, ihre zitronengelben Röcke bauschten sich achtlos hinter ihr.

Er stand auf und schlenderte zu ihr, um sich neben sie zu hocken. »Auf den ersten Blick ist das eine hervorragende Idee.«

»Ich frage mich auch, ob ich ein paar dieser Anzeigen entfernen sollte.«

Sie hielt inne, abgelenkt durch seine Finger, die über ihren Rücken strichen. Ein Leben lang war sie weder berührt noch geküsst worden, doch nun, wenn er bei ihr war, wurde sie nur so mit Liebkosungen überhäuft, und es kam ihr immer wieder wie ein Wunder vor.

Sie räusperte sich. »Schau her.« Sie deutete auf eine Seite, die halb von einer Werbeanzeige eingenommen wurde. »*Verschlanken Sie Ihre Taille, damit sie zur Augenweide wird! Sind Ihre Rundungen etwas zu füllig geworden? Haben Bandwurmkuren einen unschönen, bleichen Teint hinterlassen? Wenn Sie Ihrem Ehemann gefallen wollen, schicken Sie noch heute ein Telegramm an Dr. James Mountebank, und bestellen Sie Ihre erste Dosis hocheffektiver Abnehmpillen.* Mir gefällt es nicht, dass Frauen Bandwürmer schlucken, aber diese Pillen klingen auch nicht besser.«

»Vermutlich sind die Pillen sowieso Humbug«, erwiderte Tristan. »Ein paar Kräuter, Mehl und Kleber.«

Sie lehnte sich an ihn, und er legte gedankenverloren einen Arm um ihre Taille.

»Was ist mit der hier?« Er deutete auf eine andere Seite, auf der eine lächelnde ältere Frau mit Hut und großer Schleife unter dem Kinn abgebildet war. *Ich bin fünfzig, aber dank Pear's Seife ist meine Haut nur siebzehn*, behauptete die rote Schrift über ihrer Brust.

»Eine glatte Lüge«, stellte Lucie fest. »Sie sieht nicht wie siebzehn aus.«

»Das ist auch ihr gutes Recht, wenn sie dreimal so alt ist.«

Sie schmiegte ihr Gesicht an seinen Hals und schwelgte schamlos in seinem Duft. »Wie es scheint, glaubten die früheren Herausgeber, dass Frauen eines gewissen Alters nicht bei allen so großen Anklang finden wie bei dir.«

Er drückte ihr einen Kuss auf die Stirn. »Erlaube mir, dir hinter dem Rücken der Bruderschaft folgende Waffe an die Hand zu geben. Wenn Frauen die Gedanken von Jungen kennen würden, die in Eton gefangen sind, oder Männern, die in der Armee Ihrer Majestät ihren Dienst tun, dann würden sie nicht einen Gedanken an Bandwürmer verschwenden, um einen Verehrer zu erfreuen.«

»So einfach ist das also.«

»Ist es. Die meisten Männer wären schon froh, wenn überhaupt eine willige Frau ihnen ihre Gunst erweist.«

»Wir sollten dich eine Kolumne darüber schreiben lassen, wie man erfolgreich Jagd auf einen Ehemann macht.«

»Du hast eine Fülle fantastischer Ideen heute Morgen.« Er küsste sie auf den Mund. Ihre Zungen berührten sich, und der Kuss wurde stürmischer. Zu stürmisch. Er weckte ein nimmersattes Ungeheuer in ihr.

Sie zog sich zurück und schnappte nach Luft. »Ich habe

noch eine großartige Idee. Das St.-Giles-Fest beginnt am Montag.«

»Ja?« Vielleicht bildete sie es sich nur ein, aber der Glanz in seinen Augen schien abzustumpfen.

»Ich dachte, wir könnten wieder einen Ausflug machen.«

»Zu dem Fest … gemeinsam?« In seiner Stimme schwang eine bemühte Fröhlichkeit, und sie verspürte einen Stich der Enttäuschung. Er wirkte nicht begeistert über die Vorstellung, mit ihr den Jahrmarkt zu besuchen.

Er ergriff ihre Hand. »Zum Teufel mit der Diskretion, auf der du so beharrt hast?«

Nein, natürlich nicht. Aber in der wogenden Menge der Kirmes könnten sie sich auch zufällig begegnet sein. Vielleicht wollte sie sich das auch nur wider besseres Wissen einreden. Ihre Tagträume bewegten sich schon seit einer Weile auf gefährlichem Terrain, kreisten um Ausflüge ins Blaue mit Tristan, zu Pferd oder in einer geschlossenen Kutsche. Sie stellte sich vor, wie sie sich an einem sonnigen Ort am Meer, weit entfernt von Papieren und Paragrafen, in einem einfachen Hotel über den Frühstückstisch hinweg anlachten. Noch beunruhigender waren jedoch ihre Fantasien, wie er lässig in einem Sessel saß, vertieft in seine schriftstellerische Arbeit, und dabei gedankenverloren Boudiccas Ohren kraulte …

Sie seufzte bedauernd. »Du hast recht. Es war nur so ein Gedanke.«

Er schenkte ihr ein flüchtiges Lächeln. »Der Vorschlag war gut«, meinte er und drückte einen Kuss auf ihre Handfläche. »Und wir sollten das auch machen. Ein anderes Mal.«

31. KAPITEL

Tristan hätte sehr gern den Jahrmarkt mit Lucie besucht. Er hätte an der Schießbude für sie billigen Tand gewonnen, sich daran erfreut, wie sie Zuckerwatte aß, und anzügliche Bemerkungen darüber gemacht, wie sie auf einem Karussellpferd ritt.

Es war Montagabend, die Luft roch nach Zucker und kandierten Früchten, und er war auf dem Fest, allerdings in Begleitung von Lady Cecily, die wie eine Seepocke an seinem Arm klebte. Der Jahrmarkt war der am wenigsten intime Ort, der ihm für einen so kurzfristigen Ausflug eingefallen war. Laute Kirmes-Musik dröhnte durch die Straße, das Scheppern und Schnaufen der mit Dampf betriebenen Karussellpferde mischte sich darunter. Fröhliche Menschen drängten sich Schulter an Schulter. Allerdings musste er sich auch ein geschicktes Manöver überlegen, wie er sich im Gedränge lang genug mit Lady Wycliffe unterhalten konnte, um ihr etwas über den Aufenthaltsort seiner Mutter zu entlocken. Und ob sie überhaupt etwas wusste, war fraglich. Nur weil die beiden sich bis kürzlich geschrieben hatten, um die Verlobung zu besprechen, hieß das noch lange nicht, dass seine Mutter ihrer Freundin vertrauliche Informationen über die Situation in Ashdown mitgeteilt hatte. Wie dem auch sei, Lady Wycliffe schien fest entschlossen, einem Gespräch ausweichen zu wollen und sich mit ihrem Dienstboten von ihnen abhängen zu lassen.

»Oh, schauen Sie nur.« Cecily blieb stehen und deutete nach vorn. Dort, auf einem Podest, wurde gerade einem Mann eine Halterung angelegt, damit er über das Drahtseil rutschen konnte, das über dem Meer aus Hüten und Mützen zwischen zwei Stangen gespannt war.

»Geh weiter, Cecily«, kam Lady Wycliffes Stimme von hinten. »Halt dich nah an Lord Ballentine. Hier sind Scharen von Taschendieben unterwegs.«

Cecilys ohnehin schon fester Griff um seinen Arm wurde erstaunlicherweise noch fester, ihr Gesicht unter der blumenverzierten Hutkrempe von Sorge beschattet.

Verärgerung machte seinen Ton merklich frostig. »Es sind lediglich Bürger der Arbeiterklasse, die wollen heute einen vergnüglichen Abend genießen. Die meisten sind wohl nicht darauf aus, adelige Damen zu berauben.«

Sie schenkte ihm ein Lächeln. »Und selbst wenn, das würden Sie ja nicht zulassen, nicht wahr?«

»Aaaaah!« Der Mann auf dem Podest hatte den Sprung gewagt und flog nun über ihre Köpfe hinweg, mit beiden Händen seine Mütze festhaltend. Irgendwo schrie ein Affe, vermutlich eines dieser dürren Geschöpfe, die in einer Uniform auf einem Leierkasten saßen. Das Einzige, was noch fehlte, war der verrückte Hutmacher, der vor ihm aus dem Boden sprang.

Cecily zupfte ihn am Ärmel. »Können wir etwas näher an das Podest herangehen? Ich würde gern sehen, wie sie springen.«

Er stimmte zu, weil er in der Nähe der Schlange, die für den Drahtseilflug anstand, das Schild einer Erfrischungsbude entdeckt hatte. Er würde sein Gespräch mit Lady Wycliffe bei einem Glas Limonade einfordern.

Natürlich kamen sie erst gar nicht so weit, weil Cecily plötzlich fasziniert vom Schießstand war, wo ein paar Burschen mannhaft auf Dosen schossen. Der Besitzer rief vorbeigehenden Männern in breitem irischen Dialekt zu, dass sie ihr Glück doch versuchen sollten, um für ihren Schatz eine Trophäe zu gewinnen, die wohl aus trostlos aussehenden Wachsblumen bestand.

Cecily legte auch die freie Hand auf seinen Arm. »Warum sind die Schüsse aus den Gewehren so leise?«

»Weil das Luftgewehre sind. Haben Sie noch nie einen Jahrmarkt besucht?«

Sie schüttelte den Kopf. »Oh, ich hätte so gerne solch einen Strauß.« Ihre Augen wurden riesig. »Das würde mich ewig an unseren ersten Jahrmarktsbesuch erinnern.«

Bevor er ihre Bitte ablehnen konnte, tauchte Lady Wycliffe neben ihm auf. »Gehen Sie nur und amüsieren Sie sich«, sagte sie nachdrücklich. »Ich werde am Limonadenstand warten, ich bin völlig verdurstet. Matthew?«

Der Dienstbote warf einen letzten, sehnsüchtigen Blick auf den Schießstand. »Ja, Mylady.«

Tristan sah mit rasch schwindender Geduld zu, wie Lady Wycliffes aufrechte, steife Gestalt in der Menge verschwand. Er würde jedoch nur einsilbige Antworten aus ihr herausbekommen, wenn er sie nun verärgerte.

»Eine Runde«, sagte er zu dem Iren.

»Ja, Sir, gute Wahl, Sir.« Der Mann schnappte sich die Münzen von der Theke und nahm ein Gewehr von der Wand.

Tristan zog seinen Gehrock aus. Er wollte ihn auf die Theke legen, doch Cecily breitete mit beflissenem Lächeln die Arme aus, weshalb ihm keine andere Wahl blieb, als ihr den Mantel zu geben.

Resigniert hob er das Gewehr an seine Schulter. Ein Schauer überlief ihn, als sein Körper die lang vertraute Bewegung erkannte. Und dann erstarrte er.

Er spürte ihre Nähe, noch bevor er sie sah. Spürte, wie sich ihr Blick in ihn bohrte.

Er konnte ihre zierliche Gestalt aus dem Augenwinkel erkennen.

Lucie.

Das Herz rutschte ihm in die Hose.

Reglos wie eine Statue verharrte sie in der heiteren Menschenmenge. Sie trug ihr hellblaues Kleid. Das hatte sie bei ihrem Ausflug auf dem Cherwell auch getragen.

Dass sie auch ohne ihn zum Fest gehen könnte, hatte natürlich immer im Bereich des Möglichen gelegen.

Bleib, wo du bist, flehte er innerlich. Wenn die beiden Frauen aufeinandertrafen, würde das unweigerlich in einer Katastrophe enden. Das sagte ihm sein Instinkt.

Lucie steuerte direkt auf ihn zu.

Er senkte das Gewehr und stellte sich ihrem Blick.

Sie hielt einen Stapel Flugblätter an ihre Brust gedrückt. Ihre Miene war frostig.

Großartig, einfach großartig.

Sie blieb außerhalb seiner Reichweite stehen und musterte ihn kühl aus grauen Augen.

»Lord Ballentine. Welch ein Zufall, Sie hier zu treffen.« Sie nickte Cecily zu. »Und Cousine Cecily. Noch ein Zufall.« Sie schaute ihn mit gehobenen Augenbrauen höhnisch an.

Obwohl er keinen Gehrock trug, brach ihm der heiße Schweiß aus.

Sie war gekränkt. Er hatte sie verletzt.

Cecily spürte die Feindseligkeit in der Luft. Sie lehnte sich näher, presste sich förmlich an ihn.

Schlimmer und schlimmer.

»Oho«, rief der Besitzer des Schießstandes. »Vorsicht! Eine Suffragistin.«

Er musste Lucies Flugblätter bemerkt haben. Oder die Anstecknadel an ihrem Jackenaufschlag.

»Was sagt man dazu. Eine Suffragistin an McMahons Schießbude!«

Köpfe drehten sich in ihre Richtung.

»Reißen Sie sich zusammen, Mann«, knurrte Tristan.

»Natürlich, Sir.« Der Mann verbeugte sich und sagte dann zu Lucie: »Ich nehm an, Sie schießen mit 'ner Waffe genauso scharf wie mit Ihrer Zunge, nicht wahr, Miss? Hier bitte.« Er griff sich ein Gewehr und hob es über seinen Kopf. »Jetzt ham Sie die Chance, es zu beweisen.« Er brüllte wieder, und ein Halbkreis aus neugierigen Menschen bildete sich um sie.

Lucie starrte den Mann an.

»Kommen Sie, Miss, eine Runde. Die geht aufs Haus.« McMahon, der seines Lebens offenbar müde war, legte das Gewehr vor Lucie auf die Theke.

Sie schenkte der Waffe keinen Blick. »Erstaunlich«, sagte sie spitz. »Dass Sie der Meinung sind, ich wolle irgendwem etwas beweisen.« Ihre Konsonanten waren so geschliffen und schneidend wie Glas.

Sie schaute Tristan an, und der überwältigende Drang, sie in seine Arme zu ziehen, überkam ihn. Bleich und herablassend wirkte sie fast ätherisch, wie ein Geist, der sich beim nächsten Luftzug auflöste, und ihnen stand ein Sturm bevor.

»Mylady«, sagte er beschwichtigend, und weil er sonst nicht viel zu ihr sagen konnte, meinte er: »Geht die Politikarbeit gut voran?«

Sie schenkte ihm ein als Lächeln getarntes Zähnefletschen. »Unglaublich gut sogar«, sagte sie heiter. »Wie geht es Ihnen, Mylord? Genießen Sie den Jahrmarkt?«

»Oh ja«, mischte sich Cecily ein. Ihre Stimme war zuckersüß wie ein kandierter Apfel. »Ich fühle mich so inspiriert.

Die lebendigen Farben, die fröhliche Musik und oh, die unbeschwert feiernde Menge. Oh, Lord Ballentine, was halten Sie davon, einen Mottoball zu unserer Verlobung auszurichten?«

Sein Herz setzte einen Schlag lang aus.

»Wir sind verlobt und wollen heiraten«, erklärte Cecily Lucie. »Und ich denke, Mottofeste werden in London bald der letzte Schrei sein.«

Mit albtraumhafter Langsamkeit schwenkte sein Blick zu Cecily, die ihn ebenfalls ansah.

Sie hatte das Kinn trotzig gereckt, und im Grunde ihrer blauen Augen schimmerte eine stählerne Härte. Bisher war sie ihm nicht aufgefallen. Er hatte sie übersehen, und das war ihm nun zum Verhängnis geworden. Diese Frau war ganz und gar kein Lämmchen.

Zum Teufel.

Ein lähmendes Entsetzen ergriff ihn, als er Lucie anschaute, die Art von Furcht, die er anfangs im Krieg verspürt hatte, wenn er ein Schlachtfeld nach Überlebenden absuchen musste.

Es sah schlecht aus. Jegliche Farbe war aus Lucies Gesicht gewichen. Selbst ihre Lippen wirkten knochenweiß.

Er machte einen Schritt auf sie zu und sie wich zurück.

»Ich verstehe«, sagte sie leise. »Meinen Glückwunsch.« Ihr Blick schweifte ziellos über die Menge. »Ich … ich werde an meinem Posten gebraucht … Glückwunsch. Guten Abend.«

Er sah ihr nach, wie sie hoch erhobenen Hauptes davonstolzierte.

»Mylord?«

Er schüttelte Cecilys Klammergriff ab und schaute sie verärgert an. »Was um Himmels willen hat Sie zu dieser Bemerkung veranlasst?« Er erkannte seine Stimme kaum wieder. Sein Herz hämmerte wild. *Geh ihr nach. Geh ihr nach.*

Cecily betrachtete ihn mit weit aufgerissenen Augen. »Aber sie gehört zur Familie«, stammelte sie. »Es ist doch gewiss nicht schlimm, wenn sie davon weiß, bevor die Verlobung offiziell verkündet wird?«

»Es wird keine offizielle Verkündung geben«, sagte er. Schluss mit dieser Farce!

Cecilys Kinn bebte. »Was soll das heißen?«

»Will irgendwer schießen?«, brüllte McMahon. »Einen halben Penny für fünf Schüsse!«

Lucie war schon in der Menge verschwunden. Kein Wunder, sie war klein, und sie war schnell.

Nein, sie war nicht schnell gewesen, nicht wie sonst. Sie hatte sich behutsam bewegt wie jemand, der nur unter Schmerzen vorankam.

»Mylord?« Cecily ließ das Wort wie ein Schluchzen klingen.

Er schüttelte den Kopf und folgte seinem Herz.

32. KAPITEL

Es dauerte eine Viertelstunde, bis Lucie ihr Zuhause erreichte, und ihr Atem war noch immer ein fernes, mühsames Rasseln in ihren Ohren. Sie wusste, dass ihr Herz noch schlug, es wummerte irgendwo in ihrer Brust, aber sie spürte es nicht. Sie war betäubt, eine kalte, vom Körper losgelöste Seele, die ziellos von Raum zu Raum driftete.

Tristan hatte sie angelogen.

Tristan war mit Cecily verlobt.

Tristan hatte sie angelogen.

Keine zehn Minuten später stand er in ihrer Küche.

Sein vertrauter Anblick, das attraktive Gesicht, nun so schuldbewusst, schnitt ihr tief ins Herz, denn in Wahrheit kannte sie ihn gar nicht. Wie im Nebel bemerkte sie, dass sie die Hände schützend über ihr Herz drückte.

Mit drei langen Schritten durchquerte er die Küche und stand vor ihr.

»Lucie …«

Sie ohrfeigte ihn so hart, dass sein Kopf sich zur Seite drehte.

Als er sie wieder anblickte, glitzerten seine Augen so hell wie Katzengold. »Lass es mich dir bitte erklären.«

Ihre Hand hatte einen roten Abdruck auf seiner Wange hinterlassen.

»Eher gebe ich dir noch eine Ohrfeige«, sagte sie.

Er hob resigniert die Hände. »Wenn es sein muss.«

»Ich möchte, dass du gehst.« Sie ballte die schmerzenden Finger zur Faust.

Wenigstens tobte und schrie sie nicht. Ihre Stimme war so kalt, wie sie sich innerlich fühlte.

Er schüttelte den Kopf und wollte etwas sagen, doch sie hob eine Hand und brachte ihn zum Schweigen.

»Ich habe dich nur um eines gebeten: Ehrlichkeit. Aber ehrlich zu sein ist für jemanden wie dich wohl ein Ding der Unmöglichkeit, nicht wahr? Da hätte ich auch einen Tiger darum bitten können, nicht zu jagen. Er kann einfach nicht anders. Dumm, ich war dumm.«

Er knirschte mit den Zähnen. »Du bist nicht dumm, und ich habe nicht gelogen.«

Sie verschränkte die Arme. »Bist du nun mit meiner Cousine verlobt oder nicht?«

»Nein, bin ich nicht.« Sein Blick war so direkt, so klar, dass die Antwort ehrlich schien. Ein verräterischer Hoffnungsfunke blitzte in ihrem Herzen auf. Sie löschte ihn gleich wieder.

»Warum stellt sie dann solche Behauptungen auf?«

Er verengte die Augen. »Die kleine …« Er schüttelte den Kopf. »Es ist nicht allein ihre Schuld. Es liegt an Rochester.«

Bei seinen Worten ergriff sie eine schreckliche Müdigkeit und drängte sie, sich zurückzuziehen und sich in einem Loch zu verkriechen, wo sie ihn nicht sehen konnte.

»Es ist immer jemand anders schuld, nicht wahr?« Sie wandte sich um, weil er nicht gehen wollte.

Er folgte ihr den Flur hinunter; sie spürte seine Nähe wie eine Berührung auf ihrer Haut.

»Geh!«, sagte sie mit erhobener Stimme.

»Nicht, solange du dich töricht fühlst«, erwiderte er kühl. »Das ist allein meine Schuld.«

»Du gibst es also zu.«

»Natürlich. Aber ich hoffe, du wirst mir mildernde Umstände zugestehen.«

Sie lachte spöttisch.

»Rochester erpresst mich und hält meine Mutter gefangen.« Er sprach schnell.

Abrupt blieb sie stehen.

Als sie sich umdrehte, stellte er sich ruhig ihrem Blick, aber er wirkte nervös, und seine Hände ballten sich immer wieder zu Fäusten.

Ein Riss ging durch die Eismauer, die sie aufrecht hielt. Sie konnte es spüren. Dennoch zuckte sie zusammen, als er nach ihrem Arm greifen wollte. Mit versteinertem Blick zog er seine Hand zurück.

»Also gut«, sagte sie. »Du darfst es erklären.«

Sie führte ihn in den Salon und setzte sich aufs Sofa, die Hände gefaltet, den Rücken steif wie ein Brett. Er stand vor ihr, mit widerwilliger Miene, wie ein Verbrecher auf der Anklagebank.

»Rochester will auf Teufel komm raus den Fortbestand unseres Familienzweigs sichern«, fing er an. »Er war besorgt, als ich ihm zu verstehen gab, dass ich nicht die Absicht hege, in absehbarer Zukunft in den Stand der Ehe zu treten.«

Eine bleierne Schwere holte ihre Seele unvermittelt in ihren Körper zurück. Seine Abneigung gegenüber einer Ehe hätte sie nicht stören sollen, dennoch versetzte es ihr einen Stich, als er es aussprach.

»Die wichtigste Pflicht in deinem Leben besteht gerade darin, einen Erben zu zeugen«, sagte sie kühl. »Dein Vater stellt keine unvernünftige Forderung.«

Er neigte zustimmend den Kopf. »Es ist allerdings schon unvernünftig, dass er vor nichts außer Mord zurückscheut, um

434

den Ballentines den Titel des Grafen von Rochester weiterhin zu sichern. Er hat ohne mein Wissen eine Ehe mit deiner Cousine arrangiert und hat mir ein paar Monate Zeit gegeben, um meinen Ruf wiederherzustellen, damit sie mich akzeptieren kann, ohne den Namen deiner Familie zu beflecken. Um sich meiner Kooperation zu versichern, hat er gedroht, meine Mutter in eine psychiatrische Klinik einweisen zu lassen. Und du solltest wissen, dass Rochester niemals leere Drohungen ausspricht.«

Eine Gänsehaut überlief sie. Seine Geschichte hätte aus einem Schauerroman stammen können.

Seine Mutter hatte jedoch immer schon als launisch und sonderbar gegolten. Und unangenehme adelige Ehefrauen wurden tatsächlich manchmal still und heimlich in Privatkrankenhäusern weggesperrt. Und sie hatte selbst die Narben gesehen, die Rochester auf Tristans Rücken hinterlassen hatte. Sie würde ihm ein solch schäbiges Verhalten durchaus zutrauen.

»Deshalb brauchst du Geld«, sagte sie bedächtig. »Das passive Einkommen von *London Print*.«

Er nickte. »Ich hätte bis zum Tod meines Vaters keinen Zugriff auf das Vermögen meiner Familie gehabt. Und um in Indien für den Lebensunterhalt von zwei Menschen zu sorgen, braucht man durchaus ein Vermögen.«

Indien.

Sie schluckte schwer. »Verstehe.«

Seine Augen verdunkelten sich mit Bedauern.

»Liebling …«

Sie schüttelte den Kopf. »Wann wirst du abreisen?« Ihre Stimme klang brüchig.

Er rieb sich mit einer Hand über das Gesicht. »In ein paar Wochen.«

»So bald schon«, meinte sie leise.

»Es war ein Fehler, dir nicht früher davon zu erzählen. Ich hätte es dir in dem Moment sagen sollen, als ich die Briefe dieser Frauen gelesen habe. Da habe ich gewusst, dass du die Absurdität der Situation verstehen würdest.«

Traurig. Sie fühlte sich so traurig. »Warum hast du es mir nicht erzählt?«

Er kniete vor ihr nieder und sah sie mit einer Aufrichtigkeit im Blick an, die sie bis ins Mark erschütterte. »Weil ich dachte, es sei mein Problem und ich müsse allein damit fertigwerden. Außerdem hatte ich nicht erwartet, dass wir gegenseitige, wachsende Zuneigung und Respekt füreinander empfinden würden. Aber dem ist so, und es ging so schnell, und mir widerstrebte es, dir mein Versagen einzugestehen. Es ist schon schlimm genug, dass ich meine Mutter nicht schützen konnte, als ich noch in Ashdown lebte. Wie du dir vielleicht vorstellen kannst, war Rochester immer schon ein Tyrann. Außerdem habe ich befürchtet, dass es genau zu solch einer Situation kommen würde, wenn ich dir davon erzähle.«

Zuneigung und Respekt. Aber offensichtlich kein Vertrauen. Sie schaute in sein schönes Gesicht. »Du warst also feige.«

Er erbleichte. »Ja, das war ich wohl.«

Wie hätte er es ihr letztendlich gesagt, wenn sie es nicht per Zufall vorher erfahren hätte? Persönlich? In einem Brief, den sie erst lesen würde, wenn er bereits auf dem Weg nach Indien war und jahrelang nicht zurückkommen würde? Er würde sie dennoch verlassen, und ihr Herz zersplitterte bei dem Gedanken in tausend Scherben.

»Deshalb hast du dir Geld von Blackstone geliehen«, sagte sie tonlos. »Der ist schließlich ein noch größerer Gauner als dein Vater.«

Er nickte. »Rochester kann ihm nichts anhaben. Aber nun gibt es eine unerwartete Wendung: Meine Mutter ist kürzlich verschwunden, und Rochester steckt nicht dahinter. Solange ich nicht weiß, wo sie sich aufhält, sind mir die Hände gebunden. Ich muss sie finden, bevor es mein Vater tut.«

Ihr schwirrte der Kopf, weil er ihre Röcke umklammerte und sie seinen herben Duft einatmete. Sie schüttelte den Kopf, in der Hoffnung, so einen klaren Gedanken fassen zu können. »All das klingt haarsträubend.«

Er hob die Brauen. »Tatsächlich? Nach allem, was du über das Leid mancher Ehefrauen hinter verschlossenen Türen weißt?«

Die Farbe war in sein Gesicht zurückgekehrt, und seine Miene wirkte weicher. Er sah aus wie ein Mann, der lange eine schwere Last hatte tragen müssen und sie nun losgeworden war, und das nahm ihr die letzten Zweifel. Er sagte ihr die Wahrheit.

»Und dennoch«, murmelte sie, »bist du zu mir ins Bett gekommen, obwohl es deinen Finanzen geschadet hat und auch deinen Plan hätte vereiteln können.«

Sein Blick war unergründlich. »Was soll ich sagen. Du warst nackt.«

Sie bedeckte die Augen mit einer Hand. Es war so, wie sie es schon die ganze Zeit geahnt hatte. Er hatte gar nicht geplant, mit ihr zu schlafen. Er hatte nur die Beherrschung über seine Triebe verloren.

Sie atmete durch den Schmerz hindurch. »Ich verstehe, warum du wegen deiner Mutter geschwiegen hast«, sagte sie. »Ich hätte unter diesen Umständen wohl nicht anders gehandelt. Es ist ja schon kaum akzeptabel, in der eigenen Familie über solche hässlichen Angelegenheiten zu sprechen. Und dennoch wünschte ich, du hättest dich mir gleich anvertraut.«

Ihr Verstand begriff sein Handeln zwar, aber ihr Herz … *Indien.* Er wollte sie verlassen, und er war unehrlich mit ihr gewesen. Diese Erkenntnis kreiste in ihrem Kopf und brannte wie Säure in ihren Adern. Bilder tauchten vor ihrem inneren Auge auf: Cecilys triumphierendes Gesicht, die Schuldgefühle in Tristans Blick. Ihre alberne Bitte, dass er sie auf den Jahrmarkt begleitete. Ihr Wunschtraum, dass sie sich überall mit ihm zeigen konnte. Es fühlte sich an, als würde sie in einen Abgrund fallen.

»Mein Liebling.« Seine warmen Hände glitten von ihren Hüften nach oben und umfingen ihre Taille, und Verzweiflung wallte in ihr auf. Instinktiv wollte sie vor ihm flüchten, von der Quelle ihres Kummers. Paradoxerweise wollte sie dennoch ausgerechnet in seiner Umarmung Schutz suchen.

Sie schüttelte den Kopf.

Ein stürmischer Blick stand in seinen Augen. Er richtete sich auf und beugte sich nah zu ihr. »Es fühlt sich so an, als seist du ganz weit weg.«

Sie drehte den Kopf zur Seite, denn er war nahe genug für einen Kuss, und törichterweise sehnte sie sich danach.

Er vergrub das Gesicht an ihrem Hals.

Sie erstarrte in seiner Umarmung, doch dann ließ er seinen Mund über ihren Hals wandern, und die zärtliche, vertraute Berührung löste Sehnsucht in ihr aus; ihre Beine versagten ihr den Dienst und machten jeglichen Fluchtversuch zunichte.

Sie fasste in sein Haar und zog daran. Er hatte etwas Glorreichem den Glanz genommen, etwas Gutes beschmutzt, und dafür wollte sie ihn büßen lassen.

»Ich hatte nie die Absicht, dich zu verletzen«, murmelte er an ihrem Ohr. »Ich bitte dich um Verzeihung. Bitte vergib mir.«

»Süße Worte werden dich nicht freikaufen.«

Er zog sich zurück, ein Funkeln in den Augen. »Und das?«

Sie stieß einen wütenden Laut aus, als seine Lippen auf ihre trafen, aber sie öffnete den Mund und gewährte ihm Einlass.

Es war ein hitziger Kuss, und ihre Hände glitten aus seinem Haar zu seinem Nacken, um ihn näher zu ziehen, obwohl sie sich dafür verachtete. Sie schmiegte sich noch enger an ihn, und dafür verachtete sie sich erst recht. Ihr Körper war weich wie Butter in seinen Händen, wollte das, wollte ihn, selbst ohne die Ehrlichkeit, ohne das Vertrauen. Sie wollte ihn in sich spüren und hasste ihn gleichzeitig dafür. Wie armselig, wie bizarr.

Ihr Rock war unter seinen Oberschenkeln gefangen, weshalb sie die Beine nicht bewegen konnte. Sie könnte ihn beißen, aber sie spürte seine Erregung, das lodernde Verlangen, und wusste, dass sie ihn jetzt nur noch aufhalten könnte, wenn sie ihn darum bat. Und die Worte kamen ihr nicht über die Lippen.

Mit einem unwilligen Stöhnen ließ sie eine Hand über seinen flachen Bauch gleiten, hinunter zu seiner Hose, wo sie ihn hart vorfand. Er stieß einen kehligen Laut aus und drückte sie mit seinem Gewicht in die Polster. Es war fast so, als würden sie miteinander raufen. Ihre Zungen lieferten sich einen hitzigen Kampf, während Knöpfe aufsprangen und Schnüre sich lösten, bis das Reißen von Stoff Lucie innehalten ließ und sie sich ihm entzog. Erschrocken blickte sie auf ihre Chemise, die vom Hals bis hinunter zu ihrem Nabel aufgerissen war, als sei sie aus Papier.

Sie blickte Tristan finster an. »Beherrsch dich gefälligst.«

Er schenkte ihr ein dunkles Lächeln. »Ich *bin* beherrscht.«

Er teilte den zerrissenen Stoff, entblößte ihre Brüste und senkte den Kopf. Eine Hitzewelle durchströmte sie, und sie wölbte sich ihm unwillkürlich entgegen.

Sie legte den Kopf auf das Polster. Nun würde keiner von ihnen mehr aufhören können. Von ihm hatte etwas Stärkeres und Älteres als die Vernunft Besitz ergriffen, und sie wollte noch einmal mit ihm verschmelzen. Ein letztes Mal. Sie ließ ihn gewähren, als er ihre Röcke nach oben schob. Sie hatte sich einen Schurken ins Bett geholt, in ihr Leben; da war ein letztes ungestümes Zusammensein in einem zerrissenen Unterkleid wohl ein passender Abschied.

Er beugte sich über sie, eine Hand auf der Sofalehne, die andere Hand an seiner Hose, und seine Miene war so finster entschlossen, dass sie ihn kaum wiedererkannte.

Sie schloss die Augen, schloss ihn aus.

Als er sich nicht rührte, öffnete sie die Lider.

Ein gequälter Ausdruck zeichnete sein Gesicht. »Lucie«, sagte er rau. »Sag, dass du mich willst.«

Wie verlockend, ihm sein Vergnügen in diesem Zustand der höchsten Erregung zu verwehren.

Leider würde sie dann mindestens genauso leiden.

Ein letztes Mal.

Sie grub ihre Finger in seine Schultern. »Ich will dich.«

Mit der Macht eines Sturms kam er über sie, raubte ihr den Atem, und sie hielt sich an ihm fest, gab sich ihm hin, bis sie ins Vergessen taumelten. Sie wusste, dass er nicht aufhören würde, bis sie vor Lust schrie. Sie würde diesen Kampf gern verlieren. Wie dumm von ihr, dass sie einmal geglaubt hatte, sie könnte ihr Herz schützen, indem sie stumm blieb. Wie dumm von ihm, zu glauben, dass er ihr Herz durch Ekstase zurückgewinnen könne. Sie hielt sich zurück, bis er schwitzte, bis es ihm wehtun musste, und als die Glut sie schließlich überkam, schrie sie auf.

Sein Gewicht ruhte schwer auf ihr, während seine schnellen Atemzüge sich nur langsam wieder beruhigten. Mit ihr in den Armen sank er auf den Boden und hielt sie fest.

»Lass mich über Nacht bleiben.« Die Worte verschmolzen miteinander.

Sie war zu erschöpft, um ihn wegzuschicken. »Zieh die Vorhänge vor, und schließ die Tür ab.« Eine bleierne Müdigkeit erfüllte sie. Als er zu ihr zurückkam, war sie schon eingeschlafen.

Das Gefühl, verraten worden zu sein, kehrte mit dem kalten Licht der Morgendämmerung zurück, die sich durch die Vorhänge stahl. Lucie lag auf dem Boden und starrte mit müden Augen an die Decke. Je länger sie schaute, desto mehr Spinnweben entdeckte sie; zarte, zerrissene Schleier, angegraut vom Staub.

Tristan würde immer noch nach Indien reisen, und sie kam sich immer noch wie eine Närrin vor. Diese Erkenntnis lastete schwer auf ihrer Brust und lauerte so unheilvoll auf sie wie die Wasserspeier, die von jedem Dach in Oxford herunterstarrten.

Sie sollte sich freuen. Wenn Tristan erst fort war, würde sie wieder genügend Zeit für all die wichtigen Dinge haben, und sie würde auch mehr Kontrolle über *London Print* gewinnen. Freie Hand zu haben, war das nicht genau das, wonach sie sich vor einem Monat oder zwei noch gesehnt hatte?

Wie schnell sich die Dinge doch ändern konnten. Der Gedanke, dass er sie verlassen würde, hinterließ eine dumpfe Leere in ihr.

Am meisten verwirrte sie, dass sie in ihrem Leben nichts vermisst hatte, bevor er hineingeplatzt war. Warum also fühlte sich seine Nähe nun so überlebenswichtig an?

Sie atmete zittrig ein und drehte sich auf die Seite, weg von ihm, dann richtete sie sich auf. Im selben Moment wachte er auf; sie konnte es spüren.

Ein sanftes Rascheln der Decke, dann berührte er ihren nackten Rücken. Ihre Schultern versteiften sich unwillkürlich.

Er zog seine Hand zurück. »Ich vermute, du bist immer noch wütend.«

Die vertraute raue Stimme, die er am Morgen hatte, versetzte ihr einen Stich. Je eher er fort war, desto besser.

»Ja«, sagte sie, ohne ihn anzuschauen. Es musste wohl Wut sein, diese Leere, das Ziehen in ihrer Brust.

Eine Pause entstand. Dann Geraschel, als Tristan sich ebenfalls aufrichtete. »Wirst du mich bitte anschauen?«, fragte er schroff.

Sie schaute über die Schulter und blinzelte, um den Kummer zu vertreiben, den der Anblick seiner zerzausten Haare und seiner nackten Brust auslöste.

»Komisch, nicht wahr?«, sagte sie. »Du hast mir geraten, dass ich dir nicht vertrauen soll, aber ich habe es dennoch getan. Ich habe dich gebeten, ehrlich zu mir zu sein, und das warst du nicht. Wir beide haben die Regeln gebrochen.«

In seinen Augen stand ein harter Blick. »Nein, das ist nicht komisch.«

Sie drehte sich um. Zumindest versuchte er nicht, seine Unehrlichkeit zu leugnen, oder sie als Geheimniskrämerei zu kaschieren. Unehrlichkeit, Heimlichtuerei, gute Gründe oder nicht: Letztendlich hatte sie keinen Verdacht geschöpft. Sie hatte bei ihm gelegen, Haut an Haut, ihm in die Augen geschaut, während sie eins waren, und nichts geahnt. Er war sehr geschickt darin, seine Geheimnisse zu bewahren. Er könnte alles vor ihr verbergen, wenn er es wollte. Oder auch nicht, denn dunkle Geheimnisse fanden immer ihren Weg ans Licht, und dann zogen sie ihr den Boden unter den Füßen weg.

»Nein«, stimmte sie zu. »Das ist nicht komisch.«

Sie vergrub das Gesicht in den Händen und drückte sich die Handflächen auf die Augen. Sie musste für den Lunch mit dem Investorenkonsortium im *Randolph* einigermaßen präsentabel aussehen. Die Chancen dafür standen jedoch schlecht. Sie war viel zu müde; es kam ihr so vor, als würde ihr Gesicht sich von ihrem Schädel lösen.

»Ich wäre dir sehr dankbar, wenn du jetzt gehst.« Sie senkte den Blick, als er seine Kleidung aufsammelte und sich anzog, denn es war das letzte Mal, dass sie ihn so sehen würde.

Er ließ sich widerstandslos von ihr zur Küche scheuchen und machte auch keine Versuche, sie umzustimmen. Womöglich hatte er immer noch Schuldgefühle.

Ein paar Schritte vor der Hintertür blieb er stehen. »Ich würde dich heute Abend gerne sehen.«

Sie schüttelte den Kopf. »Ich dich lieber nicht.«

Er ballte die Hände zu Fäusten, als ob er sich davon abhalten müsste, nach ihr zu greifen.

»Weil du kein Vertrauen mehr zu mir hast«, stellte er ruhig fest, aber seine starre Haltung verriet seine Anspannung.

Wegen allem.

Sie nickte bloß.

Es kam ihr so vor, als bauten ihre Gefühle eine unüberwindbare Mauer zwischen ihnen auf. Sie standen da und konnten nur hilflos zusehen, wie alles, was sie miteinander verband, sich so unausweichlich veränderte wie ein Gezeitenwechsel.

Sein Blick wurde kalt, das warme Bernsteinleuchten darin erlosch. »Ich werde die Gräfin finden«, sagte er. »Und danach werde ich alles daran setzen, um mir deine Vergebung zu verdienen.«

Wie aus weiter Ferne hörte sie, wie die Küchentür ins Schloss fiel. Einen Moment später verdunkelten sein Kopf und seine Schultern das Küchenfenster, als er vorbeiging. Er schaute nach vorne.

Den Rücken an der Wand glitt sie nach unten und kauerte auf dem kalten Steinboden.

Das Problem lag nicht darin, dass sie ihm nicht vergeben konnte. Es war, dass sie es bereits getan hatte. Sie stand kurz davor, ihm nachzulaufen, ihn zurückzurufen. Sie wollte sich ihm in die Arme werfen und ihr Gesicht an seinem Hals vergraben; seinen Duft einatmen und sagen: Lass uns vergessen, was geschehen ist, und alles ignorieren, was noch kommt.

Sie stand kurz davor, ihm hörig zu sein. So kurz davor, eine Frau zu werden, die ihren Ehemann anbettelte, abends nach Hause zu kommen, und die Ausreden für ihn erfand, wenn er sie anlog und fernblieb; eine, die sich selbst belog, nur um ihr ganzes Leben weiter um die wankelmütige Kreatur *Mann* kreisen zu können. Sie stand so kurz davor, obwohl Tristan weder für ihr Brot noch ihr Dach über dem Kopf aufkam oder ihr den Schutz seines Namens bot. Sie hatte eine Wahl. Und trotzdem saß sie nun hier, auf dem Boden.

Ihre Nase brannte. Eine heiße Träne perlte über ihre Wange. Sie wischte sie fort. Wie demütigend, dass ausgerechnet Cecily ihr Geheimnisse über sich offenbarte, von denen sie nicht einmal gewusst hatte, dass sie sie in ihrem Herzen verbarg. *Wir sind verlobt und wollen heiraten.* Diese Bemerkung hatte einen unerwartet heftigen Schmerz in ihr ausgelöst. Sie schnitt scharf wie eine Rasierklinge, die man unter Sirup versteckt hatte.

Sie war sich so sicher gewesen, dass sie ihr Leben niemals mit einem Mann teilen wollte. So fest davon überzeugt, dass zärtliche Gefühle und eine Familie nur für andere bestimmt waren. Diese Gewissheit hatte es ihr einfach gemacht, ihre Arbeit zu tun, eine Arbeit, die von ihr verlangte, allein zu bleiben.

Sie schluchzte unbeherrscht, es war wie ein Schluckauf und klang albern in der Stille, aber sie konnte nicht aufhören zu weinen. Sie hatte sich selbst etwas vorgemacht. Es hatte bisher bloß niemanden gegeben, der sie in Versuchung geführt hätte, ihr bisheriges Leben aufzugeben. Bis jetzt. Sie musste ihr Herz natürlich ausgerechnet in Tristans achtlose Hände legen, und nun lag es in blutigen Scherben in ihrer Brust. Insgeheim hatte sie wohl gehofft, dass sie es trotz allem ebenso verdiente, geliebt und achtsam behandelt zu werden wie jede andere Frau.

Ein dunkler Fleck kam auf sie zu, dann kroch Boudicca auf ihren Schoß, tröstete sie mit ihrem Gewicht und weichem Fell und maunzte leise.

Lucie drückte die kleine Fellkugel an sich. »Mach dir keine Sorgen. Ich stehe gleich wieder auf. So wie immer, das weißt du doch. Ich tue mir nur gerade selbst sehr leid.«

Eine schwarze Pfote landete auf ihrer Brust, genau an der Stelle, wo es am meisten wehtat.

Auf dem Weg zu seiner Unterkunft nahm Tristan nichts um sich herum wahr. Er war noch völlig vertieft in das emotionale Gemetzel, das in Norham Gardens gewütet hatte. Und immer noch in seiner Brust tobte. Seine Abscheu gegen sich selbst war körperlich spürbar; sie spannte seine Nerven zum Zerreißen und dehnte jede Faser seiner Muskeln. Zärtliche Gefühle und sein lasterhaftes Wesen ergaben offenbar schlechte Bettgesellen. Aber das Leben in Lasterhaftigkeit kannte er schon lange, die Liebe zu einer Frau erst einen Monat, deshalb hatte er diesen schweren Fehler begangen. Alte Gewohnheiten legte man nicht so schnell ab. Er würde die Sache jedoch in Ordnung bringen und Lucie zurückgewinnen, denn es fühlte sich verdammt noch mal so an, als hätte er sie vorhin verloren.

Er hämmerte mit der Faust an die Tür seines Hauses in der Logic Lane.

Einen Moment später erklangen Schritte. Er zog die Brauen zusammen. Das war nicht Avis leichtfüßiger Gang.

Sein Körper vibrierte vor Anspannung, als einen Moment später die Tür aufschwang.

Sein Kopf war wie leer gefegt.

Er stand Lord Wycliffe Auge in Auge gegenüber.

33. KAPITEL

Der Graf hatte eine durchschnittliche Statur und musste den Kopf zurücklehnen, um Tristan ins Gesicht zu sehen, und er kniff die grauen Augen kurz gereizt zusammen.

Er war nicht annähernd so gereizt wie Tristan. Dieser Mann hatte seine eigene Tochter verstoßen und stand nun unangemeldet und uneingeladen in seinem Flur.

»Guten Morgen, Wycliffe«, sagte er gedehnt. »Welch unerwartete Ehre.«

Eher unerwartet als eine Ehre. Warum auch immer dieser Mann hier war, sein Überraschungsbesuch verhieß nichts Gutes.

»Wir müssen reden, und dazu sollten wir besser reingehen«, stellte Wycliffe fest.

In Tristans Salon hatte sich eine kleine Gruppe versammelt. Avi stand trotzig vor dem kalten Kamin, die Lippen fest zusammengepresst. In sicherer Entfernung zu ihm stand ein Mann mit Brille, der die ernste Miene eines Anwalts zur Schau trug, und neben ihm Wycliffes langjähriger Kammerdiener. Der Mann hielt Tristans roten Samt-Gehrock im Arm. Er musste ihn am gestrigen Abend auf dem Jahrmarkt vergessen haben.

»Ich bitte um Verzeihung, Mylord.« Avi reckte das Kinn. »Seine Lordschaft hat darauf bestanden.« Sein Blick streifte finster den Grafen.

»Sie haben das gut gemacht.« Tristan klang ruhig. Er fühlte sich auch alarmierend ruhig.

Er wandte sich an den Grafen. »Was kann ich für Sie tun?«

Wycliffe deutete mit seinem Stock auf seinen Kammerdiener. »Ist das Ihr Mantel?«

»Da mein Monogramm und mein Wappen deutlich sichtbar im Futter eingestickt sind, nehme ich an, dies ist eine rhetorische Frage. Die Frage ist doch vielmehr, warum wollen Sie das wissen?«

Wycliffes Miene wurde noch härter. »Mein Mündel, Lady Cecily, hat diesen Gehrock gestern getragen, als sie zu ihrem Hotelzimmer zurückgekehrt ist«, erklärte er. »Kurz vor Mitternacht, nachdem eine Suchmannschaft erfolglos nach ihr Ausschau gehalten hat.«

Eine eisige Kälte ergriff ihn, als die Bedeutung dieser Worte in seinen Verstand drang.

Es war noch nicht mal neun Uhr. Was immer Cecily auch erzählt haben mochte, man hatte es offenbar sofort nach Wycliffe Hall telegrafiert, und der Graf war schnurstracks mit dem nächsten Zug nach Oxford geeilt.

»Was genau wollen Sie damit andeuten?«, fragte Tristan ausgesprochen höflich.

Wycliffe hob ungläubig die Augenbrauen. »Dass wir hier eine kompromittierende Situation haben.«

»Tatsächlich haben Sie und Lady Cecily eine solche Situation.«

»Für die Sie die Ursache zu sein scheinen.«

»Behauptet die Lady das?«

Wycliffes Miene wurde nachdenklich. »Sie behauptet gar nichts, wie nicht anders zu erwarten. Tatsache ist, dass Sie zusammen auf dem Jahrmarkt gesehen wurden. Genauso hat man beobachtet, wie Sie den Jahrmarkt zusammen verlassen haben, noch dazu so übereilt, dass Lady Wycliffe nicht folgen konnte. Und es ist ebenso Fakt, dass man meine Nichte Stunden später beim Verlassen eines College-Bootshauses gesehen hat, völlig aufgelöst und in Ihrem Gehrock. Zu dieser Zeit hatte man bereits eine Suchmannschaft nach ihr ausgeschickt.«

Eis füllte seine Brust. Die Indizien würden den Klatschmäulern kristallklar erscheinen. Und die hielten letztendlich das wahre Gericht in solchen Angelegenheiten.

»Mein Gehrock mag mit Ihrer Ladyschaft im Bootshaus gewesen sein, ich jedoch ganz sicher nicht.« Er richtete die Worte an Avi, nicht an Wycliffe, denn sein Kammerdiener schaute ihn mit Enttäuschung in den Augen an, und das versetzte ihm verdammt noch mal einen Stich.

»Und wo waren Sie in diesem Fall zwischen acht Uhr abends und Mitternacht?«, wollte Wycliffe wissen.

Der Anwalt in Grau hatte angefangen, etwas in sein Notizbuch zu schreiben.

Tristan wusste, dass er dieses Problem nicht mit Charme, einem Gewehr oder Alkohol lösen konnte. Es eilte unausweichlich mit der Geschwindigkeit einer Kugel auf ihn zu, und er stand mit dem Rücken zur Wand.

Er nickte, wie zu sich selbst. »Wo ich meine Nächte verbringe, geht Sie nichts an«, informierte er Wycliffe.

Die Miene des Grafen blieb unbeeindruckt; er hatte wohl mit dieser Antwort gerechnet. »In diesem Fall muss ich Sie bitten, uns nach Wycliffe Hall zu begleiten.«

»Natürlich«, erwiderte Tristan gutmütig. »Sobald mein Anwalt hier ist. Avi, seien Sie so freundlich und schicken Sie Beedle ein Telegramm zu seiner Residenz in St. James.«

In Wycliffes Miene spiegelte sich Widerwillen. »In London?«

»Ja.« Tristan nahm in dem Sessel Platz und streckte die langen Beine aus. »Es dauert höchstens drei Stunden, bis er hier ist. Möchten Sie inzwischen eine Erfrischung?«

Der helle luftige Speisesaal im *Randolph* duftete nach Sommer, dank der Blumen, die in üppigen Arrangements auf jedem Tisch standen. Die Etageren waren überladen mit Tee-Sandwiches, Zitronenküchlein und kleinen Konfitürenschalen, zur Ergänzung der Clotted Cream für die frisch gebackenen Scones. Eigentlich ein Festmahl für eine Naschkatze wie Lucie, aber sie hatte das Gefühl, sie hätte auch Sägespäne verspeisen können, so taub waren ihre Sinne. Immer wieder flogen ihre Gedanken zu Tristans Gesicht, das so bleich ausgesehen hatte, als er an ihrem Küchenfenster vorbeigelaufen war. Es ist vorbei, dachte sie. Nie wieder würde sie seine Küsse spüren.

»Wenn Sie lieber gehen wollen, meine Liebe, würde daran sicher niemand Anstoß nehmen.«

Die leise Stimme ging ihr bis ins Mark.

Langsam wandte sie sich Lady Salisbury zu, die neben ihr saß und sich zu ihr gelehnt hatte. Woher konnte sie das wissen? Sorge stand deutlich im Gesicht der Gräfin geschrieben.

Lucie räusperte sich. »Ich war wohl ein wenig abgelenkt.«

Lady Salisbury nickte. »Nun, es ist eine Schande«, sagte sie. »Aber vergessen Sie nicht, dass es nicht Ihre Schuld ist, auch wenn manche die Nase über Sie rümpfen werden. Ich war nie eine Freundin davon, ein ganzes Haus in Sippenhaft zu nehmen, eine Bestrafung für alle, nur weil ein Familienmitglied eine Dummheit begangen hat. Das erscheint mir nun wirklich sehr sozialistisch.«

Diese Ansprache ergab überhaupt keinen Sinn.

Hektisch warf Lucie einen Blick über die Gäste am Tisch,

dann durch den Raum. Ein deutliches Vibrieren war unter der blendenden Pracht zu spüren, wie ihr auffiel. Sehr subtil, aber dennoch wahrnehmbar. Blicke wandten sich ab, wenn sie den ihren trafen. Köpfe, die zusammengesteckt wurden, um tuschelnd irgendwelchen Tratsch auszutauschen, fuhren ertappt auseinander.

Sie stellte ihre Tasse ab, die sie gedankenverloren mindestens eine Minute lang in der Hand gehalten hatte.

»In Anbetracht der Tatsache, dass dies ein Festmahl ist, scheinen alle ziemlich nervös zu sein«, meinte sie leise.

Lady Salisbury musterte sie. »Ja, haben Sie es denn noch nicht gehört?«

»Was denn?«

»Oh, du liebe Güte, Sie wissen es noch gar nicht.«

Ein unheilvolles Prickeln rieselte ihr über den Rücken. »Was ist passiert?«

Lady Salisbury schaute erst nach links, dann nach rechts, ehe sie sich noch näher zu ihr beugte. »Das über Ihre Cousine, Lady Cecily«, flüsterte sie. »Offenbar ist sie nach dem Jahrmarkt gestern Abend nicht nach Hause zurückgekehrt. Man hat eine Suchmannschaft nach ihr ausgeschickt.«

Lucie erstarrte. »Hat man sie gefunden?«

»Tsts«, machte die Gräfin. »Sie ist von selbst zurückgekehrt. Völlig unversehrt. Na ja, fast.« Sie hob bedeutungsvoll die linke Braue. »Wie es scheint, ist Lord Ballentine mit ihr verschwunden. Man hat sie erst mitten in der Nacht wiedergesehen, in seinem Gehrock.«

Stille füllte ihren Kopf. Ihre Sicht verschwamm. Dann traten die Formen und Farben ihrer Umgebung unvermittelt wieder klar hervor, und die Stimmen schwollen in ihren Ohren zu einem Gebrüll an.

»Lady Lucinda?«

Sie schaute in Lady Salisburys fragende blaue Augen. »Unmöglich«, flüsterte sie.

Die Gräfin schüttelte den Kopf. »Das ist wirklich eine Schande. Solch ein liebenswertes Mädchen. Und nun wird ihre Verlobung von einem Skandal befleckt sein. Aber die dummen Gänse in ihrem Alter werden das alles sicher schrecklich romantisch finden …«

Am liebsten hätte Lucie die Hand auf Lady Salisburys plappernden Mund gelegt, um dem Gift Einhalt zu gebieten, das sie versprühte.

All das war eine Lüge.

Das wusste allerdings niemand außer Tristan und ihr.

Falls er die Wahrheit nicht längst erzählt und sie damit ganz zur *persona non grata*, zur gesellschaftlich Geächteten, gemacht hatte.

»Geht es Ihnen nicht gut?« In Lady Salisburys Miene trat echte Sorge. »Lieber Himmel. Ich hätte Ihnen diese Neuigkeit nicht so unverblümt mitteilen sollen.«

Sie schüttelte den Kopf. »Ich brauche nur etwas frische Luft.«

Ihr Magen drehte sich um.

Wenn ein Gentleman eine unschuldige, ledige Dame kompromittierte, musste er sie heiraten. Wenn das Gerücht sich schon verbreitet hatte, blieb im gar keine andere Wahl. Falls er sich weigerte, würde er damit das gesellschaftliche Todesurteil der betreffenden Dame unterzeichnen. Und damit auch sein eigenes.

Entschuldigungen murmelnd verließ sie den Saal und mied geflissentlich die neugierigen Blicke. Sie musste mit Tristan reden.

Oxford nahm sie nur als undeutliche Geräuschkulisse wahr. Kutschen ratterten vorbei. Fußgänger und Studenten in schwarz-weißen Roben wichen ihr mit empörten Rufen aus. Der Normannenturm in der Market Street erhob sich grau und schief wie ein riesiger Grabstein vor ihr. Als die Glocke von St. Mary's läutete, versuchte sie, sich zusammenzureißen. Nun war es nicht mehr weit bis zur Logic Lane.

Mehrmals läutete sie die Klingel.

Nach einem Moment, der ihr wie eine Ewigkeit vorkam, schwang die Tür auf, und Avi erschien auf der Schwelle. In seinen dunklen Augen stand Misstrauen.

Ein mulmiges Gefühl ergriff sie. »Guten Morgen, Avi.«

»Seine Lordschaft ist nicht …«

»Bitte.« Sie legte die Hand an die Tür und versuchte sie aufzudrücken. »Ich habe wichtige Neuigkeiten für ihn.«

Schweigen.

»Avi, je eher er es erfährt, desto besser.«

Avis Miene verhärtete sich, während er innerlich mit sich zu beratschlagen schien. »Nun gut«, sagte er schließlich und trat zurück. »Vielleicht können Mylady ihm eine Karte oder Nachricht …«

Sie drängte sich an ihm vorbei und steuerte auf die Treppe zu.

Er war nicht da. Das ganze Haus schien verlassen. Sie lief den Flur entlang zu seinem Schlafzimmer. Sein Bett war ordentlich gemacht und die Ottomane gähnend leer, bis auf ein Buch, das aufgeschlagen darauf lag. Eine leichte Staubschicht bedeckte den Schreibtisch und die Regale. Tristan war in letzter Zeit nicht oft zu Hause gewesen. Die vergangenen Wochen hatte er entweder in London verbracht oder bei ihr.

Sie lief rasch die Treppe wieder hinunter in den Salon. Nichts, nicht einmal kalte Asche im Kamin.

»Mylady …«

Sie drehte sich um und nagelte den Diener mit finsterem

Blick fest. »Ist sein Verschwinden auf einen Vorfall mit Lady Cecily zurückzuführen?«

Er hob die Brauen. »Das kann ich nicht sagen, Mylady.«

»Können Sie nicht oder wollen Sie nicht?«

Er presste die Lippen zusammen.

Herr, schenke mir Geduld. »Mögen Sie Seine Lordschaft?«, versuchte sie es erneut.

Avi neigte den Kopf. »Mylord ist, auf seine Weise, ein guter Arbeitgeber. Aber nun habe ich erfahren, dass er womöglich eine junge Dame kompromittiert hat.«

Er wirkte ernstlich bekümmert. Er will nicht, dass Tristan irgendeine Schuld trifft, nahm sie an.

»Ich habe guten Grund zu der Annahme, dass er die betreffende Dame nicht kompromittiert hat«, erklärte sie.

Avi musterte sie forschend. »Nicht? Das freut mich zu hören. Ich war selbst überrascht, als ich hörte, dass Seine Lordschaft so etwas getan haben sollte.«

»Ich bin hier, um zu helfen«, sagte sie, was glatt gelogen war. Denn sie wollte eigentlich sich selbst helfen.

»Darf ich Mylady eine Tasse Tee anbieten?« Avi betrachtete sie nun herzlich. »Oder vielleicht einen Sherry?«

»Bitte sagen Sie mir einfach nur, was Sie wissen.«

»Also gut. Die Männer sind hergekommen, um hier auf ihn zu warten. Hätte ich gewusst, was sie wollten, hätte ich sie gar nicht reingelassen. Aber das habe ich, und deshalb ist er mit ihnen gegangen.«

Eine schreckliche Ahnung überflog sie, und ihr stellten sich die Härchen im Nacken auf. »Von wem reden Sie?«

»Von Lord Wycliffe und seiner Entourage.« Er presste die Lippen zu einem schmalen Strich. »Widerwärtige Menschen.«

»In der Tat«, stimmte sie grimmig zu.

»Sehr übel.«

»Was haben sie gesagt? Was haben sie gewollt?«

»Sie behaupten, dass man Seine Lordschaft und die Lady gesehen hätte, wie sie den Jahrmarkt gemeinsam verließen, und sie kam nachts allein nach Hause, in seinem Gehrock. Lord Ballentine konnte kein Alibi vorweisen. Mylady?«

Sie war förmlich auf einen Stuhl geplumpst.

»Kein Alibi«, wiederholte sie. »Er hat ihnen nicht gesagt, wo er in der vergangenen Nacht war?«

Avi schüttelte den Kopf, und sie sah ihm an, dass sein flinker Verstand sich die Ereignisse selbst zusammenreimte. »Sie sind nach Wycliffe Hall gefahren«, erzählte er. »Vermutlich, um den Ehevertrag zu unterschreiben.«

»Nein.« Sie sprang auf. »Er kann nicht einfach dazu gezwungen werden, jemanden aufgrund einer unbewiesenen Anschuldigung zu heiraten. Wir befinden uns nicht mehr im Mittelalter.«

»Aber der Ruf der Dame wäre ruiniert, wenn sich das herumspricht. Und auch der seine, wenn er die Verlobung löst.«

»Sie sind nicht verlobt«, erwiderte sie barsch.

Avi wackelte mit dem Kopf. »Es gab ein Arrangement, wenn auch ein informelles.«

Er hatte recht. Sie lief im Zimmer auf und ab. Tristan hatte kein Alibi geliefert. Er schützte sie ganz offensichtlich, und das löste eine Flut von Gefühlen in ihr aus.

»Soweit ich es verstehe, mag die Gesellschaft insgeheim einen Frauenhelden bewundern«, meinte Avi. »Aber sie wird denjenigen verstoßen, der einem ihrer unschuldigen Mitglieder Schaden zufügt.«

Sie lachte spöttisch. »Oh ja.«

»Und er kann sich einen besudelten Ruf nicht leisten, wortwörtlich, nicht wahr?«

»Was meinen Sie damit?«

»Weiß Mylady, dass Lord Ballentine sich Geld von einem üblen Mann geliehen hat?«

»Ja, von Blackstone.«

Avis Miene war ernst. »Wenn bekannt wird, dass er eine Debütantin ruiniert und ein Verlobungsgelübde gebrochen hat, wer würde dann noch seine Bücher kaufen? Wie können die Damen seine romantischen Gedichte dann noch reizvoll finden? Und wie soll er dann das Darlehen zurückbezahlen?«

Bei jeder Frage wurde ihr schwindeliger.

»Der Prinz wird seine Widmung für die anderen Bücher zurückziehen.« Sie schaute Avi an. »Man sollte Blackstone die Rückzahlung seines Kredits nicht schuldig bleiben, nehme ich an.«

»Vermutlich nicht«, bestätigte Avi höflich.

»Ich könnte mir vorstellen, dass dies ernstere Folgen hätte als ausbleibende Einnahmen.«

»Dem würde ich zustimmen, Mylady.«

Sie sank zurück auf den Stuhl. »Es ist noch schlimmer«, sagte sie. »Wir mussten Druckkapazitäten von einem anderen Verlagshaus zukaufen. Die Produktion ist bereits im Gang, aber die Kunden werden ihre Bestellungen womöglich zurückziehen. Und wir hatten beträchtliche Kosten für die Renovierung.« Sie riss sich zusammen. Avis Augen hatten sich erschrocken geweitet, und es brachte nichts, den Mann noch mehr zu beunruhigen. Sie atmete tief durch. »Wann sind sie gefahren?«

Avis Blick wanderte zur Uhr auf dem Kamin. »Ungefähr vor einer halben Stunde, Mylady.«

Ihre Schritte verlangsamten sich, als sie die High Street erreichte, weil ihre Beine zitterten. Sie blieb neben der verschnörkelten blauen Säule des Oxford Marmalade Shop stehen. Im Schaufenster waren Marmeladen- und Konfitüren-gläser kunstvoll zu einer Pyramide gestapelt.

Vielleicht hatte Tristan ihren Namen längst preisgegeben, um sich ein Alibi zu verschaffen. Vielleicht aber würde er ihr Geheimnis auch ehrenwert mit ins Grab nehmen. Sie wuss-te nicht, welche der beiden Möglichkeiten ihr mehr Angst einjagte. Angst. Die hatte sie.

Denn zwischen einer Marmeladenpyramide und vorbeihas-tenden Studenten musste sie eine Entscheidung treffen. Und das schnell. Der große Zeiger der Uhr auf dem St.-Marys-Turm auf der anderen Straßenseite bewegte sich auf Viertel vor zwölf zu. Der nächste Zug in Richtung Wycliffe Hall ging kurz nach zwölf. Zwei Minuten. Ihr blieben nur zwei Minuten, um zu entscheiden, ob sie ihn nehmen sollte.

Sie bekam keine Luft mehr.

Tristan wusste genau, was für ihn auf dem Spiel stand. Er wollte Cecily nicht heiraten, aber die Ehe mit ihr war der einfachste Ausweg, um ihn gesellschaftlich und finanziell zu retten. Und selbst wenn er sich entschied, seine Unschuld zu beweisen, indem er sie, Lucie, den Wölfen zum Fraß vorwarf, würden sie ihn womöglich dazu zwingen, mit Cecily vor den Altar zu treten. Ihr unbefleckter Ruf musste nun unbedingt geschützt werden, während sich vermutlich niemand darum scheren würde, Lucies bereits besudeltes Ansehen vor weite-rem Schmutz zu bewahren.

Nein, Tristan würde ihren Namen nicht nennen. Es lag ihm im Blut, jemanden zu schützen, der das nicht selbst tun konnte. Seine Narben waren der sichtbare Beweis dafür. Er würde niemals einer schutzlosen Frau die Pistole auf die Brust setzen.

Sie könnte also nach Hause zurückkehren und ihr Leben einfach wie sonst fortführen. Die Aussicht, dass Tristan eines

Tages eine andere Frau zu seiner Gräfin machen würde, hatte schon seit Längerem drohend in den Schatten gelauert.

Sie konnte aber auch nach links laufen, zum Bahnhof, und den Zug nehmen.

Der Zeiger der Uhr rückte eine Minute vor.

Eine kalte Ruhe überkam sie. Ihr Herz wusste es schon, bevor ihr Verstand es wagte, ihren Entschluss in Worte zu fassen.

Sie konnte nicht nach Hause gehen. Und das nicht nur, weil die Vorstellung von Tristan in Cecilys Armen ihr Übelkeit bereitete. Tag für Tag stand sie morgens auf, um für mehr Freiheit und Gerechtigkeit zu kämpfen. Könnte sie das immer noch tun, voller Stolz, wenn sie wüsste, dass sie geschwiegen hatte, als Tristans Freiheit und sein Recht zu wählen einem großen Unrecht zum Opfer gefallen waren? Wohl kaum. Es würde beständig an ihr nagen, wie Schimmel sich in ein schlecht gemauertes Fundament fraß.

Aber ihre Mission. Falls es sich herumsprach, würde sie die Arbeit dafür womöglich aufgeben müssen.

Ein Glockenschlag verkündete die Viertelstunde.

Sie schaute zum Turm.

Offenbar gab es immer noch einen Teil in ihr, der nicht vollständig von ihrer Arbeit eingenommen wurde. Sie hatte so lange für die Mission gelebt und bei jedem Atemzug daran gedacht, dass sie angenommen hatte, sie und die Frauenbewegung seien eins. Aber dem war nicht so.

Das Bemerkenswerte an Missionen ist, dass sie auch ohne das eigene Zutun meist gut fortgeführt werden. Die Frage ist vielmehr, wie gut man selbst ohne die Mission auskommt.

»Verdammt, Melvin«, flüsterte sie.

Dann raffte sie die Röcke und lief zum Droschkenstand.

34. KAPITEL

Newbury hatte sich in den zehn Jahren, die Lucie nicht dort gewesen war, zum Glück kaum verändert. Während sie aus dem Haupteingang des Bahnhofs stürmte, entdeckte sie bereits das Kutscherhaus auf der anderen Seite des Marktplatzes. Sie würde Wycliffe und Tristan wohl nicht mehr einholen können, aber sie musste es zumindest versuchen.

Der Wirt selbst stand hinter der Theke. Er musste der Eigentümer sein, denn er las die *Pall Mall Gazette* und hielt es nicht für nötig, auch nur aufzusehen, als sie durch die Tür rauschte. Hinter ihm in der linken Ecke saß eine ältere Frau in einem Schaukelstuhl, mit einem Tuch über der Schulter, und strickte.

»Ich möchte ein Pferd mieten«, sagte sie atemlos zu der Zeitung.

Der Kopf des Mannes tauchte dahinter auf, und er musterte sie eingehend über den Rand des Blattes hinweg. »Wo wollen Sie hin, Mylady?«

»Wycliffe Hall.«

Er nickte. »Die Postkutsche, die nahe an Wycliffe Hall vorbeikommt, fährt in einer halben Stunde. Kostet drei Pence.«

»Haben Sie kein Mietpferd?«

Wycliffe Hall lag drei Meilen südlich von Newbury, wenn man den Weg über die Felder nahm. Der Weg mit der Postkutsche war doppelt so lang.

Der Mann beäugte sie misstrauisch. »Ein Pferd?«

»Ein Pferd«, bestätigte sie. Ihr Mund war wie ausgedörrt. Die Uhr an der Wand hinter dem Mann verriet ihr, dass sie kostbare Zeit verlor. Tristan könnte den Ehevertrag schon in dieser Minute unterzeichnen.

Der Mann wandte sich an die strickende Frau im Schaukelstuhl. »Beth, haben wir ein freies Pferd?«

Die Frau schaute nachdenklich auf. »Aye«, sagte sie schließlich. »Das Pony. Aber wir haben keinen Damensattel.«

Der Wirt schaute Lucie bedauernd an. »Tut mir leid, wir ham keinen Damensattel, Mylady. Wollen Sie die Postkutschenfahrt für drei Pence?«

»Nein«, sagte sie. »Ich nehme einen normalen Sattel.«

Der Mann riss die Augen auf. »Haha«, lachte er. »Ein Witz.«

»Ich scherze nicht.« Ihr gefährlich ruhiger Ton hätte ihm eine Warnung sein sollen.

»Bitte, Mylady. Ich fürchte, Sie müssen die Postkutsche nehmen.«

»Ich brauche das Pferd, mit dem normalen Sattel.«

Der Mann schüttelte den Kopf. »Für Sie selbst, Mylady? Das ist zu unsicher.«

Er hob die Zeitung hoch und wollte sich wieder darin vertiefen.

Lucie griff in ihre rechte Rocktasche.

Das metallische Klicken löste ein Stirnrunzeln bei dem Mann aus, und er sah auf. Und stellte fest, dass er in die Mündung eines Revolvers blickte. Er erstarrte, der Mund stand ihm vor erstauntem Entsetzen offen.

»Ich nehme das Pferd«, sagte Lucie. »Mit dem normalen Sattel.«

Der Mann hob langsam die Hände über den Kopf, die Zeitung fiel raschelnd zu Boden.

»Liebe Güte, Mann, das ist kein Überfall«, sagte Lucie gereizt. »Hier ist ein Shilling für das Pferd und drei Pence für Ihr Tuch.« Sie deutete mit der Waffe auf die gleichermaßen erstarrte Frau, während sie das Geld mit der linken Hand über die Theke schob.

»Sehen Sie, nichts von diesem Unfug wäre nötig, wenn Frauen Hosen tragen dürften«, meinte sie zehn Minuten später zu der jungen Frau, vermutlich die Tochter des Wirts, die ihr ein gesatteltes und gezäumtes New-Forest-Pony im Stallgang zuführte. Das Mädchen schaute sprachlos zu, wie Lucie ihren modisch engen Rock und den Unterrock raffte, bis sich der Stoff um ihre Hüften bauschte. Nachdem sie sich in den Sattel geschwungen hatte, drapierte sie das Tuch so, dass ein Mindestmaß an Schicklichkeit gewahrt blieb. Ihre Knöchel und mindestens eine Handbreit ihrer Waden blieben jedoch unbedeckt und sie fühlte sich schrecklich nackt, als sie aus dem Stall ritt.

Im Trab überquerte sie den Marktplatz und zog die schockierten Blicke von Passanten auf sich. Eine halbe Ewigkeit musste sie über gepflasterte Straßen reiten, bis sie die Stadtgrenze erreichte, an der sich im Wechsel grüne und brachliegende Felder bis zu Wycliffe Hall erstreckten.

Sie lenkte das Pony von der Straße und lockerte die Zügel. Sie fürchtete jedoch, sie würde trotz allem zu spät kommen.

Tristan hatte damit gerechnet, in der Bibliothek von Wycliffe Hall auf seinen Vater zu treffen. Rochester stand wie erwartet vor dem Schreibtisch, so starr und aufrecht wie ein Zaunpfosten. Neben ihm lungerten ein verkniffen wirkender Tommy Tedbury und ein Mann, den er als Rochesters Anwalt wiedererkannte. Interessanterweise war auch Lady Wycliffe anwesend. Sie stand etwas abseits neben dem Kamin. Die wichtigste Person in diesem absurden Theater fehlte jedoch.

Er musterte Rochester mit hartem Blick. »Wo ist sie?«

»Falls du Lady Cecily meinst, sie ist indisponiert«, antwortete sein Vater kühl.

»Ach tatsächlich?« Seine Stimme klang so drohend, dass Lady Wycliffe sich unwillkürlich an die Kehle fasste.

»Es besteht kein Grund, einer jungen Frau noch mehr Kummer zu bereiten«, sagte Rochester. »Du hast bereits für genug Ärger gesorgt.«

»Steckst du hinter all dem?« Die Möglichkeit war ihm auf der langen, in Schweigen verbrachten Bahnfahrt nach Newbury durch den Kopf gegangen.

»Nein.« Rochester schenkte ihm ein leichtes Lächeln. »Das ist allein dein Verdienst. Deine Sünden holen dich ein.«

Wycliffe räusperte sich hinter ihm. »Ich gebe zu, es ist mir ein Rätsel, warum eine Ehe mit einer wohlerzogenen jungen Dame wie meinem Mündel als Strafe angesehen wird.« Er stellte sich neben Rochester und Tommy und bildete eine einheitliche Mauer der Missbilligung mit ihnen. »Dabei ist es unter den Umständen ein großer Gewinn für Sie, Ballentine. Ich wundere mich, warum Sie solch ein Theater mit uns veranstalten. Erst versäumen Sie es, den Vertrag zu unterzeichnen, dann ruinieren Sie das Mädchen, und nun weigern Sie sich, das Richtige zu tun, obwohl die Fakten klar auf der Hand liegen.«

»Klar auf der Hand«, wiederholte Tristan. »Und dennoch sind Sie mich mit Ihrem Anwalt im Schlepptau holen gekommen.«

Wycliffe zuckte mit den Schultern. »Die Verlobung ist nun unumgänglich, und die Papiere sind noch nicht unterzeichnet.«

Tristan wandte sich an Beedle, der sich sichtlich unwohl in seiner Haut fühlte, weil ihnen die Gegenseite in Anzahl weit überlegen war. »Beedle, mir gefällt diese Nötigung nicht. Was sagt das Gesetz dazu?«

461

Beedle trat von einem Fuß auf den anderen. »Ein Alibi für die vergangene Nacht würde helfen, Mylord. Das würde die Dame zwar nicht von ihrem befleckten Ruf reinwaschen, aber es würde Ihr Ansehen in den Augen der Familie und der Gesellschaft wieder herstellen.«

Wie übel. Er hatte natürlich darüber nachgedacht, Wycliffe zu erzählen, dass er mit dessen Tochter schlief. Dann würde der Graf womöglich noch einmal darüber nachdenken, wer wen heiraten sollte.

Während der Zugfahrt, als die schöne englische Sommerlandschaft wie im Nebel an ihm vorbeizog, hatte er jede Möglichkeit für sein zukünftiges Leben vor seinem inneren Auge Revue passieren lassen. Und jede hatte in eine kalte, dunkle Sackgasse geführt, da Lucie in keiner vorkam. Lucie. Seine kratzbürstige Fee, die Liebe seines Lebens. Sein Körper schmerzte vor Sehnsucht, zu ihr zu gehen, auch wenn er dafür tausend Meilen zurücklegen müsste. Nun, wo er kurz davorstand, sie zu verlieren, sah er der Wahrheit ins Gesicht: Er würde sie auf der Stelle heiraten. Nicht, um sich ein trostloses Leben mit Cecily zu ersparen oder die rücksichtslosen Schritte, die dazu nötig waren, ein solches Szenario zu verhindern. Und auch nicht wegen *London Print* oder der vorteilhaften Verbindung zweier Grafschaften. Er wollte sie heiraten, weil sie die Konstante in seinem Leben war, sein Licht. Wenn er ihren Namen nun preisgab, konnte er sie haben. Sie würde ihn dafür jedoch hassen. Dennoch würde sie die Seine sein, und der dunkle, selbstsüchtige Teil in ihm flüsterte ihm verführerisch zu, dass es die Sache wert wäre. Kurz vor der Ankunft in Newbury wusste er allerdings mit Gewissheit, dass er ihr das niemals antun könnte. Lieber würde er sich noch einmal eine Kugel einfangen, als ihr die Flügel zu stutzen. Kalte Wut füllte die Leere in seiner Brust.

»Ein Alibi«, meinte Wycliffe ungeduldig. »Selbst wenn es eines gäbe, ist der einzig richtige, ehrenwerte Schritt in dieser Situation, meinem Mündel den Schutz Ihres Namens zu geben.«

»Das wird er auch tun«, sagte Rochester. »Er weiß, dass sie sonst beide ruiniert wären.«

Tristan schenkte ihm ein spöttisches Lächeln. »Um der Wahrheit und Gerechtigkeit die Ehre zu geben: Hat sie tatsächlich behauptet, dass ich sie ins Bootshaus begleitet habe?«

Rochester zog eine Grimasse.

Wycliffe zuckte mit den Schultern. »Es bestand keine Notwendigkeit, dass sie die Einzelheiten dieser Unschicklichkeit ausführlich schildert. Was zählt, ist, dass die Umstände eindeutig sind und dass man sie gesehen hat.«

Hastige Schritte erklangen in der Halle.

Dann flog die Tür auf.

In den Mienen jener, die freie Sicht zur Tür hatten, spiegelte sich blankes Erstaunen. Was keinen Zweifel darüber ließ, wer da gekommen war.

Langsam drehte er sich um und versuchte, sein plötzlich galoppierendes Herz zu beruhigen.

Lucies Wangen flammten, einzelne Strähnen hatten sich aus den Nadeln gelöst und fielen ihr ins Gesicht. Sie war ein leibhaftiger Racheengel.

Das kleine Kinn entschlossen gereckt, stolzierte sie ins Zimmer, und in dem Moment wusste er, dass sie gekommen war, um ihn zu rächen.

Er stellte sich ihr in den Weg. »Lucie, nicht …«

Sie ignorierte ihn und baute sich vor Lord Wycliffe auf. »Lord Ballentine ist unschuldig«, sagte sie. »Ich bin sein Alibi. Er war die ganze Nacht bei mir.«

35. KAPITEL

Eine ohrenbetäubende Stille breitete sich in der Bibliothek aus. Wie die Stille nach einer Explosion, dachte Lucie gedankenverloren. Alle wirkten so blutleer, als seien sie von Schrapnells getroffen worden. Die Zeit schien ebenfalls stillzustehen, denn sie konnte sich in aller Ruhe umsehen. Tommy, ihre Mutter, Männer mit Notizbüchern, die wie Anwälte aussahen – alle hielten sich so steif wie lebensgroße Zinnsoldaten. Auch Rochester war anwesend; er stand neben Wycliffes Ohrensessel, der sich immer noch an derselben Stelle wie früher befand. Dort war auch das Chesterfield-Sofa, hinter dem sie sich so viele Vormittage versteckt hatte, um zu lesen oder Schach zu spielen. Es sah nicht mehr so imposant aus wie in ihrer Erinnerung. Tatsächlich war es nur ein ganz gewöhnliches Sofa. Die Decke erschien ihr auch niedriger, die Bücher in den Regalen waren von Staub bedeckt. Der Teppich wirkte zerschlissener, als es sich selbst für ein Landhaus gehörte. Und hier hatte alles angefangen?

Die Begegnung mit ihrem Vater ließ sie ebenfalls erstaunlich kalt. Wie seine Bibliothek war auch er älter und kleiner als in ihrer Erinnerung. Die feinen Fältchen um seinen Mund hatten sich zu Furchen vertieft. Er wirkte fast komisch, wie er sie, erstarrt vor Überraschung, mit weit aufgerissenen Augen anstarrte. Diesen Mann hatte sie in ihrer Kindheit gefürchtet und ihm gegrollt?

Rochester machte einen Schritt nach vorn, und das katapultierte sie in die Gegenwart zurück. Tristans Vater war immer noch groß und imposant; in seinen grünen Augen stand ein feindseliger Blick. »Was soll das bedeuten?«, wollte er wissen.

»Das bedeutet«, sagte sie laut, »dass Lord Ballentine die Nacht in meinem Bett verbracht hat, daher kann er meine Cousine nicht kompromittiert haben.«

Ihre Mutter gab einen erstickten Laut von sich.

Sie spürte Tristans Blick auf sich, doch sie vermied es, ihn anzusehen. Es würde schmerzen, und sie konnte sich im Moment keine Risse in ihrer Rüstung erlauben.

»Hören Sie auf, mitzuschreiben«, sagte Wycliffe barsch. »Falls auch nur ein Wort davon diesen Raum verlässt, werde ich dafür sorgen, dass Sie alle Ihre Lizenz verlieren.« Die drei Männer, die wie Anwälte aussahen, verharrten reglos, die Finger um ihre Stifte geschlungen.

Rochester musterte Lucie immer noch prüfend. »Sie stellen eine unglaubliche Behauptung auf. Können Sie das auch beweisen?«

»Sie wollen einen Zeugen?« Sie neigte den Kopf. »Es ist nicht unbedingt üblich, dass sich ein Dritter bei solchen Begegnungen im Raum befindet.«

»Schweig«, brüllte ihr Vater. Seine Gesichtsfarbe hatte von aschfahl zu einem ungesunden Rot gewechselt.

Ihr Herz raste, das Blut rauschte ihr in den Ohren. Bisher war ihr die Situation fast wie ein Traum erschienen, doch nun war das nicht mehr so. Die Entschlossenheit, die sie bei dem Ritt über die Felder begleitet hatte, wich allmählich.

»Du kannst mir hier vielleicht den Mund verbieten«, sagte sie. »Aber ich werde nicht zögern, den Zeitungen die Wahrheit zu erzählen. Vor allem nicht, sollte sich meine Vermutung bestätigen.« Sie legte vielsagend die Hand auf ihren unteren Bauch.

Das einhellige Aufkeuchen saugte die Luft aus dem Raum. Tristan machte einen Schritt auf sie zu, bevor er sich zusammenriss. Es fiel ihm schwer, sich nicht von der Stelle zu rühren, das spürte sie, trotz des Abstands zwischen ihnen. Sie warf ihm einen verstohlenen Blick zu und stellte fest, dass er kalkweiß im Gesicht geworden war. *Was hast du nur getan?*, fragte der Blick in seinen Augen.

»Thomas«, rief ihr Vater. Sein finsterer Blick ruhte immer noch auf ihrem Bauch. »Hol deine Cousine.«

Tommy wandte sich seinem Vater zu, Unmut im Gesicht.

»Sofort!«, befahl Wycliffe. Lucie kannte diesen Ton. Er ging den Strafen ihres Vaters stets voraus.

Tommy presste die Lippen zu einem schmalen Strich, aber er ging zur Tür.

Niemand sprach ein Wort, bis er zurückkehrte.

Cecily sah aus, als hätte man sie durch eine Hecke gezogen. Ihre Haare waren zerzaust und ihr hübsches Gesicht fleckig und gerötet vom Weinen. Ihr Anblick erschreckte Lucie. Kein Wunder, dass die Männer im Raum sie unbedingt schützen wollten. Sie hätte dieselben Gefühle gehegt, hätte sie nicht gewusst, dass ihre Cousine log.

Als Cecilys Blick auf Tristan fiel, der neben dem Schreibtisch stand, weiteten sich ihre Augen vor Schreck. Der Ausdruck wechselte zu Verwunderung, als sie Lucie entdeckte. Ihre Miene gefror zu einer Maske, nachdem Wycliffe sie über Lucies Anschuldigungen informiert hatte.

»Also, Cecily, was hast du dazu zu sagen?«, fragte Wycliffe.

Cecily sah niemanden an, sie stand mit hängenden Schultern im Raum. Als sie sprach, klang ihre Stimme leise und freundlich. »Wie es scheint, würde Cousine Lucie Lord Ballentine gerne für sich beanspruchen.«

Wycliffe hob überrascht die Brauen, und die Anwälte tuschelten miteinander. Das war ein Angriff statt einer Verteidigung.

Lucie verzog das Gesicht. »Ich würde mir eher sämtliche Zähne ziehen lassen, als zu heiraten, Cecily.«

»Und doch stehst du hier«, erwiderte Cecily. »Und behauptest, dass du und er …« Sie gab ein ersticktes Husten von sich, als ob sie es nicht über sich bringen könnte, die Worte zu äußern. Sie rümpfte dabei die Nase, als müsse sie gegen Tränen ankämpfen.

»Cecily«, sagte Wycliffe in merklich kühlerem Ton. »Noch einmal, kannst du etwas Hilfreiches zur Klärung dieser Angelegenheit beitragen?«

Cecily sah Lucie zum ersten Mal seit Betreten der Bibliothek geradewegs in die Augen. »Du konntest mich noch nie leiden«, murmelte sie. »Ich glaube fast, du bist neidisch auf mich.«

»Neidisch auf dich?« Lucie war ehrlich überrascht.

Cecily nickte. »Weil ich deinen Platz eingenommen habe. Vielleicht willst du nun aus Rache mein Glück zerstören.«

Lucie sah, wie ihre Mutter, die halb hinter Cecily stand, eine Hand vor den Mund legte.

Langsam schüttelte sie den Kopf. »Ich hatte nie den Platz, den du hier einnimmst, Cecily, und ich war hier auch ganz sicher niemals glücklich. Was dein Glück betrifft: Glaubst du wirklich, dass es richtig ist, Lord Ballentine zu einer Ehe mit dir zu zwingen?«

Cecily verengte den Blick; in den Tiefen ihrer Augen stand ein wütendes Funkeln.

»Moment mal«, sagte Tommy und trat mit finsterer Miene vor. »Mir gefällt das alles nicht. Das erinnert mich an ein Kreuzverhör. Und das ist ja wohl kaum nötig. Cecily hat nie jemanden zu irgendetwas gezwungen.«

»Und warum bin ich dann hier?«, fragte Tristan milde. Er hatte sich gegen den Tisch gelehnt, die Beine an den Knöcheln gekreuzt und sah täuschend gelassen aus. Lucie spürte jedoch seine brodelnde Wut, die er sorgsam durch diese äußere Beherrschtheit zügelte, und sie hatte das beunruhigende Gefühl, dass sich ein Teil davon gegen sie richtete.

Tommy drehte sich zu ihm um. »Weil eine anständige Dame über eine solch schändliche Angelegenheit keine Details äußert, und das muss sie auch gar nicht. Sie wurde mit dir gesehen und war stundenlang weg, ohne Anstandsdame. Das reicht, um sie zu ruinieren, und bei Gott, du wirst dich ihr gegenüber ehrenhaft verhalten und ihren Ruf wiederherstellen.«

In Tristans Lächeln schwang ein Hauch von Bosheit. »Deine Schwester behauptet auch, ich hätte sie ruiniert, und das streite ich nicht ab. Schlägst du vor, ich soll beide heiraten? Was meinen Sie dazu, Beedle?«

»Ähm«, machte Beedle.

»Er hat eine Tätowierung«, platzte Cecily heraus. »Lord Ballentine hat eine Tätowierung auf der Brust.«

Alle Augen richteten sich erneut auf sie, und Lucies Herz setzte einen Schlag lang aus.

Ihr Blick flog zu Tristan, und seine versteinerte Miene verriet ihr, dass ihn diese Enthüllung selbst überraschte.

»Ach, hat er das?«, mischte sich Rochester eifrig ein. »Bitte beschreiben Sie uns diese doch näher.«

Cecilys Gesicht färbte sich so rot wie ein Radieschen, aber als Rochester aufmunternd nickte, meinte sie: »Die Tätowierung ist auf der rechten Seite.«

Wycliffe wandte sich an Tristan. »Stimmt das?«

Tristan nickte. »Ja.«

Tommy machte einen Schritt auf ihn zu. »Du!«, stieß er hervor. »Wie konntest du es wagen …«

»Moment!«, rief Lucie. »Das muss Cecily nicht unbedingt mit eigenen Augen gesehen haben. Es kann ihr auch im Erfrischungsraum der Damen zu Ohren gekommen sein.«

»Das ist ja wohl absurd«, erwiderte Wycliffe. »Das Mädchen verkehrt wohl kaum in Kreisen, in denen man sich vor Debütantinnen über Lord Ballentines Tätowierungen austauscht.«

Ihr Vater hatte eindeutig keine Ahnung, worüber Frauen alles redeten, wenn sie an weinseligen Anlässen in den Damenräumen unter sich waren.

Sie hielt Cecilys Blick fest. Ihre Cousine wirkte völlig überfordert von der Situation, aber in ihren Augen stand eine rücksichtslose Entschlossenheit, die ihr sagte, dass sie nicht einlenken würde.

»Beschreib das Bild doch ein wenig genauer«, sagte Lucie. »Denn ich wage zu behaupten, das kannst du nicht.« Es war ein Risiko, aber sie hatte auch nichts mehr zu verlieren.

Stimmen erhoben sich um sie herum, protestierend, lamentierend, befehlend.

»Es ist Justitia, die Göttin der Gerechtigkeit«, sagte Cecily.

Das Flattern in ihren Augen, als sie es aussprach, und ihr hektischer Blick nach rechts sandten einen Schauer der Vorahnung über Lucies Rücken. »Bist du dir sicher?«, hakte sie schnell nach.

Cecily fletschte die Zähne. »Du bist schrecklich beharrlich, Cousine.«

»Justitia, meinst du?«

»Ja, das habe ich doch gerade gesagt.«

»Und dir ist nichts Ungewöhnliches an ihr aufgefallen?«

Cecily beugte sich nach vorn. »Offensichtlich hält sie ihre Waage hoch.«

»Offensichtlich, sagst du. Also hast du sie aus der Nähe gesehen?«

»In der Tat.«

In der Bibliothek herrschte eine Totenstille. Alle Anwesenden versuchten wohl, sich vorzustellen, in welcher Situation Tristans entblößte Brust nahe vor Cecilys Augen gekommen sein konnte …

»Und die Tatsache, dass sie keine Augenbinde trug, kam dir nicht seltsam vor?«, fragte Lucie.

Cecily schaute sie einen Moment verblüfft an.

Dann leuchteten ihre Augen auf, als hätte sie gerade ein Rätsel gelöst. »Warum nur versucht du, mich hereinzulegen«, rief sie. »Sie trägt natürlich ihre Augenbinde.«

»Das reicht jetzt!«, blaffte Wycliffe. »Ich habe genug davon. Meine Herren …«

»Tatsächlich«, unterbrach Tristan ihn, »trägt sie keine Augenbinde.«

Alle wandten sich ihm wieder zu. Nur Cecily machte einen Schritt rückwärts.

Tristan hob die Hände an seine Krawatte. »Möchte sich jemand davon überzeugen?«

»Bloß nicht!«, riefen Wycliffe, Tommy und Rochester gleichzeitig.

Trotz der Drohung, dass sie ihre Lizenz verlieren könnten, zückten die Anwälte wieder die Stifte und folgten dem Gespräch aufmerksam wie einem Tennisspiel. Das mit Granaten ausgetragen wurde.

Lady Wycliffe trat nach vorn. Ihr Gesicht wirkte so bleich, dass es aus Wachs hätte sein können. »Cecily«, sagte sie leise, eine Hand ausgestreckt. »Sag, dass das nicht wahr ist.«

Cecily wich immer noch langsam zurück.

»Grundgütiger!«, murmelte Wycliffe.

Cecilys Unterlippe bebte. »Arthur hat mich dazu gebracht.« Ihr Blick flog hektisch durchs Zimmer. »Es war allein Arthurs

Idee. Die Tätowierung. Er hat mir davon erzählt. Ich wollte das alles nicht. Ich habe mich auf dem Jahrmarkt verirrt, als ich Lord Ballentine nachgelaufen bin. Er hat mich einfach stehen lassen.« Mit Tränen in den Augen wandte sie sich Tristan zu.

»Hinaus!«, wies Wycliffe die Anwälte tonlos an. »Verschwinden Sie, sofort!«

»Ich habe mich ins Bootshaus zurückgezogen, um zu weinen, weil Lord Ballentine so grob mit mir gesprochen hat«, sagte Cecily schluchzend. »Und dann bin ich vor Erschöpfung auf seinem Mantel eingeschlafen. Als ich aufwachte, war es schon spät. Die Nacht war längst hereingebrochen. Hätte ich etwa im Bootshaus übernachten sollen? Ich musste allein nach Hause laufen, völlig ohne Schutz. Ich hatte keine Wahl.«

»Sie hätten die Wahl gehabt, meinen Namen reinzuwaschen«, sagte Tristan sanft.

Sie schaute ihn ungläubig an. »Man hat eine Suchmannschaft nach mir ausgeschickt. Der Skandal war unausweichlich. Sie hätten mich doch niemals geheiratet, wenn der Skandal Sie nicht direkt betroffen hätte.«

Tristan schüttelte bedächtig den Kopf. »Ich hatte nie vor, Sie zu heiraten, und es tut mir leid, dass Sie zu dieser Annahme verleitet wurden.«

Cecily ballte die Hände zu Fäusten. »Ich werde nicht müßig danebenstehen und irgendeinen beliebigen Mann heiraten, den man mir aussucht …«

»Felicity«, sagte Wycliffe leise. »Bring sie auf ihr Zimmer.«

Stocksteif setzte Lady Wycliffe sich in Bewegung, als müsse sie durch ein Meer aus Sirup waten.

Die Gräfin hob das Kinn und nahm Cecily am Ellbogen. Sie würdigte die Männer im Zimmer keines Blickes mehr, während sie ihr Mündel nach draußen führte.

Als die Tür hinter ihr zufiel, wandte sich Wycliffe langsam Rochester zu. »Nun gut«, sagte er. »Wie es scheint, wird Ihr Sohn meine Tochter heiraten, nicht mein Mündel.«

Rochester erbleichte. »Den Teufel wird er tun. Mein Sohn ist der Erbe des Hauses Rochester, und er wird seiner Stellung angemessen heiraten.«

Lucie sah zu, wie ihr Vater einen Schritt auf Rochester zumachte, so schnell, dass es reiner Reflex gewesen sein könnte. »Wollen Sie damit andeuten, dass eine Tochter aus dem Hause Wycliffe keine angemessene Partie wäre?«

»Nun kommen Sie schon, Wycliffe, ein Ballentine kann doch keine …«

»Ich rate Ihnen, Ihre nächsten Worte mit Bedacht zu wählen«, schnitt ihm Wycliffe frostig das Wort ab. »Wenn ein Ballentine in kurzer Folge gleich zwei Tedbury-Frauen ruiniert, wird er verdammt noch mal wenigstens eine heiraten.«

»Ich werde niemanden heiraten«, warf Lucie ein und spazierte aus dem Zimmer.

Sie hatte damit gerechnet, dass Tristan ihr folgen würde. In der Großen Halle holte er sie ein, leider war sie noch beträchtlich weit von der Tür entfernt.

»Wycliffe hat recht«, sagte er ohne lange Vorrede. Auch das hatte sie erwartet, deshalb lief sie einfach weiter. Sie hoffte, dass ihr Pony immer noch vor der Tür stand.

»Er hat recht, und wir müssen reden.«

»Tristan, ich werde nicht mit dir vor den Altar treten, also mach mir unserer beider Würde zuliebe bitte keinen Antrag.«

Er schloss eine Hand um ihren Oberarm, und sie musste stehen bleiben und sich zu ihm umdrehen.

Ihr Magen schlug Purzelbäume. Sie war noch nicht bereit, sich von ihm berühren zu lassen. Ihm so nahe zu sein, dass sie seinen Duft wahrnehmen konnte. Sie hatte auch kaum noch

Kraft, um mit ihm zu streiten, vor allem nicht, wenn sich sein Blick mit solcher Entschlossenheit in sie bohrte.

»Du bist dir doch bewusst, dass wir uns in einer kompromittierenden Lage befinden?« Trotz seines gelassenen Tons hatte sie ihn nie ernster erlebt. Vermutlich gefiel ihm die Aussicht auf eine Ehe genauso wenig wie ihr. Das hatte er ja gestern erst gesagt, als sie ihn im Salon zur Rede gestellt hatte …

Sie schüttelte den Kopf. »Ich bin nicht gekommen, um dich zu zwingen, zwischen Cecily und mir zu wählen, sondern um dir eine Wahl zwischen Cecily und deiner Freiheit zu ermöglichen. Ich kann nicht heiraten. Das zumindest solltest du doch über mich wissen.«

Sie wollte gehen und wurde prompt wieder von ihm aufgehalten.

Seine Miene wirkte so hart, als hätte man sie in Stein gemeißelt. »Wie lange, glaubst du wohl, wird es dauern, bis sich das herumspricht? Und wie wird sich das wohl auf deinen Ruf auswirken, Lucie? Und auf *London Print*? Und deine Mission?«

Für einen Herzschlag lang glaubte sie, zu ersticken. Das enorme Ausmaß ihres Handelns wurde im Moment von einem wackeligen Zaun aus Verleugnung in Schach gehalten, und dieser Zaun würde einem Schlag jetzt nicht standhalten.

»Meine Familie nimmt diese Angelegenheit eher mit ins Grab, statt zuzulassen, dass darüber getratscht wird, und wahrscheinlich wird gar nichts passieren.«

»Möglich, aber dafür gibt es keine Garantie, Liebling.«

»Das heißt noch lange nicht, dass ich deine Frau werden muss«, widersprach sie. »Hier ging es um die Gerechtigkeit.«

»Die Gerechtigkeit?« Sein Lächeln war zynisch.

»Worum denn sonst?« Ihre Stimme klang schrill. Sie musste gehen, weg von hier, weg von ihm.

Sein Griff um ihren Arm verstärkte sich. »Um was noch?«, fragte er. »Nach dem vergangenen Monat ist es wohl nicht vermessen, wenn ich annehme, dass du Zuneigung für mich verspürst.«

Zuneigung?

Welch unverfängliches, völlig unzureichendes, absurdes Wort.

»Vor fünf Minuten schienst du noch bereit, meine Cousine zu heiraten«, meinte sie. »Daher spielt meine Zuneigung wohl kaum eine Rolle.«

Er schaute sie fassungslos an. »Den Teufel hätte ich getan. Wäre es dir lieber gewesen, wenn ich dich als mein Alibi präsentiert hätte? Zugegeben, der Gedanke ist mir kurz durch den Kopf geschossen. Ich habe es jedoch nicht getan, weil ich dich nicht zu einer Ehe zwingen wollte. Aber nun hast du dich womöglich selbst dazu gezwungen.«

»Nein.« Sie riss sich los. »Lieber bin ich ruiniert, als mir Fesseln anlegen zu lassen.«

Er sog scharf den Atem ein. »Das ist weder der rechte Zeitpunkt noch der richtige Ort für ein solches Gespräch. Lass uns irgendwo ungestört reden.«

»Zeit und Ort spielen bei meiner Entscheidung keine Rolle.«

»Liebe Güte, nun nimm doch Vernunft an, Lucie. Du hast mich doch bereits jede Nacht in deinem Bett, und das gefällt dir. Wo wäre der Unterschied?«

Sie verspürte den Drang, ihm gegen das Schienbein zu treten. »Bettsport«, zischte sie. »Natürlich, mehr siehst du nicht. Oh, wäre mir doch der Luxus männlicher Ignoranz vergönnt.« Sie marschierte wieder los, den Blick auf die Tür gerichtet. »Der Unterschied zwischen einer Ehefrau und einer Geliebten ist wie Tag und Nacht«, erklärte sie. Es gefiel ihr nicht, dass er ihr immer noch nachlief. »Nenn mir eine verheiratete Frau, nur eine, die sich außerhalb ihrer häuslichen Pflichten für eine wichtige Sache engagiert und sie vorangebracht hat.«

Er schnaubte verärgert. »Das ist deine Sorge?«

Es fiel ihm natürlich leicht, ihre Bedenken einfach abzutun. »Nenn mir nur eine. Das kannst du aber nicht, weil es beinahe unmöglich für eine Frau ist, irgendetwas zu erreichen, wenn sie an einen Mann gefesselt ist, ihre ehelichen Pflichten erfüllen und sich obendrein auch noch um Haus und Hof und gar Kinder kümmern muss. Warum, glaubst du wohl, fühlen sich Frauen, die etwas bewirken wollen, dazu gezwungen, auf den Ehestand zu verzichten und ein Dasein als alte Jungfer zu wählen?«

»Halt!«, rief er. »Bleib stehen. Lauf nicht immer vor mir davon. Hör auf, dich hinter deiner Arbeit zu verstecken.«

»Verstecken!«

»Ja, verstecken.« Wieder hielt er sie fest, nutzte diesmal seine überlegene Stärke, und sie verabscheute ihn ein wenig dafür.

Er musste es ihr angesehen haben, denn in seine Augen trat ein herausforderndes Funkeln. »Denk doch mal nach«, murmelte er und lehnte sich zu ihr. »Wenn du wirklich solch große Einwände gegen einen Mann in deinem Leben hättest und alle damit verbundenen Konsequenzen, dann wärst du sicher nie das Risiko eingegangen, mich in dein Bett zu holen.«

Sie spürte seinen Atem auf ihrer Wange. Er war ihr so nah. Ihr Herz wummerte so heftig, dass sie keinen klaren Gedanken mehr fassen konnte. Lauf weg, war alles, was sie hörte. Lauf, rief die Stimme der Vernunft noch lauter, als seine Miene weicher wurde und in seinen Augen die ach so vertrauten grünen und goldenen Sprenkel sichtbar wurden.

»Du bist nicht dumm, Lucie«, sagte er leise. »Du kennst die Risiken. Du wolltest mich trotzdem. Frag dich doch mal, warum.«

Ihre Kehle war wie zugeschnürt. »Du hast recht«, brachte sie hervor. »Ich wollte dich. Aber selbst, wenn die Gesetze anders wären, würde ich dich niemals heiraten.«

Das brachte ihn einen Moment aus der Fassung, und sie riss sich los.

»Ich bin dir also gut genug fürs Bett, aber nicht für die Ehe?« Seine Stimme war gefährlich leise, und Wut schwang darin.

Viele Frauen mussten ihm exakt diese Worte wohl vor nicht allzu langer Zeit an den Kopf geworfen haben.

Dienstboten, die sie mit großen Augen anstarrten, rissen die Eingangstür für sie auf.

»Wir passen nicht zusammen«, sagte sie auf dem Weg die Treppe hinunter.

»Ach ja?«, erwiderte er barsch. »Würdest du die Güte haben, mir zu erklären, warum nicht?«

Erleichterung durchströmte sie; ihr Pony stand immer noch neben dem Brunnen und wurde von einem besorgt wirkenden Stallburschen am Zügel gehalten.

Diese verfluchten Stufen und diese höllisch engen Röcke; der Weg nach unten dauerte gefühlt eine Ewigkeit. »Wenn ich jemals heiraten sollte«, erklärte sie, »brauche ich einen treuen Mann. Und du kannst gar nicht treu sein.«

»Und woher willst du das wissen?«, fragte er.

Sie übersprang die letzte Stufe. »Weil du Tristan Ballentine bist.«

Er stellte sich ihr in den Weg, der Kies knirschte unheilvoll unter seinen Schuhen. »Mein Ruf gründet zur Hälfte auf Gerüchten, und das weißt du auch.«

Sie schaute ihn grimmig an. »Du traust dir selbst nicht. Das hast du gesagt. Du hast mir geraten, dir nicht zu trauen. Ich höre zu, wenn mir jemand seinen Charakter schildert.«

»Himmel, das habe ich zu dir gesagt, weil ich es zu diesem Zeitpunkt für wahr hielt. Noch dazu gründet diese Bemerkung ausschließlich auf meiner damaligen Meinung über mich, nicht etwa auf meinen Gefühlen für dich. Und wenn wir in Ruhe miteinander reden könnten, würde ich dir sagen, dass die Dinge sich geändert haben.«

»Das sind nur Worte«, rief sie aus. »Worte sind ohne Belang, und du bist ein impulsiver Mensch. Nimm nur unseren ersten Abend: Kaum hast du mich nackt gesehen, bist du über mich hergefallen, obwohl du so viel zu verlieren hattest.«

Er erbleichte. »Das stimmt«, meinte er dann. »Ich bin über dich hergefallen, wie du es nennst. Weil ich dich schon mein ganzes verdammtes Leben lang begehre.«

Sie hob das Kinn. »Lass mich vorbei, bitte.«

Er trat jedoch näher und beugte sich über sie. Der eindringliche Blick in seinen Augen brachte die warnende Stimme in ihrem Kopf zum Schweigen. »Dann hoffe ich um deinetwillen, dass kein Kind aus unserer Beziehung hervorgehen wird«, raunte er. »Denn, falls dem so sein sollte, dann verspreche ich dir hier und jetzt, dass ich dich zum Altar schleifen werde, wortwörtlich, wenn es sein muss. Und du wirst mir dein Jawort geben und zum Teufel mit der Politik.«

Er hätte ihr genauso gut eine Schlinge um den Hals legen können.

Einen Moment lang hatte sie das Gefühl, sie müsse sich übergeben.

»Und so fällt die Maske«, sagte sie leise. »Denk mal darüber nach, Ballentine. Jedes Kind wäre ohne dich vielleicht sogar besser dran, denn womöglich stellst du dich als genauso ein Tyrann heraus, wie dein Vater es ist.«

Er blinzelte. Schickte sich an, etwas zu sagen, aber zum ersten Mal schien es ihm die Sprache verschlagen zu haben.

Wenigstens hinderte er sie nun nicht mehr am Gehen. Er rührte sich überhaupt nicht, als sie sich an ihm vorbeidrängte und zu dem Pony lief. Sie raffte die Röcke, um in den Sattel zu steigen. Aus dem Augenwinkel nahm sie wahr, dass er immer noch reglos am selben Fleck stand, so, wie sie ihn hatte stehen lassen, den Rücken zu ihr gekehrt. Einen Moment später galoppierte sie die Auffahrt hinunter, und sie spürte einen Ruck in ihrer Brust, als ob das zarte Band zwischen ihnen zerriss.

36. KAPITEL

Taub. Sie fühlte sich taub, wie beim letzten Mal, als sie Wycliffe Hall verlassen hatte. In gemäßigtem Tempo ritt sie nach Newbury und gab das Pony zurück. Im Zug blieben ihre Augen trocken, aber sie sah nichts von der am Fenster vorbeiziehenden Landschaft.

Zu Hause streichelte und fütterte sie Boudicca, dann ging sie methodisch die Post durch, die Mrs Heath ihr auf den Schreibtisch gelegt hatte. Annabelle hatte eine Nachricht geschickt und erkundigte sich, ob es ihr gut ging. Ihre Freundin hatte wohl gesehen, wie sie überstürzt den Speisesaal des *Randolph* verlassen hatte. Danach las sie eine Nachricht von Lady Athena, die sie davon in Kenntnis setzte, dass jemand vom *Manchester Guardian* Tristan gestern in seinem Büro aufgesucht hätte. Sie legte den Brief mit der Schrift nach unten auf den Tisch. Der schiere Anblick seines Namens tat weh.

Während sie ihren Schreibtisch aufräumte, beschloss sie, später für eine Reise nach Italien zu packen. In der Toskana kannte man sie nicht und wusste weder über ihre Verbindung zur Frauenbewegung noch über Lord Ballentine Bescheid.

Lord Arthur stolperte kurz vor Mitternacht in sein Apartment im Merton College. Er tastete murmelnd nach dem Lichtschalter und roch nach Alkohol.

479

Er war so beschämend leicht aus dem Hinterhalt zu stellen wie eine einzelne Gazelle.

Kaum war die Tür ins Schloss gefallen, griff Tristan zu.

Gleich darauf befand sich Arthur in seinem eisernen Griff, den Kopf in einem unangenehmen Winkel zur Seite gedreht.

Sein Schlüssel fiel klirrend auf den Boden.

Arthur wirkte wie zur Salzsäule erstarrt, sein Rücken war an Tristans Brust gedrückt. Mit starken Fingern hielt er ihm den Mund zu und erstickte jeden Laut in seiner Kehle.

»Rühr dich ja nicht«, murmelte er Arthur ins Ohr. »Ich stehe ganz knapp davor, dir das Genick zu brechen. Es wäre doch zu schade, wenn es versehentlich einen Knacks bekäme.«

Das stimmte natürlich nicht. So leicht brach man ein Genick nicht. Aber das konnte Seine Lordschaft nicht wissen. Im Moment spürte er bloß Schmerzen und mörderische Absichten.

»Ich kann es dir bequemer machen. Aber wenn du dich wehrst oder laut wirst, wirst du es bereuen. Verstanden?«

Eine kurze Pause entstand, dann stieß Arthur einen zustimmenden Laut aus.

»Gut.« Er drehte den jungen Mann um und schob ihn gegen die Wand. Die Hände stützte er zu beiden Seiten neben seinem Kopf ab.

Arthur blickte verwundert mit großen Augen zu ihm auf; der süßliche Geruch von Angst troff bereits aus seinen Poren. Die Wut, die durch Tristans Adern rauschte, verbot ihm jedoch jegliches Mitleid.

Er beugte sich nahe zu ihm. »Ich hatte einen sehr unangenehmen Tag«, sagte er. »Und es hätte noch schlimmer kommen können, wenn du nicht so kurzsichtig wärst.«

Arthur drückte sich gegen die Wand. »Was soll das heißen?«

»Oder warst du einfach nur zu abgelenkt, um meine Tätowierung eingehend zu betrachten?«

Arthur erbleichte. »Cecily?«

»Cecily.«

»Grundgütiger!«, krächzte er. »Ich habe niemals … Verdammt, Frauen. Das war doch nur so eine Idee. Ich habe nicht erwartet, dass …«

»Sie behauptet, du hast diesen meisterhaften Plan ausgeheckt.«

Arthur öffnete den Mund, doch es kam kein Ton heraus.

Seltsam.

Nach der theatralischen Begegnung in der Holywell Road hätte Tristan mehr Widerstand erwartet. Andererseits war er auch wesentlich größer und muskulöser als der junge Mann. Der nun besonders jung aussah, mit dem blonden Flaum über seiner Oberlippe. War das der Versuch, sich einen Bart wachsen zu lassen? Der Gedanke war eher ein lästiger Störenfried. Wenn er Arthur als jungen Welpen wahrnahm, konnte er ihn nicht mehr so hart anpacken.

Er schüttelte den Kopf. »Wenn du jetzt an meiner Stelle wärst, was würdest du tun?«

Arthurs Adamsapfel hüpfte, und er schluckte geräuschvoll in der Stille. Er starrte auf Tristans Krawatte; Schweiß glänzte auf seiner Stirn.

»Viel mehr aber interessiert mich«, fuhr Tristan fort, »ob du planst, mir noch mehr Ärger zu bereiten?«

Ein Moment verging, dann hob Arthur den Kopf und schaute ihm in die Augen. »Nein.«

Er konnte Whisky im Atem des Jungen wahrnehmen. Die Studenten in Oxford tranken zuviel.

Ihm wurde klar, dass er Arthur gegen eine Landkarte gedrückt hatte, eine verblichene, leicht mitgenommen wirkende Karte von Griechenland. Tatsächlich war das ganze Zimmer mit Landkarten tapeziert, manche farbenprächtig, manche nur schwarz-weiß. Er hatte keine Ahnung, was Arthur studierte, ob Archäologie, Kartografie oder die Klassiker. Vielleicht mochte er einfach nur Landkarten gern. Er hatte nie danach gefragt.

»Gut.« Er trat einen Schritt zurück. »Ausgezeichnet.«

Arthur sank in sich zusammen und betastete seine Kehle.

Mit einem Mal fühlte sich Tristan hundeelend. Er wollte nur noch weg von hier.

»Sie wissen ja nicht, wie das ist.« Die Verbitterung in Arthurs Stimme ließ ihn mit der Hand am Türknauf innehalten.

Auch in Arthurs Augen spiegelte sich Verbitterung, aber er hatte das Kinn gereckt. »Sie wissen nicht, wie das ist, wenn man weiß, dass so schöne Menschen wie Sie existieren, sie jedoch unerreichbar bleiben werden, sie mir nicht einmal für eine Nacht gehören werden. Sie können schließlich jeden oder jede haben, die sie wollen.«

Tristan schaute ihn erstaunt an. Worauf Seine Lordschaft das Kinn nur noch höher reckte.

Er lehnte sich mit einer Schulter in den Türrahmen und betrachtete Arthurs selbstgerechtes Gesicht genauer. Trotz statt Furcht stand in seiner Miene, aber auch Schmerz, wenn man genauer hinsah.

»Du hast recht«, sagte er bedächtig. »Ich weiß nicht, wie das ist.«

Überraschung flammte in Arthurs Augen auf, die sich schnell in Misstrauen wandelte.

»Ich muss den Menschen erst noch treffen, der mich abweist und mich nicht einmal eine Stunde oder eine Nacht bei sich haben will, wenn ich es darauf anlege«, fuhr Tristan fort.

»Man könnte sagen, Fortuna hat mir ein empörend gutes Blatt ausgeteilt.«

Arthurs Miene verhärtete sich.

»Deshalb wird es dir sicher gefallen, dass der einzige Mensch, die einzige Frau, die ich je geliebt habe und immer noch liebe, mich abgewiesen hat«, meinte Tristan kühl.

Er wollte gehen, als Arthur fragte: »Warum hat sie das getan?«

Er warf einen Blick über die Schulter. »Vermutlich, weil sie mich heiraten müsste, um in der Öffentlichkeit ihre Neigung zu mir zeigen zu können, und sich damit selbst zu einem Leben in einem goldenen Gefängnis verdammt.«

Arthur schürzte die Lippen. »Gefängnis droht mir auch, wenn ich meine Neigung offen zeige.«

Tristan drehte sich um. »In der Tat«, sagte er leise. »Das stimmt.«

»Ihr Gefängniswärter würde sie wenigstens nicht täglich schlagen«, erwiderte Arthur spöttisch. Er neigte den Kopf und musterte ihn abschätzend. »Oder vielleicht doch.«

Zum Teufel.

Er hatte die Bemerkung über das Gefängnis unüberlegt geäußert, aber nun kam ihm die glasklare Erkenntnis, dass er ein Narr war. Er hatte Lucies Bedenken gehört. Aber er hatte sie nicht verstanden, jedenfalls nicht in ihrer vollen Bedeutung. Er würde seine Frau mit seinem Leben schützen, begriff sie das nicht? Erst jetzt, als Arthurs Abneigung ihm in Wellen entgegenschlug und er sich den Jungen schmutzig und hungrig hinter Gittern vorstellte, begriff er das volle Ausmaß ihrer Worte. Eine bleierne Schwere drückte ihn nieder. Alles fügte sich in seinen Gedanken nun zusammen, die wahre Bedeutung von Verlangen, Gefängnis und Ehe.

Er hielt Arthurs Blick fest. *Du wusstest, wie es um mich stand, und dennoch hast du mich mitgenommen. Du bist ein Monster …*

du scherst dich einen Dreck. Eine Emotion, heiß wie Scham, überrollte ihn. Viele fühlten sich zu ihm hingezogen, das konnte er kaum beeinflussen, aber die Wahrheit war auch, dass er fahrlässig mit Arthurs Zuneigung umgegangen war.

Er fuhr sich mit einer Hand übers Gesicht. »Ich entschuldige mich.«

Arthur musterte ihn forschend. »Wofür?«

Weil ich mich einen Teufel um dich geschert habe. Für diese Welt, in denen die Gesetze die Liebe zu einer bitteren Angelegenheit machen, zumindest, wenn man nicht als Mann geboren ist und dann auch noch gesetzeskonform liebt. Er hatte diese Gesetze nicht gemacht, aber er hatte sich auch nicht dafür eingesetzt, sie zu ändern, lediglich hier und da gebrochen, wenn es ihm persönlich taugte. Er hatte viel Zeit damit vergeudet, an den falschen Fronten zu kämpfen.

»Für mehrere Dinge, vermute ich«, antwortete er Arthur.

»Ich brauche kein Mitleid«, entgegnete dieser schroff. »Ich wünschte mir lediglich etwas Respekt für meine Gefühle.«

»Sind Sie denn ausschließlich Männern zugetan?«

Arthur schüttelte verblüfft den Kopf. »Was geht Sie das an?«

»Sie sind ein jüngerer Sohn. Sie müssen nicht unbedingt heiraten. Es gibt Wege, als eingefleischter Junggeselle mit einem guten Freund oder ›Cousin‹ zusammenzuleben …«

»Grundgütiger!« Arthur winkte mit einer schlanken Hand ab. Er wirkte verwirrt und verärgert zugleich. »Natürlich gibt es Mittel und Wege. Die haben wir schon immer gefunden und werden sie auch immer finden. Es gab allerdings nur einen Grund, warum ich mir gewünscht hätte, dass Sie mich eines Nachts in meinen Räumlichkeiten überraschen, Ballentine, und der beinhaltete weder einen tätlichen Angriff noch Ehe-Geschwätz. Wenn Sie also die Güte hätten, zu verschwinden.«

Auf dem Weg nach draußen verschwammen die Flure von Merton College vor Tristans Augen. Er war gekommen, um den jungen Mann zur Rechenschaft zu ziehen, stattdessen hatte er selbst eine Lektion gelernt und war beschämt und tief in Gedanken versunken.

Die Morgensonne schickte ihre hellen Strahlen in Lucies Salon, als sei es ein ganz normaler Sommertag. An diesem Tag aber wollte sie verreisen. Sie hatte gepackt, und ihre Papiere lagen bereit.

Boudicca einzufangen war jedoch nicht ganz einfach. Die Katze hasste ihr Reisekörbchen so heftig, als wäre es das Portal zur Hölle, und hatte sich schon den ganzen Morgen versteckt.

Als Boudicca schließlich an ihr vorbei zu ihrem Futternapf flitzen wollte, machte Lucie einen gezielten Satz. Fest packte sie die Katze um den Bauch, worauf sich der kleine Teufel unglaublich lang und glitschig machte, bis sie ihn wieder loslassen musste, wenn sie nicht nur eine weiße Schwanzspitze in den Händen halten wollte.

Nun saß Boudicca auf dem Schrank im Salon, mit angelegten Ohren.

Lucie schnappte sich den Schemel und stieg darauf.

»Gib auf.« Sie stellte sich auf die Zehenspitzen. »Ich kenne all deine Tricks, und ich gewinne jedes Mal. Autsch!« Sie betrachtete den Blutstropfen, der aus ihrer rechten Hand quoll.

Grimmig blickte sie die Katze an. »Hast du den Verstand verloren?«

Boudicca erwiderte ihren Blick ungerührt, als wolle sie sagen, dass sie ihr einen weiteren Kratzer verpassen würde, wenn sie keine Ruhe gab. Womöglich würde sie sogar beißen.

»Warte nur!« Lucie ging zum Waschstand, um das Brennen der Schramme mit dem Stechen der Seife zu vertreiben. »Rühr dich ja nicht von der Stelle, du verrücktes Tier.« Sie kniete sich neben ihre Tasche und suchte darin nach ihren Lederhandschuhen.

Sie hatte erst einen gefunden, als die Türglocke schellte.

Wie erstarrt verharrte sie.

Nein, sie hatte sich das nicht eingebildet. Die Glocke läutete erneut, schrill und störend, und ihre Nerven spannten sich zum Zerreißen an. Egal, wer das war, sie wollte niemanden sehen.

Die Anwesenheit des vor der Tür stehenden Besuchs durchdrang die Wände wie giftiger Rauch. Wer auch immer es war, stand noch da, wartete, lauschte, hielt den Atem an.

Er oder sie würde wohl nicht gehen.

Den Handschuh noch in der Hand stand sie auf und ging zur Tür.

Ein hageres, vornehmes Gesicht blickte ihr entgegen. Es war der letzte Mensch auf Gottes grüner Erde, den sie erwartet hätte. »Mutter.«

»Pst.« Die Gräfin warf einen nervösen Blick über die Schulter.

Auf der Straße wartete eine kleine Droschke.

Lucie hatte sie nicht vorfahren hören, so konzentriert war sie auf die Katzenjagd gewesen.

Der Blick ihrer Mutter schweifte über ihr Reisekleid und den Handschuh, den sie in der verletzten Hand hielt. »Willst du mich nicht hereinbitten?«

Lucie rührte sich nicht »Was willst du?«

Lady Wycliffe presste die Lippen zu einem empörten Strich. »Das würde ich lieber unter vier Augen mit dir besprechen.« Wieder warf sie einen Blick über die Schulter. Ihre spröde Gestalt wirkte, falls möglich, noch steifer als sonst. Vielleicht erwartete sie einen Mob von Bürgerlichen, der jeden Moment über sie herfallen könnte. Ihre Mutter begab sich nur selten in die Wohnviertel einer Stadt, es sei denn, aus wohltätigen Gründen. Was auch immer sie hierher geführt hatte, es musste dringend sein. Allerdings war das, offen gestanden, nicht Lucies Problem.

»Also gut«, sagte Lady Wycliffe. In ihren blauen Augen stand ein stählerner Blick. »Ich brauche deine Hilfe, um jemanden verschwinden zu lassen.«

37. KAPITEL

Ich brauche deine Hilfe, um jemanden verschwinden zu lassen.

Auf der Liste der unwahrscheinlichsten Dinge, die ihre Mutter äußern würden, stand dieser Punkt ganz oben.

Sie machte einen Schritt zur Seite. »Wen hast du umgebracht, Mutter?«

Lady Wycliffe stolzierte an ihr vorbei und schenkte ihr einen leidenden Blick. »Niemand ist tot. Noch nicht.«

Kaum hatten sie den Salon betreten, wandte sich die Gräfin ihr zu und fixierte sie mit kühlen Augen. »Du bist nicht wirklich in anderen Umständen, oder?«

Sie schüttelte den Kopf, denn soweit sie wusste, war sie das nicht. Sie fragte sich, wie ihre Mutter wohl reagiert hätte, wenn sie mit Ja geantwortet hätte. So begnügte sich Lady Wycliffe mit einem Nicken. Sie warf einen Blick durchs Zimmer, gewahrte mit missbilligender Miene die verschmierte Druckerpresse in der Ecke und das zerschlissene Polster der Chaiselongue. Sie widerstand dem Drang, mit einem behandschuhten Finger über das Kaminsims zu wischen, aber es stand ihr ins Gesicht geschrieben, dass sie stark versucht dazu war.

Sie trat einen Schritt näher, um Tante Honorias Porträt zu betrachten. »Wie zynisch«, bemerkte sie mit Blick auf die Spottkarten, die Lucie in den Ebenholzrahmen gesteckt hatte. »Aber Honoria hätte es bestimmt amüsiert.«

»Wenn es dir nichts ausmacht, mein Zug fährt bald.«

Ihre Mutter versteifte sich. »Natürlich.« Sie drehte sich um. »Es geht um Lady Rochester.«

Der Name traf sie mit der Kraft eines Faustschlags in die Magengrube, und für einen schrecklichen Moment lang, bekam sie keine Luft. Sie spürte den Schmerz so deutlich, als wäre eine innere Wunde wieder aufgebrochen.

Es war eine gute Entscheidung, in die Toskana zu reisen, wo niemand den Namen Rochester je gehört hatte und man ihr nicht versehentlich solch großen Kummer zufügen konnte.

Ihre Mutter beobachtete sie mit viel zu wissenden Augen.

»Fahr fort«, sagte Lucie heiser.

»Die Situation in Ashdown ist unerfreulich. Die Gräfin kann dort im Moment nicht bleiben.«

»Ich weiß.«

»Das hatte ich nach dem gestrigen ungeheuerlichen Vorfall erwartet. Ich hätte dich jedoch um jeden Fall um Rat gebeten. Sie kann nicht länger in Wycliffe Hall versteckt bleiben. Das Haus ist riesig, und Wycliffe ist unaufmerksam, aber das Personal wird irgendwann reden.«

Sie sprach in demselben gleichgültigen Ton, den sie sich für wirklich ermüdende Angelegenheiten vorbehielt. Zugegeben, eine fortgelaufene Adelige zu verstecken, war ziemlich skandalträchtig. Warum ging ihre Mutter das Risiko ein, sich Ärger einzuhandeln, indem sie einer hilfebedürftigen Frau Obhut gab? Aus Pflichtgefühl gegenüber einer alten Freundin? Um ihrem Ehemann eins auszuwischen? Worin auch immer ihre Motive bestehen mochten, Lucie musste ihr helfen, Tristans Mutter in Sicherheit zu bringen. Tristan. Es tat weh. Aber sie musste ihm Bescheid geben. Wenigstens durch ein Telegramm.

»Was schwebt dir vor?« Sie versuchte, sich auf die anstehende Aufgabe zu konzentrieren, um sich von dem Ziehen in ihrer Brust abzulenken.

»Sie muss England sofort verlassen«, sagte ihre Mutter. »Ich denke jedoch, es wäre besser für sie, wenn sie im gewohnten europäischen Klima bleiben könnte. Der Tod ihres Sohnes hat sie … arg mitgenommen. Noch mehr Aufregung, die durch ein Leben in beispielsweise Amerika hervorgerufen werden könnte, wäre ihr nicht zuträglich.« Sie durchbohrte Lucie mit ihrem Blick. »Kannst du dafür sorgen?«

Lucie zuckte mit den Schultern. »Ja.«

Auf jede Prostituierte, die sie mit ihrem Kind zu einem Frauenhaus schickte, kam auch eine Adelige, der sie beim Verschwinden geholfen hatte: die schwangeren, unverheirateten Verwandten von Aristokraten, die ihre Kinder behalten wollten, oder feine Damen, die keine Scheidung beantragen konnten.

»Sehr gut«, meinte ihre Mutter. Die Falten der Anspannung um ihren Mund glätteten sich.

»Das kostet aber«, warnte Lucie. »Ziemlich viel.«

»Das sollte kein Problem sein.«

»Ach nein?«

»Wycliffe mag seine Fehler haben«, antwortete ihre Mutter. »Aber Geiz gehört nicht dazu. Eine umsichtige Frau kann sich im Laufe von dreißig Jahren ein kleines Vermögen ansparen.« Sie sah dabei ziemlich zufrieden aus.

»Verstehe«, sagte Lucie bedächtig. »Also gut. Ich werde dir jemanden nennen, der dir helfen wird.«

Eine Sorgenfalte bildete sich auf Lady Wycliffes Stirn. »Du wirst dich nicht selbst um diese … Angelegenheit kümmern?« Sie klang auch besorgt.

»Meine Kontaktleute sind sehr fähig.«

Sie trat über ihre Reisetasche hinweg und ging zu dem bereits ordentlich aufgeräumten Schreibtisch.

Sie öffnete die Schublade und holte ein Blatt Papier, Tinte, Füllfederhalter und einen Klumpen Siegelwachs heraus.

Ihre Mutter war ihr gefolgt und blieb neben ihr stehen, um aufmerksam zu verfolgen, was sie notierte.

»Cecily hat die Flugblätter in Claremont verteilt. Das hat sie inzwischen zugegeben«, sagte sie, als Lucie den Brief unterzeichnete.

Sie rutschte mit der Feder aus, und ihr Name bekam einen zusätzlichen Schnörkel. »Ich weiß.«

»Offenbar hat sie gefürchtet, dass du ihr meine Zuneigung für sie stehlen könntest, nachdem wir uns in Claremont so freundlich unterhalten haben. Immerhin bist du meine Tochter. Der Gedanke, nicht mehr an erster Stelle zu stehen, hat sie wohl in Panik versetzt. Sie hat erzählt, dass sie in dein Zimmer ging, um dir einen Streich zu spielen, und dabei hat sie die Pamphlete entdeckt.«

Lucie walzte die Löschwiege über ihre Zeilen. Dieses Geständnis konnte schlicht Cecilys letzte Lüge sein, um ihrer Tante zu schmeicheln und sie glauben zu machen, dass ihre Zuneigung es wert war, im Herrenhaus des Herzogs für Ärger zu sorgen.

»Sie hat einen bewundernswerten Kampfgeist bewiesen«, sagte sie. »Leider hat sie ihn für die falsche Sache eingesetzt.«

Die Gräfin lief unruhig auf und ab. »Ihr Verhalten war eine große Enttäuschung für uns.«

Lucie zündete die Kerze an und schmolz das Siegelwachs. »Wirst du sie zu Tante Clotilde in die Schweiz schicken? Damit hast du mir immer gedroht, wenn ich dir eine große Enttäuschung bereitet habe.« Was ziemlich oft vorgekommen war.

»Sie reist morgen nach Bern«, gestand ihre Mutter nach einer kleinen Pause.

»Oha.« Tante Clotilde war ein veritabler Drache. Fast schon tat Cecily ihr leid. Aber nur fast.

»Cecily ist nie ganz über den Tod ihrer Eltern hinweggekommen«, erklärte ihre Mutter. »Sie hat große Angst, allein in der Welt zu stehen.«

Lucie schüttelte den Kopf. Selbst wenn ihre Möglichkeiten begrenzt waren, konnte eine Frau immer noch Entscheidungen treffen. »Ich hatte den Eindruck, dass du und Tommy ihr sehr zugetan seid.«

Sie kippte das flüssige Wachs auf den Umschlag und presste ihr Siegel in den roten Klecks.

Sie würde auf dem Weg zum Bahnhof Tristan telegrafieren. Er wollte seine Mutter finden und danach alles daran setzen, um sich Lucies Vergebung zu verdienen, hatte er gesagt. Bei der Erinnerung an seine Worte ergriff sie eine dumpfe Trauer. Nach allem, was sie ihm in Wycliffe Hall an den Kopf geworfen hatte, würde er vermutlich annehmen, dass sie quitt waren – er würde wohl kaum etwas für eine Aussöhnung tun. Sie spürte, wie Tränen in ihr aufstiegen. Sie hatte überlegt, ihn aufzusuchen und sich mit ihm auszusprechen, wie es eine erwachsene Frau im Vollbesitz ihrer geistigen Kräfte tun würde. Aber was würde das schon ändern? Die Gesetze waren nun mal so, wie sie waren. Und ihre Ängste würden sich nicht einfach in Luft auflösen. Sie würde nur das Unvermeidliche hinausschieben: noch mehr Herzschmerz.

Abstand. Abstand würde es leichter machen.

Sie reichte ihrer Mutter den Brief. »Das wird dir helfen.«

Ihre Mutter betrachtete den Umschlag misstrauisch. »Was genau mache ich damit?«

»Das ist ein Empfehlungsschreiben. Außerdem enthält es

Codewörter und die Adressen von zwei Frauen; eine wird sich um gefälschte Reisedokumente kümmern, die andere wird ein geeignetes Ziel auswählen und die Reise organisieren. Ich muss dich bitten, diese Informationen unter allen Umständen vertraulich zu behandeln.«

»Oh«, sagte Lady Wycliffe matt. »Ich muss noch zwei weitere Frauen aufsuchen?«

Diese Ignoranz. »Du willst jemanden spurlos verschwinden lassen. Und nicht nur irgendjemanden, sondern die Frau eines grausamen und mächtigen Mannes. Glaub mir, das ist schon so komfortabel und einfach, wie ich es dir machen kann. Es hat Jahre gedauert, bis wir uns das nötige Netzwerk aufbauen konnten, um so etwas überhaupt bewerkstelligen zu können.«

»Nun gut.« Ihre Mutter steckte den Umschlag in die Innentasche ihrer Jacke, was umsichtig war. Ein Retikül konnte von einem Taschendieb leicht gestohlen werden. »Bist du sicher, dass du dich nicht selbst darum kümmern kannst?«

»Das würde ich tun, wenn ich meinen Zug nicht erreichen müsste.«

Der Blick ihrer Mutter fiel auf die Reisetruhe und offene Tasche neben der Tür, dann wieder auf Lucie.

»Du überraschst mich«, sagte sie. »Von allem anderen einmal abgesehen, hätte ich dich nicht für eine Frau gehalten, die davonläuft.«

Lucie blinzelte. »Und ich hätte dich nicht für eine Frau gehalten, die kämpft.«

Ihre Mutter sog den Atem ein, dann nickte sie knapp. »Ich nehme an, wir alle fliehen oder kämpfen auf unsere Weise, wenn es erforderlich ist, nicht wahr?« Wieder schaute sie auf die Tasche. »Du wirst wohl eine Weile auf Reisen sein, nehme ich an.«

»Eine Weile, ja.«

Wieder entstand eine Pause.

»Würden wir dich wohl finden können?«

»Nein.« Warum sollte ihre Familie sie finden wollen?

Ein unergründlicher Ausdruck flackerte über die Miene ihrer Mutter, so unstet und flüchtig wie eine Kerzenflamme in einem Luftzug. Und dann wurde sie abgelenkt. »Oh, wen haben wir denn da?«

Lucie schaute über ihre Schulter. Boudicca, die dreiste Verräterin, hatte sich endlich herabgelassen, aus ihrem Versteck zu klettern. Sie würdigte Lucie keines Blickes und strich um die Röcke ihrer Mutter, wobei sie anmutig an deren Saum schnüffelte.

»Was sagt man dazu?«, meinte ihre Mutter. »Da bist du also abgeblieben.«

Sie bückte sich, um Boudiccas glänzendes Fell zu streicheln.

Eine eiskalte Fessel legte sich um Lucies Brust. »Was meinst du damit?«

»Hm?« Ihre Mutter schaute auf, wobei sie Boudicca weiter hinter den Ohren kraulte.

»Du hast gesagt: ›Da bist du also abgeblieben.‹ Als ob … Als ob du sie kennst.«

»Das tue ich tatsächlich. Ich bin mir ziemlich sicher, dass diese Katze aus einem Wurf von Lady Violet ist.«

Lady Violet?

Ihre Mutter machte eine ungeduldige Geste mit der Hand. »Meine Katze, die bei der Ausstellung in London den zweiten Platz gewonnen hat.«

Lucie begriff immer noch nicht. Nein, sie hatte der rätselhaften Begeisterung ihrer Mutter für Katzenshows kaum Aufmerksamkeit geschenkt.

»Ich hätte mir denken können, dass er sie dir geben würde«,

fuhr Lady Wycliffe fort. »Der Himmel weiß, warum. Du warst stets kratzbürstig zu ihm.«

Die ganze Welt stand plötzlich still.

Eine dunkle Ahnung rieselte ihr über den Rücken. »Er?«, fragte sie. »Wen meinst du?«

»Na, Lord Ballentine natürlich.«

Für einen Herzschlag lang fühlte sie sich, als würde sie orientierungslos in der Luft schweben.

»Du musst dich irren.« Ihre Gedanken rasten, doch sie ergaben keinen Sinn. »Das könnte eine beliebige Katze sein.«

Ihre Mutter wirkte beleidigt. »Eine beliebige Katze? Gewiss nicht. Es hat Jahre gedauert, bis mein Züchter dieses Aussehen erzielt hat: schwarzes Fell, weiße Schwanzspitze. Die langbeinige Statur. Ich würde Abkömmlinge aus dieser Linie überall erkennen. Wie alt ist sie?«

Ihre Stimme klang wie aus weiter Ferne zu Lucie.

»Zehn«, stieß sie hervor. »Im Herbst.«

»Das bestätigt meine Vermutung. Ich erinnere mich noch genau daran. Vor zehn Jahren, bei seinem letzten Aufenthalt in Wycliffe Hall hat Lord Ballentine ein Kätzchen mitgenommen. Er hat behauptet, es sei für eine junge Dame, die dringend Gesellschaft benötige. Er hat sein Anliegen sehr charmant vorgebracht. Daran entsinne ich mich so gut, weil ich sonst nie Katzen leichtfertig weggebe. Ihm habe ich den Gefallen aber getan, weil ich in der Schuld seiner Mutter stand. Nun ja, diese habe ich dann ja wohl mehr als beglichen, sobald diese garstige Angelegenheit … Kind, geht es dir nicht gut?«

Nein, ihr ging es ganz und gar nicht gut. Ihre Kehle war wie zugeschnürt. Ihre Nase brannte, ihre Augen auch. Sie hatte sich nie schlimmer getäuscht. Wie betäubt lief sie aus dem Zimmer und in die Küche. Eine Hand auf ihren Bauch gelegt, stand sie an der Stelle, wo sie ihn geohrfeigt hatte.

»Liebe Güte.« Ihre Mutter war ihr gefolgt, ein besorgter Ausdruck spiegelte sich in ihrer Miene. »Ich habe dich verwirrt.«

»Nein.« Sie schüttelte den Kopf. »Nein. Jetzt ist alles kristallklar.«

Tristan hatte ihr Boudicca auf die Schwelle gesetzt. Sie selbst war die junge Frau, die dringend Gesellschaft benötigt hatte.

Sie sah, wie ihre Mutter sich verwundert im Kreis drehte, die schäbigen Schränke beäugte und das gusseiserne Spülbecken einer Arbeiterküche, völlig fremde Gegenstände für sie, die noch nie eine Küche betreten hatte.

All die Jahre hatte Lucie ihn verachtet.

All die Jahre waren schöner, herzlicher, sinnvoller gewesen, dank ihrer vierbeinigen Freundin. Manchmal war Boudicca sogar ihre einzige Freundin gewesen.

Was, wenn ich dich schon immer gemocht und bewundert habe, Lucie … Ich begehre dich schon mein ganzes verdammtes Leben lang.

Sie hatte seine Worte einfach beiseite gewischt, weil sie so wütend gewesen war. Außerdem … wer wusste schon, was man bei Tristan ernst nehmen konnte und was nicht?

Und hätte sie ihn ernst genommen, was hätte das für sie bedeutet?

Sie wusste, dass sie einem attraktiven, verruchten, klugen und unerwartet zärtlichen Schurken widerstehen konnte.

Sie wusste auch, dass sie einem attraktiven, verruchten, klugen und unerwartet zärtlichen Schurken nicht widerstehen könnte, wenn er sie still und heimlich schon sein halbes Leben lang in seinem Herzen trug.

»Ich bin ein Dummkopf«, sagte sie.

Ihre Mutter stieß einen triumphierenden Laut aus. Sie hatte eine Weinflasche neben dem Eisschrank entdeckt, noch halb voll und zugekorkt, und griff nun danach.

»Hier«, sagte sie und schenkte den Wein in eine Teetasse. »Du brauchst einen Schluck.«

»Danke, Mutter.« Sie meinte es aufrichtig, und ihre Mutter merkte es, denn sie schaute beim Einschenken überrascht auf.

»Ich habe keine Zeit«, sagte Lucie. »Ich muss einen Zug erwischen.«

38. KAPITEL

Tristan hatte sich über seinen Schreibtisch gebeugt, die Hände auf die Tischplatte gestützt, die Augen auf eine ausgebreitete Zeitung gerichtet.

Lucies Knie wurden vor Erleichterung ganz weich, als sie gierig seinen Anblick in sich aufnahm. Er sah vertraut attraktiv und unwiderstehlich aus, wie gewöhnlich, wenn er in Hemdsärmeln war; die Krawatte hing ungebunden zu beiden Seiten über seine Schultern. Die Hoffnung, ihn hier anzutreffen, war nur vage gewesen. Während der Zugfahrt nach London hatte sie sich Worte für ihre Entschuldigung zurechtgelegt. Sie hatte es jedoch nicht gewagt, an das Danach zu denken. Sie wusste nur, dass sie sich entschuldigen musste. Und wenn sie ihm nichts mehr bedeutete, würde sie das schon irgendwie überleben.

Er schaute auf; sein gleichmütiger Gesichtsausdruck ließ Furcht in ihr aufsteigen. Nacktes Überleben war ein ziemlich niedriger Anspruch – sie hätte mit diesem Mann glücklich werden können.

Ein Flackern tauchte in seinen Augen auf, als sie die Tür abschloss.

»Darf ich hereinkommen?«

Er schenkte ihr einen ironischen Blick. »Nur zu.«

Ihre Beine wollten sich nicht von der Stelle rühren, als seien sie aus Blei gegossen. Nur langsam näherte sie sich seinem Schreibtisch.

Tristans Blick schweifte über ihren steifen grauen Kragen zu ihren Stiefeln und blieb auf dem Weg nach unten kurz an ihren Händen hängen, die sie in die Röcke gekrallt hatte. Sein linker Mundwinkel zuckte leicht. »Du siehst nicht gerade frisch aus, Mylady. Keine gute Nacht gehabt?«

»Sie war fürchterlich«, platzte sie heraus. »Und deine?«

»Grauenhaft«, sagte er sofort.

Sie umklammerte die Schreibtischkante, damit sie nicht über den Tisch kletterte und sich ihm in die Arme warf.

»Du trägst deinen Ohrring wieder«, stellte sie fest.

Er berührte den glitzernden Diamanten kurz, dann zuckte er mit den Schultern.

»Deine Mutter hält sich momentan in Wycliffe Hall auf«, erzählte sie. »Ich habe heute Morgen dabei geholfen, ihr Verschwinden zu arrangieren.«

Er nickte. »Ich habe vor ein paar Stunden ein Telegramm von meiner Mutter erhalten, in dem sie mir mitteilt, dass es ihr gut gehe und sie vorhätte, auf den Kontinent auszubüxen. Es freut mich, dies bestätigt zu hören.«

Sie schüttelte den Kopf. »Wie es scheint, haben sie uns beide an der Nase herumgeführt.«

»Mütter«, sagte er. »Furchtbar geheimniskrämerische Geschöpfe.«

»So werden Frauen nun mal unter den gegebenen Umständen.«

Er neigte den Kopf. »Zweifellos. Mir scheint jedoch, dass die Geheimnisse unserer Mütter nicht der einzige Grund für deinen Besuch sind.«

Ihr Herz schlug heftig gegen ihre Rippen, und sie war ihm dankbar, dass er ihr ein Stichwort lieferte. Tief atmete sie ein, um ihre Rede zu beginnen, als ihr Blick auf die Schlagzeile der Zeitung auf dem Tisch fiel.

Unvermittelt war ihr Kopf wie leer gefegt.

Er blieb verdächtig still, während sie verarbeitete, was sie da sah.

»Das ist unser Bericht«, sagte sie. »Die Daten aus unserem Bericht.«

Sie schaute ihn an, völlig verwirrt, und er nickte. »Richtig.«

Sie hob die Zeitung hoch. »Wer hat dir die Zahlen gegeben?«

»Eine Mrs Millicent Fawcett.«

»Millicent Fawcett!«

»Ja. Du hast sie ein- oder zweimal erwähnt.«

Lächerlich. Sie hatte Millicent gewiss mindestens ein Dutzend Mal erwähnt.

»Ich habe angenommen, dass sie über dieselben Informationen verfügt wie du«, fuhr Tristan fort. »In einem Anfall von romantischem Ehrgeiz hatte ich dich mit einer Publikationsmöglichkeit überraschen wollen. Dann ist jedoch ein von mir verschuldetes Shakespeare-Drama in Wycliffe Hall dazwischengekommen.«

Links auf seinem Tisch lag ein maschinengeschriebener Bericht, der mitsamt Überschrift und Zahlen wie eine Zeitungsseite gesetzt war.

Sie bemühte sich um einen ruhigen Ton. »Ich habe gehört, jemand vom *Manchester Guardian* war hier?«

»Der Herausgeber, ja.«

Der Herausgeber war auch der Eigentümer der Zeitung, wie sie wusste.

»Warum?«, fragte sie leise. »Warum war er hier?«

Tristans Lächeln gab ihr Rätsel auf. »Ich habe ihm ein Angebot gemacht, dem er nicht widerstehen konnte.«

Ihr Herz setzte einen Schlag lang aus. »Bitte sag mir nicht, dass du einen Zeitungsherausgeber zu irgendetwas gezwungen hast, noch dazu einen, der dem Frauenwahlrecht wohlgesinnt ist.«

»Nein.« Belustigung spiegelte sich in seinen Augen. »Im Gegenteil. Ich hatte einst die Angewohnheit, nun sagen wir mal, verfängliche Informationen über andere Gentlemen zu sammeln. Das war immer sehr nützlich, wenn ich mal knapp bei Kasse war, was leider des Öfteren vorkam. Allerdings darf man eine solche Quelle nur weise und gemäßigt anzapfen.«

»Mit Quelle meinst du Erpressung.«

»Ja.« Er wirkte nicht im Leisesten beschämt. »Wie ich jedoch sagte, darf man sie nur mäßig nutzen, und sie ist unpraktisch, wenn man im Ausland lebt. Daher hatte ich ein kleines Vermögen an Geheimnissen und Schuldscheinen angehäuft. Ich habe es eingetauscht.«

Oh, ihr Herz. »Du hast deine Informationen dem Eigentümer des *Manchester Guardian* gegeben, damit er unseren Bericht druckt?«

Er nickte. »Ich denke, Schlagzeilen in einer landesweiten Zeitung werden dir mehr nutzen, als wenn du die Frauenmagazine als trojanische Pferde nutzt. Das Blatt hat eine größere Reichweite, und du kannst deine Magazine behalten.«

Ihr Puls raste inzwischen. »Warum? Warum um alles in der Welt hast du das getan?«

»Weil ich es konnte«, meinte er schlicht. »In meinem Buch befand sich eine Anzahl von Informationen, die ein paar mächtigen Männern Ärger bereiten könnten. Investigative Reporter von liberalen Zeitungen wiegen solche Informationen in Gold auf.«

Sie musste unter Schock stehen, denn sie fühlte sich völlig benommen. »Ich sollte vor Freude tanzen«, sagte sie bedächtig.

»Und gleichzeitig sollte ich mich vor den Kopf gestoßen fühlen, dass ausgerechnet du so meisterhaft unser Dilemma gelöst hast.«

»Weil ich ein Mann bin?«

»Ja.«

Er lachte. »Typisch, diese Vorbehalte. Aber sei versichert, dieses Buch hat in dem Moment dir gehört, als du wie Johanna von Orleans in Wycliffes Bibliothek gestürmt bist, um mich zu retten. Ich hätte es sowieso auf irgendeine Weise benutzt, um mich aus dieser Falle zu befreien.«

Sie konnte sich gut vorstellen, wie schwer es ihm gefallen sein musste, eine mögliche Einkommensquelle aufzugeben, nach allem, was sie über seine Situation inzwischen wusste. Er hatte sie für sie geopfert, obwohl er sich von der Börse eines Tyrannen lösen wollte. Zugegeben, *London Print* war schon auf dem besten Wege, für sie ein ansehnliches Vermögen zu scheffeln, aber alte Gewohnheiten legte man schwer ab. Und alte Ängste wurzelten tief. Das wusste sie wohl am besten.

»Ich kann nicht glauben, dass du deine gesamten Druckmittel an den *Guardian* gegeben hast, für unsere Mission.« Sie klang in ihren eigenen Ohren erstaunt.

»Nicht die gesamten.« Er klang vage entschuldigend.

Natürlich würde er nicht all seine Trümpfe ausspielen. Tristan hätte wohl immer noch ein letztes Ass im Ärmel. Das fand sie insgeheim beruhigend.

»Der Bericht wird Schlagzeilen machen. Werde ich mit Namen genannt?«

Er schüttelte den Kopf. »Nein, es werden keine Namen genannt.«

Sie musste sich gegen den Tisch stützen, um Halt zu finden. Die Wahrheit würde herauskommen. Und sie musste sich nicht zwischen einem Putsch und einer heimlichen Reform entscheiden. Und dennoch ... Die Begeisterung blieb aus. Ihre Brust war wie zugeschnürt, ihr Puls trommelte in ihren Ohren, wie schon beim Betreten seines Büros. An diesem Tag stand ihre Arbeit nicht an erster Stelle.

Sie sah Tristan tief in die Augen. »Keine Geheimnisse mehr.«

Seine Miene wurde wachsam. »Zwischen dir und mir? Unbedingt. Meine Heimlichtuerei war unverzeihlich.«

»Nun«, sagte sie. »Unter den gegebenen Umständen nicht ganz unverzeihlich.«

Er musterte sie forschend. »Du hast deine Meinung geändert?«

»Ich weiß über Boudicca Bescheid.«

Er verspannte sich, als hätte man ihn unerwartet auf frischer Tat ertappt. Wie ein Junge, den man mit einer Hand in der Keksdose erwischt hatte. Wie ein Frauenheld, den man auf das treue Herz hinwies, das unter seiner karmesinroten Weste schlug.

»Ah«, flüsterte er.

Wie sehr sie sich danach sehnte, ihn zu berühren.

»Du hättest jede Katze wählen können«, sagte sie. »Aber du hast eine aus dem Wurf der Katzen meiner Mutter gewählt. Warum?«

Er überlegte kurz. »Ich glaube, ich war der Ansicht, dass deine Eltern dir etwas Trost schulden, nachdem sie dich hinausgeworfen hatten.«

Ein Kloß bildete sich in ihrem Hals. »Sie war mir ein großer Trost.«

»Das freut mich, zu hören.«

»Warum hast du mir nie gesagt, dass du Zuneigung für mich verspürst?«

Er lachte. »Das Wort ›Zuneigung‹ beschreibt nur unzulänglich meine Gefühle für dich, Lucie. Tatsächlich war ich damals noch zu unerfahren, um sie überhaupt zu verstehen. Ich wusste nur, dass ich achtzehn Jahre alt war und unter der Fuchtel meines Vaters stand. Ich konnte einer Frau nichts bieten, schon gar nicht einer Frau wie dir – mein Vater hätte die Beziehung nie gebilligt, wie du dir sicher denken kannst.«

Das konnte sie sich nur zu gut vorstellen.

»Ich habe schreckliche Dinge in Ashdown zu dir gesagt«, gestand sie. »Dafür möchte ich mich entschuldigen. Es tut mir sehr leid. Ich hatte Angst.«

Er neigte den Kopf. »Ich weiß.«

»Wirklich?«

»Ja. Du fauchst und kratzt, wenn du Angst hast.« Er zuckte mit den Schultern. »Wie eine Katze.«

Sie hatte mehr getan, als ihn nur angefaucht. Sie hatte ernsthaft versucht, sein Herz in Stücke zu reißen, um ihr eigenes zu schützen.

Und dennoch … Ihr Blick fiel wieder auf die Zeitung. »Du hilfst uns, den Bericht zu veröffentlichen. Im *Manchester Guardian*.«

Tristan musterte sie argwöhnisch. »Ja.«

»Danke«, sagte sie und dann zittrig: »Ich glaube, ich liebe dich.«

Er verharrte reglos. Als würde er wie gerissenes Glas zersplittern, wenn man ihn berührte.

»Du glaubst?« Seine Stimme klang rauchig; ein wildes Feuer, angefacht von jahrelanger Zuneigung und zügelloser Begierde, spiegelte sich in seinen Augen.

Sie nickte bloß. Es hatte sie großen Mut gekostet, diese drei Worte auszusprechen, und sie hoffte, dass er das wusste.

Langsam breitete sich ein Lächeln in seinem Gesicht aus. Er

schob sich vom Schreibtisch weg und schlenderte zu ihr. »Das ist gut, denn ich wollte dich schon holen kommen.«

Sie schluckte schwer. »Ach ja?«

Seine Augen schimmerten in faszinierenden Goldtönen. Er umfasste ihr Gesicht mit beiden Händen; seine Handflächen fühlten sich warm auf ihrer klammen Haut an. Bei ihrem ersten Kuss hatte er sie auch so umfangen. Sie begriff nun, dass dieses erste Mal der Anfang vom Ende ihres gewohnten Lebens gewesen war. Sie würde so oder so nie wieder in das Davor zurückkehren können. Der einzige Weg war nach vorn, in kaum erforschtes Gebiet, wo das Einzige, was sie mit Sicherheit wusste, war, dass es sich richtig, notwendig und gut anfühlte, Tristan zu küssen. Wo ihr eigener Platz auf der Landkarte noch ein großer weißer Flecken war.

»Du hast doch nicht wirklich angenommen, ich würde die Sache auf sich beruhen lassen.« Er musterte sie mit leichtem Vorwurf in der Miene.

Doch, das hatte sie. Bevor sie von der Katze erfahren hatte.

»Mein Dummerchen«, meinte er. »Ich hätte dich aufgespürt und wäre zu dir gekommen. Um vor dir zu Kreuze zu kriechen«, fügte er hastig hinzu. »Weil ich Geheimnisse vor dir hatte. Und weil mein Antrag ungefähr so elegant und überlegt war wie eine panische Gnuherde.«

»Oh.«

Er senkte den Kopf, und sie öffnete erwartungsvoll die Lippen. Ein verruchtes Glitzern flammte in seinen Augen auf. »Und nachdem ich vor dir zu Kreuze gekrochen wäre, wollte ich dich küssen.« Sein Mund streifte über ihren, seine samtigen Lippen waren so zart wie eine Feder. »Und dann«, sagte er, »hätte ich dir eine Liste gezeigt.«

Sie zog sich ein Stück zurück. »Eine Liste.«

»Ich weiß doch, wie sehr du Listen magst.« Er schob die Finger in seine Brusttasche und holte einen Zettel hervor. »*Voilà.*«

Die Liste enthielt Namen:

Mary Wollstonecraft
Mary Shelley
Ada Lovelace
Mary Somerville
Harriet Taylor Mill
Elizabeth Garrett Anderson
Millicent Fawcett

Mary Shelley war die Autorin des Romans *Frankenstein*. Elizabeth Garrett Anderson war Millicents Schwester und die erste Frau, die ein medizinisches Diplom in London erhalten hatte. Ada Lovelace war für ihre hervorragende mathematische Arbeit an einer mechanischen Rechenmaschine bekannt. All diese Frauen waren Pionierinnen oder Expertinnen auf einem speziellen Gebiet. Wenn das jedoch das Kriterium war, war die Liste kaum vollständig …

»Frauen, die wichtige Missionen außerhalb ihres Heims vorangebracht haben«, erklärte Tristan. »Obwohl sie an einen Ehemann *gefesselt* sind und eheliche Pflichten und oft auch Kinder haben. Mary Somerville hatte, glaube ich, sechs. Ich bin sicher, es gibt noch mehr dieser Art, nur kenne ich ihre Namen noch nicht.«

Ihre Blicke verfingen sich. Hitze wallte in ihr auf, und ihre Wangen glühten. Er hatte zugehört. Obwohl sie sich in Wycliffe Hall so heftig gestritten hatten und er selbst wütend und aufgewühlt gewesen sein musste, hatte er sie gehört. Und er verurteilte sie nicht, wie es die übliche, wenn nicht gar einzig legitime Reaktion darauf war, wenn eine Frau ihre vorbestimmte Rolle als Mutter und Ehefrau infrage stellte.

Inzwischen war sie sich ziemlich sicher, dass sie ihn von ganzem Herzen liebte.

»Ich habe von diesen Frauen gehört«, sagte sie heiser.

»Das habe ich mir gedacht«, meinte er. »Ich habe mich gefragt, warum du dich nicht an sie erinnern wolltest.«

Sie stieß den Atem aus und zerknäulte die Liste in ihrer Hand. »Was, wenn ich nicht wie sie bin?«

Er zog die Brauen zusammen. »Niemand wird bezweifeln, dass du ihnen in puncto Entschlossenheit in nichts nachstehst.«

Von außen betrachtet mochte das stimmen. Die Hand, in der sie die Liste hielt, zitterte. »Ich bin nicht gut darin, halbe Sachen zu machen.«

»Ach nein?« Er klang amüsiert. Dann bemerkte er ihr Zittern und schloss seine Hand schützend um ihre. »Was bedrückt dich?«

Sie hielt seinem Blick nur mit Mühe stand. »Was, wenn ich dich zu sehr liebe?«, flüsterte sie. »Was dann?«

»Mich … zu sehr lieben?«

»Ja. Und was, wenn aus unserer Beziehung ein Kind hervorgeht, und was, wenn ich auch das Kind zu sehr liebe. Und was, wenn mich das dazu veranlasst, nicht mehr für Frauenrechte zu kämpfen, weil mir so viel Glück beschieden ist.« Ihre Lippen bebten. »Du hast gesehen, was passiert ist. Ich habe meine Pflichten sträflich vernachlässigt. Ich habe Termine versäumt, bin unaufmerksam geworden. Und die Wahrheit ist, dass mir das in dem Moment nicht einmal leidtat. Was, wenn ich aufhöre zu kämpfen, weil es mir nicht mehr wichtig genug ist, ob ich nun will oder nicht?«

Seine Miene wurde weicher, und Erkenntnis leuchtete darin auf. »Ich verstehe«, sagte er. »Du fürchtest nicht nur die Beschränkungen einer Ehe und den Verlust deiner Glaubwürdigkeit.«

Sie zuckte hilflos mit den Schultern. »An vorderster Front zu kämpfen, tagein, tagaus, ist anstrengend.«

»Oh, ich weiß.«

»Ich brauche nicht noch weitere Gründe, um die Mission zu vernachlässigen. Was, wenn meine Liebe mich schwach macht?«

»Mein Liebling.« Er hob ihr Handgelenk an seine Lippen und drückte einen Kuss auf ihren flatternden Puls. »Ist es möglich, dass du dich schlicht von der Begeisterung für etwas Neues und Aufregendes hast mitreißen lassen, als das mit uns begann?«

»Nun«, murmelte sie. »Ja, vielleicht.«

»Außerdem solltest du Schwäche nicht mit Verletzlichkeit verwechseln. Das ist nicht dasselbe.«

»Nicht?« Sie klang weinerlich.

Sein Lächeln war unglaublich zärtlich. »Nein. An der Front, da war ich verletzlich. Aber niemals schwach.«

»Das mag sein. Vermutlich gibt es wirklich einen Unterschied.«

»Dann bedenke, dass du womöglich gar nicht wählen musst«, sagte er behutsam. »Was, wenn die Liebe dich dazu bringt, noch härter zu kämpfen? Was, wenn ein Blick auf deine Töchter genügt, um dir den besten Grund zu liefern, dich für die Freiheit von Frauen einzusetzen? Oder denk nur an die Söhne, die Himmel und Hölle im Parlament für die Mission in Bewegung setzen werden, solange es Frauen nicht können.«

Welch ein Bild er da malte. Rothaarige Töchter an ihrer Seite. Schlaksige Söhne, die sie überragten. Unvertraute Szenen, die sie sich nicht vorzustellen gewagt hätte, aber ja, sie könnte sie in Betracht ziehen.

Sie schüttelte sich aus ihrer Trance. »Du kannst wirklich viel zu gut mit Worten umgehen.«

»Das stimmt.« Mit einer Fingerspitze wischte er ihr eine Träne aus dem Augenwinkel. »Außerdem habe ich mein halbes Leben damit verbracht, das Protokoll geflissentlich zu ignorieren. Wir werden uns immer unsere eigenen Regeln machen.«

»Ja, das würden wir wohl. Aber du würdest mich immer noch besitzen!«

»Welch glücklicher Umstand, dass ich dann nicht noch mal um deine Hand angehalten habe.«

Sie war so perplex, dass ihr die Worte für eine Erwiderung fehlten.

Tristan grinste. »Ich wollte allerdings auf die Knie gehen und dich bitten, mit mir ein Leben in Sünde zu führen, bis die Reform für das Eigentumsgesetz verheirateter Frauen bewilligt ist.«

Und vor ihren erstaunten Augen ging er tatsächlich auf ein Knie.

»Ich will offen sein«, meinte er mit ernster Miene. »Es ist mir verhasst, der Frau, die ich liebe, nicht meinen Namen geben zu können. Aber ich kann deine Einwände nachvollziehen. Wenn wir uns aber offiziell verloben, würde dies jeden Skandal, der uns womöglich bevorsteht, entschärfen, ganz egal, wie lange die Verlobungszeit dauert, und du könntest deine Unabhängigkeit trotzdem behalten.«

Sie schaute ihn an, ihr schwirrte der Kopf, und ihr Herz jagte davon.

Unsicherheit flackerte in seinen Augen auf, als sie schwieg, und sie wollte ihn am liebsten in den Arm nehmen.

»Was ist mit Erben?«, fragte sie mühsam. »Du brauchst einen Erben, und womöglich kommt die Reform nie durch.«

»Ich habe einen Erben«, erwiderte er. »Cousin Winterbourne. Er kann den Haufen Sandsteine nach meinem Ableben von mir aus gerne haben. Was ich will, ist ein Leben mit dir, Lucie.«

Sie sank zu ihm auf den Boden. Ihre Röcke bauschten sich an seinen Knien. »Warum?«, flüsterte sie.

»Warum?« Er wirkte verblüfft.

Sie schloss die Augen. »Warum liebst du mich?« Er hatte es so leichthin gesagt: *die Frau, die ich liebe.*

»Warum liebt man?« Seine Stimme klang nachdenklich. »Man liebt einfach, Lucie.«

Was, wenn ich dich schon immer gemocht und bewundert habe, Lucie … Ich begehre dich schon mein ganzes verdammtes Leben lang.

Tief in ihrem Herzen begriff sie das; dort wuchs eine zarte Blüte, die sich vorsichtig entfaltete. Und sie ahnte, dass es ihr eigener Mangel an Vertrauen war, der ihre Zweifel schürte. Und dennoch … »Ein paar Gründe wären hilfreich.«

Denn es gab da noch den anderen Teil ihres Herzens, die verhärtete Seite, in der wie in Stein gemauert all die Gründe standen, warum sie nicht liebenswert war. Ganz eindeutige, zahlreiche und nachvollziehbare Gründe: zu fordernd, zu unverblümt, zu kantig, zu ungeduldig. Zu viel, zu wenig, zu unnatürlich. Diese Makel hätte man womöglich ändern können. Oder zügeln. Der Zauber der Liebe schien ihr jedoch so wenig greifbar wie Nebelwolken; er folgte keiner Vernunft, entzog sich jeglicher Kontrolle. *Man liebt einfach.* Sie wollte ihn niemals verlieren.

»Nun«, sagte Tristan. »Erstens übe ich einen guten Einfluss auf dich aus. Du lachst mehr und arbeitest weniger, wenn ich bei dir bin.«

Sie öffnete die Augen. »Diese Dinge machen mich glücklich.«

Er zuckte mit den Schultern. »Ich habe festgestellt, dass es mir ebenso ergeht. Es macht mir große Freude, eine Frau zu beglücken, die weiß, dass sie nicht von meiner Aufmerksamkeit abhängig ist. Du hast mich in dein Leben gelassen, weil du mich begehrt hast, nicht weil du mich gebraucht hast. Das ist sehr schmeichelhaft. Ich betrachte dich als gründlich verführt.«

Aber sie brauchte ihn. Liebe, lernte sie allmählich, bedeutete, dass man jemanden auch dann brauchte, wenn er nichts anzubieten hatte außer sich selbst.

»Es muss schon ein mutiger Mann sein, der eine Frau will, die ihn mehr begehrt, als sie ihn braucht«, sagte sie.

»Zum Glück kann ich sehr mutig sein. Soll ich dir mein Victoriakreuz zeigen?«

»Nein, sei ernst.«

»Das bin ich. Von dem Moment an, als du mit dreizehn Jahren auf einem enorm großen Pferd auf mich zugaloppiert bist, halte ich dich für die tapferste Frau, die mir je begegnet ist. Ich dachte, ich kenne dich, aber es war bestenfalls eine lang andauernde, jungenhafte Besessenheit, in die sich verletzter Stolz und Fantasien mischten. In den vergangenen Monaten sind mir die Augen geöffnet worden, und ich habe die Frau hinter der Kämpferin gesehen. Du hast meine Fantasien bei Weitem übertroffen, und ich lache über meine Dummheit. Deine Hartnäckigkeit und dein Mut faszinieren mich. Deine Wut inspiriert mich. Du bist wie ein vorbeiziehender Sturm und wirbelst das Leben eines jeden, der mit dir in Berührung kommt, durcheinander. Stell dir nur vor, welchen Aufruhr wir verursachen können, wenn wir unsere Kräfte vereinen. Aber ich schweife ab. Wenn du mich ansiehst, weiß ich, dass du mir direkt in die Seele schaust, denn so bist du eben, du schaust tiefer. Du ziehst Wahrheit der Bequemlichkeit vor. Und glaub mir, ich brauche dringend eine Frau, die der Hässlichkeit ins Gesicht lacht, denn in meiner Seele gibt es ein paar ziemlich dunkle Flecken. Aber mein Herz, so schwarz, wie es ist, gehört dir und nur dir, bis du mich nicht mehr haben willst. Und selbst dann wird es noch dir gehören.«

Als sie nichts sagte, legte er den Kopf schräg. »Zu kitschig?«

»Nein«, stieß sie mit belegter Stimme hervor. »Nein. Du fühlst dich von mir wahrgenommen.«

»Ja.«

»Trotz all der Streitigkeiten, die wir hatten, und all der kratzbürstigen Dinge, die ich gesagt habe?«

»Mein Herz, ich vertraue dir, gerade weil du keinem Streit aus dem Weg gehst und du all diese Dinge offen aussprichst.«

»Mir geht es mit dir genauso«, gestand sie. Ihre Augen schwammen in Tränen. »Ich fühle mich von dir wahrgenommen, so wie ich wirklich bin.«

Vor zehn Jahren hatte er das verletzliche Mädchen gesehen, das dringend einen Freund brauchte, wo andere nur eine skandalträchtige Furie sahen. Er hatte ihr Bedürfnis, zu tanzen, gespürt, in den Armen gehalten zu werden, herausgefordert, geneckt und verwöhnt zu werden, und er hatte ihr all das gegeben. Er hatte sich nie vor ihr gefürchtet. Er hatte um sein Herz gefürchtet, und das konnte sie ihm kaum verübeln.

»Ja«, hauchte sie. »Ich sehe dich, und du siehst mich. Also lautet meine Antwort Ja.«

»Ja?« Er klang argwöhnisch.

Sie umfasste sein Gesicht. »Ich stimme einer Verlobung zu, bis ich vor dem Gesetz gleichberechtigt mit dir bin.« Und bevor er antworten konnte, ergänzte sie: »Ich muss dich aber warnen, ob verheiratet oder nicht, ich werde niemals wie ein *Engel des Hauses* sein.«

Er umfing ihre Taille und schenkte ihr ein verwegenes Lächeln. »Hier steht ein Mann vor dir, der jederzeit eine Schildmaid einem Engel vorzieht.«

Schildmaid.

Ganz sicher nicht.

»Die Gedichte«, murmelte sie. »Waren sie …?«

Er wirkte resigniert. »Ich denke, in irgendeiner Form ging es schon immer um dich.«

»Ich muss schon sagen«, stieß sie nach einer atemlosen Pause hervor. »Du bist kein besonders guter Frauenheld. Einer, der nur so tut. Als Nächstes erzählst du mir noch, dass du dich die ganze Zeit für mich aufgespart hast.«

Er lachte, und sie schmiegte sich an ihn. Ihre Lippen verschmolzen zu einem Kuss. Endlich.

Ja.

Ohne die Lippen von ihr zu lösen, stand er auf, und im nächsten Moment schwebte sie, buchstäblich, denn er hatte sie wie eine Braut hochgehoben und drückte sie an seine Brust. Sein köstlicher Duft hüllte sie ein, und es fühlte sich so gut an, wieder tief durchatmen zu können.

Er schaute sie an. »*Contra mundum?*«

Sie lächelte. »*Contra mundum.*« Gemeinsam gegen die Welt.

Sie drückte ihre Nase an seinen warmen Hals.

»Ich sollte noch hinzufügen, welch liebreizende taschengroße Statur du hast«, raunte er. »Mit köstlichen Brüsten und einer Kehrseite, die perfekt in meine Hände passt, was ich tatsächlich sehr erregend finde.«

»Verstehe. In Ermanglung rechtlicher Autorität wirst du also schamlos versuchen, mich mit deinen lüsternen Schmeicheleien zu allem zu verführen, wonach dir der Sinn steht.«

»Ich fürchte, ja.«

Sie kuschelte sich an ihn. »Wohin gehen wir?«

Er steuerte zielstrebig auf den Seiteneingang zu.

»Kennst du die Verlegerwohnung im oberen Stockwerk?«, fragte er. »Ich schlage vor, wir machen sie diskret zu unserem zweiten Heim für die Dauer unserer Verlobung.«

»Diskret. Das heißt, wir halten unser Leben in Sünde weiterhin geheim?«

»Ja. Ich glaube, Mary Wollstonecrafts erstes Kind wurde außerehelich geboren, aber es ist leider auch wahr, dass die Welt dafür noch nicht bereit ist, mein Liebling.«

»Eine Verlobung auf unbestimmte Zeit und ein geheimes Liebesnest in unseren Büroräumen in London. Oje. Ich glaube, wir werden ziemlich viel Zeit im Büro verbringen.«

»Ich hoffe, das ist unromantisch genug für deinen Geschmack.«

»Es gefällt mir durchaus.«

Er öffnete mit dem Ellbogen die Tür. »Die Verlegerwohnung«, sagte er, während er sie vorsichtig die Wendeltreppe hinauftrug. »Dort gibt es ein großes Sofa. Ich werde dich darauf vernaschen.«

»Oh«, sagte sie matt. »Ja, bitte.«

»Und danach, wenn du gut befriedigt und bester Stimmung bist, werde ich dich dazu zu überreden, mich einen oder zwei Adelige erpressen zu lassen, damit sie die Reform des Eigentumsgesetzes unterstützen.«

Sie seufzte wohlig. »Darauf bestehe ich sogar.«

Denn wenn eine Frau schon das Glück hatte, sich einen Schurken zu angeln, dann sollte sie das auch nutzen.

EPILOG

Die warmen goldenen Sonnenstrahlen des ersten August-
wochenendes erfüllten Hatties Salon im *Randolph* und lösten
in den vier Frauen, die es sich auf den Sofas und Sesseln bequem gemacht hatten, große Trägheit aus.

»Ich gebe zu, meine Beine fühlen sich nicht wohlig strapa-
ziert an«, sagte Annabelle. Unter halb geschlossenen Lidern
betrachtete sie die Sonnenflecken, die über die Decke tanzten.

Auf dem Sofa ihr gegenüber hob Hattie leicht den Kopf.
»Wirklich nicht?«

»Nein«, kam die finstere Antwort. »Sie sind buchstäblich
wie Brei.«

»Ah.« Hattie lehnte sich zurück in das seidene Polster. »Da
bin ich aber erleichtert. Ich dachte schon, dass ich die Einzige
bin, deren Beine sich wie Gelatine anfühlen.«

»Bist du nicht«, versicherte Catriona aus den plüschigen
Tiefen ihres Sessels.

»Und dennoch«, meinte Hattie nach einer Weile. »Ich hätte
Lust, bald wieder einmal Rad zu fahren. Ein richtiges wie das
von Lucie, nicht bloß ein Dreirad.«

Lucie schmunzelte. An diesem Tag hatten sie ihren ersten
Zweirad-Ausflug gemacht oder, im Falle von Annabelle, Catriona und Hattie, mit frauenfreundlichen Dreirädern. Man
musste sich schon ordentlich anstrengen, um mit einem Drei-

rad umzukippen, dennoch wäre es Hattie beinahe zweimal gelungen. Der Himmel wusste, wie sie sich auf einem Zweirad halten wollte.

Vorsichtig ließ Lucie ihren rechten Fuß kreisen, dann den linken. Beide Beine fühlten sich gut an. Überraschend, wenn man bedachte, dass sie erst vor Kurzem wieder mit dem Reiten angefangen hatte. Tristan hatte sie dazu gedrängt, sich jede Woche ein paar Stunden Zeit für erholsame Aktivitäten freizunehmen, abgesehen von denen hinter geschlossenen Türen. Er hatte Pferde in einem Stall in Binsey gemietet, die zwar keine temperamentvollen Vollblüter anboten, aber die Stallung lag weit genug vom Einzugsgebiet der Studenten entfernt und war dennoch bequem zu Fuß von Norham Gardens erreichbar. Jeden Dienstag machten sie nun einen Spaziergang über die *Port Meadow* und unternahmen einen herrlich langen Ausritt in der Dämmerung am Themse-Ufer. Rittlings.

»Du wirst eine Hose brauchen, um ein Hochrad zu fahren«, erklärte sie Hattie. Es würde die Königin aller Skandale auslösen, wenn jemand Damenunterbekleidung dank der luftigen Höhe eines Rades zu sehen bekäme.

»Gerne«, erwiderte Hattie. »Vorausgesetzt, ich kann sie unter meinem Rock tragen und nicht stattdessen.«

»Ich frage mich«, warf Catriona ein, »ob Moral und Mode sich erst anpassen müssen, bevor wir ein Zweirad fahren dürfen, oder ob die neuen Technologien eine Änderung unserer Moralvorstellungen und der Mode bewirken werden?«

»Die Mode richtet sich nach praktischen Bedürfnissen«, überlegte Lucie schläfrig. »Es sei denn, du bist vermögend. Dann dient sie dazu, deinen Reichtum zur Schau zu stellen.«

»Ich traue es mich gar nicht zu sagen, aber ich fange an, deinen Zynismus zu teilen«, sagte Hattie. »Ich habe mich mit Lady Harberton wegen des Artikels der *Rational Dress Society* im Dis-

cerning Ladies' Magazine ausgetauscht, und sie hegt einen Groll gegen die gegenwärtig modischen Schleppen bei Frauenkleidern. Im letzten Brief hat sie mir die Dinge aufgelistet, die sie nach einem Spaziergang in London verfangen in der Schleppe ihrer Nichte gefunden hat. Ich erinnere mich nicht mehr an alles, aber darin eingeschlossen waren …« Sie blinzelte. »Zwei Zigarrenstumpen, ein Stück Schweinepastete, eine Orangenschale, eine halbe Schuhsohle, Kautabakreste, Haarnadeln und Zahnstocher. Ziemlich widerwärtig, wenn man das so liest.«

Ihre Freundinnen stießen immer noch entsetzte Laute aus, als Hattie nach dem letzten Eclair auf dem Tisch angelte.

»Du solltest in der *Discerning Ladies'* eine regelmäßige Kolumne über die Gefahren der Mode schreiben und wie man sich davor schützen kann«, schlug Lucie vor. »Mach dir offiziell einen Namen als Expertin.«

»Das sollte ich.« Hattie biss in das Gebäck. »Harriet Greenfield, ausgewiesene Kunst- und Mode-Kennerin.«

»Da wir gerade davon sprechen, wie hat dir dein Ausflug nach London in der vergangenen Woche gefallen, Hattie? Die Ausstellung der Prä-Raphaeliten war es doch, nicht wahr?«, fragte Catriona.

Das Eclair verhielt auf halbem Weg zu Hatties Mund in der Luft.

»Hervorragend, danke.« Hatties Stimme klang schrill. »Es war sehr … lehrreich.«

Lucie beobachtete, wie der alabasterweiße Hals und die Wangen ihrer Freundin sich röteten. Interessant. »Welcher Ausflug?«, hakte sie nach.

Hattie mied ihren Blick. »Eine private Kunstausstellung in Chelsea. Über die Prä-Raphaeliten.«

»Das habe ich mir schon gedacht«, sagte Lucie trocken. »Bist du dafür Mr Graves entwischt?«

»Ja?« Definitiv ein Quieken.

»Wie hat es Mr Graves aufgenommen?«, fragte Annabelle, die vermutlich plante, ihrem Leibwächter für den ein oder anderen Ausflug selbst zu entwischen.

Statt einer Antwort versenkte Hattie die perlweißen Zähne in dem Gebäck und zuckte mit den Schultern. Ein reiches Mädchen, das sich nichts daraus machte, was das Personal dachte; zumindest hatte es den Anschein.

Oh, sie verheimlichte eindeutig etwas Ungeheuerliches.

Hattie konnte ihre Geheimnisse jedoch nie lange für sich behalten. Sobald sie bereit wäre, sie zu enthüllen, würde sie ihre drei Freundinnen zusammenrufen und ihnen alles haarklein schildern.

Ihr eigenes Geheimnis, dass sie ihr Leben nun hinter verschlossenen Türen mit Tristan teilte, war von ihren Freundinnen überraschend gut aufgenommen worden. Sehr viel besser als die Neuigkeit, dass sie ihn eines Tages vielleicht sogar heiraten würde, was Annabelle, Catriona und Hattie gleichermaßen für besorgniserregend untypisch für sie hielten. Es hatte schon einen ziemlich großen Verlobungsring gebraucht – ein Familienerbstück aus Lady Rochesters Sammlung –, ehe Hattie den Gedanken guthieß. Und Tristan musste seinen ganzen Charme aufbieten, um die kühle, vernünftige Catriona für sich zu gewinnen. Annabelle, die immer noch die Einzige war, die von ihrer heimlichen Affäre vor der Verlobung wusste, hatte ihr nur ein wissendes Lächeln geschenkt und gemeint: »Du magst ihn überhaupt nicht, hm?«

Sie war ganz vernarrt in ihn. Jeden Morgen fühlte sie sich leicht und glücklich beim Aufwachen, in dem Wissen, dass sein Herz ihr gehörte. Vielleicht würde sie sich im Laufe der Zeit sogar daran gewöhnen, dass sie ihr Leben mit jemandem teilte, der mehr um ihre Bedürfnisse besorgt war als sie selbst. Es war auch schön, sein unerschütterliches Selbst an ihrer Seite zu wissen, als der Bericht veröffentlicht wurde. Mächtige Männer schlossen die Reihen hinter dem Herausgeber des *Guardian*, um seine Entscheidung, die Zahlen zu veröffentlichen, zu rechtfertigen. Sie waren anderen mächtigen Männern jedoch in der Zahl weitaus unterlegen, und diese beschuldigten die Zeitung, einen Krieg gegen die heilige Institution der Familie zu führen. Hauptstreitpunkt war nicht etwa die weitverbreitete Misshandlung von Frauen in ihrem eigenen Heim, sondern die Enthüllung, dass auch Frauen der Mittel- und Oberschicht von häuslicher Gewalt betroffen waren. Nun. Es war zu erwarten gewesen, dass ein Tyrann, der seine Macht schwinden sah, seine Anstrengungen verdoppeln würde, um daran festzuhalten. Die Wut, die sie nun zu spüren bekamen, war Beweis genug dafür, dass sie weit mehr getan hatten, als nur in ein Wespennest zu stechen. Sie hatten einen Schuss abgefeuert und das Monster mitten ins Herz getroffen: Das Vorrecht eines jeden Mannes, in seinem Heim das unangefochtene Gesetz zu sein. Der *Manchester Guardian* hatte zwar keine Namen genannt, dennoch hatten die Suffragistinnengruppen im Land beschlossen, sich erst einmal bedeckt zu halten. Natürlich mussten sie wie üblich warten, bis sich der Staub gelegt hatte. Ein Fahrradausflug war das Mindeste, was eine Frau unter diesen Umständen zur Ablenkung unternehmen konnte.

Die Veröffentlichung des Berichts hatte jedoch noch eine willkommene Auswirkung: Durch den öffentlichen Aufschrei trat ihre Verlobung in den Hintergrund. Es hatte nach der Verkündung eine Schlagzeile in der *Pall Mall Gazette* gegeben: *Wer hat wen gezähmt? Der Londoner Lebemann und die Frauenbewegungs-Furie.* Da die langjährige Freundschaft ihrer Familien jedoch bekannt war, und weil die von Wycliffe und Rochester aufgesetzte Verlobungs-Anzeige in der *Times* erschien, wie es sich schickte, gab es nicht mehr Gerede als sonst. Rochester hatte beschlossen, im Moment Stillschweigen zu bewahren. Da sein Erbe nur knapp einem unschönen Skandal entronnen war, schien er nicht allzu sehr darauf bedacht, Wasser auf die Gerüchtemühlen zu schütten.

Die einzig Befleckte war Cecily und damit auch die Familie Wycliffe. Aber auch hier hatte es eine Entwicklung gegeben, die den Skandal eindämmte.

Lucie stützte sich auf die Ellbogen. »Ich habe euch noch gar nicht die neuesten Neuigkeiten erzählt.«

Drei müde Gesichter wandten sich ihr zu.

»Mein Bruder hat sich verlobt.«

Drei gerunzelte Stirnen. Sie sprach nicht oft über ihre Familie und war auch sonst nicht sonderlich an Gesprächen über Hochzeiten interessiert.

»Er wird Cecily heiraten.« Sie grinste, als alle nach Luft schnappten. »Wer hätte gedacht, dass Tommy das in sich hat. Er ist ein Schnösel und Moralapostel. Aber wenigstens ist er ein ehrenwerter Schnösel, der bereit ist, seinen eigenen Ruf und Stolz zu beflecken, um das Ansehen der Familie wiederherzustellen. Ich muss sagen, ich zolle ihm Respekt, ehrlich.«

»Oh, aber das war ziemlich schlau von ihm«, meinte Hattie. »Auf der Hausgesellschaft hat er Lady Cecily ganz offen angeschmachtet, und nun wird sie für immer in seiner Schuld stehen und ihn hingebungsvoll anhimmeln.«

»Das auch«, stimme Lucie zu. »Hattie, bist du sicher, dass du uns nicht mehr über diese Ausstellung in Chelsea erzählen willst?«

»Sehr sicher«, sagte Hattie prompt, und Lucie ahnte, dass der nächste Skandal schon in den Schatten lauerte.

NACHWORT DER AUTORIN

Lucies Geschichte wurde von einem viktorianischen Gedicht und einem Brief inspiriert, auf die ich bei meiner Recherche für den Roman »Die Rebellinnen von Oxford – Verwegen« (Originaltitel: Bringing Down the Duke), dem ersten Buch dieser Serie, gestoßen bin.

Nachfolgend finden Sie einige der Verse:

Die Rechte der Frauen

Das Recht, Trost zu spenden,
wenn jeder andere Trost versagt.
Das Recht, ein trübes Herz zu freuen,
wenn es großer Kummer plagt.

Das Recht, ein kleines Kind zu leiten
und es den Glauben Gottes lehren.
Zu sehen, dass kleine Füße schreiten,
auf dem Pfad zu Gottes Ehren.

Das Recht, ein Sonnenschein zu sein,
in guten wie in armen Zeiten.
Das Recht, zu Lächeln, warm und fein
Und viel Freude zu verbreiten.

Dieses sind die noblen Rechte,
die Gott den Frauen hat gegeben;
Das Recht, dem Manne wohl zu sein,
und den Weg ins Himmelreich zu ebnen.
Von M. C. M. R.

Der folgende Auszug stammt aus einem Brief von Mrs Anne Brown Adams, der Tochter des amerikanischen Abolitionisten John Brown. Er war an den kanadischen Abolitionisten Alexander Ross adressiert und wurde irgendwann zwischen 1870 und 1880 verschickt. In diesem Buch habe ich mir die Freiheit genommen, ihn in Auszügen in zwei Briefen wiederzugeben, die Lucie von anderen Frauen erhalten hat:

… Der Kampf für die Rechte einer verheirateten Frau wird ein längerer und härterer Kampf sein als jeder andere, den die Welt je zuvor geführt hat. Seit Anbeginn der Zeit wurde den Männern anerzogen, dass sie in ihren Familien die absoluten Monarchen sind (selbst in einem republikanischen Land) und dass es kein Mord ist, wenn sie ihre Ehefrau nur Stück für Stück umbringen. Den Frauen wird von klein auf beigebracht, dass der Verrat (durch Blicke oder Worte) oder gar die Erwähnung der Geheimnisse des Ehelebens an einen vertrauten Freund noch eine üblere Schandtat ist, als in Ungnade zu fallen. Darin liegt die Macht eines Mannes begründet. Er weiß, egal, was er tut, die Frau wird schweigen wie ein Grab. [2]
Ich könnte Ihnen Dinge erzählen, die ich beobachtet habe, die das Blut in Ihren Adern zum Kochen bringen würden (…) Frauen wird gelehrt, dass ihre einzige Hoffnung auf Eintritt in das Paradies ist, ›bis zum Ende zu erdulden‹ (…) Ich kenne einen Mann, der seiner Frau sagt ›Du bist mein Besitz, das habe ich schriftlich, und es ist urkundlich eingetragen (Heiratslizenz und Zertifikat). Daher habe ich ein Recht, mit dir zu tun, was immer ich will.‹ …«

Ich fand den Kontrast zwischen dem Gedicht und den persönlichen Gedanken einer Frau, die in dieser Zeit gelebt hat, erschreckend. Der Kult um das traute Heim im viktorianischen Zeitalter hatte Schattenseiten. Hinter verschlossenen Türen wurde das Glück der »Engel des Hauses« vom Schicksal bestimmt: Frauen hatten kaum gesetzliche Mittel zur Verfügung, wenn ihre Männer sie misshandelten, und sie konnten diese Dinge auch nicht so einfach mit ihren Freundinnen besprechen.

Ich habe mich gefragt, wie eine Frau wie Lucie, die mit weit geöffneten Augen durch die Welt geht, sich unter solchen Umständen verlieben könnte. Was würde sie dazu bringen, ihr Jawort zu geben und sich darauf einzulassen, einem Mann »zu gehören«?

Ich recherchierte über das Leben viktorianischer Paare, wie Millicent Fawcett, der Anführerin der britischen Frauenrechtsbewegung, und Harriet Taylor Mill, die wohl an John Stuart Mills berühmten Essay »The Subjection of Women« mitgewirkt hatte. Beide Frauen waren Befürworterinnen des Frauenwahlrechts, bevor sie in den Stand der Ehe traten, keine litt unter Geldnot, und beide haben dennoch beschlossen, ihre wenigen Rechte aufzugeben. Ich nehme mal an, dass sie ihre Männer geliebt haben und bei ihnen sein wollten, komme, was wolle. Es ist dokumentiert, dass ihre Ehemänner sich im Parlament für Frauenrechte einsetzten.

Lucie hätte Tristan im Jahr 1882 geheiratet, nachdem die Reform des Eigentumsgesetzes für verheiratete Frauen bewilligt worden war, auch wenn Frauen in Großbritannien erst im Jahr 1918 das Wahlrecht bekamen (und dann auch nur die wohlhabenden). Das Eigentumsgesetz besteht selbst heute noch in der britischen Gesetzgebung fort. Es wurde zuletzt 2016 reformiert; erst ab diesem Zeitpunkt war es einer Witwe möglich,

Forderungen aus der Lebensversicherung ihres Ehemannes im eigenen Recht selbst geltend zu machen.

Alle Gesetze, die in diesem Roman erwähnt werden, hat es zu der Zeit wirklich gegeben. Auch die Liste mit Abfall, die Lady F.W. Harberton, die Leiterin der *Rational Dress Society*, in ihrem Kampf gegen Schleppen an Frauenkleidern aufgestellt hat, existiert wirklich.

Tristans Charakter wurde von den Künstlern dieser Zeit inspiriert, die der »British Decadent Movement« (dekadente Bewegung), angeführt von dem irischen Schriftsteller Oscar Wilde, angehörten.

Gelegentlich habe ich mir einige künstlerische Freiheiten herausgenommen. So wurde das Gedicht »When You Are Old« (Wenn Du alt bist) von Yeats erst im Jahr 1889 veröffentlicht. Der Auszug aus Millicent Fawcetts Rede stammt aus den 1870er Jahren. Der Ratgeber für junge Bräute von Ruth Smythers wurde erst 1894 veröffentlicht und weithin auch als Scherz angesehen.

DANKSAGUNG

Ein Buch zu schreiben ist eine Herausforderung. Das zweite Buch hat es jedoch ganz besonders in sich. Ich kann mich glücklich schätzen, denn ich wurde von einer Anzahl wundervoller Menschen beim Schreiben von »Die Rebellinnen von Oxford – Unerschrocken« (Originaltitel: A Rogue of One's Own) unterstützt. Ein riesiges Dankeschön geht an:

Matthias.

Mum und Oma – für das Rückenstärken.

Bernie – beeindruckend, dein Ausflug nach New York City in einem dreiteiligen Anzug. Von Pennsylvania aus. Im Juli.

Meine Freunde, die zum ersten Mal einen Liebesroman gelesen haben – allen voran Anna, Rob und Nils.

Meine fantastischen Cousinen, von Beirut bis zu den Niagarafällen. *Merci.*

Meine Sensitivity-Lesern und -Leserinnen.

Kate und Montse – was würde ich nur ohne meine tägliche Dosis »Lilac Wine« tun?

Eine ganzen Schar Autorinnen, die sich die Zeit genommen haben, mein Werk zu lesen, im Besonderen Renée Rosen, Chanel Cleeton, Harper St George, Eva Leigh, Anna Campbell, Megan McCrane, Amy E. Reichert und Stephanie Thornton. Ich wäre nicht dort, wo ich jetzt bin, ohne ihre Unterstützung.

Jennifer Probst, Rachel Van Dyken, Lauren Layne – der *Tree of Trust* ist ein Juwel, und ich bin froh, Teil davon zu sein.

Besonderer Dank gilt auch meiner wunderbaren Agentin Kevan Lyon, die immer einen Schritt voraus ist, und meiner geduldigen, adleräugigen Lektorin der Originalausgabe, Sarah Blumenstock. Mit euch zu arbeiten ist die reine Freude.

ÜBER DIE AUTORIN

Evie Dunmore hat sich von der zauberhaften Kulisse von Oxford, ihrer Leidenschaft für Romantik, weiblichen Pionieren und ihrer Liebe für das viktorianische Zeitalter zu diesem Roman inspirieren lassen. Im Alltag ist sie Beraterin mit einem *Master of Science* in Diplomatie von der University Oxford. Außerdem ist sie Mitglied der *British Romantic Novelists' Association* (RNA), der britischen Organisation für Liebesromanautor:innen. Evie Dunmore lebt in Berlin. Ihre Faszination für das britische Königreich im 19. Jahrhundert spiegelt sich in ihren Romanen wider.

Evie Dunmore im Web:
eviedunmore.com
Facebook: eviedunmoreauthor
Instagram: evietheauthor

Die Community für alle, die Bücher lieben

In der Lesejury kannst du
★ Bücher lesen und rezensieren, die noch nicht erschienen sind

★ Gemeinsam mit anderen buchbegeisterten Menschen in Leserunden diskutieren

★ Autoren persönlich kennenlernen

★ An exklusiven Gewinnspielen und Aktionen teilnehmen

★ Bonuspunkte sammeln und diese gegen tolle Prämien eintauschen

Jetzt kostenlos registrieren: www.lesejury.de

Folge uns auf Instagram & Facebook:
www.instagram.com/lesejury
www.facebook.com/lesejury